उपनिवेशवाद का सामना

हैदर अली और टीपू सुलतान के दौर में प्रतिरोध और आधुनिकीकरण

संपादन

इरफ़ान हबीब

अनुवाद

नरेश नदीम

राजकमल प्रकाशन

ISBN : 978-81-267-0175-9

मूल्य : ₹995

पहला संस्करण : 2001
पहली आवृत्ति : 2024

प्रकाशक : राजकमल प्रकाशन प्रा.लि.
1-बी, नेताजी सुभाष मार्ग, दरियागंज
नई दिल्ली-110 002

शाखाएँ : अशोक राजपथ, साइंस कॉलेज के सामने, पटना-800 006
पहली मंजिल, दरबारी बिल्डिंग, महात्मा गांधी मार्ग, प्रयागराज-211 001
1, अनमोल सोराबजी संतुक लेन, धोबी तलाव, मरीन लाइंस, मुम्बई-400 002
वेबसाइट : www.rajkamalprakashan.com
ई-मेल : info@rajkamalprakashan.com

मुद्रक : राजकमल प्रकाशन प्रा. लि.
नई दिल्ली-110 002

UPNIVESHVAD KA SAMNA
Edited by Irfan Habib

विषय सूची

समुदायों के आपसी सम्बन्ध

आधुनिकीकरण के प्रयास

नौसेना का निर्माण

सैन्य शक्ति का निर्माण

आभार

1. **हैदर अली और टीपू सुलतान की वैचारिक और सामाजिक पृष्ठभूमि : पीर-नाम 'टीपू सुलतान' की सार्थकता**—वरुण डे
प्रथम प्रकाशन : 'सम सोशियो-पोलिटिकल इंप्लीकेशंस ऑफ़ द काग्नोमेन 'टीपू सुलतान', *प्रोसीडिंग्स ऑफ़ द इंडियन हिस्ट्री कांग्रेस,* सत्र 52, देहली, पृ. 701-7
2. **हैदर अली की मौत**—इरशाद हुसैन बक़ाई
प्रथम प्रकाशन : *इस्लामिक कल्चर,* इक्कीस (1949), पृ. 167-71
3. **पूर्वी कर्नाटक पर हैदर अली का आक्रमण, 1780**—जदुनाथ सरकार
प्रथम प्रकाशन : *इस्लामिक कल्चर,* पन्द्रह (1941), पृ. 214-18
4. **दूसरा आंग्ल-मैसूर युद्ध और फ्रांसीसी**—मुहिब्बुल-हसन ख़ान
प्रथम प्रकाशन : *बंगाल पास्ट एंड प्रेजेंट,* पैंसठ, पृ. 55-65
5. **क्या हैदर अली 1782 में पराजयवादी बन चुका था ?**—डी. एस. अच्युतराव
प्रथम संस्करण : *प्रोसीडिंग्स ऑफ़ द इंडियन हिस्ट्री कांग्रेस,* सत्र 15, ग्वालियर, पृ. 313-16
6. **टीपू सुलतान और ब्रिगेडियर-जनरल मैक्लियड की मुलाक़ात**—इरशाद हुसैन बक़ाई
प्रथम प्रकाशन : *इस्लामिक कल्चर,* सत्ताईस (1943), पृ. 88-93
7. **कार्नवालिस और मैसूर-मराठा युद्ध, 1786-87**—बी. शैख़ अली
प्रथम प्रकाशन : *प्रोसीडिंग्स ऑफ़ द इंडियन हिस्ट्री कांग्रेस,* सत्र 26, राँची, पृ. 148-52
8. **क़ुस्तुंतुनिया में टीपू सुलतान का प्रतिनिधिमंडल**—इश्तियाक़ हुसैन क़ुरैशी
प्रथम प्रकाशन : द परपज़ ऑफ़ टीपू सुलतांस एम्बेस्सी टु कांस्टैंटीनोपिल, *जर्नल ऑफ़ इंडियन हिस्ट्री,* चौबीस (1945), पृ. 77-84
9. **18वीं सदी में त्रावणकोर और मैसूर के संबंध**—ए. पी. इब्राहीम कुंजू
प्रथम प्रकाशन : *प्रोसीडिंग्स ऑफ़ द इंडियन हिस्ट्री कांग्रेस,* सत्र 23, अलीगढ़, पृ. 56-61
10. **अंग्रेज़ों के ख़िलाफ़ टीपू सुलतान का प्रस्तावित महासंघ, 1790**—एन. कस्तूरी

प्रथम प्रकाशन : टीपू सुलतांस कनफ़ेडेरेसी अगेन्स्ट द ब्रिटिश, 1790, *जर्नल ऑफ़ इंडियन हिस्ट्री,* चौदह (1935), पृ. 266-71

11. **फ्रांसीसी और मैसूर की तीसरी जंग : मारीशस की दस्तावेज़ों के साक्ष्य**–बी. शैख़ अली
प्रथम प्रकाशन : मारीशस रिकॉर्ड्स ऑन द फ्रेंच एंड द थर्ड मैसूर वार, *प्रोसीडिंग्स ऑफ़ द इंडियन हिस्ट्री कांग्रेस,* सत्र 18, कलकत्ता, पृ. 265-67

12. **टीपू सुलतान और सर जॉन शोर**–बी. शैख़ अली
प्रथम प्रकाशन : *प्रोसीडिंग्स ऑफ़ द इंडियन हिस्ट्री कांग्रेस,* सत्र 20, वल्लभ विद्यानगर, पृ. 243-46

13. **श्रीरंगपट्टम का पत्राचार और कर्नाटक की नवाबी**–सी. एस. श्रीनिवासाचारी
प्रथम प्रकाशन : *इंडियन कल्चर,* बारह (1946), पृ. 207-11

14. **हिन्दुओं और हिन्दू संस्थाओं के लिए टीपू के धमदि**–ए. सुब्बाराया चेट्टी
प्रथम प्रकाशन : *प्रोसीडिंग्स ऑफ़ द इंडियन हिस्ट्री कांगेस,* सत्र 7, मद्रास, पृ. 416-19

15. **टीपू सुलतान हिन्दू धर्म के रक्षक रूप में**–बी. ए. सलेतरी
प्रथम प्रकाशन : *मेडिवल इंडिया क्वार्टरली,* एक (1), पृ. 43-55

16. **मैसूर के मुस्लिम सुलतान और उनकी ईसाई प्रजा**–जॉर्ज एम. मारिस
प्रथम प्रकाशन : *प्रोसीडिंग्स ऑफ़ द इंडियन हिस्ट्री कांग्रेस,* सत्र 7, मद्रास, पृ. 442-48

17. **एक मुस्लिम पीर के नाम टीपू सुलतान का एक अप्रकाशित पत्र**–के. सजन लाल
प्रथम प्रकाशन : *प्रोसीडिंग्स ऑफ़ द इंडियन हिस्ट्री कांग्रेस,* सत्र 20, वल्लभ विद्यानगर, पृ. 241-46

18. **टीपू की आधुनिकीकरण की मुहिम : 1780+ के फ्रांसीसी साक्ष्य**–एम. पी. श्रीधरन
प्रथम प्रकाशन : टीपूज़ लेटर्स टु फ्रेंच आफ़िशियल्स, *प्रोसीडिंग्स ऑफ़ द इंडियन हिस्ट्री कांग्रेस,* सत्र 45, अन्नामलाई नगर, पृ. 503-8

19. **राजकीय व्यापार के लिए टीपू सुलतान के नियम-क़ायदे**–इफ़्तिख़ार अली ख़ान
प्रथम प्रकाशन : *प्रोसीडिंग्स इंडियंस हिस्ट्री कांग्रेस,* सत्र-53, वारंगल, पृ. 225-35

20. **कृषि का विकास : टीपू सुलतान की भूमि व्यवस्था**–बी. शैख़ अली
प्रथम प्रकाशन : लैंड टेन्योर इन मैसूर अंडर टीपू सुलतान, *प्रोसीडिंग्स ऑफ़ द इंडियन हिस्ट्री कांग्रेस,* सत्र 19, आगरा, पृ. 368-71

21. **आधुनिकता का वाहक टीपू सुलतान : एक समकालीन ब्रिटिश आलोचक की दृष्टि में**–फ्रांसिस बुख़ानन
बुख़ानन की पुस्तक *ए जर्नी फ्रॉम मद्रास, थ्रू द कंट्रीज़ ऑफ़ मैसूर, कनारा एंड*

मलाबार एटसेट्रा (1800-01), तीन खंडों में, लंदन, 1807 के अंश

22. **हैदर अली और टीपू सुलतान के दौर में मैसूर की नौसेना**—राजकुमार
प्रथम प्रकाशन : *प्रोसीडिंग्स ऑफ़ द इंडियन हिस्ट्री कांग्रेस,* सत्र 22, देहली, पृ. 578-80
23. **टीपू सुलतान की नौसेना के नियम-क़ायदे**—महमूद हुसैन
प्रथम प्रकाशन : *जर्नल ऑफ़ पाकिस्तान हिस्ट्री सोसायटी,* चार (1), 1956, पृ. 211-18
24. **टीपू सुलतान की फ़ौज के पड़ाव**—महमूद हुसैन
प्रथम प्रकाशन : *जर्नल ऑफ़ पाकिस्तान हिस्ट्री सोसायटी,* चार (1), 1956, पृ. 1-2
25. **टीपू सुलतान के क़िले : डेनियल चित्रकारों की दृष्टि में**—सोमप्रकाश वर्मा
विशेष रूप से प्रस्तुत संकलन के लिए लिखा गया लेख।

अंग्रेज़ी संस्करण की भूमिका

4 मई 1799 का दिन बर्तानवी हुक्मरानों के लिए ख़ास तौर पर सन्तोष का दिन रहा होगा क्योंकि उस रोज़ उनका एक ताक़तवर दुश्मन आख़िरकार मारा गया। ठीक इसी कारण से वह दिन उन सब लोगों के लिए दुख का दिन रहा होगा जो उपनिवेशवाद से लड़नेवालों की यादों को ताज़ा रखना चाहते हैं। इसलिए यह और भी दुख की बात थी कि 4 मई 1999 का दिन अर्थात द्विशताब्दी का दिन बिना किसी राष्ट्रीय समारोह के गुज़र गया। सिर्फ़ कर्नाटक की जनता और सरकार ने अपने इस सपूत और उसके साथ जंग में शहीद होनेवालों को याद किया।

दिसम्बर 1998 में पटियाला में आयोजित अपने सत्र में भारतीय इतिहास कांग्रेस ने अपनी ओर से इस समारोह को मनाने का निश्चय किया था। इसी कार्यक्रम के तहत हम प्रस्तुत पुस्तक को प्रकाशित कर रहे हैं जिसका आधार भारतीय इतिहास कांग्रेस की सालाना *प्रोसीडिंग्स* में प्रकाशित लेख हैं। इन लेखों का पता लगाने के लिए हमने तीसरे और चौथे सत्र को छोड़ *प्रोसीडिंग्स* की सारी जिल्दें खँगालीं। बदनसीबी से काफ़ी कोशिशों के बावजूद हम इन सत्रों से सम्बन्धित जिल्दों का पता नहीं लगा सके।

जब इन लेखों को एक जगह लाया गया तो हमें लगा कि कुछ पत्रिकाओं के पुराने अंकों में हैदर अली और टीपू सुलतान से सम्बन्धित और लेख भी हैं जो विद्वानों और पाठकों को आसानी से उपलब्ध नहीं हैं। इसलिए हम अपनी *प्रोसीडिंग्स* के अलावा विभिन्न दूसरे स्रोतों से लिये गए अनेक लेख शामिल कर रहे हैं। भारतीय इतिहास कांग्रेस इन सभी पत्रिकाओं के प्रति आभारी है, जिनके पूरे ब्योरे 'आभार' शीर्षक के अन्तर्गत दिए गए हैं। जहाँ *प्रोसीडिंग्स* में प्रकाशित लेखों के पुनर्मुद्रण का अधिकार हमें प्राप्त है, वहीं दूसरी पत्रिकाओं में प्रकाशित लेखों के जिन लेखकों (या उनके उत्तराधिकारियों) से हमारा सम्पर्क हो सका उनसे हमने अनुमति लेने का प्रयास किया है।

प्रस्तुत ग्रन्थ के लिए प्रोफ़ेसर सोमप्रकाश वर्मा ने विशेष रूप से एक लेख लिखा है जो टीपू सुलतान के क़िलों के डेनियल और डेनियल द्वारा बनाए गए चित्रों की व्याख्या करता है। ये चित्र भी इस ग्रन्थ में पुनरुत्पादित किए गए हैं।

मुझे प्रसन्नता है कि प्रोफ़ेसर इरफ़ान हबीब ने इस ग्रन्थ का सम्पादन करना स्वीकार किया। उन्होंने हैदर अली और टीपू सुलतान पर एक विस्तृत परिचयात्मक लेख

भी लिखा है। लेखों के पाठ और टिप्पणियाँ मूल प्रकाशन के अनुसार ही हैं; सम्पादन कार्य केवल छापे की अशुद्धियाँ दूर करने और शैली को मानक बनाने तक सीमित है। कुछ लेखों के शीर्षक उनके वास्तविक अन्तर्तत्त्व के अनुसार बदल दिए गए हैं। मूल शीर्षक को अगर कहीं बदला गया है तो 'आभार' शीर्षक के अन्तर्गत उसका संकेत दिया गया है।

प्रोसीडिंग्स में प्रकाशित लेखों की छानबीन अलीगढ़ हिस्टोरियंस सोसायटी के सक्रिय सदस्यगण सुश्री शादाब बानो, श्री शैख़ एहतिशामुद्दीन अहमद, सुश्री अदिति गोविल, सुश्री अमिता पालीवाल और श्री अज़ीज़ फ़ैसल ने की है। इन्होंने ही आरम्भिक चरण में कम्प्यूटर से टाइप किए हुए पाठों का निरीक्षण भी किया। उन्नत इतिहास अध्ययन केन्द्र, अलीगढ़ मुस्लिम विश्वविद्यालय के सहायक पुस्तकालयाध्यक्ष श्री यूसुफ़ हुसैन ने हैदर अली और टीपू सुलतान से सम्बन्धित लेखों के लिए विभिन्न पत्रिकाओं के पिछले अंकों को खँगाला।

कम्प्यूटर और फोटोकापी की सुविधाओं के लिए हम अलीगढ़ हिस्टोरियंस सोसायटी के भी आभारी हैं। श्री मुनीरुद्दीन ख़ान, श्री ख़ुश्तर ख़लीक़ और सुश्री युसरा अज़ीज़ ने पाठ को कम्प्यूटर से टाइप किया। उन्नत इतिहास अध्ययन केन्द्र के पुस्तकालय के स्टाफ़ ने हमेशा सहृदयता और सहयोग का परिचय दिया है।

भारतीय इतिहास कांग्रेस के कोषाध्यक्ष प्रोफ़ेसर सोमप्रकाश वर्मा ने इस प्रयास में अमूल्य सहायता प्रदान की है। उनकी राय चित्रों के चयन में भी उपलब्ध रही। चित्रों के फोटो प्रिंट उन्नत इतिहास अध्ययन केन्द्र के फोटोग्राफर श्री मुज्तबा ने तैयार किए हैं।

मैं तूलिका द्वारा इस ग्रन्थ के प्रकाशन के लिए श्री राजेन्द्र प्रसाद और सुश्री इन्दिरा चन्द्रशेखर की, पुस्तक की रूपरेखा के लिए श्री राम रहमान की तथा पाठ का सम्पादन और सन्दर्भ-सूची तैयार करने के लिए सुश्री सलीमा तैयबजी की विशेष रूप से आभारी हूँ।

इस पूरे प्रयास के दौरान श्री गिरीश कर्नाड और श्री मुहम्मद मुईनुद्दीन ने हमेशा हमारा मनोबल बढ़ाया और हमें सक्रिय सहायता दी; ये दोनों टीपू सुलतान के पक्के प्रशंसक हैं। उनके प्रति अपने आभार को मैं पूरा-पूरा व्यक्त नहीं कर सकती।

–शीरीं मूसवी

सचिव, भारतीय इतिहास कांग्रेस

परिचय

इरफ़ान हबीब

हैदर अली और टीपू सुलतान वे भयानक प्रतिद्वन्द्वी थे जिन्होंने अंग्रेज़ों को गहरी शिकस्त दी और जो ईस्ट इंडिया कम्पनी की ताक़त को तोड़ने के कगार तक जा पहुँचे थे... हैदर अली एक शानदार शख़्स और भारतीय इतिहास की क़ाबिले-ज़िक्र हस्तियों में एक था। उसका एक प्रकार का राष्ट्रीय आदर्श था और उसके पास दूरदृष्टि से सम्पन्न नेता के गुण थे...दूसरों से बहुत पहले ही उसने नौसैन्य शक्ति के महत्त्व को और अंग्रेज़ों के नौसेना पर आधारित ख़तरों को महसूस कर लिया था। उसने उन्हें बाहर खदेड़ने के लिए संयुक्त प्रयास से संगठित करने की कोशिश की...उसके बेटे टीपू ने अपनी नौसेना को मजबूत बनाना जारी रखा। टीपू ने नेपोलियन और क़ुस्तुंतुनिया के सुलतान के नाम अपने सन्देश भी भेजे।

—जवाहरलाल नेहरू, *डिस्कवरी ऑफ़ इंडिया*

मैसूर के ये सुलतान हैदर अली और टीपू छठी का दूध याद दिलानेवाले साबित हुए। उन्होंने अंग्रेज़ों और उनके सहयोगियों का जमकर मुक़ाबला किया। उन्होंने बहादुरी के साथ चार लड़ाइयाँ लड़ीं...चौथी लड़ाई में अंग्रेज़ों की दौलत ने वह काम कर दिखाया जो अंग्रेज़ों की बन्दूक़ें अभी तक नहीं कर सकी थीं। वज़ीरों ने अपने आक़ा को धोखा दिया। टीपू ने समर्पण करने से इनकार कर दिया और अपने क़िले का बचाव करते हुए बहादुरों की मौत मरा।

—ताराचंद, *हिस्ट्री ऑफ़ द फ्रीडम मूवमेंट इन इंडिया,* खंड एक

आख़िरी शिकस्त का कोहरा अगर छँटता है तो सिर्फ़ निजी शौर्य की किरणों से छँटता है, और जो क़हर उस पर (टीपू पर) आख़िरकार टूटा वह कोई बदनामी का धब्बा नहीं है।

—एन.के. सिनहा, *हैदर अली*

ये उद्धरण हमें इस बात की याद दिलाते हैं कि हमारे राष्ट्रवादी इतिहास-लेखन में हमारे अतीत की जो धारणा पाई जाती है, उसमें हैदर अली और टीपू सुलतान को एक

इज़्ज़त का मुक़ाम हासिल है। लेकिन आज कम-से-कम कुछेक आधिकारिक स्तरों पर एक ताक़तवर विरोधी हवा बह रही है। 1990 में हैदर अली और टीपू सुलतान पर दूरदर्शन पर प्रसारित एक धारावाहिक को यह सफ़ाई पेश करने के लिए मजबूर किया गया कि उसकी घटनाएँ आवश्यक नहीं कि ऐतिहासिक हों। यह एक ऐसी सफ़ाई थी जो टीवी पर आनेवाली ढेरों दूसरी 'ऐतिहासिक' या पौराणिक फ़ंतासियों में से किसी में भी नहीं जोड़ी जाती। और भी हाल की बात है कि 4 मई 1999 का दिन आया जो श्रीरंगपट्टम में अंग्रेज़ों के ख़िलाफ़ टीपू की आख़िरी जंग की दूसरी शताब्दी का दिन था, और उसे भारत सरकार और उसके सारे संगठनों ने ख़ामोशी के साथ अनदेखा कर दिया। यहाँ तक कि टीपू के अपने गृह राज्य कर्नाटक में होनेवाले समारोहों के ख़िलाफ़ उग्र प्रदर्शन आयोजित किए गए। उपनिवेशी शासन के दो अदम्य शत्रुओं के ख़िलाफ़ उसके नफ़रत भरे उद्‌गारों को स्वतन्त्र भारत में कितने बड़े पैमाने पर दोहराया जा रहा है, इसे देखकर मैसूर की लड़ाइयों का प्रमुख बर्तानवी वृत्तान्तकार लेफ़्टिनेंट कर्नल मार्क विल्क्स आज होता तो यक़ीनन ख़ुश होता !

इसलिए अगर भारतीय इतिहास कांग्रेस ने श्रीरंगपट्टम की दूसरी शताब्दी मनाने का फ़ैसला किया तो इस बात की ख़ास अहमियत है। इसी आयोजन के अंग रूप में कांग्रेस ने प्रस्तुत पुस्तक का प्रकाशन किया है जो हैदर अली और टीपू सुलतान के मैसूर पर लिखे गए लेखों का संकलन है। यह एक ग़ौरतलब बात है कि आज़ादी के पहले से ही भारतीय इतिहास कांग्रेस के सत्रों में प्रस्तुत लेख लगातार विल्क्स और उसके आज के हिन्दुस्तानी सहचिन्तकों के विचारों के विपरीत एक दृष्टिकोण प्रस्तुत करते आए हैं। ये इतिहासकार जो कुछ कह रहे हैं वह सही है या ग़लत है, इसका फ़ैसला उन साक्ष्यों के आधार पर किया जा सकता है जो वे अपने लेखों में प्रस्तुत कर रहे हैं। लेकिन इन लेखकों का दृष्टिकोण इन दो शासकों की यादों को सँजोकर रखने की चिन्ता का सूचक है, और यह बात उन भावनाओं के बारे में बहुत कुछ कह देती है जो पिछली पीढ़ियों की रग-रग में बसी थीं।

इन लेखों को जमा करते समय यह महसूस किया गया कि ऐसे संकलन की लाज़मी तौर पर यदृच्छ प्रकृति के कारण *प्रोसीडिंग्स ऑफ़ द इंडियन हिस्ट्री कांग्रेस* तक सीमित किसी भी संकलन में हैदर अली और टीपू सुलतान के अन्तर्गत मैसूर के इतिहास के कुछ अहम पहलू ज़रूर छूट जाएँगे। इसलिए लगभग उतनी ही संख्या में दूसरी पत्र-पत्रिकाओं में छपे लेख भी शामिल किए गए जो सामान्य पाठक को आसानी से उपलब्ध नहीं हैं। यही कारण है कि यहाँ दूसरों के अलावा जदुनाथ सरकार और एस. श्रीनिवासाचारी के लेख भी शामिल हैं जो अपने काल के दिग्गज थे।

स्वाभाविक है ये लेख सामान्य पाठक से हैदर अली और टीपू सुलतान के शासन और उनके जीवनवृत्त सम्बन्धी कुछ बुनियादी जानकारी की माँग करें। यही जानकारी उपलब्ध कराना और साथ ही कुछ व्यापकतर ऐतिहासिक मुद्‌दों की विवेचना करना प्रस्तुत प्रस्तावना का उद्‌देश्य है।

हैदर अली

हैदर अली के पूर्वजों के बारे में हमें कोई ख़ास जानकारी नहीं है। यक़ीन के साथ बस यही बात कही जा सकती है कि उसके पिता फ़तह मुहम्मद दरगाह क़ुली ख़ान के मुलाज़िम थे; यह शख़्स मुग़ल बादशाह मुहम्मद शाह के शासनकाल (1719-48) के आरम्भिक वर्षों में (कर्नाटक के तुंकूर ज़िले में स्थित) सीरा का मुग़ल फ़ौजदार था।[1] तकनीकी तौर पर मैसूर की रियासत सीरा नाम की बड़ी सरकार* का हिस्सा था। (इसे कर्नाटके-बीजापूरी भी कहते थे।) मुग़ल बादशाह औरंगज़ेब (1659-1707) की फ़ौजों ने जब दक्षिण भारत पर क़ब्ज़ा किया तो मैसूर के हुक्मरान चिक्क देव वाडियार (मृत्यु : 1704) ने उसकी ताबेदारी क़ुबूल की थी। हैदर अली के जीवन में आगे चलकर जो कुछ घटित हुआ उसकी आंशिक व्याख्या सम्भवतः मुग़ल सत्ता के सामने मैसूर की इसी अधीनता के आधार पर की जा सकती है।

1721 या 1722 में जन्मे हैदर अली के सिर से पिता का साया 1728 में ही उठ गया, जब वह अभी बच्चा था। परिवार के एक सदस्य हैदर साहिब पहले से मैसूर रियासत की सेवा में थे और अब, 1749 के आसपास, अपने बड़े भाई शहबाज़ के बाद, हैदर अली भी मैसूर की सेना में एक घुड़सवार अफ़सर बन गया।

रियासत मैसूर की सेना में हैदर अली की भरती वहाँ के शासकों की इस सामान्य इच्छा का परिणाम थी कि ख़ासकर घुड़सवार दस्तों से जुड़े मुग़ल सैनिक वर्गों से लोग भरती किए जाएँ। भारतीय बन्दूक़ों की तकनीकी सीमाओं के कारण [ये बन्दूक़ें आम तौर पर पत्थर-कला (फ़्लिटलाक्स) नहीं बल्कि तोड़ीदार (मैचलाक्स) होती थीं] और दूसरी तरफ़ घुड़सवार दस्तों की भारी गतिशीलता के लाभ के कारण उन दिनों अच्छी नस्ल के घोड़ों पर सवार कुशल तीरन्दाज़ों को आपस में युद्धरत भारतीय सेनाओं का सबसे कारगर बाज़ू माना जाता था।[2] इसलिए बेरोज़गार मुग़ल घुड़सवार अगर नए-नए उदित हो रहे स्थानीय शासकों की मुलाज़िमत पाना चाहते थे तो यह स्वाभाविक ही था। जैसा कि हैदर अली के जीवनवृत्त से पता चलता है, एक बार जहाँ सेना में मुग़ल तत्त्व ने ज़ोर पकड़ा था कि अगला क़दम नए फ़ौजी तत्त्व के पक्ष में राजनीतिक सत्ता का परिवर्तन था। इतना ही नहीं, मैसूरी राज्य-व्यवस्था में मुग़ल राजनीतिक और प्रशासनिक संस्थाओं का समावेश भी हुआ।

पर ऐसा हो सके, इसके पहले मैसूर का सामना एक और सैनिक सत्य से हुआ। यह सच्चाई थी सभी तरह की भारतीय सेनाओं पर अच्छी तरह प्रशिक्षण-प्राप्त, पत्थर-कला बन्दूक़ों का उपयोग करनेवाले पियादों की श्रेष्ठता। 1747 में मइलापुर (मद्रास) की लड़ाई में एक छोटी सी फ़्रांसीसी सेना ने अर्काट के फ़ौजदार (कर्नाटक के नवाब) अनवारुद्दीन ख़ान की मुग़ल घुड़सवार सेना के छक्के छुड़ा दिए। यह कर्नाटक के तीन युद्धों के आरम्भ की बात है (जो 1763 तक चले) जिनमें दक्षिण भारत पर

---

* सरकार—मुग़ल दौर में एक प्रशासनिक इकाई; आज के ज़िले के लगभग समकक्ष।—अनुवादक

क़ब्ज़े के लिए इंग्लैंड और फ्रांस आपस में लड़े। दकन के मुग़ल सूबेदार के पद के लिए विशेष उम्मीदवारों का समर्थन करके मैसूर कर्नाटक की दूसरी और तीसरी लड़ाइयों में उसी पक्ष में शामिल हुआ जिसमें फ्रांसीसी भी शामिल थे। (यह पद 1748 में निज़ामुल- मुल्क आसफ़जाह की मौत से रिक्त हुआ था।) तब मैसूर बराएनाम दकन के अधीन था। हैदर अली 1753 में डिंडीगुल का फ़ौजदार नियुक्त हो चुका था और इन लड़ाइयों में उसने सक्रिय भाग लिया। यह उसके लिए जंग के यूरोपी तौर-तरीक़े सीखने का अवसर था और वह इनसे गहरा प्रभावित हुआ। कहा जाता है कि उसने बहुत पहले, 1755-56 में ही, अपने तोपख़ाने, हथियारख़ाने और कार्यशाला को संगठित रूप देने के लिए फ्रांसीसियों की सेवाएँ ली थीं।

इसके बाद हैदर अली का निजी कूटनीतिक कौशल उसके तेज़ी से उत्थान का अकेला आधार नहीं था; इसका मुख्य आधार वह सैन्य बल था जो उसने अर्जित किया। मुग़ल तर्ज़ पर संगठित गतिशील घुड़सवार सेना के साथ उसके अधिकाधिक अनुशासित बन्दूक़ची पियादों का प्रतिभापूर्ण समन्वय इस सैन्य बल की बुनियाद था। कुछेक वक़्ती शिकस्तों के बावजूद यह समन्वय अजेय साबित हुआ। निश्चित रूप से वह पहला महत्त्वपूर्ण भारतीय कमानदार था जिसने पियादों के प्रशिक्षण के लिए यूरोपी तौर-तरीक़ों का इस्तेमाल किया। उसने इन पियादों को पत्थर-कला बन्दूक़ों से लैस करने की कोशिश भी की जो तब तक भारतीय सेनाओं के लिए एक दुर्लभ दृश्य था। अकेले यही बात उसे एक शानदार व्यक्तित्व साबित करती है।

मैसूर में हैदर अली ने ख़ासी तेज़ी से सत्ता का अधिग्रहण किया। राजा और उसके शक्तिशाली मंत्री और अपने ही संरक्षक नंजराज के संघर्ष में हस्तक्षेप करते हुए हैदर ने राज़ा का पक्ष लिया जो नंजराज द्वारा बराएनाम राजा बना दिए जाने पर चिढ़ा हुआ था। नंजराज को उसके पद से हटाकर हैदर ने 1760-61 में रियासत की बागडोर पूरी तरह अपने हाथों में ले ली, पर उसने ख़ुद को राजा की जगह बिठाने की कोशिश नहीं की। जब इस पद पर आसीन व्यक्ति (चिक कृष्ण राजा) 1766 में मरा तो उसने बाक़ायदा एक उत्तराधिकारी को गद्‌दी पर बिठाया। राजा के दरबार और महल के रस्म-रिवाज निभाए जाते रहे। वास्तव में हैदर अली ने अपनी शक्ति के लिए एकदम भिन्न एक स्रोत से वैधता पाने की कोशिश की जिसकी जड़ें मुग़ल राजनीतिक व्यवस्था के ढाँचे में मौजूद थीं। दकन के सूबेदार पद के उम्मीदवार बलासतजंग से हैदर अली ने 1761 में हैदर अली ख़ान का लक़ब और सीरा के फ़ौजदार का ओहदा हासिल किया।[3] इस रूप में वह मैसूर के राजा से भी श्रेष्ठतर होने का दावा कर सकता था जिसका इलाक़ा मुग़ल सल्तनत के बेहतर दिनों में उसी हाकिम के कार्यक्षेत्र में आता था। इस तरह उसे श्रेष्ठता का जो बराएनाम अधिकार प्राप्त हुआ उसे तब और बल मिला जब 1761 में ख़ुद सीरा हैदर अली के हाथों में आ गया और फिर 1763 में नागर (बेडनूर) नामक शानदार नगर पर उसका क़ब्ज़ा हुआ। उत्तर की इन फ़तहों और मलाबार में प्राप्त इलाक़ों के बल पर हैदर अब बख़ूबी यह दावा कर सकता था कि

मैसूर के मूलतः जितने बड़े इलाक़े पर राजा की हुकूमत थी, उससे कहीं बहुत बड़ा इलाक़ा ख़ुद उसने जोड़ा है।

आन्तरिक रूप से भी हैदर अली का शासन मैसूर राज में मौजूद संस्थाओं के साथ मुग़ल तत्त्वों के समन्वय का सूचक था। इन तत्त्वों का उपयोग खेतिहर मालगुज़ारी में राज्य का भाग बढ़ाने और प्रशासन का केन्द्रीकरण करने के लिए किया गया। उसके दौर से पहले देशमुखों और पलेगरों (पलइयक-करारों) जैसे स्थानीय पुश्तैनी क्षत्रपों और उनसे नीचे के हाकिमों (गौडों, पटेलों वग़ैरह) को तरह-तरह के अधिकार प्राप्त थे और पैदावार में मालगुज़ारी के रूप में राज्य का भाग उसी सीमा तक सीमित रहता था।[4] हैदर अली ने यह मानक मुग़ल दृष्टिकोण अपनाया कि स्थानीय क्षत्रप ज़मींदार थे और इसलिए उनके अधिकार अकाट्य नहीं थे। वह इन लोगों की मध्यस्थता से मुक्ति पाना और तनख़्वाह पानेवाले हाकिमों की मदद से सीधे किसानों से भू-कर वसूलना चाहता था। [यह ज़ायद (सरप्लस) या लगान के समकक्ष, पैदावार पर एक कर था।][5] प्रत्यक्ष रूप से किसानों पर कर तय करनेवाली यही व्यवस्था आगे चलकर मुनरो की रैयतवाड़ी व्यवस्था का आधार बनी। वास्तव में 1792 में टीपू सुलतान से छीने गए बड़ामहल ज़िले में मालगुज़ारी की वसूली के बारे में उसके अनुभवों का मुनरो ने जमकर फ़ायदा उठाया।

इतनी भारी वृद्धि के बाद वित्तीय संसाधनों का केन्द्रीकरण भी आवश्यक था। हैदर अली ने जागीर नामक मुग़ल संस्था को पूरी तरह समाप्त नहीं किया जिसमें एक निश्चित संख्या में फ़ौजियों के रख-रखाव की ज़िम्मेदारी के बदले किसी को एक क्षेत्र विशेष में करों की वसूली का अस्थायी या हस्तान्तरणीय अधिकार सौंपा जाता था। टीपू का एक आदेश आज भी सुरक्षित है जिसमें घोड़ों की दाग़ के साथ उनके वास्तविक रख-रखाव पर नज़र रखते हुए, घुड़सवारों के रख-रखाव के बारे में एक जागीरदार की ज़िम्मेदारियों का हवाला ऐसे शब्दों में दिया गया है जिनकी आशा मुग़ल शाही प्रशासन की किसी दस्तावेज़ से ही की जा सकती है।[6] पर अब जागीरदारों के माध्यम से फ़ौजों के रख-रखाव की व्यवस्था पुरानी पड़ रही थी। जंग के नए तरीक़े एक बड़ी स्थायी सेना की माँग कर रहे थे। ऐसी फ़ौज के लिए जिसे सीधे तनख़्वाह देनी पड़ती थी, हैदर अली को सीधे मालगुज़ारी की वसूली करानी पड़ी और जागीर देने की प्रथा को सीमित करना पड़ा। इस बारे में भी मुग़ल काल की नज़ीरें स्पष्ट हैं : 1574-75 में अकबर ने बेहतर वित्तीय और प्रशासनिक नियंत्रण स्थापित करने के लिए सारी जागीरें वापस ले ली थीं। 18वीं सदी के पूर्वार्ध में मुरशिद क़ुली ख़ान और उसके बाद बंगाल के सारे नाज़िमों ने भी बड़ी हद तक जागीरों को ख़त्म कर दिया था।

अपनी रियासत के एक बड़े भाग में मालगुज़ारी की सीधी वसूली करके हैदर अली इस हालत में आ गया कि सेना में सुधार और विस्तार करने पर अपने संसाधन लगा सके। परम्परागत भारतीय सेना में अलग-अलग आकार के अनेक दस्ते होते थे और हरेक का आकार उसके अपने कमानदार के संसाधनों पर निर्भर होता था। इसके विपरीत हैदर अली ने यूरोपी फ़ौजों में दस्तों के विभाजन की तर्ज़ पर रिसालों की

व्यवस्था शुरू की जिनमें से हरेक में फ़ौजियों की एक मानक संख्या होती थी और उन्हें निश्चित संख्या में बन्दूक़ों और यातायात के साधनों से लैस किया जाता था। मिसाल के लिए पियादों के हर रिसाले में 1,000 जवान होते थे।[7] ख़ुद बादशाह उनके हाकिमों की नियुक्ति करता था। सेना के इस आधुनिक संगठन के साथ यूरोपी या यूरोपी तर्ज़ की (पत्थर-कला) बन्दूक़ों से लैस नियमित पियादा दस्ते भी बनाए गए। 1767 तक उसके पास तोड़ीदार बन्दूक़ें चलानेवाले पुराने तर्ज़ के 4,000 सिपाहियों के विपरीत, इस तरह से लैस 8,000 नियमित पियादे, 5,000 'हथगोले फेंकनेवाले' सिपाही और 'बन्दूक़ों से लैस 1,000 टोपाज़ (हिन्द-पुर्तगाली संकरवर्ण सिपाही)' थे। ये सभी नियमित प्रतिष्ठान के अंग थे। उसने राकेट दागनेवाले सिपाहियों की भरती भी जारी रखी जो बारूद जलने पर आगे बढ़नेवाले बाण प्रक्षेपास्त्र चलाने में सक्षम थे। ये दक्षिण भारत का अपना आविष्कार थे। (आगे चलकर इन्हीं के आधार पर इंग्लैंड में कांग्रेव राकेटों का आविष्कार किया गया।) उसने स्थानीय स्तर पर एक नया चलन भी शुरू किया तथा बैलों और गाड़ियों का एक बड़ा प्रतिष्ठान स्थापित किया जो तेज़ी से उसकी तोपों और रसद को ला, ले जा सके। फिर भी हैदर अली घुड़सवार सेना की रणनीतिक गतिशीलता के कारण उसकी अहमियत का क़ायल रहा। 1767 में उसके पास 800 'उम्दा मुग़ल घोड़े' थे और 12,000 दूसरे शहसवार थे। उस साल तक उसके तोपख़ाने में (वह बहुत अच्छी तोपें ढलवाता था) और घुड़वार सेना में भी 210 यूरोपी, अधिकतर फ्रांसीसी, सैनिक थे।[8] हैदर अली ने एक नौसेना के विकास की कोशिश भी की, और 1766 तक इसमें दो जहाज़, 7 छोटी नौकाएँ और 40 गलबत (दो मस्तूल वाले जहाज़) थे। खुले समुद्र में जहाज़ों की कमान सँभालने के लिए उसने स्टैनेट नाम का एक यूरोपी अफ़सर भी रखा था।

इस तरह प्रशासन के दूसरे क्षेत्रों में विरासत में मिले भारतीय तत्त्वों को बनाए रखकर और उनका विकास करते हुए हैदर अली ने सेना को यथासंभव आधुनिक बनाने के प्रयास किए। फिर भी ये प्रयास ऐसे राजनीतिक और वैचारिक ढाँचे में किए गए जो स्थानीय राज की संस्थाओं तथा मुग़लों के वित्तीय और प्रशासनिक तौर-तरीक़ों से ही निर्धारित थे।' हैदर अली का निरंकुश और केन्द्रीकृत शासन आधुनिक तर्ज़ों पर प्रौद्योगिकी और वाणिज्य के किसी और प्रयास से अछूता रहा, ज्ञान-विज्ञान के रास्ते खोलना तो दूर रहा। ज़ाहिर है कि ऐसे प्रयास के अभाव में सेना का आधुनिकीकरण यूरोपी लोगों, ख़ासकर फ्रांसीसियों, पर बुरी तरह निर्भर रहा और इसलिए केवल संक्षिप्त अवधि के लिए ही उसके सफल होने की आशा की जा सकती थी।[10]

तो भी संक्षिप्त अवधि में उसे अच्छी-ख़ासी सफलता मिली। अंग्रेज़ों के ख़िलाफ़ उसकी पहली लड़ाई (1767-69) तब समाप्त हुई जब हैदर अली 'मद्रास के परकोटे तक जा पहुँचा और उसने एक सन्धि उन पर लादी।'[11] मैसूर, मराठों, निज़ाम और फ्रांसीसियों के एक अंग्रेज़-विरोधी महागठबन्धन द्वारा चलाई गई अगली लड़ाई (1780-84) उस वक़्त जारी थी जब (7 दिसम्बर 1782 को) हैदर अली की मृत्यु हुई। हालाँकि जल्द ही मैसूर इस लड़ाई

में अकेला पड़ गया, पर फिर भी पहली लड़ाई की तरह इस लड़ाई का ख़ात्मा (मार्च 1784) भी इसी तरह हुआ कि दोनों पक्षों ने जीते हुए इलाक़े छोड़ दिए।

अंग्रेज़ों के सामने मैसूर इस तरह खड़ा रहा तो इसका आंशिक कारण निश्चित रूप से ख़ुद हैदर अली था। हैदर के शासनवाले इलाक़ों का दौरा करते हुए 1800 में बुख़ानन को यह बात माननी पड़ी कि 'उसकी न्यायप्रियता, बुद्धिमत्ता और सन्तुलित प्रकृति के कारण हर तरह के देसी लोग उसकी (हैदर अली की) स्मृति का भारी सम्मान करते हैं।'[12] विल्क्स ने उसे महज़ 'लोलुपता' और 'पाशविक प्रवृत्तियों' से प्रेरित बताया है, पर इस तरह के किसी व्यक्ति को शायद ही उसकी प्रजा से इतना सम्मान मिलता।

टीपू सुलतान : विचारधारा और शासन व्यवस्था

हैदर अली का बड़ा बेटा टीपू 29 दिसम्बर 1782 को अपने बाप की गद्दी पर बैठा। तब वह 32 साल का था। (उसका जन्म नवम्बर 1750 में हुआ था।)[13] फ़ौरन वह अंग्रेज़-विरोधी जंग की लपेट में आ गया और उसने वह जंग जारी रखी जो उसके पिता ने शुरू की थी और जिसमें वह ख़ुद भी सक्रिय भाग ले चुका था। मुश्किल हालात के बावजूद वह मंगलौर की सन्धि (मार्च 1784) में अपने लिए लाभकारी शर्तें मनवाने में सफल रहा। जल्द ही मराठों और निज़ाम से उसकी जंग (1785-87) हुई जिसका ख़ात्मा फ़ौजी कामयाबियों के साथ हुआ, पर शान्ति की शर्तें उसके लिए थोड़ी प्रतिकूल थीं। ज़ाहिरा तौर पर इसका कारण टीपू की यह चिन्ता थी कि ये दोनों ताक़तें अंग्रेज़ों से हाथ न मिला सकें जिनको वह बराबर अपना ख़ास दुश्मन समझता आया था।

इस बारे में टीपू का रवैया वह था जिसकी ताईद शायद हैदर ने भी की होती। पर हैदर अली का व्यवहार ऐसा था गोया उसकी अपनी ताक़त ही उसकी चिन्ता का प्रमुख विषय रही हो। वह मिट रही मुग़ल सल्तनत में एक मामूली से ओहदे की एक सन्दिग्ध स्वीकृति को सर्वोच्च सत्ता का आधार मानकर ख़ुश था। साथ ही वह अपने आपको वाडियार राज का संरक्षक भी समझता था और इस आधार पर प्रजा से निष्ठा की माँग कर सकता था। व्यवहार में उसका प्रशासन बड़ी हद तक मुग़ल संस्थाओं और परम्पराओं पर आधारित था और उसने इनकी सीमाओं से आगे जाने की कोई ज़रूरत नहीं समझी। जैसा कि हमने देखा, सेना वह अकेला क्षेत्र थी जिसमें उसने आधुनिकीकरण की कोशिश की और इसे उसने टीपू को उम्दा हालत में सौंपा।

लेकिन टीपू सुलतान के लिए सिर्फ़ यही काफ़ी नहीं था। आज इस बात का निश्चय नहीं किया जा सकता कि क्या इसका कारण उसकी निजी महत्त्वाकांक्षा थी जो और भी अधिक ठोस वफ़ादारी की माँग करती थी या उसका यह विश्वास था कि अंग्रेज़ों का सामना करने के लिए उसको एक ऐसे ध्येय की आवश्यकता थी जिससे उसकी प्रजा, या प्रजा का एक भाग, ख़ास तौर पर गहरा लगाव महसूस कर सके। राजनीतिक क्षेत्र में उसके आचरण के निर्धारण में शायद इन दोनों बातों की भूमिका रही

हो। उसकी अपनी फ़ारसी शिक्षा ने उसे इस्लाम के इतिहास और धर्मशास्त्र में अच्छा-ख़ासा पारंगत बना दिया। (दूसरी ओर हैदर अली वास्तव में निरक्षर तो न था पर उसे बहुत अधिक औपचारिक शिक्षा नहीं मिली थी।) इस बात ने भी उसका वह रास्ता निर्धारित किया जिस पर अब वह आगे बढ़ा।[14]

तख़्तनशीनी के दिन से ही टीपू ने ख़ुद को एक स्वतन्त्र शासक समझना शुरू कर दिया जिसे देहली के मुग़ल दरबार से एक हीन पद का प्रमाण पत्र नहीं चाहिए था। इसलिए उसने अपने सिक्कों से मुग़ल शहंशाह का नाम और ओहदा ग़ायब करा दिया और विल्क्स के अनुसार जनवरी 1785 से अपने लिए पादशाह का लक़ब इस्तेमाल करने लगा।[15] अब उसने प्रभुतासम्पन्न शासकों की बराबरी का दावा करना शुरू किया, जैसे तुर्की के सुलतान और फ्रांस के बादशाह के साथ, और इन दोनों ने (क्रमशः 1787 और 1788 में) उसके प्रतिनिधिमंडलों से स्वयं मुलाक़ात की। हो सकता है फ़ौजी संसाधनों या व्यापारिक लाभ की दृष्टि से इन प्रतिनिधिमंडलों के कारण उसे कोई ख़ास भौतिक सहायता न मिली हो, पर इनसे उसे जो कूटनीतिक लाभ मिला उससे अपने मुल्क में उसकी इज़्ज़त को चार चाँद लगे।[16]

एक और सतह पर भी मुग़ल दरबार से टीपू का अलगाव हुआ। वह अपने आपको उसी राजनीतिक ढंग से बादशाह नहीं कहता था जैसे कि मुग़ल शहंशाह कहता था। यह सच है कि मुग़ल शहंशाह भी पादशाह या ज़िल्ले-इलाही (ईश्वर की छाया) जैसे लक़ब का प्रयोग करते थे। पर टीपू ने अपनी बादशाहत को धार्मिक जुझारूपन का रंग दिया जो 18वीं सदी की मुग़ल शाही व्यवस्था में एकदम नहीं था। टीपू जो सिक्के ढलवाता था, उन पर अपना नाम नहीं देता था। उसकी बजाय इन सिक्कों पर अल्लाह यानी सर्वशक्तिमान बादशाह की स्तुति दर्ज होती थी, और फिर उनमें पैग़म्बर मुहम्मद साहब, उनके चचेरे भाई हैदर अर्थात हज़रत अली के नाम जाते थे; इनमें हज़रत अली इस्लामी सूरमाओं के आदर्श थे।[17] अपने दो रुपए के सिक्के को वह अली के नाम पर हैदरी कहता था और एक रुपए का सिक्का इमामी कहलाता था जो अली से शुरू होनेवाले बारह इमामों की याद दिलाता था। इसमें शक नहीं कि टीपू के प्रतीकवाद में जिस बाघ पर बहुत अधिक ज़ोर दिया जाता था[18] उसका मक़सद उसे इस्लाम के इसी सूरमा से जोड़ना था जिसके लक़ब 'हैदर' का अर्थ भी शेर या चीता है।[19] उसने अपनी सरकार को 'सरकारे-ख़ुदादाद' (ख़ुदा की दी हुई हुकूमत) का औपचारिक नाम दिया था। यह भी उसके इसी दावे का अंग था कि उसकी सरकार कोई मामूली सरकार नहीं है बल्कि उसका एक दैवी लक्ष्य है। सरकार का यह धार्मिक रुझान उसके एक क़ाज़ी की नियुक्ति सम्बन्धी आदेशों से रेखांकित होता है, ख़ासकर मुस्लिम बच्चों को इस्लाम के बुनियादी उसूलों की तालीम देने के लिए।[20]

इस तरह इस्लाम टीपू के लिए यकबयक वह चीज़ बन गया जो वह हैदर अली के लिए कभी नहीं था, यानी उसकी सत्ता का एक बड़ा वैचारिक अवलम्ब। कहा जा सकता है कि उसने इसका सहारा अपने मुस्लिम हाकिमों और फ़ौजियों की वफ़ादारी

पाने के लिए लिया जो अब तक मुग़ल शहंशाह द्वारा प्रमाणित सत्ताधिकार स्वीकार करने और इस तरह उस नाम मात्र के बादशाह से बराएनाम वफ़ादारी जताने के आदी थे। पर इससे भी अधिक सम्भावना इस बात की है कि इस्लाम की दुहाई देकर टीपू अपने अनुयायियों की जेहादी प्रवृत्ति (ग़ज़बा) को उभारने की कोशिश कर रहा था। उसने 1783 में जब ज़ैनुल आबिदीन शुस्तरी की मार्फ़त सैनिक संगठन और रणनीति पर एक किताब तैयार कराने का निर्देश दिया तो अहम बात यह है कि उसने उसका शीर्षक *फ़तहुल-मुजाहिदीन* (धर्मयोद्धाओं की विजय) रखा।

> इस धर्मयुद्ध का रुख़ अंग्रेज़ों के ख़िलाफ़ होता। अपने क़ुस्तुंतुनिया जा रहे दूतों के लिए उसने जो हिदायतें दर्ज कीं, उनमें उसने इसकी तस्वीर खींची कि अपनी फ़तहों और क़ब्ज़ों के ज़रिए अंग्रेज़ किस तरह एक भारी ख़तरा बन बैठे थे। उस्मानिया सुलतान से यह बात कही जाती कि अंग्रेज़ों ने बीस करोड़ रुपए की मालगुज़ारी वाले बंगाल, तीन करोड़ की मालगुज़ारी वाले कर्नाटक और तीन करोड़ की मालगुज़ारी वाले सूरत, गुजरात वग़ैरह, यानी कुल छब्बीस करोड़ रुपए वाले इलाक़े पर क़ब्ज़ा कर लिया है। यह इलाक़ा शाहे-हिन्द के क़ब्ज़े में हुआ करता था जिस पर उन्होंने इन क्षेत्रों के क्षत्रपों से गठजोड़ करके या उनके ख़िलाफ़ साज़िश रचकर क़ब्ज़ा किया है। उन्होंने बहुत से मुसलमानों को कुफ़्र की दावत देकर अपने मज़हब में शामिल कर लिया है, बहुत सी मुस्लिम औरतों और बच्चों को गुलाम बनाया है, बहुत सी मुस्लिम मस्जिदों और मक़बरों को मिसमार करके वहाँ अपने बुतख़ाने (गिरजाघर) बनाए हैं। जब कुफ़्र (अर्थात अंग्रेज़ों) का हमला बरदाश्त से बाहर हो गया और इस्लामी जोश जागा तब हमारे (उन दिनों के) आक़ा (हैदर अली) ने इन बेदीन ईसाइयों के ख़िलाफ़ जंग शुरू कर दी।

टीपू फिर आगे स्पष्ट करता है कि हैदर अली ने और ख़ुद उसने फ्रांसीसियों की जो मदद की थी (हालाँकि बेशक वे भी ईसाई थे) उसका कारण अंग्रेज़ों और फ्रांसीसियों की दुश्मनी थी, और यह कि इस समय (1785 में) वह सिर्फ़ मराठों से लड़ रहा है क्योंकि 'अपनी कुफ़्फ़ारगी (काफ़िरी) के चलते मराठों ने अंग्रेज़ों से हाथ मिला लिया और इस तरह उन्होंने (1782 में) अंग्रेज़ों के साथ (अलग से) एक शान्ति-सन्धि कर ली।'[21]

इस तरह मुस्लिम धर्मशास्त्र की हिदायतों के विपरीत अंग्रेज़ों को काफ़िर और इस्लाम का प्रमुख शत्रु क़रार दिया गया।* बाक़ी की दुश्मनी गौण महत्त्व रखती थी; सारी दोस्तियों का निश्चय इसी प्रमुख आधार पर किया जाता था।

1857 के बाग़ियों की तरह टीपू के मुआमले में भी यह बात आसानी से समझ

---

* इस्लामी धर्मशास्त्र के अनुसार ईसाइयों और यहूदियों को काफ़िर नहीं बल्कि 'अह्ले-किताब' माना जाता है तथा उनमें और मुसलमानों के बीच विवाह-सम्बन्ध सम्भव हैं।—अनुवादक।

में आती है कि एक विदेशी दुश्मन के ख़िलाफ़ ताक़त और जोश पैदा करने के लिए मज़हब का सहारा क्यों लेना पड़ता है।[22] पर मज़हबी जोश आदमी को अन्धा भी बना सकता है। कुर्ग और मलाबार में बलात धर्म-परिवर्तन के द्वारा बाग़ियों को दंड देने की टीपू की कार्रवाई को किसी भी तरह उचित नहीं ठहराया जा सकता; यह कार्रवाई ही हिन्दुओं का दमन करने और हिन्दू मन्दिरों को नष्ट या बन्द करने के बारे में उसके ख़िलाफ़ स्वार्थपूर्ण आरोपों का आधार बन गई। बुख़ानन का आरोप है कि उसने 'उनके (हिन्दुओं के) मन्दिरों को निर्ममता से ध्वस्त किया'[23] और विल्क्स का आरोप है कि उसने 'अपनी हिन्दू प्रजा को उत्पीड़ित और अपमानित किया।'[24]

फिर भी इसके विपरीत लगभग अकाट्य साक्ष्य मौजूद हैं। हैदर की तरह टीपू ने भी हिन्दुओं को सरकारी मुलाज़िमत देना जारी रखा। अन्त तक उसके ख़ास-ख़ास वज़ीरों में पूर्णैया भी शामिल रहा; फिर बहुत से दूसरे ऊँचे और भरोसेमन्द अफ़सर भी तो थे।[25] टीपू की आलोचना करते हुए (जो इस संकलन में शामिल है) बुख़ानन ने 1800 में कहा था कि टीपू सुलतान के राजस्व विभाग पर ब्राह्मणों का नियंत्रण बना रहा।[26] अपने पत्रों और आदेशों में टीपू ख़ज़ाने में मराठी और कन्नड़ ('कन्हरी') किरानियों की नियुक्ति की बात करता है (जहाँ भी उनके नाम दिए गए हैं, सारे हिन्दू नाम हैं) और दूसरे दफ़्तरों में 'हिन्दवी' किरानियों की नियुक्ति की बात करता है।[27] टीपू के एक आदेश का सम्बन्ध 1792-93 में श्रीरंगपट्टम में ब्राह्मण अफ़सरों को जमा करने के बारे में है, जहाँ टीपू ने ऐलान किया कि वह अपने मुलाज़िमों की सारी ख़ताएँ मुआफ़ कर देगा, और फिर विधिवत स्नान करके ब्राह्मणों ने उसके प्रति निष्ठा की शपथ ली जिसके बाद सरकारी ख़र्च पर उन सबको भोज कराया गया।[28] सुलतान द्वारा लगभग उन्हीं दिनों जारी एक और आदेश में कहा गया था कि पहले के (ज़ाहिर है कि वाडियार राज के) अधिकारियों ने ब्राह्मणों को दान में जो ज़मीनें दी थीं उन्हें पक्का समझा जाए और अगर दस्तावेज़ी सुबूत के बग़ैर किसी ज्योतिषी या शास्त्री के पास मुआफ़ी की ज़मीन हो तो वह अपना मुआमला दरबार में पेश करे ताकि उस दान की ताईद की जा सके।[29] टीपू ने राजा के परिवार की शान-शौकत भी क़ायम रखी और उसे कभी बेदख़ल नहीं किया गया। अगर बाघ उसका प्रतीक था तो एक प्रतीक (सिक्कों पर दर्ज) हाथी भी था जो उस पशु को भारत में सदियों से दिए जा रहे महत्त्व का सूचक था।

हैदर की तरह टीपू भी सहिष्णुता तक ही सीमित नहीं रहा। विल्क्स ने इस बात का मज़ाक़ उड़ाया है कि श्रीरंगपट्टम में उसके आख़िरी मोर्चे से पहले 'उसकी मुक्ति की प्रार्थना करने के लिए मुल्ला और ब्राह्मण को बराबर की रिश्वत (!) दी गई।'[30] विल्क्स ने जो बात नहीं समझी, यह है कि टीपू के नज़दीक मुस्लिम और हिन्दू दोनों प्रार्थनाओं के कारगर होने सम्बन्धी उसके विश्वास में कोई अन्तर्विरोध नहीं था, ठीक उसी तरह जैसे उसके नज़दीक इस बात में कोई तार्किक टकराव निहित नहीं था कि उसकी सरकारे-ख़ुदादाद ब्राह्मणों और शास्त्रियों की सहायता करे।

1916 में शृंगेरी मठ के नाम टीपू के पत्रों की खोज इस बात पर नई रौशनी डालती

है कि टीपू किस सीमा तक जाने को तैयार था। सुरेन्द्रनाथ सेन ने 1930 में इनका विश्लेषण किया था, पर प्रस्तुत संकलन में बी. ए. सलेतरी का एक लम्बा और अधिक विस्तृत सर्वेक्षण शामिल किया गया है।[31] 1793 में टीपू ने इस प्रसिद्ध मठ के स्वामी को कहा था : 'आप जगद्गुरु हैं...जिस देश में भी आप जैसी सन्त आत्माएँ रहती हैं वह देश अच्छी वर्षा और फ़सलों से समृद्ध होगा।'[32] भारतीय इतिहास कांग्रेस के मद्रास सत्र (1944) में प्रस्तुत एक लेख में ए. सुब्बाराया चेट्टी ने मन्दिरों के लिए टीपू के दानों और दूसरे अनुग्रहों की एक प्रभावशाली सूची पेश की थी जो अनेक स्रोतों पर आधारित थी।[33] शृंगेरी मठ के नाम पत्रों और दूसरे दानों से भी पता चलता है कि जुझारू इस्लाम में टीपू की अपनी उत्साहपूर्ण आस्था का सन्दर्भ हिन्दू धर्म से कथित टकराव नहीं, कुछ और था। मुख्यतः अंग्रेज़ों को अपना दुश्मन समझनेवाले टीपू के लिए इस्लाम पर ज़ोर देने का मतलब यह नहीं था कि उसकी हिन्दू प्रजा या उसके विश्वासों और मन्दिरों से टकराव की कोई बात उसके ज़ेहन में थी। अपने जिन सपनों को उसने गुपचुप काग़ज़ पर उतारा था उनमें से एक सपने (16 नवम्बर 1798) में वह एक बड़ा सा, ध्वस्त मन्दिर दिखाई देने की बात करता है। इसमें बहुत सी मूर्तियाँ थीं जिनकी आँखें नाच रही थीं। टीपू ने इन देवी-देवताओं की अभ्यर्थना की और अपने लोगों को इमारत की मरम्मत का आदेश दिया।[34] इस तरह यह सिर्फ़ नीति का विषय नहीं था, बल्कि उसके सुहृद सहिष्णुता के रवैये के पीछे विश्वासों में अचेतन भागीदारी भी मौजूद थी।[35]

1792 में अंग्रेज़ी फ़ौज जब टीपू की रियासत के बीचोबीच जा पहुँची तब इस मुहिम के वृत्तान्तकार ने इस इलाक़े की समृद्धि की बात लिखी थी और यह टिप्पणी की थी :

> चाहे हैदर द्वारा स्थापित व्यवस्था के कार्यकलाप के कारण हो, टीपू द्वारा अपने आचरण के लिए अपनाए गए सिद्धान्तों का परिणाम हो, या इसलिए हो कि बहुत बरसों से उसके इलाक़ों को हमलों के कारण कोई ख़ास नुक़सान नहीं हुआ था, या फिर इन अनेक कारणों के संयुक्त प्रभाव के कारण हो, यह मुल्क हर जगह बाशिन्दों से भरपूर पाया गया, और ज़ाहिर है कि मिट्टी जहाँ तक समर्थ थी, उसकी काश्त की गई थी, जबकि आख़िरी दम तक मैदाने-जंग में उसकी फ़ौजों की वफ़ादारी और अनुशासन उसमें मौजूद उम्दा नियम-क़ायदों के उतने ही पक्के सुबूत थे। कठोर और मनमानी होते हुए भी उसकी सरकार एक ऐसे होशियार और क़ाबिल बादशाह की हुकूमत थी जो अपनी प्रजा का दमन नहीं, पालन करता है, उसी प्रजा का जो उसकी भावी समृद्धि का साधन बनती, और आम तौर पर उसकी बेरहमियाँ उन्हीं लोगों के लिए होती थीं जिनको वह अपना दुश्मन समझता था।[36]

इस तरह ज़ाहिर है कि टीपू भले ही कुछ और करने का इच्छुक रहा हो, अपनी प्रजा के एक बड़े भाग के ख़िलाफ़ जंग छेड़ने का इच्छुक नहीं था। इसके विपरीत सुस्पष्ट

बाधाओं के बावजूद वह इसी इच्छा से प्रेरित था कि अपनी प्रजा की दशा सुधारे और इस तरह अपना ख़ुद का धन-धान्य बढ़ाए।

टीपू सुलतान : आर्थिक सुधार और आधुनिकीकरण

चूँकि कृषि मैसूर की पूर्व-आधुनिक अर्थव्यवस्था का प्रमुख क्षेत्र थी, स्वाभाविक रूप से कृषि में सुधार टीपू का प्रमुख सरोकार था। टीपू के एक आदेश से उसकी इस चिन्ता का पता चलता है कि अगर ग़लत समय पर मालगुज़ारी वसूली जाती है तो किसान अपने मवेशी बेचने के लिए मजबूर होंगे और इस तरह बदहाल हो जाएँगे। ऐसी बेवक़्त की वसूलियों से बचने की हिदायत दी गई थी और 'साधनहीन' (नादार) किसानों को 'मवेशी और अनाज की शक्ल में' तक़ावी क़र्ज़ देने की बात कही गई थी ताकि वे काश्तकारी कर सकें। हिदायत थी कि पुरानी नहरों और बन्धों की मरम्मत की जाए और नई बनाई जाएँ। इसी तरह नदियों पर बने पुराने बाँधों की मरम्मत कराने और नए बनवाने की बात कही गई थी। किसानों को सतानेवाले मुखियों (पटेलों, शानभोगों वग़ैरह) को सज़ा देने की हिदायत थी।[37] ये नियम-क़ायदे बड़ी हद तक मुग़ल प्रशासन समेत पुराने शासकों के परम्परागत सिद्धान्तों से मेल खाते थे। बुख़ानन का आरोप है कि सिंचाई के अपने साधन तैयार कराने के लिए टीपू ने पुराने साधनों से छेड़छाड़ की और उन्हें तबाह कर दिया।[38] पर यह आरोप इन आदेशों में निहित इस सरोकार से पुष्ट नहीं होता कि पुराने साधनों को अच्छी हालत में रखा जाए।

श्रीरंगपट्टम से 9 मील की दूरी पर कावेरी नदी पर वह प्रसिद्ध आधुनिक बाँध है जो कृष्णराज सागर नाम का विशाल जलाशय बनाने के लिए बनवाया गया था। जब 1911 में इसकी खुदाई हुई तो एक इबारत-दर्ज पत्थर अन्दर से निकला जिस पर 12 जून 1798 की तारीख़ दर्ज है। इस इबारत में ऐलान किया गया था कि सिंचाई का पानी उपलब्ध कराने के लिए उसी जगह पर टीपू सुलतान ने एक बाँध का शिलान्यास किया है और जो लोग इस पानी के सहारे नए क्षेत्रों में काश्त शुरू करेंगे उनकी चौथाई मालगुज़ारी मुआफ़ कर दी जाएगी।[39] टीपू इस बाँध के शिलान्यास के साल-भर के अन्दर मारा गया। इसलिए अगर यह बाँध अधूरा रहा और उसके बाद बर्तानवी नियंत्रण वाले शासन में उसकी उपेक्षा हुई तो इसमें टीपू के लिए कलंक जैसी कोई बात नहीं है। लेकिन यह सच्चाई उसकी तीव्र बुद्धि और रुचि के बारे में बहुत कुछ कहती है क्योंकि उसने बाँध के लिए ठीक उसी स्थान का चयन किया जिसे सौ साल से भी अधिक समय बाद आधुनिक इंजीनियरों ने चुना।

टीपू की दिलचस्पी कृषिजन्य पदार्थों के उत्पादन को बढ़ावा देने में भी थी। इसका पता एक बहुत दिलचस्प आदेश से चलता है कि कच्ची शकर बनानेवाले बुलाए जाएँ और उन्हें मिसरी और दानेदार शकर बनाने का प्रशिक्षण दिया जाए ताकि वे अपने-अपने इलाक़े में इन बेहतर क़िस्मों की शकर बना और बेच सकें।[40]

टीपू की दूरदृष्टि से भरे प्रवर्तन की एक और मिसाल मैसूर में रेशम के उत्पादन का आरम्भ है जो आगे चलकर एक सफल उद्योग के रूप में विकसित हुआ। शहतूत के पेड़ लगाने का काम ख़ास-ख़ास किसानों (ताल्लुक़दारों) को सौंपा गया। रेशम के कीड़े पालने के लिए 21 केन्द्र (कारख़ाने) स्थापित किए गए; इन कीड़ों की तैयारी हर माह की जानी थी और उनकी (बिक्री की) रक़म ख़ज़ाने में जमा होनी थी। टीपू को आशा थी कि साल-दर-साल रेशम का उत्पादन बढ़ता रहेगा।[41]

कृषि के सुधार में ऐसी दिलचस्पी अपने आपमें श्रेय की बात है। लेकिन औद्योगिक उत्पादन के क्षेत्र में उसके प्रयास उसे सभी समकालीन भारतीय शासकों से ख़ास तौर पर अलग ठहराते हैं। हम देख चुके हैं कि हैदर अली का ध्यान सेना के आधुनिकीकरण और बन्दूक़ों के उत्पादन पर केंन्द्रित था। 1787 में टीपू ने अपने फ्रांस जानेवाले दूतों को फ्रांस के बादशाह से यह कहने की हिदायत दी कि मैसूर में उसके पास 'ऐसे दस कारख़ाने हैं जिनमें अनगिनत बन्दूक़ें (बनादीक़) बनाई जा रही हैं।'[42] ये बन्दूक़ें यूरोपी बन्दूक़ों की तर्ज़ पर बनाई जाती थीं। 1786 में टीपू सुलतान के कारीगरों की बनाई हुई एक बन्दूक़ को देखकर पांडिचेरी के गवर्नर कोसिनी ने उसे यूरोप में बनी किसी भी बन्दूक़ के बराबर माना था। 1788 में टीपू के दूतों ने लुई 16वें को जब दो पिस्तौलें उपहार में दीं तो पेरिस में भी इसी राय का इज़हार किया गया था।[43] उस्मानी दरबार में जानेवाले टीपू के दूतों (1785-86) से कहा गया था कि वे तुर्कों के सामने गर्व से उन बन्दूक़ों का प्रदर्शन करें जो उनके साथ के आदमी ले गए और जो मैसूर में बनी थीं।[44] पर टीपू और अधिक सुधार चाहता था और उसने अपने पेरिस जा रहे दूतों से फ्रांस के बादशाह से यह प्रार्थना करने को कहा था कि वह उसके पास ऐसे 'दूसरे कारीगर भेजे जो नई डिज़ाइनों की बन्दूक़ें, मंजरियाँ (?), तोपें और लोहे की बन्दूक़ें (बैटरोई) बना सकें', जिसके लिए वह उन सबको मुनासिब मेहनताने देगा।[45] फलस्वरूप फ्रांस से वास्तव में एक खरादी और चार उस्ताद कारीगर लाए गए।[46] बुख़ानन ने तोपों की नलियाँ बनाने के लिए 'एक फ्रांसीसी कलाकार' द्वारा श्रीरंगपट्टम में लगाई गई एक मशीन का हवाला दिया है। इसे जलशक्ति से चलाया जाना था पर वास्तव में इसे बैलों की सहायता से चलाया जा रहा था।[47]

टीपू अगर अपने पिता से कहीं बहुत आगे बढ़ा तो इसका कारण उसकी यह चिन्ता थी कि हथियारों से अलग दूसरे क्षेत्रों में भी आधुनिक प्रौद्योगिकी का प्रयोग किया जाए। उसने अपने फ्रांस जा रहे दूतों से कहा था कि वे अपने बूते पर 'मुनासिब मेहनताने के बदले किताबों के मुद्रक' ले आएँ। फ्रांस के बादशाह से उन्हें यह प्रार्थना भी करनी थी कि वह उसके लिए 'एक घड़ियों के निर्माता, चीनी मिट्टी के सामान के एक निर्माता और काँच और आईनों के एक निर्माता' की सेवाएँ जुटाए।[48] 1797 में उसने फ्रांस से यह माँग की कि 'तोपों के दस खरादी, दस जहाज़-निर्माता, चीनी मिट्टी के सामान के दस निर्माता, काँच और आईनों के दस निर्माता, जहाज़ी घड़ियों (शब्दशः पहियों) और पानी खींचनेवाले (पहियों) व दूसरी तरह के पहियों के दस निर्माता तथा सोने का पानी चढ़ाने में कुशल कारीगर' भेजे जाएँ।[49]

टीपू एक छापाख़ाना तो क़ायम नहीं कर सका पर वह आधुनिक विधियों से काग़ज़ बनाने में ज़रूर कामयाब हुआ। (यह काग़ज़ यूरोपी ढंग से तारों पर बनाया जाता था।)[50] वह 'घड़ियों और छुरी-काँटे' वग़ैरह के उत्पादन में भी कामयाब रहा।[51] टीपू के अन्तिम दिनों में श्रीरंगपट्टम में घड़ियों का एक फ्रांसीसी निर्माता भी था।[52] उसकी सेवाओं का उपयोग दस्ती और ग़ैर-दस्ती घड़ियों के उत्पादन के लिए किया गया होगा। रहे छुरी-काँटे वग़ैरह तो टीपू अपने आदेशों में चाक़ुओं, क़ैंचियों और सुइयों का उत्पादन कर रहे अपने ख़ुद के कारख़ाने का हवाला देता है। विभिन्न क्षेत्रों में लुहार जमा करना और उन्हें उत्पादन की तकनीक का प्रशिक्षण देना इस कारख़ाने के निगहबानों का काम था ताकि ये लुहार अपने बूते पर ये चीज़ें बनाकर अपने-अपने क्षेत्र में बेच सकें।[53] इस आदेश की रौशनी में बुख़ानन का यह आरोप ख़ास तौर पर बेबुनियाद दिखाई देता है कि टीपू नई तकनीकों को अपनी प्रजा से गुप्त रखना चाहता था।[54]

अब इन तमाम बातों के बाद क्या कोई यह कहेगा कि टीपू सुलतान एक 'प्रवर्तनकारी शासक था (जिसने) कोई सुधार नहीं किया',[55] या यह कि उसका उद्देश्य 'अपने मुल्क में सुधार' लाने की जगह अपनी प्रजा को प्रभावित करना मात्र था ?[56]

टीपू के इन तमाम प्रयासों से स्पष्ट है कि वह बख़ूबी यह बात जानता था कि यूरोपवालों की कामयाबी का बहुत कुछ श्रेय प्रौद्योगिकी को जाता है। साथ ही उसकी यह राय भी थी कि यूरोपी शक्तियों ने अपना वर्चस्व कुछ विशेष वित्तीय और व्यापारिक संस्थाएँ और तौर-तरीक़े (कम्पनियाँ और इजारे) विकसित करके तथा नौसेना और बेड़ों का निर्माण और उपयोग करके स्थापित किया है। उनका अनुकरण यहाँ भी सम्भव था पर, प्रौद्योगिकी के परिणामों की तरह, यह काम भी सिर्फ़ राज्य के तत्त्वावधान में सम्भव था। इसलिए टीपू ने मैसूर में एक विशाल, राज्य द्वारा संचालित व्यापारिक उद्यम स्थापित करने की कोशिश की जो एक प्रकार का आदिम सार्वजनिक क्षेत्र था।

इसमें शक नहीं कि उपनिवेश काल से पहले भारतीय शासक अकसर अपनी आय बढ़ाने के लिए व्यापारिक गतिविधियाँ चलाते रहते थे। 17वीं सदी में पश्चिमी तट के मलिक अम्बर और शिवाजी जैसे शासकों के जहाज़ अरब सागर के आर-पार व्यापार करते रहते थे।[57] कर्नाटक और केरल तट के अनेक शासकों का काली मिर्च के व्यापार पर नियंत्रण या एकाधिकार था।[58] जैसा कि हमने देखा, हैदर अली ने अंग्रेज़ों से अपने जहाज़ों की रक्षा के लिए एक नौसेना की ज़रूरत को महसूस किया था। टीपू के दौर में ये विचार और भी ज़ोरदार ढंग से पनपे। इतना ही नहीं, यूरोप की ईस्ट इंडिया कम्पनियों के अनुकरण के लिए तथा नौसैनिक शक्ति और समुद्री व्यापार के आधार पर मैसूर को एक सामुद्रिक शक्ति बनाने के लिए उसने इन विचारों को एक भरी-पूरी परियोजना के रूप में भी विकसित किया।

इसीलिए टीपू सुलतान ने उस नौसेना को दोबारा खड़ा करने के लिए ज़ोरदार क़दम उठाए जिसे हैदर ने बनाया था और मैसूर की दूसरी जंग (1780-84) में खो दिया था। अंग्रेज़ों ने 1792 में जब होनावर (ओनोर) पर क़ब्ज़ा किया तो वहाँ उनको पास के एक

क़िलेबन्द द्वीप पर नौसेना सम्बन्धी भंडार मिले जिनमें 'साठ तोपों वाले जहाज़ का लगभग पूरा लोहा' मौजूद था। अंग्रेज़ों के हाथों में पड़ने से बचाने के लिए टीपू के जवानों ने इस जहाज़ को तोड़ डाला था जबकि वह 'लगभग पूरा हो चुका' था।[59] 1792 में इस ताज़ा शिकस्त के बाद टीपू ने नए सिरे से एक नौसेना खड़ी करने की योजना बनाई : इसमें 7 जंगी जहाज़ (जहाज़ते-जंगी) होते और उनमें हरेक पर 30 से 50 तोपें (दरख़्श) होतीं।[60]

लेकिन टीपू की ख़ास दिलचस्पी ऐसे जहाज़ों के निर्माण में थी जो व्यापार के काम आ सकें हालाँकि, जैसा कि उन दिनों के व्यापारिक जहाज़ों का क़ायदा था, ये भी प्रतिरक्षा के लिए हथियारों से लैस होते और इसलिए समुद्री कार्रवाई में इनका उपयोग किया जा सकता था। व्यापार और आगे चलकर समुद्री कार्रवाई में उनके उपयोग का आरम्भिक क्षेत्र स्वाभाविक रूप से अरब सागर था। उसके जहाज़ पहले से ही मस्क़त (ओमान) आ-जा रहे थे जहाँ 1785 से पहले ही उसकी सरकार की एक कोठी (फ़ैक्ट्री) क़ायम की जा चुकी थी।[61] उसी साल उसकी वृहत्तर योजनाओं के कारण उसे एक प्रतिनिधिमंडल क़ुस्तुंतुनिया के लिए रवाना करना पड़ा था।

वास्तव में चार हाकिमों के एक दल पर आधारित इस प्रतिनिधिमंडल के कूटनीतिक और व्यापारिक, दोनों प्रकार के उद्देश्य थे। दल की आधिकारिक डायरी में, जो दुर्भाग्य से अधूरी रह गई, व्यापारिक सौदों की प्रधानता है।[62] प्रतिनिधिमंडल, उसके विशाल अमलों और सामान को तीन जहाज़ों (फ़ख़रुल-मराकिब, फ़तहे-शाही मुइज़्ज़ी और नबी बख़्श) और एक छोटे गैली जहाज़ (गुरब) सूरती पर लादा गया, और ये 20 मार्च 1786 को टडरी बन्दरगाह से मस्क़त (ओमान) के लिए रवाना हुए। जहाज़ों पर लदे सामान में मुख्य रूप से काली (गोल) मिर्च, सन्दल की लकड़ी, दालचीनी और कपड़े शामिल थे जिन्हें मस्क़त, ईरानी बन्दरगाहों और बसरा (इराक़) में बेचा जाना था।[63] फिर भी टीपू सिर्फ़ सामान बेचने के लिए इतनी रक़म ख़र्च नहीं कर रहा था। उसे उम्मीद थी कि बसरा में व्यापार के लिए उसका एक स्थायी डिपो होगा और बन्दरगाह उसके अपने नियंत्रण में रहेगा। उसने अपने दूतों से कहा कि वे उस्मानी बादशाह से उसके लिए बन्दरगाह का इजारा हासिल करें। इससे उसे मानसून के दौरान अपने जहाज़ों के लिए एक सुरक्षित ठिकाना मिलता और क़ुस्तुंतुनिया को इजारे के बदले रक़म हासिल होती।[64] ज़ाहिर है कि वह विदेशों में अपना ख़ुद का एक प्रतिष्ठान स्थापित करके यूरोपी कम्पनियों की तरह काम करना चाहता था !

टीपू हिन्द महासागर से परे भी देख रहा था और यूरोप के लिए अपनी सीधी जहाज़ सेवा शुरू करना चाहता था। उसने 1789 में अपने प्रतिनिधिमंडल के साथ 400 हिन्दुस्तानियों से लदा एक जहाज़ फ्रांस भेजने का प्रस्ताव किया था; यह 'यूरोप के समुद्रों में दिखाई देनेवाला पहला हिन्दुस्तानी जहाज़' होता।[65]

आख़िरकार दोनों योजनाएँ धरी रह गईं। उस्मानी दरबार टीपू की प्रभुसत्ता को कूटनीतिक मान्यता देने से अधिक किसी और बात का इच्छुक नहीं था। इसके अलावा उसके दूतों को अरब सागर के पार ले जाते हुए उसके चार में से तीन जहाज़ तब नष्ट

हो गए जब वे बसरा के पास लंगर डाले खड़े थे—एक आग से और बाक़ी दो एक तूफ़ान में।[66] फ्रांस के बादशाह की सरकार भी टीपू को ज़बरदस्त समर्थन देकर इंग्लैंड को नाराज़ करना नहीं चाहती थी, और इसलिए उसने सिर्फ़ एक छोटे फ्रांसीसी जहाज़ पर मैसूर के दूतों को आने की इजाज़त दी।

मैसूर की तीसरी जंग (1790-92) में टीपू की शिकस्त ने उसकी सामुद्रिक महत्त्वाकांक्षाओं पर कठोर बन्धन लगा दिए। तब भी उसने सामुद्रिक और देश के अन्दर, दोनों प्रकार के व्यापार का विकास करने की योजनाओं पर और भी मन लगाकर ध्यान दिया।

अब (1793 में) वह चीज़ खड़ी हुई जो व्यवहार में एक राजकीय व्यापारिक निगम थी। इस निगम की अध्यक्षता नौ सदस्यों वाले एक बोर्ड के हवाले थी (उसके आदेश में सिर्फ़ चार के नाम दर्ज हैं) जिनको मलिकुत्तुजार कहा गया था। उसके हवाले था—

> जहाज़ों और कोठियों के ज़रिए और इस सरकार (सरकारे-ख़ुदादाद) की रियासत की विजयी सेना (के लश्करों) में और दूसरी (रियासतों) के इलाक़ों में व्यापार के मुआमलों का प्रबन्ध; ढले सिक्कों और अनढली धातुओं जैसे सोने, चाँदी आदि का और बारीक कपड़ों, सन्दल की लकड़ी, गोल काली मिर्च (छोटी और बड़ी), इलायची, सुपारी, नारियल और उसके फल, चावल, काफ़ूर और हाथियों और दूसरे मालों का व्यापार।

उनका काम सौदागरों की सेवाएँ लेना, कोठियाँ क़ायम करना और मुनासिब खाता-बही रखना था।[67]

टीपू की रियासत में श्रीरंगपट्टम, बंगलौर और मंगलौर समेत 30 स्थानों पर तथा उसके बाहर मद्रास, पांडिचेरी, माहे, पूना, नागौर, कच्छ, कराची और मस्क़त समेत 17 स्थानों पर ऐसी कोठियाँ क़ायम हो गईं।[68]

इस उद्यम के लिए पूँजी का बड़ा भाग लाज़मी तौर पर सरकारी ख़ज़ाने से दिया गया। आरम्भिक निवेश 4 लाख राहती या पगोड़े का था जो 12 लाख रुपए के बराबर हुआ।[69] लेकिन एक बहुत ही दिलचस्प आदेश में टीपू निगम के अधिकारियों से कहता है कि वे जनता से रक़म जमा करके भी पूँजी जुटाएँ। यह काम सालाना आधार पर किया जाता और साल-भर के बाद ब्याज (नफ़ा) समेत मूलधन लौटा दिया जाता। जमाराशि के अनुसार ब्याज की दरें अलग-अलग होतीं और छोटे जमाकर्ताओं को अधिक ब्याज मिलता, जैसे—

जमाकर्ता	जमाराशि	ब्याज दर
छोटा	5 से 500 इमामी	50 प्रतिशत
मझोला	500 से 5,000 इमामी	25 प्रतिशत
बड़ा	5,000 इमामी से अधिक	12 प्रतिशत

(**टिप्पणी** : टीपू ने अपने रुपए को इमामी नाम दिया था।)

खुले तौर पर यह अन्तर 'कमज़ोरों, लाचारों और ग़रीबों' को प्रोत्साहन देने के लिए किया गया था। तय था कि जमाराशि की बाक़ायदा रसीदें दी जाएँगी, रक़म को व्यापार में लगाया जाएगा और माँग पर (परिपक्वता पर ?) मूल और ब्याज फ़ौरन लौटा दिए जाएँगे।[70] ज़ाहिर है कि टीपू ने छोटे निवेशक को आकर्षित करने के प्रयास किए, पर ब्याज की दरें साफ़ तौर पर बहुत अधिक थीं, और यह कहना मुश्किल है कि अमीरों को जाली नामों से छोटी-छोटी रक़में जमा करने से कैसे रोका जाता। फिर भी इस योजना में लोक-कल्याण का एक सुस्पष्ट तत्त्व अवश्य था, और यह शायद ही उस कुत्सा की पात्र हो जिसका शिकार इसे विल्क्स और दूसरों ने बनाया है।[71]

यह निगम एक और संगठन की मार्फ़त अपने लिए माल प्राप्त करता था। इस संगठन का प्रमुख नौ सदस्यों के एक बोर्ड को बनाया गया था (जिनमें से छः के नाम दर्ज हैं) और हरेक को आसिफ़े-हुज़ूर का लक़ब दिया गया है। इस बोर्ड का काम था नागरिक प्रशासन, जंगी जहाज़ों का रख-रखाव, बन्दूक़ें, तोपें, कटलरी (चाक़ू, क़ैंची और सुई) तथा रेशम का उत्पादन करनेवाले कारख़ानों का प्रबन्ध, बैल विभाग (20,000 मवेशी) और भेड़ों (50,000) का रख-रखाव। इस बोर्ड से अपेक्षा थी कि वह व्यापार निगम (मलिकुत्तुजार) की चावल, नारियल, काली मिर्च, सन्दल की लकड़ी, दालचीनी, इलायची, शहद, मोम वग़ैरह सम्बन्धी माँगें पूरी करेगा। ये चीज़ें निगम की कोठियों की तरफ़ से स्थानीय स्तर पर ख़रीदी जातीं।[72]

ये सामान मुख्यतः निर्यात के लिए होते और, जैसा कि हमने देखा, टीपू की योजना अपने इस निगम के लिए मैसूर के बाहर अनेक कोठियाँ बनाने की थी। ऐसी चार कोठियाँ पहले से थीं—दो मस्क़त और दो कराची में।[73] कराची और उसके आगे के इलाक़े से व्यापार शुरू करने के लिए 1796 में एक दल अफ़ग़ान शासक ज़मान शाह के पास भेजा गया जो तब सिंध पर क़ाबिज़ था। इन बन्दरगाहों के साथ व्यापार टीपू के अपने जहाज़ों के ज़रिए होता। इसके लिए उसने ग्यारह एडमिरलों (मीराने-यम) की अध्यक्षता में एक और विभाग स्थापित किया था।

टीपू के आदेशों से पता चलता है कि उन दिनों (1792-93) वह दो श्रेणियों के तीन पाल वाले 40 जहाज़ बनवाने की योजना बना रहा था। एक तो 20 बड़े जहाज़ जिनमें से हरेक पर 72 या 62 तोपें होतीं और दूसरे 20 छोटे जहाज़ जिनमें से हरेक पर 46 तोपें होतीं। ये जहाज़ मंगलौर, कुंदापुर और टडरी के बन्दरगाहों में खड़े होते। इन्हें मीराने-यम की निगरानी में रखा जाता और इन पर अनेक श्रेणियों के नौसैनिक अधिकारी तथा साथ में जहाज़ी अमले, चालक, लुहार, बढ़ई वग़ैरह भी होते।[74] टीपू की शहादत के बाद अंग्रेज़ों को, जब उन्होंने 1799 में इन तीनों बन्दरगाहों पर क़ब्ज़ा किया, उसके बेड़े के आठ जहाज़ और अनेक छोटे जहाज़ अच्छी हालत में मिले।

ज़ाहिर है टीपू की योजनाएँ उन सांगठनिक और तकनीकी, दोनों प्रकार के संसाधनों से बाहर की चीज़ थीं जिन्हें वह जुटा सकता था; वैसे उसके अपने जोश-ख़रोश के बावजूद वक़्त भी उसके साथ नहीं था। जैसा कि आज हम देख सकते हैं, उसके

दौर के और बाद के दूसरे सभी स्वतंत्र भारतीय शासकों की तरह उसकी एक कमज़ोरी यह थी कि वह अपनी प्रजा के लिए यूरोपी भाषाओं की शिक्षा की व्यवस्था करके आधुनिक विज्ञान और प्रौद्योगिकी तक सीधे पहुँचने में असफल रहा। मुमकिन है उसने 1787 में जब चार सौ लोगों को भरकर फ्रांस के लिए एक जहाज़ भेजने की बात सोची थी तब उसे उम्मीद रही हो कि ये लोग फ्रांसीसी भाषा का ज्ञान और फ्रांसीसी हस्तकलाओं का प्रशिक्षण लेकर वापस आएँगे।[75] उसने 1788 में अपने दूतों की मार्फ़त यह प्रस्ताव भी रखा कि वह अपने एक बेटे को माध्यमिक शिक्षा पाने के लिए फ्रांस भेजेगा।[76] पर कोई भी योजना कामयाब नहीं हो सकी।

ख़ुद टीपू थर्मामीटर और बैरोमीटर जैसे वैज्ञानिक उपकरणों में, गणित सम्बन्धी उपकरणों में,[77] और यांत्रिक वस्तुओं में दिलचस्पी लेता था, जैसे एक बाघ के खिलौने में जो चाबी दिए जाने पर शोर करता था। ग़ालिबन इसे उसके लिए किसी फ्रांसीसी कारीगर ने बनाया था।[78] पर इसका कोई प्रमाण नहीं मिलता कि ख़ुद उसने यूरोप की प्रौद्योगिकी की वस्तुओं से आगे बढ़कर सैद्धान्तिक विज्ञान की भारी प्रगति से परिचय पाने की कोशिश की हो। काफ़ी ध्यान देकर उसने फ़ारसी और अरबी किताबों का एक पुस्तकालय बनाया था। विजेताओं द्वारा 1799 में तबाह कर दिए गए इस पुस्तकालय का जो भी अंश आज बचा है उसके आधार पर देखें तो इसमें धर्मशास्त्र और विधिशास्त्र पर तथा लौकिक विज्ञान सम्बन्धी पुस्तकें भी थीं। पर ज़ाहिरा तौर पर उसमें यूरोपी भाषाओं से अनूदित सामग्री नहीं के बराबर थी।[79] इस तरह टीपू का बौद्धिक क्षितिज विरासत में मिले परम्परागत ज्ञान तक सीमित था। यहाँ उसके प्रवर्तन या तो परम्परागत तर्ज़ों पर थे—मसलन उसने पैग़म्बर के जन्म से शुरू करके एक नया और सौर संवत चलाया[80]—या फिर उसने मनमर्ज़ियों का सहारा लिया, जैसे दाएँ से बाएँ की ओर अंकों को लिखकर संख्याएँ बनाना।[81]

इस तरह टीपू और उसका मैसूर, उसके अपने दिलेरी से भरे और अनथक प्रयासों के बावजूद अभी भी आधुनिक सभ्यता की सही शुरुआत से कोसों दूर थे।

प्रतिरोध : अन्त तक

दूसरा आंग्ल-मैसूर युद्ध जिस साल (1784 में) मंगलौर की सन्धि के साथ समाप्त हुआ, उसी साल बर्तानवी संसद ने एक व्यापक क़ानून पारित किया जिसे पिट का भारत अधिनियम कहते हैं। इसमें ईस्ट इंडिया कम्पनी की मार्फ़त भारत में बर्तानिया के इलाक़ों के शासन का स्वरूप निश्चित किया गया था। इस क़ानून में एक निर्विवाद सत्य के रूप में संसद ने मेहरबानी करके यह ऐलान फ़रमाया था कि 'भारत में विजय की और क्षेत्रीय प्रसार की योजना पर अमल (बर्तानवी) राष्ट्र की इच्छा, सम्मान और नीति के ख़िलाफ़ है।' प्लासी (1757) के बाद भारत में अंग्रेज़ों का इलाक़ा किस तरह बढ़ा था, उसे देखते हुए यह दावा मक्कारी से भरा और हास्यास्पद था। फिर इसके बाद मैसूर

की जो दो लड़ाइयाँ (1790-92 और 1799) हुईं उन्होंने यह दिखा दिया कि अभिप्राय के वक्तव्य के रूप में भी यह आत्मप्रशंसापूर्ण आत्मनिषेध उन दिनों के आम संसदीय पाखंड के प्रदर्शन से अधिक कुछ भी नहीं था।

वास्तव में मैसूर को चुनकर भयानक दुश्मनाना प्रचार का निशाना बनाया गया। हैदर और फिर टीपू ने अंग्रेज़ फ़ौजों को हराने और अंग्रेज़ अफ़सरों व फ़ौजियों को युद्धबन्दी बनाने की गुस्ताख़ी की थी; यहाँ तक कि 1783 में जनरल मैथ्यूज़ तक को युद्धबन्दी बना लिया गया था। इन अंग्रेज़ क़ैदियों ने अपनी रिहाई के बाद टीपू के आदमियों के हाथों बदसुलूकी की शिकायतें कीं और बार-बार कहे जाने के दौरान इन कहानियों में मिर्च-मसाला बढ़ता ही गया।

तब यह सवाल बहुत कम लोगों ने पूछा था, और बाद में भी बहुत कम लोगों ने पूछा, कि अंग्रेज़ *अपने* युद्धबन्दियों के साथ कैसा सुलूक करते थे। पर तब भी कुछ लोग थे जो इस सवाल को लेकर परेशान थे; इनमें टीपू की 'बर्बरताओं' के बारे में किसी कप्तान हेनरी ओक्स द्वारा लिखी गई रोमांचक गाथा का प्रकाशक भी शामिल था। इस गाथा के साथ परिशिष्ट में लेफ़्टिनेंट जॉन चार्ल्स शीन का एक पत्र छपा था; यह शख़्स जनरल मैथ्यूज़ की फ़ौज में रह चुका था। उसका कहना है कि बेडनूर पर क़ब्ज़ा करने के बाद जनरल मैथ्यूज़ के फ़ौजियों ने जब अनन्तपुर के क़िले पर हमला किया तो—

> हल्ला बोलने और *कोई रहम न करने* का हुक्म हुआ जिस पर फ़ौरन अमल शुरू हुआ, और *हर शख़्स को तलवार की नज़्र कर दिया गया,* सिवाय एक घुड़सवार के जो तीन अलग-अलग जगहों पर घायल होने के बावजूद भागने में कामयाब रहा। उसके बाद एक बहुत ही भयानक मंज़र सामने आया : चार सौ से ज़्यादा औरतें संगीनों से या तो मार डाली गईं या जख़्मी हुईं, वे एक-दूसरे की बाँहों में मरीं, जबकि निजी सिपाही हर तरह की तबाही ढाते रहे और उनके ज़ेवरात लूटते रहे, और अफ़सर उन्हें रोकने में नाकाम रहे।[82]

जब अक्तूबर 1791 में पेनाग्रा क़िले में मौजूद, टीपू के फ़ौजियों ने हथियार डाले तो छावनी के डेढ़ सौ जवान बेरहमी से 'तलवार की नज़्र कर दिए गए' क्योंकि उन्होंने और भी पहले समर्पण न करके 'युद्ध के नियमों का उल्लंघन' किया था।[83]

यानी कि टीपू का क़ुसूर यह था कि वह रहम करता था और युद्धबन्दियों को ज़िन्दा रखता था। अंग्रेज़ कोई रहम नहीं करते थे और इसलिए उनके हाथों में युद्धबन्दी ज़िन्दा नहीं बचते थे; बदसुलूकी वे किससे करते !

इसलिए टीपू की 'क्रूरताओं' पर ओक्स की दिल दहलानेवाली कहानी के प्रकाशक को भी स्वीकार करना पड़ा : 'उसका (टीपू का) आचरण ज़ाहिर है कि प्रतिशोध के सिद्धान्तों पर आधारित था, और यह बात साफ़ तौर पर स्वीकार करनी होगी कि (अंग्रेज़) कम्पनी की फ़ौज दुश्मन के आचरण को एक बड़ी हद तक उचित ठहराती है।'[84] पर यह तो नक़्क़ारख़ाने में तूती की आवाज़ थी। फ़ौरन इसे चुनौती भी मिली।

मुद्रित शब्द के माध्यम से आधुनिक प्रचार-कला टीपू को एक ऐसे दरिन्दा खलनायक के रूप में पेश करने में कामयाब रही जिसका सिर बर्तानवी प्रतिशोध माँग रहा था और जिसके ख़िलाफ़ हर तरह की जंग उचित थी।

इस प्रचार से अनजान होने के बावजूद टीपू इस बात को समझ रहा था कि हिन्दुस्तान का एक बड़ा भाग जीत लेने के बाद अंग्रेज़ और इलाक़े भी जीतना चाहेंगे और चूँकि मैसूर उनकी राह में बाधा बनकर खड़ा था, टकराव निश्चित था। इसलिए उसने संजीदगी से अपनी फ़ौज में सुधार की कोशिशें कीं। टीपू के निर्देश पर और संभवतः आंशिक रूप से टीपू के बोले हुए अल्फ़ाज़ को दर्ज करके ज़ैनुल-आबिदीन शुस्तरी ने 1783 में सैन्य संगठन और रणनीति पर एक पुस्तिका *फ़तहुल मुजाहिदीन* शीर्षक से लिखी थी।[85] सुनिश्चित डिवीज़नों में सेना के नए संगठन की एक स्पष्ट छाप इस पुस्तिका पर नज़र आती है। (इसकी मुख्य इकाई 'क़ूशुन' थी जिसे अंग्रेज़ों ने ब्रिगेड के समकक्ष माना था।[86]) टीपू इसे एक महत्त्वपूर्ण रचना मानता था। न सिर्फ़ इसकी प्रतियों का बड़े पैमाने पर वितरण किया गया (एशियाटिक सोसायटी, कलकत्ता के पुस्तकालय में इसकी 26 और इंडिया आफ़िस लाइब्रेरी, लन्दन में 22 प्रतियाँ हैं), बल्कि बाद के बरसों में भी टीपू इसे अपने पत्रों और आदेशों में उद्धृत करता रहा।[87] हम पहले ही देख चुके हैं कि बन्दूक़ों और तोपों के उत्पादन और आयात के द्वारा टीपू किस तरह हर वक़्त अपनी सेना में सुधार की कोशिश करता रहा।

ज़ाहिरा तौर पर अपनी प्रजा की वफ़ादारी के प्रति आश्वस्त टीपू वह अकेला शख़्स भी था जिसने एक प्रकार के जनयुद्ध की परिकल्पना की थी। अपनी हुकूमत के शुरुआती दौर में ही उसने मालगुज़ारों से कहा था कि वे 'अपने साथ एक बन्दूक़ लेकर चलें, और किसानों से भी बन्दूक़ें लेकर चलने को कहें; मालगुज़ारों को चाहिए कि हर रोज़ सभी किसानों के साथ आबाद इलाक़े से बाहर जाकर किसी दीवार पर निशानेबाज़ी की मश्क़ करें।'[88] लेकिन यह अति-उत्साह से भरा उद्‌गार मात्र हीं था क्योंकि इस काम के लिए पर्याप्त संख्या में बन्दूक़ें, बल्कि तोड़ीदार बन्दूक़ें भी नहीं रही होंगी।

इसी क़दर अयथार्थ टीपू की वे उम्मीदें भी थीं जिनको 1785 में काग़ज़ की नज़्र किया गया। वह उस्मानी सुलतान को अपनी फ़ौजें मैसूर भेजने के लिए प्रेरित करना चाहता था, जिनका ख़र्च टीपू उठाता।[89] इसी तरह वह चाहता था कि फ्रांस का बादशाह अपनी फ़ौज भारत भेजे ताकि वह टीपू के साथ मिलकर लड़ सके और दोनों दक्षिण भारत में (और फिर मुमकिन हुआ तो बंगाल में) अंग्रेज़ों के इलाक़ों को आपस में मिल-बाँट सकें।[90] तुर्की के पास फ़ौज भेजने की न तो इच्छा थी और न क्षमता थी। फ्रांस भी बर्तानिया के साथ (1783 में समाप्त) अपनी ख़र्चीली जंग के बाद एक वित्तीय संकट में फँसा था और 1789 की क्रान्ति की ओर बढ़ रहा था। इसलिए जिसे मैसूर की तीसरी जंग (1790-92) कहा गया उसमें टीपू को बर्तानवी ताक़त का मुक़ाबला अकेले ही करना पड़ा।

कार्नवालिस इस जंग का मंसूबा तभी बना चुका था जब उसने, 1 जुलाई 1789

को, निज़ाम को एक फ़ौजी दस्ता इस शर्त पर देने की पेशकश की थी कि साथ में लगी हिन्दुस्तानी रियासतों के ख़िलाफ़ इस्तेमाल नहीं किया जाएगा; मैसूर को जान-बूझकर इस शर्त से बाहर रखा गया था। निज़ाम को यह पेशकश भी की गई कि भविष्य में उसके साथ वे इलाक़े बाँट लिये जाएँगे जो तब मैसूर के अन्तर्गत थे। साथ ही त्रावणकोर के राजा को पूरा संरक्षण दिया गया हालाँकि एक विवादग्रस्त क्षेत्र में डचों के दो क़िले ख़रीदकर ख़ुद उसने टीपू को जंग के लिए भड़काया था। दिसम्बर 1789 में 'त्रावणकोर की प्रतिरक्षा पंक्ति' यानी एक लम्बी घेराबन्द दीवार पर हमले के रूप में टीपू ने जब इसका जवाब दिया तो कार्नवालिस को वह मौक़ा मिल ही गया जिसका वह इन्तज़ार कर रहा था।

मैसूर की तीसरी जंग (1790-92) ऐसे हालात में लड़ी गई जो पूरी तरह टीपू के ख़िलाफ़ थे। फ्रांसीसी पूरी तरह तटस्थ रहे; वास्तव में क्रान्तिकारी शासन शाही फ़ौज को गहरे शक की निगाह से देखता था और इसलिए फ्रांस टीपू की मदद के लिए कुछ ख़ास कर भी नहीं सकता था। दूसरी ओर मैसूर की लूट के लिए निज़ाम और मराठे अंग्रेज़ों से जा मिले, और टीपू को अपनी रियासत की सभी सरहदों पर दुश्मनों का सामना करना पड़ा। इसके बावजूद वह और उसके फ़ौजी ख़ूब लड़े। टीपू ने पहले तो जंगी कलाकारियाँ दिखाईं और कर्नाटक को चीरता हुआ जनवरी 1791 में पांडिचेरी तक जा पहुँचा। उसी साल मई में उसने गवर्नर-जनरल लॉर्ड कार्नवालिस को श्रीरंगपट्टम जानेवाले रास्तों से पीछे हटकर बंगलौर जाने पर मजबूर कर दिया। पर कार्नवालिस के साथ मराठा फ़ौजों के आ मिलने से हालात बदल गए, और टीपू को आख़िरकार फ़रवरी 1792 में श्रीरंगपट्टम की सन्धि में अंग्रेज़ों की शर्तें माननी पड़ीं।

इस सन्धि ने टीपू को उसकी आधी रियासत से वंचित कर दिया और उस पर 3.30 करोड़ रुपए का भारी हर्जाना ठोंक दिया जो उन दिनों बहुत बड़ी रक़म थी। इसकी अदायगी *एक साल के अन्दर* की जानी थी और इसके बदले टीपू के दो बेटे बन्धक बना लिये गए।[91] उन दिनों के एक बर्तानवी अनुमान के अनुसार जंग से पहले टीपू की रियासत का राजस्व 25 लाख पौंड यानी 2.20 करोड़ रुपए था।[92] चूँकि अब उससे उसकी आधी रियासत छीन ली गई थी, उससे व्यवहार में ऐसी रक़म माँगी जा रही थी जो उसके पास बचे इलाक़े के कुल वार्षिक राजस्व की तीन गुनी थी।

कार्नवालिस को शायद यह उम्मीद थी कि यह रक़म अदा नहीं हो पाएगी और तब टीपू पर और भी बड़ी शर्तें लादी जा सकेंगी। पर टीपू यह रक़म अदा करने में कामयाब रहा हालाँकि इस प्रक्रिया में वह बचा-खुचा इलाक़ा भी तबाह हो गया जिससे यह रक़म हासिल की गई। उसे अपनी प्रजा पर मजबूर होकर 1.60 करोड़ रुपए के कर लगाने पड़े; बाक़ी रक़म (1.10 करोड़) ख़ज़ाने से दी गई और फ़ौज से जबरन 'उपहार' रूप में (0.60 करोड़) ली गई। इसके स्वाभाविक परिणाम के रूप में जो दमन सामने आया वह उन्हीं अंग्रेज़ों के लिए टीपू को शैतान रूप में पेश करने का बहाना बन गया जिन्होंने उसे इस छोर तक जाने के लिए मजबूर किया था।[93]

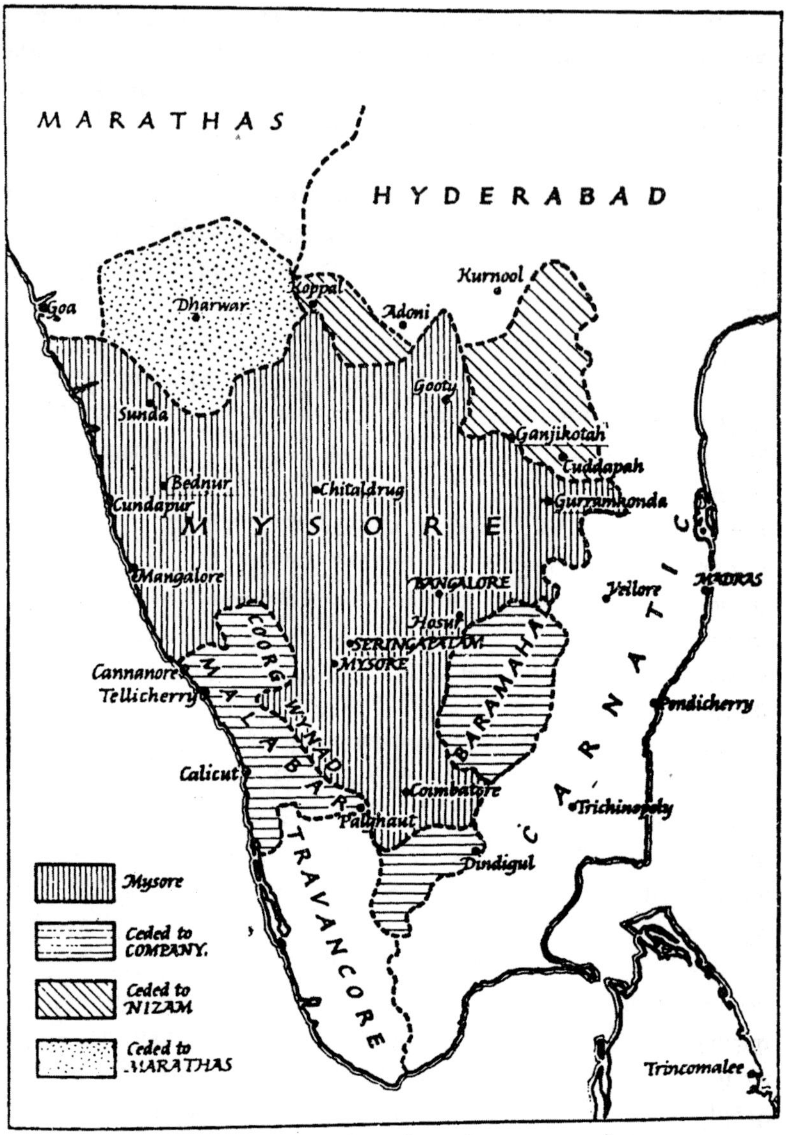

श्रीरंगपट्टम की संधि के बाद मैसूर और उसके आसपास का क्षेत्र, 1792

टीपू की सरकार सलामत रही और बाद के कुछ बरसों में वह कृषि, व्यापार और उद्योग का विकास करने, सेना का पुनर्गठन करने और अपने बेड़े को नए सिरे से बनाने की योजनाओं में मन लगाकर जुटा रहा—यह बात उस शख़्स के लिए ही नहीं, उस व्यवस्था के लिए भी श्रेय की बात है जो ऐसे भारी धक्के के बाद भी काम करती रही। जैसा कि हमने देखा, उसके कुछ बेहद दिलचस्प प्रवर्तन आख़िरी जंग से पहले 1792-99 के इसी मध्यान्तर-काल में सामने आए।

टीपू को पता रहा होगा कि मैसूर की सेना और आर्थिक शक्ति के पुनर्निर्माण सम्बन्धी उसके प्रयासों को वही अंग्रेज़ ध्यान से देख रहे थे जिन्होंने उसके क़द को तो छोटा कर दिया था पर उसकी आज़ादी में कोई कमी नहीं ला सके थे। अब उसकी आख़िरी उम्मीद फ्रांस की मदद पर टिकी हुई थी।

तीसरे आंग्ल-मैसूर युद्ध (1790-92) के पूरे काल में फ्रांस अपनी ही आन्तरिक समस्याओं में उलझा रहा क्योंकि राज-परिवार और सामन्त वर्ग दोनों क्रान्ति के विरोध में विदेशी ताक़तों के साथ मिलकर साज़िश रच रहे थे। प्रशा के हमलावरों को पीछे हटाने के बाद आख़िरकार (सितम्बर 1792 में) राजतंत्र का उन्मूलन कर दिया गया। यूरोप की दूसरी सभी बड़ी ताक़तें फ्रांस के ख़िलाफ़ थीं, और 1793 के शुरुआती दिनों में ही इंग्लैंड से उसकी जंग शुरू हो गई। अब कोई तटस्थ था तो टीपू था, जबकि फ्रांस इंग्लैंड से लड़ रहा था और सहयोगी तलाश रहा था। टीपू उसकी गुहारों का जवाब देने के लिए तैयार था और उसने भविष्य में संयुक्त सैनिक कार्रवाई के लिए 1796 में समझौते का एक मुसव्विदा भी भेजा। शर्त यह थी कि फ्रांसीसी दक्षिण भारत में अपने 10,000 जवान उतारें। पर फ़्रांस में ऐसा कोई क़दम उठाने की हैसियत अब बाक़ी नहीं थी।[94]

इक्का-दुक्का फ्रांसीसी फिर भी आते रहे और उन्हीं के साथ क्रान्तिकारी फ्रांस के नए विचार भी पहुँचे। श्रीरंगपट्टम में एक जैकोबिन क्लब भी स्थापित हुआ। 15 मई 1797 को 'नागरिक टीपू' की मौजूदगी में, 2,300 तोपों की सलामी के बीच, गणराज्य का झंडा लहराया गया और स्वतंत्रता का पौधा रोपा गया। इसकी कोई तात्कालिक प्रासंगिकता भले न रही हो, यह घटना भारत की धरती पर स्वतंत्रता और समानता की पहली घोषणा के रूप में हमेशा याद की जाएगी।

लेकिन फ्रांस से कोई भारी मदद मिलने की उम्मीद नज़र नहीं आ रही थी। 1797-98 में एक दल फ्रांसीसी द्वीप मारीशस गया जहाँ से 99 फ्रांसीसियों की सेवाएँ प्राप्त हुईं। इन लोगों ने द्वीप के गवर्नर-जनरल मालार्तिक द्वारा 30 जनवरी 1798 को की गई एक घोषणा के जवाब में अपनी सेवाएँ प्रस्तुत की थीं। मैसूर पर अंग्रेज़ों के आख़िरी हमले (1799) का औचित्य ढूँढ़ने के लिए इस दस्तावेज़ का लगभग चिन्दी-चिन्दी इस्तेमाल किया गया।

यह हमला उसी वक़्त किया गया जब टीपू अंग्रेज़ों के दूत जॉन डवटन के आने की उम्मीद कर रहा था। जनरल हैरिस की कमान में फ़ौजी 5 मार्च 1799 को मैसूर में घुस आए जिसके लिए गवर्नर-जनरल लॉर्ड वेलेज़ली ने ही हुक्म दिया था। उस

हमलावर कार्रवाई के लिए बताए गए कारण क़ानून की किसी कसौटी पर खरे नहीं उतर सकते। 1792 की श्रीरंगपट्टम की सन्धि में विदेशी ताक़तों से अच्छे सम्बन्ध रखने के बारे में टीपू पर कोई पाबन्दी नहीं लगाई गई थी। उन दिनों यूरोप में अन्तर्राष्ट्रीय क़ानूनों की जो समझ थी उसके अनुसार तटस्थ देशों को दोनों युद्धरत पक्षों से सम्बन्ध रखने का अधिकार था। टीपू भी इंग्लैंड और फ्रांस की जंग में तटस्थ ही था। वेलेज़ली की कार्रवाई के पीछे किसी फ्रांसीसी हमले का डर भी नहीं था क्योंकि मिस्र में नील की जंग (1798) में नेपोलियन के बेड़े पर नेल्सन की जीत के बाद मिस्र से भारत के लिए एक फ्रांसीसी मुहिम का सारा ख़तरा मिट गया था। (वैसे भी यह संभावना हमेशा कल्पना-लोक की ही चीज़ रही।) ख़ुद वेलेज़ली ने टीपू के नाम अपने 4 नवम्बर 1798 के ख़त में इस जीत का फ़ख्र के साथ ऐलान किया था।

हमले का कारण बहुत सीधा-सा था—फ़तह पाना और इलाक़ा हथियाना, और इस तरह ख़िराज का एक और स्रोत हासिल करना जो भारत में औपनिवेशिक प्रसार का प्रमुख उद्‌देश्य था। श्रीरंगपट्टम के पतन के छः माह के अन्दर बोर्ड ऑफ़ कंट्रोल के अध्यक्ष (यानी बर्तानिया के भारत-प्रभारी मंत्री) हेनरी डंडस को वेलेज़ली ने लिखा था :

> अगर आप थोड़ा-सा सब्र करें तो निज़ाम की मौत ग़ालिबन मुझे इस क़ाबिल बनाएगी कि मैं आपकी इलाक़ों और क़िलों की भयानक भूख को मिटा सकूँ। मुझे उम्मीद है श्रीरंगपट्टम से कुछ वक़्त तक आपका पेट भरा रहेगा, तंजौर और पोलीगर मुल्कों की बात ही क्या ! अगर आप फिर भी भूखे रहे तो हो सकता है मैं आपको अवध और कर्नाटक का भोज कराऊँ।[95]

यह कोई मज़ाक़ की बात नहीं थी। अवध और कर्नाटक, दोनों के बारे में वेलेज़ली ने जो प्रस्ताव किया था, वह जल्द ही पूरा भी हो गया।[96]

उन दिनों दिया गया कोई भी कारण, यहाँ तक कि अंग्रेज़ों के ख़िलाफ़ टीपू की 'गुप्त' कार्रवाइयों का बाद में गढ़ा गया ब्योरा भी[97] वेलेज़ली की कार्रवाई के सही चरित्र को छिपा नहीं सकता। यह था : नंगा, औपनिवेशिक आक्रमण।

टीपू ने इसका ठंडे दिमाग़ से और होशियारी से मुक़ाबला किया। पहले तो उसने मैदान में लड़ने की कोशिश की और फिर पीछे हटकर श्रीरंगपट्टम पहुँच गया। उसकी फ़ौजों और प्रजा पर उसका प्रभाव ज्यों का त्यों बना रहा। पर चूँकि उसकी रियासत आधी रह गई थी, निज़ाम अंग्रेज़ों से जा मिला था और मराठे मुँह फेरे दूसरी ओर देख रहे थे, हालात बुरी तरह उसके ख़िलाफ़ थे। उसका आख़िरी फ़ैसला भी ठंडे दिमाग़ से ही लिया गया था : समर्पण नहीं बल्कि लड़ते-लड़ते मृत्यु। 4 मई के रोज़ जो अंग्रेज़ अफ़सर उसके महल में घुसे और जिन्हें उम्मीद थी कि वह उन्हें समर्पण का प्रस्ताव लेकर खड़ा मिलेगा, उन्होंने उसे बहुत ग़लत समझा था। वह तथाकथित जलद्वार पर लड़ते हुए मारा जा चुका था। बाद में वहाँ अंग्रेज़ सिपाहियों ने औरतों समेत जो भी मिला उसी को मार डाला। टीपू की लाश उन लाशों से ढक गई थी जिनका 'एक ऊपर

एक ढेर लगा हुआ था।'[98]

श्रीरंगपट्टम में विजयी सेना की निर्मम लूटमार और क़त्लो-ग़ारत शुरू हो गई। सज्जनता के साथ सिर्फ़ एक काम हुआ : सैनिक सम्मान के साथ टीपू की अन्त्येष्टि। शायद इसकी ज़रूरत हरेक को यह भरोसा दिलाने के लिए समझी गई हो कि ख़ौफ़नाक दुश्मन मर चुका है, ताकि आगे कोई और प्रतिरोध न करे।

इस अवसर पर मौजूद एक अंग्रेज़ दर्शक ने लिखा है कि जब विजयी सेना लोगों के घरों और सम्पत्तियों को लूट रही थी तब भी श्रीरंगपट्टम के लोग उन सड़कों के दोनों ओर खड़े थे जिनसे टीपू का जनाज़ा गुज़रा। 'उनमें से बहुत से लोग जनाज़े के सामने लेट गए और ज़ोरों से रो-रोकर अपने दुख का इज़हार करते रहे।'[99]

दो सौ साल पहले टीपू के बारे में उसके अपने लोगों का एहसास इसी क़िस्म का था।

सन्दर्भ और टिप्पणियाँ

1. हैदर अली के बारे में मेरे तथ्य आम तौर पर एन.के. सिनहा द्वारा लिखित सटीक जीवनचरित *हैदर अली,* तीसरा संस्करण, कलकत्ता, 1959 से लिये गए हैं। इसके साथ बी. शैख़ अली कृत *इंग्लिश रिलेशंस विद हैदर अली,* मैसूर, 1963 का उपयोग किया जा सकता है।
2. तोड़ीदार बन्दूक़ (मैचलाक) को '18वीं सदी के मध्य तक तीर-कमान से घटिया समझा जाता था और ये तब भी प्रचलित थे। तोड़ीदार बन्दूक़ मुख्य रूप से पियादा फ़ौज को दिए जाते थे जिसे मुग़ल कमानदारों की राय में घुड़सवार फ़ौज से बहुत घटिया दर्जा हासिल था।' (विलियम इर्विन, *द आर्मी ऑफ़ द इंडियन मुग़ल्स,* लंदन, 1903, पृ. 103 देखें।)
3. मार्क विल्क्स, *हिस्टारिकल स्केचेज़ ऑफ़ साउथ इंडिया,* खंड एक : सं. मुरे हैमिक, 1930, पृ. 491-92 देखें। विल्क्स का खंड एक का मूल पाठ 1810 में और खंड दो का 1817 में प्रकाशित हुआ था। इन टिप्पणियों में विल्क्स के सारे हवाले हैमिक के संस्करण से दिए गए हैं।
4. उपरोक्त, एक, पृ. 172-73 देखें।
5. फ्रांसीस बुख़ानन, *ए जर्नी फ्राम मद्रास थ्रू द कंट्रीज़ ऑफ़ मैसूर, कनारा एंड मलाबार एटसेट्रा (1800-01),* खंड एक, लंदन, 1807, पृ. 300 देखें। यह दौरा लॉर्ड वेलेज़ली के निर्देश पर किया गया था और इसलिए बुख़ानन के यहाँ नष्ट होनेवाली हुकूमत के ख़िलाफ़ स्पष्ट पूर्वाग्रह है।
6. जी.पी. टेलर, द क्वायंस ऑफ़ टीपू सुलतान, कलकत्ता, 1914, पुनर्मुद्रण : नई दिल्ली, 1989, पृ. 21-29 देखें।
7. *हुक्मनाम-ए-टीपू सुलतान,* इंडिया आफ़िस लाइब्रेरी, फ़ारसी पांडुलिपि आई ओ 4685, फ़ोलियो 67 ए
8. रिसाला एक अरबी शब्द है जिसका शाब्दिक अर्थ घोड़ों का एक दस्ता है। लेकिन लगता है हैदर अली ने एक रेजिमेंट के आकार के घुड़सवार और पियादा, दोनों दस्तों के लिए इसका इस्तेमाल किया।
9. 1767 सम्बन्धी यह सूचना ओर्मे की पांडुलिपि से, खंड 23 से प्राप्त होती है जिसे एन.के.

सिनहा ने *हैदर अली,* पूर्वोक्त में पृ. 258 पर उद्धृत किया है।

10. उपरोक्त, पृ. 144-45 देखें। सुरेंद्रनाथ सेन की रचना *स्टडीज़ इन इंडियन हिस्ट्री,* कलकत्ता, 1930, पृ. 146-50 में लेख हैदर अलीज़ फ़्लीट भी देखें।
11. यह बात इसी हद तक महादजी सिंधिया और रणजीतसिंह जैसे लोगों पर भी लागू होती है जिन्होंने हैदर अली का अनुकरण किया।
12. *आक्सफ़र्ड हिस्ट्री ऑफ़ इंडिया,* दूसरा संस्करण, लंदन, 1922 में पृ. 485 पर वी. ए. स्मिथ द्वारा दिया गया सार-संक्षेप।
13. बुख़ानन, पूर्वोक्त, खंड एक, पृ. 300
14. टीपू के जीवन और शासन के बारे में इन और बहुत से दूसरे तथ्यों के लिए मैंने मुहिब्बुल-हसन कृत प्रामाणिक जीवनचरित *हिस्ट्री ऑफ़ टीपू सुलतान,* दूसरा संस्करण, कलकत्ता, 1971 का उपयोग किया है। इसके साथ एक और पठनीय और साक्ष्यों से भरपूर पुस्तक डेनिस फ़ारेस्ट, *टाइगर ऑफ़ मैसूर : द लाइफ़ एंड डेथ ऑफ़ टीपू सुलतान,* मुम्बई, 1970 का उपयोग किया जा सकता है। बी. शैख़ अली, *टीपू सुल्तान,* नई दिल्ली, 1971 भी देखें।
15. वरुण डे का लेख सम सोशियो-पोलिटिकल इंप्लिकेशंस ऑफ़ द काग्नोमेन 'टीपू सुलतान', *प्रोसीडिंग्स ऑफ़ द इंडियन हिस्ट्री कांग्रेस,* 52वाँ सत्र, देहली, पृ. 700-07 (प्रस्तुत संकलन का पहला लेख) टीपू सुलतान के जुझारूपन की तलाश उसके सूफ़ी मूल में करता है। यह एक अतिरिक्त कारण हो सकता है। लेकिन टीपू पर शिया प्रभाव अधिक स्पष्ट हैं हालाँकि टीपू चारों मूल ख़लीफ़ों का आदर करता था। (हज़रत मुहम्मद के बाद इस्लामी जगत का नेतृत्व करनेवाले ये ख़लीफ़ा क्रमशः हज़रत अबूबकर सिद्दीक़, हज़रत उमर फ़ारूक़, हज़रत उस्मान ग़नी और हज़रत अली थे। शिया मुसलमान इस ख़िलाफ़त को नहीं मानते हालाँकि वे हज़रत अली को अपने 12 इमामों में पहला इमाम मानते हैं। शियों का एक दूसरा सम्प्रदाय सिर्फ़ 7 इमामों की इमामत को स्वीकार करता है—अनुवादक।)
16. विल्क्स का पत्र, केट ब्रिटिल बैंक द्वारा *टीपू सुलतांस सर्च फ़ॉर लोजिटिमेसी : इस्लाम एंड किंगशिप इन ए हिन्दू डोमेन,* देहली, 1977 में पृ. 71-72 और टिप्पणी में उद्धृत। टीपू के सम्पूर्ण प्रभुसत्ता के दावे के विषय पर इस पुस्तक में पृ. 57-81 पर काफ़ी तथ्यात्मक सामग्री है।
17. आई.एच. क़ुरैशी, द परपज़ ऑफ़ टीपू सुलतांस एंबेस्सी टु कांस्टैंटिनोपल, *जर्नल ऑफ़ इंडियन हिस्ट्री,* वर्ष 24 (1945), पृ. 77-84 (इस संकलन का आठवाँ लेख) देखें जिसमें इस प्रतिनिधिमंडल का सम्बन्ध मुग़ल दरबार पर अपनी क़ानूनी निर्भरता समाप्त करने के बारे में टीपू के फ़ैसले से जोड़ा गया है।
18. इस प्रतीक के बारे में ब्रिटिल बैंक, पूर्वोक्त, पृ. 140-46 देखें।
19. शब्द असदुल्लाही का प्रयोग टीपू के मुस्लिम सिपाहियों के लिए किया जाता था। इस बारे में *हुक्मनाम-ए-टीपू सुलतान,* एशियाटिक सोसायटी ऑफ़ बंगाल, कलकत्ता, फ़ारसी पांडुलिपि 1677, फ़ोलियो 7ए, 57ए-बी देखें। शब्द असदुल्लाही ('अल्लाह का शेर') भी हज़रत अली की लड़ाकू छवि को उभारता है।
20. *हुक्मनाम-ए-टीपू सुलतान,* आई ओ 4685, फ़ोलियो 85ए, 120ए-बी
21. एशियाटिक सोसायटी पांडुलिपि 1677, फ़ोलियो 14बी-15बी देखें। इस पत्र पर मुहर्रम 12(00) यानी 17 नवम्बर 1785 की तारीख़ पड़ी हुई है। इस संकलन के दूसरे सभी पत्रों के साथ भी यही बात है। टीपू निश्चित ही अंग्रेज़ों द्वारा जीते गए इलाक़ों के राजस्व को बहुत अधिक बढ़ा-चढ़ाकर पेश करता है। उसका यह आरोप भी निराधार है कि अंग्रेज़ मुसलमानों से मज़हब

बदलवाने पर आमादा थे।

22. सुरेंद्रनाथ सेन, द शृंगेरी लेटर्स ऑफ़ टीपू सुलतान, *स्टडीज़ इन इंडियन हिस्ट्री*, पृ. 155-57 देखें। *सुलतानुल-तवारीख़* में जैनुल-आबिदीन शुस्तरी ने धर्म बदलनेवालों की जो भारी तादाद बताई है उस पर मुहिब्बुल-हसन, पूर्वोक्त, पृ. 362-63 ने सवाल उठाए हैं।
23. बुख़ानन, पूर्वोक्त, एक, पृ. 70-73 (प्रस्तुत संकलन का लेख 21)
24. विल्क्स, पूर्वोक्त, दो, पृ. 766
25. मुहिब्बुल-हसन, पूर्वोक्त, पृ. 357-58
26. बुख़ानन, पूर्वोक्त, एक
27. *हुक्मनाम-ए-टीपू सुलतान,* आई ओ 4685, फ़ोलियो 130ए, 152ए, 159ए-बी आदि।
28. उपरोक्त, फ़ोलियो 3बी-4ए देखें। इस पर जाफ़री, 1221 मौलूदी की तारीख़ पड़ी है। मैंने जी.पी. टेलर, द क्वायंस ऑफ़ टीपू सुल्तान, पृ. 19 पर दी गई रूपान्तरण-सूची का उपयोग किया है।
29. उपरोक्त, फ़ोलियो 112ए-बी
30. विल्क्स, पूर्वोक्त, खंड दो, पृ. 735
31. सुरेंद्रनाथ सेन, *स्टडीज़ इन इंडियन हिस्ट्री,* पृ. 155-69; बी. ए. सलेतरी, टीपू सुलतान एज़ ए डिफ़ेंडर ऑफ़ द हिन्दू धर्म, *मेडिवल इंडिया क्वार्टरली,* एक (1950), पृ. 13-55 (प्रस्तुत संकलन का लेख 15)
32. सलेतरी, उपरोक्त, पृ. 54
33. इस संकलन का लेख 14 देखें। अजीब बात यह है कि टीपू पर लिखनेवालों ने इस लेख की उपेक्षा की है।
34. *द ड्रीम्स ऑफ़ टीपू सुलतान,* फ़ारसी (इंडिया आफ़िस पांडुलिपि) से अनुवाद : महमूद हुसैन, कराची, तिथि अज्ञात, स्वप्न संख्या बाईस (पृ. 78-79) देखें।
35. हिन्दू विश्वासों और मन्दिरों के बारे में टीपू के रवैये पर मुझे ब्रिटिल बैंक का विश्लेषण (पृ. 125-30) ख़ासी सन्तुलित लगता है, और उनकी इस राय से कोई मतभेद नहीं हो सकता कि टीपू का सम्बन्ध ऐसे माहौल से था जिसमें धार्मिक क्षेत्र में हिन्दू-मुस्लिम सह-अस्तित्व संस्कृति और शासन व्यवस्था का एक सुस्वीकृत तत्त्व था। लेकिन टीपू के धार्मिक विचारों के बारे में उनकी व्याख्या एकतरफ़ा हो गई है। कारण कि उन्होंने टीपू के इस्लामी प्रतीक-विधान को केवल एक 'हिन्दू इलाक़े' में उसकी मौजूदगी के सन्दर्भ में देखा है, न कि उसके वास्तविक सन्दर्भ, अंग्रेज़ सत्ता के प्रतिरोध के सन्दर्भ में।
36. मेजर दिरम, *ए नैरेटिव ऑफ़ द कैंपेन इन इंडिया, व्हिच टर्मिनेटेड द वार विद टीपू सुलतान इन 1792,* दूसरा संस्करण, लन्दन, 1794, पृ. 249-50
37. आई ओ 4685, फ़ोलियो 110ए-111ए देखें। टीपू सुलतान के कृषि सम्बन्धी नियम-क़ायदों के कहीं बहुत बड़े संकलन के लिए ओरिजिनल डाक्यूमेंट्स ऑफ़ टीपू सुलतान एंड हिज़ आफ़िशियल्स, 1783-89, फ़ारसी पांडुलिपि आई ओ 4683, फ़ोलियो 10बी-23बी (अधूरी प्रति, फ़ोलियो 2बी-8ए) देखें। इसे 1784 में जारी किया गया था और हुक्म था कि हाकिम इसे रोज़ पढ़ें। 'हर सुबह और शाम' पढ़े जानेवाले और कुछ नियम-क़ायदे 1786 में जारी किए गए और इसी संकलन में फ़ोलियो 51ए-73बी पर दिए गए हैं। निखिलेश गुहा ने *प्रि-ब्रिटिश स्टेट सिस्टम ऑफ़ साउथ इंडिया,* कलकत्ता, 1985 में पृ. 175-219 पर टीपू के कृषि सम्बन्धी नियम-क़ायदों का वह अनुवाद पुनर्प्रकाशित किया है जिसे बरिश क्रिस्प ने 1795 में किया था। उन्होंने पृ. 20-29 पर इनकी विवेचना भी की है।
38. बुख़ानन, पूर्वोक्त, एक, पृ. 70-71; दो, पृ. 82-83, 164, 235

39. महमूद ख़ान 'महमूद' बंगलौरी कृत *तारीख़े-सल्तनते-ख़ुदादाद* (उर्दू), बंगलौर, 1939 पर पृ. 456 के सामने इस इबारत का फोटो छपा है; पाठ का पृ. 454-58 भी देखें। चूँकि उसी स्थान पर इस शिला को प्रदर्शित किया गया है और यह बाँध एक पर्यटन स्थल है, स्वाभाविक रूप से इस इबारत के बारे में बहुत से लोग जानते हैं।

40. आई ओ 4685, फ़ोलियो 15ए

41. उपरोक्त में फ़ोलियो 98ए-बी पर टीपू का आदेश। इस आदेश में उन तमाम स्थानों का ज़िक्र है जहाँ रेशम के कीड़े पाले जाते थे। रेशम उद्योग शुरू करने के बारे में टीपू के 'मनमर्ज़ी के उपायों' पर भी बुख़ानन (पूर्वोक्त, एक, पृ. 222) ने अपनी कुत्सापूर्ण टिप्पणियाँ की हैं, पर इस बात को स्वीकार किया है कि मृत सुलतान के बाग़ में शहतूत के पेड़ अच्छी तरह उगे थे।

42. *हुक्मनामा,* एशियाटिक सोसायटी पांडुलिपि, फ़ोलियो 61ए देखें। 1792 में टीपू के कुछ इलाक़े अंग्रेज़ों के हाथों में पहुँच जाने के बाद बन्दूक़ बनाने के कारख़ाने घटकर सात रह गए। इनका ज़िक्र *हुक्मनामा,* आई ओ 4685, फ़ोलियो 94ए-95बी में दिए गए एक आदेश में आया है जहाँ स्थानीय 'लुहारों, बढ़इयों, व्यापारियों (कुमटी) वग़ैरह' में से कारख़ानों के लिए लोग भरती किए जाने के प्रति एक सरोकार दिखाई देता है।

43. एम.पी. श्रीधरन, टीपूज़ लेटर्स टु फ्रेंच आफ़िशियल्स, *प्रोसीडिंग्स ऑफ़ द इंडियन हिस्ट्री कांग्रेस,* 45वाँ सत्र, अन्नामलाई नगर, 1984, पृ. 506 (प्रस्तुत संकलन का लेख 18) में राष्ट्रीय अभिलेखागार, पेरिस की दस्तावेज़ों से दिए गए उद्धरण।

44. *हुक्मनामा,* एशियाटिक सोसायटी पांडुलिपि, फ़ोलियो 16बी

45. उपरोक्त, फ़ोलियो 61ए

46. फ्रांस की शाही खरादों में कार्यरत मोरिसे टीपू के दूतों के साथ दो फ़ोरमैन, एक बढ़ई और एक टर्नर लेकर भारत जाने पर राज़ी था। सुमन वेंकटेश (अनु) : *द करेस्पांडेंस ऑफ़ द फ्रेंच ड्यूरिंग द रीन ऑफ़ हैदर अली एंड टीपू सुलतान,* खंड तीन, बंगलौर, 1998, पृ. 280-81 देखें।

47. बुख़ानन, पूर्वोक्त, एक, पृ. 70 देखें। बुख़ानन के इस मख़ौल को स्वीकार करने का कोई कारण नहीं है कि टीपू जलशक्ति के उपयोग के महत्त्व को लेकर 'कम ही सचेत' था। मुमकिन है कि वहाँ लगाया गया आबी पहिया ठीक से काम न कर रहा हो। अगर मूल उपकरण में ऊर्ध्वाकार रहट रही होगी (जैसा कि यूरोप में आम था) तो उसके लिए बैलों के उपयोग के वास्ते गियर बदलने की एक अतिरिक्त चूल की ज़रूरत पड़ी होगी; क्षैतिज रहट के साथ ऐसी बात नहीं थी। (यह एशिया में आम थी, पर उससे पर्याप्त शक्ति नहीं मिलती होगी।) इतनी अधिक शक्ति के हस्तान्तरण के लिए लोहे की गियर और चूल की आवश्यकता पड़ी होगी और उसे बनाने के लिए निश्चित ही अच्छी-ख़ासी कारीगरी की ज़रूरत थी।

48. *हुक्मनामा,* एशियाटिक सोसायटी, पांडुलिपि, फ़ोलियो 61ए देखें। 1788 में फ्रांस से एक छापाख़ाना और घड़ियाँ पाने के मुआमले में टीपू की दिलचस्पी के बारे में श्रीधरन, पूर्वोक्त, पृ. 505 देखें। इस दिलचस्पी का संकेत फ्रांसीसी अभिलेखागारों की दस्तावेज़ी सामग्री से मिलता है।

49. वर्ष 1799 का *एशियाटिक एनुअल रजिस्टर,* लन्दन, 1801, पृ. 97 देखें जिसे अशोक सेन ने ए प्रि-ब्रिटिश इकानमिक फ़ार्मेशन इन इंडिया ऑफ़ द लेट एटींथ सेंचुरी : टीपू सुलतांस मैसूर, वरुण डे (सं) : *पर्सपेक्टिव्स इन सोशल साइंसेज़-I,* कलकत्ता, 1977 में पृ. 17 पर उद्धृत किया है।

50. बुख़ानन, पूर्वोक्त, एक, पृ. 70 देखें। टीपू के एक उच्च अधिकारी बड़ा मीर (Burrah Mire) ने 1783 में अंग्रेज़ युद्धबन्दियों को यह पूछकर आश्चर्यचकित कर दिया था कि क्या उनमें से कोई भी 'बन्दूक़ की चकमक, काग़ज़ या काले लीड की पेंसिलें बनाना जानता है, और

उसने उस शख़्स को भारी इनाम देने की पेशकश की थी जो उसे इन कलाओं का ज्ञान कराता।' कैप्टन हेनरी ओक्स, *ऐन आथेंटिक नैरेटिव ऑफ़ द ट्रीटमेंट ऑफ़ द इंग्लिश...बाई टीपू साहिब,* लन्दन, 1785, पृ. 32 देखें।

51. बुख़ानन, पूर्वोक्त, एक, पृ. 70
52. जोसेफ मीशो, *हिस्ट्री ऑफ़ मैसूर अंडर हैदर अली एंड टीपू सुलतान* (मूल फ्रांसीसी संस्करण, पेरिस, 1801, अंग्रेज़ी अनुवाद, 1926; पुनर्मुद्रण, नई दिल्ली, 1985, पृ. 107) में दर्ज।
53. *हुक्मनामा,* आई ओ 4685, फ़ोलियो 94बी-15ए
54. बुख़ानन, पूर्वोक्त, एक, पृ. 70
55. विल्क्स, पूर्वोक्त, दो, पृ. 763
56. बुख़ानन, पूर्वोक्त, एक, पृ. 70
57. मलिक अम्बर के जहाज़ों के बारे में विलियम फ़ोस्टर (सं) : *इंग्लिश फ़ैक्ट्रीज़ इन इंडिया, 1624-29,* आक्सफ़र्ड, 1909, पृ. 33-71; खाड़ी और लाल सागर क्षेत्र से व्यापार करनेवाले शिवाजी के जहाज़ों के बारे में फ़ोस्टर (सं) : *इंग्लिश फ़ैक्ट्रीज़ इन इंडिया, 1665-67,* आक्सफ़र्ड, 1925, पृ. 10 देखें।
58. कोचीन के राजा ने 1660 की दहाई में समझौता किया था कि वह अपनी रियासत में पैदा होनेवाली सारी काली मिर्च और दालचीनी सिर्फ़ डचों को देगा। इसके बारे में के.एन. चौधुरी, *द ट्रेडिंग वर्ल्ड ऑफ़ एशिया एंड द इंग्लिश ईस्ट इंडिया कम्पनी, 1660-1760,* कैंब्रिज, 1978, पृ. 315 देखें।
59. मेजर दिरम, पूर्वोक्त, पृ. 107
60. *हुक्मनामा,* आई ओ 4685, फ़ोलियो 93ए-बी देखें। क्या ये दोमंज़िला गुरब (छोटा गैली जहाज़) थे जो जंगी मक़सद के लिए बनाए गए थे और जिनमें से हरेक पर 25 से 30 तोपें होती थीं (उपरोक्त, फ़ोलियो 138ए-बी) ?
61. *वाक़ई-ए-मनाज़िले-रूम,* फ़ारसी पाठ, पृ. 11; इसके बारे में नीचे की टिप्पणी देखें।
62. यह मुहिब्बुल-हसन (सं) : *वाक़ई-ए-मनाज़िले-रूम* (बम्बई, 1968) के शीर्षक से प्रकाशित हो चुका है। इस डायरी को टीपू के उन आदेशों के साथ मिलाकर पढ़ने की आवश्यकता है जो उसने अपने प्रतिनिधि मंडल को दिए थे। ये आदेश *हुक्मनामा,* एशियाटिक सोसायटी की फ़ारसी पांडुलिपि 1677 में फ़ोलियो 1ए से लेकर 59ए तक मिलते हैं।
63. *वाक़ई-ए-मनाज़िले-रूम,* फ़ारसी पाठ, पृ. 47 और आगे।
64. *हुक्मनामा,* एशियाटिक सोसायटी पांडुलिपि, फ़ोलियो 11ए, 15बी-16ए
65. श्रीधरन, पूर्वोक्त, पृ. 504 (प्रस्तुत संकलन का लेख 18)
66. *वाक़ई-ए-मनाज़िले-रूम,* पृ. 59-60 देखें। इस दुर्भाग्यपूर्ण यात्रा में सिर्फ़ फ़ख़रुल-मराकिब नाम का सबसे बड़ा जहाज़ बचा जो मस्क़त से आगे नहीं गया था।
67. *हुक्मनामा,* आई ओ, फ़ोलियो 6बी-7बी देखें। संबद्ध दस्तावेज़ों पर टीपू के मौलूदी पंचांग की तारीख़ें पड़ी हैं। इनका मौलूदी वर्ष 1221 और 1222 है और इस तरह यह निगम संभवतः 1793 ईसवी में बनाया गया होगा। डब्ल्यू किर्कपैट्रिक ने *सेलेक्ट लेटर्स ऑफ़ टीपू सुलतान,* लन्दन, 1811 में इस उद्यम से सम्बन्धित दस्तावेज़ों के आंशिक अनुवाद किए हैं और हमारी सुविधा के लिए निखिलेश गुहा ने इन्हें *प्रि-ब्रिटिश स्टेट सिस्टम इन साउथ इंडिया* में पृ. 160-74 पर पुनर्प्रकाशित कर दिया है। चूँकि मैंने फ़ारसी दस्तावेज़ों का इस्तेमाल किया है, मैंने किर्कपैट्रिक के अनुवादों की सटीकता को नहीं परखा है।
68. उसकी रियासत के अन्दर और बाहर की कोठियों की दो सूचियाँ (*हुक्मनामा,* आई ओ 4685,

फ़ोलियो 17ए-19ए) सावधानी से दर्ज की गई हैं।

69. उपरोक्त, फ़ोलियो 12ए देखें। राहती को (जिसे किर्कपैट्रिक ने पगोड़ा का पर्याय कहा है) मैं तीन रुपए के बराबर समझता हूँ। पर अगर टेलर (द क्वायंस ऑफ़ टीपू सुलतान, पृ. 13) द्वारा फ़ैनम के रूप में राहती की पहचान सही है तो ख़ज़ाने से क़र्ज़ रूप में दी गई कुल रक़म सिर्फ़ 1.20 लाख रुपए के बराबर रही होगी।

70. उपरोक्त, फ़ोलियो 20ए-21ए

71. विल्क्स, पूर्वोक्त, पृ. 570-71 ('एक फ़रेबी क़र्ज़') देखें।

72. *हुक्मनामा,* आई ओ 4685, फ़ोलियो 84ए-85ए, 108ए

73. उपरोक्त, फ़ोलियो 141बी-142ए, 184बी-185ए

74. उपरोक्त, फ़ोलियो 171बी-187बी देखें। एक और आदेश (फ़ोलियो 138ए-बी) में टीपू की योजना थी कि तीनों बन्दरगाहों पर तीन पाल वाले 20 जहाज़ बनवाए जाएँ जिनमें से हरेक पर 80-85 तोपें लगी हों और दो पाल वाले 20 जहाज़ (गुरब) भी बनवाए जाएँ जिनमें से हरेक पर 25-30 तोपें हों। बनाए जानेवाले बड़े जहाज़ों को मीराने-यम के तथा गुरबों को व्यापार की ज़िम्मेदारी सँभालनेवाले हाकिमों (आसिफ़ों) के हवाले किया जाता।

75. मुहिब्बुल-हसन, *हिस्ट्री ऑफ़ टीपू सुलतान,* पृ. 355-56

76. श्रीधरन, पूर्वोक्त, पृ. 504 (लेख 18) देखें। इस प्रस्ताव पर फ्रांसीसियों की टिप्पणी के लिए सुमन वेंकटेश (अनु.), पूर्वोक्त, तीन, पृ. 200-05 देखें।

77. थर्मामीटरों और बैरोमीटरों के बारे में विल्क्स, पूर्वोक्त, दो, पृ. 584 और श्रीधरन, पूर्वोक्त, पृ. 505 (लेख 18) देखें। 'लंदन के बने गणित सम्बन्धी उपकरणों' के बारे में मेजर दिरम, पूर्वोक्त, पृ. 153 की टिप्पणी देखें।

78. डी. फ़ारेस्ट, *टाइगर ऑफ़ मैसूर,* पृ. 214-15 देखें। उनका वृत्तान्त मिल्ड्रेड आर्चर, *टीपूज़ टाइगर,* विक्टोरिया एंड अलबर्ट म्यूज़ियम, लन्दन, 1959 पर आधारित है।

79. इस पुस्तकालय का एक भाग आज इंडिया आफ़िस, लन्दन में है और कुछ पांडुलिपियाँ एशियाटिक सोसायटी, कलकत्ता के पुस्तकालय में हैं। द्वितीयोक्त संकलन के बारे में हिदायत हुसैन, द लाइब्रेरी ऑफ़ टीपू सुलतान, *इस्लामिक कल्चर,* वर्ष चौदह (1940), पृ. 139-67 देखें।

80. जी.पी. टेलर, पूर्वोक्त, पृ. 15-21 देखें। उसके सौर पंचांग और ईसवी पंचांग की समानता के बारे में ख़ास तौर पर पृ. 19 देखें जहाँ सुझाया गया है कि यह संवत वर्ष 571 ई. से शुरू हुआ मानना चाहिए। इस संवत का आरम्भ पैग़म्बर मुहम्मद के जन्म से माना गया (जिसे परम्परा ईसवी वर्ष 570 के आसपास मानती है), और इसी से उसके अपने नाम मौलूदे-मुहम्मद की पुष्टि होती है। इसलिए हिदायत हुसैन (पूर्वोक्त, पृ. 162) और उनके आधार पर मुहिब्बुल-हसन *(हिस्ट्री ऑफ़ टीपू सुलतान,* पृ. 400) की यह मान्यता निराधार है कि इस संवत का आरम्भ ईसवी 609 से हुआ जब हज़रत मुहम्मद को पैग़म्बरी का इलहाम हुआ।

81. महमूद हुसैन, *ड्रीम्स,* पृ. 29 देखें। जैसा कि वे पृ. 10 पर कहते हैं, टीपू के हिज्जे (स्पेलिंग) भयानक होते थे। वह संभवतः किताबें पढ़वाकर सुनने और अपने हुक्मनामे या नियम-क़ायदे बोलकर लिखवाने का आदी था। उसने अपने सपनों का हाल एक निजी डायरी में ज़ाहिरा तौर पर अपने ही लिए लिखा था।

82. कैप्टन हेनरी ओक्स, पूर्वोक्त, का परिशिष्ट जिसमें लेफ़्टिनेंट जॉन चार्ल्स शीन का विवरण दर्ज है; जी कियर्सली द्वारा प्रकाशित, लन्दन, 1785, पृ. 87-88 देखें। ज़ोर हमारा।

83. दिरम, पूर्वोक्त, पृ. 56

84. ओक्स, पूर्वोक्त में पृ. 7 पर प्रकाशक का विज्ञापन।

85. मौलाना आज़ाद पुस्तकालय, अलीगढ़, हबीबगंज कलेक्शन, 56/2 में इस पांडुलिपि की एक प्रति रखी हुई है।

86. दिरम, पूर्वोक्त, पृ. 174 देखें।

87. मसलन *हुक्मनामा,* आई ओ 4685, फ़ोलियो 62ए-63ए देखें।

88. फ़ारसी पांडुलिपि, आई ओ 4683, फ़ोलियो 19ए

89. टीपू के पत्र, एशियाटिक सोसायटी की पांडुलिपि, फ़ोलियो 11ए-बी; 17 नवम्बर, 1785 का पत्र

90. उपरोक्त, फ़ोलियो 29बी-30ए; 17 नवम्बर 1785 का पत्र भी देखें। इस काल में और बाद में टीपू के प्रस्ताव पर फ्रांस की प्रतिक्रिया (या प्रतिक्रियाओं) के बारे में अनिरुद्ध राय, फ्रेंच ऐटीट्यूड टु टीपू सुलतान : ए जनरल रिव्यू, बी. शैख़ अली (सं.), *टीपू सुलतान : ए ग्रेट मार्टियर,* बंगलौर, 1993, पृ. 51-76 देखें।

91. प्रारम्भिक सन्धि की पाँच धाराओं के पाठ के लिए दिरम, पूर्वोक्त, पृ. 226-27 देखें। इसके बाद 18 मार्च 1792 को एक विस्तृत सन्धि (पूरा पाठ, उपरोक्त, पृ. 275-82) हुई।

92. पूर्वोक्त, पृ. 249; पृ. 300 पर एक रुपए को 2 शिलिंग 3 पेंस के बराबर कहा गया है।

93. मिसाल के लिए विल्क्स, पूर्वोक्त, दो, पृ. 562-63 देखें।

94. *सेंट्रल एशियन रिव्यू,* वर्ष एक, अंक 2, 1963 में ए. के. एंतोनोवा ने इस सन्धि के मुसव्विदे के फ़ारसी पाठ का अनुवाद किया है; वहाँ से लेकर इसे डी. फ़ारेस्ट ने *टाइगर ऑफ़ मैसूर,* पृ. 242-43 पर छापा है।

95. फ़ारेस्ट, उपरोक्त, पृ. 310 पर उद्धृत। तंजौर (तंजावुर) पर अक्तूबर 1799 में क़ब्ज़ा हुआ।

96. आधा अवध जनवरी 1801 में क़ब्ज़ाया गया और जुलाई 1801 में एक घोषणा के द्वारा कर्नाटक का अधिग्रहण हुआ। यह अधिग्रहण इस खोखले बहाने से किया गया कि उसके नवाब टीपू के साथ गुप्त पत्र-व्यवहार करते आए थे। इस बारे में सी. एस. श्रीनिवासाचारी, द सेरिंगपट्टम करेस्पांडेंस एंड द कर्नाटक नवाबी, *इंडियन कल्चर,* बारह, 1946, पृ. 207-11 (प्रस्तुत संकलन का लेख 19 देखें।)

97. गवर्नर-जनरल-इन-कौंसिल द्वारा कलकत्ता से 1799 में जारी एक आदेश के मुताबिक़ *आफ़िशियल डाक्यूमेंट्स रिलेटिंग टु द निगोसिएशंस कैरीड ऑन बाई टीपू सुलतान विद द फ्रेंच नेशन* के प्रकाशन के बाद। उसके बाद किर्कपैट्रिक के *सेलेक्ट लेटर्स ऑफ़ टीपू सुलतान* (लन्दन, 1811) और विल्क्स की दो खंडों वाली पुस्तक (लन्दन, 1810 और 1817) का प्रकाशन हुआ। ये सभी टीपू के विनाश को उचित ठहराने की मुहिम के हिस्से थे।

98. विल्क्स, पूर्वोक्त, दो, पृ. 751। वहाँ मारी गई औरतों के बारे में कांस्टेंस ई पार्सस, *सेरिंगपट्टम,* लन्दन, 1931, पृ. 86 देखें।

99. अलेक्ज़ेंडर बीट्सन, *ए व्यू ऑफ़ द ओरिजिन एंड कंडक्ट ऑफ़ द वार विद टीपू सुलतान,* लन्दन, 1800, पृ. 148

टीपू सुलतान : मैसूर के एक चित्रकार का बनाया हुआ चित्र, 1796-99
साभार : विक्टोरिया एंड अलबर्ट म्यूज़ियम, लंदन

टीपू का वर्दीधारी पियादा फ़ौजी

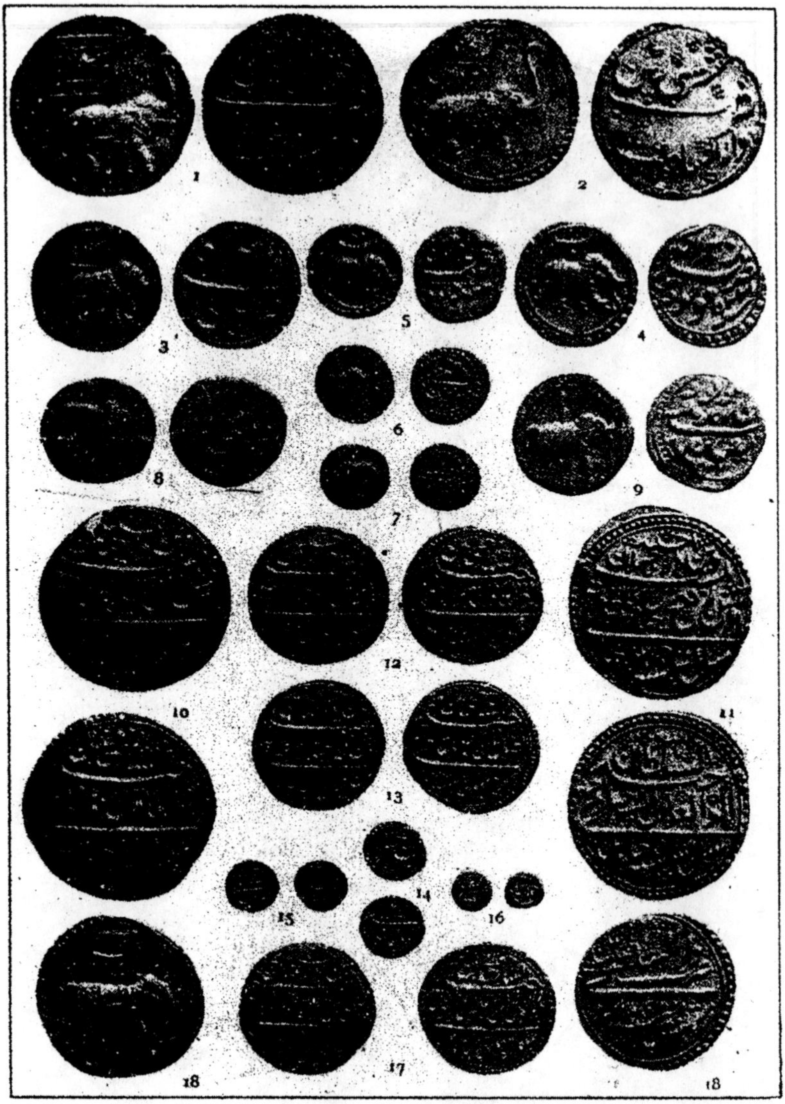

टीपू सुलतान के सिक्के

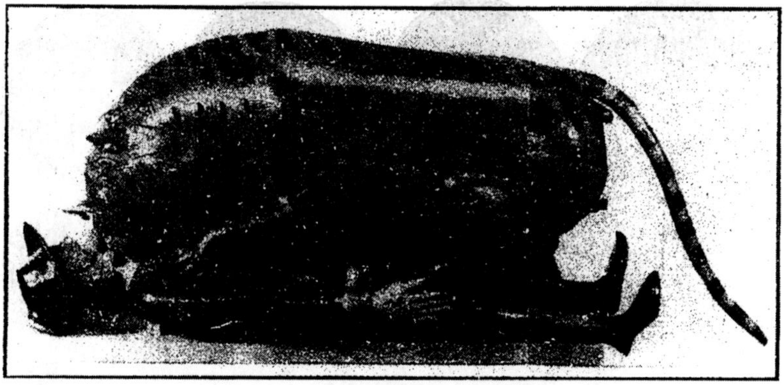

'बाघ और अंग्रेज़' : टीपू का यांत्रिक खिलौना
विक्टोरिया एंड अलबर्ट म्यूज़ियम, लंदन में रखा हुआ मॉडल

जलद्वार जहाँ टीपू मारा गया

दो हुक्मरान

हैदर अली और टीपू सुलतान की वैचारिक और सामाजिक पृष्ठभूमि

वरुण डे

मैसूर का आख़िरी आज़ाद हुक्मरान टीपू सुलतान 18वीं सदी के आख़िरी बरसों में यक़ीनी तौर पर हिन्दुस्तान की राजनीतिक संस्कृति का एक अलग ही क़िस्म का तत्त्व था।[1] उपनिवेशवाद जिस दौर में प्राचीन भारतीय संस्कृति की इमारत को एक-एक ईंट करके नष्ट कर रहा था उसी दौर के बराएनाम आज़ाद निज़ाम अली ख़ानों, आसिफ़ुद्दौलों, नाना फड़नवीसों तथा दूसरे शाहों और सियासतदानों के विपरीत, अपने पिता हैदर अली और अपने समकालीन उत्तरी शासक महादजी सिंधिया की तरह, टीपू सुलतान ने वारेन हेस्टिंग्ज़ से लेकर वेलेज़ली तक के दौर में बर्तानिया की राजनीतिक गीदड़भभकियों और उनसे जुड़ी फ़ौजी धमकियों के आगे झुकने, हाथ जोड़ने से इनकार कर दिया था। बहुत मामूली सामाजिक पृष्ठभूमि वाला यह हुक्मरान, जो एक औसत सामन्ती काग़ज़ी बादशाह से ज़्यादा एक ग़ाज़ी (धर्मयोद्धा) था, मुग़लों से पहले के दकनी सुलतान का प्रतिरूप था जो पश्चिम एशिया और यूरोप महाद्वीप के समकालीन समकक्षों से अपनी शाही महत्त्वाकांक्षाओं को तस्लीम कराना चाहता था ताकि वह दक्षिण भारत में प्रभुत्व के बारे में बर्तानिया की प्रतियोगिता को कारगर चुनौती दे सके।[2] राजसत्ता और उसकी व्यापारिक क्षमताओं में टीपू 18वीं सदी के हिन्दुस्तान के किसी भी देसी हुक्मरान से ज़्यादा दिलचस्पी लेता था। लेकिन उसके पिता और महादजी को छोड़ दें तो टीपू इसके लिए लड़ने की ज़रूरत को भी इनमें से किसी से भी अधिक स्वीकार करता था। बनावटी सुसंगति या वैचारिक शुद्धता का कोई ख़याल किए बग़ैर, फ्रांसीसी राजशाही गठजोड़, जैकोबिन विचारधारा और एक शहीद के नव-मदारी (neo-Madari) सिद्धान्तों का इस्तेमाल करके उसने बड़े व्यावहारिक ढंग से यह काम किया भी।

क्रान्ति से पहले और क्रान्ति के बरसों में फ्रांस के साथ टीपू के सम्बन्ध हम सब जानते हैं। लेकिन किसी बात की अगर कोई छानबीन नहीं के बराबर की गई है तो टीपू सुलतान की पारिवारिक परम्पराओं और उसके पीर-नाम (cognomen) में निहित सूफ़ी, अकुलीन जुझारूपन के द्वन्द्ववाद के निहितार्थों की नहीं की गई है। प्रस्तुत टिप्पणी का उद्देश्य तथ्यों के आधार पर एक बहस का आरम्भ करना है जिसे मुझसे अधिक

सक्षम व्यक्ति आगे बढ़ाएँगे, अर्थात वे लोग जो प्रस्तुत लेखक के विपरीत मूल फ़ारसी स्रोतों को पढ़ सकते हैं। दुख की बात यह है कि जे.एफ. रिचड्र्स और एम. ईटन जैसे कुछ अमरीकी विद्वानों को छोड़ दें तो दक्षिण भारतीय इतिहास के विद्वानों ने इस क्षेत्र की उपेक्षा ही की है। इस टिप्पणी का उद्देश्य 18वीं सदी के हिन्दुस्तान की राजनीतिक दशाओं पर विभिन्न देसी प्रतिक्रियाओं के बारे में भी एक बहस की शुरुआत करना है।

वंश का अकुलीन मूल

मुहिब्बुल-हसन ने, जो आज भी टीपू के सबसे अच्छे जीवनचरित-लेखक हैं, बहुत पहले कहा था कि हैदर अली के पूर्वजों के बारे में प्रचलित कहानियों की प्रामाणिकता 'अधिकतर अस्पष्ट' है, और यह कि *कारनाम-ए-हैदरी* के अज्ञात लेखक ने जो विस्तृत वंशावली पेश की है वह 'संभवतः...हैदर और टीपू की मुल्क में इज़्ज़त बढ़ाने के लिए गढ़ी गई थी।' इस वंशावली के अनुसार हैदर अली के बहुत पीछे के पूर्वज मक्का के क़ुरैश क़बीले के थे जो फिर साना (यमन) चले गए और वहाँ से फिर बग़दाद पहुँचे। फिर इस ख़ानदान के लोग 17वीं सदी में अजमेर की दरगाह में आए और फिर शाहजहानाबाद (देहली) में जा बसे। पर यह बात तय है कि उसके और क़रीबी पूर्वज दरगाह के सेवकों में से थे, जो फिर भूमि के प्रबन्धक और फिर छोटे-मोटे सरदार बन बैठे। मुहिब्बुल-हसन के प्रबोधदायी वृत्तान्त में उनका बयान बार-बार पढ़े जाने क़ाबिल है।[3]

टीपू सुलतान के दादा के दादा शैख़ वली मुहम्मद 'अपने बेटे मुहम्मद अली के साथ बीजापुर के मुहम्मद आदिलशाह के दौर (1626-56) में देहली से गुलबर्गा आए, यानी उस दौर में जब परवर्ती विजय नगर साम्राज्य के इलाक़े बँट चुके थे और वे उसकी हुकूमत चन्द्रगिरि में अपनी पनाहगाह से चला रहे थे। यह कर्नाटक में दकनी प्रसार का दौर था।' वे एक 'धार्मिक व्यक्ति' थे और उन्होंने 'माहाना गुज़ारा भत्ता के बदले ख़ुद को सदरुद्दीन हुसैनी की दरगाह से जोड़ लिया जिनको आम तौर पर गेसूदराज़ कहा जाता था।' उनके बेटे की शादी दरगाह के ही एक सेवक की बेटी से हुई। उनकी मौत के बाद मुहम्मद अली और भी दक्षिण की तरफ़, दकन के पठार के कगार पर स्थित कोलार चले गए जहाँ उन्होंने खेतों और बाग़ों की रखवाली शुरू कर दी और उन्हें किराये पर भी लेने लगे। उनके चार बेटों ने 'दरवेशी की ज़िन्दगी' छोड़ दी। उन्होंने जंगियों के काम अपना लिये, और वह भी उस दौर में जब औरंगज़ेब आलमगीर की फ़ौजें गोलकुंडा से आगे बढ़कर तमिलनाडु में दाख़िल हो रही थीं। 1697 में उनकी मौत के बाद उनके तीसरे बेटे फ़तह मुहम्मद ने और भी दक्षिण जाकर अर्काट के नए मुग़ल हुक्मरान नवाब सआदतुल्लाह ख़ान की मुलाज़िमत कर ली। नवाब ने उसे जमादार बना दिया और उसे सबसे निचले दर्जे में रखकर 200 पियादों और 50 घुड़सवारों की कमान सौंप दी। यह दर्जा सम्भवतः मंसबदारी की व्यवस्था से नीचे आता था।

इस तरह दरवेश और भू-प्रबन्धक की पृष्ठभूमि से ऊपर उठकर फ़तह मुहम्मद

थोड़ी-बहुत मिल्कियतवाला एक सिपाही बन बैठा। उसने परवर्ती मुग़लों के एक हाकिम सीरा के नायक की भी कुछ दिनों तक मुलाज़िमत की। यहीं 1721 में हैदर अली का जन्म हुआ। हैदर ने पेशा अपने वालिद का ही अपनाया पर अपने मज़हबी ताल्लुक़ात भी क़ायम रखे। उसकी पहली बीवी, जो एक बच्चे को जन्म देने के बाद लक़वे की शिकार हो गई, सीरा के सैयद पीरज़ादा की बेटी थी। पर उसकी दूसरी बीवी फ़ख़रुन्निसा और भी ऊँचे और फ़ौजी मर्तबेवाले घराने की बेटी थी। कुडप्पा के एक पुराने क़िलेदार की यह बेटी जब 'गर्भवती हुई तो (उसने)...अपने शौहर के साथ अर्काट के टीपू मस्तान औलिया की दरगाह की मज़ार की ज़ियारत की...और (उन दोनों ने) दुआ की कि उसकी ज़च्चगी सुरक्षित और आसान हो और एक बेटा पैदा हो...जो उसके पेट से 1750 में देवनहल्ली में पैदा हुआ...दरवेश के नाम पर उसका नाम टीपू सुलतान रखा गया।' उसके दादा फ़तह मुहम्मद ख़ान के नाम पर उसे फ़तह अली भी कहा जाने लगा।[4]

नामों का यह विरोध ख़ानदान के दो पहलुओं के द्वैत्व का सूचक था। इनमें एक पहलू सूफ़ी सेवकों का था और दूसरा छोटे फ़ौजी दुस्साहसियों का।[5] यह वह सामाजिक स्थिति थी जो हैदराबाद, मराठा महासंघ, अवध या बंगाल में उपनिवेशवाद के अभिजात एजेंटों अर्थात 18वीं सदी के भारतीय शासक वर्ग की स्थिति से बहुत नीचे थी। यह तो बल्कि 'सेवाकर्मी कुलीन वर्ग' (सर्विस जेंट्री) की वंशावली भी नहीं थी। यह शब्द 1980 के दशक के आरम्भिक वर्षों में कैंब्रिज के सी.ए. बेयली ने गढ़ा था और इसका मक़सद उत्तर प्रदेश के छोटे, ग्रामीण, मददे-मुआश पानेवाले परवर्ती मुग़लों, वृत्तिभोगियों या बाद के अधस्थायी तालुक़दारों या जागीरदारों के अपेक्षाकृत स्थिर सामाजिक-आर्थिक आधार का निरूपण करना था।[6]

18वीं सदी के आख़िरी बरसों में मैसूर के मुस्लिम नायक स्थिति में निश्चित ही छोटे-छोटे क़स्बों के उलमा से भी नीचे थे। उनकी फ़ौरी पृष्ठभूमि सबसे निचली श्रेणी के फ़ौजी दुस्साहसियों पर आधारित थी जिन्होंने यह स्थिति अपने हथियारों, अपनी चालाकी, अपने शौर्य अर्थात ग्राम्शी की शब्दावली में 'लोकनायकी' के बल पर, अभिजात बुद्धि की बजाय अपनी साधारण बुद्धि से प्राप्त की थी। अरब मूल तथा पैग़म्बर के क़ुरैश क़बीले से अपने सम्बन्धों के अविश्वसनीय दावों के बावजूद वे तो वैध शासक भी न थे क्योंकि श्रीरंगपट्टम के महल में वाडियार अभी भी जमे हुए थे। उन्हें उत्तर भारत के तूरानी, ईरानी, कश्मीरी या रोहिल्ला दुस्साहसियों के विदेशी नस्ली लक्षण और नस्ली आभिजात्य भी प्राप्त नहीं थे। मैसूर के ये क़ुरैश शासक न तो विदेशी थे और न नव्यात (सीधे दक्षिण भारत में नए-नए आनेवाले) थे; वे पूरी तरह अकुलीन थे।

दरवेशी रुझान

लेकिन घेराबन्दी के ख़िलाफ़ टीपू की जद्दोजहद में एक और भी गहरा रुझान पाया

जाता है। इस रुझान को जॉन बूचन या पी.सी. रेन जैसे ब्रिटिश रूमानी साम्राज्यवादियों ने ग़ाज़ी रुझान का नाम दिया था। ये वे लोग थे जो 19वीं सदी के आख़िरी और 20वीं सदी के शुरुआती बरसों में सूडान में मेहदी के दरवेशों से, और भी आगे चलकर दक्षिणी इराक़ या नज्द के रेगिस्तानों में सऊदी इख़्वानुल-मुसलमीन से या 1930 की दहाई में इपी (वज़ीरिस्तान) के फ़क़ीर के पठान मुरीदों से लड़ रही 'बारीक लाल रेखा' की कल्पनाओं में डूबे हुए थे। मैसूर की लड़ाई को हाल में लोकरंजक बनाने की कोशिश करनेवाले एक शख़्स ने अपने से कहीं बेहतर इतिहासकारों पर सस्ती श्रेष्ठता पाने की कोशिश की है और मैकाले (के *हिस्टारिकल एस्सेज़*) को दुरुस्त करने की कोशिश फ़रमाई है 'जिसमें यह दिखाने की कोशिश की गई है कि हैदर का ख़ानदान बहुत मामूली था, हैदर के पिता मालगुज़ारी के एक मामूली हाकिम और दादा एक घुमक्कड़ दरवेश थे। अपने गद्य को नाटकीयता और घनगरज से भरपूर बनाने के लिए ऐतिहासिक तथ्यों के साथ छूट लेनेवाले इस अंग्रेज़ इतिहासकार को हमें मुआफ़ कर देना चाहिए।' प्रैक्सी फ़र्नांडीज़ ने और भी आगे बढ़कर फ़रमाया है कि दरवेश तो असल में हैदर के परदादा थे जो भटकते हुए देहली से गुलबर्गा पहुँच गए थे। फिर वे और भी आगे बढ़कर एक तथ्य सम्बन्धी भूल कर बैठते हैं जो उतनी ही मामूली है जितनी वह भूल थी जिसके लिए उन्होंने मैकाले को मुआफ़ फ़रमाया है।[7] फिर भी मध्य-19वीं सदी में अपने अभिजातवाद के चलते मैकाले ने सामाजिक मूल के बारे में जो शोशा छोड़ा था वह इस क़ाबिल है कि उसकी और आगे पड़ताल की जाए।

टीपू के मूल नाम वाला मस्तान औलिया एक मुस्लिम फ़क़ीर था जो शायद मस्तानी (यौगिक विस्मृति) की हद को पहुँचा हुआ था। *रौज़तुल-औलिया* शीर्षक वाली एक फ़ारसी पांडुलिपि में 1725 में उसकी सेहत का ज़िक्र किया गया है। (जैसा कि हम जानते हैं, उसकी मज़ार 1729 में बनवाई गई थी।) अन्त-17वीं सदी में इस औलिया का ठिकाना बीजापुर शहर से बाहर शाहपुर की पहाड़ी में था जहाँ बहमनी दौर से ही बहुत से सूफ़ी जमा होते आए थे। फिर वह प्रवासी की तरह अर्काट में रहा जहाँ नवाब सआदतुल्लाह ख़ान ने आरम्भ-18वीं सदी में पूर्वी कर्नाटक का रजवाड़ा क़ायम किया था। यहाँ मुहम्मद अली और फ़तह मुहम्मद के समय से मेल खा रही बातों पर और इस बीच हुए परिवर्तनों पर भी ग़ौर किया जाना चाहिए। *तरजुम-ए-रौज़तुल-औलिया-ए-बीजापुर* में आगे कहा गया है कि 'टीपू उस औलिया अमीनुद्दीन के मुरशिदों में एक था...जिसके बारे में कहा जाता है कि उसने अपने दौर के इज़्ज़तदार शैख़ों को भी नज़रअंदाज़ किया' और वह एक नंगा फ़क़ीर था, वैसा ही जैसा शाह नंगी मज्जूब (मृत्यु : 1713) था जिसके नाम से ही उसके चरित्र का पता चलता है।[8]

अपनी रचना *सूफ़ीज़ ऑफ़ बीजापुर* में ईटन ने मस्तान जैसे इन मज़्ज़ूबों का वर्णन किया है—नंगे, शराब के नशे में डूबे, भांग या चरस जैसी नशीली वस्तुओं के सहारे 'दुनिया-जहान से बेख़बर।' वे इस बात पर ख़ास ज़ोर देते हैं कि 'बीजापुर के 17वीं सदी के दरवेशों के लघुचित्र इन विशेषताओं को प्रतिबिंबित करते हैं और कुछ तो उनके

चेहरों पर वज्द (यौगिक विस्मृति) की अभिव्यक्तियों को भी दिखाते हैं...उनमें से कसी ने ख़ुद कुछ लिखा हो, इसकी कोई जानकारी नहीं मिलती, और उनके चित्रमय जीवनचरित उनकी ज़िंदगियों के बेहद मामूली ख़ाके ही पेश करते हैं। उनके उसूल... कमोबेश रूढ़िवाद-विरोधी थे...उनके मनमौजी रंग-ढंग ने 17वीं सदी में उनकी ओर लोगों का ध्यान आकर्षित किया, ठीक उसी तरह जैसे 19वीं सदी में उस्मानी साम्राज्यवाले तुर्की में मेवलेवी सूफ़ियों के अनोखे नृत्य-समारोह समकालीन यूरोपीय प्रेक्षकों का ध्यान खींचते थे जिन्होंने इसी कारण 'चकरघिन्नी' विशेषण को हमेशा के लिए दरवेशों से जोड़ दिया।' ईटन ने *दबिस्ताने-मज़ाहिब* से मोहसिन फ़ानी का वर्णन भी उद्धृत किया है जिसमें 'मदारियान' की तुलना 'संन्यासी अवधूतों' से की गई है।' दोनों के प्रतीक चिह्न समान थे—बालों की भस्म (राख) में लिपटी जटाएँ, सरों और गर्दनों के इर्द-गिर्द लोहे की ज़ंजीरें, काली पगड़ियाँ और झंडे, अलाव के चारों ओर बैठकर गाँजे का सेवन। टीपू सुलतान को एक नए रिवाज का बानी कहा गया है जो उपनिवेश-पूर्व काल के आख़िरी दिनों के मदारी तौर-तरीक़ों का अनुयायी किसी भी तरफ़ से नहीं था। इसमें हैरानी की कोई बात नहीं कि अपनी धार्मिक आस्थाओं के चलते हैदर नायक और फ़ख़रुन्निसा ने भी एक व्यावहारिक और लौकिक ढंग से 'सुलतान' शब्द में निहित राजसी मूल्य प्रणाली से 'मस्तान' के लक्षण को, इहलौकिक सत्ता से पारलौकिक विस्मृति को, एक अत्यधिक पार्थिव तत्त्व से अत्यन्त आध्यात्मिक तत्त्व को जोड़ा। पीर-नाम टीपू सुलतान में सामाजिक विपर्यय की आकांक्षाओं का तत्त्व बहुत अधिक मौजूद है : वास्तव में एक साधारण नायक पादशाहे-ग़ाज़ी बनना चाहता था, और टीपू 1787 में यही बना जब उसने ऐलान किया कि देहली का कमज़ोर पादशाह, जिसे कि मग़रूर रोहिल्ला सरदार ने अन्धा बना दिया था, हुकूमत के क़ाबिल नहीं रहा।

धार्मिक मुक्त चिन्तन के सामाजिक द्वन्द्ववाद के नाते बहुत से सूफ़ी संत राजसत्ता से गहराई से जुड़े हुए थे। ईटन का 'राजसत्ता और बन्दानवाज़ गेसूदराज़ के परिवार' अर्थात सैयद मुहम्मद हुसैन के परिवार का विश्लेषण गुलबर्गा के इलाक़े का वर्णन करता है; यह विश्लेषण 1659-76 के काल में बीजापुर दरबार के 25 से ऊपर फ़रमानों पर आधारित है। मौसमी मेलों की अर्थव्यवस्था में रह रहा एक बड़ा निम्न वर्ग कुलीन वर्ग से जुड़ा हुआ था; यह निम्न वर्ग ऐबे केरी के अनुसार 'पताके, घंटियाँ, फिरकियाँ, बर्तन, प्लेटें, झूले' पेश करता और बेचता था जो एक बाज़ारी अर्थव्यवस्था का सूचक है। दकन और कर्नाटक में 17वीं और आरम्भ-18वीं सदी में बहुत से सज्जादानशीं और पीरज़ादे सामाजिक हिन्दू-मुस्लिम हिंसा में अधिकाधिक शामिल हो रहे थे। फिर जब हिन्दू नायक और पोलीगर मैसूर तथा ऊपरी और पश्चिमी तमिलनाडु में बीजापुर-गोलकुंडा के दख़ल का विरोध करने लगे तथा मुग़ल साम्राज्यवादी और उत्तर से पैर फैलानेवालों पर दबाव डालने लगे तो यह हिंसा और बढ़ी। इसकी अभिव्यक्ति चक्कीनामों में होती है अर्थात अनाज पीसनेवाली चक्की के साथ गाए जानेवाले उन शोकगीतों में जिन्हें निम्न वर्ग के लोग गाते थे। उसी हद तक इनकी अभिव्यक्ति हिन्दू विरोधी हिंसा के बारे में पीरज़ादा

कुलीनों के स्थानीय विवरणों में होती है।[10]

'रियासत (बीजापुर) के बिखराव के साथ जो राजनीतिक और सामाजिक विघटन जुड़े हुए थे उनके पीछे-पीछे मुग़ल विजय के बाद और कुछ विघटन आए' : 1689-90 में हैज़ा, 1696 में भीमा नदी में बाढ़, 1717 में एक भयानक अकाल, और दकन के शासकवर्गों के अन्दर बढ़ते तनाव जिनको परवर्ती मुग़लों ने इस्तेमाल करने की कोशिश की। साथ ही दकनी उर्दू पर शाही लश्कर की बोली के उत्तर में प्रचलित उन रूपों का प्रभुत्व भी बढ़ा जिनको साम्राज्यवादियों और उनके 'ग़ैर-मुल्की' अनुयायियों का संरक्षण प्राप्त था। औरंगज़ेब ने जिस साल गोलकुंडा को फ़तह किया उसी साल का एक चक्कीनामा, जो हैदराबाद के सालारजंग संग्रहालय में सुरक्षित है, चोट खाए हुए अभिजात गर्व की मनोस्थिति को दर्शाता है :

> 12वीं सदी (अर्थात 1689 हिजरी) आ चुकी है और औरंगज़ेब अब बादशाह है। पियादे उछलकर अब बादशाह बन चुके हैं।
>
> वे जो कभी सरदार हुए थे, उन्हें इन कमीन लोगों की ख़िदमत करनी पड़ रही है। फ़ौज के कायस्थों, खत्रियों और ब्राह्मणों की (जिन्होंने काफ़ी फ़ायदे उठाए हैं) और उनके चाकर बन चुके हैं।[11]
>
> उत्तर भारत के मोची, चमार और अछूत, धोबी, तेली और माली अब हाकिम बने बैठे हैं।[12]

यहाँ हमें ठीक वही कराह सुनाई देती है जो उत्तर भारत में 18वीं सदी के शहर-आशोबों में सुनने को मिलती है जिनमें भारतीय समाज के ढाँचे और उसके मानस जगत में हो रही उथल-पुथल का वर्णन किया गया है।[13]

सामाजिक असामंजस्य के इस विघटन से भरे संसार में एक मदारी पीर-नाम का चुनाव मामूली सी बात नज़र आता है। लेकिन उसकी गहराई में जाएँ तो उसमें एक मदारी पीर के प्रति जनता की श्रद्धा दिखाई देगी जो एक तरह की सम्प्रदायों से इतर, इलहामी धार्मिक सत्ता से लैस कोई मामूली, धर्मान्ध मदारी नहीं था।[14] मध्य-18वीं सदी तक एक सामाजिक और सामुदायिक एकता स्थापित हो चुकी थी। (यहाँ सामुदायिक का सम्बन्ध धार्मिक अन्तर से नहीं है जिसकी अभिव्यक्ति ऊपर दर्ज चक्कीनामा में होती है बल्कि सामाजिक वर्ग और श्रेणी के क्रम से है।) यह समन्वित संस्कृति एक तरह की धर्मनिरपेक्षता लानेवाली शक्ति थी क्योंकि दरवेशों के प्रति श्रद्धा ने, जिसमें भूस्वामी कुलीन वर्ग की निरंकुशता का एक विकल्प निहित था, दक्षिण पूर्व कर्नाटक के उभरते हुए फ़ौजी शासकवर्ग को एक और भी अधिक अकुलीन, 'साधारण-बुद्धिजन्य' वर्चस्व प्रदान किया होगा।

व्यवहार न सही, आदर्श के स्तर पर ही सही, ऐसी मज्ज़ूबोंवाली सरलता ने टीपू की अपनी सोच को प्रभावित किया। इसका पता श्रीरंगपट्टम में उसके समृद्ध पुस्तकालय में रखी हुई उन सचित्र पांडुलिपियों से चलता है जिनमें इबादत और वज्द

के आलम में एकदम अकुलीन सूफ़ियों को दर्शाया गया है। ब्रिटिश फ़ौज के हाथों हुई लूट के बाद इस पुस्तकालय के कुछ ग्रन्थ अन्ततः एशियाटिक सोसायटी ऑफ़ बंगाल में और इंडिया आफ़िस लाइब्रेरी, लन्दन में भी पहुँच गए। इनमें से कुछ पांडुलिपियाँ, जिनमें प्रस्तुति के रूप बेहद सीधे-सादे हैं, बंगलौर में जनवरी 1992 में टीपू सुलतान पर आयोजित राष्ट्रीय संगोष्ठी के समय लगाई गई प्रदर्शनी में रखी गई थीं। टीपू जिन लोगों की वाक़ई क़द्र करता था उनके बारे में और उसके 'सपनों' में निहित विचारधारा के तत्त्वों के बारे में और अधिक अनुसन्धानों की आवश्यकता है (कहा जाता है कि इन 'सपनों' का संकलन हो चुका है), बशर्ते ये अनुसन्धान केवल वे विद्वान करें जो फ़ारसी स्रोतों का अध्ययन ही नहीं कर सकते बल्कि सामाजिक और मनोवैज्ञानिक पहलुओं को भी उठा सकते हैं।

कुछ कामचलाऊ निष्कर्ष

सूफ़ी भूस्वामी वर्ग का चरित्र-चित्रण करते हुए आर. एम. ईटन ने बजा तौर पर एन. ए. सिद्दीक़ी की उस कल्पना को अनदेखा किया है जो मुस्लिम आइमादारों अर्थात माफ़ी की ज़मीनें पानेवालों के बारे में थी; ये माफ़ीदार परगना के स्तर पर प्रभुत्वशाली हिन्दू आबादी के बीच एकजुटता पैदा करनेवाले एक सामाजिक तत्त्व के समान थे। उन्होंने ऐसे उलमा के बारे में इरफ़ान हबीब के पहले के वर्णन को स्वीकार किया है कि वे 'रूढ़िवाद के गढ़ थे क्योंकि राज्य से प्राप्त होनेवाले ख़ैरात पर अपने दावों को उचित ठहराने के लिए उनके पास कट्टरपन्थ के अलावा और कुछ नहीं था' और इन्हीं को 'मुग़ल बादशाह जहाँगीर ने अपनी इबादतगुज़ार फ़ौज कहा था।'[15] जहाँ तक सामाजिक मूल का सवाल था, टीपू की वर्गीय स्थिति इस तरह के भूस्वामी कुलीनों से नीचे थी। लेकिन मैसूर, कुर्ग या तटीय कनारा के समन्वयवादी मिशनरी हों या रूढ़िवादी या आधुनिकतावादी हों, धार्मिक या सामुदायिक विषयों पर उसका रुख़ रूढ़िवाद के इन गढ़ों से परे नहीं जाता था। उसका 'जो राजा के हित में है वही धर्म है' क़िस्म की मनमर्ज़ीवाली निरंकुशता 17वीं सदी के सुलतानों और पादशाहों की निरंकुशता से भिन्न नहीं थी।

फिर भी हमें इससे आगे बढ़कर सोचना होगा। अपनी ग़ैर-अभिजात, अकुलीन पृष्ठभूमिवाले इन दरवेशों में दकन के हिन्दू या मुसलमान, भूस्वामी कुलीनों के सांस्कृतिक विकल्प निहित थे। शासन व्यवस्था के स्तर पर एक स्थायी राजसत्ता की दशाएँ जब केन्द्रीय स्तर पर ध्वस्त होने लगीं मगर 1750 की दहाई तक जब इसी प्रक्रिया से क्षेत्रीय रियासतें उभरने लगीं, तब उपमहाद्वीप के विभिन्न भागों के हिन्दुस्तानियों में साझी विशेषता बढ़ती 'तबाही, लूट और अराजकता' के सामने एक लाचारी की भावना मात्र थी। इन शब्दों का प्रयोग इरफ़ान हबीब ने 1963 में आरम्भ-18वीं सदी में भारत में देसी शासन की उन आन्तरिक, उपनिवेश-पूर्व दशाओं का वर्णन करने के लिए किया

था जिनको औपनिवेशिक शासन ने भारी मालगुज़ारियों की वसूली और सम्पत्ति के दोहन के ज़रिए और भी असह्य बना दिया। आम संकट तथा जीवन और सम्पत्ति की असुरक्षा सम्बन्धी इस भावना के सांस्कृतिक पक्ष को ईटन ने इस प्रकार स्पष्ट किया है :

> 18वीं सदी के उत्तर भारत की 'पतनशील मुग़ल-मराठा-राजपूत सभ्यता' का हवाला देते हुए हरमन गीत्ज़ ने कहा था कि 'दुनियावी मुआमलों से किनाराकशी करके इबादत की ज़िन्दगी में यह प्रवेश इस दौर में भी कुछ कम स्पष्ट नहीं है। इसी तरह ये दरवेश और ये जोगी कला और साहित्य के प्रिय विषय हैं। बहुत सी ज़रूरतों और बहुत से ख़ौफ़ों से मुक्त, दरबारों के गुरूर, झूठ और भयानकता से दूर यह सीधी-सादी और धीर-गम्भीर ज़िन्दगी लगभग भावात्मक इच्छा बनकर सामने आई।
>
> गीत्ज़ यह बात मानते थे कि कुछ व्यक्तियों द्वारा समाज से पलायन की यह संवृत्ति कुछ विशेष ऐतिहासिक दशाओं का प्रत्युत्तर थी। लगता है इन ऐतिहासिक दशाओं के बारे में उनकी समझ ही वह चीज़ थी जिसने उनसे विक्टर टर्नर के शब्दों में कहें तो 'बहिर्गमन और पलायन के समुदायों' का निर्माण कराया। टर्नर ने लिखा है कि इसका अर्थ 'दुनिया के ढाँचाबद्ध सम्बन्धों में भागीदारी से पूर्ण या आंशिक अलगाव था और इस दुनिया को बहरहाल एक तरह की स्थायी विपदा की स्थिति माना जाता था।'[16]

जब दकन, गुजरात, मध्य भारत, राजस्थान और बंगाल में मुग़लों की सूबाई व्यवस्था में मराठों ने दरारें पैदा कर दीं, जब अवध और हैदराबाद की हिन्दुस्तानी फ़ौजें करनाल में ईरानियों के हाथों हार गईं और फिर अफ़ग़ान सिन्ध वादी के सूबों पर क़ब्ज़ा करने लगे, जब अडयार के किनारे सान लेम में और अम्बूर में फ्रांसीसियों के हाथों कर्नाटक के नवाबों की शिकस्तों ने क्षेत्रीय शक्तियों की घोर अस्थिरता को ज़ाहिर कर दिया (इसके कुछ अपवाद भी थे, जैसे कि केरल जहाँ मार्तंडवर्मा ने कोलाचेल में 1714 में डचों को हराया) और बीस साल बाद जब उत्तर भारत के सभी प्रतिद्वन्द्वियों ने पानीपत की तीसरी लड़ाई (1761) के समय तक एक-दूसरे को थकाकर चूर कर दिया, तब टर्नर ने जिस 'विपदा की स्थिति' की परिकल्पना पेश की थी उसकी अनेक नई प्रतिक्रियाएँ सामने आईं। अन्ततः फ़तह पानेवाला उपनिवेशवाद इसकी सिर्फ़ एक प्रतिक्रिया था।

इसकी एक और प्रतिक्रिया पलायन और मस्ती (मस्तानी) का तरह-तरह से होनेवाला विपर्यय था। वैकल्पिक संस्कृति की राजनीति नाम के सिक्के का दूसरा रुख़ था कर्नाटक में एक नए 'राष्ट्रीय-लोकप्रिय' विकल्प के रूप में हैदर और टीपू का उदय—एक ऐसी वैकल्पिक शक्ति के रूप में जो व्यवस्था की विरोधी नहीं थी। यही हिन्दुस्तानियों के लिए उन दिनों के प्रमुख अन्तर्विरोध अर्थात उदीयमान ब्रिटिश

औपनिवेशिक साम्राज्यवाद के ख़िलाफ़ उसके दीवानों जैसे[17] प्रतिरोध का सुराग़ भी है। अन्त-18वीं सदी में भारत में सांस्कृतिक पतन की सामाजिक-धार्मिक पृष्ठभूमि में आधुनिकता लाने के बारे में टीपू के प्रयासों की और बर्तानवी दमन के हाथों उसके विनाश की व्याख्या उसकी एकछत्रवाद की इसी आकांक्षा के सन्दर्भ में की जा सकती है। (भारत में इस बर्तानवी दमन की पहली सुस्पष्ट अभिव्यक्ति अपने पूरे ज़ोर-शोर के साथ टीपू के ख़िलाफ़ ही देखी गई, और उसके बाद जाकर ही इसका रुख़ मराठों या सिख़ों की तरफ़ हुआ।) आख़िरकार ये अंग्रेज़ ख़ुद ही शहंशाह बन बैठे।[18] पर वह एक और ही कहानी है।

सन्दर्भ और टिप्पणियाँ

1. प्रस्तुत लेख उस प्रस्थापना का एक संक्षिप्त वक्तव्य है जो मेरे लम्बे लेख सम आब्ज़र्वेशंस एबाउट द सोशल ओरिजिंस एंड नेमिंग ऑफ़ टीपू सुलतान में दिए गए तथ्यों पर आधारित है। यह लम्बा लेख देहली में फ़रवरी 1992 में भारतीय इतिहास कांग्रेस के आधुनिक इतिहासवाले सत्र में पढ़ा गया था।
2. मैं इस विषय पर प्राप्त अन्तःदृष्टि के लिए डॉ. ए. के. पाशा, अन्तर्राष्ट्रीय अध्ययन संस्थान, जवाहरलाल नेहरू विश्वविद्यालय का आभारी हूँ। उन्होंने यह अन्तःदृष्टि बंगलौर विश्वविद्यालय में टीपू सुलतान पर आयोजित राष्ट्रीय संगोष्ठी (18-19 जनवरी 1992) में पढ़े गए लेख में प्रस्तुत की है।
3. मुहिब्बुल-हसन, *हिस्ट्री ऑफ़ टीपू सुलतान,* कलकत्ता, 1951 (दूसरा संस्करण, 1971), पृ. 1-2
4. उपरोक्त, पृ. 6
5. टीपू के बारे में एक हाल की रचना (ए नोट ऑन सम अर्ली नाइनटींथ सेंचुरी इनाम रिकॉर्ड्स इन द कर्नाटक स्टेट आर्काइव्ज़, *इंडियन इकानमिक एंड सोशल हिस्ट्री रिव्यू,* वर्ष 27, अंक 4, अक्तूबर-दिसम्बर, 1991) में संजय सुब्रह्मण्यम ने 'फ़तह अली ख़ान की शिकस्त और मौत' की बात की है जिसे 'उपनाम टीपू सुलतान से अधिक जाना जाता है।' उसका नाम फ़तह नहीं, फ़तह अली था। प्रैक्सी फ़र्नांडीज़ (*द टाइगर्स ऑफ़ मैसूर : ए बायोग्राफी ऑफ़ हैदर अली एंड टीपू सुलतान,* नई दिल्ली, पहला प्रकाशन : 1969, संशोधित संस्करण : 1991) ने मुहिब्बुल-हसन की बात दोहराते हुए लिखा है कि 'लगता है अतिरिक्त नाम फ़त्ह अली...का कुछ ज़्यादा इस्तेमाल नहीं किया जाता था।'
6. सी. ए. बेयली, *रूलर्स, टाउंसमेन एंड बाज़ार्स : नार्थ इंडियन सोसायटी इन द एज ऑफ़ एक्सपैंशन, 1770-1870,* कैम्ब्रिज, 1983, पृ. 43, 49-50 देखें। 18वीं सदी में सामाजिक स्थायित्व की यह बात सबसे पहले नोमान अहमद सिद्दीक़ी (*लैंड रेवेन्यू एडमिनिस्ट्रेशन अंडर द मुग़ल्स, 1700-1750,* अलीगढ़, 1970) ने कही थी और यह गाँवों और छोटे क़स्बों के उलमा वर्ग की ठोस धर्मनिरपेक्ष समालोचना से मेल नहीं खाती। इस वर्ग की यह समालोचना इरफ़ान हबीब ने (*दि एग्रेरियन सिस्टम ऑफ़ मुग़ल इंडिया, 1556-1707,* अलीगढ़, 1963, अध्याय 8, पृ. 310-11) की है जिन्होंने आइमा के एक बड़े भाग से लाभान्वित होनेवाले इस वर्ग को मुग़ल सल्तनत की 'उपज...स्वाभाविक पक्षधर और भाट' कहा है।

7. प्रेक्सी फ़र्नांडीज़, पूर्वोक्त, पृ. 17-18 देखें। उन्होंने हमेशा की तरह मुहिब्बुल-हसन के दिए हुए तथ्यों को लेकर इसी बात को इस तरह पेश किया है : 'मुहम्मद अली दक्षिण में जाकर नवाब मुहम्मदशाह की मुलाज़िमत करने लगा।' लेकिन शाह मुहम्मद मुहम्मदशाह से उतना ही भिन्न है जितना परदादा दादा से होता है।
8. रिचर्ड मैक्सवेल ईटन, *सूफ़ीज़ बीजापुर : सोशल रोल ऑफ़ सूफ़ीज़ इन मेडिवल इंडिया*, प्रिंसटन, 1978, पृ. 266, 269-70
9. उपरोक्त, पृ. 267 जहाँ मोहसिन फ़ानी के *दबिस्ताने-मज़ाहिब* के डी. शी. और ए. ट्रोयर द्वारा किए गए अनुवाद (पेरिस, 1843, पृ. 123) का उद्धरण दिया गया है।
10. उपरोक्त, पृ. 239-40, 243-44
11. उपरोक्त, पृ. 270
12. उपरोक्त में पृ. 272 पर उद्धृत
13. इस मनोस्थिति का सबसे पहला और अभी भी सबसे अच्छा विवरण राल्फ रसेल और खुरशीदुल-इस्लाम, *थ्री मुग़ल पोएट्स : मीर, सौदा, मीर हसन* (हारवर्ड, 1968, अध्याय 1 और 2, ख़ास तौर पर पृ. 64-68) में मिलता है; इसमें उजड़ी हुई देहली के बारे में सौदा का बयान भी दिया गया है।
14. सम्प्रदायों से परे आध्यात्मिक सत्ता की मदारी अभिव्यक्ति के इस पहलू की विवेचना अशीन दासगुप्त ने *फ़क़ीर एंड संन्यासी अपराइज़िंग्स*, कलकत्ता, 1992 में की है। 19वीं सदी के शुरू में मैमनसिंह के फ़क़ीर टीपू पागल का वर्णन गौतम भद्र ने अपनी पुस्तक *उन्नीश शतकेर बाँगले कृषक चैतन्यार : एक अध्याय*, कलकत्ता, 1992 में किया है।
15. ईटन, पूर्वोक्त, पृ. 219, 242 देखें। पृ. 310 पर इरफ़ान हबीब का उद्धरण भी देखें।
16. उपरोक्त, पृ. 279-80 देखें जहाँ उन्होंने (अ) एच. गीत्ज़, *द क्राइसिस ऑफ़ इंडियन सिविलाइज़ेशन इन द एटींथ एंड अर्ली नाइनटींथ सेंचुरीज़*, कलकत्ता, 1938, पृ. 18 को तथा (ब) विक्टर डब्ल्यू. टर्नर, *द रिचुअल प्रासेस : स्ट्रक्चर एंड ऐंटी-स्ट्रक्चर*, शिकागो, 1969, पृ. 154 की टिप्पणी से उद्धरण दिए हैं।
17. अगर शब्द 'दीवानों जैसे' (berserker) के अर्थ को स्पष्ट करने की आवश्यकता हो तो मैं एडवर्ड थाम्पसन (*द मेकिंग ऑफ़ द इंडियन प्रिंसेज़*, आक्सफ़र्ड, पृ. 4) का हवाला दूँगा : 'हैदर और टीपू ने ईस्ट इंडिया कम्पनी को तबाही के इतने क़रीब पहुँचा दिया था जितना कोई और हिन्दुस्तानी दुश्मन नहीं पहुँचा सका था और कोई बाद का दुश्मन भी नहीं पहुँचा सका। पर वे एक ऐसी संवृत्ति थे जो 40 साल से भी कम अरसे तक चली। देसी ताक़तों के बीच वे अपनी जड़ें नहीं जमा सके।'
18. टीपू के एकछत्रवाद के चरित्र के बारे में, तथा यह एकछत्रवाद उनके विदेशी उपनिवेशवाद के लिए एक वास्तविक देसी चुनौती थी, इसके बारे में अंग्रेज़ों की चेतना के बारे में अशोक सेन, ए प्रि-ब्रिटिश इकानमिक फ़ार्मेशन इन इंडिया ऑफ़ द लेट एटींथ सेंचुरी : टीपू सुलतांस मैसूर (वरुण डे द्वारा सम्पादित *पर्सपेक्टिव्स ऑन द सोशल साइंसेज : हिस्टारिकल डाइमेंशंस*, कलकत्ता, 1977 में संकलित) और बर्टन स्टीन और टामस मुनरो, *द ओरिजिन ऑफ़ द कोलोनियल स्टेट*, देहली, 1989, पृ. 20 देखें।

हैदर अली की मौत

इरशाद हुसैन बक़ाई

नवाब हैदर अली की मौत दक्षिण भारत के इतिहास की एक महत्त्वपूर्ण घटना थी। लगभग सभी समकालीन विद्वान इस बात पर सहमत हैं कि उसकी मौत चित्तूड़ के निकट नरसिंह रायानापेट में 7 दिसम्बर 1782 को हुई। फिर भी तारीख़ के बारे में थोड़े से भ्रम मौजूद हैं क्योंकि फ़ौजी कारणों से नवाब की मौत की ख़बर पोशीदा रखी गई। उस समय टीपू मलाबार तट पर कर्नल हम्बेस्टन के ख़िलाफ़ मुहिम चला रहा था। इस दुख भरी ख़बर का ऐलान किया जाए, इसके लिए उसकी मौजूदगी बेहद ज़रूरी थी।

1782 में पूरे साल हैदर अली की सेहत ख़राब चलती रही। एक अरसे से वह पीठ के सरतान (कैंसर) से पीड़ित था।[1] दो साल पहले भी वह कोरोमंडल तट पर मुहिम चलाते वक़्त गम्भीर रूप से बीमार पड़ चुका था। हैदर ने बहुत से इलाज किए और अनेक हकीमों, वैद्यों, यहाँ तक कि फ्रांसीसी डॉक्टरों तक से सम्पर्क किया,[2] पर सब बेकार। वह मुहर्रम मनाने के लिए चित्तूड़ चला आया था।

टीपू के आने तक हैदर अली की मौत की ख़बर राज़ रखी जाए, यह सुझाव पूर्णैया ने दिया था।[3] एक और वज़ीर किशन राव भी इससे सहमत था। इसलिए हैदर अली की मौत के फ़ौरन बाद उसके जिस्म पर मसाले लगाए गए और उसे क़ीमती चीज़ों से भरे बक्सों के बीच पोशीदा तौर पर कोलार भेज दिया गया।[4] इस बीच दरबारी टीपू के पास दौड़ाए गए कि उससे फ़ौरन लौटने को कहें।

इन सावधानियों के बावजूद अफ़वाहें फैल रही थीं। हैदर अली की गम्भीर बीमारी ने लोगों के मन में पहले ही उसकी मौत के शुबहे पैदा कर रखे थे। 28 जनवरी को फ़ोर्ट सेंट जॉर्ज से भेजे गए एक पत्र में कहा गया था : '10 दिसम्बर 1782 को त्रिपेसूर से कमांडिंग अफ़सर के एक ख़त, तारीख़ 8, में कहा गया था कि उन इलाक़ों की मौजूदा रिपोर्ट यह है कि कोई 5 या 6 दिन पहले हैदर अली अपनी फ़ौज के साथ एक जश्न मनाने के लिए चित्तूड़ गया, और उसके बाद पीठ के नासूर के भयानक ढंग से फूट पड़ने के कारण मर गया।'[5] अगर हैदर 7 दिसम्बर को मरा तो मतलब यह कि त्रिपेसूर (तिरुप्पतूर) के कमांडिंग अफ़सर को यह ख़बर एक तरह से फ़ौरन मिल गई, या फिर शायद उसने उस अफ़वाह पर भरोसा किया होगा जो हैदर की गम्भीर बीमारी के चलते फूट पड़ी थी। 6 दिसम्बर को मैकार्टनी ने भी गवर्नर-जरल को लिखा था : 'कुछ दिन

हुए हैदर मेमुंडुलम से चित्तूड़ चला गया है जहाँ कहा जाता है कि वह जश्न के दौरान रहेगा। बेहद प्रामाणिक समाचार के अनुसार उसकी सेहत गिर रही है। काला लोग के बीच बल्कि ख़ासे भरोसा के साथ यहाँ तक कहा जा रहा है कि वह वास्तव में मर चुका है, पर मैं इसे विश्वसनीय नहीं मानता।'[6] तीन दिन बाद मैकार्टनी ने गवर्नर-जनरल को एक और ख़त लिखा और साथ में उसने कर्नाटक के नवाब वालाजाह के ख़त की नक़ल नत्थी की जिससे हैदर अली की मौत की अफ़वाह को और भी बल मिलता था। नवाब वालाजाह को ख़बर देनेवाला कोई फ़क़ीर मुहम्मद था जो हैदर का एक कमानदार था पर पहले नवाब की मुलाज़िमत में रह चुका था। उसने 7 दिसम्बर यानी यकुम मुहर्रम की तारीख़ बताई थी। अपने ख़त में मैकार्टनी ने टिप्पणी की थी कि अगर इस घटना की पुष्टि हो जाए तो कम्पनी के फ़ायदे में इसका बेहतरीन इस्तेमाल किया जा सकता है। उसने ख़ुद भी वादा किया था कि 'मेरी तरफ़ से इस क़दर अहम वाक़िये का बेहतर से बेहतर इस्तेमाल करने की हर कोशिश की जाएगी।'[7]

दिन गुज़रने के साथ और भी ख़बरें आने लगीं। माल्कम ने 21 दिसम्बर को लॉर्ड मैकार्टनी को लिखा कि उसका 'दुबाश'[8], जिसे दुश्मन ने पिछली बार गिरफ़्तार कर लिया था जब हमारी फ़ौज ने वेल्लूर की ओर कूच किया था, और जो कल 2 बजे सुबह कांजीवरम से भाग निकलने में कामयाब हो गया और अभी-अभी वहाँ से आया है, कह रहा है कि हैदर 15 दिन पहले ही मर चुका था और यह कि मरने से पहले हैदर ने टीपू साहब को और अपने एक ख़ास सरदार को ख़त लिखा था कि वे फ़्रांसीसियों का भरोसा न करें बल्कि कर्नाटक छोड़ने से पहले अंग्रेज़ों से एक गठजोड़ क़ायम कर लें।'[9] मेजर-जनरल स्टुअर्ट को एक और भी विस्तृत विवरण किसी मुराद अली ने भेजा था जिसे तिरुपट्टूर का अमलदार[10] कहा गया है, और जनरल स्टुअर्ट वह शख़्स था जो इस ख़बर पर सबसे कम विश्वास कर रहा था। इस ख़त को सर आयर कूट के पास भेजते वक़्त उसने इसमें दी गई ख़बर पर कोई टिप्पणी नहीं की थी, जिसका मतलब यह था कि वह इसे महज़ एक बेबुनियाद अफ़वाह समझ रहा था। अमलदार का ख़त फ़ारसी में था जिसका अंग्रेज़ी अनुवाद किसी बी. क्लोव ने किया था। इसमें कहा गया था : 'तारीफ़ हो अल्लाह की उसके करम के लिए। उस लानती नायक ने जुमेरात (गुरुवार), 28 ज़ी हज्ज (4 दिसम्बर) को 3 बजे दिन में इस दुनिया से कूच किया, और टीपू की आमद की उम्मीद पर यह ख़बर तीन दिनों तक राज़ रखी गई, और पहली मुहर्रम (6 दिसम्बर) की रात को उसकी लाश कोलार भेज दी गई।'[11]

तिरुपट्टूर के अमलदार मुराद अली ने यह ख़त 2 मुहर्रम 1197 हिजरी को लिखा था, और जहाँ दूसरे सभी विद्वान इस बात पर सहमत हैं कि हैदर अली की मौत पहली मुहर्रम (6-7 दिसम्बर) को हुई, वहीं इस ख़त में हैदर अली की मौत की तारीख़ 4 दिसम्बर, 1782 बताई गई है; इसमें 7 दिसम्बर वह तारीख़ कही गई है जब उसकी लाश कोलार भेजी गई। तिरुपट्टूर के कमांडिंग अफ़सर और लॉर्ड मैकार्टनी की सूचना का स्रोत शायद वही था जो तिरुपट्टूर के इस अमलदार का था, क्योंकि हैदर अली की

मौत के बारे में उनकी तारीख़ें मेल खाती हैं और यह बताती हैं कि उसकी मौत 4 दिसम्बर 1782 को हुई। यहाँ यह बात कही जा सकती है कि हैदर अली की क़ब्र पर उसकी मौत की 'तारीख़'* दर्ज है : हैदर अली ख़ान बहादुर, जो मौत की तारीख़ 1195 हिजरी मात्र बताती है जबकि 7 दिसम्बर 1782 वही तारीख़ है जो पहली मुहर्रम 1197 है और 4 दिसम्बर 28 ज़िलहज्ज 1196 हिजरी के संगत है।[12]

इस बीच दरबार में टीपू की आमद का बेचैनी से इंतज़ार किया जा रहा था। अबू मुहम्मद चोबदार ने फ़ौरन टीपू को पैग़ाम भिजवा दिया था और कहलवाया था कि लाश कोलार ले जाई हा रही है।[13] जिन सरदारों को भरोसे में लिया गया था वे सभी, एक मुहम्मद अमीर को छोड़कर, टीपू के वफ़ादार बने रहे। इस शख़्स ने शम्सुद्दीन बख़्शी के साथ मिलकर हैदर के दूसरे बेटे अब्दुल करीम को तख़्त पर बिठाने का मंसूबा बना लिया था। कहा जाता है कि बोदेयो नाम का एक फ्रांसीसी अफ़सर भी इस साज़िश में शरीक था। लेकिन बहुत जल्द हाकिमों को इस साज़िश का पता चल गया और उन्होंने फ़ौरन साज़िश करनेवालों के ख़िलाफ़ कार्रवाई की।[14] इसके अलावा सरदारों, फ़ौज के हाकिमों और सिपाहियों के बीच टीपू की अपनी निजी लोकप्रियता ने उसकी तख़्तनशीनी को यक़ीनी बना दिया। वह बिना शुबहा अपने उस छोटे भाई अब्दुल करीम से बहुत बेहतर एक इनसान था जिसे ख़बर थी कि कुछ सरदार समर्थन दे रहे हैं। किसी फ़तह मुहम्मद फ़ौजी ने, जो अंग्रेज़ों के लिए जासूसी करने के मक़सद से हैदर अली के लश्कर में पहुँचने में कामयाब रहा, लिखा था कि 'उसके रिश्तेदारों से हुई बातचीत से उसे यह बात समझ में आई है कि आमतौर पर पूरी फ़ौज टीपू की इनसानियत और उसकी नेतृत्व की योग्यता के बारे में बेहद अच्छी राय रखती है, और उसे पूरा भरोसा है कि वह अगर सिपहसालार रहा तो उसे कामयाबी मिलेगी। लेकिन करीम शाह के बारे में उसका (फ़ौज का) ख़याल बहुत ही भिन्न था क्योंकि वह समझती थी कि उसके पास न इतना तजरबा है न इतनी बुद्धि है कि किसी महत्त्वपूर्ण स्थिति में कामयाबी के साथ उसका मार्गदर्शन कर सके। जहाँ तक वह (फ़तह मुहम्मद) समझ सका था, टीपू का किसी महत्त्वपूर्ण प्रतिद्वंद्वी से पाला पड़ेगा, इसकी दूर-दूर तक कोई उम्मीद नहीं दिखाई देती थी।[15] वाक़ई टीपू के मुक़ाबले किसी और के लिए कोई उम्मीद थी भी नहीं क्योंकि एक शाहज़ादे की हैसियत से उसकी बेपनाह इज़्ज़त थी।

हैदर अली की मौत की ख़बर केवल फ़ौजी कारणों से गुप्त रखी गई थी। यह अंग्रेज़ों के लिए मैसूर की फ़ौज पर हमले का सुनहरा अवसर होता क्योंकि उसका सिपहसालार मर चुका था और उसका वारिस बहुत दूर था। ऐसा क़दम उठाने की

---

* पहले किसी की मौत पर 'तारीख़' कही जाती थी जो एक वाक्य, वाक्यांश, शे'र आदि के रूप में होती थी। फिर अक्षरों के लिए निश्चित अंकों (जैसे अलिफ़=1, बे=2,...दे=200, ग़ैन=2,000) के आधार पर गिनती का जो योग आता था वह उस शख़्स की मौत की तारीख़ के बराबर होता था—अनुवादक।

स्थिति में केवल जनरल स्टुअर्ट ही था पर वह हैदर अली की मौत के दो दिन बाद मिली इस ख़बर पर भरोसा करने को तैयार नहीं था। जब मद्रास सरकार ने उससे ऐसी कार्रवाई का आग्रह किया तो उसने अपने से फ़ौरन ऊपर के हाकिमों को यही जवाब दिया कि वह यह मानने को तैयार न था कि हैदर मर चुका है, और यह कि अगर वह मर जाता है तो फ़ौज सही वक़्त पर हर कार्रवाई के लिए तैयार मिलेगी।[16] कार्रवाई के लिए जब उस पर और ज़ोर डाला गया तो उसने यही दलील दी कि फ़ौज दुश्मन के ख़िलाफ़ कोई मुहिम शुरू करने की हालत में नहीं थी। यह बहाना और भी उत्तेजना का कारण बन गया क्योंकि 17 नवम्बर 1782 को ही मद्रास कौंसिल एक प्रस्ताव पारित कर चुकी थी कि 'अपने मौजूदा ठिकाने पर फ़ौज को हर वक़्त कूच के लिए तैयार रहना चाहिए', और यह कि जनरल स्टुअर्ट ने कौंसिल के सदस्यों को विश्वास दिलाया था कि 'किसी भी वास्तविक आपात स्थिति में फ़ौज को कूच करना चाहिए और वह इसके लिए तैयार रहेगी।' स्टुअर्ट की दी हुई इस दलील पर विल्क्स की टिप्पणी बहुत तीखी है और उसने इस दलील को 'साफ़ तौर पर लापरवाही और अहंकार से भरा' बताया 'जो अकाल के हालात में दी गई थी, जिसने मानसून के दौरान फ़ौज और उसके साज़-सामान को बाँट दिया था।' 'यह वादा या तो किया ही नहीं जाना चाहिए था या फिर हैदर की मौत जैसी वास्तविक आपात स्थिति में कारगर ढंग से पूरा किया जाना चाहिए था।'[17]

उन दिनों सर आयर कूट बंगाल में अपनी तबाह हो चुकी सेहत को बहाल करने पर लगा हुआ था। उसने भी कड़वाहट के साथ यह रोना रोया है कि ऐसे मौक़े पर भी कम्पनी की फ़ौज कार्रवाई के लिए तैयार नहीं थी। फ़ोर्ट सेंट जॉर्ज की फ़ौजी कार्रवाइयों के विवरण में उसने लिखा था : 'यह साबित करने के लिए किसी दलील की कोई ज़रूरत नहीं कि फ़ौरी कार्रवाई के लिए फ़ौज को तैयार रखने की मेरी सिफ़ारिश पर कितना कम ध्यान दिया गया है, क्योंकि वह एक महत्त्वपूर्ण और अनुकूल संकट के समय भी फ़ायदे उठाने के लिए हरकत में नहीं आई और हैदर अली ख़ान की मौत इसका एक दुर्भाग्यपूर्ण प्रमाण है। इस वाक़िये के वक़्त मैदान में एक फ़ौज के नज़र आने का भी बेहद उम्दा और फ़ायदेमंद असर होता। एक क़ब्ज़ाई गई हुकूमत पर निर्भर लोगों के बीच ऐसे किसी वाक़िये के कारण पड़नेवाली फूट, और वह चौतरफ़ा असंतोष जो हमें पता है कि लम्बे अरसे से हैदर की फ़ौजों के बीच मौजूद है, और उस मुलाज़िमत के प्रति निजी नापसन्द और चिढ़ जिसकी प्रकृति आज एक भारी ख़तरे और थकान जैसी हो चुकी है, जिसमें फ़िलहाल या आगे चलकर लाभ की ज़रा सी संभावना भी नहीं है, इन सबको अगर हमारी फ़ौज फ़ौरी तौर पर आगे बढ़ती तो इस सीमा तक बढ़ाया जा सकता था कि उसके नतीजे में ऐन मुमकिन है कि हैदर की फ़ौज के बचे-खुचे हताश हिस्से बिखर गए होते और आख़िरकार तबाह हो चुके होते। इस सुनहरे मौक़े के नुक़सान से पैदा होने वाले बुरे परिणाम अपने आप स्पष्ट हैं।'[18] सर आयर कूट ने जो ज़रूरत से ज़्यादा उम्मीदें पाल रखी थीं उन्हें देखते हुए उसकी तल्ख़ी समझ में आती है। कारण

कि जब उसे हैदर की मौत की ख़बर सुनाई गई, वह ख़ुशी से उछल पड़ा था : 'इसके बाद इसकी बेहद गुंजाइश पैदा होती है कि हम अपनी मातृभूमि को इन पूर्वी इलाक़ों पर स्थायी और अबाध अधिकार दिला सकें।'[19]

अंग्रेज़ फ़ौज कोई क़दम उठा सके, टीपू इसके पहले ही अपने वालिद के लश्कर में पहुँच गया। उसने यह ख़बर पहली बार 11 दिसम्बर को दोपहर में सुनी थी और वह 12 दिसम्बर को मलाबार तट से चल पड़ा था। रास्ते में वह अरशद बेग ख़ान से मिला और उससे कहा कि वह पालघाटचेरी में रक्षात्मक उपाय करता रहे। वह 31 दिसम्बर को पेन्नार नदी के किनारे पहुँचा जहाँ उसके वालिद की फ़ौज उसका इंतज़ार कर रही थी, और अगले रोज़ उसने तमाम मुआमले सँभाल लिये। मरहूम नवाब के सम्मान में इस अवसर पर दिखावों से भरा कोई समारोह नहीं किया गया।

उस समय कुछ सरदारों ने, जो ग़ालिबन अंग्रेज़ों से पैसा पा रहे थे, टीपू को सलाह दी कि वह ईस्ट इंडिया कम्पनी से गठजोड़ करे। वह अपने वालिद के लश्कर तक पहुँचे, इससे पहले ही हैदर अली के कुछ सेवक उसके पास आए और उसे यह राय दी : 'अपनी बिखरी हुई फ़ौजों को कोलार में जमा कीजिए और अम्न का पैग़ाम देकर अंग्रेज़ के सिपहसालार के पास एक आदमी भेजिए, और अगर नवाब वालाजाह अपनी रियासत की तबाही रोकने के लिए कुछ चाहता है तो उसके साथ समझौते से मुआमला तय करके अपनी रियासत में सुकून से रहिए।' यह अफ़वाह भी फैलाई गई कि हैदर अली अपने पीछे टीपू के लिए अंग्रेज़ों से गठजोड़ की हिदायत छोड़ गया था। कहा गया था कि टीपू जब अपने वालिद की लाश के पास आख़िरी रस्में पूरा कर रहा था तब उसे हैदर की पगड़ी के एक कोने में काग़ज़ का एक टुकड़ा मिला था जिसमें ये अलफ़ाज़ दर्ज थे : 'मुझे अंग्रेज़ों से जंग करके कुछ भी नहीं मिला, पर अफ़सोस कि अब मैं ज़िन्दा नहीं रहूँगा। अगर तुम्हें अपनी रियासत में गड़बड़ियों का डर हो और तुम अंग्रेज़ों से अम्न का कोई समझौता किए बग़ैर उन गड़बड़ियों को दूर करने की कोशिश करोगे तो वे यक़ीनन तुम्हारे पीछे पड़ेंगे और जंग को तुम्हारी रियासत के अन्दर तक पहुँचा देंगे। इस सबब बेहतर यह है कि चाहे जिस शर्त पर कर सको, अम्न का समझौता करो, और तब अपनी रियासत में जाओ।'[20] इन हिदायतों के आख़िर में टीपू से कहा गया था कि अंग्रेज़ों से बातचीत चलाने के लिए सर आयर कूट के वकील श्रीनिवास राव से सम्पर्क बनाए। पर टीपू इन चालों में आनेवाला नहीं था। उसने अम्न का समझौता तब तक नहीं किया जब तक ख़ुद अंग्रेज़ों ने इसकी दरख़्वास्त नहीं की, और उस समय (मंगलूर समझौते के समय) वह एक विजेता जैसा दिखाई दे रहा था।[21]

राजनीतिक क्षेत्र में हैदर अली का स्वर्गवास भारत के लिए एक बहुत अहम वाक़िया था। उसे अंग्रेज़ों के ख़िलाफ़ ताक़त का एक गढ़ माना जाता था। उन दिनों के हिन्दुस्तानी राजे-महाराजे भले ही देशभक्ति से हीन होने के कारण बदनाम रहे हों, अगर कभी अंग्रेज़ों के ख़िलाफ़ एक गठजोड़ बनाते, उसे एक भरोसेमंद सहयोगी पाते। वास्तव में हैदर अली की मौत से ठीक पहले पेशवा और निज़ाम के दरबारों में ऐसे एक

गठबंधन की बात चल भी रही थी। नाना ने अभी सलबई की संधि पर दस्तख़्त नहीं किए थे और जब उसे हैदर अली की मौत की खुफ़िया ख़बर मिली, उसने यह काम 20 दिसम्बर तक लटका दिया।[22] हिन्दुस्तानी हुक्मरानों में शायद नवाब वालाजाह ही ऐसा अकेला शख़्स था जिसे हैदर अली के स्वर्गवास पर सबसे अधिक संतोष मिला।

सन्दर्भ और टिप्पणियाँ

1. *मेमायर्स ऑफ़ द लेट वार इन एशिया* में 15 दिसम्बर 1782 की एक प्रविष्टि (पृ. 109) में कहा गया है : 'वह (हैदर अली) अपनी पीठ के नासूर से मरा जिससे वह सात साल से पीड़ित था।'
2. विल्क्स, *हिस्टारिकल स्केचेज़ ऑफ़ साउथ इंडिया, पृ. 167*
3. उपरोक्त, पृ. 168
4. हैदर अली के पिता फ़तेह मुहम्मद का मक़बरा है; इसी जगह से सात मील दूर बूडी कोटा में वह पैदा हुआ और यह पूरा इलाक़ा फ़तेह मुहम्मद के पास मुलाज़िमत की शर्त के साथ था। हैदर अली के दादा मुहम्मद अली और परिवार के दूसरे सदस्य इसी मक़बरे में दफ़नाए गए थे। (बावरिंग, *ईस्टर्न एक्सपेरिएंसेज* देखें।) मूलत : इरादा यही था कि हैदर अली को भी यहीं दफ़नाया जाएगा पर टीपू ने कुछ और फ़ैसला किया और हैदर की लाश श्रीरंगपट्टम ले जाई गई जहाँ उसे लाल बाग़ में दफ़्न किया गया।
5. लव, *वेस्टिजेज़ ऑफ़ ओल्ड मद्रास,* खंड तीन पृ. 241
6. सेक्रेट कंसल्टेशंस, 31 दिसम्बर 1782, संख्या 1-बी, इंपीरियल रिकॉर्ड डिपार्टमेंट
7. उपरोक्त, 6 जनवरी, 1783, संख्या 1
8. दुभाषिया, दो भाषाएँ जाननेवाला।
9. सेक्रेट कंसल्टेशंस, 10 जनवरी 1783, संख्या 4
10. ज़िला सलेम में तिरुपट्टूर सब-डिवीज़न और तालुक़
11. सर आयर कूट के नाम जनरल स्टुअर्ट के पत्र के साथ, सेक्रेट कंसल्टेशंस, 10 जनवरी 1783, संख्या 3
12. ब्राउन, एफेमेरिस या डा वुस्टेनफ़ेल्ड्स, *फ़ेर्गलाइचुंग्स-टैबेलेन डेर मुहम्मडनीशेन उंड क्रिस्टीलीशेन ज़ाइटरेख़्नुंग* देखें।
13. फ़ारेस्ट, *सेलेक्शंस फ़्रॉम सेलेक्ट कमेटी प्रोसीडिंग्स,* खंड तीन, पृ. 916
14. विल्क्स, पूर्वोक्त
15. सेक्रेट कंसल्टेशंस, 10 जनवरी 1783
16. विल्क्स, पूर्वोक्त, पृ. 174
17. उपरोक्त, पृ. 174
18. सेक्रेट कंसल्टेशंस, 3 फ़रवरी 1783, संख्या 5
19. उपरोक्त, 10 जनवरी 1783
20. फ़ारेस्ट, पूर्वोक्त, पृ. 916
21. *कैंब्रिज हिस्ट्री ऑफ़ इंडिया,* खंड पाँच, पृ. 333
22. फ़ारेस्ट, *सेलेक्शंस फ़्रॉम स्टेट पेपर्स (मराठा सीरीज़),* खंड एक, प्रस्तावना, पृ. 23

पूर्वी कर्नाटक पर हैदर अली का आक्रमण, 1780

जदुनाथ सरकार

भारत में एक फ्रांसीसी फ़ौजी दुस्साहसी ने, जिसका नाम मेस्त्रे दे ला तूर था और जो ख़ुद को 'मुग़ल सलतनत की फ़ौज का एक जनरल' कहता था, इस महान हुक्मरान का एक जीवनचरित *हिस्तोइरे द' ऐदर अली कान, ओ नोव्यो मेमोरीज़ सूर ल' इंदी* (पेरिस, 1783, 2 खंडों में) प्रकाशित किया था। बाद में इसका अंग्रेज़ी अनुवाद भी हुआ था। हालाँकि लेखक का दावा था कि वह इन 'फ़तहों का चश्मदीद गवाह' था, फिर भी उसने सादगी से क़ुबूल किया था : 'हम इस मौजूदा जंग में हैदर की मुहिमों का कोई ब्योरा नहीं दे सकते क्योंकि हमारे पास अंग्रेज़ों की प्रतिक्रियाओं के अलावा कुछ भी नहीं है, और इन पर हम भरोसा नहीं कर सकते क्योंकि ये अंग्रेज़ सरकार को धोखा देने के लिए भारत में गढ़ी गई हैं...'*

यह जानकर हेद्स के इस फ्रांसीसी की क़द्र ही बढ़ेगी कि पांडुलिपि रूप में इस मुहिम के आरम्भ से लेकर अर्काट के पतन तक (28 मई से 4 नवम्बर 1780 तक) इसका एक वृत्तांत अभी भी सुरक्षित है। इसे लाली की फ़ौज के एक फ्रांसीसी अफ़सर ने लिखा था जो इस मुहिम से ख़ुद गुज़रा था। यह वृत्तांत फ्रांसीसी में है पर गोवा की पुर्तगाली दस्तावेज़ों (लिव्रो देस मोंकींस, संख्या 16 आर बी, फ़ोलियो 469 और आगे) में सुरक्षित है। इसकी एक अपेक्षाकृत ख़राब प्रति से मैंने अंग्रेज़ी अनुवाद तैयार किया है जो नीचे दिया गया है। इससे हम इस मशहूर मुहिम पर फ्रांसीसी दृष्टिकोण को और विस्तार से समझ सकते हैं। इस मुहिम का एक और छोटा विवरण एम दे लाली द्वारा अपने भाई को लिखे गए पत्र में भी सुरक्षित है। (यह अंग्रेज़ी में अभी तक प्रकाशित नहीं हुआ है।)

अनुवाद

28 मई : आज फ़ौज के सारे ख़ेमे श्रीरंगपट्टम से आधे लीग की दूरी पर गाड़ दिए

* फ्रांसीसी मूल *ला रिव्यू दे ल' हिस्तोरी देस कोलोनीज़ फ्रैंकाइज़* में प्रकाशित, मई 1934

गए हैं। अलगे दस्ते को बंगलौर की ओर भेजा गया है और पिछला दस्ता ग्रेल पर क़ब्ज़ा किए हुए है। चूँकि ब्राह्मण ज्योतिषियों ने नवाब* को विश्वास दिलाया है कि यह शुभ दिन है, इन अंधविश्वासों में विश्वास करने वाले नवाब ने हुक्म जारी किए हैं कि लश्कर में वे सारे दस्ते भेजे जाएँ जो द्वीप में रुके हुए हैं। एम दे लाली और एम पियोरिन की पार्टी को छोड़ सबने दोपहर में नदी पार कर ली है। हमारे राजनीतिज्ञ अनेक योजनाएँ बना रहे हैं पर वे कुछ माह बाद ही सामने आएँगी। लगभग वे सभी एकमत से कह रहे हैं कि नवाब घाट को पार नहीं करेगा और अगर वह अपनी फ़ौज (के साथ) उसकी तरफ़ बढ़ता है तो ऐसा सिर्फ़ जाड़े (बरसात के मौसम) में वहाँ ठहरने के लिए और अपने मुल्क का घास-चारा बचाने के लिए करेगा। अकेले मोंशियर दे लाली कह रहे हैं कि वे फ़ौरन चल पड़ेंगे और यह कि वे बेहतर फ़ौजें लेकर अंग्रेज़ों पर हमला करने जा रहे हैं।

29 मई : नवाब सभी दरवाज़ों पर (भैंसों की) क़ुर्बानी देकर इस शहर से 10 बजे सुबह को चला, और पूरी शान-शौकत के साथ अपने लश्कर में पहुँचा। आज के बाद परम्परा के अनुसार श्रीरंगपट्टम में प्रवेश सभी यूरोपियनों के लिए बन्द कर दिया गया है।

30 मई : एम दे लाली की पार्टी ने दोपहर के दो घंटे बाद नदी पार किया। वह मुहम्मद अली की बाईं तरफ़ फ़ौज के अगले हिस्से में पड़ाव डाल चुका है। पूरी मुहिम के दौरान उसे यही ओहदा सौंपा गया है।

1 जून : रिसालों के बीच तोपें बाँट दी गई हैं; हर (रिसाले) में 4-6 कैलिबर की दो तोपें, 8 की दो तोपें, तोप लादने की दो गाड़ियाँ और एक बैलगाड़ी है।

भारी तोपख़ाना आगे भेज दिया गया है। इसमें बड़ी कैलिबर की 13 तोपें, 4 दे पूज़ (लम्बी, पतली) तोपों या क्लवरिन, 2 होविट्ज़र, 6 चूलदार तोपें, तथा तोपगाड़ियों और बैलगाड़ियों की बड़ी तादाद है।

3 जून : पड़ाव में एम दे पियोरिन आ चुका है। उसने एम दे लाली के एक पीछे एक गोले की मार जितनी दूरी पर स्थिति सँभाल ली है। अगले जुमे (शुक्रवार) को बंगलौर की ओर कूच करना तय हुआ है।

7 जून : सुबह 3,000 घुड़सवारों का एक दस्ता चल पड़ा है और भारी तोपख़ाना जा रहा है।

9 जून : आज सुबह, पौ फटने से आधे घंटे पहले, नवाब ने अपने घुड़सवारों के एक बड़े हिस्से के साथ कूच किया है। पैदल फ़ौज दो क़तारों में बढ़ रही है। एम दे लाली का दस्ता उसके आगे-आगे, बाईं ओर रहकर बढ़ रही है। तीसरी क़तार तोपख़ाने की है और चौथी गाड़ियों की। बाक़ी पैदल फ़ौज पीछे के हिस्से में है।

14 जून : नवाब दोपहर में बंगलौर पहुँचा और क़िले में डेरा डाल चुका है। बाक़ी

---

* हैदर अली

जगहों में फ़ौज ने पड़ाव डाला है। अगला दस्ता होसूर की दिशा में रखा गया है। बादशाह (हैदर अली) ने यहाँ 22 दिन रुकने का फ़ैसला किया है। इस दौरान दूर-दराज़ के इलाक़ों के दस्ते भी हमसे मिल चुके हैं। मालख़ाने से हमें कुछ बड़ी बन्दूक़ें और ढेरों गोला-बारूद दिए गए हैं। कहा जाता है कि अंग्रेज़ों के साथ संधि की बातचीत हुई है जिसका कोई नतीजा नहीं निकला है।

6 जुलाई : फ़ौज को कूच के लिए तैयार रहने का हुक्म मिल चुका है। इसमें 20,000 सिपाही, 20,000 पियादे, 10,000 बीडर, 15,000 अर्दली, 6,000 कर्नाटकी, 2,500 पठान और बहुत सारे (बैल) हैं जो बहुत अधिक गोला-बारूद से लदी तोपों को खींच सकते हैं।

एम दे लाली और दे पियोरिन के दस्तों की तादाद 450 यूरोपियनों की हो सकती है जिनमें 230 घोड़ों पर सवार हैं। इसके अलावा ख़ेमे में मुख़्तलिफ़ मुल्कों के 300 यूरोपी होंगे जो 'काचरी' (हैदर) के अनुशासन में हैं। पर चूँकि वे दस्तों में नहीं हैं और इसके अलावा सारे कैदी, बल्कि और बेहतर कहें तो गुलाम हैं, इसलिए उन्हें बादशाह की फ़ौजों में नहीं गिना जा सकता। उसने इन लोगों के एक बड़े भाग को अपनी तोपों की देखभाल पर लगा रखा है, और बाक़ी रिसालों के बीच बाँट दिए गए हैं। बहुत दिन नहीं हुए कि उसने पियादों की एक कम्पनी बनाई है जिसे उसने पांडिचेरी के एक मेस्टिच (यूरेशियन) के अधीन कर दिया है।

हमारे राजनीतिज्ञ थोड़ी उलझन महसूस करने लगे हैं। पर उनकी राय हमेशा यही होती है कि फ़ौज बंगलौर से आगे नहीं जाएगी। पर एम दे लाली हमेशा उनके ख़िलाफ़ बोलता है, कि 8 दिनों के अन्दर कर्नाटक में एक भारी हलचल मचेगी।

आज नवाब ने बंगलौर में अपना पड़ाव ख़त्म करने के लिए और वहाँ बिला शुबहा एक तानाशाह और बेरहम हुकूमत की यादें छोड़ने के लिए पियादा फ़ौज के एक जमादार को हाथी के पाँव से बँधवाकर पूरे ख़ेमे में घिटसवाया। अवाम के बीच कहा जा रहा है कि उसने (जमादार ने) अपने दस्ते की तनख़्वाह का कुछ हिस्सा दबा लिया था।

7 जुलाई : पियादों ने एक क़तार में और उनकी दाहिनी तरफ़ से बन्दूक़चियों ने कूच करना शुरू कर दिया, और होसूर से 4 कोस पर पड़ाव डाला।

8 जुलाई : पियादों ने होसूर के पूरब में पड़ाव डाल दिया है। दो घंटे बाद नवाब अपने सभी घुड़सवारों के साथ आ पहुँचा। वह बिना रुके बंगलौर से आया है।

11 जुलाई : पूरी फ़ौज हमेशा के क्रम में कूच कर रही है। उसने पहले घाट के दर्रे के पास पड़ाव डाला।

12 जुलाई : पियादे रुक गए हैं। एक ख़राब और तंग रास्ते में भीड़-भाड़ की उलझन से बचने के लिए बादशाह अपने घुड़सवारों के साथ आगे की ओर चला गया है।

13 जुलाई : पियादे क़तार बनाकर आगे बढ़े और हमने अच्छी तरह घाट को पार कर लया। सबसे बुरी जगह आधे लीग की दूरी पर है जहाँ बाईं ओर एक बहुत

खुला-खुला जंगल है जो पहाड़ी तक चला गया है। दाईं ओर एक पहाड़ी पर एक क़िला है जो ख़ासा बड़ा दिखाई देता है। इस रास्ते से गुज़रना बहुत मुश्किल होगा जो बेउर (बड़ामहल) के इलाक़े की राह में पहली बाधा है।

17 जुलाई : नवाब ने बहुत थोड़े हथियारों से लैस 15,000 घुड़सवारों को अलग कर दिया है। घाट से आगे निकलने पर यह दस्ता चार भागों में बँट जाएगा। इनमें से हरेक की एक ख़ास मंज़िल है जो उसे ख़ुफ़िया तौर पर बताई गई है।

उसने बड़े (दस्ते) का मुखिया अपने दूसरे बेटे करीम शाह को बनाया है; उसे उसने यह पहली कमान सौंपी है। उसने करीम को जो हिदायतें दी हैं और नौजवान शाहज़ादा जिस जोश से भरा हुआ है उनसे बेहद कामयाबी की उम्मीद बँधती है। कहा जाता है कि उसे पोर्ते नोवो की तबाही का काम दिया गया है जहाँ वह अगली जुमेरात (गुरुवार) को रात के वक़्त दाख़िल होगा। उसके साथ 200 ऊँट हैं जिनमें से हरेक पर दो सिपाही हैं। इस ख़बर ने ख़ेमे में भारी तहलका मचाया। सभी को विश्वास है कि हम अंग्रेज़ों पर हमला करने जा रहे हैं।

21 जुलाई : फ़ौज दूसरे घाट से गुज़रकर आख़िर अर्काट के सूबे में दाख़िल हुई। सड़क यहाँ ख़राब है और कुछ ही दस्ते इसकी पहरेदारी कर सकते हैं। हमने चंगमा में पड़ाव डाला जिसने हमारे गोलाबारी शुरू करने से पहले ही हथियार डाल दिए हैं। हालाँकि यह जगह मुहम्मद अली ख़ान की सरहद पर है पर यहाँ पहाड़ियों के सिलसिले से एक लीग की दूरी पर नदी के किनारे एक मिट्टी का क़िला भर है। इस तक पहुँचना बहुत आसान नहीं होगा। यहाँ हमें चार तोपें मिलीं; यहाँ की फ़ौज में कुल 100 सिपाही और दस घुड़सवार थे। नवाब ने कोलस्पाक और पोल्लूर की टोह लेने के लिए दस्ते भेजे हैं।

23 जुलाई : नवाब के पहुँचने के फ़ौरन बाद कोलस्पाक की ओर कूच हुआ। लगता है कि इस क़िले में ईंटों से बनी कुछ बुर्ज़ें हैं जिनमें से हरेक में एक तोप है। इस जगह का दारोमदार एक गाँव (पेट) पर है जो बहुत ही बड़ा, बहुत समृद्ध तथा कामगारों और दस्तकारों से भरा हुआ है। यह मिट्टी की मात्र एक घटिया दीवार से घिरा हुआ है।

25 जुलाई : फ़ौज पोल्लूर में दाख़िल हो चुकी है जिसने टोह के लिए आनेवाले दस्तों पर अच्छी-ख़ासी गोलाबारी की। (पर) अन्त में उसने हथियार डाल दिए। यह क़िला एक दिलकश ढंग से खड्डों के मुहाने पर खड़ा है। इसमें पत्थर की बनी 12 बुर्ज़ें हैं जो कुछ तोपों से लैस हैं। इसमें 100 सिपाहियों और कुछ काले घुड़सवारों का एक दस्ता मौजूद था। यह जगह एक और जगह के अधीन है जो इससे बहुत बड़ी है और उसका नाम कर्नाटगढ़ है। यह गढ़ पहले स्थान से एक लीग दूर, एक लगभग अजेय पहाड़ी पर स्थित है।

पोल्लूर के क़िलेदार को बिचौलिया बनाकर नवाब ने कर्नाटगढ़ के क़िलेदार को (जो पोल्लूरवाले का रिश्तेदार है) पटाने की कोशिश की कि वह उसकी फ़ौजों को दाख़िल

होने दे, पर उसकी सारी कोशिशों और सारे वादों का कोई नतीजा नहीं निकला। नतीजे में दो दिन बाद नवाब ने (क़िले के) नीचे स्थित इलाक़े को लूटने और जलाने के लिए चार रिसाले भेजे। ये दस्ते वहाँ आगज़नी के बाद शाम को लौट आए। आज एम दे लाली और साथ में मुहम्मद अली को अलग कर दिया गया है कि वे जाकर वेल्लूर और अर्काट के रास्ते में पड़ाव डालें।

30 जुलाई : लश्कर ने त्रिनोमाली की ओर कूच किया। सफ़र बहुत मुश्किल था। इस पगोड़े में, जिसके चारों तरफ़ यूरोपीय आकर मिल गए हैं, चार बुर्ज़ें हैं जिनमें कुल मिलाकर पाँच तोपें थीं। वह देर तक मुक़ाबला नहीं कर सका। यह जगह कमान में है और आसानी से वहाँ जाया जा सकता है। लश्कर पर कुछेक गोले दाग़ने के बाद उसने 31 की शाम को हथियार डाल दिए। यहाँ की फ़ौज में सिपाहियों की तीन कम्पनियाँ थीं और 80 अर्दली थे। वे बाहर (निकलकर) ऐसी जगह चले गए हैं जो पहाड़ियों में है। वहाँ पहुँचने पर हमारी फ़ौजों ने इस जगह को ख़ाली पाया। पर यह जगह एक धर्मशाला से बहुत बड़ी है। करीम साहब अपने दस्ते के साथ लौट आए हैं। कहा जाता है कि उन्होंने बेपनाह माल लूटा है।

5 अगस्त : हमने चितपेट की ओर कूच किया, और पियादा फ़ौज कुल 5 कोस चल सकी। नवाब अपने घुड़सवारों के साथ इस जगह पर आज आन पहुँचा।

6 अगस्त : पियादा फ़ौज दोपहर में चितपेट के सामने पहुँची। एम दे लाली ने मुहम्मद अली के साथ अर्काट के रास्ते में पड़ाव डाला है। इस जगह के लिए फ्रांसीसियों को ख़ून और मेहनत की भारी क़ीमत देनी पड़ी। यह जगह एक अच्छे रणनीतिक मुक़ाम पर है और इसमें पत्थर की 12 बुर्ज़ें हैं। इनके अलावा यहाँ तीन मज़बूत कैवेलियर, एक उम्दा fausse braye और एक ख़ंदक़ है। यहाँ कम से कम 16 तोपें हैं और अधिक मात्रा में गोला-बारूद है। वल्लाह, इस जगह ने तो हमारे पहुँचते ही शाम को विजेता के लिए अपने दरवाज़े खोल दिए और हमारी तरफ़ से ज़रा से हमले का इंतज़ार तक नहीं किया।

उसने सिर्फ़ दिन में चारों तरफ़ से भारी गोलाबारी की थी। शहर और इसके इर्द-गिर्द के स्थान को अरनी के इलाक़े से कोई समर्थन प्राप्त नहीं है। नवाब ने इसके फ़ौरन बाद 'हरम का ख़ेमा' गाड़ दिया और सारे बाशिंदे अब अपने घरों को लौट चुके हैं। चितपेट की फ़ौज में 200 सिपाही और 100 अर्दली थे।

10 अगस्त : फ़ौज अरनी के आगे आन पहुँची। पियादों पर तोपों से गोलों की कुछ बौछार हुई और ख़ेमा गाड़ने के लिए उसे क़तार तोड़नी पड़ी। क़िले से 11 को भी गोलाबारी होती रही और 12 को दिन में भी। एम दे लाली ने असदर अली बेग के दस्ते के साथ अर्काट के रास्ते में पड़ाव किया।

12 अगस्त : आज रात नवाब ने उस गाँव के पीछे दो बैटरियाँ लगवा दीं जो क़िले से लगभग सटा हुआ है। जब उन्होंने हार मानने की पेशकश की तब तक तोपें लगाई भी नहीं गई थीं। यह जगह एक छोटी सी नदी के किनारे है, बहुत बड़ी है और मकानों

के एक झुंड से घिरी हुई है। क़िले में चूना-गारा और ईंट की बनी अनेक बुर्जें हैं। दरवाज़े पर यूरोपीय कला के नमूने हैं जो बहुत सुन्दर दिखाई देते हैं। ख़ंदक़ बड़ी दिखाई देती है और उसका रख-रखाव अच्छा है। हमारे बुज़ुर्ग सिपाही कह रहे हैं कि ऐसी जगह को तो कम से कम 8 दिन मुक़ाबला करना चाहिए था हालाँकि इसमें देश के दूसरे क़िलों जैसी ही ख़राबियाँ हैं। इसके चारों ओर बसे छोटे-छोटे गाँवों के कारण यहाँ पहुँचना आसान है।

कहते हैं कि नवाब को अरनी में भारी ख़ज़ाना मिला है। मुहम्मद अली ने इसे अपने ख़ास मालख़ानों में से एक बनाया था, और कहा जाता है कि उसने तंजौर से जो-जो चीज़ें पाई थीं वे सब यहाँ मालख़ानों में रखी हैं। हैदर अली के हमले के बाद से बहुत से जौहरी और अनेक अमीर लोग यहाँ आ गए। इसकी छावनी में 200 सिपाही, 100 काले घुड़सवार और बहुत से अर्दली थे।

15 अगस्त : अंग्रेज़ों ने एक फ़ौज जमा करने के लिए जो-जो कदम उठाए हैं उनकी पहली ख़बर आज हमें मिली। उन्होंने तिरुचिरापल्ली से सिपाहियों की एक बटालियन भेजी है जो जंगल पार करके पांडिचेरी के दस्ते से जा मिली है। इसमें 200 यूरोपीय, 3,000 सिपाहियों और 8 तोपों का दस्ता हो सकता है। उन्होंने 12 को ही परमाकायल की राह पकड़ ली थी और 17 को उन्होंने एक ऊँची पहाड़ी पर पड़ाव डाला जहाँ उन्हें 800 यूरोपीय, 400 सिपाही और 10 तोपों का दस्ता मिला। इस फ़ौज का कमानदार एम. मुनरो होगा।

यहाँ नीति दिग्भ्रमित करनेवाली है। जिन अंग्रेज़ों ने अपनी चौकसी, अपनी सरगर्मी और अपनी फ़ौजी मुहिम शुरू करने की फ़ौरी पहलक़दमी से एशिया के सभी बादशाहों को हैरान कर रखा है, उन्होंने उस दुश्मन का बढ़ना रोकने के लिए एक इनसान भी नहीं भेजा है जो उन पर हमला करने के लिए 100 लीग दूर से आया है ! वे जिन्होंने 2 साल पहले पांडिचेरी के ख़िलाफ़ 40,000 फ़ौजी लगाए थे, जिन्होंने बहादुर (हैदर अली) के साथ अपनी पिछली जंग के दौरान दो बड़ी फ़ौजें लगा दी थीं, जिन्होंने एक शब्द में इस तरफ़ सिपाहियों की 30 बटालियनें रख छोड़ी हैं, जो बिना शुबहा उनकी शोहरत से बेहद हैरान हैं, उन्होंने या तो अपनी (फ़ौजों ?) को कुछ खुफ़िया काम सौंपे हैं या फिर उसने दस्तों को ऐसी कुछ मुहिमों पर लगा दिया है जनके बारे में मैं नहीं जानता। आज वे ख़ुद को जिस उम्दा हालत में पा रहे हैं, उसमें उन्होंने यह सोच रखा था कि एशिया में ऐसी कोई ताक़त नहीं जो उन पर हमला कर सके। हैदर अली के साथ अपने पहले मुक़ाबले के दौरान अपनी फ़ौज जमा न करके उन्होंने जो ग़लती की थी वह साबित हो चुकी है। यह ग़लती तलाफ़ी (क्षतिपूर्ति) के क़ाबिल नहीं। इस तरह के एक क्रान्ति में फँसे मुल्क में, और सबसे बढ़कर इसलिए कि उनके पड़ोसी शक्तिशाली और महत्त्वाकांक्षी हैं, उन्हें चाहिए था कि एक फ़ौज हमेशा तैयार रखें जो पहली ज़रूरत पर ही कूच कर दे और इतनी बड़ी हो कि सरहदों को घेर सके। अपने घुड़सवारों के सहारे नवाब ने जिन चौकियों पर क़ब्ज़ा कर लिया है उनके कारण अंग्रेज़ों

से एक बड़ी फ़ौज जमा करने के सारे साधन अब छिन चुके हैं। इससे उनकी समृद्धि ख़त्म हो चुकी है। बाद की घटनाओं से पता चलेगा कि क्या हमारे दुश्मन ख़ुद भी उस अंजाम को पहुँच चुके हैं।

आठ दिनों से लगातार जारी बारिश ने नवाब की मुहिम को काफ़ी कुछ रोक रखा है। लेकिन उसने दो दस्ते चंबरगढ़ और डोबीगढ़ की टोह के लिए भेजे जिन्होंने 5 या 6 दिन के मुक़ाबले के बाद हथियार डाल दिए। इन दो चौकियों ने, और उसकी क़ब्ज़ाई हुई कुछ और चौक़ियों ने, उसे अपने मुल्क से संदेश आ-जा सकने का पूरा-पूरा भरोसा दिलाया है।

20 अगस्त : लश्कर ने अर्काट की ओर कूच किया। तिमेरी ने, जो उससे दो लीग की दूरी पर है, नवाब के आगे, जब वह गुज़र रहा था, हथियार डाल दिए। उसने लुटेरों पर तोपों से कुछ ही गोले दाग़े थे। पूरी फ़ौज ने अकार्ट के दक्षिण के इलाक़े में पड़ाव डाला।

21, 22, 23 और 24 यूँ ही गुज़र गए और हमने घेरा डालने की भारी तैयारी के अलावा कुछ नहीं किया। इलाक़े की छानबीन का काम एम दे लाली को सौंपा गया है, कभी बख़्शियों के साथ और कभी खुद नवाब के साथ।

नवाब ने अपना ख़ेमा बदल दिया है; उसकी स्थिति बहुत बुरी थी। वह मद्रास के रास्ते में पड़ाव डालने के लिए चला गया, जो इस जगह से उतनी ही दूरी पर है।

दोपहर में उसने उन चौकियों के लिए जाल बिछाया जो शहर के रास्तों की पहरेदारी करती हैं। उसने एक खोह में 300 अर्दली छिपा दिए और 200 कर्नाटकियों से कहा कि लकड़ी के गट्ठरों से लैस होकर और थोड़े से सिपाही साथ लेकर उन अर्दलियों से थोड़ी दूरी से गुज़रें। जब क़िले के लोगों ने उन्हें देखा तो उनका पीछा करने के लिए सिपाहियों की एक कम्पनी भेज दी। नवाब इस हालत में था कि दूसरे पक्ष की सरगर्मियों को अच्छी तरह देख सके। उसने यह देखकर कि ये बदनसीब लोग बहुत पास आ चुके थे, उन पर एक राकेट दग़वा दिया। अर्दली फ़ौरन अपनी ख़ंदक़ों से बाहर निकलकर, हाथों में तलवारें लिये उन सिपाहियों पर टूट पड़े। उन्होंने उनमें से 13 के सर काट लिये, बहुतों को ज़ख़्मी किया और बाक़ी को भागने पर मजबूर कर दिया। इस दौरान क़िले ने तोपों से अनेक गोले दाग़े, पर बेकार। बादशाह के सिर्फ़ तीन लोग मरे। उसने ऐसे हर सिपाही को 5 रुपए दिए जो उसके सामने एक सर लेकर आया।

28 अगस्त : बख़्शियों और कुछ दूसरे सरदारों के साथ एम दे लाली उस अंग्रेज़ फ़ौज की टोह लेने चल पड़ा जो 5 या 6 दिन पहले पुनमाली से चली थी। उसे कांजीवरम जाना है उस दस्ते का इंतज़ार करना है जिसे कर्नल बैली के नेतृत्व में उत्तरी इलाक़ों से आना है। बाहर ऐलान किया गया कि यह दस्ता ख़ासा बड़ा है, पर एम दे लाली, जिसने कोई दो लीग के कूच के दौरान इसे बहुत पास से देखा है, दावा करता है कि इसमें लगभग 1,200 यूरोपियन, 7,000 सिपाही, 30 गोरे घुड़सवार और 15 या 18 तोपें हैं। इस फ़ौज के लिए मजबूरी है कि वह अपने साथ सिर्फ़ रसद ही नहीं बल्कि

घास-चारा और ईंधन भी लेकर चले जो उसके लिए ज़रूरी है। जैसे ही वे बाहर आते हैं, उन्हें परेशान करने वाले बीडर उन पर ऐसी तादाद में टूट पड़ते हैं कि आज सुबह से पाँच यूरोपीय अपनी क़तारों से बदनसीबी से अलग हो गए। उनमें तीन तो क़ैदी बना लिये गए और दो अपने दस्ते से 30 क़दम पर ही भालों से छलनी कर दिए गए।

नवाब ने अपना बड़ा तोपख़ाना और सारा गोला-बारूद, जिसे उसने घेराबन्दी के लिए मँगवाया था, अरनी भिजवा दिया है।

30 अगस्त : पूरी फ़ौज चलकर मूसेरिया पहुँच चुकी है।[1] उन्होंने पूरा का पूरा सामान वहीं छोड़ दिया, यहाँ तक कि नवाब जब अपने सभी घुड़सवारों के साथ नदी के पास से गुज़रा तब ख़ेमे वहीं गड़े रह गए थे। एम दे लाली अपनी गोरों की कम्पनी के साथ उसके पीछे चला और अपने पियादों की कमान एम देनार्द को सौंप दी जो उसकी पार्टी में मेजर है। दो घंटे बाद पियादा फ़ौज ने जंगी तोपख़ाने के साथ नदी पार की। उसे दूसरे किनारे पर लड़ाई के लिए क़तारबंद किया गया और वह वहाँ लगभग दो घंटे रुकी। जासूसों ने ख़बर दी थी कि सबेरे कूच कर चुके अंग्रेज़ अर्काट की राह पकड़ने की बजाय कांजीवरम में पड़ाव डालने चले गए हैं। इसलिए नवाब ने हुक्म दिया कि फ़ौज आगे बढ़ते हुए इस जगह से कतराकर निकले। वह अब कावेरीपाक से एक कोस की दूरी तक पहुँच चुकी है। चूँकि काफ़ी दिन जा चुका था, उसने अर्काट के सारे रास्ते रोककर पेड़ों के नीचे बसेरा किया और रात वहीं गुज़ार दी। एक बहुत बुरी (बदनसीबी) भारी बारिश (के रूप में) आई जो 18 घंटे से ज़्यादा चली और फ़ौज को भारी परेशानी हुई।

31 अगस्त : नवाब ने मैदान में 6 बैटरियाँ लगवा दी हैं जिनमें से हरेक में 5 या 7 तोपें हैं। ये एक-दूसरे से दो गोलों की मार बराबर दूरी पर हैं। उसने बैटरियों के पीछे पूरी पियादा फ़ौज लगा दी है। उसने एम दे लाली की कमान में 5 रिसालों का एक डिवीज़न सौंप दिया है जिनमें कुल 3,000 लोग होंगे। दोपहर के तीन घंटे बाद इन दस्तों को फ्रांसीसी ढंग से क़वायद कराई जाएगी और (फ्रांसीसी) दस्तों के अफ़सरान उनकी कमान सँभालेंगे। वे बैटरी के पीछे बाईं ओर, हमारे साथ अपनी जगह सँभालने आ रहे हैं।

2 सितम्बर : एम दे लाली नवाब के साथ अंग्रेज़ लश्कर की टोह के लिए चला। उसकी स्थिति उसके लिए चाहे जितनी ही अनूकूल हो, एक तालाब के किनारे से थोड़ी बँधी दिखाई देती है जो बाईं ओर है। अगला दस्ता अर्काट की दिशा में है और पिछला दस्ता वृहत्तर कांजीवरम के पगोड़े के पास है।

3 सितम्बर : फ़ौज ने कूच किया। पियादा फ़ौज चार क़तारों में हो गई और हरेक क़तार अपने आगे तोपें लेकर चल रही है। सारे घुड़सवार आगे जा चुके हैं। हमने कांजीवरम से डेढ़ कोस पर पड़ाव डाल दिया है। हमने फ़ौरन बैटरियों को खोज निकाला और बिना रुके काम करने लगे।

5 सितम्बर : नवाब ने असदर अली बेग के डिवीज़न और 5,000 घुड़सवारों के

साथ अपने बड़े बेटे टीपू सुलतान साहिब को कहा कि जासूसों की ख़बर के मुताबिक़, कर्नल बैली से मुठभेड़ करे। यह दस्ता कल चलेगा और कांजीवरम से 5 कोस पर पड़ाव डालेगा।

6 सितम्बर : हमने ख़ेमे उखाड़ दिए हैं और दुश्मन के सामने आ चुके हैं। पियादा फ़ौज तीन क़तारों में आगे बढ़ी, दाईं ओर तोपख़ाना था और बाईं ओर गोला-बारूद था। पूरी घुड़सवार फ़ौज आगे-आगे रही। बादशाह का इरादा हमला करने का नहीं बल्कि जनरल मुनरो की सरगर्मी देखने और उसे कर्नल बैली से जा मिलने से रोकने का है। नवाब के कूच की ख़बर पाकर अंग्रेज़ों ने ख़ेमे उखाड़ लिये हैं और कांजीवरम में दाख़िल हो चुके हैं। हमारी पियादा फ़ौज को हुक्म हुआ है कि घुड़सवारों के पीछे क़तारबन्द हो और एक पहाड़ी पर मोर्चा लगाए जो कांजीवरम से पश्चिम की तरफ़ तोप के गोले की मार जितनी दूरी पर है। इस चाल के सहारे हम उस रास्ते के क़रीब पहुँच गए हैं जिससे मुनरो और बैली, अगर वे मिलना चाहते हों तो गुज़रेंगे।

दोपहर के तीन घंटे बाद रैन-बसेरे के पहरेदारों ने हमें बताया कि अंग्रेज़ कूच कर चुके और चिंगलीपेट का रास्ता पकड़ चुके हैं। उनका रास्ता रोकने के लिए घुड़सवार फ़ौरन आगे बढ़े, और पियादे पीछे-पीछे चले। जब हमने दुश्मन को देखा, वे कांजीवरम कलाँ (बड़ा) और ख़ुर्द (छोटा) में लड़ाई के लिए तैयार थे और उनकी पीठें एक छोटे से क़िले की ओर थीं। बाईं ओर एक बड़े से तालाब का किनारा था और दाईं ओर पार न हो सकनेवाली दलदलें थीं। उसने उनके पिछले दस्तों पर थोड़ा सा दबाव डालनेवाले घुड़सवारों पर तोपों से कुछ गोले दाग़े।

दोनों फ़ौजों ने बाक़ी दिन एक-दूसरे को देखते ही गुज़ार दिया। नवाब ने कुछ ही राकेट दग़वाए थे जिनका ज़रा सा भी असर नहीं पड़ा था। रात आने पर पियादों को वापस लौटने और सुबह फिर मोर्चा लगाने का हुक्म मिला, और घुड़सवार पहरेदारी में रहे। बादशाह ने पूरे दिन जिस तरह से हेरफेर किए उसकी हमारे जनरल (दे लाली) ने भारी ताईद की; बादशाह का ख़ास सरोकार यह था कि उसकी पियादा फ़ौज हमेशा घुड़सवारों की हिफ़ाज़त में रहे।

7 सितम्बर : आज हमें टीपू साहिब और कर्नल बैली के बीच हुए मुआमले की पूरी तफ़सील पता चली। इस नौजवान सूरमा की प्रतिभा और बहादुरी के बारे में हमने जो उम्मीदें लगा रखी थीं, यह कामयाबी पूरी तरह उससे मेल नहीं खाती। अंग्रेज़ों ने आज के दिन कूच ही नहीं किया और उनकी क़िस्मत से उनको एक दिन पहले अपनी स्थिति का ऐसा बदल मिल गया जो उनके लिए बेहद अनुकूल था। वे लगभग सभी जगहों पर दो तालाबों और कुछ बड़ी दलदलों से सुरक्षित थे। इन मुश्किलों से टीपू के जोश में कोई कमी नहीं आई। उसने अपनी फ़ौज को आगे बढ़ाया, उसके पियादे दो क़तारों में इतनी अच्छी तरह से सज गए कि ख़ुद अंग्रेज़ धोखा खा गए; पल भर के लिए उन्होंने समझा कि ख़ुद जनरल मुनरो उनकी ओर चला आ रहा है। लेकिन घुड़सवारों ने उनके पहलू में कुछ राकेट दाग़े तो उन्हें अपनी ग़लती का फ़ौरन पता चल

गया। उन्होंने फ़ौरन अपनी सारी तोपें एक साथ चलवाकर जवाब दिया। उनका तोपख़ाने का रख-रखाव बेहतर था और उसने हमारे पियादों को एक तरफ़ हट जाने पर मजबूर कर दिया। फिर टीपू घुड़सवारों के सामने ख़ुद आ गया और दुश्मनों पर टूट पड़ा जो वर्गाकार खड़े थे। एक टेढ़े-मेढ़े नाले ने, जिसे पार करना मुमकिन न था, उसे बाईं तरफ़ पहुँचने, वहाँ क़ब्ज़ा जमाने और अर्काट के रास्ते पर मोर्चा लगाने से रोक दिया। क़िस्मत ने उसकी ख़्वाहिश का साथ नहीं दिया। दुश्मन से थोड़ी ही दूरी पर एक ऐसा इलाक़ा मिल गया जो पियादों की हिफ़ाज़त के लिए और तोपों को मुनासिब ढंग से लगाने के लिए सही था। तोपें पूरी तरह बैटरियों के रूप में लगाई जाती रहीं और उन्होंने हर मुमकिन कामयाबी के साथ वर्गाकार खड़े अंग्रेज़ों पर गोले दाग़े। अपनी दो तोपें लेकर एम दे लाली आगे बढ़ा; उसका काम बस यह था कि दुश्मन की छोटी से छोटी हरकत दिखाई देती रहे। यह देखकर कि उन्होंने अपना सारा गोला-बारूद एक छोटी सी क़ुदरती बावली के पीछे लगा दिया है, उसने अपने तोपचियों को उस पर निशाना लगाने के लिए कहा। उनकी क़िस्मत अच्छी थी कि दूसरे ही गोले ने गोला-बारूद की एक गाड़ी के परख़चे उड़ा दिए; दूसरी में थोड़ी ही देर बाद विस्फोट हुआ और फिर तीसरी में हुआ। इन वाक़ियात ने दुश्मन को पूरी तरह बदहवास कर दिया; बाद में उन्होंने बस ज़रा सी गोलाबारी की; काले फ़ौजी ख़ुद को हारा महसूस करने लगे और भाग खड़े हुए। एम दे लाली ने, जिसकी निगाहों से इनमें से कोई हरकत बची नहीं थी, अपने गोरे घुड़सवारों को हुक्म भेजा कि धावा बोलें। उसकी इस मिसाल ने नवाब की घुड़सवार फ़ौज की हिम्मत बढ़ा दी जो पहलू में खड़ी थी और इशारे का इन्तज़ार कर रही थी। गर्मी इतनी भयानक थी और तादाद इतनी अधिक थी कि एम दे लाली के स्क्वैड्रन (के आने पर) दुश्मन न आगे बढ़ सका न पीछे हट सका। यूरोपीय, जो हमारा सामना करनेवाले लगभग अकेले लोग थे, सब के सब मारे गए, ज़ख़्मी हुए या क़ैदी बना लिये गए। ऐसी शिकस्त की हिन्दुस्तान में कोई मिसाल नहीं मिलती।

लेकिन जनरल मुनरो के दस्ते के आने पर फ़ौज कम से कम 700 यूरोपीय, 500 सिपाही, 6 पौंड वाली तीपों के दस नग और गोला-बारूद की 15 गाड़ियों की हो गई। यह रात में 8 बजे चली थी, और हमारा सामना होने के बाद दो कोस भी नहीं बढ़ सकी। यह वाक़िया केटोल्लूर[2] और पेरम्बक के बीच हुआ जो कांजीवरम से दो लीग उत्तर-पश्चिम (वास्तव में उत्तर-पूर्व) में है। यह 10 बजे से लेकर दोपहर तक चला।

दोपहर के दो घंटे बाद हमने कूच किया और कांजीवरम से दक्षिण-पश्चिम तीन लीग की दूरी पर पड़ाव डाला।

अगर नवाब ने यूँ जोड़-तोड़ करने की बजाय एम दे लाली की सलाह मानी होती, जिसने उसे मश्विरा दिया था कि ख़ेमे में लौट चले जहाँ से हम सुबह चले थे, तो अंग्रेज़ों की ताक़त के बारे में इस मुहिम को लेकर बहुत कुछ कहा जा सकता था और एम. मुनरो मजबूर हो जाता कि अपने हथियार डाल दे और अपनी पूरी फ़ौज के साथ जंग का क़ैदी बन जाए। लेकिन बादशाह ने, जो किसी भी दूसरे शख़्स के मुक़ाबले बेहतर

जानता है कि अपनी फ़ौज के साथ क्या करे और जो इसके अलावा अपने विवेक को हद तक ले जाने का आदी है, एम. मुनरो की तरफ़ से किसी भी अचंभे से बचने के लिए थोड़ा दूर चले जाना बेहतर समझा। उसने अपने दुश्मन के कूच को रोकने के लिए अपने बड़े बेटे को एक नया घुड़सवार दस्ता देकर भेजने पर ही सन्तोष कर लिया। यह नाकामी, जो भारी दब्बूपन का पता देती है, सभी यूरोपीय सरदारों के लिए एक बहुत क़ीमती सबक़ होनी चाहिए। इससे उनके लिए यह साबित होता है कि हिन्दुस्तान की बड़ी ताक़तों के ख़िलाफ़ उन्हें हमेशा एक भरोसेमन्द सहारा हासिल है। मेरा मतलब जोश-ख़रोश और सरगर्मी से है।

मुनरो को जब कर्नल बैली की हार की ख़बर मिली और उसे यह पता चला कि नवाब उससे बहुत दूर नहीं है तो उसने वही पुराना रास्ता अपनाया जो उसके लिए सुविधाजनक था, यानी पीछे हटने का रास्ता, चाहे उसके लिए जो भी क़ीमत देनी पड़े। वक़्त गँवाए बग़ैर उसने जितनी आसानी से हो सके उतनी आसानी से मद्रास की राह पकड़ ली। इस कूच में उसे बहुत सी मुश्किलों और थकान का सामना करना पड़ा। कभी उसे घुड़सवारों ने परेशान किया और कभी पियादों ने उस पर धावा बोला। इसलिए उसे कई जगहों पर रुकना और तोपें दाग़कर रास्ता साफ़ करना पड़ा। उसके लिए ख़ुशी की बात यह हुई कि दिन ख़त्म होने से पहले वह एक नदी के किनारे पर पहुँच गया और उसके किनारे-किनारे चलकर चिंगलीपेट तक गया जहाँ वह रात के वक़्त पहुँचा। वह 700 यूरोपियनों, 3,000 सिपाहियों, अपनी जंगी तोपों, अपने गोला-बारूद, साज़-सामान और अपनी फ़ौजी गाड़ी के साथ अगले दिन मद्रास पहुँचा। उसने 18 कैलिबर की चार तोपों, 3 कैलिबर की 3 तोपों, 3 छोटे मार्टर की बन्दूक़ों और बहुत सी गाड़ियों को कांजीवरम में ही छोड़ दिया था।

11 सितम्बर : हमने कूच किया और कांजीवरम से एक-डेढ़ कोस पर पड़ाव डाला, ऐसी जगह जहाँ कुछ और बैटरियाँ लगाई गई थीं। नवाब ने उन यूरोपियनों को बंगलौर भिजवा दिया जिन्हें उसने क़ैदी बनाया था। इनमें 55 अफ़सर और 430 बन्दूक़ची थे। उसने कर्नल बैली और चार दूसरे अफ़सरों को अपने ही पास रख लिया।

15 सितम्बर : फ़ौज कांजीवरम पहुँची जहाँ नवाब की मौजूदगी कुछ मुआमले तय करने के लिए ज़रूरी थी। उसने किसी ज़माने के मशहूर उसी पगोड़े में ख़ेमा[3] गाड़ा जिसकी क़िलाबन्दी अभी तक तबाही से बची थी।

18 सितम्बर : लश्कर वापस अर्काट की तरफ़ (एक) कोस चला। पियादा फ़ौज सिर्फ़ एक क़तार में आगे बढ़ी और तोपख़ाना उसके दाएँ-बाएँ चला।

20 सितम्बर : टीपू साहिब को एम दे लाली के डिवीज़न के साथ पश्चिम की तरफ़ से इस जगह पर हमला करने के लिए भेजा गया। दोपहर में हमने नदी पार की और शहर से कोई 3/4 लीग की दूरी पर, वेल्लूर और अर्काट के बीच पड़ाव डाला।

25 सितम्बर : आज रात एक बड़ी मस्जिद (यानी पगोड़ा) में ख़ंदक़ें खोदी गईं जो नदी के साहिल के पास है।

27 सितम्बर : आज सुबह 7 बजे स्विस दस्ते ने ख़ंदक़ों पर मोर्चा लगाया। वे 48 घंटे काम पर रहेंगे और घेराबन्दी के ख़ात्मे तक की चार रातों में दो रातें ख़ंदक़ों और दो लश्कर में गुज़ारेंगे।

29 सितम्बर : पांडिचेरी के बाशिंदों के लिए नवाब से सुरक्षा माँगने के लिए एम दे लाली दरबार में आया। इन लोगों की मुलाक़ात उसके एक ब्राह्मण से हुई थी जो (लश्कर की) सीमाओं पर कस्टम ड्यूटी वसूल करता था। बादशाह ने हमारे जनरल का बहुत उम्दा स्वागत किया और उसे वह सब दिया जो उसने माँगा था। फिर उसने इस 10 सितम्बर को जिस तरह मुआमले का संचालन किया था उस पर अपनी तसल्ली का इज़हार करने के लिए नवाब ने उसकी तनख़्वाह में भारी बढ़ोत्तरी कर दी।

10 अक्तूबर : आज हमने सात तोपों की एक दीवारभेदी बैटरी तैयार की। यह इस जगह से 150 फ़ैदम दूर है, तथा वेल्लूर दरवाज़े और नदी वाली गढ़ी से भी इतनी ही दूरी पर है। हमने एक 'बोयो' (तंग रास्ता) तैयार कर लिया है जिसके ज़रिये नदी वाले लोगों से राब्ता रखा जा सकता है।

13 अक्तूबर : दुश्मन ने नदी किनारे की तामीरों पर गोलाबारी की। कुछ नुक़सान हुआ, पर हमले को नाकाम बना दिया गया। गोलाबारी 20 मिनट तक चली।

19 अक्तूबर : हमने 18 की पाँच और 24 की दो तोपों से दीवारों को भेदना शुरू कर दिया है। (हमारे) मुक़ाबले पर मौजूद 5 बड़ी तोपों ने, जिसकी गोलाबारी को ख़ामोश करने पर हमने ध्यान नहीं दिया था, हमारी पाँच तोपों को तबाह कर दिया है। बड़ी तादाद में हमारे सिपाही मारे गए या घायल हुए।

20 अक्तूबर : टीपू साहिब ने एम दे लाली को बुलाया है। उन्होंने उसे हुक्म दिया है कि बैटरी के पास रहे और जो दो तोपें बची हैं उनसे अपनी इच्छा से गोलाबारी कराए। उसे बुर्ज़ की गोलाबारी को ख़ामोश करने में कामयाबी मिली है और एक छोटी बुर्ज़ की गोलाबारी को भी, और उस तोप की गोलाबारी को भी जो छज्जे पर लगी थी। रात में हमने 18 की दो तोपें बैटरी में भिजवा दी हैं।

27 अक्तूबर : हम पूरे दिन बेपनाह कामयाबी के साथ दीवारें भेदते रहे।

28 अक्तूबर : आज सुबह दीवार के टूटने से पहले, नदी किनारे पर हमारे लोगों से बातचीत के लिए (क़िले से) कोई बाहर आया। हमने पहले ही कुछ लकड़ियाँ और पूले खाई के नीचे फेंक दिए हैं। लेकिन दीवार भेदना अभी भी मुमकिन नहीं है। कहा जाता है कि पूरब की तरफ़ से इस जगह पर हमला करनेवाले नवाब के पूरब में हुआ सूराख़ बहुत बड़ा है। उसकी बैटरी में छः तोपें हैं जो 19 से ही दिन-रात गोले बरसाती आ रही हैं।

सुबह पौने छः बजे नवाब ने अर्काट शहर पर हमला किया। पश्चिम वाले सूराख़ के पास ज़ोरदार मुक़ाबले के बाद इसे जीत लिया गया। एम दे लाली के दस्ते को काफ़ी नुक़सान पहुँचा, इसलिए कि बादशाह की फ़ौजों से उसे मुनासिब मदद नहीं मिली। इसमें शक नहीं कि इस कोशिश के लिए जितनी सटीकता दरकार है उतनी सटीकता से उसके

हुक्मों की तामील नहीं हुई है। दुश्मन फ़ौजों के एक हिस्से को क़िले में घुसने का वक़्त मिल गया; बाक़ी को तबाह कर दिया गया। वे या तो मार डाले गए या क़ैदी बना लिये गए।

उसी दिन कैप्टन कमांडेंट एम दे पेनीरासी[4] ने जंग बन्द करने की गुज़ारिश और हथियार डालने की पेशकश की। लेकिन नवाब ने, जो घोर तानाशाही के क़ानूनों के अलावा और कोई क़ानून नहीं जानता, उसे इसके अलावा और कोई जवाब नहीं दिया : 'मेरी ख़्वाहिश है कि पूरी दुनिया बिना अगर-मगर किए और बिना कोई शर्त रखे मेरे सामने आए।'

3 नवम्बर : थर्ड कैप्टन एम दे मांटगुमरी नवाब के पास शर्तें तय करने के लिए आया है। उसने कटाक्षपूर्ण ढंग से, और इसकी कुछ सियासी वजहें हो सकती हैं, आख़िरकार नवाब से मनवा लिया है कि क़िले की ढाल तक सिर्फ़ अंग्रेज़ फ़ौजें जंगी की इज़्ज़त के साथ आएँगी, वहाँ अपने हथियार डालेंगी और फ़ौरन अपने माल-मत्ता के साथ मद्रास की राह पकड़ लेंगी, और यह सब इस साफ़-साफ़ शर्त पर कि इस जंग के (बाक़ी दिनों के) दौरान वे उसके ख़िलाफ़ हथियार नहीं उठाएँगी।

4 नवम्बर : जो अंग्रेज़ फ़ौजें अर्काट के क़िले में थीं, दिन के 11 बजे उसी तरह बाहर निकलीं जिस तरह तय हुआ था। उनमें 6 अफ़सर, 153 बन्दूक़ची और 300 सिपाही थे। अर्काट जैसी बड़ी जगह की छावनी में बाक़ी मुहम्मद अली ख़ान के सिपाही थे। उनके बारे में कोई समझौता नहीं किया गया है।

सन्दर्भ और टिप्पणियाँ

1. यह शब्द मुहर्रिर ने ग़लती से मूसेरवक्कम के लिए लिखा है। यह क़स्बा कांजीवरम क़लाँ से सात मील पश्चिम में पल्लार नदी के उत्तरी किनारे पर स्थित है—जदुनाथ सरकार।
2. पोलिल्लूर के लिए ग़लती से प्रयुक्त।
3. मेरी पांडुलिपि में Il met pon tinate dans cette pagode... है जो अर्थहीन है। अगर हम tinate की जगह tente पढ़ें तो हमें उपरोक्त अर्थ मिलेगा हालाँकि अभिव्यक्ति सपाट होगी। क्या यह हैरान करनेवाला शब्द मुस्लिम प्रशासनिक शब्द 'तैनाती' हो सकता है जिसका अर्थ 'मालगुज़ारी की वसूली के लिए तैनात एक छोटा हाकिम' है ?

   [प्रोफ़ेसर ई स्पेट (Speight) का कहना है कि लिटन ने एक पुराना शब्द tinage प्रयोग किया है जिसका अर्थ वे 'एक आदमी, दो बैल और एक गाड़ी' बतलाते हैं—संपादक, *इस्लामिक कल्चर।]*
4. प्रेंडरगास्ट के लिए ग़लती से प्रयुक्त। 'इस जगह का समर्पण 3 नवम्बर को किया गया। कमांडेंट कैप्टन (टामस) प्रेंडरगास्ट के गम्भीर रूप से घायल होने के कारण समर्पण पर दस्तख़त कैप्टन ड्यूपोंट ने किए। पहली बटालियन, पहली रेजिमेंट के 157 जवानों, लेफ़्टिनेंट लिटन के तहत सिपाहियों की पाँचवीं बटालियन की कोई डेढ़ कम्पनी, और नवाब के सिपाहियों के एक दल पर आधारित छावनी को शर्तों के मुताबिक़ जगह छोड़नी पड़ी'—विल्सन, *हिस्ट्री ऑफ़ द मद्रास आर्मी,* दो, पृ. 12 देखें।

दूसरा आंग्ल-मैसूर युद्ध और फ्रांसीसी

मुहिब्बुल-हसन ख़ान

1769 और 1776 के बीच हैदर को अंग्रेज़ों की तरफ़ से जिन घोर मायूसियों का सामना करना पड़ा उन्होंने उसे उनका दुश्मन बना दिया और उसे फ्रांसीसियों से दोस्ती की कोशिशों पर मजबूर कर दिया।[1] 1775 में मुहम्मद अली के दूतों को भगाने के फ़ौरन बाद हैदर ने पांडिचेरी के फ्रांसीसियों से सम्पर्क किया। उन्होंने भी उसके गठबन्धन के प्रस्तावों को खुले दिल से क़ुबूल किया और अंग्रेज़ों के ख़िलाफ़ उसे मदद करने का फ़ौरन वादा कर लिया है।[2] लेकिन जब हैदर ने जुलाई 1780 में कर्नाटक पर हमला किया तो वे उसे फ़ौजी साज़-सामान छोड़ कोई सहायता देने में नाकाम रहे। वजह यह थी कि वैसे तो वे ख़ुद भी 1778 से ही अंग्रेज़ों से लड़ते आ रहे थे पर अभी भी उन्हें फ्रांस से कोई कुमुक नहीं मिली थी।[3] इंग्लैंड और फ्रांस के बीच शान्ति भंग होने के ठीक चार साल तथा आंग्ल-मैसूर युद्ध के भड़कने के डेढ़ साल से अधिक अरसे बाद की बात है कि ड्यूचेमिन की कमान में कोई 2,500 जवानों की एक छोटी सी थल सेना हिन्दुस्तान की ज़मीन पर उतरी। इसे बैली दे सुफ्रें लाया था और यह 25 फ़रवरी 1782 को पोर्तो नोवो पहुँची।[4] इसका मतलब मुल्क में फ्रांसीसियों के पास रह चुके इलाक़ों को फिर से जीतना और हैदर की मदद करना था जिससे आशा थी कि वह हिन्दुस्तान से अंग्रेज़ों को बाहर निकालने के लिए हिन्दुस्तानी हुक्मरानों का गठबन्धन क़ायम करने में प्रमुख भूमिका निभाएगा।

हैदर ने जब इस फ़ौज की आमद की ख़बर सुनी, वह ख़ुशी से उछल पड़ा[5] क्योंकि उसे उम्मीद थी कि इसकी मदद से वह अंग्रेज़ों को कुचल देगा। पर वह जल्द मायूस हो गया क्योंकि ड्यूचेमिन ने उसकी सलाह के मुताबिक़ काम करने से इनकार कर दिया; उसमें आम तौर पर पहल और उद्यम का अभाव भी दिखाई पड़ता था। हैदर ने उसके सामने पेशकश की, और सुफ्रें ने इसकी ताईद की, कि फ़ौरन नागपट्टम पर हमला किया जाए जिसे सुरक्षा व्यवस्था ठीक न होने के कारण क़ब्ज़ा करना आसान था। यह तंजौर जैसे धनी इलाक़े का रास्ता भी थी जहाँ से फ्रांसीसी अपनी फ़ौजों के लिए रसद हासिल कर सकते थे।[6] लेकिन ड्यूचेमिन ने इस पेशकश को क़ुबूल नहीं किया। इतना ही नहीं, उसने तब तक उतरने से इनकार कर दिया जब तक कि हैदर उससे एक संधि न कर ले। उसने पिवेरों दे मोर्ला को और दे मोदज़क और दे कैनेप्ले नाम के दो अफ़सरों को

अपने प्रस्तावों के साथ नवाब के पास भेजा। लेकिन हैदर संधि के प्रस्ताव से कतरा गया हालाँकि उसने फ्रांसीसी एजेंटों को आश्वस्त किया कि फ्रांसीसी फ़ौजों की सारी ज़रूरतें पूरी की जाएँगी। उसने फ़ौरन अपने ख़ज़ाने को हुक्म दिया कि एक लाख रुपए पोर्तो नोवो भेजे जाएँ।[7]

इस जवाब से अंशतः सन्तुष्ट होकर ड्यूचेमिन ने अपनी फ़ौजों को उतरने का आदेश दिया,[8] और मार्च के अन्त तक पोर्तो नोवो छोड़ दिया; तब तक टीपू की कमान में मैसूर की फ़ौज भी उससे आन मिली थी। हैदर की हिदायतों के मुताबिक़ उसे यातायात के साधन और रसद वग़ैरह बख़ूबी दिए गए थे। वास्तव में ब्रेड को छोड़कर और किसी चीज़ की कमी नहीं थी।[9] फिर भी हैदर की ख़्वाहिश के मुताबिक़ नागपट्टम की ओर बढ़ने की बजाय ड्यूचेमिन ने कुड्डलूर की ओर कूच किया और 2 अप्रैल 1782 को वहाँ घेरा डाल दिया।[10] चूँकि उस जगह सुरक्षा का सही प्रबन्ध नहीं था, बिना किसी प्रतिरोध के उसने अगली सुबह समर्पण कर दिया। लेकिन इस कामयाबी के बावजूद कोई एक माह तक ड्यूचेमिन निष्क्रिय रहा। उसने अपनी निष्क्रियता को इस आधार पर उचित ठहराया कि उसके पास धन का अभाव था और फ़ौज की कमी थी जिसकी तादाद बीमारी और रोगों के कारण दिनोदिन घटती जा रही थी।[11] उसने बुसी के आने तक कोई मुहिम शरू करने से इनकार कर दिया कि कहीं फ्रांस की इज़्ज़त दाँव पर न लग जाए।[12]

लेकिन ड्यूचेमिन ने हैदर से संधि की कोशिशें नहीं छोड़ीं और पिवेरों दे मोर्ला की वापसी के बाद उसने दे कैनेप्ले के साथ दे चेन्नेविले को बातचीत फिर शुरू करने के लिए भेजा। हैदर ड्यूचेमिन से बेज़ार हो गया 'जो ख़ुद को बातचीत में उलझाए हुए था जबकि ज़रूरत इसकी थी कि लड़ा जाए और अंग्रेज़ फ़ौज और मद्रास के बाशिंदों में मची खलबली का फ़ायदा उठाया जाए।'[13] फिर भी उसने फ्रांसीसी एजेंटों का खुलकर स्वागत किया और उनसे बातचीत के लिए अपने तीन ब्राह्मण अफ़सरों को लगा दिया। हैदर फ्रांसीसियों की इलाक़ों सम्बन्धी माँगों को स्वीकार करने को तैयार था पर चूँकि वह उन्हें हर माह एक लाख रुपए से अधिक देने को तैयार न था, बातचीत ठप हो गई और चेन्नेविले चला गया।[14] बातचीत दोबारा कुड्डलूर में शुरू हुई जहाँ हैदर ने अपने प्रस्तावों के साथ अपने एजेंट बानाजी पंडित को भेजा। हैदर की माँग थी कि यूरोप में इंग्लैंड और फ्रांस की दुश्मनी अगर ख़त्म हो जाए तो भी वह अगर अपने दुश्मनों से शान्ति की संधि नहीं करता, हिन्दुस्तान में फ्रांसीसी उसकी मदद करते रहेंगे। ड्यूचेमिन इस पर तैयार था पर बातचीत, जो 15 दिन चली, फ़ौजियों की तनख़्वाह के सवाल पर टूट गई। हैदर ने फ्रांसीसियों को एक लाख रुपए प्रति माह से अधिक देने से इनकार कर दिया क्योंकि न तो संसाधनों से इसका औचित्य साबित होता था न उनकी उपलब्धियों से।[15]

हालाँकि हैदर से संधि की कोशिश नाकाम रही, फिर भी ड्यूचेमिन उसका सहयोगी बना रहा क्योंकि उसके सामने कोई और विकल्प भी नहीं था। उसे मराठों से या निज़ाम

से मदद की कोई उम्मीद नहीं थी क्योंकि दोनों अंग्रेज़ों से शान्ति की संधि कर चुके थे। हैदर अकेला हिन्दुस्तानी हुक्मरान था जो अभी भी लड़ाई जारी रखे हुए था। इसलिए ड्यूचेमिन उससे नाता न तोड़ने के लिए मजबूर था क्योंकि उसकी मदद के बिना छोटी सी फ्रांसीसी फ़ौज अपने दुश्मनों के हाथों तबाह हो जाती।

काफ़ी अगर-मगर करने और देर लगानेवाली तरकीबें अपनाने के बाद ड्यूचेमिन आख़िरकार 1 मई 1872 को टीपू के साथ कुड्डलूर से चल पड़ा और हैदर की फ़ौज से मिलने के लिए बढ़ा जो पेरुमुक्कल का घेरा डालने की तैयारी कर रहा था। यह एक छोटा सा पहाड़ी क़िला था जो पांडिचेरी से लगभग 20 मील उत्तर-पश्चिम में स्थित था। फ्रांसीसियों और हैदर की मिली-जुली फ़ौज वहाँ 11 मई को पहुँची। कूट ने जैसे ही यह ख़बर सुनी, वह इसे बचाने के लिए बढ़ा पर एक भयानक तूफ़ान और साथ में भारी बारिश के सबब उसके आगे बढ़ने में बाधा आई। नतीजा यह हुआ कि जब वह करनगुली पहुँचा, उसे सुनने को मिला कि 16 मई को पेरुमुक्कल ने समर्पण कर दिया है।[16] गठबन्धन की फ़ौज पेरुमुक्कल से वंडीवाश की ओर बढ़ी। इस जगह को बचाने की फ़िक्र में कूट ने वहाँ के लिए कूच किया। हैदर ने ड्यूचेमिन से अंग्रेज़ों को टक्कर देने के लिए कहा, पर उसने इस बिना पर इनकार कर दिया कि उसे बुसी और दे स्वीलाक ने तब तक किसी आम कार्रवाई का जोखिम न लेने का हुक्म दिया था जब तक फ्रांस से काफ़ी कुमुक नहीं आ जाती क्योंकि कोई भी हार फ्रांस की इज़्ज़त मिट्टी में मिला देगी।[17] लड़ाई से यह इनकार ड्यूचेमिन की एक भयानक भूल थी क्योंकि अंग्रेज़ फ़ौज से संख्या में बहुत बड़ी होने के कारण फ्रांसीसियों और हैदर की मिली-जुली फ़ौज आसानी से कूट को शिकस्त दे सकती थी।[18] इसलिए हैदर फ्रांसीसी कमानदार से बहुत रंजीदा हुआ और उसने अंग्रेज़ों से अलग से शान्ति-संधि करने की धमकी दी। उसने उन्हें पैसा या साज़-सामान देने से भी इनकार कर दिया।[19] उसके पास फ्रांसीसी फ़ौजों के लिए हिक़ारत के अलावा कुछ भी नहीं था जो अनुशासन से वंचित थीं और जिनके अफ़सरान आपसी झगड़ों और जलन के, ताक़त और इज़्ज़त की बेशर्म कोशिशों के शिकार थे।[20]

12 अगस्त 1782 को ड्यूचेमिन की मौत हुई और अस्थायी रूप से उसका स्थान कोर्त द' हाफ़लिज़ ने लिया। पर इसके कारण फ्रांसीसियों के साथ हैदर के सम्बन्ध नहीं सुधरे। कारण कि नया कमानदार 'अपने पूर्ववर्ती की पैदा की हुई स्थिति का क़ैदी होने के नाते पहलक़दमी के लिए शायद ही बेहतर नज़र आता था।'[21] वास्तव में हैदर इतना चिढ़ गया था कि अगर दे लाउने और दे सुफ्रें न होते तो वह उनसे पूरा नाता तोड़ चुका होता; ये दोनों उसे ख़ुश करते रहे और भरोसा दिलाते रहे कि बुसी की कमान में फ्रांस से एक बड़ी फ़ौज जल्दी ही आनेवाली है।[22] बुसी के कारनामों की यादें हिन्दुस्तानी हुक्मरानों के ज़ेहनों में अभी भी ताज़ा थीं, और इसलिए हैदर फ्रांसीसियों से दोस्ती क़ायम रखकर यही उम्मीद करता रहा कि बुसी के आने पर वह अंग्रेज़ों को शिकस्त दे सकेगा। पर दिसम्बर 1782 में हैदर अली की मौत हो गई और बुसी तीन

माह बाद हिन्दुस्तान पहुँचा।

द' हाफ़लिज़, जो अभी तक निष्क्रिय पड़ा था, हैदर की मौत की ख़बर सुनकर जाग उठा। उसने फ़ौरन चित्तूड़ की ओर कूच करने का फ़ैसला किया जहाँ हैदर की मौत हुई थी। इसका मक़सद टीपू की तख़्तनशीनी सुनिश्चित करना था जिसे फ्रांसीसी हैदर का क़ाबिलतरीन वारिस और अंग्रेज़ों के ख़िलाफ़ एक ज़ोरदार जंग छेड़ने में समर्थ समझते थे। लेकिन यह भरोसा दिलाए जाने पर कि फ़िक्र या घबराहट की कोई बात नहीं, वह कुड्डलूर में ही रहा और चित्तूड़ के वाक़ियात पर गहरी निगाह जमाए रहा।[23]

कर्नाटक में टीपू की आमद की ख़बर सुनकर द' हाफ़लिज़ कुड्डलूर से बाहर निकला और 2 जनवरी 1783 को उससे दक्षिण अर्काट में स्थित चुकमल्लूर में जा मिला। दोनों ने मिलकर स्टुअर्ट के ख़िलाफ़ कूच किया और वंडीवाश के पास पड़ाव डाला। 13 फ़रवरी 1783 को टीपू और अंग्रेज़ों की फ़ौजें नेडिंगुल में लड़ाई के लिए तैयार थीं; उनके बीच सिर्फ़ पलार नदी की एक सहायक नदी का ही फ़ासला था। पूरे दिन दुश्मन फ़ौजों के बीच रह-रहकर गोलाबारी होती रही। पर अगले दिन तड़के ही अंग्रेज़ पीछे हटकर वंडीवाश चले गए और मैसूरी उनका क़रीब से पीछा करते रहे; उन्होंने दुश्मन के लगभग 200 सिपाहियों को घायल कर दिया या मार डाला।[24] स्टुअर्ट ने इस क़दम का फैसला ग़ालिबन 'सुलतान की फ़ौज की व्यवस्था और अनुशासन को तथा फ्रांसीसी बटालियनों की प्रभावशाली स्थिति' को देखकर किया था।[25] लेकिन टीपू इस जीत के सिलसिले को आगे बढ़ाने में असमर्थ था क्योंकि उसे मजबूर होकर कर्नाटक छोड़ना और अपने मलाबारी इलाक़ों को बचाने के लिए जाना पड़ा जिन पर जनरल मैथ्यूज़ की कमान में अंग्रेज़ फ़ौज ने हमला कर दिया था। टीपू चाहता था कि द' हाफ़लिज़ उसके साथ मलाबार तट चले, पर उसने इस बिना पर इनकार कर दिया कि उसे बुसी की आमद की उम्मीद थी और इसलिए वह कर्नाटक नहीं छोड़ सकता था। लेकिन उसने टीपू को कोसिनी की कमान में 600 फ्रांसीसी सिपाहियों को साथ ले जाने की इजाज़त दे दी।

बुसी 4 जनवरी 1782 को कैदिज़ से चला और 31 मई को आइसिल ऑफ़ फ्रांस पहुँचा। वहाँ उसे एक लम्बे अरसे तक रुकना पड़ गया क्योंकि वह बीमार पड़ गया और बड़ी तादाद में उसके सिपाही scurvy (स्कर्वी) के रोगी हो गए। पर चूँकि दे सुफ्रें उससे बराबर जल्द से जल्द हिन्दुस्तान पहुँचने का आग्रह कर रहा था, वह 18 दिसम्बर को जहाज़ पर सवार हुआ हालाँकि वह और उसके अधिकांश फ़ौजी अभी भी परेशानी का सामना कर रहे थे।[26] बुसी करिक्कल और नागपट्टम के बीच उतरना चाहता था ताकि वह नागपट्टम को जीत सके क्योंकि यह कुड्डलूर से बेहतर फ़ौजी अड्डा था। पर चूँकि हमले का शक करके अंग्रेज़ नाटपट्टम को और मज़बूत बना चुके थे,[27] बुसी पोर्तो नोवो की तरफ़ बढ़ गया। वहाँ वह 16 मई 1783 को पहुँचा और 16-17 मई की रात में जहाज़ से उतरा।

जब ड्यूचेमिन को हिन्दुस्तान भेजा गया था, समझ यह थी कि यह एक अस्थायी बन्दोबस्त है और जल्द ही उसकी जगह बुसी पहुँच जाएगा जो दकन में अपने पिछले

कारनामों और मुल्क के बारे में अपने तजरबों के कारण हिन्दुस्तान में अंग्रेज़ों की ताक़त को चूर-चूर करने के मक़सद से हिन्दुस्तानी हुक्मरानों का एक महासंघ बनाने के लिए सबसे अच्छा व्यक्ति माना जाता था।[28] लेकिन बुसी की नियुक्ति वास्तव में एक ग़लती थी क्योंकि वह अब 20 साल पहले का बुसी नहीं रह गया था। अब वह 62 साल का बूढ़ा था जिसके जिस्म और दिमाग़, दोनों कमज़ोर हुए थे और जो अब आत्मविश्वास, पहल और उद्यम की शक्ति गँवा चुका था।

बुसी ने जब हिन्दुस्तान में क़दम रखा तभी से उसने अपनी अनाड़ी तरकीबों के कारण और राष्ट्रीय हितों की रक्षा के लिए एक बुद्धिहीन नीति अपनाकर टीपू को बेज़ार कर दिया। उसने अपनी फ़ौजों के लिए अपर्याप्त रसद का नामुनासिब इलज़ाम टीपू पर रखा और यह ग़लत शिकायत पेश की कि सुलतान उसके हिन्दुस्तान पहुँचने से पहले की कर्नाटक छोड़कर चला गया था।[29] उसने यह ग़लत शिकायत भी पेश की कि जब वह पोर्तो नोवो में उतरा तब सैयद साहिब ने उसकी अगवानी नहीं की थी। सब कुछ अपनी मर्ज़ी से न चला पाने की नाकामी के ही कारण बुसी टीपू के ख़िलाफ़ कड़वी वाही-तबाही बकने लगा। हैदर तक को नहीं बख़्शा गया क्योंकि उसने ड्यूचेमिन की ताबेदारी से इनकार कर दिया था। इसलिए बुसी ने बाप और बेटे, दोनों की निन्दा ऐसे 'लुटेरे और तानाशाह' कहकर की जिनकी ज़बान का कोई भरोसा नहीं था। उसका क़ौल था कि फ्रांसीसियों को हैदर अली से या उसके बेटे टीपू सुलतान से कोई गठबन्धन करना ही नहीं चाहिए था। उन्हें मराठों से और ख़ासकर निज़ाम से दोस्ताना सम्बन्ध बनाने चाहिए थे।[30] फिर भी, चूँकि उनसे संधि की कोशिश नाकाम हो चुकी थी और चूँकि निकट भविष्य में इसकी कामयाबी की कोई उम्मीद नहीं थी, बुसी ने टीपू से दोस्ताना ताल्लुक़ात बनाए रखे। उसे यह एहसास था कि अगर सुलतान उनका साथ छोड़ दे या अंग्रेज़ों से शान्ति-संधि कर ले तो फ्रांसीसियों की स्थिति बहुत ही उलझनों का शिकार हो जाएगी। पर उसे उम्मीद थी कि दे सोलांजे की कमान में फ्रांस से नई फ़ौजों के आने पर वह कारगर क़दम उठा सकेगा, अपने सही इरादों का ऐलान कर सकेगा और 'अपने क़ानून मनवा सकेगा।'[31]

हैदर और टीपू के ख़िलाफ़ बुसी की यह वाही-तबाही बिलकुल बेबुनियाद थी। वास्तव में फ्रांसीसियों ने ही अपना वादा वफ़ा नहीं किया था। अपने बार-बार के ऐलानों के बावजूद वे मैसूरियों को कोई कारगर मदद पहुँचाने में नाकाम रहे। बुसी दूसरे आंग्ल-मैसूर युद्ध के फूटने के कोई तीन साल बाद आया, और वह भी जितना शुरू में कहा गया था उससे छोटी एक फ़ौज लेकर। हैदर ने बेकार ही उसका इन्तज़ार किया और टीपू ने बेकार ही मलाबार तट की ओर जाने में देरी की। चूँकि अंग्रेज़ों से सुलतान के मलाबारी इलाक़ों के लिए बहुत गम्भीर ख़तरे पैदा हो गए थे, वह कर्नाटक में और आगे तो ठहर ही नहीं सकता था। फिर भी उसने एक बड़ी फ़ौज मीर मुइनुद्दीन की कमान में पीछे छोड़ दी थी जिनको आम तौर पर सैयद साहिब कहा जाता था; उनसे कहा गया था कि फ्रांसीसियों से सहयोग करें और बुसी को हिन्दुस्तान पहुँचने पर हर

मदद दें।[32] इसीलिए जब बुसी पोर्तो नोवो में उतरा तो रसद और यातायात के साधनों के रूप में सैयद साहिब उसे जितनी सहायता दे सकते थे, उन्होंने दी।[33] फ्रांसीसी फ़ौजों के उतरने के वक़्त वे ख़ुद इसलिए मौजूद न रह सके कि उन्हें करूर की छावनी को बचाने के लिए जाना पड़ा जिसका कमानदार उनसे तीन बार मदद की गुहार कर चुका था। इस स्थान पर कर्नल लैंग ने हमला किया था जो वहाँ के अवरोधों को नष्ट करने के बाद क़िले को भेदने की तैयारी कर रहा था।[34]

पोर्तो नोवो से बुसी ने फ़ौरन कुड्डलूर की ओर कूच किया। उसकी फ़ौज में द' हाफ़लिज़ के दस्तों समेत 3,500 यूरोपीय, 300-400 अफ्रीक़ी (कैफ़री) और 4,000 सिपाही थे।[35] इसके अलावा टीपू द्वारा कर्नाटक में छोड़े गए मैसूरी फ़ौजी भी उसी के हवाले थे। इसके बावजूद बुसी निष्क्रिय पड़ा रहा। कोई मुहिम शुरू करने की बजाय वह अपने मुसाहिबों और दरबारियों की सोहबत में मौज-मस्ती में अपना वक़्त गुज़ारता रहा।[36] उसे जब मलाबार तट पर टीपू की कामयाबियों की ख़बरें मिलीं तब भी वह सरगर्म नहीं हुआ। उसके तजरबाकार अफ़सरों ने उसे सलाह दी कि हमला करे और पेरुमुक्कल पर क़ब्ज़ा कर ले जिसके भारी सामरिक महत्त्व के कारण जनरल स्टुअर्ट उस पर क़ब्ज़ा करने के लिए बढ़ रहा था।[37] पर बुसी ने कुड्डलूर छोड़ने से इस बिना पर इनकार कर दिया कि उसके पास कोई घुड़सवार फ़ौज नहीं थी। जिस द' होदेतो को द' हाफ़लिज़ के पास अंग्रेज़ फ़ौज की हरकतों पर नज़र रखने के लिए छोड़ा गया था उसे भी उसने उसका बढ़ाव रोकने की कोशिश करने से मना कर दिया।[38] नतीजा यह हुआ कि अपनी सुस्त-रफ़्तार सरगर्मियों के बावजूद जनरल स्टुअर्ट ने 9 मई 1783 को पेरुमुक्कल पर क़ब्ज़ा कर लिया और उसकी सुरक्षा-व्यवस्था को मज़बूत बनाने के लिए कुड्डलूर की ओर बढ़ा।

कुड्डलूर ख़तरे में है, यह महसूस करके बुसी ने सैयद साहिब को लिखा कि उसकी मदद के लिए जल्द बढ़ें। इस गुज़ारिश को क़ुबूल करके सैयद साहिब फ़ौरन आन पहुँचे और अपनी पूरी फ़ौज बुसी के हवाले कर दी जिसमें लगभग 10,000 सिपाही थे।[39] लेकिन फिर भी हमला करने की बजाय बुसी सिर्फ़ कुड्डलूर की सुरक्षा-व्यवस्था को मज़बूत बनाने में लगा रहा। उसने द' होदेतो को फिर रोक दिया जो मैसूरी घुड़सवारों की कुछ कुमुक पाकर अंग्रेज़ों के ख़िलाफ़ कूच करने के लिए बेताब हो रहा था। द' होदेतो से सिर्फ़ यह कहा गया कि वह अंग्रेज़ फ़ौज की सरगर्मियों पर नज़र रखे।[40] बुसी की इन प्रतिरक्षात्मक कार्यनीतियों के कारण स्टुअर्ट बिना किसी विरोध के पेरुमुक्कल से आगे बढ़ा और 4 जून को पेन्नार नदी के किनारे जा पहुँचा।[41] लेकिन चूँकि फ्रांसीसी फ़ौजें कुड्डलूर के पास नदी के दूसरे किनारे पर मज़बूती से जमी हुई थीं और चूँकि नदी को पार करना मुश्किल लग रहा था, स्टुअर्ट नदी के किनारे-किनारे पश्चिम की ओर बढ़ चला। ऐसी ही सरगर्मी बुसी की भी थी पर वह रुक गया क्योंकि वह कुड्डलूर से बहुत दूर जाना नहीं चाहता था। दूसरी तरफ स्टुअर्ट और पश्चिम की ओर आगे बढ़ा और अगली सुबह बिना किसी विरोध के नदी पार करने में कामयाब रहा। इसके बाद

उसने कुड्डलूर के दक्षिण की तरफ़ कामयाबी से कूच किया और 7 जून को समुद्रतट पर जा पहुँचा। अंग्रेज़ फ़ौज ने क़िले से दो मील दक्षिण में पड़ाव डाला और 7 से 13 जून तक सर एडवर्ड ह्यूज़ के नौसैनिकों की सहायता से कुड्डलूर की घेराबन्दी की तैयारियों में लगी रही।[42]

मुहिम 13 जून को शुरू हुई। तड़के सुबह कर्नल केली ने एक पहाड़ी पर स्थित चौकी पर हमला किया जो मैसूरियों के हाथ में थी। मैसूरी हैरान रह गए और बिना मुक़ाबला किए भाग खड़े हुए। इस तरह चौकी पर अंग्रेज़ों का क़ब्ज़ा हो गया। अगला हमला उसकी दाईं ओर स्थित दूसरी चौकी पर हुआ और उस पर भी क़ब्ज़ा हो गया हालाँकि उसके कमानदार कर्नल ब्लिंथ ने जमकर मुक़ाबला किया। इसके बाद, 8.30 बजे सुबह मुख्य फ्रांसीसी ठिकाने पर आम हमला हुआ। लेकिन द' हाफ़लिज़ की हिम्मत और महारत के कारण उसे नाकाम बना दिया गया; वैसे नुक़सान बहुत हुआ। दो हमले और हुए, और उनका भी वही हश्र हुआ।[43] इन कामयाबियों से उत्साहित होकर फ्रांसीसी ख़ंदक़ों से निकल आए। उन्होंने अंग्रेज़ों का अच्छी-ख़ासी दूरी तक पीछा किया और उन्हें भारी नुक़सान पहुँचाया। लेकिन जब एक अंग्रेज़ दस्ते ने उनके एक ठिकाने पर होशियारी से क़ब्ज़ा कर लिया तो वे खलबली के आलम में पीछे हटने पर मजबूर हा गए।[44] वैसे कुड्डलूर बचा लिया गया। सैयद साहिब के दिए हुए बैल और दूसरे फ़ौजी साज़-सामान उसकी रक्षा में बहुत मददगार साबित हुए,[45] जबकि मैसूरी उड़नदस्तों ने शहर से बाहर उपयोगी काम किए।[46] फ्रांसीसी भी बहुत बहादुरी से लड़े और जीत से ख़ुश होकर बुसी ने द' हाफ़लिज़ और बोइशियो को गले से लगा लिया। आँखों में आँसू लिये वह चीख़ उठा : 'दोस्तो, आज की कामयाबी का सेहरा तुम्हारे सर, तुम्हारी बहादुर रेजीमेंट के सर है।'[47] उस रोज़ अंग्रेज़ों को 1,116 जानों का नुक़सान हुआ जबकि फ्रांसीसियों के सिर्फ़ 450 लोग मारे गए।[48] फ्रांसीसियों की फ़ौज अंग्रेज़ों की फ़ौज से थोड़ी सी ही ज़्यादा थी।[49]

फ्रांसीसी अफ़सरों ने बुसी को अंग्रेज़ों की हार का फ़ायदा उठाकर रात में दुश्मन पर हमला करने की राय दी जबकि वह थका हुआ हो, बेहौसला हो और गोला-बारूद की कमी से परेशान हो। पर मिल के शब्दों में : 'बुसी की आत्मा बुढ़ापे और बीमारियों के कारण सर्द पड़ चुकी थी' और इसलिए उसने 'अपने अफ़सरों की बेचैनी पर अंकुश लगा दिया जो भरोसे के साथ बर्तानवी फ़ौज की तबाही की भविष्यवाणी कर रहे थे।'[50] उसने बल्कि उसी रात कुड्डलूर के बाहर के सभी ठिकानों से अपनी सारी फ़ौजें पीछे हटाने और ख़ुद को शहर में बन्द कर लेने का फ़ैसला किया। इससे फ़ौज में भारी खलबली मच गई। 'अफ़सर आग-बबूला हो गए और सिपाही गुस्से में दाँत पीसने लगे; बोले कि जनरल के बिना फ़ौज ने लड़ाई जीती है, पर आज सिपाहियों के बावजूद वह लड़ाई हार गया।'[51] बुसी की ग़लतियों का फ़ायदा उठाकर अंग्रेज़ों ने अपनी शिकस्त से ख़ुद को उबार लिया और फिर एक बार कुड्डलूर की घेराबन्दी के लिए तैयार हो गए। फिर तो बुसी ने फ़ौरन द' सुफ्रें को मदद के लिए लिखा। द' सुफ्रें फ़ौरन कुड्डलूर के लिए चल पड़ा जहाँ वह 15 जून को पहुँचा, ठीक उसी वक़्त जब ह्यूज़ उस पर हमला

करनेवाला था। अंग्रेज़ एडमिरल की चालों को नाकाम बनाकर द' सुफ्रें ने कामयाबी के साथ कुड्डलूर को बचा लिया और ह्यूज़ के ठिकाने पर क़ब्ज़ा कर लिया। फिर बुसी के दिए हुए 600 यूरोपीय और 600 हिन्दुस्तानी सिपाहियों को जहाज़ पर चढ़ाकर अपनी तैयारी पूरी कर लेने के बाद उसने 20 जून को अंग्रेज़ स्क्वैड्रन पर हमला कर दिया। यह लड़ाई पूरे दिन चली। बर्तानवी एडमिरल और क़रीब आना चाहता था, लेकिन फ्रांसीसी एडमिरल दूर से तोपें दाग़ता रहा जिससे दुश्मन को तीन घंटों में 532 जानों का नुक़सान हुआ। चूँकि अंग्रेज़ों के जहाज़ों को भारी नुक़सान उठाना पड़ा था, ह्यूज़ अगली सुबह दम लेने के लिए मद्रास की ओर भाग खड़ा हुआ और स्टुअर्ट को फ्रांसीसियों के रहमो-करम पर छोड़ गया।[52] द' सुफ्रें ने फ़ौरन इस स्थिति का फ़ायदा उठाया। उसने खुद को दिए गए, 1,200 फ़ौजियों और अपने बेड़े के 1,100 फ़ौजियों को फिर से ज़मीन पर उतार दिया और बुसी के साथ मिलकर अंग्रेज़ों पर हमला करने की योजना बना ली।[53]

25 जून को 3 बजे सुबह शेवालियर दे द्यूमा ने 800 यूरोपियनों और 500 सिपाहियों के साथ एक धावा बोला। पर चूँकि यह धावा ठीक से बोला नहीं गया था, उसकी हार हुई, उसे भारी नुक़सान उठाना पड़ा और वह क़ैद कर लिया गया।[54] लेकिन फ्रांसीसियों को लगे इस धक्के का स्टुअर्ट कोई फ़ायदा नहीं उठा सका क्योंकि उसकी फ़ौज की हालत बुरी हो रही थी जो बीमारियों और मौतों के कारण कमज़ोर पड़ रही थी और रसद की भारी कमी से ग्रस्त थी जबकि बेड़े से या मद्रास से मदद मिलने की कोई उम्मीद नहीं थी। अगर उस वक़्त फ्रांसीसियों ने जमकर जवाबी हमला किया होता तो अंग्रेज़ फ़ौज निश्चित ही नष्ट हो चुकी होती। लेकिन हमेशा की तरह बुसी ने दिलेरी और उद्यम की भारी कमी का परिचय दिया। धावे की नाकामी के चलते उसने सोचा कि अंग्रेज़ अभी भी इतने ताक़तवर हैं कि उन पर सामने से हमला नहीं किया जा सकता। इसलिए उसने तब तक इन्तज़ार करने का फ़ैसला किया जबकि अपनी ताक़त गँवाकर वे पीछे हटने के लिए अपने ख़ेमे न उठा लें।[55] पर यह मौक़ा कभी आया ही नहीं क्योंकि कुछ ही दिनों के अन्दर उसे दुश्मनी ख़त्म करने पर मजबूर होना पड़ा। 23 जून 1783 को यह ख़बर मद्रास पहुँची कि इंग्लैंड और फ्रांस के बीच वेर्साइलीज़ में 9 फरवरी 1783 को एक शान्ति-सन्धि पर दस्तख़त किए जा चुके हैं। यह ख़बर फ़ौरन बुसी को भिजवा दी गई। इस फ्रांसीसी जनरल के शब्दों में कहें तो कुछ दूसरे हालात में मद्रास सरकार 'उसे मिली ख़बर को हमसे छिपाने से नहीं झिझकी होती',[56] पर अब कुड्डलूर के सामने खड़ी अंग्रेज़ फ़ौज को तबाही से बचाने के लिए उसने फ़ौरन स्टांटन और सैडलर नाम के दो कमिश्नरों को ख़त देकर बुसी और द' सुफ्रें के पास भेजा। ख़तों में उन्हें यह इत्तला दी गई कि चूँकि यूरोप में फ्रांसीसियों और अंग्रेज़ों के बीच शान्ति हो चुकी है, हिन्दुस्तान में भी दोनों क़ौमों के बीच दुश्मनी ख़त्म हो जानी चाहिए। ये कमिश्नर जंगबन्दी का परचम लहराते हुए एक (फ्रिगेट) में 30 जून को कुड्डलूर पहुँचे और तीन दिनों की देरी के बाद 2 जुलाई 1783 को लड़ाई बन्द हो गई। इन तीन दिनों

में ही जंगबन्दी की शर्तें तय की गईं।

जिन हिन्दुस्तानी ताक़तों को लम्बे समय से वादों और उम्मीदों की घूँट पिलाई जा रही थी कि अंग्रेज़ों से लड़ने के लिए जल्द ही बुसी के नेतृत्व में एक फ़ौज आनेवाली है, वे शान्ति की ख़बर से हैरान रह गए। कारण कि अभी-अभी तो वह आया था और अभी-अभी दुश्मनी के ख़ात्मे की ख़बर भी इन क़ुव्वतों को मिल गई थी। बुसी के शब्दों में 'इस शान्ति से हमें फ़ायदे तो कम ही मिलेंगे पर क़ौम की इज़्ज़त और शान को बचाए रखना हो जाएगा।'[57]

जंगबन्दी के फ़ौरन बाद बुसी ने उन फ्रांसीसियों को लड़ाई बन्द करने का हुक्म भेज दिया जो टीपू के साथ मंगलौर की घेराबन्दी में लगे हुए थे।[58] इस कारण कोसिनी ने लड़ने से इनकार कर दिया। लाली और बोदेनो तक पीछे हट गए जो सुलतान के मुलाज़िम थे। इसलिए टीपू फ्रांसीसियों से बुरी तरह चिढ़ गया और उसने उनके व्यवहार को ग़द्दारी तक कहा कि वे तो उसी वक़्त पीछे हटे थे जब मंगलौर का पतन होने ही वाला था, और उन्होंने उसे कोई जानकारी दिए बग़ैर और उसके हितों का ध्यान रखे बग़ैर अंग्रेज़ों से सुलह कर ली थी।[59] उसने उन्हें लड़ने पर मजबूर करने की कोशिश की पर उन्होंने इनकार कर दिया, और सुलतान की ओर से हमले की आशंका से अपने बचाव की तैयारी करने लगे। कोसिनी कुछ दिनों के बाद लश्कर से चला गया और माउंट मेरीयन के जेसुइट मठ में कुछ दिनों तक रहता रहा।[60] वहाँ से वह मलाबार तट पर अंग्रेज़ों के क़ब्ज़ेवाले इलाक़े तेल्लिचेरी चला गया और इसके लिए उसने बुसी की हिदायतों का इन्तज़ार तक नहीं किया।[61] पर लाली और बोदेनो मंगलौर में ही रहे हालाँकि उन्होंने खुद को फ़ौजी मुहिमों से अलग रखा।

बुसी ने जिस दिन मंगलौर में फ्रांसीसी फ़ौज़ों को न लड़ने का हुक्म भेजा उसी दिन उसने टीपू को भी लिखा कि वह अंग्रेज़ों से सुलह कर ले। इस बारे में उसने वादा किया कि वह जितना भी मुमकिन हो सकेगा, टीपू की सहायता करेगा। दो या तीन दिन बाद उसने फ्रांसीसियों की नीति के मक़सद स्पष्ट करने के लिए किशनराव नाम के एक ब्राह्मण को सुलतान के पास भेजा।[62] उसने टीपू के साथ रह रहे फ्रांसीसी एजेंट पिवेरों दे मोर्ला और मंगलौर स्थित दूसरे अफ़सरों से भी कहा कि वे सुलतान को दुश्मनी ख़त्म करने पर राज़ी करें।

बुसी अगर टीपू और अंग्रेज़ों के बीच सुलह कराने के लिए फ़िक्रमन्द था तो सबसे बढ़कर इसलिए कि वेर्साइलीज़ की सन्धि की धारा 16 में फ्रांसीसियों और अंग्रेज़ों, दोनों से अपेक्षा की गई थी कि वे अपने सहयोगियों को आम जंगबन्दी में शामिल होने पर तैयार कराएँगे। दूसरी बात, इस सन्धि में एक शर्त यह भी थी कि मैसूरवाले कर्नाटक से चले जाएँगे, और इसलिए मद्रास सरकार ने बुसी को लिखा था कि 'जब तक टीपू द्वारा कर्नाटक से अपनी फ़ौजें नहीं हटाई जातीं, वह फ्रांसीसी इलाक़े लौटाने पर राज़ी नहीं होगी।'[63] इसके अलावा बुसी यह भी महसूस कर रहा था कि अगर जंग जारी रही तो अंग्रेज़ों, निज़ाम और मराठों के उस गठजोड़ के हाथों टीपू की मात तय है जिसे

बंगाल सरकार निश्चित ही बनाएगी। बुसी को टीपू की शिकस्त बचाने की चिन्ता थी क्योंकि उसे लग रहा था कि इससे हिन्दुस्तान में बर्तानवी ताक़त मज़बूत होगी।

टीपू ने शुरू-शुरू में बुसी की सलाह मानने से इनकार कर दिया। लेकिन आख़िर अक़्लमन्दी ही हावी रही। अपने फ्रांसीसी सहयोगियों से वंचित, एक लम्बी जंग से निढाल, और अंग्रेज़ों व मराठों के एक महासंघ का ख़तरा—वह जंगबन्दी के लिए तैयार हो गया जिस पर 2 अगस्त 1783 को मंगलौर में दस्तख़त किए गए।[64]

जंगबन्दी के बाद बुसी ने एक शान्ति-सन्धि कराने और अम्पायर की भूमिका निभाने की कोशिश की।[65] पर टीपू ने और अंग्रेज़ों ने भी उसे अनदेखा कर दिया। मद्रास सरकार ने टीपू से जंग बन्द कराने के लिए उसकी मदद माँगी थी पर अब जबकि जंग बन्द हो चुकी थी, वह उनका हस्तक्षेप नहीं चाहती थी[66] कि इससे हिन्दुस्तान में फ्रांसीसियों की इज़्ज़त बढ़ जाएगी। दूसरी ओर टीपू शान्ति-वार्त्ता में फ्रांसीसियों की मध्यस्थता नहीं चाहता था—अंशतः इसलिए कि वह अभी तक उनकी दग़ाबाज़ी के सदमे से नहीं उबरा था और अंशतः इसलिए कि वह उन पर भरोसा नहीं करता था और उसे शक था कि वे अंग्रेज़ों की सारी माँगें मान लेंगे। यही वजह थी कि सैयद साहिब ने सितम्बर में, बुसी को इत्तला दिए बग़ैर, अप्पाजी राम और श्रीनिवासराव नाम के दो मैसूरी वकील मद्रास भेजे हालाँकि बुसी की माँग थी कि इन वकीलों को फ्रांसीसी एजेंटों के साथ भेजा जाए।[67] यह इशारा यह यह जताने के लिए काफ़ी था कि टीपू शान्ति-वार्त्ताओं में फ्रांसीसियों की मुदाख़लत नहीं चाहता था। इसके बावजूद बुसी अपनी ज़िद पर अड़ा रहा और उसने बातचीत में भाग लेने और फ्रांसीसी हितों की सुरक्षा पर निगाह रखने के लिए किशनराव नाम के एक ब्राह्मण दुभाषिए के साथ पाल मार्तिन को भेजा। लेकिन मार्तिन और किशनराव, दोनों को टीपू के नायबों ने अनदेखा किया और उनसे मुलाक़ात तक की कोशिश नहीं की।[68] किशनराव कुछ अरसे बाद वापस जाने पर मजबूर हो गया। मार्तिन वहाँ नवम्बर तक रहा पर वहाँ उसकी मौजूदगी बेकार ही थी क्योंकि न तो उसे टीपू के कारिन्दों ने विश्वास में लिया और न मद्रास सरकार ने।[69] बाद की बातचीत में भी, जिनका ख़ात्मा मंगलौर की सन्धि पर हुआ, फ्रांसीसियों को भाग लेने के लिए नहीं बुलाया गया, उन्हें सिर्फ़ ख़ामोश तमाशाई बनकर रहना पड़ा।

बुसी इस सुलूक से बुरी तरह झल्ला गया और उसने टीपू के ख़िलाफ़ जमकर वाही-तबाही बकी। लगता है वह यह बात भूल ही गया था कि दूसरे आंग्ल-मैसूर युद्ध में फ्रांसीसियों की भूमिका न तो उनके वादों से मेल खाती थी न उनके दिखावों से।

सन्दर्भ और टिप्पणियाँ

(मैं कलकत्ता विश्वविद्यालय का आभारी हूँ जिसकी वित्तीय सहायता ने मुझे पांडिचेरी जाने और इस काल से सम्बन्धित अप्रकाशित दास्तावेज़ें देखने का अवसर दिया।)

1. सिनहा, *हैदर अली*, पृ. 233-34
2. विल्क्स, *हिस्ट्री ऑफ़ मैसूर*, खंड एक, पृ. 779, 785
3. लुई सोलहवें ने फ़रवरी 1778 में जब अंग्रेज़ों के ख़िलाफ़ जंग का ऐलान किया तो हिन्दुस्तान में भी अंग्रेज़ों और फ्रांसीसियों के बीच लड़ाइयाँ शुरू हो गईं। फ्रांस के हुक्मरानों से संरक्षण पानेवाले फ्रांसीसी दुस्साहसी अनेक वर्षों से हिन्दुस्तान से अंग्रेज़ों को निकालने की लम्बी-चौड़ी योजनाएँ बनाते आ रहे थे। पर जब जंग शुरू हुई तो वे बे-तैयार पाए गए और साल के ख़त्म होने से पहले उनकी लगभग सारी बस्तियाँ अंग्रेज़ों के हाथों में जा चुकी थीं। (*जर्नल दे बुसी*, सं : ए मार्तिन्यू, पृ. 152 और आगे देखें।)
4. *जर्नल दे बुसी*, प्रस्तावना, पृ. 7। शुरू में कमानदार द' ओर्वे था, पर 9 फरवरी 1782 को उसकी मौत के बाद ले बेली दे सुफ़्रें हिन्दुस्तानी समुद्र में फ्रांसीसी नौसेना का मुख्य कमानदार बना।
5. उपरोक्त, पृ. 114
6. क्यूनात, *हिस्तोइरी दु बेली दे सुफ़्रें*, पृ. 118 से तुलना करें।
7. *जर्नल दे बुसी*, पृ. 114-15
8. उपरोक्त, पृ. 116
9. उपरोक्त, पृ. 107, बुसी के नाम द' लाउने का ख़त, 22 मार्च 1782; *मेमायर्स दु शेवालियर दे मोतो*, पृ. 203-4 देखें। मोतो का भी यही करना है कि ड्यूचेमिन को काफ़ी मात्रा में हर चीज़ दी गई थी। वह गेहूँ की क़िल्लत का ज़िक्र नहीं करता। पर गेहूँ कि क़िल्लत ग़ालिबन थी। सबब यह कि गेहूँ कर्नाटक की न मुख्य उपज है और न मुख्य भोजन है।
10. क्यूनात, *हिस्तोइरी दु बेली दे सुफ़्रें*, पृ. 149 से तुलना करें।
11. *जर्नल दे बुसी*, पृ. 120
12. उपरोक्त, पृ. 288
13. उपरोक्त, पृ. 116
14. उपरोक्त, पृ. 117-19; हैदर के तीन ब्राह्मण एजेंट अप्पाजी राम, श्रीनिवास राव और बानाजी पंडित थे।
15. उपरोक्त, पृ. 120-21
16. सेक्रेट प्रोसीडिंग्स, 6 जून 1782; कूट का ख़त मैकार्टनी के नाम, पृ. 1912-23
17. *जर्नल दे बुसी*, पृ. 288 की टिप्पणी; ड्यूचेमिन के नाम दे स्वीलाक का ख़त, 18 जनवरी 1782
18. बेबरीज, *हिस्ट्री ऑफ़ इंडिया*, खंड दो, पृ. 503
19. हैदर शुरू-शुरू में फ्रांसीसियों के लिए बहुत फ़राख़दिल था। उसने उनसे हर माह एक लाख रुपए देने का वादा किया था और पाँच माह तक बाक़ायदा यह रक़म देता रहा। उसने सिपाहियों की दो बटालियनें बनाने और उन्हें हथियारबन्द करने के लिए ड्यूचेमिन को भी रुपए दिए; ये सिपाही फ्रांसीसी फ़ौज से जुड़े होते। पर जब वह फ्रांसीसी जनरल से खिन्न हो गया तो यह वित्तीय सहायता देनी बन्द कर दी। (*मेमायर्स दु शेवालियर दे मोतो*, पृ. 218; *जर्नल दे बुसी*, पृ. 290 देखें।)
20. *जर्नल दे बुसी*, पृ. 143, 287 देखें। हैदर ने फ्रांसीसियों को एक अस्थिर-चित्त, चरित्रहीन क़ौम कहा था जो कभी अपने वादे और अपनी ज़बान का ख़याल नहीं रखती। उसने फ्रांसीसी फ़ौज के अनुशासन के बारे में भी कुछ बहुत सख़्त बातें कही थीं। हैदर ने ये बातें गुस्से के आलम में कही थीं क्योंकि उसका एक आदमी एक फ्रांसीसी के हाथों क़त्ल हुआ था, और फिर उसने इसकी मुआफ़ी भी माँग ली। फिर भी इनसे ड्यूचेमिन की कमानवाली फ्रांसीसी फ़ौज के बारे में उसकी हक़ीक़ी राय का पता ज़रूर चलता है।

21. उपरोक्त, प्रस्तावना, पृ. 17
22. उपरोक्त, पृ. 97
23. विल्क्स, *हिस्ट्री ऑफ़ मैसूर,* खंड दो, पृ. 169 देखें। उस वक़्त फ्रांसीसी फ़ौज की कमान द' हाफ़लिज़ के हाथों में थी न कि कोसिनी के हाथों में, जैसा कि विल्क्स ने कहा है।
24. आइनिस मुनरोज़ नैरेटिव, पृ. 308
25. किरमानी, *तारीख़े-टीपू सुलतान,* पृ. 7-8
26. *जर्नल दे बुसी,* पृ. 299-300
27. मार्क्विस दे कैस्त्रीज़ के नाम बुसी का ख़त, संख्या 398; 18 दिसम्बर 1782; *जर्नल दे बुसी,* पृ. 320
28. उपरोक्त, प्रस्तावना, पृ. 7-8
29. उपरोक्त, पृ. 339
30. उपरोक्त, पृ. 339-40
31. उपरोक्त, पृ. 357
32. पत्र संख्या 495 (पांडिचेरी रिकॉड्र्स) देखें। टीपू ने बुसी को इत्तला दी थी कि उसने कर्नाटक में 35,000 जवान छोड़े हैं। मगर बुसी का कहना था कि सैयद साहिब की कमानवाली फ़ौज की तादाद 12,000-40,000 थी।
33. पत्र संख्या 586 और 603 देखें। सैयद साहिब अगर बुसी को मुनासिब रसद और साज़-सामान न दे सके तो इसलिए कि जंग की तबाहियों के सबब कर्नाटक उन दिनों अकाल की चपेट में था। सैयद साहिब के पास अपनी फ़ौज के लिए भी मुनासिब रसद नहीं थी। *जर्नल दे बुसी,* पृ. 350 भी देखें।
34. पत्र संख्या 497
35. *जर्नल दे बुसी,* पृ. 356
36. *मेमायर्स दु शेवालियर दे मोतो,* पृ. 274; क्यूनात, *हिस्तोइरी दु बेली सुफ्रें,* पृ. 281 भी देखें।
37. क्यूनात, उपरोक्त, पृ. 281 देखें। हैदर और फ्रांसीसियों की मिली-जुली फ़ौज ने 16 मई 1782 के रोज़ पेरुमुक्कल पर क़ब्ज़ा किया। मलाबार तट की ओर जाते वक़्त टीपू ने द' हाफ़लिज़ से उस पर क़ब्ज़ा करने का प्रस्ताव किया था। पर उसने इस बिना पर इनकार कर दिया कि अगर उसे उस जगह एक छावनी बनानी पड़ी तो उसकी फ़ौज, जो पहले ही छोटी सी थी, और छोटी हो जाएगी। इसलिए टीपू ने उसकी क़िलेबन्दी को तहस-नहस करने का हुक्म दे दिया। पर चूँकि यह विध्वंस पूरा नहीं हो सका था, अगर बुसी ने उस पर क़ब्ज़ा कर लिया होता तो यह जगह फ्रांसीसियों के लिए उपयोगी फ़ौजी चौकी बन सकती थी।
38. पत्र संख्या 402
39. अल्फ्रेड मार्तिन्यू, *बुसी एत ल' इंदी फ्रैंकाइज़,* पृ. 354
40. उपरोक्त
41. *आइनिस मुनरोज़ नैरेटिव,* पृ. 321 देखें। मार्क्विस दे कैस्त्रीज़ के नाम अपने 9 सितम्बर 1783 के पत्र में बुसी कहता है (पत्र संख्या 402) कि अंग्रेज़ फ़ौज 2 जून को पेन्नार नदी के किनारे पहुँची। पर यह ग़लत है क्योंकि स्टुअर्ट को कुड्डलूर के दक्षिण में पहुँचने में पाँच दिन नहीं लगे। इसलिए मैंने आइनिस मुनरो की बात को स्वीकार कर लिया है। मोतो के अनुसार द' हाफ़लिज़ भी अपनी ब्रिगेड और कुछ तोपों के साथ नदी के दूसरे किनारे पर पहुँचने और अंग्रेज़ों को उसे पार करने से रोकने के लिए तैयार था। पर उसे इजाज़त नहीं दी गई। (मोतो के *मेमायर्स,* पृ. 281-82 देखें।)
42. विल्क्स, *हिस्ट्री ऑफ़ मैसूर,* खंड दो, पृ. 185-86
43. पत्र संख्या 402; विल्क्स, पूर्वोक्त, पृ. 186-87

44. मिल, *ए हिस्ट्री ऑफ़ ब्रिटिश इंडिया,* खंड चार, पृ. 192
45. ए. मार्तिन्यू, *बुसी एत ल' इंदी फ्रैंकाइज़,* पृ. 355
46. विल्क्स, पूर्वोक्त, पृ. 195
47. *मेमायर्स दु शैवालियर दे मोतो,* पृ. 296
48. विल्क्स, पूर्वोक्त, पृ. 189
49. फ्रांसीसी फ़ौज में 8,000-10,000 मैसूरी फ़ौज के अलावा लगभग 3,000 यूरोपीय और 2,000 सिपाही थे। (पत्र संख्या 599 देखें) दूसरी ओर अंग्रेज़ फ़ौज में लगभग 11,000 प्राणी थे : 1,660 यूरोपीय, 8,340 सिपाही और 1,000 घुड़सवार। लेकिन फ्रांसीसी फ़ौज की संख्या के बारे में मुनरो का बयान (*आइनिस मुनरोज़ नैरेटिव,* पृ. 329) सही नहीं है।
50. मिल, पूर्वोक्त, पृ. 192
51. *मेमायर्स दु शेवालियर दे मोतो,* पृ. 298
52. पत्र संख्या 402; मिलिटरी कंसल्टेशंस, 24 जून 1783, खंड 90 ए, पृ. 724-25; विल्क्स, पूर्वोक्त, पृ. 193
53. पत्र संख्या 402
54. उपरोक्त। अनुमान था कि फ्रांसीसियों को 450 जानों का नुक़सान हुआ है। अंग्रेज़ों को नुक़सान कम हुआ : एक अफ़सर मारा गया; 3 अफ़सर घायल हुए तथा 20 साधारण सिपाही, मुख्यतः हिन्दुस्तानी, मारे गए या घायल हुए। विल्सन, *हिस्ट्री ऑफ़ द मद्रास आर्मी,* खंड दो, पृ. 81 देखें।
55. पत्र संख्या 402
56. उपरोक्त
57. पत्र संख्या 403
58. सेक्रेट प्रोसीडिंग्स, 18 अगस्त 1783
59. उपरोक्त। बुसी के पास अपने एजेंट मुहम्मद इस्माईल के नाम टीपू का पत्र; एक मार्तिन्यू, *बुसी एत ल' इंदी फ्रैंकाइज़,* पृ. 379
60. *एस्तुदोस ई दाक्यूमेंतोस सोब्रे ए हिस्तोरिया दोस पोर्तुग्वीज़ेज़ ना इंदिया,* खंड एक, फ़ासिक्यूलो दो, सं. पांडुरंग एस.एस. पिसूरलेंचार, पत्र संख्या 79
61. ए. मार्तिन्यू, *बुसी एत ल' इंदी, फ्रैंकाइज़,* पृ. 385
62. पत्र संख्या 532, पांडिचेरी रिकॉर्ड्स
63. पत्र संख्या 704
64. सेक्रेट प्रोसीडिंग्स, 4 सितम्बर 1783
65. उपरोक्त, 18 अगस्त 1783
66. उपरोक्त, 28 अगस्त 1783
67. पत्र संख्या 541, पांडिचेरी रिकॉर्ड्स
68. पत्र संख्या 678 और 713
69. ए. मार्तिन्यू, *बुसी एत ल' इंदी फ्रैंकाइज़,* पृ. 383

क्या हैदर अली 1782 में पराजयवादी हो चुका था ?

डी. एस. अच्युतराव

मैसूर का पहला व्यापक इतिहास कर्नल मार्क विल्क्स ने लिखा था।[1] उनका वृत्तांत मुख्यतः अंग्रेज़ दस्तावेज़ों पर तथा कुछ स्थानीय वृत्तांतों और मौखिक सूचनाओं पर आधारित है। उन मराठी, फ्रांसीसी, डच, पुर्तगाली और दूसरे स्रोतों तक उनकी कोई पहुँच नहीं थी जो हाल में सामने आए हैं। उनका वृत्तांत स्वाभाविक रूप से एकतरफ़ा है। उनके वृत्तांत में, और ख़ासकर हैदर अली और टीपू सुलतान की प्रस्तुति में कुछ असंगतियाँ और गड़बड़ियाँ हैं। बर्तानवी ताक़त को और अपने देशवासियों की उपलब्धियों को महिमामंडित करने की धुन में उन्होंने कुछ ग़लत विचार भी फैलाए हैं। देशी और विदेशी, दोनों प्रकार के मूल स्रोतों का अध्ययन तथ्यों की ऐसी विकृत प्रस्तुति को अकसर उधेड़कर रख देता है।

1780-82 के वर्ष भारत के इतिहास में घटनाओं से भरे वर्ष थे। अंग्रेज़ों की ईस्ट इंडिया कंपनी की राजनीतिक बेवफ़ाई और साज़िशों से खिन्न होकर तथा उनकी बढ़ती राजनीतिक और क्षेत्रीय महत्त्वाकांक्षाओं से पैदा ख़तरों को समझकर प्रमुख हिंदुस्तानी क़ुव्वतों ने अपने मतभेद भुला दिए और एक साझा लक्ष्य के लिए अर्थात हिन्दुस्तान में बर्तानवी क़ुव्वत को ख़त्म करने के लिए एकजुट हो गईं। महासंघ के सदस्यों ने जंग की एक योजना बनाई जिसका मक़सद हिन्दुस्तान के हर हिस्से में एक साथ बर्तानवी इलाक़ों पर हमला करना था। हैदर अली ने अपनी तरफ़ से पूरे जोश और पक्के इरादे के साथ महासंघ की इस योजना को निष्ठापूर्वक लागू करने की कोशिश की। इसके लिए उसने दक्षिण में मद्रास पर हमला किया और मद्रास सरकार के कामकाज को नाजुक हालत में पहुँचा दिया। लेकिन गठबंधन की दूसरी क़ुव्वतें, जिनसे उसे मुहिम की कामयाबी के लिए सहयोग की उम्मीद थी, अपनी बेमिसाल झिझक और दोहरे रुख़ के कारण इस आम योजना को आगे नहीं बढ़ा सकीं।[2]

आख़िरकार हुआ यह कि निज़ाम और मराठा सरदारों, ख़ासकर सिंधिया और भोंसले को अंग्रेज़ों ने अपनी ओर करके तटस्थ बना दिया, और वारेन हेस्टिंग्ज़ की कूटनीति ने नाना फड़नवीस को निष्क्रिय और असहाय बना दिया। इस तरह हैदर अली

इस जंग के लिए अकेला बच गया। तो भी वह ऐसा न था कि हौसला हार जाए और समझौते की बात सोचने लगे। लेकिन कर्नल मार्क विल्क्स ने हैदर के मुँह से एक ऐसी स्वीकारोक्ति कराई है जो उसके वास्तविक दृष्टिकोण से शायद ही मेल खाती हो।[3]

विल्क्स ने लिखा है : लगभग यही वक़्त था, जब हैदर बहुत बीमार था और अपने वज़ीर पूर्णैया के साथ लगभग पूरी तरह अकेला रह गया था, जब उसने पूर्णैया से ये शब्द कहे थे : 'मैंने बहुत बड़ी ग़लती की है। मुझे अपने गुरूर की भारी क़ीमत चुकानी पड़ेगी। मेरे और अंग्रेज़ों के बीच ग़ालिबन आपसी नाराज़गी की वजहें ज़रूर थीं पर जंग की कोई माक़ूल वजह नहीं थी, और मैं मुहम्मद अली के, इनसानों में उस सबसे ग़द्दार इनसान के बावजूद उनको अपना दोस्त बना सकता था। बहुत सारे बैलियों और ब्रेथवेटों की हार भी उनको नाबूद नहीं कर सकती। मैं ज़मीन के रास्ते उनके साधनों को नष्ट कर सकता हूँ पर मैं समन्दर को सुखा नहीं सकता और मुझे ऐसी जंग से बचना चाहिए था जिसमें मैं लड़कर भी कुछ नहीं पा सकता।...मुझे यह बात सोचनी चाहिए थी कि सामान्य बुद्धि वाला कोई भी शख़्स एक मराठे का भरोसा नहीं करेगा और वे ख़ुद भी नहीं चाहते कि उन पर भरोसा किया जाए। मुझ पर यह इलज़ाम लगाया गया है कि मैं यूरोप से एक फ्रांसीसी फ़ौज के आने की बेकार उम्मीद लगाए बैठा था, कि वह आएगी और यहाँ कामयाब होगी...।'[4]

इस बयान को, जिसे विल्क्स ने हैदर अली से मंसूब किया है, बाद का एक मनगढ़ंत और सुना-सुनाया क़िस्सा कहा जा सकता है जो चौथाई सदी से भी अधिक अरसे बाद दर्ज किया गया था। समकालीन वृत्तांतों से शायद ही उसकी पुष्टि होती हो। विल्क्स ने बर्तानवी ताक़त की बरतरी को महिमामंडित किया है और हैदर अली को एक पराजयवादी के रूप में पेश किया है जिसका मक़सद यह दिखाना है कि किस तरह हैदर अली जैसे एक भयानक दुश्मन ने भी अंग्रेज़ों से झगड़ा मोल लेने की ग़लती महसूस की और जल्द ही उस क़ौम की दोस्ती की क़द्र पहचानी। बदनसीबी से विल्क्स का यह कथन भारतीय इतिहास सम्बन्धी बाद की लगभग सभी रचनाओं में प्रचलित हो गया जिनके लेखक मैसूर के इतिहास के बारे में पूरी तरह विल्क्स और बावरिंग पर निर्भर थे। इस बात ने हैदर अली के जीवन और व्यक्तित्व को बेपनाह नुक़सान पहुँचाया है जो 18वीं सदी के महानतम राजनीतिज्ञों, योद्धाओं में एक था।

हैदर अली पराजयवादी नहीं था जिसका विश्वास हमें विल्क्स का वृत्तांत दिलाता है। वह इरादे और धुन का पक्का, एक दिलेर और उद्यमी सिपहसालार था, रणनीति में कुशल और संसाधनों से भरपूर, और कभी हार के बाद हौसला नहीं हारता था। सहयोगियों के साथ छोड़े जाने के बावजूद वह आख़िर तक अपने मक़सद की कामयाबी के लिए पूरी-पूरी कोशिश करता रहा। उसने सलबई की संधि और उसकी शर्तों को भी ठुकरा दिया, जिसे जनरल गोडर्ड ने अपने दूत के ज़रिए पेश किया था और उसने उस दूत से कहा था : 'मैं कर्नाटक में इसलिए नहीं आया और दो साल यहाँ इसलिए नहीं लड़ता रहा कि जैसे आया था वैसे ही चला जाऊँ, और अगर मैं ऐसा करना चाहूँ तो

मुझे आपके हुक्म का इंतज़ार करने की ज़रूरत नहीं होगी। वैसा करने की बजाय मैं यहाँ दो साल और रुकूँगा और मुझे ख़र्चों की कोई परवाह नहीं।'[5]

इसके पहले हैदर को जब वारेन हेस्टिंग्ज़ की कूटनीति का पता चला कि वह सहयोगियों में फूट डालने की कोशिश कर रहा है तो उसने अपने दूतों को पूना भेजकर नाना फड़नवीस से कहलवाया कि वह अंग्रेज़ों से तालमेल न करे; उसने नाना को यह विश्वास भी दिलाया कि दक्षिण में खुद नाना के लिए बेहतर सम्भावनाएँ मौजूद हैं।[6] नाना फड़नवीस को इस बात का श्रेय दिया जाना चाहिए कि सिंधिया के साथ हुई सलबई की संधि की पुष्टि कराने के लिए वारेन हेस्टिंग्ज़ ने जब जनरल गोडर्ड को उसके पास भेजा तो उसने समझौता करने से इनकार कर दिया और गोडर्ड से बोला : 'श्रीमंत प्रधान और नवाब हैदर अली ख़ान के बीच पाई जानेवाली सच्ची भावना और दोस्ती सूरज की चमक से भी ज्यादा रौशन और शानदार है। इसलिए एक मज़बूत और पायदार गठबन्धन की शर्तें तय करना उस दोस्त की ख़्वाहिश है जिसका दिल नेक जज़्बात का ठिकाना है... ।'[7] नाना और हैदर अली का गठबन्धन इसी क़दर पायदार था और हैदर अपने सहयोगियों में पूरा-पूरा विश्वास रखता था।

कन्नड़ भाषा में एक समकालीन वृत्तान्त है *हैदरनामा* जो हैदर अली के इतिहास के बारे में सबसे भरोसेमन्द स्रोतों में एक है। इसकी कुछ पंक्तियाँ हैदर अली की सच्ची सोच का पता देती हैं और साथ ही बताती हैं कि अपने मक़सद को छोड़ने का कोई ख़याल मन में लाए बिना वह किस तरह पक्के संकल्प के साथ अपनी मुहिम को चलाता था : 'जल्द ही[8] हैदर अली ने युद्ध परिषद की बैठक बुलाई और अंग्रेज़ों को ख़त्म करने के बेहतरीन उपायों पर अपने ख़ास-ख़ास सिपहसालारों से मश्विरा किया। उसने उनसे कहा कि अंग्रेज़ों को अनेक बार हराने के बावजूद उनको किसी एक जगह उलझाकर उनकी ताक़त को नष्ट करना मुमकिन नहीं है क्योंकि उनके पास रसद और कुमुक पाने की अनेक जगहें हैं जैसे मद्रास, बंबई, कलकत्ता और सबसे बढ़कर इंग्लैंड। अगर हमारा इरादा अंग्रेज़ों को ख़त्म करने का है तो हमें उस क़ौम और फ्रांसीसियों के बीच यूरोप में एक बड़ी जंग शुरू करानी चाहिए। बंगाल के ख़िलाफ़ क़न्धार और ईरान के बादशाहों को और बंबई के ख़िलाफ़ मराठों को लगाना चाहिए। उसके बाद एक बड़ी फ़ौज लेकर फ्रांसीसियों की मदद से और हम सबकी मिली-जुली कार्रवाई से उनको एक साथ सभी जगहों पर उलझाना चाहिए ताकि एक-दूसरे की मदद को न आ सकें। हमारी फ़ौज को पूरे मुल्क में इस तरह तबाही मचानी चाहिए कि उनकी रसद पूरी तरह बन्द हो जाए और इस तरह वे भूखों मरने लगें। तभी जाकर यह मुल्क हमारे हाथों में आएगा।'[9] *हैदरनामा* का लेखक कहता है कि इस तरह पक्का इरादा करके हैदर अली ने अपने भरोसेमन्द हाकिम अप्पाजी राम को एक बड़ी रक़म, अंग्रेज़ों को उखाड़ फेंकने के मक़सद से 50,000 की घुड़सवार फ़ौज तैयार करने के लिए दी।[10]

इस तरह विल्क्स ने हैदर अली के मुँह से जो स्वीकारोक्ति कराई है, जिसके अनुसार उसने पूर्णैया की मौजूदगी में अंग्रेज़ों के साथ जंग की व्यर्थता को स्वीकार कया

था, वह *हैदरनामा* में सुरक्षित वृत्तांत की विकृति हो सकती है। मुमकिन है कि पूर्णैया, जो हैदर अली के तहत दफ़्तरी कामकाज का प्रधान था, उन लोगों में शामिल रहा हो जो युद्ध परिषद में मौजूद थे और जिन्होंने अपने सुलतान की हिदायतों को सुना हो। पर जब मैसूर 1799 में उसके पुराने शासक वंश को वापस मिल गया तो अपनी ढलती उम्र में पूर्णैया ने हैदर अली के कथन की धुंधली यादों को कमोबेश भिन्न ढंग से कर्नल मार्क विल्क्स के सामने पेश किया हो ताकि परम शक्ति की चापलूसी हो और उस तक यह बात पहुँचे कि टीपू सुलतान अपने पिता हैदर अली के मुक़ाबले अंग्रेज़ों का अधिक कट्टर दुश्मन था।

सन्दर्भ और टिप्पणियाँ

1. *हिस्टारिकल स्केचेज़ ऑफ़ द साउथ,* तीन खंडों में 1809-17
2. फ़ारेस्ट, *बांबे डायरीज़,* खंड एक, पृ. 459-64; *कैलेंडर ऑफ़ द पर्शियन करेस्पांडेंस,* खंड छः, पृ. 101, 116, 138, 189 और 203
3. दिसम्बर 1782 या जनवरी 1783
4. विल्क्स, खंड दो, पृ. 373-74 देखें। वास्तव में आरम्भ-1782 में एडमिरल सुफ़्रें की कमान में एक फ्रांसीसी स्क्वैड्रन हिन्दुस्तानी समुद्र में आया और अगली फ़रवरी में ड्यूचेमिन की कमान में 2,000 की फ़ौज आन पहुँची।
5. फ़ारेस्ट, *सेलेक्शंस फ्रॉम लेटर्स, डिस्पैचेज़ ऑफ़ फ़ारेन डिपार्टमेंट ऑफ़ गवर्नमेंट ऑफ़ इंडिया,* खंड तीन, पृ. 393
6. *कैलेंडर ऑफ़ पर्शियन करेस्पांडेंस,* खंड छः, पृ. 157, 189, 238
7. फ़ारेस्ट, *बांबे डायरीज़,* खंड एक, ब्रिगेडियर जनरल गोडर्ड के नाम नाना फड़नवीस का ख़त, *कैलेंडर ऑफ़ पार्शियन करेस्पांडेंस, खंड छः,* पत्र संख्या 7, पृ. 5
8. जनवरी 1782
9. *हैदरनामा,* पांडुलिपि, फ़ोलियो 76-77
10. उपरोक्त, फ़ोलियो 77

कूटनीतिक इतिहास

टीपू सुलतान और ब्रिगेडियर-जनरल मैक्लियड की मुलाक़ात

इरशाद हुसैन बक़ाई

मलबार तट पर टीपू सुलतान की कामयाबी ने अंग्रेज़ों को जंगबंदी की गुज़ारिश करने के लिए मजबूर कर दिया। मेजर जनरल ने युद्ध विराम की शर्तें तैयार कीं जिन पर 2 अगस्त 1783 को दस्तख़त किए गए।[1] बंबई सरकार ने रसद के साथ तीन छोटे जहाज़ भेजे थे पर वे वक़्त पर नहीं पहुँच सके। बिग्रेडियर-जनरल मैक्लियड को ले जानेवाला जहाज़ भी 12 अगस्त से पहले बंबई से रवाना नहीं हो सका।

पर मद्रास सरकार टीपू सुलतान के साथ शान्ति के लिए फ़िक्रमन्द थी। लॉर्ड मैकार्टनी इस बारे में पहले ही दो बार कोशिशें कर चुका था। टीपू सुलतान के साथ संधि को बेर्साइलीज़ की संधि द्वारा इंग्लैंड और फ्रांस के बीच स्थापित शान्ति का तार्किक परिणाम समझा जा रहा था। कारण कि टीपू फ्रांस के बादशाह का सहयोगी था।[2] इसलिए मद्रास सरकार के कमिश्नर टीपू के साथ नए सिरे से बातचीत शुरू करने के लिए चल पड़े थे।[3]

इसलिए ब्रिगेडियर-जनरल मैक्लियड 17 अगस्त 1783 को मंगलौर पहुँचा तो उसके सामने शान्ति की नीति अपनाने के अलावा कोई चारा भी नहीं था। पर उसने सोचा कि मलाबार तट पर जंग का बोझ ज़्यादातर बंबई सरकार ने उठाया था, और इसलिए वह टीपू के साथ शान्ति की बातचीत के लिए मद्रास सरकार से भी ज़्यादा फ़िक्रमन्द था।[4] इसीलिए मेजर कैंपबेल के नाम एक ख़त में उसने टीपू सुलतान से मिलने की ख़्वाहिश जताई। कहा, चौतरफ़ा शान्ति के विचार से मुझे ख़ुशी हो रही है क्योंकि तब मैं हँसी-खुशी अपने छोटे से परिवार के पास लौट सकूँगा। उस युद्धप्रेमी सुलतान से मिलकर मुझे गर्व होगा जिससे लड़ने का मुझे एक बार सौभाग्य प्राप्त हुआ था।[5] उसने टीपू सुलतान को भी ख़त लिखकर तट पर उतरने को और उससे मिलने की इजाज़त माँगी।[6] लगता है उसे यह इजाज़त मिल भी गई थी। वह जनरल फिर मद्रास में उतरा और फिर उसे 'युद्धप्रेमी सुलतान' से मिलने का मौक़ा भी मिला। उसने सुलतान से अपनी बातचीत का दिलचस्प ब्योरा छोड़ा है;[7] यह बातचीत 20 और 21 अगस्त 1783 को हुई थी। मंगलौर से 2 अक्तूबर 1783 को बंबई में बैठी सेलेक्स

कमेटी (प्रवर समिति) के नाम एक पत्र में उसने सुलतान से अपनी बातचीत को 'सादी पर खुली और पुरजोश' कहा है। ख़ुद उसका विश्वास था कि उसने 'उसके (सुलतान के) मन में अंग्रेज़ों के साथ फिर से जंग शुरू करने के हर विचार को मिटा दिया है और उसमें उनकी दोस्ती पाने की तीव्र इच्छा जगा दी है।[8] इस मुलाक़ात का ब्योरा नीचे दिया जा रहा है।

20 अगस्त को लेफ़्टिनेंट-कर्नल कैंपबेल ने ब्रिगेडियर-जनरल मेक्लियड को सुलतान के सामने पेश किया। दरबार के आम रीति-रिवाज निभाए गए। कुछ आम बातचीत हुई जिसमें सुलतान ने ज़्यादातर मराठों के बेड़े से ब्रिगेडियर-जनरल की भिड़ंत के बारे में पूछताछ की।[9]

फिर टीपू ने पूछा कि क्या जनरल को अम्न या जंग के बारे में कोई ख़ास बात कहनी है। इसके बाद बातचीत (ब्रिगेडियर-जनरल मैक्लियड द्वारा दर्ज विवरण के मुताबिक़) इस तरह आगे बढ़ी।[10] दुभाषिये का काम लेफ़्टिनेंट वाइटन ने किया।

ब्रिगेडियर-जनरल मैक्लियड : यहाँ मेरे आने की सबसे बड़ी वजहों में एक वजह यह है कि चूँकि अब शान्ति की सम्भावना पैदा हो चुकी है, मैं जल्द यूरोप लौटने का इरादा कर रहा हूँ।[11] और नवाब[12] से मुलाक़ात का सौभाग्य पाना चाहता हूँ ताकि मैं नवाब जैसी मशहूर हस्ती के बारे में अपने आक़ा बादशाह से कुछ बता सकूँ। जहाँपनाह ने लेफ़्टिनेंट-कर्नल कैंपबेल के साथ जो जंगबन्दी की है उससे यह जानकर भी मुझे ख़ुशी हो रही है कि हमारी क़ौम और उनके बीच अम्न मुमकिन है। मैं बंबई के कमांडर-इन-चीफ़ की हैसियत से इस जंगबंदी की ताईद करके इस शुरुआत को और मज़बूती बख़्शने का ख़्वाहिशमंद हूँ और अगर जहाँपनाह इजाज़त दें तो मैं उनसे कुछ अर्ज़ करना चाहूँगा जिससे साबित होगा कि अंग्रेज़ों का गहरा दोस्त बनना उनके अपने हित में है और जिससे अम्न का रास्ता तैयार होगा।

नवाब : मैं तहे-दिल से अंग्रेज़ों के साथ अम्न का ख़्वाहिशमंद हूँ। मैं उनकी इज़्ज़त करता हूँ और अगर वे मेरे साथ सही सुलूक करें तो मैं उनका दोस्त साबित हूँगा। अगर जनाब जनरल मेरे पास से जाने के बाद बादशाहे-इंग्लैंड के पास जाएँ और उन्हें मेरे बारे में बताएँ तो मुझे ख़ुशी होगी। मैं उनका और उनकी रिआया का दोस्त बनना चाहता हूँ और जनरल की मार्फ़त बादशाह सलामत को कुछ तोहफ़े नज़्र करना चाहता हूँ। मुझे कल अपने दरबार में जनरल को देखकर और वे जो कुछ कहना चाहें उसे सुनकर ख़ुशी होगी। मैं उनके आगे अपना दिल खोलकर रख दूँगा और उन्हें भी मुझसे रवादारी बरतनी चाहिए। उनके और ले-कर्नल कैंपबेल के बारे में मेरी बहुत अच्छी राय है। उन्होंने ख़ुद को शानदार जंगबाज़ साबित किया है और मैं उनके नामों का ऐलान करना चाहता हूँ। मैं उनसे कल मुलाक़ात करूँगा।

ब्रिगेडियर-जनरल मैक्लियड ने आगे लिखा है :

'इसी मुलाक़ात के दौरान फ्रांस के सफ़ीर (राजदूत) जनाब पियर्सन दे मोर्ला अंदर

आए। नवाब ने मुझसे कहा कि चूँकि अम्न की तजवीज़ फ्रांसीसियों ने रखी थी, उन्होंने उसे बुलवाया था ताकि मैं उससे दरबार में मिल सकूँ।

21 अगस्त

नवाब ने हमें शाम को बुलवाया। कहा कि मैं उससे जो कुछ कहना चाहता हूँ, कहूँ। तब मैंने ये बातें कहीं :

***ब्रिगेडियर-जनरल मैक्लियड :** मैं नवाब और उनके परिवार की हमेशा से भारी इज़्ज़त करता आया हूँ। उनके वालिद एक बहादुर जंगबाज़ और एक अज़ीम (महान) सुलतान थे, और हर फ़ौजी उनकी तारीफ़ करता है। ख़ुद नवाब की एक जंगबाज़ के रूप में भारी शोहरत है और उन्होंने अपने वालिद से भी कम उम्र में भारी ताक़त और शोहरत हासिल की है। अपनी फ़ौज को मज़बूत बनाने और उसमें अनुशासन लाने के लिए वे अक़्लमंदी के जो क़दम उठा रहे हैं, मुझे उनका इल्म है। मेरी आरज़ू है कि उनकी ताक़त और शान-शौक़त में भारी इज़ाफ़ा हो और अगर वे हमारी क़ौम के दोस्त बनना पसंद फ़रमाएँ तो मुझे हैदरी घराने को तैमूरी घराने जैसा अज़ीम देखकर ख़ुशी होगी। लेकिन अगर नवाब बुरा माने बिना मुझे बोलने की इजाज़त दें तो मैं उनके सामने साबित करूँगा कि वे अगर अज़ीम और कामयाब बनने की उम्मीद करते हैं तो अंग्रेज़ों से जंग करके ऐसा नहीं हो सकता। (मुझसे खुलकर बात कहने की ख़्वाहिश की गई और मैं कहता रहा।) नवाब इतने आलिम-फ़ाज़िल हैं कि उन्हें ज़रूर इस बात का पता होगा कि उनके साथ इस जंग की शुरुआत के वक़्त मद्रास सरकार और उसके सहयोगी जंग के लिए अच्छी तरह तैयार नहीं थे, कि उनके वालिद ने और उन्होंने इस बात का भरपूर फ़ायदा उठाया है और शुरू-शुरू में भारी कामयाबी हासिल की, कि इन सब बातों के बावजूद अंग्रेज़ जल्द ही मैदाने-जंग में बराबरी पर आ गए और वही वह वक़्त था जब नवाब को उनके तमाम भारी खर्चों और उनकी तक़लीफ़ों का मुआवज़ा हासिल हुआ। अंग्रेज़ों ने उनके ख़िलाफ़ बढ़त तब हासिल की जब वे फ्रांसीसियों, स्पेनियों, डचों और अमरीकियों[13] के ख़िलाफ़ और हिन्दुस्तान में मराठों के ख़िलाफ़ लड़ाई में उलझे हुए थे। उनके तमाम आदमी, जहाज़ और पैसे इन्हीं लड़ाइयों की नज़्र हो गए। अब हम इन तमाम क़ौमों के साथ अम्न क़ायम कर चुके हैं। अब नवाब हमारे अकेले दुश्मन हैं; अब बर्तानवी सामराज की सारी ताक़त उनके ख़िलाफ़ लगाई जा सकती है। मैं पूरे अदब के साथ नवाब को यक़ीन दिलाना चाहता हूँ कि उनके ख़िलाफ़ भरपूर तैयारियाँ की जा रही हैं। यूरोप से रोज़ जहाज़ और आदमी आ रहे हैं और तब तक आते रहेंगे जब तक हम उनसे अपनी जंग को ख़त्म नहीं कर लेते। मुझे इक़रार है कि नवाब एक अज़ीम और ताक़तवर सुलतान हैं। पर उन्हें सोचना ही होगा कि एक ही समय में यूरोप की तमाम बड़ी क़ौमों से और हिन्दुस्तान में उनसे और मराठों से टक्कर लेनेवाले अंग्रेज़ों को उनसे या इनमें से किसी एक दुश्मन से अकेले लड़ना पड़े तो वे बरतर साबित होंगे।*

नवाब इतने अक़्लमन्द हैं कि यह समझे बिना नहीं रह सकते कि उन्हें इस जंग से कुछ भी हासिल नहीं होगा। अंग्रेज़ उनके ख़िलाफ़ फ़तह हासिल कर सकते हैं, और अगर उनके पाँव नहीं उखड़े या उन्हें कुछ भी नुक़सान नहीं हुआ तो भी उन्हें अपने वक़्त, अपनी दौलत और अपनी बेहतरीन फ़ौजों का नुक़सान जरूर होगा। फ़ौजी ज़हानत में उनकी बराबरी किसी भी और दुश्मन के ख़िलाफ़ उनका पलड़ा भारी रखेगी, और चूँकि मैं उनकी शोहरत का आरजूमंद हूँ, मैं चाहूँगा कि वे अपने लिए कोई और दुश्मन तलाश करें। अंग्रेज़ों की बेहतर हालत के बावजूद मुझे पूरा यक़ीन है कि उनके लिए टीपू सुलतान के साथ पक्की दोस्ती उनके अपने हित में है। उनकी ख़ास दिलचस्पी बंगाल और कर्नाटक में है। इन इलाक़ों में जिन क़ुव्वतों की दख़लअंदाज़ी ऐन मुमकिन है वे मराठे और निज़ाम हैं। अंग्रेज़ उन्हें (टीपू को) हमेशा अपने स्वाभाविक मित्र के रूप में देखना चाहेंगे क्योंकि इन पड़ोसियों पर गहरी नज़र रखना उनकी नीति होगी। इसके अलावा हम और कोई इलाक़ा नहीं चाहते बल्कि जो कुछ हमारे पास है उसी के साथ चैन से रहना चाहते हैं। इसलिए उनके (टीपू के) साथ अमन क़ायम करके हमें ख़ुशी होगी। मैंने अपनी बात कहने में लम्बा वक़्त लगाया है। जो कुछ मैंने अर्ज़ किया है वह अगर नवाब को जँचे तो मुझे ख़ुशी होगी। मेरी गुज़ारिश है कि वे मेरे सामने अपने दिल को खोलें और मुझे बताएँ कि क्या उनके मन की बात हिन्दुस्तान की किसी भी सरकार तक पहुँचाकर मैं उनके काम आ सकता हूँ। इस क़दर नामवर सुलतान की कोई ख़िदमत मेरे लिए ख़ुशी का सबब होगी।

नवाब : जनरल ने जो कुछ कहा उसे सुनकर मुझे बहुत ख़ुशी हुई। मुझे लग रहा है कि उनमें अच्छी क़ाबिलियत मौजूद है। उन्होंने सुन्दर ढंग से और खुलकर मेरे सामने अपनी बात रखी और मैं अपने साथ ऐसी ही रवादारी चाहता हूँ।[14] मैं तहे-दिल से अंग्रेज़ों के साथ पक्की और ठोस दोस्ती का ख़्वाहिशमन्द हूँ। जनरल और ले-कर्नल कैंपबेल ने ख़ुद को अच्छे जंगबाज़ साबित किया है और मुझे उनके साथ अमन क़ायम करके ख़ुशी होगी। मैं चाहूँगा कि उनके नाम और रौशन हों और उनके बादशाह को पता चले कि ये उम्दा कारकुन हैं। अब मैं जंग के बारे में कुछ बातें कहूँगा। कुछ अरसा पहले मुहम्मद अली[15] ने हमसे एक करोड़ रुपए उधार लिये थे और हमने अपनी फ़ौज के साथ उसकी मदद की थी। बदले में उसने हमें तिरुचिरापल्ली देने का वादा किया था।[16] पर उसने वादा वफ़ा नहीं किया और हमें रुपया भी नहीं लौटा रहा। उसने ख़ुद को हमारा दुश्मन जताने के लिए सब कुछ किया है। मद्रास से इतने क़रीब होने के सबब उसने अंग्रेज़ों के मन में मेरे वालिद के और मेरे ख़िलाफ़ ज़हर भर दिया है। उसने लोगों को इंग्लैंड तक भेजा कि वहाँ के बादशाह और अवाम के सामने हमें गाली दें। यह हमारी जाति[17] के किसी शख़्स के लिए बुरी रवायत है और यही जंग का बड़ा सबब था। मुहम्मद अली अंग्रेज़ों का वफ़ादार नहीं। उसने मेरे पास अपने आदमी भेजकर कहलवाया कि अंग्रेज़ों ने उससे इतना पैसा लिया है और उसे इस क़दर क़र्ज़दार बना दिया है कि वे अगर वहाँ रहे तो कर्नाटक उसके लिए किसी काम का नहीं रहेगा, और

यह कि उसे मुझसे दोस्ती करके और उन्हें खदेड़कर ख़ुशी होगी।

मैं आपके और ले-कर्नल कैंपबेल के साथ अम्न का ख़्वाहिशमंद हूँ। आप किन शर्तों की तजवीज़ रख रहे हैं ? जनाब बुसी और फ्रांसीसी अम्न क़ायम करना चाहते हैं पर यह काम मैं ख़ुद करूँगा और उनको दख़लअंदाज़ी नहीं करने दूँगा। मेरे साथ अम्न क़ायम कीजिए और मैं आपके चार चाँद लगा दूँगा।

ब्रि-जनरल मैक्लियड : जहाँपनाह ने बराय-मेहरबानी मुझसे और ले-कर्नल कैंपबेल से जो कुछ फ़रमाया है, मैं सर झुकाकर उसके लिए उनका शुक्रिया अदा करता हूँ। और अपने आक़ा और अपने मुल्क से मुतल्लिक़ अपने फ़र्ज के दायरे में रहकर जहाँपनाह की जो भी ख़िदमत मैं कर सकता हूँ वह करके उनके लिए अपनी अहसानमंदी दिखाना चाहता हूँ। मैं एक फ़ौजी मुलाज़िम और बंबई की फ़ौज का जनरल हूँ। अम्न क़ायम करने की कोई क़ुव्वत मेरे हाथ में नहीं। यह काम बंगाल, बंबई और मद्रास के तीनों गवर्नर करेंगे। मैं सिर्फ़ यह कर सकता हूँ कि जंगबन्दी की ताईद करूँ और बेहतर से बेहतर ढंग से जहाँपनाह के जज़्बात गवर्नर हज़रात तक पहुँचा दूँ।

नवाब : सरदार हज़रात अम्न क़ायम क्यों नहीं कर सकते ? इसके लिए मुनासिब लोग तो वही हैं।

ब्रि-जनरल मैक्लियड : यह बदशाह और कम्पनी का हुक्म है कि गवर्नर और कौंसिलर हज़रात ही अम्न क़ायम करेंगे क्योंकि वे मालगुज़ारी और तिजारत (व्यापार) के मुआमलों में सरदारों से बेहतर समझते हैं। मुझे यह देखकर खुशी हो रही है कि नवाब सच्चे दिल से अम्न चाहते हैं और मुझे इसमें शक नहीं कि गवर्नर और कौंसिलर हज़रात उनकी ख़्वाहिश के मुताबिक़ उनके साथ अम्न क़ायम करेंगे। अगर मैं मुहम्मद अली के ख़िलाफ़ कुछ कहूँ, जो एक इज़्ज़तदार सुलतान और अंग्रेज़ों के गहरे दोस्त हैं, तो ख़ुद नवाब की मेरे बारे में बुरी राय होगी। रहा तिरुचिरापल्ली का सवाल तो यह कहानी मुझे बहुत अच्छी तरह पता है। (तब मैंने वह कहानी वैसी ही दोहरा दी जैसे ओर्मे ने दी है,[18] जिस पर नवाब और इनके वज़ीर ने भारी हैरत का इज़हार किया। कहा कि मैंने सच बात कही और उन्हें लग गया कि मैं मुआमलों को अच्छी तरह जानता हूँ।) नवाब समझ रहे होंगे कि अंग्रेज़ कभी तिरुचिरापल्ली को नहीं छोड़ेंगे; उनके इस बात का ज़िक्र करने से भी अम्न के सारे रास्ते बंद हो जाएँगे। अगर वे संजीदा हैं, और उन्होंने ऐसा कहकर मेरी इज़्ज़त बढ़ाई है, तो मैं उनसे कहना चाहूँगा कि तिरुचिरापल्ली पर सारे दावे छोड़कर बात शुरू करें ताकि उस पर फिर कभी तनाज़ा पैदा न हो। जबकि खुलकर बात कहने की ख़ातिर जहाँपनाह ने मेरी इज़्ज़त-अफ़ज़ाई की है, मैं एक और मश्विरा देना चाहूँगा, यह कि अंग्रेज़ों के सारे जंगी क़ैदियों को फ़ौरन रिहा करके वे उनको अपनी नेकदिली और फ़राख़दिली का सुबूत दें। यह बात पूरी इनसानियत के सामने उनकी रूह की अज़्मत (महानता) का पैग़ाम लेकर जाएगी। यह उनकी नेकदिली की एक उम्दा निशानी भी रहेगी। मैं क़ैदियों के भले के लिए अगर यह मश्विरा दे रहा हूँ तो उनकी (टीपू की) शोहरत को चार चाँद लगाने के लिए भी दे रहा हूँ क्योंकि अब जबकि अम्न यक़ीनी है, और

कुछ माह की क़ैद की कोई ख़ास अहमियत नहीं रह जाती, मैं नवाब को कभी धोखा नहीं दे सकता। अम्न की शर्तें पेश करना मुझे शोभा नहीं देता। मेरे पास इसकी ताक़त नहीं है हालाँकि मुझे यक़ीन है कि बंबई के गवर्नर मुझ पर इतना भरोसा करते हैं कि अम्न के लए मैं उनकी तरफ़ से क्रोई बात कह सकूँ। मैं चाहता हूँ कि दोनों पक्षों के लिए अम्न बराबरी की सतह पर हो और पायदार हो।

***नवाब :** मैं आपकी बातों की तारीफ़ करता हूँ। मुझे यक़ीन है कि आप मुझसे सच और खुलकर बोल रहे हैं जो मुझे पसन्द है। आपकी और कर्नल कैंपबेल की गुज़ारिश पर मैं क़ैदियों को, उनमें से हरेक को, फ़ौरन रिहा कर दूँगा। अगर आप मेरे साथ श्रीरंगपट्टम चलें तो मैं एक-एक बन्दा आपके हवाले कर दूँगा और आप उनको उनकी अपनी-अपनी सरकारों के पास भेज सकते हैं। क्या आप वादा करेंगे कि अगर अम्न न हो सके तो ये क़ैदी वापस मेरे पास भेज दिए जाएँगे ?*

***ब्रि-जरनल मैक्लियड :** अगर मौत जैसा आम वाक़िया न हुआ तो मैं इसके लिए अपने सर की बाज़ी लगाता हूँ।*

***नवाब :** आप मेरे साथ श्रीरंगपट्टम चलिए। मैं क़ैदी आपके हवाले कर दूँगा। जनाब बुसी मेरी ओर से अम्न की बात नहीं करेंगे। आप करेंगे। मैं आपके हाथों वे शर्तें मद्रास भेजूँगा जिन पर मैं अम्न के लिए तैयार हूँ। आप चलेंगे ?*

***ब्रि-जनरल मैक्लियड :** मैं जहाँपनाह का सर झुकाकर शुक्रिया अदा करता हूँ कि आपने मेरी गुज़ारिश पर क़ैदियों को रिहा करने का वादा करके और अपनी तरफ़ से अम्न की बात करने की ख़्वाहिश जताकर मुझे भारी इ़ज़्ज़त बख़्शी है। मैं आपके साथ चलने के लिए तैयार हूँ और जहाँपनाह वादा करें कि अगर अम्न न हो सके तो मेरी मर्ज़ी के मुताबिक़ वे मुझे या तो तेलिच्चेरी या बंबई भिजवा देंगे।*

***नवाब :** मैं वादा करता हूँ। कल मुझे बतलाइए कि आपको और आपके अमले को कितने घोड़ों, पालकियों वग़ैरह की ज़रूरत है। मंगलौर और दूसरी जगहों की हैसियत जंगबन्दी के मुताबिक़ रहेगी। तिरुचिरापल्ली पर मैं सारा दावा छोड़ दूँगा।*

ऊपर का ब्योरा पूरी तरह सच है।

(दस्तख़त) नार्मन	*मेक्लियड,*	*ब्रिगेडियर-जनरल*
(दस्तख़त) जॉन	*कैंपबेल,*	*लेफ़्टिनेंट-कर्नल*

लेकिन टीपू सुलतान और ब्रिगेडियर-जनरल मैक्लियड की ऊपर दर्ज बातचीत की नर्मी से जिस दिशा का संकेत मिलता है, बाद की घटनाओं की दिशा उससे बिलकुल भिन्न थी। जंगबन्दी के वक़्त कर्नल कैंपबेल को बहुत नामाकूल शर्तें स्वीकार करनी पड़ी थीं। मिसाल के लिए उसने स्वीकार किया था कि समुद्र के रास्ते खाने-पीने की चीज़ें नहीं मँगवाएगा जबकि इन्हें पाने का ग़ालिबन यही एक रास्ता था।[19] इस तरह छावनियों को सामान भेजने का सवाल टीपू सुलतान और अंग्रेज़ी फ़ौज के अफ़सरों के बीच विवाद का मुख्य मुद्दा बन गया। ब्रिगेडियर-जनरल मैक्लियड बड़ी से बड़ी मात्रा में खाने-पीने की चीज़ें तेलिच्चेरी या बंबई से भेजना चाहता था ताकि फ़ौज को समर्पण न करना

पड़े। कारण कि उसका ख़याल था कि मंगलौर के हाथ से निकल जाने से आगामी शान्ति वार्त्ताओं पर भारी असर पड़ेगा और इससे टीपू की स्थिति और मज़बूत होगी। टीपू ने जब रसद के आने पर पाबन्दी लगा दी तो उस पर युद्धविराम की धाराओं के उल्लंघन का इलज़ाम लगाया गया। टीपू सुलतान और जनरल मैक्लियड के बीच लम्बी ख़तो-किताबत चली जिसे विल्क्स ने 'कूटनीति के इतिहास के सबसे उल्लेखनीय पत्राचारों में एक' कहा है।[20] सुलतान और अंग्रेज़ जनरल के बीच बहुत से ख़तों का आदान-प्रदान हुआ; नीचे के दो ख़त[21] उनकी एक बानगी पेश करते हैं। तेल्लिचेरी से लौटने के बाद जनरल मैक्लियड ने टीपू सुलतान को लिखा :

मुझे जहाँपनाह को इत्तला देते हुए फ़ख्र का एहसास हो रहा है कि मैं आपसे यह जानने के लिए यहाँ वापस आ गया हूँ कि मंगलौर के बारे में आपके क्या इरादे हैं और क्या आपने जंगबन्दी की शर्तों के मुताबिक़ कर्नल कैंपबेल को एक माह की रसद मँगाने की इजाज़त दे दी है। मैं अपने साथ एक माह की रसद ले आया हूँ, और चाहता हूँ कि आप इसे क़िले में आने दें जैसा कि आपने इन शर्तों के मुताबिक़ वादा किया था। अगर आप इसे जाने देते हैं तो आपके और अंग्रेज़ों के बीच अमन बरकरार रहेगा, और वे आपको एक अज़ीम और नेक सुलतान समझकर आपसे मुहब्बत करेंगे। आप अगर इसे जाने देने से मना करते हैं तो मैं फ़ौरन अपने सभी एडमिरलों और जनरलों को और बंगाल, मद्रास व बंबई के गवर्नरों को लिखूँगा कि आपने वादाख़िलाफ़ी की है और यह कि आपकी ज़बान की कोई अहमियत नहीं है। इसका आपको अफ़सोस होगा। सर रिचर्ड बिकर्टन, जो समन्दर में हमारे बादशाह सलामत के सबसे बड़े सरदारों में एक हैं और जो हमेशा उनके सामने रहते हैं, यहाँ उन जहाज़ों के साथ नहीं हैं जिनको आप देख रहे हैं। मेरी ख़्वाहिश है कि आप जल्द जवाब दें। जल्द ही एडमिरल ह्यूज यहाँ होंगे और मैं उनसे बताऊँगा कि आप क्या कहते और क्या करते हैं। मेरी गुज़ारिश है कि आप साथ का ख़त कर्नल कैंपबेल को भिजवा दें। ख़ुदा आपकी सोच को अक़्ल, सच्चाई और ख़ुशहाली का रास्ता दिखाए।

नवाब का जवाब[22]

ख़त मिला। मुझे आपकी वापसी की ख़ुशी है और सर रिचर्ड बिकर्टन के आने की भी। क़िले की रसद के लिए जो चीज़ें मुल्क में मिल सकती हैं, मैंने हुक्म जारी कर दिया है कि वे मुनासिब दामों पर बेची जाएँ, और वे लोग रोज़ यह सब ख़रीद रहे हैं। आपने लिखा है कि आपके साथ क़िले के लिए एक माह की रसद मौजूद है। शर्तों में यह दर्ज नहीं है कि आप समन्दर के रास्ते कोई रसद, चावल या कुछ और लाएँगे। शर्तों पर निगाह दौड़ाइए और आपको पता चलेगा कि दोस्ती का हक़ अदा करने के लिए आप यहाँ आख़िरी बार कब आए

थे। मैंने दो मुख़्तलिफ़ मौक़ों पर क़िले में एक महीने के लिए अरक़ और दूसरी चीज़ें ले जाने की इजाज़त दी है। जो बात शर्तों में नहीं है, वह समन्दर के रास्ते रसद के आने की बात है। अगर आप शर्तों के मुताबिक़ चलते हैं तो मैं भी चलूँगा। और मैं क्या कहूँ !

तसदीक़शुदा नक़ल

(दस्तख़त) टामस लाइटन, सेक्रेटरी, मंगलौरपेटा, 24 अक्तूबर 1783

ख़तो-किताबत इसी तरह जारी रही, पर सुलतान ने उसकी बात नहीं मानी। रसद की कमी के सबब फ़ौजों की हालत बदतर हो गई। 29 जनवरी 1784 को ले-कर्नल कैंपबेल ने सुलतान के आगे हथियार डाल दिए। फ़ोर्ट सेंट जॉर्ज की सेलेक्ट कमेटी के नाम एक ख़त, ब-तारीख़ 6 फ़रवरी 1784, में उसने लिखा :[23]

बेहद तकलीफ़ के साथ मुझे आपको यह बेरहम इत्तला देनी पड़ रही है कि पिछले माह की 29 तारीख़ को मुझे हर तरह से छावनी की बदहाली देखकर मंगलौर का क़िला नवाब के हाथों में देने की लाचार ज़रूरत क़ुबूल करनी पड़ी। मैंने यह समर्पण ऐसी शर्तों पर किया है जो छावनी के लिए बेहद मुनासिब थीं और जिनकी नवाब ने पूरी ईमानदारी और सख़्ती के साथ पाबंदी बरती है।

यह अंग्रेज़ों के लिए एक बहुत संजीदा नुक़सान था। उन्होंने तब तक मंगलौर का समर्पण न करने का फ़ैसला किया था जब तक सभी अंग्रेज़ क़ैदी रिहा नहीं हो जाते। पर टीपू सुलतान कोई जोखिम लेने पर तैयार न था। कर्नल फ़ुलर्टन तेलिच्चेरी में बैठा श्रीरंगपट्टम की ओर कूच करने के मंसूबे बना रहा था और ब्रिगेडियर-जनरल मेक्लियड ने कन्नानूर की बीबी पर हमला किया था।[24] इन बातों ने उसके मन में भारी तल्ख़ी पैदा कर दी थी। जनरल मैक्लियड कभी श्रीरंगपट्टम गया ही नहीं जैसा कि सुलतान के साथ उसकी बातचीत में तय हुआ था। इसकी बजाय मद्रास सरकार द्वारा नियुक्त किए गए कमिश्नरों यानी सैडलियर, स्टांटन और हडिल्स्टोन ने सुलतान के साथ 1784 की मंगलौर की संधि की बातचीत की।

सन्दर्भ और टिप्पणियाँ

1. सेक्रेट कंसल्टेशंस, 14 नवम्बर 1783, संख्या 1, इंपीरियल रिकॉर्ड्स डिपार्टमेंट
2. उपरोक्त, 18 अगस्त 1783 का परिशिष्ट
3. इस संधि को मंगलौर की संधि कहा जाता है जिस पर 11 मार्च 1784 को दस्तख़त किए गए। ऐचिंसन, पाँचवाँ संस्करण, पृ. 228 देखें।
4. मंगलौर तट पर खड़े 'मार्निंग स्टार' से जनरल मैक्लियड का पत्र, सेलेक्ट कमेटी, बंबई के प्रेसिडेंट के नाम, सेक्रेट कंसल्टेशंस, 18 अगस्त 1783

5. उपरोक्त, 14 नवंबर 1783
6. टीपू सुलतान के नाम जनरल मैक्लियड का पत्र, 19 अगस्त 1783, सेक्रेट कंसल्टेशंस, 14 नवम्बर 1783
7. उपरोक्त
8. सेक्रेट कंसल्टेशंस, 20 जनवरी 1784
9. यहाँ मराठों द्वारा अंग्रेज़ों के जहाज़ 'रैंजर स्नो' की ज़ब्ती की तरफ़ इशारा है। जनरल मैक्लियड भी इस जहाज़ में था। उसने लड़ाई में सक्रिय भाग लिया और गम्भीर रूप से घायल हो गया। सेक्रेट कंसल्टेशंस, 28 जुलाई 1783; मेरा लेख द रैंजर स्नो एपिसोड, *इंडियन* हिस्टारिकल रिकॉड्र्स *कमीशन प्रोसीडिंग्स,* खंड अट्ठारह देखें।
10. ऐसी ही एक दस्तावेज़ हैदर अली के साथ सर आयर कूट की वकील श्रीनिवास राव से मुलाक़ात के बारे में उपलब्ध है। (सेक्रेट कंसल्टेशंस, 26 सितम्बर 1762 का परिशिष्ट देखें।) एक और मुलाक़ात का वर्णन *सेलेक्शन फ्रॉम फ़ारेन डिपार्टमेंट रिकॉड्र्स,* पृ. 885-95 में फ़ारेस्ट ने किया है।
11. सेक्रेट कंसल्टेशंस, 16 दिसम्बर 1783, संख्या 1 सी
12. ईस्ट इंडिया कम्पनी की दस्तावेज़ों में टीपू सुलतान को 1782 तक आम तौर पर 'टीपू साहिब' कहा गया है। उसकी तख़्तशीनी के बाद उसे 'नवाब टीपू सुलतान बहादुर' कहकर सम्बोधित किया जाने लगा।
13. यहाँ इशारा अमरीका के स्वतंत्रता संग्राम की ओर है जिसमें फ्रांस और स्पेन की सरकारें अमरीकी उपनिवेशों के साथ थीं।
14. खुद भी दिलेर और हौसलामन्द होने के नाते सुलतान दूसरों की हिम्मत और साफ़गोई की क़द्र करता था।
15. कर्नाटक का नवाब मुहम्मद अली वालाजाह
16. यह मुआमला हैदर अली की तरह टीपू सुलतान की भी दुखती रग था। कहते हैं कि सर आयर कूट के वकील श्रीनिवास राव के साथ अपनी बातचीत में हैदर अली ने कहा : 'तय पाया गया था कि तिरुचिरापल्ली और मुदरा को मेरे हवाले कर दिया जाएगा; दी गई रक़म की रसीद समेत समझौते के काग़ज़ात यहाँ तैयार हैं जिन्हें आप देख सकते हैं।' आगे : 'इन पर मुहम्मद अली ख़ान और सांडर्स नाम के एक यूरोपी, दोनों के दस्तख़त हैं। देखिए, यह देखिए।' (फ़ारेस्ट, पूर्वोक्त, पृ. 889 देखें।)

    1784 की मंगलौर की संधि की आलोचना करते हुए वारेन हेस्टिंग्ज़ ने कहा था :

    'याद रखें कि नवाब हैदर अली ख़ान ने यह जंग शुरू करने की एक वजह यह कही थी कि मैसूर के राजा को तिरुचिरापल्ली सौंपने के बारे में कोई 30 साल पीछे जो बातें तय हुई थीं, नवाब अली वालाजाह उन्हें पूरा करने में नाकाम रहा, और उस सरकार के नुमाइंदे की हैसियत से हैदर ने उस पर दावा किया था। यह दावा निजी है और चूँकि यह जंग का साफ़-साफ़ सबब था, इसे दूर किया जाना चाहिए था। इसके उलटे, पहले इसे जिस तरह नकारा गया है उससे, और नए सिरे से जंग शुरू करके नवाब द्वारा अपने हक़ के दावे से इनकार करने के कारण भी इसमें और दम पैदा हो गया है। फ़ारेस्ट, पूर्वोक्त, पृ. 1093 देखें।
17. टीपू का अर्थ धर्म है। दिलचस्पी की बात यह है कि नवाब मुहम्मद अली हैदर अली को हमेशा एक नायक का बेटा कहता रहा। मैसूर के हुक्मरानों को वह हैदर नायक और टीपू नायक कहता था।
18. यहाँ ओर्मे की रचना *हिस्ट्री ऑफ़ इंदोस्तान* की ओर इशारा है। इस मुआमले का वर्णन खंड दो में मिलता है।
19. *कैंब्रिज, हिस्ट्री ऑफ़ इंडिया, खंड पाँच, पृ. 288*

20. विल्क्स, *हिस्टारिकल स्केचेज़ ऑफ़ द साउथ ऑफ़ इंडिया, खंड दो, दूसरा संस्करण, पृ. 67*
21. सेक्रेट कंसल्टेशंस, 20 जनवरी 1784, संख्या 29
22. ऐन मुमकिन है कि यह फ़ौज के किसी मुंशी द्वारा सुलतान के पत्र का अनुवाद हो और इसीलिए इसमें भाषा, व्याकरण और विराम चिह्नों की ग़लतियाँ आ गई हों।
23. सेक्रेट कंसल्टेशंस, 18 मार्च 1784, संख्या 3
24. डॉ. एस. एन. सेन का लेख द कन्नानूर इंसिडेंट, *इंडियन हिस्टारिकल रिकॉड्र्स कमीशन प्रोसीडिंग्स, खंड अट्ठारह देखें।*

कार्नवालिस और मैसूर-मराठा युद्ध, 1786-87

बी. शैख़ अली

गवर्नर-जनरल बनकर लॉर्ड कार्नवालिस के हिन्दुस्तान आने से पहले ही सर जॉन मैकफर्सन 1786-87 के मैसूर-मराठा युद्ध में हस्तक्षेप की नीति अपना चुका था। उसने मराठों को पाँच बटालियनें देने की पेशकश की थी कि वे इन्हें कहीं भी लगाएँ, चाहे हमले के लिए या बचाव के लिए।[1] उसने तटस्थता की पिछली नीति में बदलाव को इस आधार पर उचित ठहराया कि मराठों जैसी बड़ी ताक़त से हाथ मिलाने से कंपनी के हित बेहतर ढंग से पूरे होंगे। इस नीति से कंपनी के फ़ौजी ख़र्च कम होंगे और अगर फ्रांसीसी या टीपू अंग्रेज़ों के लिए कोई परेशानी खड़ी करते हैं तो मराठे अंग्रेज़ों की तरफ़ होंगे। बर्तानवी सरकार ने इस नीति की ताईद नहीं की और लिखा : 'आपको मराठों को यह ख़बर देने से आगे नहीं बढ़ना चाहिए था कि वे टीपू से फ्रांसीसियों के हाथ मिलाने की सूरत में हमारी फ़ौजों की मदद का भरोसा कर सकते हैं।'[2] इंग्लैंड में बैठे हाकिमों ने अपना रवैया और भी स्पष्ट करते हुए आगे कहा : 'हम अपने पास पहले से मौजूद इलाक़ों से पूरी तरह संतुष्ट हैं और आगे कोई इलाक़ा जीतने की ख़ातिर किसी जंग में नहीं उलझेंगे।'[3]

लॉर्ड कार्नवालिस ने सितम्बर 1786 में जब गवर्नर-जनरल का ओहदा सँभाला तो उसने टीपू के ख़िलाफ़ मराठों की मदद की नीति बदल दी। मैकफर्सन की नीति से तो कम्पनी एक पेचीदा राजनीतिक और सैनिक स्थिति में उलझ चुकी होती। यह टीपू के साथ हुई मंगलौर की संधि का उल्लंघन होता जिसमें दोनों फ़रीकों के लिए सख़्ती से हिदायत थी कि कोई भी दूसरी ताक़तों के साथ जंग करे तो दूसरा तटस्थ रहेगा। अगर अंग्रेज़ प्रत्यक्ष या अप्रत्यक्ष ढंग से मराठों की मदद करते तो टीपू को फ्रांसीसियों से हाथ मिलाने का औचित्य मिलता जिनको भारतीय राजनीति से बाहर करना बर्तानवी नीति का मुख्य उद्देश्य था। इसके अलावा यह अभी हाल (1784) में पारित पिट्ट के इंडिया एक्ट की भावना के ख़िलाफ़ होता जिसमें ज़ोर देकर कहा गया था कि हिन्दुस्तान में कंपनी के मुलाज़िम देसी कुव्वतों के झगड़ों में ग़ैर-ज़रूरी दख़लअंदाज़ी से बचेंगे। इसी के अनुसार कार्नवालिस ने मराठों और निज़ाम को ख़बर दे दी कि वह पिछले क़रारों को वापस ले रहा है; उसने उनकी मदद की पेशकश भी वापस ले ली है।[4] डुंडस के

नाम कार्नवालिस ने लिखा कि 'पूना सरकार को मदद की पेशकश करके मैकफर्सन ने पार्लियामेंट के क़ानून को तोड़ने का जुर्म किया है, और यह कि राष्ट्रीय चरित्र के अनुसार काम करने से बचने के लिए मक्कारियों और झूठों का सहारा लेकर उसने इस चरित्र को बुरी तरह दाग़दार करने का भी जुर्म किया है।'[5]

कंपनी को उसकी प्रतिबद्धताओं से बाहर खींचने में कार्नवालिस को शुरू में मुश्किलों का सामना करना पड़ा। उसका ऐलान था : 'मराठों को मदद की पेशकश करके हम बहुत बुरी, मूर्खता से भरी स्थिति में फँस गए हैं। इससे हम इज़्ज़त सलामत रखकर कैसे बाहर निकलेंगे, ख़ुदा ही जानता है, पर इससे हमें निकलना और फ़ौजों को वापस बुलाना तो ज़रूर पड़ेगा।'[6] सख़्ती से मौजूदा संधियों के पालन के नाम पर उसने मराठों और निज़ाम की मदद करने से इनकार कर दिया।[7]

कार्नवालिस के इस कठोर रवैये की वास्तव में क्या वजहें थीं, इसकी छानबीन दिलचस्पी से ख़ाली नहीं होगी। टीपू की इज़्ज़त उसकी नीति का कारण नहीं थी और न ही वह मौजूदा संधियों से बँधे रहने में ईमानदारी से दिलचस्पी लेता था। उसकी एक शान्तिप्रेमी व्यवस्था में अटूट निष्ठा भी नहीं थी। यह नीति पूरी तरह मस्लहत पर आधारित थी। जीती जा सकनेवाली जंगों से कंपनी को होनेवाले फ़ायदों का उसे उतना ही एहसास था जितना मैकफर्सन को था और उसने कोर्ट ऑफ़ डायरेक्टर्स को लिखा भी था कि दो ताक़तवर देसी क़ुव्वतों को आपस में लड़ाकर चूर कर दिया जाए तो कंपनी के इलाक़े सबसे अधिक सुरक्षित रहेंगे।[8] पर हस्तक्षेप के मुनासिब मौक़े के बारे में मैकफर्सन से उसका मतभेद था क्योंकि तब कंपनी की वित्तीय और सैन्य स्थिति संतोषजनक नहीं थी। कंपनी की सैन्य स्थिति के बारे में उसने लिखा था : '...इन बेशक़ीमत इलाक़ों की हिफ़ाज़त का दारोमदार एक दिन जिस यूरोपीय पैदल फ़ौज पर होगा वही बदतरीन हालत में है।[9] फ़ौजों की बुरी हालत थी। माली हालत और भी बुरी थी। इसके अलावा जंग से कंपनी कूटनीति की पेचीदगियों में भी उलझ जाती क्योंकि पेरिस की संधि के अनुसार देसी क़ुव्वतों की आपसी लड़ाई में भाग लेना इंग्लैंड और फ्रांस, दोनों के लिए मना था। कार्नवालिस को डर था कि मराठों को अंग्रेज़ों की मदद दी गई तो टीपू फ्रांसीसियों की मदद माँगने पर मजबूर हो जाएगा और इस तरह जंग में शामिल होने का मक़सद, यानी हिन्दुस्तानी रियासत से फ्रांसीसियों को नाबूद करने का मक़सद ही मारा जाएगा। मैकफर्सन द्वारा मराठों से किए गए मदद के वादे से फ्रांसीसी और टीपू पहले ही क़रीब आ चुके थे, और टीपू ने माँग की थी कि 4,000 की यूरोपी फ़ौज हमेशा उसकी मुलाज़िमत में रखी जाए।[10] इन्हीं सब वजहों से कार्नवालिस अपने अग्रज के फ़ैसले को बदलने पर मजबूर हो गया।

कार्नवालिस ने यह नीति अपनाई तो उसे ख़ूब पता था कि इससे मराठों को मायूसी होगी और उनका गुस्सा कम्पनी पर टूटेगा। पर उसका तर्क था कि अंग्रेज़ों की तटस्थता से देसी राजाओं की आपसी जंग जल्द ही बन्द हो जाएगी और इस तरह यूरोपीय मदद की ज़रूरत नहीं रहेगी। कम्पनी को जंग की तैयारी की ज़रूरत से राहत मिलेगी।[11] इसके अलावा यह नीति बर्तानवी सरकार की हिदायतों के मुवाफ़िक़ थी जो हिन्दुस्तान में अपने

मुलाज़िमों को बार-बार ताकीद कर रही थी कि हिन्दुस्तानी क़ुव्वतों के झगड़ों से पूरी तरह तटस्थ रहें और उनके व कंपनी के बीच हुई संधियों का सख़्ती से पालन करके उनके साथ बर्तानिया के ताल्लुक़ात सुधारें।

पर कार्नवालिस बहुत दिनों तक इस नीति पर कामयाब नहीं रहा। कम्पनी की माली और फ़ौजी ताक़त जैसे ही बढ़ी, उसने टीपू की ताक़त कम करने की कोशिशें शुरू कर दीं। कारण कि मराठों और निज़ाम के ख़िलाफ़ उसकी कामयाबियों से अंग्रेज़ और भी जल-भुन उठे थे। कार्नवालिस ने कहा : 'पेशवा, मूदाजी भोंसले, तुकोजी होलकर और निज़ाम अली ख़ान का गठजोड़ टूटने के बाद पेशवा को टीपू द्वारा संधि के पालन का भरोसा होगा कि नहीं, यह आज भी उसी तरह अनुमान का विषय है।'[12] टीपू कर्नाटक पर हमला कर सकता है, इस बहाने पर कार्नवालिस ने पूना में अंग्रेज़ एजेंट मैलेट को नाना से यह पता लगाने की हिदायत दी कि क्या मराठे टीपू के ख़िलाफ़ हमला करने के लिए अंग्रेज़ों से गठजोड़ के लिए तैयार थे।[13] इस गठजोड़ का आधार यह होता कि टीपू के जो इलाक़े अंग्रेज़ों के सहयोगियों की सरहदों से लगे हुए थे वे जंग में जीत के बाद हथिया लिये जाते।[14] इससे पहले मदद देने से अंग्रेज़ों के इनकार के सबब मराठों का जवाब कहीं नामुवाक़िफ़ न हो, इस बात के अंदेशे के कारण कार्नवालिस ने नाना को भरोसा दिलाया कि इस बार अंग्रेज़ों की पेशकश ईमानदाराना थी, और यह कि बर्तानवी सरकार ने भी इस गठजोड़ की ताईद की थी और इसी ताईद के न होने के कारण वे पीछे मराठों की मदद नहीं कर सके थे। सिर्फ़ नाना से ही संपर्क नहीं किया गया, बल्कि कार्नवालिस ने दूसरे मराठा सरदारों को भी अपनी ओर मिलाने की कोशिश की। नागपुर में फ़ोस्टर को अधिकार दिया गया कि वह टीपू के ख़िलाफ़ एक प्रतिरक्षात्मक गठजोड़ के लिए मूदाजी भोंसले को निमंत्रित करे। इसी तरह ग्वालियर में पामर से कहा गया कि वह इसी काम के लिए महादजी सिंधिया को प्रेरित करे।[15]

इस तरह बराबर तटस्थता और हस्तक्षेप के बीच डोल रही अंग्रेज़ नीति एक बार फिर तबदील हुई। दस्तावेज़ों से पता चलता है कि हर गवर्नर-जनरल जोरदार ढंग से आगे बढ़ने की नीति अपनाना चाहता था पर कभी-कभी हालात की नज़ाकतों के सबब मजबूर हो जाता था जो हमेशा अंग्रेज़ी फ़ौज की कामयाबी की ज़मानत नहीं देते थे। टीपू ने भी इन विकासक्रमों का मुक़ाबला करने की जी-तोड़ कोशिश की। उसने नाना से संपर्क किया और एक हिन्दुस्तानी गठबंधन के लिए इस क़दर रास्ता साफ़ कर दिया कि नाना को सिंधिया के नाम लिखना पड़ा : 'हमें अपनी ग़लतियों की तलाफ़ी पर ही ज़ोर नहीं देना चाहिए बल्कि शिवाजी महान द्वारा जीते गए, कर्नाटक के उन हिस्सों को भी वापस लेना चाहिए जो आज अंग्रेज़ों के क़ब्ज़े में हैं,[16] टीपू निज़ाम के सम्पर्क में भी था जिसकी दिलचस्पी गुंटूर सरकार* को वापस पाने में थी। कोई सकारात्मक

* सरकार : मुग़ल काल से चली आ रही एक प्रशासनिक इकाई; आज के ज़िला के लगभग समकक्ष—अनुवादक।

गठबंधन करने से पहले ये सभी पक्ष साढ़े तीन साल के युद्धविराम पर सहमत थे।[17]

इन घटनाक्रमों से संकेत मिलता है कि अंग्रेज़ और टीपू एक-दूसरे को गहरे शक की नज़र से देखते थे। दोनों की नीतियों में कुछ अन्तर भी थे। जहाँ अंग्रेज़ों ने अपनी सहूलियत के मुताबिक़ या तो तटस्थता या हस्तक्षेप की बेहद लोचदार नीति अपना रखी थी वहीं टीपू अपने रवैये पर अडिग था और उसने अंग्रेज़ों के विरोध की एक पक्की और सुसंगत नीति अपनाई। मराठों और निज़ाम की ऐसी कोई स्थिर नीति नहीं थी क्योंकि वे पूरी तरह अपने स्वार्थ से प्रेरित थे और किसी भी ऐसे पक्ष से हाथ मिला लेते थे जिससे उनके स्वाथ पूरे हों।

सन्दर्भ और टिप्पणियाँ

1. सेक्रेट प्रोसीडिंग्स, कंसल्टेशंस, 14 फ़रवरी 1786
2. पूना रेज़ीडेंसी रिकॉर्ड्स, खंड दो, संख्या 24
3. सेक्रेट डिसपैचेज़ फ्रॉम इंग्लैड, 21 जुलाई 1786, खंड एक, पृ. 34
4. पूना रेज़ीडेंसी रिकॉर्ड्स, खंड दो, संख्या 37
5. फ़ारेस्ट, *सेलेक्शंस फ्रॉम पेपर्स,* खंड एक, पृ. 103
6. उपरोक्त, पृ. 22
7. सेक्रेट प्रोसीडिंग्स, कंसल्टेशंस, 27 सितम्बर 1786
8. सेक्रेट लेटर्स टु द कोर्ट, 23 जनवरी 1787
9. *रास, करेस्पांडेंस ऑफ़ कार्नवालिस,* खंड एक पृ. 225
10. सेक्रेट डिस्पैचेज़ टु कोर्ट, 9 अगस्त 1786
11. सेक्रेट प्रोसीडिंग्स, कंसल्टेशंस, 26 दिसम्बर 1786
12. उपरोक्त, 16 अगस्त 1787
13. उपरोक्त, 14 दिसम्बर 1787
14. उपरोक्त, 28 अगस्त 1787
15. उपरोक्त, 18 सितम्बर 1787
16. किंकेड और पैरसनीज़, परिशिष्ट ए, खंड दो, पृ. 14
17. मेकेंज़ी की पांडुलिपियाँ, खंड छियासठ, पृ. 56, 119

क़ुस्तुंतुनिया में टीपू सुलतान का प्रतिनिधिमंडल

इश्तियाक़ हुसैन क़ुरैशी

यह बात बहुत से लोग जानते हैं कि टीपू सुलतान ने 1787 में सबलाइम पोर्ट (उस्मानिया दरबार) में अपना एक प्रतिनिधिमंडल भेजा था। सुलतान के मन में जो मक़सद थे और कुस्तुंतुनिया (कांस्टैंटिनोपिल) दरबार के साथ उसकी ख़तो-किताबत की जो वजहें थीं, वे लोगों को इस क़दर पता नहीं हैं। जब यह प्रतिनिधिमंडल बसरा पहुँचा, अंग्रेज़ एजेंटों ने लिखा, 'उसके मिशन की वजहों को यक़ीनी तौर पर तो हम नहीं जान सके पर हमारे पास यह मानने की वजहें हैं कि पोर्ट में उसके प्रतिनिधिमंडल का मक़सद तुर्क इलाक़ों में कारख़ाने लगाने के फ़रमांद (!) हासिल करना है... ।'[1] टीपू के कारकुनों की फ्रांस और इंग्लैंड की प्रस्तावित यात्रा के बारे में इसी ख़त से संकेत मिलता है कि इसका मक़सद 'ग़ालिबन मराठों के ख़िलाफ़ इन ताक़तों की हिमायत हासिल करना और उनसे यह मनवाना है कि वे टीपू के ख़िलाफ़ मराठों का साथ नहीं देंगे।'[2]

यह बात सही है कि टीपू तुर्की के साथ व्यापारिक सम्बन्ध बनाना चाहता था, पर यह उद्देश्य गौण रहा होगा क्योंकि टीपू इस पर क़ायम नहीं रहा। इसके अलावा इसके जैसी बुद्धिवाला एक शख़्स इस बात से अनजान नहीं रहा होगा कि व्यापारिक जहाज़ों के बिना और उनकी रक्षा के लिए एक कारगर नौसैनिक शक्ति के बिना तुर्की में कारख़ाने लगाना बेकार होता। न ही उसने अंग्रेज़ों से एक टकराव की आशंका को अनदेखा किया होगा जो हिन्दुस्तान में और अरब सागर में सबसे बड़ी ताक़त थे। इसी तरह मराठों के ख़िलाफ़ फ्रांसीसियों और अंग्रेज़ों के साथ गठजोड़ के बारे में टीपू की इच्छा की बात दूर की कौड़ी लगती है क्योंकि वह अंग्रेज़ों के ख़िलाफ़ मराठों से दोस्ती का इच्छुक अधिक था। टीपू को सहज ही इस बात का ज्ञान था कि उसके स्वाभाविक दुश्मन अंग्रेज़ थे। इसीलिए वह हमेशा फ्रांसीसियों से दोस्ती की इच्छा करता रहा जिनको वह अंग्रेज़ों के ख़िलाफ़ अपने तत्पर सहयोगी मानता था। पर वह मराठों से इतना भयभीत न था कि मदद पाने के लिए फ्रांस और इंग्लैंड तक अपने नुमाइंदे भेजता। उसने 1787 में मराठों को हराया पर उनके सामने उदार शर्तें रखीं क्योंकि वह नहीं चाहता था कि आनेवाली जंग में वे अंग्रेज़ों से हाथ मिला लें।

स्वाभाविक था कि इस प्रतिनिधिमंडल ने अपने मक़सद को राज़ रखा और जब तक ज़रूरी नहीं हुआ, उसे ज़ाहिर नहीं होने दिया। इसलिए जहाँ तक इस प्रतिनिधिमंडल

के मक़सद का सवाल है, बर्तानवी रिपोर्ट पर बहुत भरोसा करना मुनासिब नहीं होगा। जिन लेखकों ने ऐसी दस्तावेज़ों से सूत्र प्राप्त किया है वे क़ुस्तुंतुनिया के लिए टीपू के प्रतिनिधिमंडल का वास्तविक उद्देश्य समझने में नाकाम रहे हैं। जब हम दक्षिण भारत की राजनीतिक दशाओं पर विचार करते हैं, इस प्रतिनिधिमंडल का महत्त्व बिलकुल स्पष्ट हो ज़ाता है।

मैसूर नाम की शक्ति का निर्माता हैदर अली अपनी दूरदृष्टि और योग्यता के बल पर तथा अपनी भारी सैनिक क्षमता का विवेकपूर्ण उपयोग करके दक्षिण भारत में सबसे बड़ी ताक़त बन चुका था। अंग्रेज़, जो भारत में अपनी हुकूमत क़ायम करने की सम्भावनाओं के बारे में उतने उदासीन नहीं थे जितना आमतौर पर कुछ इतिहासकारों ने जताया है, हैदर अली को अपनी महत्त्वाकांक्षा की राह में सबसे बड़ी रुकावट मानते थे।[3] इसकी पुष्टि इस तथ्य से होती है कि हैदर अली की मौत की ख़बर सुनकर सर आयर कूट ख़ुद को यह लिखने से नहीं रोक सका कि हैदर अली की मौत की उस अहम ख़बर से हिन्दुस्तान में हमारे सामान्य हितों के लिए जिन बहुत से लाभकारी प्रभावों की उम्मीद की जा सकती है उनके बारे में...इससे इसकी बेहद गुंजाइश पैदा होती है कि हम अपनी मातृभूमि को इन पूर्वी इलाक़ों पर स्थायी और अबाध अधिकार दिला सकें।[4] हैदर अली अंग्रेज़ों के इरादों से या उनकी इलाक़े जीतने की तरकीबों से नावाक़िफ़ नहीं था। मुहम्मद इफ़्तिख़ार ख़ान के नाम एक ख़त में उसने लिखा था : 'अंग्रेज़ दोस्ती का दिखावे का दम भरके पहले दूसरे इलाक़ों में खड़े होने की जगह पाने की कोशिश करते हैं और फिर धीरे-धीरे उन्हें पूरी तरह अपने क़ब्ज़े में कर लेते हैं।'[5] इसी ख़त में वह आगे कहता है कि अंग्रेज़ हमेशा से उसके जानी दुश्मन रहे हैं।[6] एक ही इलाक़े में अपने विस्तार की महत्त्वाकांक्षा रखनेवाली दो ताक़तों के बीच ऐसी दुश्मनी स्वाभाविक थी।

हैदर अली की मौत पर उसके दुश्मनों को पूरा भरोसा था कि उसकी नई-नई खड़ी हुई ताक़त अब दक्षिण भारत की राजनीति का प्रमुख तत्त्व नहीं रह जाएगी। हैदर अली जैसे एक फ़ौजी कमानदार और हुक्मरान की मौत से पैदा स्वाभाविक चिन्ता को अंग्रेज़ जासूसों ने बढ़ा-चढ़ाकर पेश किया था। मिसाल के लिए मुराद अली नाम के एक आलमदार ने मेजर जनरल स्टुअर्ट को लिखा था : 'नायक के साथी टीपू के पास कहने गए हैं कि अपनी बिखरी हुई फ़ौजों को कोलार में जमा कीजिए और अम्न का पैग़ाम देकर अंग्रेज़ फ़ौज के सिपहसालार के पास एक आदमी भेजिए, और अगर नवाब वालाजाह अपनी रियासत की तबाही रोकने के लिए कुछ चाहता है तो उसके साथ समझौते से मुआमला तय करके अपनी रियासत में सुकून से रहिए।' 'मुमकिन है कि कुछ कमज़ोर दिलवालों ने टीपू को शान्ति की बातचीत करने की सलाह दी हो, पर उसकी फ़ौज को लगता है उसमें पूरा-पूरा भरोसा था। अंग्रेज़ों के एक सिपाही फ़तह मुहम्मद ने, जो मैसूरी लश्कर में जाने में कामयाब रहा, रिपोर्ट भेजी थी कि 'उसे यह बात समझ में आई है कि आमतौर पर पूरी फ़ौज टीपू की इनसानियत और उसकी

नेतृत्व की योग्यता के बारे में बहुत अच्छी राय रखती है, और उसे पूरा भरोसा है कि वह अगर सिपहसालार रहा तो उसे कामयाबी मिलेगी।'[7]

टीपू की क्षमताओं में फ़ौज का यह विश्वास बाद की घटनाओं से सही साबित हुआ जिन्होंने जल्द ही यह दिखा दिया कि वह अपने वालिद का एक कामयाब वारिस था और एक महत्त्वाकांक्षी शासक की भूमिका निभा सकता था। इसलिए टीपू जब गद्दी पर बैठा और उसने अपने वालिद की रवायत को जारी रखा तो वे डर हरगिज़ दूर नहीं हुए जो उसके वालिद की कामयाबियों ने पड़ोसी सरदारों और अंग्रेज़ों के मन में पैदा कर रखे थे।

ये डर क्या थे ? कृष्णा नदी के दक्षिण के पूरे इलाक़े का स्वामी बनना हैदर की खुली महत्त्वाकांक्षा थी, और टीपू की भी।[8] इसी कारण अर्काट के हुक्मरान नवाब वालजाह से उनका टकराव हुआ। कर्नाटक मैसूर से लगा हुआ था और उसकी कमज़ोरी मैसूर की उभरती ताक़त को भारी लालच दे रही थी। 18वीं सदी के हिन्दुस्तान के हालात में ऐसी कोई बात न थी जो इन महत्त्वाकांक्षाओं पर पानी फेर सके। मराठों के उदय और मुग़ल सल्तनत की कमज़ोरी से पैदा अराजकता ने नए राजवंशों की स्थापना और उनकी शक्ति के विस्तार को सम्भव बना दिया था। हुक्मरान अपने पड़ोसियों की क़ीमत पर अपना विस्तार करने की कोशिश करें, लोकमत इसे स्वाभाविक समझता था। नवाब वालाजाह ने लॉर्ड कार्नवालिस को लिखा था : 'यूरोप की और इस मुल्क की रणनीति में भारी अन्तर है। हिन्दुस्तान के हुक्मरान फ़तह को अपनी दौलत बढ़ाने का, अपने बच्चों के लिए विरासत सुरक्षित करने का और उनके नाम को दौलतमन्दी (?) के हवाले करने का ज़रिया समझते हैं। वे पैसे की परवाह नहीं करते और ऐसे किसी गठजोड़ में कभी शामिल नहीं होते जिससे उनके इलाक़े में इज़ाफ़े की कोई उम्मीद न हो।'[9]

फिर भी याद रखें कि हैदर अली सिर्फ़ हालात के चलते कर्नाटक के नवाब का दुश्मन बना। हैदर अली की अंग्रेज़ों से दोस्ती की ख़्वाहिश के बावजूद उन्हें निज़ाम से गठजोड़ करके उसे हैदर के ख़िलाफ़ खड़ा करने में अधिक लाभ दिखाई देता था। फिर मद्रास सरकार ने उसके दुश्मनों के ख़िलाफ़ उसकी मदद के वादे को वफ़ा न करके उसका गुस्सा मोल ले लिया। हैदर अली से नवाब के अर्काट के पहले मामूली से ही मतभेद थे जिनसे कोई गहरी दुश्मनी पैदा होती, यह ज़रूरी नहीं था। बंबई सरकार को उम्मीद थी कि मैसूर और कर्नाटक के हुक्मरानों के मतभेद 'दूर हो जाएँगे।' पर अंग्रेज़ों की दुश्मनी और वादाख़िलाफ़ी ने हैदर अली और नवाब वालाजाह के बीच समझौते की कोई गुंजाइश नहीं छोड़ी। कर्नाटक के नवाब को अंग्रेज़ों का सहयोगी और पिट्ठू बनकर परेशानी उठानी पड़ी। लेकिन नवाब वालाजाह यह कभी नहीं समझ सका कि हैदर अली की दुश्मनी मुख्यतः ख़ुद उसके नहीं, उसके संरक्षकों के ख़िलाफ़ थी और उसने मैसूर के सुलतान के ख़िलाफ़ मन में बेपनाह नफ़रत पाल ली।

हैदर अली और टीपू, दोनों ही तीक्ष्ण बुद्धि के व्यक्ति थे और उनमें एक गम्भीर राजनीतिक समझ थी। उन्होंने जल्द ही अन्दाज़ा लगा लिया कि अंग्रेज़ों के ख़िलाफ़

हिन्दुस्तानी ताक़तें अगर एकजुट नहीं होतीं तो पूरा दक्षिण भारत अंग्रेज़ों के हाथों में चला जाएगा। यह जानने के लिए पैग़म्बर होने की कोई शर्त नहीं थी कि जो ताक़त कर्नाटक की और हैदराबाद की भी संरक्षक थी वह दक्षिण भारत पर पूरी अधिराजी स्थापित करने की ओर बढ़ रही थी। लेकिन अंग्रेज़ों की कूटनीति उनके लिए हद से ज़्यादा ताक़तवर साबित हुई। जब भी उन्होंने मराठों और निज़ाम को मैसूर से हाथ मिलाने पर आमादा करने की कोशिश की, वे अंग्रेजों के ख़िलाफ़ इन दो ताक़तों का सच्चा सहयोग पाने में नाकाम रहे। कर्नाटक का नवाब अपने आपमें कोई अहमियत नहीं रखता था क्योंकि वह पूरी तरह से अंग्रेज़ों पर निर्भर था।

अपने मुस्लिम पड़ोसियों के साथ मैसूर के सुलतानों के संबंध क़ानूनी उलझनों में फँसकर और पेचीदा हो गए। मूल क़ानूनी स्थिति यह थी कि निज़ाम दकन का सूबेदार था। कर्नाटक का नवाब और भी दक्षिण के इलाक़े का हाकिम था पर निज़ाम के अधीन था। शाह आलम के साथ क्लाइव की इलाहाबाद की संधि (1765) से स्थिति कर्नाटक के नवाब के पक्ष में ज़रा सी बदल गई। उसे वालाजाह का ख़िताब मिला और निज़ाम पर उसकी परम्परागत निर्भरता समाप्त हो गई।[10] इस तरह निज़ाम और नवाब वालाजाह, दोनों को अपने-अपने इलाक़ों पर पक्के क़ानूनी अधिकार प्राप्त थे। वे अपने इलाक़ों में मुग़ल बादशाह के नुमाइंदे थे जिसे अभी भी क़ानूनन शहंशाह माना जाता था। मराठों के पास अपनी सनदें थीं; अंग्रेज़ों ने सीधे-सीधे उनके प्रशासन में आनेवाले इलाक़े प्राप्त कर रखे थे। मैसूर का हिन्दू राजा सल्तनत को ख़िराज देता था और इस तरह बराएनाम निज़ाम के अधीन था। त्रावणकोर का राजा नवाब कर्नाटक को ख़िराज देता था।[11] मैसूर का नया घराना इस तस्वीर में कहाँ आता था ?

हैदर अली शुरू-शुरू में मैसूर के राजा के मुलाज़िम रूप में संतुष्ट था जिसे अपने इलाक़ों पर क़ानूनी अधिकार प्राप्त था। हैदर अली अपने निजी इलाक़े बढ़ाता रहा, पर उसने राजा की अधीनता का दिखावा जारी रखा।[12] पर यह एक नाजुक हालत थी जो क़ानूनन ख़तरों से भरी हुई थी। बहुत आगे चलकर, 1779 तक में बसालतजंग के नाम एक ख़त में निज़ाम अली ख़ान ने हैदर अली को महज़ एक ज़मींदार या सरदार कहा था।[13] 1768 में निज़ाम ने जब मैसूर की दीवानी अंग्रेज़ों के नाम कर दी तब सिर्फ़ हैदर की बहादुरी ने उसे तबाह होने से बचाया और इस क़ाबिल बनाया कि वह मैसूर की पहली लड़ाई में मद्रास में अपनी शर्तें मनवा सके। हैदर अली के इलाक़ों पर हमला करने और उनका बँटवारा करने के लिए निज़ाम ने हैदराबाद में ब्रिटिश रेज़ीडेंट हालैंड के साथ 1782 में फिर एक समझौता किया।[14] निज़ाम हैदर अली को अपने इलाक़ों पर किसी अधिकार के बिना क़ाबिज़ मानता था और इसलिए उसकी तबाही के मंसूबे बनाने को उचित समझता था।

मैसूर के हिन्दू राजा की अधीनता का यह दिखावा टीपू ने बंद कर दिया जिससे क़ानूनी अधिकार और भी कमज़ोर हुआ। उन दिनों के क़ानूनी विचारों के अनुसार हर हिन्दुस्तानी हुक्मरान को तैमूरी घराने की ताबेदारी क़ुबूल करनी पड़ती थी। यह बात

अपने-आपमें टीपू को कुबूल होती पर हालात ऐसे थे कि उसे या तो वालाजाह या निज़ाम के अधीन की हैसियत से ही मान्यता मिल सकती थी। ये दोनों नवाब उसके हितों के साथ पक्की दुश्मनी जता रहे थे और उसकी तबाही के मंसूबे बना रहे थे। इसके अलावा निज़ाम और वालाजाह, दोनों ही अंग्रेज़ों पर निर्भर थे जो किसी भी तरह टीपू के दोस्त नहीं थे। शहंशाह ने हैदर अली को एक बार निज़ाम के इलाक़े के एक ज़िले सीरा का हाकिम बनाया था। इसलिए निज़ाम यह कहते नहीं थकता था कि टीपू उसका मुलाज़िम था हालाँकि इस दावे में वास्तविकता नहीं के बराबर थी।[15]

टीपू कभी भी निज़ाम के अधीन नहीं रहा। वह उससे अधिक सत्ता और शक्ति से सम्पन्न सुलतान था। लेकिन निज़ाम उसकी क़ानूनी स्थिति को उछालता रहा। जो मुस्लिम दरबार हैदर अली और टीपू की ताक़त और शान से जलते थे और जो अंग्रेज़ों के असर में थे उनकी क़ानूनी अधीनता ख़तरों से भरी हुई थी। नवाब वालाजाह और निज़ाम की जलन और ऐयाशी को सावधानी के साथ हवा देकर अंग्रेज़ अपने फ़ायदे के लिए इस स्थिति का इस्तेमाल करते रहे। अगर निज़ाम मैसूर पर हमले का फ़ैसला करता या अगर टीपू निज़ाम से लड़ना ज़रूरी समझता तो टीपू को वैध सत्ता के ख़िलाफ़ विद्रोही क़रार दिया जा सकता था।

कहा जा सकता है कि वैध सत्ता के ख़िलाफ़ विद्रोह को 18वीं सदी में ऐसा कोई अपराध नहीं समझा जाता था। पर यह एक सतही विचार होगा। मुग़ल शहंशाह कुछ अरसे तक एक वैध सम्राट बना रहा तथा ईस्ट इंडिया कम्पनी, मराठे और हिन्दुस्तान के दूसरे ताक़तवर राजे देहली से फ़रमान हासिल करके अपनी सत्ता को वैधानिक रूप देने की कोशिश करते रहे। लोकमानस पर इस क़ानूनी औचित्य का भारी प्रभाव था। ख़ासकर मुसलमान, जो सलतनत के राजनीतिक जीवन में किसी भी तरह नगण्य तत्त्व की हैसियत नहीं रखते थे, क़ानूनी स्थितियों की भारी इज़्ज़त करते थे क्योंकि उनके निजी और धार्मिक नियमों को उन दिनों के राजनीतिक-वैधानिक सिद्धान्त से अलग नहीं किया जा सकता था। क़ानून अभी भी मुग़ल शहंशाह को हिन्दुस्तानी मुसलमानों का राजनीतिक और धार्मिक अगुवा मानता था; इसलिए उसके या उसके नायबों के ख़िलाफ़ बग़ावत एक गुनाह था। स्वार्थी पक्ष इस पहलू पर आसानी से ज़ोर दे सकते थे और टीपू के मुस्लिम सिपाही ऐसे प्रचार से अछूते नहीं रहते। टीपू तर्क दे सकता था कि उसे अपने वजूद के लिए ही अंग्रेज़ों के ख़िलाफ़ हताश होकर लड़ना पड़ रहा था। इस जंग में ऐन मुमकिन था कि टीपू के साधनों और उसकी जंगी ताक़त को बरबाद करने के लिए अंग्रेज निज़ाम और वालाजाह का इस्तेमाल करते। तो क्या वह वैध सत्ता के ख़िलाफ़ विद्रोही कहलाने और अपने मुस्लिम सिपाहियों की वफ़ादारी को दाँव पर लगाने का जोखिम उठा सकता था ?

ज़ाहिर है इसका उपाय यही था कि वह सलतनत के नवाबों में से एक के रूप में अपनी हैसियत के लिए मुग़ल दरबार की ताईद हासिल करता। पर मुग़ल दरबार उसके पक्ष में नहीं था। 1783 में फ़्रांसीसियों से मिलकर उसने हर मुमकिन कोशिश की

कि अकार्ट की नवाबी उसे सौंप दी जाए, पर देहली में अंग्रेज़ों के प्रभाव के कारण वह नाकाम रहा। फ्रांसीसियों की तरफ़ से कर्नल देमोंते को देहली भेजा गया था।[16] शुरू में शाह आलम का रुख़ फ्रांसीसियों के पक्ष में दिखाई पड़ा।[17] कुछ और कुलीनों ने भी देमोंते और टीपू का पक्ष लिया। पर आख़िरकार बर्तानवी नुमाइंदा मेजर ब्राउन फ्रांसीसियों के समर्थकों को शिकस्त देने में कामयाब रहा।[18] उन दिनों नायब वज़ीर नवाब मज्दुद्दौला देहली का दीवान था क्योंकि अवध का नवाब नाम भर का वज़ीर था।[19] मज्दुद्दौला अंग्रेज़ों का पक्का हिमायती और दोस्त था और 'ज़िन्दा रहते' उनके साथ दग़ा न करने की क़समें खाता था।[20]

नतीजा यह हुआ कि अर्काट की नवाबी तो दूर, टीपू रवायती ख़िलअत तक पाने में नाकाम रहा जो मामूली शिष्टाचार की निशानी होती थी।[21] यह तब हुआ जब फ्रांसीसियों ने देहली ही नहीं, मराठों तक को प्रभावित करने की पूरी कोशिश की और इसके लिए यहाँ तक कहा कि फ्रांस के बादशाह ने हिन्दुस्तान से अंग्रेज़ों को बाहर भगाने का फ़ैसला कर रखा था। तब शहंशाह शाह आलम भी उनसे (अंग्रेज़ों से) बहुत ख़ुश नहीं था।[22]

टीपू जब उस वक़्त नाकाम रहा तो फिर तब मान्यता पाने की क्या उम्मीद करता जब अंग्रेज़ों की ताक़त चरम सीमा पर थी और देहली में उनका प्रभाव निर्विवाद था।[23] इसके अलावा निज़ाम से स्वतंत्र एक हैसियत पाने की उसकी किसी भी कोशिश का निज़ाम और वालाजाह, दोनों विरोध करते। टीपू जैसे महत्त्वाकांक्षी और जोश से भरे हुक्मरान के लिए क्या, यह स्थिति किसी भी हुक्मरान के लिए निराशाजनक होती।

इन परेशानियों से निकलने का एक ही रास्ता नज़र आता था—आज़ादी का ऐलान। अगर उसकी आज़ादी को मान्यता मिल जाती तो कम से कम क़ानूनी मुसीबतें दूर हो जातीं। इसके लिए उसे एक शाह का रुत्बा पाना पड़ता क्योंकि याद रहे कि हैदर अली ख़ान ने कभी अपने को अपने हिन्दू मालिक यानी मैसूर के राजा के 'दलवाय' से अधिक कुछ भी नहीं कहा था। हालात से तथा अपने मर्तबे और अपनी विरासत की हिफ़ाज़त की ज़रूरत से मजबूर होकर टीपू ने राजा को गद्दी से हटाने का फ़ैसला किया। यह क़दम इसलिए भी ज़रूरी हो गया कि राजा का परिवार लगातार हैदर अली के और टीपू के भी ख़िलाफ़ साज़िशें करता आ रहा था। अपने वतन मे अपनी स्थिति को मज़बूत बनाने के बाद निज़ाम और वालाजाह की लगातार साज़िशों से तंग आकर उसने ख़ुद को एक आज़ाद सुलतान ऐलान करने का फ़ैसला किया। बसालतजंग ने हैदर अली को सूबा सीरा का हाकिम बनवा दिया था और मुग़ल बादशाह ने उसे बहुत से तोहफ़ों के साथ पद के सामान्य सूचकचिह्न भेजे थे। पर उसकी स्थिति साफ़ तौर पर निज़ाम के ताबेदार की थी और टीपू ने देहली दरबार से ऐसा इलाक़ा पाने की बेकार कोशिश की जो निज़ाम की अधीनता से स्वतंत्र होता। इसलिए मुग़ल सलतनत से आज़ादी के ऐलान के अलावा टीपू के पास और कोई रास्ता नहीं बचा। टीपू की बाद की कूटनीति का मक़सद लगता है एक आज़ाद सुलतान के इस नए ख़िताब के लिए

मान्यता प्राप्त करना था। माराठों और निज़ाम के ख़िलाफ़ अपनी कामयाब जंग (1784-87) के बाद उसने यही माँग की कि ये दोनों ताक़तें उसे एक आज़ाद सुलतान क़ुबूल करें।[24] इस माँग की अहमियत का अंदाज़ इस तथ्य से लगाया जा सकता है कि वह अपनी कोशिश में पूरी तरह कामयाब नहीं हुआ। लेकिन उन्होंने वादा किया कि आगे की सारी ख़तो-किताबत में वे उसे टीपू सुलतान कहकर सम्बोधित करेंगे, न कि फ़तह अली ख़ान जिस पर नवाब उस वक़्त तक अड़ा हुआ था।[25]

हिन्दुस्तान में उसे जो मान्यता नहीं मिली उसे उसने बाहर से पाने की कोशिश की। उसने अफ़ग़ानिस्तान के बादशाह ज़मान शाह और ईरान के करीम ख़ानज़ंद से ख़तो-किताबत की।[26] उसने फ्रांस से भी ख़तो-किताबत करके फ्रांसीसियों से अपनी दोस्ती के सम्बन्ध को मज़बूत करना चाहा जो अंग्रेज़ों के ख़िलाफ़ स्पष्ट रूप से उसके सहयोगी थे। अन्तर्राष्ट्रीय स्थिति पाना भी इसका मक़सद था। इसी तरह ऐसे ही मक़सद को सामने रखकर उसने तुर्की के सुलतान सलीम से भी ख़तो-किताबत की। उसका मक़सद पूरा हुआ क्योंकि तुर्की के सुलतान ने उसे एक आज़ाद सुलतान कहकर सम्बोधित किया।[27] क़ुस्तुंतुनिया में बर्तानवी प्रभाव के कारण और मिस्र में फ्रांसीसी फ़ौज की तीव्र प्रगति के कारण तुर्की का दरबार अंग्रेज़ों को चुनौती देने के बारे में टीपू की कोशिशों को बढ़ावा देने का बहुत इच्छुक नहीं था। अंग्रेज़ों ने तो बल्कि तुर्की के दरबार को टीपू के नाम एक ख़त लिखने पर राज़ी कर लिया कि वह फ्रांसीसियों का साथ छोड़कर अंग्रेज़ों से हाथ मिला ले। यह एक ऐसी गुज़ारिश थी जिसे टीपू क़ुबूल नहीं कर सकता था।

पर कुस्तुंतुनिया में बर्तानवी साज़िशों के बावजूद टीपू अपनी स्वतंत्रता की मान्यता पाने में सफल रहा। अंग्रेज़ संवाददाता ने लिखा : 'गुलाम अली बेग (टीपू का दूत) उसी मुल्क में मरा और एक और शख़्स अपने साधन (!) पूरा करके लौटा, और उसने सुलतान से शाह का ख़िताब भी हासिल किया और यह इजाज़त भी कि उसकी एक टकसाल रहेगी और उसके नाम से (मस्जिदों में—अनुवादक) ख़ुत्बा पढ़ा जाएगा।'[28] इससे हिन्दुस्तान के राजनीतिक हलक़ों में भारी तहलका मचा और यह साबित करने की कोशिशें की गईं कि टीपू का दावा बेबुनियाद था। अंग्रेज़ माने रहे थे कि टीपू की स्वतंत्रता को मिली मान्यता भारी ख़तरे पैदा कर सकती थी। यह महसूस किया गया कि 'लोग उसके शाह के हड़पे हुए ख़िताब को ऐसी सत्ता से प्राप्त मानने लगेंगे जिसे मुसलमानों के बीच इज़्ज़त हासिल है।[29]

अंग्रेज़ इस मान्यता से इतने परेशान क्यों थे ? इसके कारण स्पष्ट थे। बूढ़े मुग़ल बादशाह को ख़रीदा जा सकता था : वे अपनी ताक़त मुसलमानों के मन में कोई शंका और डर पैदा किए बिना लगातार बढ़ाते रह सकते थे क्योंकि मुसलमानों को लगातार इस भ्रम का शिकार बनाया जा रहा था कि अंग्रेज़ बहरहाल उनके बादशाह के ख़िदमतगार हैं। सुलतान टीपू मुसलमानों के विरोध को एक नया आधार प्रदान करता था; वह इस बात से वाक़िफ़ था कि अंग्रेज़ नाकारा मुग़ल दरबार की ताक़त चुराते जा रहे हैं। यही वह दलील थी जो टीपू ने अंग्रेज़ों के और बादशाह के बारे में अपने रवैये

के बारे में पेश की थी।[30] अगर टीपू मुसलमानों को उभारने में कामयाब हो जाता तो अंग्रेज़ों को हिन्दुस्तान में और भी भारी मुसीबतों का सामना करना पड़ता। इसके अलावा टीपू के ख़त हिन्दुस्तान की मुस्लिम ताक़तों का ध्यान उसकी ओर खींच रहे थे। इससे भी बड़ी बात यह थी कि उसके पास राजनीतिक और आर्थिक क्षेत्रों में सहयोग की योजनाएँ थीं जो अंग्रेज़ों के लिए नई बाधाएँ खड़ी करतीं। कारण कि यह टीपू का ही सुझाव था कि मुस्लिम देशों के बीच व्यापार सम्बन्ध, कारख़ाने, नए हथियार और नौसैनिक शक्ति होनी चाहिए।[31] हिन्दुस्तान में इस्लामी प्रतिरोध का एक स्वतंत्र, जीवन्त केन्द्र बर्तानवी हितों के अनुकूल न होता।

अभी तक टीपू को एक बाग़ी और मुग़ल सलतनत की अखंडता का तोड़क कहकर उसके ख़िलाफ़ धार्मिक भावनाएँ भड़काई गई थीं। पर टीपू की हैसियत को मान्यता देने के पीछे तुर्की के सुलतान के पास एक बेहतर आधार था क्योंकि तुर्की के सुलतान के ह्रास के बावजूद उसको इस्लाम की सबसे प्रमुख राजनीतिक शक्ति के रूप में अभी भी भारी इज़्ज़त हासिल थी। सुलतान मुस्लिम जगत का ख़लीफ़ा होने का दावेदार था। यह सही है कि अपने इलाक़ों में मुग़ल बादशाहों ने भी ख़लीफ़ा होने के दावे किए थे, पर तुर्की के सुलतान 'मुक़द्दस मस्जिदों के ख़िदमतगार' थे और उन्हें यह ओहदा अब्बासी घराने* ने दिया था। निज़ाम अब अपनी क़ानूनी श्रेष्ठता पर इतरा नहीं सकता था क्योंकि दकन के इस सूबेदार का अपनी सूबेदारी पर जितना हक़ था, मैसूर के सुलतान का अपनी रियासत पर उससे कहीं ज़्यादा हक़ क़ायम हो चुका था। इसलिए ताज्जुब नहीं कि अंग्रेज़ों ने टीपू को कुचलने का फ़ैसला किया और अपना सारा ध्यान उसे तबाह करने पर लगा दिया। सुलतान के ख़यालात भी ख़तरनाक थे और यही वजह है कि जब वह एक कारगर ताक़त नहीं रहा तब भी वेलज़ली ने उसके साथ बुरा सुलूक किया। इन्हीं बातों की रौशनी में हम टीपू सुलतान के पतन पर मनाई गई ख़ुशी को और उस बहादुर, दीनदार और नेक-रूह शहीद के ख़िलाफ़ किए गए व्यवस्थित प्रचार को समझ सकते हैं जिसका सहारा अंग्रेज़ इतिहासकार अंग्रेज़ों की शातिराना चालों और साज़िशों को छिपाने के लिए लेते रहे।

सन्दर्भ और टिप्पणियाँ

1. सेक्रेट कंसल्टेशंस, 3, 5 जनवरी 1787 देखें। 'फरमांद' फ़लान का भ्रष्ट रूप है।
2. उपरोक्त
3. 'जिस इनाम के लिए अंग्रेज़ तब लड़ रहे थे उसकी क़ीमत तब भी सबको अच्छी तरह पता थी' : सर अल्फ्रेड लायल, *द राइज़ एंड एक्सपैंशन ऑफ़ द ब्रिटिश डोमीनियन इन इंडिया,* 1919 का संस्करण, पृ. 19
4. कंसल्टेशंस, 18 जनवरी 1783
5. ओ आर, तीन, अनुवाद : 14

6. उपरोक्त
7. 18 दिसम्बर 1782 को प्राप्त गुप्त सूचना
8. सेक्रेट कंसल्टेशंस 9, 12 नवम्बर, 1787; हैदराबाद में मल्हारजी से प्राप्त गुप्त सूचना, 21 दिसम्बर 1787
9. सेक्रेट कंसल्टेशंस 17, 2 अक्तूबर 1787
10. *कैंब्रिज हिस्ट्री ऑफ इंडिया,* खंड पाँच, पृ. 275-76
11. सेक्रेट कंसल्टेशंस 7, 12 नवम्बर 1787
12. इस प्रश्न की भरपूर विवेचना के लिए *इंडियन हिस्टारिकल रिकॉड्र्स कमीशन प्रोसीडिंग्स,* जनवरी 1942, भाग दो, पृ 301-3 (डी. एस. अच्युतराव, हैदर अली, हिज़ रिलेशंस विद द क्राउन) देखें।
13. ओ आर 112, पार्शयन रिकॉड्र्स, नवाब बसालतजंग के नाम नवाब निज़ाम अली ख़ान का ख़त
14. ओ आर 9, पर्शियन रिकाड्र्स
15. सेक्रेट कंसल्टेशंस 10, 12, नवम्बर 1887 ; निजाम का ख़त कोसिनी के नाम
16. ओ आर 86, 88, पर्शियन रिकाड्र्स
17. ओ आर 88
18. ओ आर 93
19. ओ आर 84
20. ओ आर 84
21. ओ आर 92
22. ओ आर 86
23. *कैलेंडर ऑफ़ पर्शियन करेस्पांडेंस, खंड सात, पृ. 8*
24. सेक्रेट कंसल्टेशंस 9, 23 मई 1787
25. मीर मुहम्मद हुसैन से 21 जून 1787 को प्राप्त ख़त संख्या 42
26. टीपू सुलतान के नाम ज़मानशाह का ख़त और करीम ख़ानज़ंद के नाम टीपू सुलतान का ख़त जो इस काल के बारे में विभिन्न इतिहास-ग्रंथों में शामिल हैं। *तारीख़े-सलतनते-ख़ुदादाद,* पृ. 554-58 देखें।
27. टीपू सुलतान के नाम सलीम का ख़त जो डब्ल्यू. किर्कपैट्रिक की रचना में और *तारीख़े-सलतनते-ख़ुदादाद* में शामिल है।
28. मीर मुहम्मद हुसैन से 21 जून 1787 को प्राप्त ख़त
29. सेक्रेट कंसल्टेशंस 9, 12 नवम्बर 1787
30. सुलतान सलीम और दूसरे मुस्लिम बादशाहों को भेजे गए ख़त
31. उपरोक्त

18वीं सदी में त्रावणकोर और मैसूर के सम्बन्ध

ए. पी. इब्राहीम कुंजू

उस काल के राजनीतिक और सैन्य इतिहासकारों का अनुकरण करते हुए भारतीय इतिहासकारों तक ने आमतौर पर यही कहा है कि त्रावणकोर और मैसूर का हमला दुश्मनी का ऐसा काम था जिससे बचा जाना चाहिए था। लेकिन अगर हम इस दौर की दस्तावेज़ों पर गहराई से ग़ौर करें तो स्पष्ट होगा कि त्रावणकोर के राजा के काम इस क़दर उकसावों से भरे थे कि मैसूर के हुक्मरानों ने 1790 में जाकर ही त्रावणकोर पर हमला क्यों किया, यही सोचकर हैरानी होती है।

हैदर ने उत्तरी केरल की छोटी रियासतों पर जब हमला किया तब से उसका एक मक़सद पूरे पश्चिमी तट को अपने अधीन लाना था। इससे पश्चिमी तट के बन्दरगाहों की सुविधाएँ हाथ में आतीं और उसकी हालत मज़बूत होती। इतना ही नहीं, इससे उसकी रियासत के अधिक असुरक्षित पश्चिमी भाग सुरक्षित होते। मलाबारी रियासतों पर उसके क़ब्ज़े और कोचीन के अधीनता स्वीकार करने के बाद सिर्फ़ त्रावणकोर ही मैसूर के राजनीतिक प्रभाव से बाहर रहा। इसलिए त्रावणकोर को अधीन करना हैदर के प्रमुख उद्‌देश्यों में एक था।

मलाबारी रियासतों पर विजय के समय से ही त्रावणकोर इस क्षेत्र के राजनीतिक समझौतों का केन्द्र बन चुका था क्योंकि उसने मलाबार के हारे हुए सरदारों को पनाह दी थी। इन सरदारों ने त्रावणकोर में शरण ही नहीं ली, उन्होंने मलाबार में मैसूर के शासन के ख़िलाफ़ कार्रवाई के लिए एक सुरक्षित आधार के रूप में त्रावणकोर का इस्तेमाल भी किया। जब मलाबार से मैसूरी फ़ौज के दस्ते हटा लिये गए तो इन बाग़ियों ने त्रावणकोर से वापस आकर और परेशानियाँ खड़ी कीं। मैसूर सरकार के ख़िलाफ़ इन बाग़ियों को दी जा रही मदद त्रावणकोर के ख़िलाफ़ हैदर की स्थायी शिकायत थी। मैसूर के ख़िलाफ़ इन बाग़ियों की मदद के मुआमले में 'त्रावणकोर का राजा शरणार्थियों की सहायता की उदार इच्छा से ही प्रेरित नहीं था, उसने उनके राजनीतिक महत्त्व को भी स्वीकार किया कि अगर हैदर अली त्रावणकोर पर हमले के इरादे पर अमल करता है तो ये मैसूरी फ़ौज के लिए परेशानियाँ खड़ी करेंगे। मैसूर के सिपहसालारों ने यह भी स्वीकार किया कि केरल पर उनकी पकड़ तब तक सुरक्षित नहीं रहेगी जब तक त्रावणकोर हारे हुए सरदारों को शरण देता रहेगा।'[1] इसलिए हैदर किसी तरह त्रावणकोर

को मैसूर के अधीन लाने पर आमादा था। पर उसे अंग्रेज़ों, निज़ाम और मराठों के ख़िलाफ़ जो अनेक लड़ाइयाँ लड़नी पड़ीं उनके कारण उसकी इस मक़सद को पाने की कोशिशें बेकार गईं।

इस बीच त्रावणकोर का राजा राम वर्मा हैदर को उखाड़ने के लिए उसके दुश्मनों की सरगर्मी से मदद कर रहा था। उसने भागे हुए सरदारों के ज़रिए मलाबार में बग़ावतों को हवा देना जारी रखा। उसने 1778 में अंग्रेज फ़ौजों को त्रावणकोर से होकर खुला रास्ता तक दिया जो फ्रांसीसी बन्दरगाह माहे पर हमला करना चाहती थीं; यह बन्दरगाह तब हैदर के सरंक्षण में था। मद्रास स्थित कमेटी ने 13 मार्च 1779 को कोर्ट ऑफ़ डाइरेक्टर्स को लिखा : 'त्रावणकोर के राजा ने फ़ौजों को माहे पर हमला करने के लिए अपने मुल्क से होकर जाने का रास्ता दिया और उन्हें रसद से भरपूर लाद दिया।'[2]

दूसरे आंग्ल-मैसूर युद्ध के दौरान त्रावणकोर के राजा ने मलाबार में मैसूरी क़ब्ज़ेवाले इलाक़ों पर हमला करने के लिए त्रावणकोर से होकर कूच के दौरान अंग्रेज़ फ़ौजों की मदद की। कोचीन में डच कमानदार वान एंजिलबेक ने कोचीन के राजा को इस मुआमले के बारे में लिखा : 'समझा जाता है कि त्रावणकोर का बूढ़ा राजा तिनेवेल्ली से आनेवाली अंग्रेज़ फ़ौजों के साथ उत्तर की ओर जाने के लिए ज़मोरिन के मुल्क के सरदारों को वापस गद्दी दिलाने के लिए अपने आदमी भेजना चाहता है। हमें विश्वास है कि वह ऐसा नहीं करेगा...अगर ज़मोरिन के मुल्क के सरदारों की मदद की गई तो तय है कि तृप्पापूर स्वरूपम के प्रति नवाब हैदर अली की दुश्मनी के चलते उसे और उसकी रिआया को भारी तकलीफ़ें उठानी पड़ेंगी। नवाब अंग्रेज़ों से उसके गठजोड़ को लेकर भी बुरी तरह आग-बबूला है।'[3]

त्रावणकोर के राजा को पता था कि हैदर अली के दुश्मनों की मदद करके वह उसकी दुश्मनी मोल ले रहा है। हैदर देर-सवेर त्रावणकोर पर हमला ज़रूर करेगा, यह सोचकर उसने त्रावणकोर की क़तारों को मज़बूत किया और प्रतिरोध की तैयारी करने लगा। उसने अंग्रेज़ों से दोस्ती को और गहरी बनाने की कोशिश की और हैदर को उखाड़ने के लिए उनकी कोशिशों को बल पहुँचाता रहा। दूसरे आंग्ल-मैसूर युद्ध के दौरान राजा ने पोन्नानी में कर्नल मैक्लियड की कमानवाली अंग्रेज़ फ़ौज की मदद के लिए दो बटालियन सिपाही भेजे। उन्हीं की मदद ने उसे पोन्नानी में बुरी हालत से उबारा था और आगे चलकर उसे बिदनूर में घुसने और इस तरह कर्नाटक को बचाने में कामयाब बनाया था। कम्पनी के लिए की गई इन बेशक़ीमती ख़िदमतों के ही कारण टीपू के पास भेजे गए पीस कमिश्नरों को बम्बई सरकार ने हिदायत दी थी कि वे कम्पनी के सहयोगी के रूप में त्रावणकोर के राजा को शामिल करने पर ज़ोर दें। फलस्वरूप मंगलौर की सन्धि (11 मार्च 1784) में राजा त्रावणकोर को 'अंग्रेज़ों के दोस्त और सहयोगी' के रूप में शमिल किया गया और टीपू ने वादा किया कि वह अंग्रेज़ों के दोस्तों या सहयोगियों के ख़िलाफ़ जंग नहीं छेड़ेगा।'

टीपू के किसी मुमकिना हमले से अपने मुल्क को और सुरक्षित करने के लिए राम

वर्मा ने अपने मुल्क की उत्तर प्रतिरक्षा पंक्ति को और मज़बूत किया। लगता है राम वर्मा ने राजा कोचीन से साठगाँठ करके त्रावणकोर की प्रतिरक्षा पंक्ति को मिट्टी के दुर्ग वग़ैरह बनवाकर वैपिन द्वीप तक बढ़ाने की कोशिश की, और डचों के विरोध ने ही उसे इस साज़िश से रोका। कारण कि हम राजा त्रावणकोर के आदमियों द्वारा प्रतिरक्षा पंक्ति को बागे बढ़ाने की कोशिशों के ख़िलाफ़ कोचीन के डच कमानदार को राजा कोचीन से शिकायत करते देखते हैं।[4]

राजा त्रावणकोर ने हैदर के बाद भी मैसूर के ख़िलाफ़ मलाबारी सरदारों की मदद जारी रखी। टीपू ने राजा को अपने दुश्मनों की मदद के ख़िलाफ़ बार-बार चेतावनी दी। पर चेतावनियों को बेरहमी से ठुकरा दिया गया। आँखें दिखाने का यह रवैया ग़ालिबन मद्रास सरकार से राजा को मिले मदद के वादे की पैदावार था। टीपू की धमकियों को देखते हुए राजा ने 1788 में कम्पनी की देसी पियादा फ़ौज की दो बटालियनों के रख-रखाव का ख़र्च उठाने की हामी भरी थी। समझौते में यह व्यवस्था भी थी कि अगर किसी दुश्मन के ख़तरों के मुक़ाबले के लिए अतिरिक्त सेना की आवश्यकता पड़ी तो उसे कम्पनी के ख़र्च पर प्रदान किया जाएगा। मदद के इस वादे के बाद राम वर्मा ने अक़्ल से पल्ला झाड़ लिया और भगोड़े मलाबरी सरदारों को मलाबार में परेशानी खड़ी करने के लिए उकसाने लगा।

टीपू को विश्वास हो गया कि राजा त्रावणकोर की हरकतें मलाबार में उसके इलाक़ों की सुरक्षा के लिए ख़तरा थीं। उसे लगा कि त्रावणकोर की प्रतिरक्षा पंक्ति ही राजा त्रावणकोर के मन में इस क़दर भरोसा पैदा कर रही थी। इसलिए टीपू ने प्रतिरक्षा पंक्ति के उस हिस्से को तोड़े जाने की माँग की जिसे कोचीन के इलाक़े में खड़ा किया गया था। उसका कहना था कि इस पंक्ति के दक्षिण में स्थित, कोचीन के दो-तिहाई भाग से वह कट गया गया था। पर राम वर्मा ने इस आधार पर इस माँग को मानने से इनकार कर दिया कि यह पंक्ति कोई 25 साल पहले खड़ी की गई थी जब राजा कोचीन मैसूर का ख़िराजदार (ट्रिब्यूटरी) नहीं बना था।[5]

प्रतिरक्षा पंक्ति को तोड़ने से इनकार करने के अलावा राजा त्रावणकोर ने क्रंगान्नूर और अयाकोट्टा के दो डच क़िलों को ख़रीदकर टीपू को और आग-बबूला कर दिया। अयाकोट्टा वैपिन द्वीप के उत्तरी छोर पर स्थित है और उससे कोई ढाई मील उत्तर-पूर्व में मुख्य भूमि पर क्रंगान्नूर का क़िला खड़ा है। ये दोनों क़िले टीपू के मलाबारी इलाक़ों के लिए रणनीतिक महत्त्व के थे और इसलिए टीपू ने डचों से उन्हें ख़रीदने की बातचीत चलाई थी। राजा त्रावणकोर को इस बातचीत का जब पता चला तो उसने उन्हें ख़ुद हासिल करने का फ़ैसला किया। इस ख़रीद के बारे में उसने मद्रास सरकार की सलाह माँगी। उन दिनों मद्रास के गवर्नर सर आर्किबाल्ड कैम्पबेल ने उसे इस सौदे से रोकने की कोशिश की। इसी तरह उसके बाद आनेवाले गवर्नर हालैंड ने भी राजा से आग्रह किया कि 'मौजूदा नाजुक हालात में अपने व्यवहार के बारे में बेहद सावधानी बरतें और किसी भी तरह टीपू सुलतान को त्रावणकोर मुल्क पर हमला करने का बहाना न दें।'[6]

पर यह सलाह मानी नहीं गई और राजा ने दोनों क़िलों को ख़रीदने की ख़ुफ़िया बातचीत शुरू कर दी। जब यह ख़बर हालैंड के कानों तक पहुँची तो उसने त्रावणकोर दरबार के अंग्रेज़ रेज़ीडेंट पोनी को हिदायत भेजी कि वह राजा को मना करने की कोशिश करे कि वह 'डचों से वे ज़मीनें और क़िले न ख़रीदे जो टीपू के ख़िरजदार राजा कोचीन की अमलदारी में उनके पास हैं क्योंकि इससे उस सुलतान को साठगाँठ भरी सौदेबाज़ी का आभास मिलोग। उसने पोनी को राजा को यह चेतावनी देने की हिदायत भी दी कि 'अगर वह अपने इलाक़ों की सरहदों से बाहर किसी जंग में शामिल होगा तो मद्रास सरकार उसकी हिमायत नहीं करगी।'[7] पर ख़त के राजा तक पहुँचने से पहले ही वह 31 जुलाई 1789 को तीन लाख 'सूरती' रुपयों के बदले में दोनों क़िलों की सौदेबाज़ी का समझौता कर चुका था।

दोनों क़िलों की ख़रीद की ख़बर पाते ही हालैंड ने राजा को ख़त लिखकर फटकारा : 'इस सरकार की रज़ामन्दी के बग़ैर आपने इलाक़े को फैलाने के लिए डचों के साथ जो समझौता किया है, मैं उसकी ताईद नहीं कर सकता। आपके इस बहुत ही अनम्र आचरण से आपसे कम्पनी का संरक्षण वापस लिया जा सकता है, क्योंकि आप यह उम्मीद नहीं कर सकते कि आपके मुल्क में जब उसकी फ़ौज गई थी तब जो इलाक़ा आपके पास नहीं था और जिसे आपने उसके बाद उसकी रज़ामन्दी के बग़ैर हासिल किया है, वह उसकी रक्षा करेगी।' राजा से डचों को ये क़िले लौटाने को कहा गया ताकि पिछली स्थिति वापस लाई जा सके। लॉर्ड कार्नवालिस तक ने राजा को इस आचरण की सख़्त आलोचना करते हुए एक ख़त लिखा और कहा, 'अगर वह टीपू के एक ख़िराजदार के इलाक़े में स्थित क़िलों या जगहों की साठगाँठ से भरी ख़रीद करके उसे उकसाता है...तो मुनासिब तौर पर टीपू का गुस्सा मोल लेगा और साथ ही कम्पनी की दोस्ती या अपने पक्ष में हस्तक्षेप के सभी अधिकारों से वंचित हो जाएगा।'[8]

इन घटनाक्रमों से बेहद परेशान राम वर्मा ने अपने कार्य को उचित ठहराने की कोशिश की। 3 सितम्बर 1789 को उसने लिखा कि सर आर्किबाल्ड कैम्पबेल ने इन क़िलों की ख़रीद के मंसूबे की ताईद की थी, कि उसने क़िले ख़रीदने से पहले पता कर लिया था कि उन पर डचों का क़ब्ज़ा राजा कोचीन से स्वतंत्र था, और यह कि वे उसके मुल्क की हिफ़ाज़त के लिए ज़रूरी थे।

पर इनमें से कोई भी दावा सही नहीं था। क़िलों की ताईद सम्बन्धी दावा जब सर आर्किबाल्ड कैम्पबेल को बताया गया तो उसने इससे इनकार कर दिया। कहा : 'जब मेजर बैरनमैन ने मुझसे कहा कि अयाकोट्टा का द्वीप, जिसे डच राजा को बेचना चाहते थे, उसे त्रावणकोर मुल्क की उत्तरी सरहद पर छावनी बनाने के लिए सबसे मुनासिब जगह लगता है, और इसके पक्ष में बहुत से कारण पेश किए, तो उसकी इस राय से मेरा पूरी तरह मतभेद था।'[9]

दूसरे, यह दावा भी सही नहीं है कि डचों का इन क़िलों पर स्वतन्त्र अधिकार था। यह सही है कि डचों ने दोनों क़िले पुर्तगालियों से जीते थे, पर पुर्तगाली इन क़िलों के

बदले राजा कोचीन को ख़िराज देते थे।[10] इस तरह डचों का इन पर कोई स्वतन्त्र अधिकार नहीं था। इससे भी अधिक आश्चर्यजनक यह बात है कि कि राजा त्रावणकोर ने दावा तो किया था कि उसने डचों से ये क़िले ख़रीदने से पहले उनके अधिकार के बारे में छानबीन की थी, पर उसने इस बारे में छानबीन ख़रीद के बाद ही की। 23 दिसम्बर 1789 के एक पत्र से हमें पता चलता है कि कि राजा इन जगहों पर डचों के अधिकार के बारे में कोचीन के डच कमानदार से पूछताछ कर रहा था।[11] इस तरह स्पष्ट है कि राजा ने यह पूछताछ तभी शुरू की जब लॉर्ड कार्नवालिस ने इन क़िलों को बेचने के बारे में डच कम्पनी के अधिकार के बारे में मद्रास सरकार को छानबीन की हिदायत की।

तीसरी बात। राजा त्रावणकोर को इन दो क़िलों की बिक्री डचों और राजा के बीच साठगाँठ की मिसाल थी, यह बात उन ख़तों से ज़ाहिर होती है जो राजा त्रावणकोर ने कोचीन के डच कमानदार को लिखे थे। कोचीन में 25 जुलाई 1789 को मिले एक ख़त में राजा ने लिखा था : 'हमने एडमिरल को क्रंगान्नूर और मुनम्मपम (अयाकोट्टा) के बारे में दोनो पक्षों के हितों के बारे में ज़रूरी क़दम उठाने की ज़रूरत का एहसास दिलाने के लिए केशवपल्ली को भेजा है। जब तक ये दोनों जगहें कम्पनी के क़ब्ज़े में रहेंगी, नवाब (टीपू) हमारी बजाय उसके ख़िलाफ़ कार्रवाई करेगा। जब तक टीपू हमारे ख़िलाफ़ क़दम नहीं उठाता है, हमारी सहयोगी ईस्ट इंडिया कम्पनी इस बारे में कोई क़दम नहीं उठाएगी। अगर ये दो जगहें हमारे क़ब्ज़े में हैं तो वह (टीपू) उसके ख़िलाफ़ कोई कार्रवाई नहीं करेगा; अगर वह (उसके ख़िलाफ़) कोई कार्रवाई करता है तो अंग्रेज़ उसके ख़िलाफ़ इस आधार पर क़दम उठा सकते हैं कि उसने उनके साथ हुई सन्धि को भंग किया है। यही कारण है कि हम एडमिरल को ख़त लिख रहे हैं।'[12] इस ख़त से ज़ाहिर है कि इन दो क़िलों के हस्तान्तरण का मक़सद अंग्रेज़ों को टीपू के साथ एक जंग में उलझाना था।

इस तरह स्पष्ट है कि टीपू के पास त्रावणकोर पर हमले की मुनासिब वजहें मौजूद थीं। जब उसने देखा कि विवाद के मुद्दों का शान्तिपूर्ण समाधान सम्भव नहीं है तो मैसूर की फ़ौजें इस उम्मीद पर त्रावणकोर की रक्षापंक्ति के पास तक भेज दी गई कि इससे राजा एक समझौते के लिए तैयार हो जाएगा। कहा गया है कि 28 दिसम्बर की रात को मैसूरी फ़ौजों ने मेल्लूर में प्रतिरक्षा पंक्ति पर हमला किया और उसके एक अच्छे-ख़ासे हिस्से का तोड़ दिया। त्रावणकोर की फ़ौजें पीछे हटती हुए एक वर्गाकार चहारदीवारी में जा पहुँचीं जहाँ से उन्होंने दुश्मन का आगे बढ़ना रोक दिया। कुमुक पहुँचने के बाद उन्होंने दाएँ और बाएँ से मैसूरी फ़ौजों पर हमला किया और उन्हें भारी नुक़सान पहुँचाकर पीछे हटने पर मजबूर कर दिया।

इस घटना को अंग्रेज़ इतिहासकारों ने बढ़ा-चढ़ाकर त्रावणकोर पर टीपू का 'बेरहम हमला' कहा है। टीपू ने इसे सरहदी वाक़िया कहा और इसकी जानकारी से अपने को अनजान कहा। खुद मद्रास सरकार ने इसे 'बाक़ायदा दुश्मनी नहीं, एक मामूली वाक़िया'

कहा।[13] पर इतिहासकारों ने इस बात को स्वतः सिद्ध मान लिया है कि टीपू खुद की इस कार्रवाई के दौरान मौजूद था और घबराहट में पीछे हटने के दौरान एक गड्ढे में गिर पड़ा। इससे उसके पाँव में भारी गुमचोट आ गई जिससे पैदा 'लँगड़ापन उसकी मौत के समय तक बीच-बीच में उभरता रहा।'[14] कहते हैं कि लश्कर में पहुँचने के बाद उसे तौहीन का एहसास हुआ और गुस्से का दौरा पड़ा और उसने क़सम खाई कि 'इस क़ाबिले-तौहीन दीवार' को गिराने तक वह यह जगह छोड़कर नहीं जाएगा। उसकी पालकी, उसकी मुहरें, उसकी अँगूठियाँ और निजी ज़ेवर माले-ग़नीमत के रूप में दुश्मन के हाथों जा पड़े।[15] पर ये वृत्तान्त सिर्फ़ सुनी-सुनाई बातों पर आधारित हैं। यह साबित करनेवाला कोई भरोसेमन्द साक्ष्य नहीं है कि टीपू ने इस हमले में भाग लिया था या उसे चोटें आई थीं जिनसे वह जीवन पर लँगड़ाता रहा। त्रावणकोर की फ़ौज को जो माले-ग़नीमत मिला बतलाया जाता है उसके बारे में त्रावणकोर की दस्तावेज़ों में सिर्फ़ दो रंगीन दंडों और एक छोटी सी घंटी का ज़िक्र मिलता है।[16]

टीपू ने जब देखा कि उसके और राजा त्रावणकोर के बीच मतभेदों का शान्तिपूर्ण समाधान सम्भव नहीं, तो उसने उसे अधीनता के लिए मजबूर करने का फ़ैसला किया। 12 अप्रैल को मैसूरियों ने प्रतीक्षा दीवारों पर लगातार बमबारी शुरू की जिससे उसका एक अच्छा-ख़ासा हिस्सा ढह गया। त्रावणकोर की फ़ौजें घबराहट के मारे भाग खड़ी हुईं। उनको जमा करने की सारी कोशिशें नाकाम रहीं। कम्पनी की दी हुई सहायक सेना ने लड़ाई में इस आधार पर हिस्सा नहीं लिया कि उसे कोई हिदायत नहीं मिली थी। क्रंगान्नूर में खुद को बनाए रखने में असमर्थ पाकर वह पीछे हटकर अयाकोट्टा जा पहुँची। मैसूरी फ़ौजों ने फ़ौरन क्रंगान्नूर के क़िले का क़ब्ज़ा कर लिया और प्रतिरक्षा दीवार को मिसमार कर दिया। वे त्रावणकोर के इलाक़े को रौंदते हुए पेरियार के उत्तरी किनारे तक जा पहुँचीं।

इस 'सरहदी वाक़िये' की ख़बर जैसे ही बड़ी सरकार तक पहुँची, उसने मद्रास सरकार को साफ़ लफ़्ज़ों में हुक्म दिया कि यह वाक़िया कम्पनी के ख़िलाफ़ जंग का ऐलान था और इसलिए टीपू के ख़िलाफ़ जंग का ऐलान किया जाए। टीपू के ख़िलाफ़ गठजोड़ के लिए निज़ाम और मराठों के साथ अंग्रेज़ों ने जो बातचीत शुरू की थी वह कामयाब रही थी। फलस्वरूप अंग्रेज़ों को आगे किसी भी लड़ाई में जीत का भरोसा था। मार्च 1790 में मद्रास के गवर्नर मीडोज़ को लॉर्ड कार्नवालिस ने लिखा था, 'इस वक़्त देसी ताक़तों से हमें मदद मिलने की पूरी गुंजाइश है जबकि वह (टीपू) फ्रांस से मदद की कोई उम्मीद नहीं कर सकता।'[17] इस तरह गवर्नर-जनरल को लग रहा था कि अपने मुल्क की 'इज़्ज़त' बढ़ाने और उसके 'हितों' को आगे बढ़ाने का सबसे मुनासिब मौक़ा यही था। त्रावणकोर की प्रतिरक्षा पंक्ति पर टीपू के हमले को बहाना बनाकर उसने मई 1790 में मैसूर के ख़िलाफ़ जंग का ऐलान कर दिया। अपने मुल्क को मुमकिना हमले से बचाने के लिए टीपू 24 मई को त्रावणकोर से पीछे हट गया। आगे की कहानी इतनी जानी-पहचानी है कि उसकी तफ़सील में जाने की ज़रूरत नहीं है।

सन्दर्भ और टिप्पणियाँ

1. के.एम. पणिक्कर, *ए हिस्ट्री ऑफ़ केरला,* 1960, पृ. 348
2. उपरोक्त में पृ. 263 पर उद्धृत
3. कोचीन रियायत की दस्तावेज़ें, राजा कोचीन के नाम वान एंजिलबेक का 1 फ़रवरी 1782 का ख़त, मिस्सेलेनियस करेस्पांडेंस लिस्ट, बासठ, संख्या 17
4. उपरोक्त, संख्या 31
5. मिलिट्री कंसल्टेशंस, 1 जनवरी 1790, जिल्द 133 ए, पृ. 5
6. उपरोक्त, 26 मई 1789, जिल्द 129 सी, पृ. 1447-48
7. उपरोक्त, 28 अगस्त 1789, जिल्द 131 ए, पृ. 2373-75
8. उपरोक्त, 29 सितम्बर 1789, जिल्द 131 बी, पृ. 2659-61
9. पणिक्कर, पूर्वोक्त, पृ. 374
10. मिस्सेलेनियस करेस्पांडेंस लिस्ट, इकसठ ए, संख्या 10
11. कोझिक्कोड कलेक्ट्रेट की दस्तावेज़ें, जिल्द तीन, संख्या 47
12. उपरोक्त, संख्या 44
13. मिलिट्री डिस्पैच टु कोर्ट ऑफ़ डायरेक्टर्स, 16 सितम्बर 1790, जिल्द 20, पृ. 69
14. विल्क्स, *हिस्ट्री ऑफ़ मैसूर,* खंड दो, पृ. 145
15. उपरोक्त
16. मटिल्लकम दस्तावेज़ें, चुरूना, 1308, पृ. 154-56
17. पोलिटिकल प्रोसीडिंग्स, कंसल्टेशंस, संख्या 4

अंग्रेज़ों के ख़िलाफ़ टीपू सुलतान का प्रस्तावित महासंघ, 1780

एन. कस्तूरी

मैसूर के हैदर अली ने हिन्दुस्तान में बर्तानवी ताक़त को नाबूद करने के मक़सद से 1779 में निज़ाम को तथा बड़ौदा के गायकवाड़ को छोड़ सभी मराठा सरदारों को लेकर एक 'भयानक महासंघ' (टेरिबुल कनफ़ेडेरेसी) बनाया था। अंग्रेज़ों के सर से यह बला सलबई की सन्धि (मई 1782) और हैदर के बेटे टीपू सुलतान के साथ हुई मंगलौर की सन्धि (मार्च 1784) के कारण टल गई थी।

इस सन्धि को टीपू ने कभी आख़िरी वचन नहीं माना जो अपने पिता से भी अधिक महत्त्वाकांक्षी था और फिर भी जो मुसीबतों के बुद्धिदायी प्रभाव से वंचित था। 23 जून 1785 को देहली के बादशाह के नाम लिखे गए एक ख़त में उसने लिखा था : 'मुहम्मद के दीन की हिमायत के मक़सद से इस दीनदार मुसलमान ने कुछ अरसे तक नज़रीन क़बीले की धुनाई की जो अपने ख़िलाफ़ छेड़ी गई जंग को झेलने की ताब न लाकर मुझसे बेहद तौहीनकुन अन्दाज़ में अम्न की भीख माँगने लगा...ग़ैबी मदद और अल्लाह की रहमत के सहारे अब फिर मेरा पक्का इरादा दीन के दुश्मनों के मुकम्मल सफ़ाए और ख़ात्मे की मुहिम शुरू करना है।'[1] मुग़ल बादशाह के लक़वा के शिकार हाथों से टीपू ने ऐसे फ़रमान हासिल कर लिये जिनमें निज़ाम और दकन के दूसरे मुस्लिम सरदारों से कहा गया था कि वे इस जेहाद में उसका साथ दें।

दकन का सूबेदार निज़ाम अली ख़ान 1785 में महासंघ की इस पुकार को सुनने के लिए तैयार न था। वह इस उच्छृंखल नौसिखुए को तुंगभद्रा पार करने से रोकने के लिए मैसूर के ख़िलाफ़ मराठों से एक और गठजोड़ करने की कोशिश कर रहा था। उसने 1785 के अन्तिम दिनों में मुशीरुल-मुल्क, मुग़ल अली और शमशेर जंग की कमान में एक फ़ौज बदामी, अडोनी, निरगुंड और दूसरे क़िलों की सुरक्षा के लिए मराठों से सहयोग करने के वास्ते भेजी। पर कहते हैं कि समय रहते टीपू ने 20,000 रुपए की रिश्वत दी और मुशीर अडोन छोड़कर उत्तर की ओर पीछे हट गया। उसके बाद मराठों ने मैसूर के साथ अलग से एक सन्धि की जिससे उन्हें नक़द 30 लाख रुपए मिले और एक साल में और 15 लाख का वादा मिला। जैसा कि कर्नल रीड ने लिखा है, 'मराठे

निज़ाम को एक गौण क्षत्रप समझते थे जो एक सम्मानित सहयोगी से प्रकाश की बजाय उनसे संरक्षण चाहता था।'[2] वह कूटनीतिक शिष्टाचार के इस हनन से बजा तौर पर चिढ़ गया और पूना के 'ब्राह्मणों' के ख़िलाफ़ उसके मन में ज़बर्दस्त गुस्सा भर गया।

उन्हीं दिनों गुंटूर सरकारों* का मुआमला और भी चिन्ताजनक हो उठा जो बहुत दिनों से निज़ाम के पहलू में काँटे की तरह खटक रहा था। समुद्र का एकमात्र रास्ता होने की वजह से यह इलाक़ा उसके लिए बेहद अहमियत रखता था। उतना ही अहम यह अंग्रेज़ों के लिए भी था जिन्हें 1768 की सन्धि के अनुसार उस इलाक़े पर आपात अधिकार मिल चुका था, क्योंकि यह मद्रास और नार्दर्न सरकार्स के बीच में पड़ता था। निज़ाम इन इलाक़ों पर अपना क़ब्ज़ा बनाए रखने की पूरी-पूरी कोशिश कर रहा था और लॉर्ड कार्नवालिस तक ने 5 मार्च 1787 को डुंडस को लिखा था : 'गुंटूर सरकारों का मुआमला बहुत नाज़ुक है और बेहद होशियारी से सोच-विचार का तक़ाजा करता है। क्या यही हमारे लिए निज़ाम से यह माँग करने का सही वक़्त है कि इस मुआमले को हम तय करें और वह यह इलाक़ा हमें दे दे, यह सवाल अनेक कारणों से बहुत ही संदिग्ध हो जाता है...निज़ाम की मुसीबत की इस घड़ी में इन सरकारों की माँग सिर्फ़ कमीनापन ही नहीं लगेगा, बल्कि टीपू के साथ उसकी शान्ति की बातचीत में भी बिना शुबहा उसे नुक़सान पहुँचेगा।'[3] इसके बावजूद 1788 के आरम्भिक दिनों में ही कैप्टन केनवे को यह हिदायत देकर कलकत्ता से हैदाराबाद भेजा गया कि अगर उसे इन सरकारों की माँग करने के लिए मौक़ा मुनासिब न लगे तो 'इसकी बजाय कि आप अपने मिशन का वास्तविक उद्देश्य ज़ाहिर करें, अपने आपको दोनों हुकूमतों के बीच दोस्ती के आम इज़हार तक तथा अच्छी समझदारी क़ायम करने की दिली ख़्वाहिश की यक़ीनदहानी तक सीमित रखें।' कैप्टन केनवे को कुछ भी नामुनासिब नहीं लगा और जब उसने गुंटूर सरकारों के अलगाव के लिए दबाव डाला तो ये शान्ति के साथ, ख़ामोशी से 'कम्पनी के मुलाज़िमों के हवाले कर दी गईं।'[4]

कर्नल अलेक्ज़ेंडर रीड ने, जो कम्पनी की तरफ़ से दकन में देसी ताक़तों के उतार-चढ़ाव को देख रहा था और मद्रास के गवर्नर के लिए अक़्लमन्दी से भरी रिपोर्टें लिख रहा था, इस क़दम के ख़िलाफ़ सलाह दी थी। उसने लिखा था : 'इसके अलग होने से उसके गुरूर को गहरा धक्का लगेगा क्योंकि उसके और उसकी रिआया के मन में निज़ामुल-मुल्क की मौत के बाद दकन में हुई भारी तब्दीलियों की यादें ताज़ा होंगी।'[5] यह कर्नल, जो जासूसी विभाग का दरोग़ा था, किरमानी[6] के अनुसार बड़ी धूर्तता के साथ 'भारी रक़म लगाकर चालाक जासूस और क़ाबिल मुंशी भेजता था और इस तरह देसी ताक़तों की ख़ुफ़िया साज़िशों का पता लगाता था।' मेकेंज़ी की पांडुलिपियों की जिल्द 46 में संकलित उसके काग़ज़ात इसके काफ़ी सुबूत मिलते हैं कि गुंटूर का सवाल कैसी घबराहट के साथ उठाया गया; इसमें वे चेतावनियाँ भी शमिल हैं जिन्हें खुद कर्नल रीड

---

* मुग़ल काल की एक प्राशनिक इकाई; आज के ज़िले के लगभग समकक्ष—अनुवादक।

ने देना मुनासिब समझा था। कहता है : 'मेरे ख़याल में हिन्दुतानी राजाओं की यह पक्की राय है कि हम अपने मुक़ाबले हर क़ुव्वत को कमज़ोर करने की ख़्वाहिश रखते हैं और फलस्वरूप हर शख़्स हमारी सहायता का भरोसा करने से झिझकता है जो अपनी आज़ादी का ख़्वाहिशमन्द है।'[7] 'अगर वह (निज़ाम) ख़तरा भाँपकर या अपनी इ़ज़्ज़त की ख़ातिर भड़क उठा तो हमें नहीं पता कि वह क्या कर बैठेगा।' निज़ाम अली ख़ान ने, जो अब कमोबेश 1779 वाली मनोस्थिति में ही था, टीपू सुलतान से बातचीत शुरू कर दी। कर्नल रीड कहता है कि 'मराठों से असन्तुष्ट, अंग्रेज़ों से ईर्ष्यालु और टीपू से भयभीत निज़ाम अपने खोए हुए इलाक़ों को पाने का इच्छुक था।' ज़ाहिर तौर पर निज़ाम के बहनोई इम्तियाजुद्दौला की तरफ़ से मगर हक़ीक़त में एक सन्धि की बातचीत के लिए पोशीदा ढंग से श्रीरंगपट्टम के लिए दूत भेजे गए। वे टीपू की राजधानी में नवम्बर 1787 में पहुँचे।

टीपू ने भी लिखा : 'मेरे वालिद हैदर अली ख़ान ने आलीजाह से अपनी दोस्ती के कई सुबूत दिए थे। आपको उनकी याद दिलाना ही काफ़ी होगा जो उन्होंने कर्नाटक की जंग के दौरान दिए जिसमें आलीजाह लगे हुए थे, और उसके बाद दिए गए सुबूतों की भी जो इस बात के मुख्य कारण थे कि अंग्रेज़ों ने गुंटूर की सरकार आलीजाह को वापस की। मुझे यह कहते हुए तकलीफ़ होती है कि लगता है कि आप तब उन ख़िदमतों को भूल गए जब बिना किसी उकसावे के आपने काफ़िर मराठों से हाथ मिलाया, मेरे मुल्क पर हमला किया और मुसलमानों की सरज़मीन को तहस-नहस कर दिया। ऐसे सुलूक के बावजूद अडोनी पर क़ब्ज़ा मेरा अकेला इन्तक़ाम रहा है। पर सच्चे मुसलमान होने के नाते हमारे बीच जो एकता होनी चाहिए उसके कारण और नवाब* ने (उन पर अल्लाह की रहमत हो) मुझे जो आख़िरी मश्विरा दिया था उसके कारण भी बेहतर है कि हम माज़ी (अतीत) को फ़रामोश कर दें। मैं आलीजाह के साथ एक ठोस गठबन्धन की ख़्वाहिश करता हूँ और यह दिखाने के लिए कि मैं इस बारे में किस क़दर संजीदा हूँ, आपसे गुज़ारिश करता हूँ कि आप निजी मुलाक़ात का एक वक़्त और मुक़ाम मुक़र्रर फ़रमाएँ जहाँ हमारे अपने-अपने हितों से जुड़े सारे मुआमलात पर ग़ौर किया जाए और हमारे आपसी लाभ के लिए एक सन्धि की जाए।'[8]

यहाँ यह बात भी अहम है कि हैदराबाद से गए दूत ज़ाहिरा तौर पर इम्तियाजुद्दौला की तरफ़ थे। कारण कि जिस सन्धि के द्वारा एक आक्रामक और रक्षात्मक गठबन्धन क़ायम हुआ उसकी धाराओं में से एक धारा में यह कहा गया था कि निज़ाम की बहन (जो इम्तियाजुद्दौला से ब्याही गई थी) की एक बेटी निकाह में टीपू सुलतान को दी जाएगी। एक अन्य स्थान पर कर्नल रीड कहता है कि वापसी में ये दूत अपने साथ गहनों की एक पिटारी होनेवाली दुल्हन के लिए ले आए जिसे वहाँ निज़ाम की बेटी कहा गया है। किरमानी भी इस बारे में बहुत स्पष्ट नहीं है कि बात भानजी की चली थी या बेटी की, क्योंकि वह सिर्फ़ एक 'वैवाहिक-सम्बन्ध के ज़िक्र' की बात करता है।[9]

---

* हैदर अली ख़ान—अनुवादक।

इसलिए महीनों तक आना-जाना लगा रहा है और कर्नल रीड लिखता है कि एक राजनीतिक महासंघ के आधार रूप में वैवाहिक सम्बन्ध की अफ़वाहें लगभग दो साल तक लगातार उड़ती रहीं।

इस बीच बातचीत तेज़ी से आगे बढ़ती रही और तय पाया गया कि टीपू अपने क़ब्ज़ेवाले वे सारे इलाक़े निज़ाम को वापस दे देगा जो निज़ामुल-मुल्क के काल में दकन के अंग थे। 'यहाँ तक कहा गया कि इसके फलस्वरूप महकमा मालगुज़ारी के मुतसद्‌दी उन इलाक़ों का लेखा-जोखा तैयार करने के लिए वास्तव में लगाए गए जो पहले सूबे के अधिकार-क्षेत्र में आते थे। आलीजाह और टीपू सुलतान के बीच जो भी मतभेद थे उन्हें हाफ़िज़ फ़रीदुद्‌दीन ने दूर करा दिया है और दोस्ती क़ायम हो चुकी है।'[10]

टीपू ने गठबन्धन में मराठों को शामिल करने की ख़्वाहिश भी जताई और कर्नल रीड ने देखा कि ख़ुद निज़ाम ने हैदराबाद में पूना के वकील सूराजी पंडित को एक ख़त देकर नाना फड़नवीस के पास भेजा कि वह 'पन्त प्रधान* को अंग्रेज़ों के ख़िलाफ़ आलीजाह, टीपू सुलतान और फ्रांसीसियों की मुलाक़ात में शामिल होने पर आमादा करे।' उन दिनों उत्तर में सिन्धिया और होलकर के झगड़ों में उलझा हुआ नाना फड़नवीस 'टीपू के साथ टकराव ख़त्म करना' चाहता था और 'उसके साथ सन्धि बनाए रखने में एक सम्भावित उपाय के रूप में प्रस्तावित महासंघ पर अपनी राय को आगे बढ़ाने का रुझान' दिखा रहा था। नाना फड़नवीस ने सोचा होगा कि यह अंग्रेज़ों के ख़िलाफ़ जद्‌दोजहद को जारी रखने का एक अच्छा उपाय होगा। कारण कि जैसा कि उसने माधवराव सिन्धिया को एक ख़त में लिखा था, उसके जज़्बात यूँ थे : 'हमें अपनी ग़लतियों की तलाफ़ी पर ही ज़ोर नहीं देना चाहिए बल्कि शिवाजी महान द्वारा जीते गए कर्नाटक के उन हिस्सों को भी वापस लेना चाहिए जो आज अंग्रेज़ों के क़ब्ज़े में हैं।'[11]

इसलिए टीपू ने मराठा वकीलों और हाफ़िज़ फ़रीदुद्‌दीन ख़ान को हुक्म दिया कि वे उससे कुनट्टूर में मिलें, और सितम्बर 1789 के मध्य तक कर्नल रीड यह रिपोर्ट देने की हालत में था कि बातचीत की शर्तें बेहद ख़ुफ़िया होते हुए भी इस प्रकार थीं :

1. निज़ाम अली ख़ान और टीपू सुलतान के बीच उन सभी मुआमलों पर ठोस और पायदार गठबन्धन जिनसे वे अपनी-अपनी हुकूमतों के लाभ के लिए जुड़े हों।
2. मराठों की क़ौम कभी भी उनके विचारों का विरोध करे तो आलीजाह उनके ख़िलाफ़ जंग में टीपू का साथ देंगे।
3. गुंटूर सरकार को आम लगान पर टीपू के हवाले कर दिया जाएगा और आलीजाह अंग्रेज़ों से सारे ताल्लुक़ात तोड़ लेंगे।
4. आलीजाह अपनी बेटी टीपू के बेटे को निकाह में देंगे।

इसके अलावा मराठों के साथ साढ़े तीन साल के लिए जंगबन्दी भी की गई। कर्नल रीड ने 15 सितम्बर 1789 को लिखा कि मराठा वकील शिवाजीराव टीपू के लश्कर

* नाना फड़नवीस–अनुवादक।

में था और अभी-अभी ख़बर मिली है कि मराठों ने अंग्रेज़ों के ख़िलाफ़ जंग की सूरत में टीपू की मदद का वादा कर लिया है। बाद की जानकारियों के बारे में कर्नल रीड की मालूमात से इस वादे की और पुष्टि होती है। (इनका ज़िक्र उसके 4 जनवरी 1790 के खर्रे में मिलता है।) 'वालाजाह (अर्काट के नवाब) ने टीपू के मुल्क पर हमले के लिए मराठों को आमादा करने के लिए एक कारकुन पूना भेजा है, जिस पर वज़ीर ने जवाब दिया कि वे लोग सुलतान के साथ सवा तीन साल तक के लिए सन्धि कर चुके हैं और वादाख़िलाफ़ी किए बग़ैर उसके ख़िलाफ़ जंग नहीं छेड़ सकते।'[12] कर्नल रीड ने इसके साक्ष्य भी दिए हैं कि मैसूर के कुछ साहूकार 30,000 मराठा घुड़सवार भरती करने के लिए पैसे साथ लेकर पूना गए और पूना सरकार के दोस्ताना रवैए से उनका हौसला और बुलन्द हुआ।

इस बीच निज़ाम की टाँग दूसरे मुआमलों में भी फँसी हुई थी और वह दूसरी राजधानियों के जवाब का इन्तज़ार कर रहा था। उसने यह सुझाव माँगने के लिए एक अमीर को वालाजाह के पास भेजा कि अंग्रेज़ों से गुंटूर को वापस पाने का सबसे कामयाब उपाय क्या होगा। उसने (इन सरकारों के समर्पण न सही) भारी अदायगी की और सकारात्मक सैनिक सहायता की बातचीत करने के लिए अब्दुल क़ासिम को कलकत्ता भेजा। और वह घटनाओं में एक मोड़ का इन्तज़ार भी करता रहा। लॉर्ड कार्नवालिस ने दोनों मुद्दों पर बहुत माक़ूल रवैया अपनाते हुए उसे 7 जुलाई 1789 को ख़त लिखा और वादा किया कि वह जब भी टीपू सुलतान के ख़िलाफ़ बल प्रयोग करना चाहे, उसे यूरोपी लोगों की कमान में सिपाहियों की दो बटालियनें और छः तोपें दी जाएँगी। इस ख़त ने उसे दक्षिणी मोर्चे की ओर से पूरी तरह बेफ़िक्र कर दिया और उसे गुंटूर सरकारों के बदले में एक अच्छा-ख़ासा लगान भी दिलवाया। पूना में अंग्रेज़ों के दूत मालेट ने भी नए महासंघ का निर्माण रोकने की सख़्त कोशिश की और दोमुँहेपन की उस छाप को मिटाया जो कार्नवालिस ने छोड़ी थी। यह तब की बात है जब ओहदा सँभालने के फ़ौरन बाद कार्नवालिस ने तीन बटालियन अंग्रेज़ फ़ौजी देने के बारे में अपने से पहले के गवर्नर-जनरल की पेशकश को रद्द कर दिया था।[13]

हैदराबाद में टीपू के वकीलों से 2 जनवरी 1790 की मुलाक़ात अपेक्षाकृत सर्द रही और उन्हें उसी साल अप्रैल में 'निज़ाम की ओर से दोस्ती की किसी साफ़ निशानी के बग़ैर' वापस भेज दिया गया। वे अपने साथ अपेक्षाकृत अपमानजनक शब्दों में विवाह प्रस्ताव से साफ़ इनकार भी लेकर लौटे। किरमानी इस चोट से बहुत दुखी हो गया और उसने लिखा, 'सुलतान के पूर्वजों से जुड़े नायक शब्द को अपमानजनक और उसके साथ सम्बन्ध को अपने बेवक़ूफ़ औरतों की राय के मुताबिक़ बेइज़्ज़ती समझकर उसने (निज़ाम ने) सही राह की ओर से मुँह फेर लिया...या ख़ुदा ! क्या ऐसां भी मुमकिन है कि अपनी दुनियावी ताक़त और शोहरत के बूते पर कमीने लोग ऊँचे ख़ानदान का होने का दम भरें और इनसानों में तलछट जैसे इनसान शैख़ और सैयद होने के झूठे दावे करें और किसी को अपने बराबर न समझें ! 'दौलत और रुत्बे से कमीनी ज़ात

छिप जाती है !' 'सुनहरा बुर्क़ा बूढ़ी नायिका की बदसूरती छिपाता है !'[14]

इस बीच त्रावणकोर पर हमला करके टीपू ने कम्पनी का गुस्सा मोल ले लिया था और सुलह-सफ़ाई और समझौतों के ज़रिए लॉर्ड कार्नवालिस ने कूटनीति के टूटे हुए धागों को फिर से जोड़ लिया था। 5 जुलाई 1790 को कम्पनी, मराठों और निज़ाम के बीच एक आक्रामक और रक्षात्मक गठबन्धन की सन्धि हुई। टीपू हैदराबाद की गद्दी पर बैठे अपने मुसलमान भाई के ख़िलाफ़ अपने गुस्से को सिर्फ़ उनके नाम अपने ख़तों में व्यक्त करता रहा। इन ख़तों में उसने निज़ाम अली को हजाम अली कहा, और 1780 में मैसूरी फ़ौज के साथ कूच कर रहे निज़ाम की जो तस्वीर टीपू के पिता के आदेश पर बनाई गई थी उसमें उसने नीचे की ओर एक नापाक़ जानवर की तस्वीर बनवा दी ! आज हम दरिया दौलतबाग़ के महल में दाख़िल होने पर अपनी दाहिनी तरफ़ की दीवारों पर टीपू के इस गुस्से की वह दुखद स्थायी छाप देखते हैं जो उसके प्रस्तावित महासंघ के टूटने पर फूटा था।

सन्दर्भ और टिप्पणियाँ

1. किर्कपैट्रिक, *लेटर्स ऑफ़ टीपू सुलतान,* संख्या इकहत्तर
2. मेकेंज़ी मैनस्क्रिप्ट्स नम्बर 46, इंडिया आफ़िस लाइब्रेरी, पृ. 51
3. रास, *कार्नवालिस करेस्पांडेंस,* खंड एक, पृ. 252
4. ब्रिग्स, *निज़ाम,* खंड एक, परिशिष्ट, पृ. 251
5. मेकेंज़ी, पूर्वोक्त, पृ. 62
6. किरमानी, *निशाने-हैदरी*
7. उपरोक्त, पृ. 58
8. उपरोक्त, पृ. 53
9. उपरोक्त, पृ. 149
10. उपरोक्त, पृ. 55
11. किंकेड और पैरसनीज़, खंड तीन, परिशिष्ट ए, पृ. 141
12. उपरोक्त, पृ. 119
13. रास, पूर्वोक्त, पृ. 22
14. किरमानी, पूर्वोक्त, पृ. 149-51

फ्रांसीसी और मैसूर की तीसरी जंग : मारीशस की दस्तावेज़ों के साक्ष्य

बी. शैख़ अली

पोर्ट लुई, मारीशस के अभिलेखागार में टीपू सुलतान से सम्बन्धित कुछ दस्तावेज़ें भी मौजूद हैं। विदेशी सहायता पाने की इच्छा से वह हमेशा भारत और विदेश, दोनों जगह स्थित फ्रांसीसी अधिकारियों से बराबर पत्र-व्यवहार करता रहता था। मारीशस की इन दस्तावेज़ों में, जो मैसूर की तीसरी जंग के बारे में फ्रांसीसियों के रुख़ का पता देती हैं, पांडिचेरी के गवर्नर दे फ्रेज़्ने के नाम कोसिनी का पत्र, तरीख़ 28 अप्रैल 1791, और टीपू के दो पत्रों, तारीख़ 7 जून 1791 पर गवर्नर कोसिनी के जवाब शमिल हैं। इनमें से एक पत्र पांडिचेरी के फ्रांसीसी कमानदार और दूसरा सीधे टीपू के नाम है।

टीपू ने ज़ोरदार ढंग से लड़ाई में फ्रांसीसियों की सहायता माँगी थी, इस तथ्य के बावजूद वे तटस्थ रहे। इन दास्तावेज़ों के अनुसार उसने ग़लत समय पर अंग्रेज़ों के ख़िलाफ़ लड़ाई छेड़ी थी। दे फ्रेज़्ने के नाम कोसिनी ने लिखा था : 'शाहज़ादे को ग़लत सलाहें दी जा रही हैं पर उसे उम्दा सलाह से फ़ायदा पहुँचेगा जो उसे हम देंगे।'[1] फ्रांसीसियों ने टीपू को जो सलाह दी थी, यह कि हर क़ीमत पर मराठों को अपने पक्ष में लाए। आइसिल ऑफ़ फ्रांस के फ्रांसीसी गवर्नर ने उससे कहा था कि महासंघ को तोड़ने में न वह पैसे का मुँह देखे न मेहनत बचाए। टीपू ने उसे दो ख़त लिखे थे और 5,000 की फ़ौज माँगी थी।[2] जवाब में टीपू को 7 जून 1791 का एक ख़त मिला जिसमें कहा गया था : 'बड़ी लड़ाइयों में मत फँसें, बल्कि दुश्मन को थकाने के लिए जितनी बार हो सके उस पर हमला करें। उन्हें खाना या चारा जुटाने की मोहलत मत दीजिए ...मराठों और निज़ाम को लिखिए; उन्हें अपने हितों के बारे में बताइए कि आपके दुश्मन उनके दुश्मन भी हैं...उन सभी दुश्मनों से निजात पाने का वक़्त आ गया है। वरना वे सभी राजा-महाराजों को जेल में डाल देंगे जैसा कि पहले भी कर चुके हैं...पैसों की भारी क़ुर्बानियाँ कीजिए, जो कुछ मैं कहता हूँ उस पर विश्वास कीजिए...पैसे का इस्तेमाल क्या है ?...उम्मीद है कि आपकी शोहरत आपके वालिद की शोहरत से भी आगे जाएगी। आपके वालिद ने देहली का रास्ता दिखाया था। यह आप पर है कि आप वहाँ जाएँ और पूरे एशिया को अपनी शान-शौकत दिखाएँ।'[3]

इस तरह फ्रांसीसी गवर्नर टीपू को मदद देने के मुख्य मुद्दे से कतरा गया और सिर्फ़ यह सलाह देता रहा कि मराठों और निज़ाम को अपनी ओर लाने में वह कोई कसर उठा न रखे। उसे ख़बर दी गई कि गठजोड़ से दूसरी दोनों भारतीय शक्तियों को अलग करने के लिए फ्रांसीसी भी अपनी ओर से पूरी-पूरी कोशिश कर रहे थे। 'मुझे मराठों और निज़ाम अली ख़ान से ख़बर मिली है। मैंने आपके हितों के अनुसार उन्हें जवाब दे दिया है।'[4] गवर्नर ने साफ़ तौर पर मदद देने से इनकार भी नहीं किया। उसने कहा, 'फ्रांसीसी एक साल से लड़ाई के लिए भारी तैयारी कर रहे हैं। मैं कभी आपको इसके बारे में सब कुछ नहीं बता सकता पर यक़ीन रखें कि आपने मुझसे जो कुछ कहा है उसे वे (फ्रांसीसी) समझ चुके हैं।'[5]

फ्रांसीसियों के टालमटोल की नीति के बारे में इन दस्तावेज़ों में जो वजह बयान की गई है, यह है कि उन्हें इस बात का पता था कि कार्नवालिस के हाथों में अपने महासंघ के सदस्यों के अलावा तीन प्रेसीडेंसियों के संसाधन भी थे। भले ही उन्हें टीपू की फ़ौजी क्षमताओं का ज्ञान था, पर दोनों पक्ष साफ़ तौर पर असमान थे। कोसिनी ने (28 अप्रैल 1791 को) टीपू के बारे में लिखा था : 'वह बहुत बुद्धिमान है और ढेरों बातें जानता है, वह महत्त्वाकांक्षी है और शान-शौकत के लिए बेचैन है। उसमें जंग की प्रतिभा है और वह ऐसे इलाक़े में मोर्चा लगाता है जिसे वह अच्छी तरह जानता है। कड़ी मेहनत करता है और मौज-मस्ती से दूर रहता है। यह सब तो ठीक है, पर कार्नवालिस भी तो एक बड़ा आदमी है और इन दिनों उसने चार प्रेसीडेंसियों की ताक़त जमा कर रखी है। यह बात शाहज़ादे (टीपू) के एकदम ख़िलाफ़ है जिसने अभी हाल में अपनी ताक़त जमाई है, जिससे लोग मुहब्बत करने से ज़्यादा डरते हैं और जिसका मज़हब अपनी ज़्यादातर रिआया के मज़हब से अलग है। मुझे लगता है कि ऐसी स्थिति में उसे अपने क़िले को लड़ाई के दाँव पर लगाने से बचना चाहिए।'[6]

जंग में फँसने से बचने की कोशिश करने के पीछे फ्रांसीसियों के दिमाग़ में यही सब बातें थीं। उन्हें पता था कि टीपू यह जंग हारेगा और वे हारनेवाले का साथ देना नहीं चाहते थे। इसलिए उन्होंने जो एकमात्र हल सोचा, वह टीपू को यह सलाह देना था कि वह अपने हिन्दुस्तानी पड़ोसियों को हर हालत में जंग से दूर रखे। उन्हें नहीं लगता था कि यह कोई बहुत मुश्किल काम है; उनकी राय में एक महासंघ को विघटित करना एक मामूली हिन्दुस्तानी तिकड़म की बात था।'[7]

टीपू के प्रति फ्रांसीसियों की उपेक्षा का एक और कारण उनका यह विश्वास था कि वह उनकी मदद पाने में कोई ख़ास दिलचस्पी नहीं रखता था। कोसिनी को लगता था कि टीपू फ्रांसीसियों की स्थिति को ख़ूब जानता है तथा उसने फिर भी, सिर्फ़ मराठों और निज़ाम को डराने के लिए मदद माँगी थी। उसने (7 जनवरी 1791 को) लिखा : 'एक तरह से मुझे पूरा विश्वास है कि वह (टीपू) ऐसी मदद की पक्की उम्मीद नहीं करता, और चूँकि मैं टीपू सरकार की रियासत जानता हूँ, मेरा ख़याल है कि उसने दरबार में ज़ोर दे-देकर ये ख़त लिखवाए हैं और उनकी नक़लें मराठों और निज़ाम को और

दूसरे सभी हिन्दुस्तानी राजों-महाराजों को भिजवाई होंगी। अगर कोई और बात होती तो यह समझना भारी भूल होती कि इस माँग को पूरा करना आसान होगा।'[8] इसलिए मारीशस के फ्रांसीसी अधिकारियों ने मदद देने से साफ़-साफ़ इनकार नहीं किया। उन्होंने जवाब यह दिया कि उन्होंने पेरिस में अपने हाकिमों को सूचना भेज दी है और फ्रांस का बादशाह उसकी प्रार्थना को स्वीकार करेगा, इसकी अभी भी कुछ उम्मीद ज़रूर है।[9] कोसिनी ने टीपू को लिखा : 'अगर मुझे कोई हुक्म मिला तो मैं बिल्कुल वक़्त बर्बाद नहीं करूँगा, पर मुझे जो ओहदा सौंपा गया है उसे छोड़ना मेरे लिए नामुमकिन है। मारीशस में कुछेक दस्ते ज़रूर हैं पर मैं उन्हें अपनी मर्ज़ी से नहीं भेज सकता। इसके अलावा दस्तों को इतनी दूर ले जाने की मुश्किल मुझे कोई पक्का क़दम उठाने से रोक रही है।'[10] टीपू से आगे कहा गया : 'आप यक़ीन जानें कि कोई एक दिन में जंग की तैयारी नहीं कर सकता। अगर बादशाह सलामत बहुत तेज़ी से कार्रवाई करें तो भी फ़ौजें एक साल से पहले नहीं भेजी जा सकतीं। तब तक अंग्रेज़ों का मुक़ाबला करें और मराठों को अपनी ओर लाने के लिए क़ुर्बानियाँ करें।'[11] लेकिन फ्रांस में क्रान्तिकारी लहर के उभार ने इन वादों को पूरा किए जाने की मोहलत नहीं दी और बाद में टीपू से कहा गया कि फ्रांसीसी तटस्थ रहेंगे।

सन्दर्भ और टिप्पणियाँ

1. पांडिचेरी के गवर्नर के नाम कोसिनी का पत्र, संख्या 93, सीरीज़ ए, खंड आठ, पृ. 34
2. उपरोक्त
3. टीपू सुलतान के नाम कोसिनी का पत्र, 7 जून 1791, संख्या 101, सीरीज़ ए
4. उपरोक्त
5. उपरोक्त
6. दे फ्रेज़्ने के नाम कोसिनी का पत्र, 28 अप्रैल 1791, संख्या 93, सीरीज़ ए, खंड आठ
7. उपरोक्त
8. दे फ्रेज़्ने के नाम कोसिनी का पत्र, 7 जून 1791, संख्या 98, सीरीज़ ए, खंड आठ
9. उपरोक्त
10. उपरोक्त, संख्या 101
11. उपरोक्त

टीपू सुलतान और सर जॉन शोर

बी. शैख़ अली

कार्नवालिस का उत्तराधिकारी सर जॉन शोर कम्पनी की ताक़त को बढ़ाने नहीं, उसे बनाए रखने में दिलचस्पी रखता था। उसकी यह नीति 1793 के चार्टर क़ानून से प्रेरित थी जिसमें कहा गया था : 'हिन्दुस्तान में इलाक़ों को जीतने और बढ़ाने की योजनाओं को क़ौम की ख़्वाहिश, इज़्ज़त और नीति के ख़िलाफ़ क़रार दिया जाता है।' उस समय तक कम्पनी के मुआमलात उसके बेपनाह संसाधनों, ठोस वित्तीय स्थिति, वफ़ादार सहयोगियों, हारे हुए दुश्मनों और अनुशासित सेनाओं के कारण अच्छी तरह जम चुके थे।

रहा टीपू सुलतान, तो यह उसकी आख़िरी जंग की तैयारी का दौर था। उसने 1792 और 1798 के बीच के समय का इस्तेमाल तीसरे मैसूर युद्ध की तबाहियों को दूर करने के लिए किया। ज़ाहिरा तौर पर दोनों ताक़तों के बीच दोस्ती थी पर हक़ीक़त यह थी कि गहरे बैठे शक और जलन का ख़ात्मा नहीं हुआ था। अंग्रेज़ों को पता था कि अपने नुक़सान की भरपाई के लिए टीपू छिपे तौर पर जंग की तैयारी कर रहा था। 1792 की बेइज़्ज़ती टीपू के गले नहीं उतरी है, यह सोचकर कार्नवालिस पहले से ही सावधानियाँ बरत रहा था। श्रीरंगपट्टम से अपने सहयोगियों की रवानगी के फ़ौरन बाद गवर्नर-जनरल अपने नए मिले इलाक़ों के बचाव के लिए टीपू के ख़िलाफ़ ज़मानत की एक सामान्य सन्धि करने की कोशिश की। इसमें कहा गया था कि अगर किसी उत्तेजना के बिना टीपू महासंघ के किसी भी सदस्य पर हमला करता है तो बाक़ी दो उसे सज़ा देने के लिए आगे बढ़ेंगे। इस संधि का मक़सद टीपू को बराबर अलग-थलग डाले रखना था, पर मराठों की ईर्ष्या भड़काने के कारण इस पर कभी दस्तख़त नहीं किए गए।

कार्नवालिस की गुप्त वार्त्ताओं के कारण टीपू नाराज़ हो गया और एक आंग्ल-मैसूर समझौते की सम्भावना मारी गई। श्रीरंगपट्टम की सन्धि की शर्तों के ख़िलाफ़ वायनाड पर जबरन क़ब्ज़ा करके अंग्रेज़ों ने टीपू को और भी नाराज़ कर दिया। उसकी रणनीतिक स्थिति और समृद्ध बाग़ान के कारण, टीपू के बार-बार विरोध और सन्धि के स्पष्ट प्रावधान के बावजूद कार्नवालिस ने उसे वापस देने से इनकार कर दिया। बम्बई सरकार तक ने टीपू के दावे की सच्चाई को स्वीकार किया पर गवर्नर-जनरल उसे वापस देने

पर तैयार नहीं हुआ। वायनाड वह अकेला मुक़ाम न था जिसे टीपू से छीना गया था। अंग्रेज़ों ने कोरुंबुला, आमरा और सूल्या को भी नाजायज़ तौर पर अपने क़ब्ज़े में रखा। अंग्रेज़ों की वादाख़िलाफ़ी पर टीपू ने जब ज़ोरदार विरोध किया तो मुआमले की जाँच के लिए एक आयोग बना दिया गया। आमरा और सूल्या पर टीपू के दावों को कमिश्नरों ने स्वीकार किया, पर ये मुक़ाम उसे इस आधार पर नहीं लौटाए गए कि वे तो कुर्ग के राजा के क़ब्ज़े में थे।

सर जॉन शोर ने जब कुर्सी सँभाली तब यही हालात थे। कुर्सी सँभालने के बाद उसने पहला अहम काम यह किया कि मैसूर के जो शाहज़ादे बन्धक बनाकर रखे गए थे, टीपू को वापस दे दिए। वे कैप्टन डवटन के साथ मार्च 1794 में मैसूर लौटे। उसका अगला क़दम मलाबार के सरदारों और टीपू से उनके सम्बन्धों के बारे में अंग्रेज़ों की नीति तय करने का था। वायनाड और कोरुंबुला को लेकर तनाव बढ़ता जा रहा था। सर जॉन न तो जगहें वापस कर रहा था और न साफ़ तौर पर अपने सही इरादे बता रहा था। समझौते के तौर पर उसने चार नुक्तोंवाली एक नीति तैयार की।[1] पहला, वायनाड और कोरुंबुला के दो इलाक़ों पर कम्पनी अपना निर्विवाद अधिकार नहीं जताएगी ताकि टीपू से सम्बन्ध न टूटें। दूसरे, अगर टीपू की मर्ज़ी से उसके हाकिम कोरुंबुला पर क़ब्ज़ा करते हैं तो कोई विरोध नहीं किया जाएगा। तीसरे, वे अगर इन दो से आगे बढ़ते हैं तो अंग्रेज़ दख़ल देंगे और उन्हें पीछे हटाएँगे। आख़िरी बात, अगर टीपू के हाकिम उसकी जानकारी में लूटमार के लिए घुसपैठ करते हैं तो उसे उनके आचरण की ख़बर दी जाएगी। इस आधार पर बम्बई सरकार को हिदायतें भेजी गईं और उसे चेतावनी दी गई कि इन ज़िलों पर कम्पनी का दावा जताकर टीपू को नाराज़ न करे। उसने माना कि कम्पनी का दावा इतना कमज़ोर था कि जंग हो तो मराठों और निज़ाम को इतना क़ायल नहीं किया जा सकेगा कि वे अंग्रेज़ों का समर्थन करें।

1795 के बाद दकन की सियासत में भारी तब्दीलियाँ आईं जिन्होंने टीपू को एक अहम भूमिका निभाने में मदद दी। निज़ाम की हार, कुर्डला की अपमानजनक संविदा, नौजवान पेशवा बाजीराव दोयम की मौत और फिर उत्तराधिकार की लड़ाई—इनके कारण टीपू ने अपनी ताक़त फिर से बढ़ा ली। पहलेवाला तीन पक्षीय गठजोड़ पूरी तरह टूट गया। सर जॉन शोर ने कुर्नूल के सवाल पर टीपू के ख़िलाफ़ और मराठों के ख़िलाफ़ बदनसीबी भरी जंग में भी निज़ाम की मदद करने से इनकार कर दिया। टीपू के बारे में उसकी नीति थी कि उसे छेड़ा न जाए पर अगर जंग लाज़मी हो तो उसके लिए तैयार रहा जाए। उसे यह उम्मीद नहीं थी कि टीपू अपनी ओर से हमला करेगा : 'उसके इलाक़ों की छीन-झपट और उसकी मिल्कियत की लूट उसकी नाराज़गी को ख़ामोशी का और उसकी महत्त्वाकांक्षाओं को संयम का जामा पहनाएगी।'[2]

लेकिन 1785 के बाद अंग्रेज़ों के साथ टीपू के सम्बन्ध बिगड़ गए। अफ़वाहें उड़ने लगीं कि वह जंग की तैयारी कर रहा है। वह अंग्रेज़ों के ख़िलाफ़ एक हमलावर गठबन्धन के लिए हैदराबाद और पूना दरबारों के सम्पर्क में था। निज़ाम का भतीजा

इम्तियाजुद्दौला, जो अज़ीमुल-उमरा की गिरफ़्तारी के बाद हैदराबाद के दरबार में बहुत प्रभावशाली हो चुका था, अंग्रेज़ी ताक़त को नाबूद करने के लिए टीपू से मिला हुआ था। टीपू के एजेंट मदीना साहिब, सक्काराम और क़ादिर हुसैन ख़ान इसी काम के लिए लगे हुए थे।[3] सिन्धिया की फ़ौजी मदद पाने के लिए टीपू ने उसके पास अपने एजेंट अब्दुल्लाह बेग को भेजा था।[4] उसने श्रीरंगपट्टम के क़िले की अन्दरूनी बुर्ज़ की मरम्मत कराई और ज़मानशाह तक से मदद माँगी।

इन ख़बरों से गवर्नर-जनरल परेशान हो उठा। उसका विश्वास था कि 1792 के नुक़सानों ने टीपू की दुश्मनी में नर्मी पैदा कर दी थी पर अगर मौक़ा मिला तो वह अपने साथ हुई नाइंसाफ़ियों को लेकर बजा तौर पर भड़क सकता है। सर जॉन शोर का कहना था कि टीपू की महत्त्वाकांक्षा के सामने कार्रवाई के लिए मराठों के मुक़ाबले कहीं ज़्यादा और ठोस आधार हैं और यह कि मराठों के साथ 'हमारे गठजोड़ की मज़बूती हमारे लिए अहमियत की बात है।'[5] टीपू के इलाक़ों में तेज़ी से शुरू हुई आर्थिक बहाली और दकन में कम्पनी की अपनी असन्तोषजनक फ़ौजी स्थिति से अंग्रेज़ों के शक और बढ़े। यूरोपी दस्तों की तादाद घटकर 3,000 रह गई थी।[6] डचों की चालों को नाकाम बनाने के लिए वे समुद्रतट पर बुरी तरह बिखरे हुए थे। पूना की उथल-पुथल, अज़ीमुल-उमरा की गिरफ़्तारी और हैदराबाद में फ्रांसीसियों के बढ़ते प्रभाव के कारण शक्तियों का सन्तुलन टीपू के पक्ष में झुक गया था।

सावधानी के लिए सर जॉन शोर ने कुछेक क़दम उठाए। उसने कम्पनी के दास्तों को जंग के लिए तैयार होने का हुक्म दिया और उन्हें रणनीतिक महत्त्व के कुछ ठिकानों की ओर रवाना कर दिया। उसने बंगाल से कुमुक भेजी और मद्रास सरकार को की जानेवाली कार्रवाई कर विस्तार से निर्देश दिए।[7] अगर टीपू के फ़ौजी अच्छी-ख़ासी तादाद में मलाबार की ओर बढ़ें तो इसे जंग का इशार माना जाए।[8] साथ में जंग की धमकी दिए बिना, टीपू की दुश्मनाना हरकतों की निन्दा मात्र को उचित न समझा जाए। टीपू अगर वास्तव में शान्ति चाहता होगा तो ऐसी निन्दा उसे जंग के लिए भड़का सकती है। पर अगर उसकी मदद के लिए बाहर से बड़ी तादाद में फ़ौजी आएँ तो जंग का ऐलान कर दिया जाए।[9] इस तरह हर वक़्त जंग के लिए तैयार रहना सर जॉन की नीति थी : 'हम इसे एक अकाट्य सिद्धान्त मान सकते हैं कि हर वक़्त सक्रिय और व्यापक कार्रवाई के लिए तैयार अपने पड़ोसियों पर फ़ौज की ताक़त के सहारे शान्ति लादना सबसे बुद्धिमानी भरी हीं नहीं, सबसे किफ़ायती व्यवस्था भी है।'[10]

टीपू को डराने के लिए सर जॉन ने एक और क़दम उठाया। महासंघ के तीनों सदस्यों के दस्तख़त से उसके एक रुक़्क़ा भिजवाया जिसमें उसकी फ़ौजी तैयारियों की शिकायत की गई थी और उससे सफ़ाई तलब की गई थी।[11] इसका मक़सद टीपू को पुराने गठजोड़ के अस्तित्व का विश्वास दिलाना था कि यह न तो पूना की उथल-पुथल से टूटा है और न निज़ाम-मराठा युद्ध से। जवाब में टीपू ने इस तंबीह पर हैरत का इज़हार किया और सभी इलज़ामात ठुकरा दिए। उसने उन्हें भरोसा दिलाया कि वह अम्न

बनाए रखेगा। अंग्रेज़ इन आश्वासनों में सन्तुष्ट नहीं हुए। उन्होंने इनको टालमटोल और धोखाधड़ी कहा और उसके साथ उनके सम्बन्ध बगड़ते गए। पर सर जॉन ने जंग नहीं छेड़ी और उन लोगों के जोश पर लगाम लगाकर रखा जो जंग चाहते थे हालाँकि उसका विश्वास था कि 'अपनी महत्त्वाकांक्षा की राह में सबसे बड़ी रुकावट समझकर बर्तानवी ताक़त को नाबूद करना ही स्वाभाविक रूप से वह उद्‌देश्य है जिस पर उसकी निगाह सबसे ज़्यादा टिकी हुई है।'[12] फिर भी वह यही सोचता था कि टीपू अपने इरादों पर फ़ौरन अमल नहीं करेगा क्योंकि 'तब तक इन्तज़ार करना जब तक घटनाएँ महासंघ के सदस्यों में फूट न डाल दें, और हो सके तो खुद यह फूट डालना उसकी स्पष्ट नीति है।'[13]

सन्दर्भ और टिप्पणियाँ

1. *सेक्रेट जनरल लेटर्स टु कोर्ट,* 15 मई 1784
2. *पूना रेज़ीडेंसी करेस्पांडेंस,* खंड दो, संख्या 223
3. *सेक्रेट जनरल लेटर्स टु कोर्ट,* 31 अगस्त 1796, पैरा 24
4. *मिलिट्री संड्री बुक,* खंड 102, 8 अप्रैल 1798, पैरा 324
5. *सेक्रेट प्रोसीडिंग्स,* 18 फ़रवरी 1795, मिनिट्स ऑफ द गवर्नर-जनरल
6. *सेक्रेट जनरल लेटर्स टु कोर्ट,* 15 मई 1794
7. *सेक्रेट प्रोसीडिंग्स,* 17 नवम्बर 1796
8. *लेटर्स टु कोर्ट,* 30 सितम्बर 1796
9. *सेक्रेट कंसल्टेशंस,* 12 सितम्बर 1798, पृ. 900
10. *सेक्रेट प्रोसीडिंग्स,* 18 फ़रवरी 1795
11. सेक्रेट कंसल्टेशंस, 20 सितम्बर 1796, टीपू के नाम गवर्नर-जनरल का पत्र
12. *पोलिटिकल प्रोसीडिंग्स,* 18 फ़रवरी 1795
13. उपरोक्त

श्रीरंगपट्टम का पत्राचार और कर्नाटक की नवाबी

सी. एस. श्रीनिवासाचारी

7 अप्रैल 1800 को गवर्नर-जनरल ने कुछ ख़त और काग़ज़ात मद्रास भेजे जो श्रीरंगपट्टम के काग़ज़ात के बीच पाए गए थे। इनका सम्बन्ध टीपू सुलतान के साथ नव़ाब मुहम्मद अली और नवाब उम्दतुल-उमरा की ख़तो-किताबत से था। गवर्नर-जनरल ने मद्रास के गवर्नर लॉर्ड क्लाइव से उन हालात की छानबीन करने के लिए कहा जिनमें इन दोनों नवाबों ने अंग्रेज़ों के साथ ग़द्दारी का प्रदर्शन किया था, जिनका इशारा इन काग़ज़ात से मिलता दिखाई देता था। मिल का कहना है कि गवर्नर-जनरल ने छानबीन के मुद्दे पर पहले ही एक राय क़ायम कर ली थी और लॉर्ड क्लाइव को भी इसी तरह की राय क़ायम करने का सुझाव दिया था : 'इन तमाम दस्तावेज़ों से हासिल शहादतों से बेहद यक़ीनी तौर पर ऊपर दर्ज शख़्सियतों के बीच ख़ुफ़िया ख़तो-किताबत के बारे में मेरे शुबहों की ही ताईद नहीं होती बल्कि मेरी यह राय पक्की हुई है कि नवाब वालाजाह और नवाब उम्दतुल-उमरा की तरफ़ से, और ख़ासकर दूसरे शख़्स की तरफ़ से इनका मक़सद बर्तानिया के हितों के साथ बेहद गहरी दुश्मनी बरतना था।' उसने लॉर्ड क्लाइव से कहा कि नवाब की तख़्तनशीनी की तैयारी के बन्दोस्त फ़ौरन शुरू करे 'जो अब लाज़मी दिखाई देती है', हालाँकि उसकी ख़्वाहिश यह थी की छानबीन के पूरी होने तक यह तख़्तनशीनी रोक दी जाए। बेहद दो टूक ढंग से गवर्नर-जनरल ने आंगे कहा : 'जबकि नवाब के साथ कम्पनी के ताल्लुक़ात के बारे में ऑनरेबुल कोर्ट ऑफ़ डायरेक्टर्स की तरफ़ से मिले आदेश पर अभी मैं विचार कर रहा था, कुछेक ख़ुशक़िस्मती से भरे हालात के सबब यह ख़तो-किताबत सामने आ गई।'

छानबीन के आधार के रूप में भेजे गए इन काग़ज़ात में ये चीज़ें शामिल थीं—टीपू सुलतान और उसके दो वकीलों गुलाम अली ख़ान के बीच आए-गए कुछ ख़त, ये दोनों ही मैसूर के सुलतान के दोनों बन्धक बेटों के साथ 1792 में मद्रास गए थे; मद्रास में टीपू के बाद के दिनों के वकील से मिला एक ख़त; और एक ख़त जिसे कहते हैं कि नवाब उम्दतुल-उमरा ने जाली नाम से लिखा था। इन ख़तों में ऐसी कोई बात न थी जिसे साबित करनी पड़े और यही इस बात सुबूत था कि वे 'कुछ साबित करने की

ग़रज़ से गढ़े नहीं गए थे।' टीपू के वकीलों से दूसरी बातों के अलावा गुप्त सूचनाएँ देने को कहा गया था जिनमें फ़ोर्ट सेंट जॉर्ज की प्रतिरक्षा व्यवस्था का विवरण भी शामिल था। उनको ख़तो-किताबत कर सकने के लिए एक गूढ़लिपि भी दी गई थी। वकीलों ने अपने ख़तों में बन्धक शाहज़ादों के बारे में नवाब के रवैए का विवरण भी दिया था। एक ख़त की शहादत के मुताबिक़ नवाब मुहम्मद अली टीपू सुलतान से बहुत अन्तरंग था।[1]

वकीलों की रिपोर्टों के अलावा टीपू के ख़त भी थे जिनमें 'नवाब के सभ्याचार के जवाब और उसी तर्ज़ पर नेकदिली के अस्पष्ट ऐलानों' से ज़्यादा कुछ भी नहीं था। श्रीरंगपट्टम की दस्तावेज़ों में गूढ़लिपि की जो कुंजी मिली उससे पता चलता है कि नवाब वालाजाह को 'इनसानियत-दोस्त', टीपू सुलतान को 'दीन का मुहाफ़िज़ (रक्षक)', मराठों को 'क़ाबिले-नफ़रत', अंग्रेज़ों को 'नौवारद (नवागन्तुक)' और निज़ाम को 'सिफ़र (शून्य)' आदि कहा गया था। गूढ़लिपि टीपू के एक मुंशी की हस्तलिपि में थी।

इस मुआमले की तहक़ीक़ के लिए गवर्नर-जनरल ने वेब क्लोज़ को लेकर एक आयोग बनाया। पहले अली रज़ा से पूछताछ की गई जो टीपू के दो वकीलों में एक था और तब वेल्लोर में रह रह था। उसके बारे में आयुक्तों ने कहा कि 'हमने उसमें सच्चाई को बढ़ाने का एक संजीदा रुझान पाया।' उन्होंने दूसरे वकील गुलाम अली पर, जो तब श्रीरंगपट्टम में रह रहा था, सच्चाई छिपाने की कोशिशों का आरोप लगाया। उन्होंने ताईद की कि सुनवाई के दौरान नवाब वालाजाह या उसके बेटे ने नेकदिली की जो बातें कही थीं उनको उन्होंने शिष्टाचार के अलावा कुछ और नहीं समझा। अली रज़ा ने कहा कि उन बातों में बहुत ही अतिशयोक्ति से काम लिया गया था क्योंकि वकीलों का क़ायदा था कि 'सुलतान को ख़ुश करने के लिए लॉर्ड कार्नवालिस या नवाब वालाजाह की तरफ़ से जो भी बातें कही गई हों उनको बढ़ा-चढ़ाकर पेश किया जाए।' नवाब ने वकीलों के ज़रिए जो गुप्त सूचनाएँ भिजवाई थीं उनका मक़सद टीपू और अंग्रेज़ों के बीच अम्न क़ायम करना था जिसके अंग्रेज़ उन दिनों बहुत ही इच्छुक थे। श्रीरंगपट्टम और पूना के बीच उन दिनों हुई कुछ बातचीत से पैदा आशंकाओं के बारे में जानकारी मिलने पर वालाजाह ने टीपू को सलाह दी थी कि कम से कम कार्नवालिस का प्रशासन जारी रहने तक यह बातचीत रोक दी जाए। यह जानकारी मिलने पर कि अंग्रेज़ पांडिचेरी पर हमला करनेवाले थे, नवाब ने सुलतान को यह सलाह भी दी थी कि पांडिचेरी से अपना वकील वापस बुला ले और फ्रांसीसियों से ख़तो-किताबत बन्द कर दे।[2]

वकीलों के ख़तों में अंग्रेज़ों के लिए शिष्टचार का जो अभाव दिखाई देता है उसका कारण सम्भवतः यह ज्ञान था कि शिष्टाचार के प्रदर्शन का यह अभाव उनके मालिक की मर्ज़ी के मुताबिक़ होगा। ख़तों में बार-बार एक टुकड़ा आता है 'मुआमला जिसे आप जानते हैं, और अंग्रेज़ों को लग रहा था कि इसका मतलब इन दो मुस्लिम नेताओं द्वारा रची गई बहुत सारी गहरी साज़िशें हैं। पर आख़िर में पता चला कि इशारा कर्नाटक

और मैसूर के परिवारों के बीच विवाह-सम्बन्ध की ओर था। वकीलों की रवानगी से पहले उनसे नवाब की ख़ुफ़िया मुलाक़ातें, निजी ख़तो-किताबत के लिए उसकी ओर से एक गूढ़लिपि की पेशकश जिसका टीपू ने इस्तेमाल नहीं किया, वर्ष 1795-97 के दौरान बाद के दूतों मुहम्मद ग़यास और मुहम्मद ग़ौस से प्राप्त पत्र—ये सब शिष्टाचार के आदान-प्रदान के अलावा और किसी बात पता नहीं देते।

फ़ोर्ट सेंट जॉर्ज गवर्नर-इन-कौंसिल द्वारा 31 जुलाई 1801 को जारी घोषणा के परिशिष्ट में 21 पत्र प्रकाशित किए गए थे। मई 1800 में वेब और क्लोज़ ने वेल्लोर और श्रीरंगपट्टम में गवाहों से जो पूछताछ की थी उसे संसद ने 21 जून को कर्नाटक की दस्तावेज़ों के साथ छापने का आदेश दिया। आयुक्तों ने मुंशी हबीबुल्लाह और दीवान पूर्णैया की गवाही दर्ज नहीं की क्योंकि उससे कोई अहम बात साबित नहीं होती थी। मिल ने ज़ोर देकर कहा है कि पत्रों और बाद में वकीलों से पूछताछ से मिले साक्ष्य टीपू के साथ नवाब की किसी मुजरिमाना ख़तो-किताबत का कोई सुबूत नहीं देते थे और न दे सकते थे। आगे वह एक और अहम बात कहता है : 'लेकिन मैसूर सरकार की सारी दस्तावेज़ें हाथ में होने और उसके सारे ज़िन्दा कारकुनों को नियन्त्रण में लेने के बावजूद कोई और शहादत पेश करने में अंग्रेज़ों की मुकम्मल नाकामी इसकी उल्टी बात का सुबूत है क्योंकि एक मुजरिमाना ख़तो-किताबत का वजूद हो और वह अपने कुछ और सुराग़ न छोड़े, यह बात यक़ीन के क़ाबिल नहीं है।'

आयुक्तों ने श्रीरगंपट्टम में अपनी रिपोर्ट तैयार की और वहीं 18 मई 1800 को उस पर दस्तख़्त किए। इस तारीख़ के बाद एक साल से भी ज़्यादा अरसे तक गनर्वर-जनरल दूसरे मुआमलों में उलझा रहा, ख़ासकर निज़ाम के साथ अक्तूबर 1800 की गौण सन्धि में। उसके बाद ही उसने लॉर्ड क्लाइव को एक लम्बा ख़त लिखा जिसके साथ एक ख़त नवाब के नाम भी था। इस ख़त में उसने कहा कि निज़ाम के साथ हुई बातचीत के कारण मस्लहत इसी में थी कि कर्नाटक के सवाल को फ़िलहाल मुल्तवी कर दिया जाए। पर इस देरी से फ़ायदा यह हुआ कि श्रीरंगपट्टम के पत्राचार के विषय पर उसे बोर्ड ऑफ़ कंट्रोल और कोर्ट ऑफ़ डायरेक्टर्स की रायें भी मिल गईं। उसे यह जानकर प्रसन्नता हुई कि ये रायें उसकी अपनी और लॉर्ड क्वाइव की रायों से मेल खाती थीं। उसने लिखा कि इस पत्राचार और उसकी छानबीन के साक्ष्यों से उसे 'नवाब और टीपू के बीच मुजरिमाना ख़तो-किताबत के वजूद' का पूरा भरोसा था और इसलिए उसने नवाब को तख़्त से उतारने और उसकी सत्ता को कम्पनी के हवाले करने का फ़ैसला कर लिया था। उसने वेब को कलकत्ता बुलाया था और इस विषय पर वह जो कुछ जानता था, वह सब सुना था, और इस अतिरिक्त आधार पर उसने साक्ष्यों की छानबीन पर दोबारा निगाह दौड़ाई थी। पर उसने नवाब को समझाने की एक कोशिश और की कि वह एक सन्धि के ज़रिए प्रस्तावित व्यवस्था में शामिल हो। उसने लॉर्ड क्लाइव से नवाब की जानकारी में टीपू सुलतान के साथ उसकी ख़तो-किताबत के बारे में वे सारे सुबूत लाने को कहा जो अंग्रेज़ों के क़ब्ज़े में थे। साथ ही उसने लॉर्ड क्लाइव

से कहा कि वह नवाब को उसके निजी ख़र्च के लिए सालाना तीन लाख पगोड़ा की भारी रक़म का लालच दे। गवर्नर-जनरल को 'मरहूम टीपू सुलतान के साथ हितों का एका क़ायम करने के बारे में अर्काट के मरहूम और मौजूदा नवाब के आपराधिक उद्देश्य और वास्तविक प्रयास का' भरोसा था, ऐसे एका का जो 'नवाब कर्नाटक और कंपनी के बीच चली आ रही व्यस्थाओं से मेल नहीं खाता और भारतीय प्रायद्वीप में बर्तानवी ताक़त को नष्ट करने के लिए था।' क्लाइव के लिए उसका सटीक निर्देश था कि अगर नवाब प्रस्ताव को मानने से इनकार करे तो मद्रास सरकार कर्नाटक का नागरिक और सैनिक प्रशासन अपने हाथों में ले ले और अपने पूरे अधिकार और शक्ति का व्यवहार करे। अगर नवाब कोर्ट ऑफ़ डायरेक्टर्स में इस प्रस्ताव के ख़िलाफ़ अपील करे तो चूँकि सेलेक्ट कमेटी पहले ही उसकी सत्ता को समाप्त करने के प्रस्ताव को स्वीकृति दे चुकी है, नवाब की अपील स्वीकार न की जाए और उसे अपने आचरण की औपचारिक छानबीन कराने का अधिकार न दिया जाए। इस तरह ख़ुद अंग्रेज़ों के जुटाए साक्ष्यों के आधार पर, ख़ुद उन्हीं के द्वारा और उन्हीं के लिए की गई छानबीन के आधार पर, जिस पर वे जैसा ठप्पा भी चाहते लगा सकते थे, गवर्नर-जनरल ने अपना एकतरफ़ा फ़ैसला सुना दिया। मुलज़िम को सफ़ाई में एक भी सुबूत पेश करने या उस पर इल्ज़ाम लगाने के लिए पेश की गई शहादतों की जाँच-परख करने की इजाज़त नहीं दी गई।

नवाब एक प्रभुतासम्पन्न शासक था जिसने अंग्रेज़ों से एक सन्धि कर रखी थी, यह तर्क मिल ने पेश किया था। इसकी काट विल्सन ने की है जो कहता है कि नवाब कभी प्रभुतासम्पन्न शासक नहीं रहा लेकिन ब्रिटिश बादशाह के वज़ीरों ने *बेहद ग़ैर-मस्लहती और ग़लती कि के साथ* उसे ऐसा मान लिया था। पर कम्पनी के साथ उसके सम्बन्धों का इतिहास इस मान्यता का स्पष्ट खंडन करता है। विल्सन ने आगे कहा कि नवाब मूलतः दकन के निज़ाम के एक हाकिम के सिवा कुछ भी नहीं था जिसे निज़ाम अपनी ख़ुशी से नियुक्त कर सकता और हटा सकता था। उसे निज़ाम से आज़ादी अंग्रेज़ों ने दिलवाई और उसकी सुरक्षा उन्हीं के रहमो-करम पर थी। 'वह उनकी पैदावार था, उनका समकक्ष नहीं था।' विवाद बराबर मर्तबेवाले दो शासकों के बीच नहीं, मालिक और मुलाज़िम, शाह और रिआया के बीच था। यह अंग्रेज़ों की ग़लती थी कि उन्होंने नवाब के प्रभुसत्ता के दिखावों के बारे में अपने रवैए पर क़ायम रहे। विल्सन की राय में वेलेज़ली तक ने इस मुआमले में उदारता बरती और कमज़ोरी दिखाई क्योंकि उसने नवाब को एक ताबेदार नहीं, अंग्रेज़ों का सहयोगी एक प्रभुतासम्पन्न शासक मानकर सुलूक किया। अपने डिस्पैच में वेलेज़ली ने लिखा था : 'स्थिति की माँग है कि हम वैसा ही व्यवहार करें जैसा राष्ट्रों के सामान्य नियम के आधार पर एक रियासत ने ख़िलाफ़ किया जाता है, और यह कि हम भारत में ब्रिटिश साम्राज्य की ताक़त का इस्तेमाल करके माँग करें और ज़रूरी हो तो मजबूर करें कि हमारे अधिकारों और हितों की एक ऐसे बेवफ़ा सहयोगी की साज़िशों से पर्याप्त सुरक्षा की जाए जिसने एक

सार्वजनिक सन्धि का इस तरह हनन किया है कि ख़ुद को सार्वजनिक रूप से शत्रु की पंक्ति में खड़ा कर लिया है।' पर विल्सन तक की राय में संशोधन आवश्यक है।[3]

'एक सुविधाजनक समय में अंग्रेज़ों की राय थी कि नवाब एक स्वतन्त्रासम्पन्न शासक है। एक और अवसर पर उन्होंने बड़ी मेहनत से निज़ाम हैदराबाद से उसकी स्वतन्त्रता साबित की और ऐलान किया कि उसकी शक्ति का स्रोत सीधे मुग़ल बादशाह का फ़रमान था। एक और मौक़े पर कम्पनी ने बादशाह जॉर्ज तृतीय से उसके बराबरी के पत्राचार की कोशिश की निन्दा की, और अपनी सुविधा के लिए लॉर्ड वेलेज़ली राजनीतिक स्थिति के सवाल पर कम्पनी के आगे उसकी निश्चित अधीनता और उस पर उसकी निर्भरता की बातें कर रहे हैं।'[4]

ख़ैर, अब कहानी को आगे बढ़ाएँ। लॉर्ड वेलेज़ली ने साम्राज्यवाद का यह लफ़्फ़ाज़ी भरा तर्क पेश किया कि कर्नाटक की जनता के हित में नवाब के हाथों में से कम्पनी का अपने हाथों में प्रशासन ले लेना उचित था। कारण कि 'लाखों लोगों की भावनाओं का महत्त्व एक शख़्स की भावनाओं से अधिक था', और यह कि नवाब की प्रशासन और न्याय व्यवस्था चाहे जितनी बुरी हो, अंग्रेज़ अगर सिर्फ़ अपने हाथ में उसे ले लें तो जनता को उसे उससे कम तकलीफ़ें उठानी पड़ेंगी जितनी तब उठानी पड़तीं जब नवाब के हाकिम सरकार चलाते। इसी तरह कम्पनी ने यह भी कहा कि कर्नाटक पर उनकी अखंड सत्ता के संक्षिप्त काल में, हालाँकि उनके प्रशासन में न कहीं कोई कुशलता थी न उसे कोई कामयाबी मिली, कुछ कोशिशें नेक इरादों से की गईं और निश्चित ही कहीं अधिक विवेकपूर्ण उपायों से उन्हें आगे बढ़ाया जाएगा। आख़िरी बात, कर्नाटक की प्रभुसत्ता सँभालने के बारे में कम्पनी के क़दम रूपी मेहराब में मिल ने इस तरह एक शिलालेख जोड़ा : 'फिर भी मुझे विश्वास है ऐसा देखा जाएगा कि अपनी प्रभुसत्ता के काल में कम्पनी ने अपनी रिआया के लिए अधिक काम किए हैं, उनके प्रति अधिक नेकनीयती का परिचय दिया है, अपने हाथों में आई शैतानी ताक़तों से कम स्वार्थपूर्ण लगाव का प्रदर्शन किया है, सुधार की योजनाओं का अधिक खुले दिल से स्वागत किया है, और वह इसी काल के किसी और बादशाह के मुक़ाबले ही नहीं बल्कि दुनिया की सतह पर मौजूद दूसरे सभी बादशाहों से बढ़कर सुधारों का स्वागत करने की इच्छुक है।'[5]

गवर्नर-जनरल की हिदायतें जब लॉर्ड क्लाइव तक पहुँचीं, नवाब उम्दतुल-उमरा एक बीमारी से ग्रस्त था जो जानलेवा साबित हुई। गवर्नर इतना नेकदिल जरूर था कि उसने ख़त का समाचार देकर उसके मन को नहीं झकझोरा। पर जैसा कि कहा जा चुका है, उसने नवाब के महल के दरवाज़े पर और सामने के मैदान में एक अंग्रेज़ दस्ता कर्नल बैरेट की माँग पर तैनात कर दिया। बैरेट ने रिपोर्ट दी थी कि ग़ालिबन सुलतानुन्निसा बेगम के भड़कावे पर और उसके बेटे के लिए तख़्त हड़पने के मंसूबे लेकर तिरुचिरापल्ली से हिसामुल-मुल्क बहादुर के साथ आए कुछ हथियारबन्द चपरासी उथल-पुथल मचा सकते हैं और विरासत के सवाल पर हंगामा कर सकते हैं। गवर्नर

का निष्कर्ष था कि ये चपरासी किसी बुरे मक़सद से मद्रास लाए गए हैं, और उसने इसका अन्दाज़ लगाकर ख़ुद महल पर क़ब्ज़ा कर लिया। उसे यह शक भी था कि नवाब ने भारी ख़ज़ाना जमा किया था जिसे स्वार्थी लोग हटाने की कोशिश कर सकते हैं। मुहम्मद करीम के अनुसार बैरेट के अंग्रेज़ फ़ौज मँगाने पर ख़ुद नवाब ने रज़ामन्दी दी थी। पर हाल और जांस्टन के अनुसार ताजुल-उमरा के एक रुक़्क़े में, जिसमें उनसे यह गुज़ारिश की गई थी कि वे तख़्त पर उसके अधिकार के बारे में अर्ज़ी पेश करें, कहा गया है कि 5 जुलाई को जब सचमुच अंग्रेज़ दस्ता तैनात किया गया तब तक नवाब से या उसके किसी वज़ीर से न तो कोई सलाह ली गई थी और न उनसे सम्पर्क किया गया था।[6]

सन्दर्भ और टिप्पणियाँ

1. साल शीर 1220 के जाफ़री माह की 16 तारीख़ को अर्थात 4 अगस्त 1792 को सुलतान को लिखे गए ख़त में वकीलों ने रिपोर्ट दी कि जब नवाब से बताया गया कि सुलतान ने उसे शाह कहकर सम्बोधित किया है और यह कि 'जहाँपनाह ने आगे कहा है कि ख़ुदा नवाब वालाजाह का मुहाफ़िज़ हो जो एक शाह हैं, ईमानवालों के एक अगुवा हैं और दीन के एक सुतून (स्तम्भ) हैं' तो 'दीन के सुतून' शब्दों पर नवाब अपने आँसुओं को नहीं रोक सका। उसने कहा : 'मैं वही हूँ जो मैं अपनी जानकारी में हूँ। सुलतान से कहिए कि दीन के सुतून वे हैं; ख़ुदा उनका मुहाफ़िज़ हो और उन्हें लम्बी उम्र अता करे, क्योंकि मैं और सारे मुसलमान उन्हीं से क़ुव्वत पाते हैं, वरना यहाँ के मुआमले तो सब पर ज़ाहिर हैं—वह जो ज़ाहिर है उसे किसी तशरीह (व्याख्या) की ज़रूरत नहीं।' फिर वह आगे कहता है :

   'आप यहाँ के मुआमलों की हालत से परिचित हैं। तहे-दिल से आप मुझे अपना ख़ैरख़्वाह और सच्चा दोस्त समझें, और हमेशा इस बात पर भरोसा रखें कि ज़बान से या अमल से अगर मैं आपके भले के लिए कुछ भी कर सका तो उसके लिए अपनी कोशिशें उठा नहीं रखूँगा। अम्न क़ायम करने के बारे में मैंने जहाँपनाह को कुछ कहा और लिखा, ख़ुदा बेहतर जानता है कि तब उसका ख़्वाहिशमन्द कौन था और अब कौन है। लेकिन जहाँपनाह के पास बेपनाह ताक़त थी, वे एक अक़्लमन्द शख़्स थे, और दूसरों के मश्विरे सुनते थे, और मेरे कहे का उन पर कोई असर नहीं पड़ा...(मैंने) इसी के मुताबिक़ अम्न के उपाय सुझाए थे जिनकी मस्लहत का उन्होंने हज़ार तरह से आग्रह किया था; वे (अंग्रेज़) इस क़दर नाख़ुश हुए कि ख़ातिरदारी क़ुबूल किए बग़ैर चले गए; इतना ही नहीं, उनकी दुश्मनी को जहाँपनाह के मुल्क के हड़पे जाने का सबब कहा जा सकता है। फिर जब मुल्क की वापसी के हुक्म इंग्लैंड के बादशाह से मिले तो उन्होंने आपस में मश्विरा करके इलज़ाम लगाया कि जहाँपनाह टीपू सुलतान के बहुत क़रीबी थे, और इसलिए उनके मुल्क की वापसी मस्लहत के ख़िलाफ़ होगी, पर हिज़ लॉर्डशिप अकेले अपनी राय पर क़ायम रहे और जहाँपनाह के ख़िलाफ़ दूसरे सभी लोगों की दुश्मनी को नज़रअन्दाज़ करके उनका (जहाँपनाह का) मुल्क उन्हें हिज़ मैजेस्टी की हिदायतों के मुताबिक़ वापस कर दिया।'

   अपने एक ख़त में टीपू ने लिखा कि नवाब इस्लाम में ईमान रखनेवालों में पेश-पेश था। उम्दतुल-उमरा के लिए भी उसने ऐसी की बातें कहीं और उसे अपने बीच मौजूद सच्ची दोस्ती और नेकचलनी का फ़ख़्र था।

इन ख़तों के बारे में मिल कहता है कि 'एक अतिशयोक्तिपूर्ण शैली में दोस्ती के जज़्बात के ऐलानों के अलावा' इनसे और कुछ नहीं निकाला जा सकता है। ऊपर उद्धृत पत्र में कर्नल डवटन की एक मनगढ़न्त टिप्पणी भी थी जो उनकी सभी रिपोर्टों की वैधता को कम करती है। फ़ारसी से अनुवाद करनेवाला एडमंस्टोन खुद कहता है कि 'अगर नवाब के आचरण के साक्ष्य मैसूर के वकीलों के इन ख़तों पर पूरी तरह निर्भर हैं तो सुबूत को बेहद दोषपूर्ण और समस्याग्रस्त माना जा सकता है।'

2. वकीलों की रिपोर्ट में इन विषयों पर सिर्फ़ ये शब्द मिलते हैं : 'इस ख़ैरख़्वाह की राय में अभी जो मस्लहत की बात नज़र आती है वह यह है : जल्द ही हिज़ लॉर्डशिप यूरोप जाएँगे; ख़ुदा की मर्ज़ी हुई तो शाहज़ादे जल्द लौटेंगे और क़िस्तों की अदायगी जारी है; हिज़ लॉर्डशिप की रवानगी के बाद जहाँपनाह (टीपू) की जैसी भी मर्ज़ी हो, क़िस्तों का ख़ात्मा और दूसरे मुद्दे सही और मुनासिब होंगे; फ़िलहाल हर बात पर ख़ामोश रहना बेहतर होगा क्योंकि इस वक़्त हर हाल में जहाँपनाह की इज़्ज़त ही दाँव पर होगी।

   'हालाँकि अहमदी सरकार (टीपू की सरकार) की ओर से फ्रांसीसियों के साथ लम्बे समय से दोस्ती का ताल्लुक़ चला आ रहा है, फिर भी वक़्त के हालात पर ग़ौर करते हुए यह (अर्थात फ्रांसीसियों के साथ ख़तो-किताबत जारी रखना) मुनासिब नहीं होगा; अगर फ़ौरी अहमियत की कोई बात करने के लिए हो तो ज़बानी कहने में कोई उज्र नहीं है।'

3. 'यह मान लेना चाहिए कि इसका मतलब है एक हुक्मरान जो दुश्मन है और जो इतना कमज़ोर है कि मुक़ाबला नहीं कर सकता, उसे उसकी हुकूमत से महरूम किया जा सकता है, लेकिन अगर यह उसूल आमतौर पर सही हो, जो नहीं है, तो भी नवाब कर्नाटक के लिए अवाम की दुश्मनी इतने फ़ैसलाकुन ढंग से उभरकर सामने नहीं आई थी कि ऐसी भयानक सज़ा को मुनासिब कहा जा सके। हिन्दुस्तान में हमारे सियासी क़दमों को सही ठहराने के बारे में हमारी बहुत सी कोशिशों की असंगतियाँ और खोखलापन अकाट्य हैं। हमारे लिए सिर्फ़ इसी ऐलान पर खुद को क़ायम रखना ज़्यादा ईमानदारी और इज़्ज़त की बात होती है कि हिन्दुस्तान में बर्तानवी हुकूमत को क़ायम रखना हमारी पूरी नीति की बुनियाद है। कम से कम इस मौक़े पर यह बात भी आसानी से कही जा सकती थी कि कर्नाटक के मुआमलों के दोहरे प्रशासन को अलग-अलग करना और अर्काट के नवाबों की बद-इन्तज़ामी को ख़त्म करना कर्नाटक के अवाम के हक़ में है।'

4. मद्रास सरकार के कमिश्नरों और छोकरे नवाब ताजुल-उमरा के कारन्दों की बातचीत के पहले दिन भी, यानी ठीक नवाब की मौत के दिन, कमिश्नरों ने ऐलान किया कि आज़ाद ताक़तों के बीच झगड़े के मसलों का फ़ैसला 'अपनी-अपनी सुरक्षा के लिए हर पक्ष के पास मौजूद साधनों के सहारे' ही किया जा सकता है; और यह कि मौजूदा मिसाल में बर्तानवी सरकार के पास कम्पनी और मरहूम नवाब के बीच हुए समझौते और ख़ासकर 1792 की सन्धि की सुस्पष्ट धाराओं के उल्लंघन के बहुत सारे सुबूत हैं; और यह कि उन सुबूतों के पर्याप्त होने के बारे में सन्तुष्ट होकर ब्रिटिश सरकार अपने सहयोगी के आचरण पर किसी जज से सलाह-मश्विरा करने का कोई इरादा नहीं रखती, लेकिन ज़रूरी हुआ तो राष्ट्रों के सार्वजनिक क़ानून के सुस्थापित सिद्धान्तों का सहारा लेने के लिए तैयार रहकर उसने मरहूम नवाब उम्दतुल-उमरा से समझौते के हनन के बारे में अपनी तसल्ली और जहाँपनाह के दुश्मन सलाहकारों की भावी कार्रवाइयों से अपने अधिकारों और हितों की रक्षा की माँग करने का फ़ैसला किया था।' पेपर नम्बर 4, कर्नाटक अफ़ेयर्स, हाउस ऑफ़ कामंस, पेपर्स 128 ऑफ़ 1801-2 देखें।

5. मिल, *हिस्ट्री ऑफ़ ब्रिटिश इंडिया*, खंड छः, पृ. 331

6. नम्बर 18, कर्नाटक के मरहूम नवाब से सम्बन्धित काग़ज़ात जिनको 21 और 23 जून 1802 को छापने का आदेश दिया गया था।

समुदायों के आपसी सम्बन्ध

हिन्दुओं और हिन्दू संस्थाओं के लिए टीपू के धर्मादि

ए. सुब्बाराय चेट्टी

टीपू के बारे में लिखनेवाले लेखकों को तीन श्रेणियों में रखा जा सकता है। पहली श्रेणी में विल्क्स के नेतृत्व में विदेशी लेखक आते हैं जिनका कथन है कि टीपू औरंगज़ेब जैसा ही कट्टर मुसलमान था बल्कि उससे भी बदतर था। दूसरी श्रेणी में श्री एस. एन. सेन जैसे लेखक आते हैं। *इंडियन एंटीक्वैरी* (वर्ष 48, पृ. 102) में शृंगेरी के स्वामी के नाम टीपू के पत्रों पर लिखते हुए सेन ने लिखा है : 'टीपू अपने इलाक़े में हिन्दू धर्म के व्यवहार की इजाज़त देता था और अपनी पूरी प्रजा में लोकप्रिय था, पर मैसूर के इस कट्टर मुसलमान शासक ने दुश्मन के इलाक़ों की आबादी के बारे में यही सहिष्णुता नहीं दिखाई।' तीसरी श्रेणी के लेखकों का कथन है कि चूँकि शृंगेरी मठ के नाम उसके पत्र 1791 के बाद हैं, टीपू अपनी हुकूमत के बाद के वर्षों में हिन्दू धर्म में कुछ आस्था रखने लगा था। इसका कारण दुश्मन को नष्ट करने के मुआमले में मन्त्रोच्चार आदि हिन्दू क्रियाओं के कारगर होने में उसका विश्वास था और दुश्मन को नष्ट करना ही 1791 के बाद उसका एकमात्र उद्देश्य रह गया था। (डॉ. एस. कृष्णास्वामी आयंगर, साइडलाइट्स ऑन कैरेक्टर ऑफ़ हैदर अली एंड टीपू, *दि हिन्दू*, 2 अप्रैल 1939 देखें।)

पर इन लेखकों ने गहराई से इस विषय पर विचार नहीं किया है। किया होता तो उन्हें पता चलता कि अपनी हुकूमत के आरम्भ से ही टीपू हिन्दुओं का उतना ही हमदर्द और वफ़ादार था जितना मुसलमानों का था। अनेक हिन्दुओं और हिन्दू संस्थाओं को उसने बहुत से दान और धर्मादि दिए थे जो इस प्रकार हैं।

1782

(1) इलाक़ा बड़ामहल के आमिलदार हरिदासैया के नाम हुक्म कि वह देवदायम् और ब्रह्मदायम् (मन्दिरों और ब्राह्मणों को दिए गए धर्मादों) को छोड़कर सभी ज़मीनों और संपत्तियों को सरकार के लिए वापस ले ले। (बड़ामहल रिकॉर्ड्स, खंड पाँच, पृ. 39 देखें।)

(2) गंडीकोटा के अंजनेयस्वामी मन्दिर में पूजा के लिए एक व्यक्ति रामाचार वल्द

कोमाचार को मौजूदा कुडप्पा ज़िले में स्थित एक गाँव कोठानुथला का दान। (लोकल रिकॉर्ड्स, खंड चार, पृ. 434 देखें।)

(3) आमिलदार कोणप्पा के नाम मराठी में जारी एक सनद जिसमें उसे हिदायत दी गई थी कि वह पुष्पगिरि मठ के स्वामी को थोंगापल्ली और गोलापल्ली की मालगुज़ारी का इस्तेमाल करने दे। (लोकल रिकॉर्ड्स, खंड चार, पृ. 474 देखें।)

(4) एक सनद जिसमें कुडप्पा ज़िले में वेंकटचलापल्ली मन्दिर में प्रचलित पूजा को जारी रहने देने और पुलिवंडला में स्थित अंजनेयस्वामी मन्दिर में बन्द हो चुकी पूजा को दोबारा शुरू कराने का हुक्म दिया गया था। (लोकल रिकॉर्ड्स, खंड चार, पृ. 280 देखें।)

(5) गट्टूपेट में स्थित नरसिंहस्वामी मन्दिर के ख़र्चों के लिए उसी स्थान में स्थित अग्रहारम् का 'सर्ब मनयम्' रूप में, अपने पूर्वज के समय से कम दर पर, दान। (लोकल रिकॉर्ड्स, खंड चार, पृ. 289 देखें।)

1783

(1) गाँव पोटलाडुर्थी, तालुक़ा कमलापुरम् के दक्षिण में हिमकुंडल लक्ष्मीनरसिंह सोमैयाजी और पाँच दूसरे व्यक्तियों को एक अग्रहारम् का दान। (लोकल रिकॉर्ड्स, खंड दो, पृ. 294-95 देखें।)

1784

(1) एक सनद जिसमें वेंकटाचलन शास्त्री और अनेक ब्राह्मणों को वेंकटमूपल्ली अग्रहारम् का दान देकर उनसे कहा गया था कि वे उसकी लम्बी आयु और समृद्धि के लिए प्रार्थना करें। (बड़ामहल रिकॉर्ड्स, खंड पाँच, पृ. 135 देखें।)

(2) बाबा बुडनगिरि में एक पीठ है जिसे दत्तात्रेय पीठ कहा जाता है। यहाँ एक शिलालेख है जिसमें कहा गया है कि टीपू ने पीठ को वे 20 गाँव लौटा दिए थे जो उसे मूलतः अणेगोंडी के राजाओं ने दिए थे। (*मैसूर आर्कियोलाजिकल रिपोर्ट,* 1931, पृ. 21 देखें।)

1785

(1) मेलकोटा के नरस्वामी मन्दिर को 12 हाथियों का दान, ये वहाँ नायक श्रीनिवासाचार के ज़रिए भेजे गए थे। (एस.आर. 77, *एपिग्राफिया कर्नाटका,* वर्ष 3 देखें।)

(2) कृणमपट्टम को चिन्तागुंटा का दान। (लोकल रिकॉर्ड्स, खंड तीन, पृ. 32 देखें।)

1786

(1) मेलकोटा के नरसिंहस्वामी मन्दिर को केटिलड्रम का दान। (*मैसूर आर्कियोलाजिकल रिपोर्ट,* 1916, पृ. 39 देखें।)

(2) कन्नड़ लिपि में एक संस्कृत श्लोक जिसमें तुंगभद्रा के तट पर मन्दिरों और ब्राह्मणों को दान में दी गई भूमियों का उल्लेख है। (लोकल रिकॉर्ड्स, खंड चौबीस, पृ. 16 देखें।)

(3) रामकृष्णम्, बोटलू के नाम शोत्रायम् रूम में गाँव रामकृष्णम् बोटलूपल्ली का दान। (लोकल रिकॉर्ड्स, खंड तीन, पृ. 32 देखें।)

1787

(1) ब्राह्मणों की राज़ी-खुशी से एक हिन्दू मन्दिर की बग़ल में स्थित ज़मीन पर एक मस्जिद बनाने की इजाज़त। (*मैसूर आर्कियोलाजिकल रिपोर्ट,* 1935, पृ. 61; कर्नल माइल्स, *हिस्ट्री ऑफ़ द दीन ऑफ़ टीपू सुलतान,* देखें।)

1788

(1) एक मराठी शिलालेख जिसमें आसिफ़ मुहम्मद को हुक्म दिया गया है कि रंगाचारलू और सुमति श्रीनिवासचारलू द्वारा दूसरे भत्तों के साथ-साथ गाँव ओबल्लापेट और गाँव कोप्पोलू (की मालगुज़ारी) का इस्तेमाल जारी रहने दे। (रंगाचारी, *इंस्क्रिप्शंस ऑफ़ मद्रास प्रोसीडेंसी,* कुड, पृ. 364 देखें।)

(2) माचून्नूर के चेन्नेकश्वरस्वामी मन्दिर के लिए सभी मनयम् जारी रखने की इजाज़त। (लोकल रिकॉर्ड्स, खंड दो, पृ. 275 देखें।)

(3) नरसिंह जोशी नाम के किसी पंचांगी को दस पगोड़ों की पुश्तैनी सालाना पेंशन स्वीकार करते हुए टीपू की एक सनद। (बड़ामहल रिकॉर्ड्स, अट्ठारह, पृ. 98 देखें।)

(4) वैद्य राम पंडित के लिए ताउम्र पेंशन जारी रखने का आदेश। (उपरोक्त, पृ. 98 देखें।)

1789

(1) वेंकन्नचारी और श्रीनिवास मूर्ति आचारी के लिए पेंशन की स्वीकृति। (उपरोक्त, पृ. 111 देखें।)

(2) टीपू का एक आदेश जिसमें बड़ामहल के आमिलदार हरिदासैया से कहा गया था कि गाँव कावेरी-पट्टी में चन्द्रमौलीश्वर के देवस्थानम् को उससे जुड़ी सारी ज़मीन 'पदीतरम्' और 'दीपरादानाम्' के लिए लौटाई जाए; इसके लिए सलेम ज़िला के शंकरैया पुजारी ने आवश्यक तथ्य प्रस्तुत किए थे। आदेश यह भी था कि वहाँ इस बीच प्रचलित रीति-रिवाज के अनुसार जो भी फ़सल वसूल की गई हो वह भी लौटाई जाए। (उपरोक्त, खंड पाँच, पृ. 116 देखें।)

1791 से 1799 तक : शृंगेरी मठ के नाम पत्र

(1) **1792 :** मैसूर पर मराठों के हमले के दौरान सरस्वती की जो मूर्ति मठ से हटा दी गई थी उसकी पुनर्स्थापना के लिए आवश्यक जन और धन की आपूर्ति।

1793 : शृंगेरी के स्वामी के नाम पत्र जिसमें उनसे प्रार्थना की गई थी कि वे उसी के (टीपू के) इलाक़े में रहें और उसकी समृद्धि के लिए प्रार्थना करें।

1782-1792

(1) एक आदेश कि अणयमपेटा के आनन्दभट गोपालभट के जो दान दिया गया था उसका 1/64 भाग उसी गाँव के लक्ष्मीनरसिंह पगोडा के रख-रखाव पर ख़र्च किया जाए। (बड़ामहल रिकॉर्ड्स, खंड पाँच पृ. 10 देखें।)

(2) नगर के वेंकटरामन मन्दिर को एक डच घंटे का उपहार। (इसे मलाबार के एक ईसाई गिरजाघर से लाया गया था।) (एन आर 78, *एपिग्राफिया कर्नाटका,* वर्ष 8, अंक 2 देखें।)

(3) नंजुनगढ़ के श्रीकान्तेश्वर मन्दिर को (चाँदी की) एक प्याली का उपहार। (*मैसूर आर्कियोलाजिकल रिपोर्ट,* 1918 देखें।)

(4) ज़िला दक्षिण कन्नड़ के कणक्कल में प्रचलित एक कहावत 'टीपू सुलतान अले रुप्पे' जिसमें कणक्कल के वीर हनुमान मन्दिर को टीपू द्वारा दिए गए चाँदी के गहनों का उल्लेख है।

(5) पेणूकोंडा का बाबैया दुर्ग और तोन्नूर के पास सैयद सालार मसूल साहिब का दुर्ग। (*मैसूर आर्कियोलाजिकल रिपोर्ट,* 1939, भाग दो, पृ. 27 देखें।)

(6) पेरवली काइफ़िट : टीपू की हकूमत के दौरान गाँव श्रीरंगा के मन्दिर में दैनिक, वार्षिक और दूसरी पूजाएँ, त्यौहार, जुलूस आदि होते रहते थे और मन्दिर से जुड़े हर व्यक्ति को परम्परा-सम्मत सुविधाएँ आदि प्रदान की जाती थीं। सभी पूजा-समारोहों के दौरान दरबार के सभी हाकिम सशरीर उपस्थित रहते थे। (*लोकल रिकॉर्ड्स,* खंड चालीस, पृ. 462-63 देखें।)

(7) टीपू के शासन-काल में कोमाड्डीतिमा में उरतूर स्थित प्रसन्ना वेंकटेश्वर मन्दिर में एक मूर्ति स्थापित की गई। मन्दिर के रोज़मर्रा के ख़र्चों के लिए बन्दोबस्त किए गए तथा मन्दिर के अर्चकारों और दूसरे मुलाज़िमों को दान में 'इनाम' की ज़मीनें दी गईं। (उपरोक्त, खंड दस, पृ. 180 देखें।)

1784

(8) टीपू की एक सनद जिसमें दौलताबाद के दो पगोड़ों, लक्ष्मीनारायण और सोमसुन्दरस्वामी, को 85 चक्रों का सालाना भत्ता जारी किया गया था। (बड़ामहल रिकॉर्ड्स, खंड बाईस, पृ. 8 देखें।)

टीपू सुलतान हिन्दू धर्म के रक्षक के रूप में

बी. ए. सलेतरी

इतिहासकारों ने जिन परवर्ती भारतीय शासकों पर बहुत कम ध्यान दिया है उनमें से एक मैसूर का टीपू सुलतान भी रहा है।[1] इसमें कोई आश्चर्य की बात नहीं कि हम उसे अपने यशस्वी पिता नवाब हैदर अली ख़ान से और उन दुश्मनों से और ख़ासकर अंग्रेज़ों से भी अलग खड़ा देखते हैं जिनके ख़िलाफ़ उसने अनथक लड़ाई की। आधुनिक अंग्रेज़ इतिहासकारों ने उसके बारे में जिस तरह की रायें पेश की हैं उनके लिए अंग्रेज़ों से उसकी अथाह नफ़रत भी कुछ कम ज़िम्मेदार नहीं है। मिसाल के लिए यह राय : 'उसकी भयानक मुस्लिम कट्टरता भी उसे ख़तरे के वक़्त ब्राह्मणों की प्रार्थनाओं का सहारा लेने से, यहाँ तक कि हिन्दू मन्दिरों में दान देने से बाज़ नहीं रखती थी।'[2] टीपू सुलतान के चरित्र के इस पहलू के बारे में स्मिथ ने अपने कठोर वक्तव्य को सिद्ध करने की कोशिश नहीं की है। प्रस्तुत लेख का उद्देश्य समकालीन पत्रों और अभिलेखों के आधार पर इसी पहलू पर और रौशनी डालना है।

सुलतान टीपू के चरित्र के इस पहलू का सम्बन्ध ख़तरों के वक़्त से नहीं था जैसा कि स्मिथ कहते हैं बल्कि शान्ति के काल से भी था; इसका आधार कोई राजनीतिक मस्लहत नहीं थी बल्कि यह आस्था और पूर्वोदाहरण का विषय था। अगर इतिहासकार बादशाहों के बारे में उनके विध्वंस के कामों से कोई राय क़ायम करें तो किसी काल या देश में क्या कोई ऐसा बादशाह मिलेगा जो निन्दा का पात्र न हो, इसमें गहरा सन्देह है। इसमें कोई शक नहीं कि सुलतान टीपू ज़्यादतियाँ करने का आदी था और इस बारे में उसके पिता की आशंकाएँ सही निकलीं।[3] पर अपनी कमज़ोरियों के बावजूद अपनी रियासत में हिन्दू धर्म के प्रचार-प्रसार के लिए उसने ईमानदारी से जो कोशिशें कीं उनके कारण बाद की नस्लों से मान्यता पाने के बारे में उसका ख़ास दावा बनता है। निम्नलिखित के अध्ययन से यह बात स्पष्ट हो जाएगी : (अ) एक मठ में जो आज आधुनिक मैसूर का एक राजकीय मठ है, धार्मिक रीति-रिवाजों में संरक्षण के बारे में उसकी भारी चिन्ता, (ब) हिन्दू मन्दिरों को उसके द्वारा दिए गए दान, और (स) हिन्दुस्तान के सबसे अधिक गणमान्य धार्मिक केन्द्रों में से एक केन्द्र की समृद्धि और उसकी स्थिति के बारे में उसका हार्दिक सरोकार।

(अ) धार्मिक रीति-रिवाजों सम्बन्धी सनद : हिन्दू धर्म के विषयों सम्बन्धी

विधि-निर्माता के रूप में टीपू सुलतान की भूमिका मैसूर नगर के श्री परक्कल मठ में सुरक्षित एक सनद से स्पष्ट होती है। यह सनद कन्नड़ भाषा में है और फ़ारसी-उर्दू के अलावा यह एक ऐसी भाषा थी जिसे सुलतान टीपू, जैसा कि स्मिथ ने लिखा है, धाराप्रवाह बोल सकता था।[4] यह सनद रियासत के राजकीय मन्दिरों के प्रबन्धक कुपैया को सम्बोधित थी। (श्रीमतु देवस्थानदसिमे-पारुपट्यागार कुपैयानिगे।) यह कुपैया के लिए लिखी गई और उसे भेजी गई थी, यह बात अगली पंक्ति से स्पष्ट हो जाती है : हुक्मनामा जिसे लिखा और भेजा गया। (बारसी कलुहिद निरूप।)

इस पर फ़ारसी हुरूफ़वाली एक मुहर लगी है जिसमें सुलतान टीपू का नाम आता है। इसकी तिथि 1186 हिजरी/1782-83 ईसवी है। सनद की दूसरी पंक्ति में हिन्दू चान्द्र वर्ष, महीना और दिन का ही ज़िक्र है (सिद्धार्थ सोम भाद्रपद बा 5) जो 15 सितम्बर 1783 के संगत है।

हुक्मनामे का सम्बन्ध मैसूर रियासत में कल्याणी नदी के तट पर स्थित सुप्रसिद्ध मेलुकोट या यादवगिरिक्षेत्र मन्दिर में कुछ प्रार्थनाओं के पाठ की विधि से है। हुक्मनामे में प्रत्यक्ष रूप से इस प्रश्न की विवेचना की गई है :

> कि सुना गया है कि (श्रीवैष्णवों के) भजन गाने के बारे में मेलुकोट मन्दिर में चली आ रही पुरानी पद्धति में (सुलतान टीपू के) आधिकारी ऐंसी समैया ने विघ्न डाला है [मेलुगोट-देवस्थानदल्ली पूर्वरभ्या नदादु बरुट्ट मिद्ददद्दानु ऐंसी समैयानु अद्दिमादी भिद् (ध) नंते]; कि अब हुक्म दिया जाता है कि भजन के दोनों रूप जो रामानुजदायपत्र और श्रीशैलदायपत्र से शुरू होते हैं, पुरानी परम्परा के अनुसार प्रयुक्त किए जाएँगे [पूर्व-प्रकारक्के रामानुजदाय पत्र-श्रीशैलदायपत्र सह-नदादु बरुवहागे नेमका-मादिसी-कलुहिसी-इद्दि (ध) तु]; कि राजकीय मन्दिरों के प्रबन्धक कुपैया मन्दिर के भक्तों के दोनों सम्प्रदायों के साथ न्याय करेंगे जो वडगाले और तेंगाले कहलाते हैं जो परम्परासम्मत ढंग से दोनों शैलियों में भजन गाएँगे (प्रकाराभ्या नदादु बन्दु यिरुवा प्रकारक्के वडगाले-तेंकाले उभय-पक-सवन्नु सरियागी-नादसिकोंडू बरुट्ट); कि यही उच्चाधिकारी कुपैया पुला लोकाचार (अर्थात पिल्लई लोकाचार्य, एक तेंगाली सन्त) की मूर्ति को जहाँ वह हाल में लाई गई थी वहाँ से हटाकर उसके मूल स्थान (मेलुकोट) ले जाएँगे (नूटनवागी तंदु यिरुव पुला-लोकाचारन्नु मोडालू यिद्दा बलिगे कलुहिसी); और यह कि यही उच्चाधिकारी भगवान तिरुनक्षत्र को जुलूस में केशवस्वामी मंडप और दूसरे पंडालों में ले जाएँगे, भगवान को लगाए गए भोग (प्रसादम) और पवित्र जल (तीर्थ) का प्राचीन परम्परा के अनुसार वितरण करेंगे और सामान्य गरिमा के साथ ईश्वर की सेवाओं का संचालन करेंगे (तिरुनक्षत्रक्के केशवस्वामी मुंत्तड मंटपगालिगे देवरन्नु बिगुमादिसी तीर्थ-प्रसाद सह प्रकु मेरेगे कोडिसुत्त स्वामी-सेवेयान्नु संब्रह्मदल्ली अगु-मादिसुवदु)।

आदेश था कि हुक्मनामे की एक नक़ल राजकीय लेखाधिकारी की बही में सुरक्षित रखी जाए और मूल हुक्मनामे को प्रकाल जिया (प्रमुख) के मठ में सुरक्षित रखा (शब्दशः चिपका दिया) जाए। (निरूप प्रति सानु-भागर रेखक्के बारासी परकाल जियारा मठदल्ली कट्टिटसिवुडु।)[5]

मेलुकोट मन्दिर में कुछ प्रार्थनाओं के गायन से सम्बन्धित सुलतान टीपू के इस आदेश की ख़ास दिलचस्पी का कारण यह तथ्य है कि इसमें एक ग़लती का सुधार किया गया है। यह ग़लती मैसूर के पिछले (हिन्दू) शासक राजा कान्तिराव नरसा राजा ओडेयार द्वारा जारी उस आदेश का नतीजा था जिसका सम्बन्ध ऊपर दर्ज दो सम्प्रदायों में से एक को दिए गए विशेषाधिकारों से था। कान्तिराव नरसा राजा ओडेयार द्वारा जारी एक सनद उसी मठ में सुरक्षित है। इस पर सिर्फ़ चान्द्र वर्ष विरोधी, ज्येष्ठ कृष्णपक्ष त्रयोदशम (24 जून 1709) की तारीख़ पड़ी है। इस सनद के अनुसार श्रीवैष्णवों के केवल वडगई या वडगाले सम्प्रदाय को ही यह विशेषाधिकार दिया गया है कि मेलुकोट के मन्दिर में प्रबन्ध नामक तमिल स्तोत्र पढ़ते समय रामानुजदायपत्र का भजन (तनियन) गा सकें।[6] अब सुलतान टीपू ने यह विशेषाधिकार तेंकलाई या तेंकाले नामक दूसरे सम्प्रदाय को भी प्रदान कर दिया।

एक शुद्ध धार्मिक विषय पर सुलतान टीपू द्वारा जारी आदेश के समझाने के लिए कुछ टिप्पणियाँ आवश्यक हैं। पहली बात, यह आदेश, इस लेख में आगे दर्ज दूसरे सभी आदेशों की तरह जनता की भाषा कन्नड़ में लिखा गया था। इससे पता चलता है कि फ़ारसी और उर्दू में सिद्धहस्त होने के बावजूद, इस तथ्य के बावजूद कि सुलतान एक अभारतीय वंश से अपना सम्बन्ध जोड़ सकता था, उसने खुद को पूरी तरह अपनी जनता के हितों से जोड़ना और शासकीय आदेशों को भी उन्हीं की भाषा में जारी करना बेहतर समझा। इसके अलावा यह आदेश सितम्बर 1783 का है। उसी साल अप्रैल तक टीपू बड़ी तेज़ी के साथ बेदनूर और मंगलौर की मुहिमें सर कर चुका था।[7] स्मिथ के अनुसार बेर्साइलीज़ की संधि की रू से मंगलौर जून 1783 तक सुलतान टीपू के हवाले किया जा चुका था।[8] यह सनद तीन माह बाद की है जब उसे दुश्मनों का कोई ख़ौफ़ नहीं था। इसके अलावा यह सनद उसके अपने एक अधिकारी द्वारा किए गए अन्याय का ही परिष्कार नहीं करती बल्कि मैसूर के पिछले हिन्दू राजा द्वारा की गई एक ग़लती का सुधार भी करती है। आख़िरी बात, इसमें दैनिक पूजा-अर्चना के कुछ ब्योरों से सम्बन्धित नियम-क़ायदे पाए जाते हैं, ख़ासकार वे जिनका सम्बन्ध जनता के सुज्ञात दक्षिणमार्गी और वाममार्गी सम्प्रदायों से हैं। इससे पता चलता है कि सुलतान टीपू हिन्दू मन्दिरों में पूजा-अर्चना के ब्योरों से परिचित था। इतना ही नहीं, उतनी ही दिलचस्पी की बात यह है कि वह मन्दिरों में विशेषाधिकारों और सम्मानों के बारे में उन नाजुक मतभेदों के बारे में भी संवेदनशील था जो जनता के इन दो सम्प्रदायों के बीच पीढ़ियों से चलते आ रहे थे।

(ब) मन्दिरों को दान : अब हम अगले नुक्ते यानी उसके द्वारा मन्दिरों को दिए

गए दानों पर आते हैं। उसकी रियासत के चार अलग-अलग भागों में स्थित चार भिन्न-भिन्न मन्दिरों को शाही दान पाने का विशेषाधिकार मिला हुआ था। ये थे राजधानी श्रीरंगपट्टम का रंगनाथ मन्दिर, मेलुकोट (तालुक़* श्रीरंगपट्टम) का नरसिंह मन्दिर, कलाले (तालुक़ नंजुनगढ़) का लक्ष्मीकान्त मन्दिर और नंजुनगढ़ का ही श्रीकान्तेश्वर मन्दिर। श्रीरंगपट्टम के सुप्रसिद्ध रंगनाथ मन्दिर को चाँदी की सात प्यालियाँ और चाँदी का एक काफ़ूरदान टीपू सुलतान पाच्चा (बादशाह) की ओर से दान दिया गया था, जैसा कि उन पर तहरीर लेख से पता चलता है।[9]

मेलुकोट के नरसिंह मन्दिर को सुलतान टीपू ने एक ताशा का दान दिया था। इस पर (फ़ारसी में) एक इबारत दर्ज थी जिसका हिन्दी अनुवाद इस प्रकार होगा : 'ऐ जल्दबाज़ो ! अली का दूसरा फ़तहयाब नगाड़ा, हैदरी सरकार की उम्दा निगरानी में तैयार किया गया। मुकम्मल होने की तारीख़ मैसूरी साल 1215 (1786 ई.), अत्ल (रित्ल) और 371/2 डाक (डांग)।'[10] यह सही है कि इस इबारत में सुलतान का नाम नहीं आता, पर मेलुकोट में चली आ रही कथाओं के अनुसार मन्दिर को यह नगाड़ा सुलतान टीपू का उपहार था।[11]

कलाले के लक्ष्मीकान्त मन्दिर को उस सुलतान ने चाँदी की चार प्यालियों और चाँदी के एक उगालदान (पडिगा) का दान दिया था। मेलुकोट के नारायणस्वामी मन्दिर को उसने चाँदी के एक उगालदान का[12] और नंजुनगढ़ के श्रीकान्तेश्वर मन्दिर को चाँदी की एक क़ीमती पत्थरों जड़ी प्याली का दान दिया था।[13] इन तमाम वस्तुओं पर इबारतें दर्ज हैं जो बताती हैं कि ये सुलतान टीपू बादशाह द्वारा इन मन्दिरों को दान में दी गई थीं। दूसरों साक्ष्यों के अभाव में यह कहना कठिन है कि ये दान शान्ति-काल में दिए गए थे या युद्ध-काल में।

लेकिन ऐन मुमकिन यही है कि ये दान सुलतान टीपू के मन में बैठे किसी डर का नतीजा नहीं थे। मेरा विचार है कि ये दान उस सुलतान की इन मन्दिरों के प्रति स्पष्ट अनुराग दिखाने की सच्ची इच्छा का परिचय देते हैं जिनकी ख़ुशहाली में उसने निजी तौर पर कुछ दिलचस्पी दिखाई थी। हिन्दू मन्दिरों को दान देते समय सुलतान टीपू नेक इरादों से प्रेरित था, हमारे यह विश्वास करने कें दो आधार हैं। पहला, उसके यशस्वी पिता ने ही मन्दिरों को दान देने की नीति शुरू की थी। मिसाल के लिए देवनहल्ली के गोपालकृष्ण मन्दिर में मौजूद एक चाँदी की प्याली पर दर्ज इबारत से पता चलता है कि यह चाँदी का बरतन नवाब हैदर अली ख़ान बहादुर से मन्दिर को दान में मिला था। इस पर 1760 की तारीख़ पड़ी है।[14] दूसरे, सुलतान टीपू की हिन्दू मन्दिरों को दान की नीति का उसके मुस्लिम हाकिमों ने भी अनुसरण किया। मिसाल के लिए जापर कान बोम्मनी (जाफ़र ख़ान बोमन्नी) ने, जो बादशाह टीपू सुलतान का आमिलदार था, एडेयुर, तालुक़ कुनिग्गल के सिद्धलिंगेश्वर मन्दिर को दो घंटे दान में दिए थे। इन

---

*तहसील के समकक्ष एक प्रशासनिक इकाई—अनुवादक।

दोनों घंटों पर दर्ज इबारत के अनुसार उस मुस्लिम हाकिम की तरफ़ से यह दान (भगवान) सिद्धलिंगेश्वरस्वामी को दिया गया था।[15]

(स) हिन्दू धार्मिक केन्द्र को संरक्षण : सुलतान टीपू अपनी विशाल हिन्दू जनता की आध्यात्मिक आवश्यकताओं का ध्यान रखने के प्रति उदासीन नहीं था, यह बात तीसरे और सबसे महत्त्वपूर्ण तथ्य से साबित होती है जिसका सम्बन्ध हिन्दू धर्म के प्रति उसके रवैए से था। इसका सरोकार ज्ञान के सुप्रसिद्ध हिन्दू केन्द्र शृंगेरी मठ से है जो भारत के इतिहास में हिन्दू-मुस्लिम सौहार्द्र का एक बहुत ही रोचक अध्याय है।

लेकिन यहाँ यह बात कहनी ज़रूरी है कि हिन्दू आध्यात्मिक केन्द्रों से बेहद सौहार्द्रपूर्ण सम्बन्ध बनाए रखने की परम्परा वास्तव में सुलतान टीपू के बुद्धिमान पिता नवाब हैदर अली ख़ान बहादुर की शुरू की हुई थी। इसी बादशाह की क़ायम की हुई मिसाल को उसके बेटे ने वफ़ादारी के साथ जारी रखा।

शृंगेरी मठ में कन्नड़ में लिखे गए ऐसे तीन पत्र सुरक्षित हैं जिन पर सुनहरे बेलबूटे बने हुए हैं। इनसे हमारे कथन की भरपूर पुष्टि होती है। ये पत्र उस मठ के प्रमुख को नवाब हैदर अली ख़ान बाहदुर के आदेश पर लिखे गए थे। एक का आरम्भ इस प्रकार होता है : 'शृंगेरी के यशस्वी स्वामी का नाम : श्री शृंगेरी-स्वामी गलावरिगे।' पत्र में स्वामी का नाम नहीं है। इसमें आगे कहा गया है कि शृंगेरी के स्वामी को नवाब हैदर अली ख़ान का सलाम क़ुबूल हो।[16] तारीख़ यूँ दी गई है : 'चैत्र बा 8 निरुद्धक्के।' जैसा कि स्वर्गीय राव बहादुर नरसिंहाचार्य ने सही तौर पर अनुमान लगाया था, यह साफ़ तौर पर विरोधीकृत के लिए ग़लती से लिखा गया है, और ऐसा अगर है तो चान्द्र वर्ष विरोधीकृत 1769 के संगत होगा। नवाब हैदर अली ख़ान का आगे कहना है कि वह खुद कुशलतापूर्वक है और यह कि स्वामी को अपने आध्यात्मिक साम्राज्य की गरिमा बनाए रखने के लिए बार-बार आदेश देते रहना चाहिए। (तम्मा-साम्बराज्य-वैभवतिसायगलिगे अगगि कट्टु मादिसी-कलुहिसुवहगे मादिसबेकु।) नवाब ने आगे बालाजीपन्त से वेंकटरमणैया की मार्फ़त सूचना मिलने की बात स्वीकार की है। [अडगि (शब्दशः वहाँ से) बालाजी पन्तरु वेंकटरमणैयाना संगडा साहा कट्टु मादिसी कलुहिस्तंत्था अभिप्राय सकलाड तिलियलायितु।]

उसके बाद पत्र में नीचे दर्ज दिलचस्प बातें कही गई हैं :

> आप (स्वामी) एक महान और धर्मप्राण व्यक्ति हैं। आपका स्म्मान करने की इच्छा करना हरेक के लिए स्वाभाविक ही है। चूँकि साहिब रघुनाथ राव ने मुझसे इच्छा जताई है कि मैं आपको उनके पास भेजूँ तकि वे आपके प्रति सम्मान व्यक्त कर सकें, मेरी प्रार्थना है कि आप इस यात्रा पर जाएँ और उनसे भेंट करें। आपकी यात्रा के लिए मैंने रामाजी के साथ एक हाथी, पाँच घोड़े, एक पालकी और पाँच ऊँट, देवी के लिए सुनहरी कपड़ा, (शृंगेरी मठ) के हवज (निशानी) के लिए रेशमी कपड़े के पाँच टुकड़े, आपके लिए शालों की जोड़ी और ख़र्च के लिए साढ़े दस हज़ार रुपए भेजे हैं। कपड़ों की दो

जोड़ियाँ भी भेजी गई हैं।

[तड तोड्डावरु मिद्धिरी सकलरिगु तम्मादर्शन तेगुडु कोल्लाबेकेंबा अपेक्षा भिरतक्कडु सुहजवे...री भी-साहिब रघुनाथ-रायरावरु सन्दर्शन निमित्यावगी सगिसी कालाह (कुलही) सबेक एम्बहागे होलिकलुहिसिड्डरिंड अडे मेरेगे तवमन्नु विवराव एल्ला बालाजी पन्तरु वेंकटरमणैयाना साहाश्रुत मडालगि परम्मरिसतक्कडु तम्मा पैनद बग्गे अणे। कुडूरे 5 पालकी। वंन्ते 5 साह रामाजी संगद कलुहिसी मिद्धितु देवारिगे निराजी सिरे। निशानी बग्गे तप्त 5 तमगे सलु 2 वेच्छक्के हट्टुवरे सविरा रुपयी साह कलुहिसी भिरुवडरिंग परम्मरीसिकोम्बा हागे मादिसबेकु धोत्रदा जोडुगलु 2 न्नु कलुहिसीभिद्धितु बडानोदिसटक्काडडु।][17]

उपरोक्त पत्र में दिलचस्पी का एक ख़ास पहलू पूना के पेशवा (बालाजी राव) के प्रमुख विरोधी रघुनाथ राव का हवाला है। पूना के मराठों के साथ समय-समय पर मैसूर रियासत के राजनीतिक टकरावों के बावजूद यहाँ हमें उसे उल्लेखनीय सम्मान का प्रमाण मिलता है जो मैसूर के सुलतान नवाब हैदर अली ख़ान ने रघुनाथ राव के प्रति दिखाया था। उपरोक्त पत्र में शृंगेरी के स्वामी का नाम नहीं दर्ज है पर वे थे अभिनव नरसिंह भारती जो 1767 से 1770 तक शृंगेरी के मठाधीश रहे। उनका नाम नवाब हैदर अली ख़ान के अगले पत्र में आता है जो उसी मठ में सुरक्षित है। इस दूसरे पत्र पर कोई तिथि नहीं है। इसमें स्वामी के आशीर्वचन-पत्र (आशीर्वाद पत्रिके) और नवाब के लिए उपहारों की पावती स्वीकारी गई है और स्वामी को विश्वास दिलाया गया है कि मठ को भूदान (इनाम) आदि क़ा मिलना जारी रहेगा। स्वामी से प्रार्थना की गई है कि जाकर मठ में पहले की तरह प्रसन्नतापूर्वक रहें। भेजे गए उपहार स्वीकार करने की स्वामी से प्रार्थना भी की गई है।[18] स्वामी अपने अध्यात्म-केन्द्र को लौटकर वहाँ प्रसन्नतापूर्वक रहें, इसका यह अर्थ लगाया जा सकता है, जैसा कि स्वर्गीय श्री नरसिंहाचार्य का कथन था, गुरु महाराज सम्भवतः शृंगेरी मठ से बाहर कहीं रह रहे थे।[19] गुरु के इस आत्मनिर्वासन का कारण ज्ञात नहीं है, पर यह भी असम्भव नहीं है कि इसका कारण उन दिनों का अनिश्चित राजनीतिक वातावरण और ख़ासकर खुद शृंगेरी के पास-पड़ोस में मराठों का धावा रहा हो। इसकी कुछ विस्तार से विवेचना हम जल्द ही करेंगे।

नवाब हैदर अली ख़ान बहादुर का तीसरा 'निरूप' (आदेश) 1780 का है। यह सभी राजकीय अधिकारियों को सम्बोधित है और उन्हें यह सुनिश्चित करने को कहा गया है कि जब शृंगेरी मठ के प्रतिनिधि श्रीचरण-कार्णके, दीपराध ने-कार्णके आदि धार्मिक शुल्क जमा करने के अपने आधिकारिक काम पर निकलें तो उनके काम में कोई बाधा न पड़े। इस आदेशपत्र में ऊपर एक मुहर लगी है जिसमें नवाब हैदर अली ख़ान का नाम और हिजरी तारीख़ दर्ज हैं।[20]

इस तरह 1769 से 1780 तक के बीच नवाब हैदर अली ख़ान बहादुर ने स्पष्ट कर दिया कि शृंगेरी के हिन्दू अध्यात्म-केन्द्र के मठाधीश के साथ मैसूर के मुस्लिम शासकों के सम्बन्धों के इतिहास में एक नया अध्याय शुरू हो चुका है। यही वह

पृष्ठभूमि है जिसमें हमें आध्यात्मिक ज्ञान के इसी हिन्दू केन्द्र के साथ सुलतान टीपू के सम्बन्धों से जुड़े तथ्यों को रखकर देखना होगा।

हमारे वृत्तान्त के इस भाग के लिए सूचनाओं के स्रोत शृंगेरी मठ के गुरु के नाम सुलतान टीपू द्वारा कन्नड़ में लिखे गए लगभग 30 पत्र हैं। इन पत्रों का अध्ययन निम्नलिखित शीर्षकों के अन्तर्गत किया जा सकता है : उनकी विशेषताएँ, उनके विषय और उनका महत्त्व।

पत्रों की विशेषताएँ

इन पत्रों में ऊपर गोल शाही मुहर लगी हुई है और सभी का काग़ज़ लाल रंग का है। ये पत्र 1791 से 1798 तक के हैं पर तारीख़ें मौलूदी वर्ष में दी गई हैं जो पैग़म्बर हज़रत मुहम्मद साहब के जन्म से आरम्भ होता है। सुलतान टीपू द्वारा शुरू की गई 'अबतस' प्रणाली के अनुसार दिए गए मुस्लिम वर्षों और महीनों के साथ अधिकतर मुआमलों में संगत हिन्दू चान्द्र वर्ष, महीने और तिथियाँ दी गई हैं। उनकी अभिवादन और सम्बोधन की शैलियाँ अलग-अलग हैं। शृंगेरी के गुरु को सम्बोधित किए गए पत्र इस प्रकार आरम्भ होते हैं :

> शृंगेरी के सच्चिदानन्द भारती स्वामी के नाम, जो श्रीमत-परमहंस की सामान्य उपाधि और दूसरी ऐसी ही उपाधियों से विभूषित हैं, टीपू सुलतान बादशाह का सलाम पहुँचे।

दूसरों को सम्बोधित पत्रों का आरम्भ इस प्रकार होता है :

> जल्ल व अजा हू-अल-मालिकुल-मन्ना—टीपू सुलतान बादशाहे-ग़ाज़ी ख़ल्लाद-अल्लाहू मुल्क-हू व सल्तनत-हू।[21]

हम 20वीं सदी के लोगों के लिए ख़ास दिलचस्पी की बात यह है कि इन सभी पत्रों में टीपू ने अपने मज़हब और अपनी लाखों हिन्दू प्रजा के धर्म के बीच मौजूद भेदों की ओर एक बार भी इशारा नहीं किया है। इन पत्रों में हर जगह उसने अपने को उस मुल्क से एकाकार किया है जिस पर वह हुकूमत कर रहा था। मतलब यह कि सुलतान टीपू समझता था कि उसकी जनता से अलग उसका कोई अस्तित्व नहीं है।

पत्रों के विषय और उनका महत्त्व

इन पत्रों के विषय तीन बातों पर आधारित हैं—मुल्क पर दुश्मनों के तीन समूहों का हमला, शृंगेरी मठ पर मराठों के धावे, और शुद्ध निजी मुआमले जिनका सम्बन्ध शृंगेरी गुरु के कल्याण और नागरिक प्रकार की कुछ बातों से है। इसमें शक नहीं कि सुलतान

टीपू जब तीन प्रकार के दुश्मनों का हवाला देता है तो वह शत-चंडी-जाप और सहस्र-चंडी-जाप जैसे कुछ धार्मिक कृत्यों के सहारे अपने शत्रुओं के विनाश की कामना करता है। मसलन मौलूदी साल 1219 के माह हैदरी (भाद्रपक्ष) की दूसरी तारीख़ को लिखे गए पत्र में सुलतान टीपू गोपालदास की मार्फ़त भेजी गई इस सूचना की प्राप्ति स्वीकार करता है कि ग़द्दारों के विनाश के लिए शत-चंडी-जाप और सहस्र-चंडी-जाप कराने का प्रस्ताव किया गया है, और वह स्वामी से प्रार्थना करता है कि वे ये जाप कराएँ ताकि तीनों तरह के दुश्मन—जो ज़ाहिर है अंग्रेज़, मराठे और निज़ाम हैं [यी-राजदल्ली बन्दु उपद्रमदुवा त्रि-वर्गरिंगु नसवगु (व) हगे]—ख़त्म हो जाएँ, और यह कि उसे होनेवाले ख़र्चों के ब्योरे भेजे जाएँ। यह पत्र हुज़ूर मुंशी नरसैया ने लिखा था।[22]

शृंगेरी के गुरु ने मैसूर के सुलतान की प्रार्थना पर अमल किया, यह बात मौलूदी साल 1219 अर्थात ज़बर्जाद (विरोधीकृत) साल 1971 के माह ख़ुरदली (आश्विन) में लिखे गए दो पत्रों से और उसी साल माह दीनी (कार्तिक) में लिखे चार पत्रों से स्पष्ट होती है। पहले वाले दो पत्रों में सुलतान टीपू ऊपर दर्ज जापों पर आनेवाले ख़र्चों के ब्योरों की जानकारी मिलने की बात स्वीकार करता है और स्वामी के इस निर्णय पर प्रसन्नता व्यक्त करता है कि देश के कल्याण और शत्रुओं के विनाश के लिए सहस्र-चंडी-जाप कराया जाएगा। फिर सुलतान टीपू सूचना देता है कि जापों के लिए आवश्यक सभी वस्तुएँ जुटाने के लिए आसफ़ (स्थानीय सूबेदार) को आदेश दे दिए गए हैं, तथा कोप्पा 'होबली' के आमिलदार को और नागर आसफ़ कचहरी के मुतसद्दी त्रयम्बक राव को शृंगेरी जाने, सभी आवश्यक वस्तुएँ जमा करने और मठ की आवश्यकता के अनुसार उसे देने का आदेश दिया गया है। इसमें स्वामी से प्रार्थना की गई है कि जाप के कृत्य में शामिल ब्राह्मणों को दान देने के बाद और हर रोज़ 1,000 ब्राह्मणों को भोज कराने के बाद निर्धारित नियमों के अनुसार वे जाप कराएँ। उसी साल 1791 (विरोधीकृत) के एक और पत्र में सुलतान टीपू स्वामी से कहता है कि जाप के समाप्त होने तक गोपाल-जोयीसा को वे अपने पास रखें और फिर उसे 'हुज़ूर' (शाह के सामने) भेज दें।

दीनी माह में लिखे गए पत्रों में सुलतान टीपू यह सुनकर प्रसन्नता व्यक्त करता है कि सहस्र-चंडी-जाप 12 कृष्ण आश्विन को शुरू किया जा चुका है; कि (ज़ाहिर है सुलतान की) ख़्वाहिश के मुताबिक़ मुम्मद रज़ा को एक परवाना भेजा गया है कि ध्यान रखे कि जाप के दौरान शरारती तत्त्व कोई गड़बड़ी न करने पाएँ; और यह कि सुलतान के चोबदार फ़क़ीर मुहम्मद के ज़रिए स्वामी के उपयोग के लिए एक ख़ूबसूरत पालकी भेजी गई है। फिर वह स्वामी से जाप समाप्त होने के बाद गोपाल-जोयीसा को सुलतान के पास भेजने को कहता है।[23]

उपरोक्त पत्रों को देखते हुए यह निष्कर्ष निकालना भ्रामक और ग़लत होगा कि सुलतान टीपू, जैसा कि स्मिथ ने कहा है, सिर्फ़ ख़तरों के वक़्त ब्राह्मणों की प्रार्थनाओं का सहारा लेता था। पहली बात यह कि राजा की सेना की सफलता के लिए मन्दिरों

में प्रार्थनाएँ करना प्राचीन भारत की परम्परा था, और हमारे समय में भी कोई अनहोनी बात नहीं है। मिसाल के लिए याद कीजिए कि प्रथम विश्वयुद्ध (1914-18) के दौरान पश्चिम में ब्रिटिश सेनाओं की सफलता के लिए पूरे भारत में मन्दिरों, मस्जिदों और गिरजाघरों में प्रार्थनाएँ की गई थीं। दूसरे विश्वयुद्ध के दौरान भी मित्र राष्ट्रों की सफलता के लिए पूरे भारत में विभिन्न धर्मों के अनुयायियों ने प्रार्थनाएँ की थीं जो ज़ाहिर है धुरी राष्ट्रों के विनाश के लिए थीं। इस बात से किसी इतिहासकार का यह निष्कर्ष निकालना ग़लत होगा कि भारत में ब्रिटिश सरकार केवल ख़तरों के समय में ही 'ब्राह्मणों की प्रार्थनाओं का सहारा' लेती थी ! अगर यह बात मान भी लें तो यह बात समझ में नहीं आती कि सुलतान टीपू ने अपने शत्रुओं के नाश के लिए, और बिना शक इन शत्रुओं में अंग्रेज़ भी शामिल थे, अगर शृंगेरी के गुरु से प्रार्थनाओं और जापों की गुज़ारिश की थी तो वह भला ग़लती पर कैसे था और क्यों था !

इसके अलावा ऊपर उद्धृत पत्रों में सुलतान टीपू ने कहीं यह नहीं कहा है कि खुद उसके लिए प्रार्थनाएँ और जाप किए जाएँ। वह साफ़ तौर पर कहता है कि तीन तरह के दुश्मन 'मुल्क को परेशान कर रहे हैं।' वास्तव में उसी साल (1791 में) माह जाफ़री (श्रावण) में लिखे गए एक पत्र में सुलतान टीपू ने स्वामी से कहा कि वे भगवान से प्रार्थनाएँ करें ताकि परेशान करनेवालों का नाश हो और मुल्क फले-फूले।'[24] यह बात मौलूदी साल 1218 (1791) के माह रब्बानी (फाल्गुन) की तीसवीं तारीख़ को स्वामी को लिखे गए एक और पत्र से भी साबित होती है। पत्र में कहा गया गया है :

> हम उन सेनाओं को दंड दे रहे रहे हैं जिन्होंने हमारे मुल्क के ख़िलाफ़ कूच किया है और हमारी प्रजा को परेशान कर रही हैं। आप एक धर्मप्राण और संसारत्यागी व्यक्ति हैं। चूँकि आपका कर्त्तव्य बहुजन के कल्याण की कामना करना है, मेरी आपसे विनती है कि आप मठ के दूसरे ब्राह्मणों के साथ ईश्वर से प्रार्थना करें ताकि सभी शत्रुओं की पराजय हो, वे भागें और हमारे मुल्क के सभी लोग प्रसन्नतापूर्वक रहें, और आप मुझे अपना आशीर्वाद दें।[25]

मौलूदी संवत 1219 (1791) के साल ज़बर्जाद (विरोधीकृत) के माह तमी (ज्येष्ठ) की 16वीं तारीख़ को लिखे गए एक और पत्र में सुलतान मुल्क की इन्हीं विपदाओं का हवाला देता है तथा स्वामी से दुश्मनों के विनाश और मुल्क के कल्याण के लिए प्रार्थना करने की विनती करता है।[26] किसी भारतीय शासक ने अपने हितों से अपनी जनता के हितों को इतने साफ़ तौर पर नहीं जोड़ा होगा जितना शृंगेरी के गुरु को ये पत्र लिखते हुए सुलतान टीपू ने जोड़ा था।

मैसूर के इस बहादुर हुक्मरान के जीवन के उपरोक्त पक्ष से कहीं बहुत अधिक महत्त्वपूर्ण वह पक्ष है जो शृंगेरी मठ में और उसके इर्द-गिर्द मराठों द्वारा मचाई गई भयानक तबाही से सम्बन्धित है। यहीं आकर हम सुलतान टीपू को हिन्दू धर्म के सच्चे रक्षक के रूप में देखते हैं—एक ऐसे राजनीतिक धन्धेबाज़ के रूप में नहीं जिसने हिन्दुओं

के बीच फैली अफ़रा-तफ़री का फ़ायदा उठाया हो बल्कि ज्ञान के महानतम आध्यात्मिक केन्द्रों में से एक के रक्षक के रूप में जबकि उस केन्द्र का सम्बन्ध उसके अपने धर्म से भिन्न एक और धर्म से था। यहाँ दर्ज घटनाओं का सम्बन्ध भयानक मराठा सिपहसालार परशुराम भाऊ से था जो सुलतान टीपू के इलाक़े के पश्चिमी भागों में अंग्रेज़ों से हाथ मिलाने की कोशिश कर रहा था। यह वर्ष 1791 और 1792 की बात है। मैंने और विस्तार से इन घटनाओं की चर्चा अन्यत्र की है।[27] जून 1791 में सिपहसालार परशुराम भाऊ चीतलदुर्ग की दिशा में बढ़ा जिस पर क़ब्ज़ा करने में वह नाकाम रहा। उसने आसपास के इलाक़े को उजाड़ डाला और उसी साल दिसम्बर के महीने में उसने शिमोगा पर हमला किया जो उसके हाथों आ गया। वह 1792 के मध्य तक शिमोगा के ही आसपास रहा और फिर बिदनूर की ओर बढ़ गया। यहाँ से उसका मुख्य सरोकार लॉर्ड कार्नवालिस से हाथ मिलाना था जब टीपू की राजधानी श्रीरंगपट्टम को घेर रहा था।

यहाँ हमारा सरोकार मराठा सिपहसालार परशुराम भाऊ के कृत्यों से और ख़ासकर शृंगेरी के सिलसिले में उसके कृत्यों से है तथा बाद में सुलतान टीपू की उस कार्रवाई से है जो उसने मराठों के कारण शृंगेरी मठ को हुए भारी नुक़सान को पूरा करने के लिए की। सुलतान के पत्र मराठों के हाथों खुद मठ में हुई तबाही का एक भयानक विवरण प्रस्तुत करते हैं। अपने सिपहसालार परशुराम भाऊ के नेतृत्व में उन्होंने मठ के गर्भगृह को अपवित्र किया, वेदी से देवी शारदा की पवित्र मूर्ति को उखाड़ फेंका और मठ से 60 लाख रुपयों का सामान लूट लिया।

इन पत्रों से विस्तृत उद्धरण देने की आवश्यकता है। मौलूदी साल 1219 (1791) के माह सामरी (आषाढ़) में लिखे गए तीन पत्र हमें ये सूचनाएँ प्रदान करते हैं :

मराठा घुड़सवारों ने शृंगेरी पर धावा बोला, बहुत से ब्राह्मणों और दूसरे लोगों को मारा या ज़ख़्मी किया, देवी शारदा की मूर्ति तोड़ दी और मठ की हर चीज़ उठा ले गए। फलस्वरूप शृंगेरी छोड़कर चले गए स्वामी फ़िलहाल अपने केवल चार शिष्यों के साथ करक्कल (अब मद्रास प्रेसीडेंसी के दक्षिण कनारा ज़िले में) रह रहे थे। उन्होंने सुलतान टीपू को पत्र लिखकर इन तमाम घटनाओं से परिचित कराया और उससे सरकारी सहायता की माँग की क्योंकि सहायता के बिना स्वामी के लिए देवी शारदा की मूर्ति की पुनर्प्रतिष्ठा करना सम्भव नहीं होता।

इस अपील पर सुलतान टीपू का उत्तर सही अर्थों में एक धर्मप्राण हिन्दू शासक की भावना के अनुकूल था। सुलतान का जवाब इस प्रकार था :

> जिन लोगों ने ऐसे पवित्र स्थल के विरुद्ध पाप किया है वे निश्चित ही बहुत शीघ्र अपने कुकृत्यों के परिणाम भोगेंगे क्योंकि कहा गया है कि हसदार्यः क्रियते कर्म रुदमिः अनुभूयते, अर्थात जो हँसते हुए पाप करते हैं वे रोते हुए उसके परिणाम भुगतते हैं। गुरुओं के साथ कुकृत्य से निःसन्देह वंश का नाश होता है। साथ में नागर के आसफ़ के नाम एक आदेश भेजा जा रहा है जिसमें उसे देवी

शारदा की पुनर्प्रतिष्ठा के लिए सरकार की तरफ़ से नक़द 200 राहती और 200 राहती मूल्य का अनाज और वांछित हो तो मुद्रा के बदले दूसरी वस्तुएँ देने का निर्देश दिया गया है। आप इनाम के ग्राम से भी आवश्यक वस्तुएँ प्राप्त कर सकते हैं। इस तरह देवी की पुनर्प्रतिष्ठा करने और ब्राह्मणों को भोज कराने के बाद कृपया हमारी समृद्धि और हमारे शत्रुओं के विनाश के लिए प्रार्थना करें।[28]

उसी साल (1791) के माह जाफ़री (श्रावण) में स्वामी के ही नाम लिखे गए पत्रों में से एक में सुलतान टीपू एक बार फिर शृंगेरी पर मराठों के धावे का हवाला देता है :

हम हुज़ूर से एक हाथी भी भेजेंगे। गुरुओं और मुल्क के साथ कुकृत्य करनेवाले जल्द ही ईश्वर के श्राप से नष्ट होंगे। जिन लोगों ने आपके मठ से हाथियों, घोड़ों, पालकियों और दूसरी वस्तुओं का हरण किया है वे ईश्वर द्वारा दंडित किए जाएँगे। देवी के लिए वस्त्र नरसिंह शास्त्री के हाथों भेजा गया है। कृपया देवी की पुनर्प्रतिष्ठा करें तथा हमारे कल्याण और हमारे शत्रुओं के विनाश की प्रार्थना करें।[29]

उसी साल (1791) के दीनी (कार्तिक) माह में लिखे गए पत्रों में से एक में सुलतान ने स्वामी से परशुराम (सिपहसालार परशुराम भाऊ) के नाम एक ताकीदी (आदेश) भेजने को कहा कि सिपहसालार मठ से ले जाए गए 60 लाख रुपयों के सामान वापस लौटाए। सुलतान ने स्वामी से विनती भी की कि एक मंडल अर्थात 48 दिनों तक नियमानुसार सहस्र-चंडी-जाप कराएँ जिसका हवाला ऊपर दिया गया है। फिर वह स्वामी को सूचना देता है कि नागर को देवी के लिए एक पालकी भेजने के आदेश भेज दिए गए हैं, और जल्द ही स्वामी के निजी उपयोग के लिए एक और पालकी हुज़ूर (टीपू के मुख्यालय) से भेजी जाएगी।[30] आगे 1792 के रहमानी (पौष) माह में लिखे गए पत्र में सुलतान ने स्वामी से कहा कि नरसिंह शास्त्री से सूचना प्राप्त करें जिसे सिपहसालार परशुराम भाऊ की तलाश में भेजा गया था। (ख़बर थी कि भाऊ मर चुका था।) फिर वह स्वामी से विनती करता है कि सुलतान के कल्याण के लिए और मुल्क में घुस आनेवाले तीन तरह के दुश्मनों के विनाश के लिए ईश्वर से तीन बार (प्रातः, दोपहर, सायंकाल) प्रार्थनाएँ करें।[31] सिपहसालार परशुराम भाऊ द्वारा मचाई गई तबाही और उसके पता-ठिकाने के बारे में सुलतान की भारी चिन्ता मौलूदी संवत 1220 (1793) के वर्ष सेहर (परिधवी) के अहमदी (चैत्र) माह में लिखे गए एक पत्र से व्यक्त होती है। इस पत्र में सुलतान स्वामी का पत्र मिलने की बात स्वीकार करता है जिसमें कहा गया था कि चूँकि परशुराम के पास भेजे गए दल का उत्तर अभी नहीं आया है, वे (स्वामी) स्वयं पूना तक भी जाने का इरादा कर रहे हैं। फिर वह स्वामी से विनती करता है कि वे श्रीरंगपट्टम आएँ ताकि सुलतान को उनके प्रति आदर-भाव व्यक्त करने का अवसर मिले, फिर वे नंजुनगढ़ और दूसरी जगहों पर जाएँ, और उसके बाद ही अपनी वांछित यात्रा पर जाएँ।[32]

शृंगेरी के गुरु के नाम सुलतान टीपू के पत्रों से उसके चरित्र के एक और पक्ष का भी पता चलता है कि जिसका सम्बन्ध शृंगेरी के गुरु के कल्याण और ज्ञान के ध्येय की प्रगति के बारे में उसकी हार्दिक कामना से है। शृंगेरी के स्वामी को भेजे गए हरेक पत्र में सुलतान टीपू उनके प्रति अपनी भारी श्रद्धा व्यक्त करता है तथा उनसे सुलतान और रियासत के कल्याण के लिए प्रार्थना करने और उसे अपना आशीर्वाद देने की विनती करता है। 1791 के सामरी (आषाढ़) माह में लिखे गए पत्रों में से एक में सुलतान टीपू प्रसादम् और शाल की प्राप्ति स्वीकार करता है तथा देवी के लिए वस्त्र व अंगिया और स्वामी के लिए एक जोड़ी शाल भेजने की बात करता है। उसी साल के उसी माह में लिखे गए एक और पत्र में सुलतान अपने हाकिमों को सम्बोधित करके आदेश देता है कि मठ के प्रतिनिधि अपने शिष्यों से मिलने जा रहे या मिलकर वापस आ रहे हों तो उन्हें रोका-टोका न जाए।[33] फिर 1791 के ज़करी (मार्गशीर्ष) माह में लिखे गए पत्रों में से एक में, जिसका सम्बन्ध स्वामी की निजी सुरक्षा और मठ की सम्पत्ति की सुरक्षा से है, सुलतान स्वामी को सूचित करता है कि कोप्पा 'होबली' के आमिलदार को आदेश देता है कि मुकालिगों की ओर से कोई गड़बड़ी न होने दे, और यह कि ज़ाहिर है आमिलदार की सुरक्षा के लिए हुज़ूर से कुछ बाड़ सिपाही भेजे जाएँगे।[34] इसके अलावा 1792 के माह हैदरी (भाद्रपद) की एक राहकरी में सुलतान ने रियासत के हाकिमों को आदेश दिया कि यथोचित सम्मान के साथ स्वामी की अगवानी करें और उनकी आवश्यकताओं का ध्यान रखें। 1793 के दीनी (कार्तिक) माह में लिखे गए एक और पत्र में सुलतान स्वामी से विनती करता है कि वे उसे अपने पता-ठिकाने की जानकारी देते रहें।[35]

1793 के माह रज़ी (माघ) के एक और पत्र से हमें पता चलता है कि सुलतान स्वामी को कितना सम्मान देता था। स्वामी के पत्र की प्राप्ति स्वीकार करने के बाद सुलतान लिखता है :

> आप जगद्गुरु हैं। आप हमेशा प्रायश्चित करते रहते हैं ताकि पूरे जगत में समृद्धि आए और जनता सुख-चैन से रहे। कृपा करके ईश्वर से हमारी समृद्धि की प्रार्थना करें। जिस देश में भी आप जैसी सन्त आत्माएँ रहती हैं वह देश अच्छी वर्षा और फ़सलों से समृद्ध होगा। आप एक ग़ैर-मुल्क में इतने समय से क्यों रह रहे हैं ? कृपया अपना काम शीघ्र पूरा करके वापस आइए।

यह पत्र हुज़ूर-मुंशी सुब्बाराव ने लिखा था। मूल पत्र इस प्रकार है :

> (शब्दों से रहित मुहर) श्रीमत परमहंसदी-यथोक्तविरुद-अंकितार-शृंगेरी-श्री-सच्चिदानन्द भारती-स्वामी-गलवारिगे टीपू सुलतान-पादशाहरावरु सलाम तौ बराती कलुहिंसित पत्रिकेयिन्द सकल-भिप्रभवु तिलियलचियतु तौ जगंतगुरुगलु सर्वलोकाकु क्षेमव-अगबेकु जनदल्ली (जनरल्ली ?) स्वस्थदल्ल भिरबेक एम्बदगी तापस्सु मदुत्तले यिद्धीरी सरकरद क्षेमो उत्तरोत्तर अभिवर्धमान अगुवन्ते त्रिकाल तपस्सु मादुवल्लिपु

ईश्वर-प्रार्थने मदुत्त बारुवहु तम्मनथा डोड्डावरु यव-देसदल्ली यिद्धरे अ-देसाक्के मले-बेले सकलाऊ अगी सुमिक्षण अगि यिरतक्कड-अड्डरिंड परस्थादल्ली बाहला दिवस तौ भटक्के यिरबेकु होडा केलास वन्नु क्षिप्रदल्ली अनुकूलपडीसिकोंडु स्थलक्के सगी बरुवान्ते मादिसुवादु तारीख़ 29 माहे राज़ीसाल सेहर सन्न 1220 मुहम्मद परिधवी संवत्सर माघ ब (हूल) 14 लु ख़त्त सुब्बाराव मुंशी हुज़ूर। (टीपू सुलतान का हस्ताक्षर)[36]

1793 के बाद माह रब्बानी (फाल्गुन) के एक और पत्र में सुलतान ने स्वामी को सूचित किया कि शृंगेरी देवताओं के त्यौहार उसके द्वारा निर्धारित नए पैमाने के अनुसार मनाए जा रहे हैं, और यह कि नागर के आसफ़ को यह ध्यान रखने का आदेश दिया गया है कि चात्र (विश्रामगृह) में (तीर्थयात्रियों आदि को) सन्तोषजनक ढंग से भोजन कराया जाए। फिर वह स्वामी से विनती करता है कि वे उसे समय-समय पर अपना शुभ समाचार देते रहें।[37] स्वामी सच्चिदानन्द भारती के सुख-चैन में सुलतान टीपू जो निजी दिलचस्पी लेता था उसकी पुष्टि तीन और पत्रों से भी होती है। इनमें से पहला मौलूदी संवत 1222 (1794) के साल रसाजी (आनन्द) में माह अहमदी (चैत्र) का है। इसमें सुलतान स्वामी का वह पत्र मिलने की बात स्वीकार करता है जिसमें कहा गया था कि वे माघ शुक्ल पंचमी को चलेंगे। फिर सुलतान उनके साथ में नारायण भट्ट को भी लाने की प्रार्थना करता है। रज़ी (माघ) 1795 के पत्र के अनुसार सुलतान को स्वामी की बीमारी का पता चल चुका था। वह कहता है कि ईश्वर की कृपा से स्वामी की बीमारी शीघ्र दूर हो जाएगी, इसका उसे विश्वास है। फिर वह स्वामी की वापसी की यात्रा के लिए एक राहदारी भेजने की बात करता है। मौलूदी संवत 1224 (1796) के साल हरासत (नल) के ज़ाफ़री (श्रावण) माह के एक और पत्र में भी राहदारी भेजने का भरोसा दिलाया गया है और स्वामी से विनती की गई है कि स्वामी जिस तीर्थ की यात्रा पर जानेवाले हैं वहाँ वे सुलतान के कल्याण के लिए ईश्वर से प्रार्थना करें।[38]

अपने मुल्क की बौद्धिक प्रगति को आगे बढ़ाने के बारे में सुलतान की तीव्र आकांक्षा का पता एक और पत्र से चलता है जो सुलतान ने इसी स्वामी को भेजा था। पर यह पत्र मौलूदी संवत 1225 (1798) के साल साज़ (पिंगल) के रज़ी (माघ) माह का है। इसमें सुलतान सरकारी आदेश से साल कालयुक्त के लिए तैयार कराए गए नए पंचांग को भेजने की बात करता है, स्वामी से उसका उपयोग करने की प्रार्थना करता है और सुलतान को अपना आशीर्वाद देने की विनती करता है। इसमें सुलतान स्वामी से भेंट करने के लिए बहुत बेचैन दिखाई देता है। इसी से यह बात स्पष्ट होती है कि उसने मौलूदी संवत 1226 (1798) के साल शादाब (कालयुक्ति) के माह दीनी (कार्तिक) में लिखे गए पत्र में क्यों स्वामी को हुज़ूर में आमन्त्रित किया और एक राहदारी भेजने की बात कही।[39]

ऊपर उद्धृत बहुत सारे पत्रों से यह बात असंदिग्ध रूप से प्रमाणित होती है कि दूसरे मुआमलों में सुलतान टीपू की चाहे जो ख़ामियाँ रही हों, वह हिन्दुओं के प्रसिद्धतम

तीर्थस्थलों में से एक का शुभाकांक्षी था और यह कि, युद्ध का काल हो या शान्ति का, वह प्रार्थनाओं तक के मुआमले में अपने पर अपने देश को प्राथमिकता देने को तैयार था। शंकराचार्य का यह पीठ जब राजनीतिक विपदाओं से घिर गया तो वहाँ हिन्दू धर्म के ध्येय को सहारा देने के लिए जो फ़ौरी क़दम उसने उठाए, इसके लिए लोग उसके आभारी रहेंगे।

सन्दर्भ और टिप्पणियाँ

1. इस लेख का काफ़ी बड़ा भाग मैं टाइप कर चुका था। उसके काफ़ी समय बाद मेरे छोटे भाई डॉ. आर.एन. सलेतरी ने, जिसे अकस्मात मेरी पांडुलिपि को पढ़ने का अवसर मिला, मुझसे कहा कि उसने कुछ समय पहले कलकत्ता की पत्रिका *न्यू रिव्यू* में लगभग ऐसा ही लेख लिखा है। सुलतान टीपू पर डॉ. आर.एन. सलेतरी के इस लेख को मैंने नहीं देखा है। मेरा विश्वास है कि इसमें उसी विषय की विवेचना की गई है जिसकी मैंने की है, मगर थोड़े से भिन्न दृष्टिकोण से की गई है।
2. विनसेंट स्मिथ, *आक्सफ़र्ड हिस्ट्री ऑफ़ इंडिया,* संः एस.एम. एडवड्र्स, ऑक्सफ़र्ड, 1923, पृ. 585
3. बी. रामकृष्णराव, *दे ऐनल्स ऑफ़ रायल फ़ैमिली,* कन्नड़, मैसूर, 1916, खंड एक, पृ. 234-35
4. स्मिथ, पूर्वोक्त, पृ. 585
5. *मैसूर आर्कियोलाजिकल रिपोर्ट (एम ए आर),* वर्ष 1938 से सम्बन्धित, पृ. 124-25
6. उपरोक्त, पृ. 113-15 देखें। इन सनदों के लिए हम जिन डॉ. कृष्ण के आभारी हैं उन्होंने इस पद्य पर एक उपयोगी टीका लिखी है।
7. अज्ञात लेखक एम.एम.डी.डी.टी. की रचना *हिस्ट्री ऑफ़ हैदर शाह एलियास हैदर अली ख़ान बहादुर, एंड हिज़ सन, टीपू सुलतान* देखें। इसे टीपू सुलतान के एकमात्र जीवित पुत्र हिज़ हाइनेस प्रिंस गुलाब मुहम्मद ने संशोधित किया था। लन्दन-कलकत्ता संस्करण, 1855, पृ. 266-69 देखें।
8. स्मिथ, पूर्वोक्त, पृ. 545, 554
9. *एम ए आर, 1912,* पृ. 53 देखें। सुलतान टीपू द्वारा दान में दी गई घंटियों और दूसरे उपहारों पर लिखे इन और अन्य लेखों पर सबसे पहले स्वर्गीय रायबहादुर आर. नरसिंहाचार्य ने ध्यान दिया था। वे लिखते हैं कि तीन प्यालियों और काफ़ूरदान के दूसरे भागों में कुछ अन्य लेख भी हैं जो हमें बताते हैं कि ये कलाबे के एक सरदार कान्तैया द्वारा दान में दिए गए थे; और यह कि हो सकता है कि सुलतान टीपू उन्हें उठा ले गया हो पर उसने ये चीज़ें 'मन्दिर के श्रद्धालुओं की प्रार्थना पर नए सिरे से अपने लेख खुदवाकर' फिर से दान में दे दी थीं। उपरोक्त, पृ. 58-59 देखें।
10. यह सिर्फ़ एक परिकल्पना है जो किसी साक्ष्य से पुष्ट नहीं है। मेरा विचार है कि सुलतान टीपू ने इन वस्तुओं को मन्दिरों से जबरन नहीं हटवाया होगा बल्कि उन पर केवल अपनी ओर से कुछ लेख खुदवाए होंगे। एक ही वस्तु एक या एक से अधिक लेख लिखवाने की परम्परा रही है जैसा कि मैसूर के उपरोक्त बुज़ुर्ग पुरातत्त्वशास्त्री ने अपने अगले वाक्य में स्वयं कहा है। इस वाक्य का सम्बन्ध चाँदी की एक और प्याली पर 'अतिरिक्त चिह्न श्रीकृष्ण' से है जिससे पता चलता है कि यह महाराज कृष्णराज ओडियार तृतीय का उपहार था। उपरोवत, पृ. 59 देखें।
11. *एम ए आर, 1916,* पृ. 73-74
12. *एम ए आर, 1917,* पृ. 59

13. *एम ए आर, 1918,* पृ. 60
14. *एम ए आर, 1913-14,* पृ. 50-51 देखें। यह स्पष्ट तौर पर हैदर महान का जन्मस्थान है क्योंकि ऊपर उसके जिस अज्ञात फ्रांसीसी जीवनचरित-लेखक का हवाला दिया गया है उसकी राय में 'हैदर अली का जन्म 'देवनेल्ली' (देवनहल्ली) में हुआ था जो मुल्क बंगलौर में कोलार और ओस्कोटा (होसकोट) के बीच एक छोटी सी गढ़ी या क़िला है।' एम.एम.डी.डी.टी., पूर्वोक्त, पृ. 53-34 देखें। *ऐनल्स ऑफ़ द मैसूर रायल फ़ैमिली,* खंड एक, पृ. 176-77 में नवाब हैदर अली ख़ान के जन्मस्थान का ज़िक्र नहीं मिलता।
15. *एम ए आर, 1919,* पृ. 42
16. बीच की पंक्तियाँ 'हकीकत नरीफटा मंगलते' स्पष्ट नहीं हैं। सम्भवतः इनका अर्थ था 'आपसी पत्र-व्यवहार के द्वारा।'
17. *एम ए आर, 1913,* पृ. 41-42 और 73
18. उपरोक्त, पृ. 73
19. उपरोक्त
20. उपरोक्त
21. उपरोक्त
22. उपरोक्त, पृ. 42, 75
23. उपरोक्त, पृ. 74-75
24. उपरोक्त, पृ. 74
25. उपरोक्त
26. उपरोक्त
27. मेरी पुस्तक *मराठा डोमीनियन इन कर्नाटक* देखें।
28. *एम ए आर, 1916,* पृ. 74
29. उपरोक्त
30. उपरोक्त
31. उपरोक्त, पृ. 75
32. उपरोक्त
33. उपरोक्त, पृ. 74
34. उपरोक्त, पृ. 75
35. उपरोक्त
36. उपरोक्त, पृ. 43, 75
37. उपरोक्त, पृ. 75
38. उपरोक्त, पृ. 75-76
39. उपरोक्त, पृ. 76

मैसूर के मुस्लिम सुलतान और उनकी ईसाई प्रजा

जॉर्ज एम. मारिस

कनारा पर हैदर अली की फ़तह के समय तक वहाँ ईसाइयों का एक रचा-बसा और फल-फूल रहा समुदाय रह रहा था जिसमें ज़्यादार गोवा से प्रवास करनेवाले लोग थे। फिर इनमें इक्का-दुक्का पुर्तगाली व्यापारी भी थे और मिशनरियों द्वारा ग़ैर-ईसाई बनाए गए लोग भी। पुर्तगालियों के हथियारों से संरक्षण और प्रोत्साहन पाकर ईसाइयों की तादाद और बढ़ती गई, यहाँ तक कि उनकी बस्तियों की तादाद आख़िरकार 27 तक जा पहुँची। इनमें से हरेक बस्ती में एक गिरजाघर था जिसकी देखभाल एक विकर करता था। पूरी आबादी के लिए एक विकर जनरल था जो ख़ुद गोवा के आर्कबिशप के अधीन था।[1] उनको प्राप्त विशेषाधिकारों की ठीक-ठाक प्रकृति एक सन्धि की शर्तों से जानी जा सकती है जिन्हें एक कामयाब मुहिम के बाद इकेरी के कमज़ोर नायक पर पुर्तगालियों ने लादा था। इस अवसर पर सन्धि के दोनों पक्ष इस बात पर सहमत हुए कि ईसाइयों के बीच या ईसाइयों और हिन्दुओं के बीच उठनेवाले झगड़े पुर्तगाली फ़ैक्टर या विकर द्वारा और अगर फ़ैक्टर तक पहुँचना सम्भव न हो तो पादरियों द्वारा हल किए जाएँगे जो बन्दरगाहों में या कनारा के राजा के इलाक़े में पाए जाते थे। उसके फ़ैसलों के ख़िलाफ़ कोई भी अपील गोवा सरकार से की जाएगी और कथित अन्याय के मुआमलों में स्थानीय सूबेदार या थानेदार किसी भी हालत में ये मुआमले स्वीकार नहीं करेंगे। इसके अलावा अगर किसी भी ईसाई औरत के बारे में पता हो कि वह अनैतिक जीवन बिता रही है तो उसे फ़ैक्टर के हवाले कर दिया जाएगा जो उसे गोवा भिजवाएगा जहाँ उसे मुनासिब सज़ा दी जाएगी। राजा या उसकी प्रजा में से किसी व्यक्ति द्वारा किसी भी ईसाई की ख़रीद-बिक्री नहीं की जाएगी। ईसाइयों को कर्ज़दार होने पर जेल नहीं भेजा जा सकेगा। कनारा का राजा गोवा या किसी और पुर्तगाली इलाक़े से आए किसी ईसाई को हिन्दू स्त्रियों के साथ सोने पर दंडित नहीं करेगा और कभी कोई ऐसा मुआमला होगा तो पादरियों को छूट देगा कि वे मुजरिम को पकड़कर गोवा भिजवा दें और ख़ुद उन्हें स्थानीय अधिकारी परेशान नहीं करेंगे। मंगलौर की फ़ैक्टरी में और नगर में या कहीं भी ईसाई हों, पुर्तगालियों को गिरजाघर बनाने की इजाज़त दी जाएगी। ईसाइयों में कोई अगर अपने मज़हब के पालन में ढील बरते या उससे दुश्मनी करे तो पादरियों को अपने क़ानून के मुताबिक़ उसे सज़ा देने का हक़ होगा जिसके लिए राजा से हर

मदद देने की उम्मीद की जाती थी। उनमें से कोई अगर कनारा या किसी और इलाक़े में बसने के लिए कनारा से गुज़रे तो उन्हें स्थानीय थानेदारों और सूबेदारों के हाथों परेशान नहीं किया जाएगा। अगर उसके पास कोई सामान हो तो उस पर कोई कर नहीं लगाया जाएगा, बशर्ते वह बिक्री के लिए न हो।[2]

इस तरह ईसाइयों को एक सम्मानित और स्वायत्त स्थिति मिल चुकी थी और वे क़रीब-क़रीब 'राज्य के अन्दर राज्य' के निर्माण की स्थिति में पहुँच चुके थे।

हैदर अली ने जब यह इलाक़ा इकेरी के नायक से छीना तो उसने ईसाइयों के तमाम चलते चले आ रह विशेषाधिकारों की पुष्टि की।[3] 1776 में जारी एक परवाना के अनुसार उसने कालीकट के कैथलिक चर्च को 2,440 फ़ैनम सालाना का अनुदान स्वीकार किया। साथ में उसने उसकी सारी जायदाद को भी मान्यता दी और उसे परप्पनंगडी का गिरजाघर भी सौंप दिया। उसने ईसाई मुजरिमों पर पादरियों के न्यायिक अधिकार को भी मान्यता दी। परवाने में कहा गया है कि 'ईसाइयों में से कोई भी कोई गुनाह या जुर्म करेगा तो उसके इंसाफ़ का फ़र्ज़ पादरी और फ़ैक्टर के हाथों में होगा।' हक़ीक़त यह थी कि ताक़तकवर दुश्मनों से घिरा हुआ हैदर पुर्तगालियों को अपना दुश्मन बनाना नहीं चाहता था।

1768 में एक ऐसी घटना हुई जिसने हैदर की रियासत के ईसाइयों के हालात पर बुरा असर डाला। हैदर ने अंग्रेज़ों के ख़िलाफ़ जंग का ऐलान कर रखा था और कर्नाटक में दनदनाता हुआ आगे बढ़ता जा रहा था जब अंग्रेज़ों के जनरल ने मद्रास को चिन्ताजनक स्थिति से उबारने के लिए पश्चिमी तट पर उसका ध्यान बँटाने का फ़ैसला किया। इसी के आधार पर बम्बई सरकार ने मंगलौर पर क़ब्ज़ा करने के लिए एडमिरल वाटसन की कमान में एक मुहिम भेजी। तय हुआ कि एक रोमिस हवलदार से, जो पहले कन्नानूर सरकार का मुलाज़िम रह चुका था, और एक 'मूर्समान' (मुस्लिम) से, जो ओनार में हैदर के बेड़े का कमानदार था, सम्पर्क किया जाएगा जो फिर अपने ताक़तवर मालिक को धोखा देंगे।[4] मंगलौर में अंग्रेज़ों का दस्ता आ जाने के कारण पुर्तगाली फ़ैक्टर के लिए नाजुक हालत पैदा हो गई। एक तरफ़ दोनों क़ौमों के बीच अरसे से एक गठजोड़ चला आ रहा था, भले ही वे व्यापार में एक-दूसरे की प्रतियोगी थीं, दूसरी तरफ़ कनारा में पुर्तगालियों को जो असाधारण अधिकार प्राप्त थे उसके कारण वे नैतिक रूप से किसी भी हमलावर के ख़िलाफ़ स्थानीय सत्ता का साथ देने के लिए मजबूर थे। इस दुविधा की हालत में पुर्तगाली फ़ैक्टर ने पूरी तरह तटस्थ रहने का फ़ैसला किया और उसने हमलावरों को चेतावनी दी कि वे पुर्तगालियों के अधिकार-क्षेत्र का ध्यान रखें जिसमें गिरजाघर, पुर्तगालियों की रिआयतें और सामान्यतः पूरा ईसाई समुदाय शामिल थे।[5] स्वाभाविक रूप से हैदर के हाकिमों को उम्मीद थी कि इस नाजुक घड़ी में पुर्तगाली फ़ैक्टर उनका साथ देगा। कारण कि नदी के मुहाने की पहरेदार पुर्तगाली फ़ैक्ट्री और क़िलेबन्दी अगर हमलावरों के ख़िलाफ़ हरकत में न आतीं तो उनकी सारी कोशिशों का भी कुछ ख़ास नतीजा नहीं निकलता। लेकिन उनकी बार-बार की गुज़ारिशों के बावजूद

पुर्तगाली फ़ैक्टर जब अपने इस अजीबो-ग़रीब और नामुनासिब रवैए पर अड़ा रहा तो उन्होंने उसे फुसलाकर क़िले से दूर ले जाने और ख़ुद उस पर क़ब्ज़ा करने का मंसूबा बनाया। ईसाइयों के प्रबन्धवाले तोपख़ाने के कप्तान ने इस मंसूबे को फ़ाश कर दिया। फ़ैक्टर ने सभी ईसाइयों को क़िले में पनाह लेने का हुक्म दिया; इनमें वे भी शामिल थे जो सरकार के मुलाज़िम थे। फिर जब उसने अगले दिन सुना कि हैदर की फ़ौज क़िले पर हमले का इरादा कर रही थी तो उसने अंग्रेज़ों से क़िले के बचाव में मदद माँगी। ईसाई मंगलौर की प्रतिरक्षा का मुख्य आधार थे और उनके पाला बदल लेने के बाद प्रतिरोध बेकार चला गया और अंग्रेज़ों का मक़सद आसानी से पूरा हो गया।[6]

ईसाइयों की इस ग़द्दारी से हैदर अली आग-बबूला हो उठा। उसने पुर्तगाली पादरियों को बुलाया और उनसे सवाल किया कि ग़द्दारी की क्या सज़ा मिलनी चाहिए। जब उन्होंने जवाब दिया कि अपने बादशाह से ग़द्दारी की सज़ा मौत है तो उसने नर्मी बरतने को तरजीह दी और उनको सलाख़ों के पीछे बन्द करा दिया।[7] लेकिन पुर्तगाली दस्तावेज़ें ऐसे पादरियों की बातें करती हैं जो इस अवसर पर क़ैद किए गए। होनावर के विकर वरा फ़ादर सेबेस्टियन दे फ़ारिया को दो और पादरियों के साथ हैदरनगर ले जाया गया; उसके बाद कम से कम पाँच और पादरियों को गिरफ़्तार किया गया।[8]

हैदर अली मुश्किल से अंग्रेज़ों से अपना हिसाब चुका पाया था कि उसके लिए मराठों का ख़तरा पैदा हो गया। स्वाभाविक था कि इस नए ख़तरे से जूझते हुए वह यही चाहता था कि कनारा में उसके इलाक़े उसके फ़ौरी पड़ोसियों अर्थात पुर्तगालियों की तबाही से सुरक्षित रहें। इसलिए उसने अंग्रेज़ों को एक अपमानजनक सन्धि स्वीकार करने के लिए मजबूर किया और गठजोड़ के लिए पुर्तगालियों से बातचीत शुरू कर दी। कनारा से साज़-सामान या चावल आपूर्ति बन्द होने के कारण पुर्तगालियों के सर पर अकाल का साया मँडला रहा था। उन दिनों कनारा को पश्चिमी तट का अन्न-भंडार कहा जाता था। इस अन्न-भंडार के मालिक से सुलह का मौक़ा मिलने पर पुर्तगाली उछल पड़े। फ़ौरन एक सन्धि पर दस्तख़त कर दिए गए। फ़ैक्ट्री को उसके सारे अधिकार वापस दे दिए गए, गिरफ़्तार किए गए सारे विकर और ईसाई रिहा कर दिए गए, और चर्च को इंसाफ़ के मुआमले में ईसाइयों पर पुराने अधिकार बिना काट-छाँट के वापस मिल गए।[9]

इस तरह दोनों शक्तियों के बीच मेल-मिलाप के सम्बन्ध फिर से स्थापित हुए जो वे अबाध 1776 तक चलते रहे। यही साल था जब हैदर ने मंगलौर के पुर्तगाली फ़ैक्टर को क़ैद कर लिया और पुर्तगाली क़िलेबन्दियों को क़रीब-क़रीब मिटा ही दिया। लगता है इसका कारण यह था कि हैदर अब काफ़ी ताक़तवर बन चुका था और अब पुर्तगालियों को परम्परागत ख़िराज और सीमा-शुल्क वसूलने की इजाज़त देना नहीं चाहता था। इसके अलावा अब वह उनकी निष्क्रिय सहायता से सन्तुष्ट न था बल्कि चाहता था कि वे उसकी मुहिमों के लिए सालाना 600 यूरोपी सिपाहियों की मदद दें।[10] पुर्तगाल सरकार इन माँगों को मानने में हिचक दिखाती रही और चार साल तक चली

लम्बी बातचीत के बाद एक दूसरी सन्धि पर दस्तख़त किए गए। तय पाया गया कि पुर्तगालियों को पहले की तरह ख़िराज और सीमा-शुल्क वसूलते रहने की और मंगलौर की अपनी फ़ैक्ट्री जारी रखने की इजाज़त रहेगी, पर इस शर्त पर कि वे किसी भी दुश्मन से नगर की हिफ़ाज़त करेंगे। साथ ही एक और रिआयत दी गई जिसका सरोकार हमारे विषय से है—यह कि पादरियों को बिना किसी उलझन के अपने मज़हब पर अमल करने की छूट होगी।[11]

पर अंग्रेज़ों के साथ हैदर की शान्ति-सन्धि बहुत दिनों तक जारी न रह सकी। हर पक्ष दूसरे पर अविश्वास करता था और अगर अंग्रेज़ों ने इससे पहले अपनी इज़्ज़त वापस पाने की कोशिश नहीं की तो इसलिए नहीं कि वे इस मुस्लिम दुस्साहसी के साथ हुई सन्धि को आज़माने की ख़्वाहिश नहीं रखते थे। वैसे तो जंग का जुनून लगातार बढ़ता गया, पर 1782 में जाकर ही दोनों पक्षों ने हथियार उठाने का फ़ैसला किया। पर हैदर, जिसकी सेहत कुछ अरसे से गिरती आ रही थी, 7 दिसम्बर 1782 को चल बसा।[12] और इस हालत का फ़ायदा उठाकर अंग्रेज़ हफ़्ते-भर बाद कनारा में जा पहुँचे। जनरल मैथ्यूज़ की कमान में कारवाड़ से कुन्दापुर तक पूरा समुद्रतट उन्होंने क़ब्ज़े में कर लिया, और टीपू की नामौजूदगी में सूबेदार का काम कर रहे शैख़ हयात की कृपा से उन्हें रियासत की राजधानी नागर और शाही बन्दरगाह मंगलौर का क़ब्ज़ा भी मिल गया।[13] अंग्रेज़ों की यह कामयाबी स्थायी साबित नहीं हुई क्योंकि, जैसा कि एक चश्मदीद गवाह फ़ादर जोक़्विम मिरांडा ने लिखा है, जब वे लूट-मार और ग़ारतगरी में मसरूफ़ थे, टीपू अपनी ताक़तवर फ़ौज का तिहाई हिस्सा लेकर अर्काट से चल पड़ा और नागर (बेदनूर) और मंगलौर समेत पूरा इलाक़ा उसने वापस जीत लिया।[14]

अपने तजरबों से सबक़ लेकर पुर्तगालियों ने इस मौक़े पर अपने लिए दिलचस्पी से ख़ाली तो नहीं पर निष्क्रिय दर्शकों की भूमिका चुन ली। वायसराय ने रिपोर्ट दी कि पुर्तगालियों ने गोवा में शैख़ हयात को शरण देने से इनकार कर दिया तो टीपू को ख़ुशी हुई। कनारा में अपनी हालत ख़स्ता होने के बाद उन्हें यह मश्विरा अंग्रेज़ों ने दिया था।[15] पर अंग्रेज़ों के लक्ष्य के बारे में उत्साह से भरे कुछ ईसाइयों ने अपने पूरे समुदाय की ख़ुशहाली को ख़तरे में डाल दिया। मंगलौर से मई 1783 में समाचार देते हुए मेजर जॉन कैम्पबेल ने बम्बई में बैठे प्रेसीडेंट को सूचना दी : 'ऐसे बहुत से देसी ईसाई हैं जो पहले तोपख़ाने से जुड़े थे; उनमें से 34 को यहाँ उसी मुलाज़िमत में ले लिया गया है, और फ्रांसिस पिंटो को, जो 'बम्बई के नेटिव लोगों' में एक ensign था और जिसे जनरल मैथ्यूज़ ने रोज़गार तथा ensign की तनख़्वाह और बट्टा देने का वादा किया था, मैंने नियुक्त कर लिया है कि वह पहले जैसी श्रेणी, वेतन और भत्ते के साथ उनको अपनी निगरानी में ले ले।'[16] इसकी पुष्टि स्करी के एक बयान से होती है जो लम्बे समय तक श्रीरंगपट्टम में क़ैदी रह चुका था। वह कहता है कि जनरल मैथ्यूज़ ने कनारा के ईसाइयों से 33,000 रुपए क़र्ज़ लिये थे।[17]

टीपू का गुस्सा भड़काने के लिए इतना ही काफ़ी था जो ईसाइयों के ख़िलाफ़

नफ़रत की आग में जल-भुन रहा था। जब कनारा के ईसाइयों ने अंग्रेज़ों की तरफ़दारी की थी और मंगलौर की रक्षा-व्यवस्था नष्ट हो गई थी तब, एक शाहज़ादे के रूप में, उसने ईसाइयों के भयानक दमन की पैरवी की थी।[18] अब खुल्लमखुल्ला उसने उन पर इलज़ाम लगाया कि उसकी सलतनत के इस हिस्से पर जिस आसानी से अंग्रेजों ने क़ब्ज़ा किया है उसके लिए ख़ास तौर पर ये ईसाई ही ज़िम्मेदार हैं जो 'उनके (अंग्रेज़ों के) मार्गदर्शकों का काम कर रहे और उनके सन्देशों की आवाजाही को आसान बना रहे थे।'[19] उसने अपनी और अपनी रिआया की तमाम परेशानियों के लिए पादरियों को दोषी ठहराया, उन पर तीन लाख रुपए का जुर्माना किया और उनको अपनी सलतनत से बाहर भगा दिया।[20] फिर उसने सलतनत से ईसाइयत को पूरी तरह ख़त्म करने का मंसूबा बनाया और निर्मम दमन शुरू कर दिया।

उसके बाद क्या हुआ, इसका एक नपा-तुला वृत्तान्त पुर्तगाली वायसराय ने अपने सेक्रेटरी ऑफ़ स्टेट (भारत सचिव) को लिखे गए एक पत्र में प्रस्तुत किया है। कहता है, 'जैसे ही उसने (टीपू ने) ख़ुद को अंग्रेज़ों की ओर से बेफ़िक्र पाया जिनके साथ उसने अम्न क़ायम कर लिया था, उसने ईसाइयों के ख़िलाफ़ अपनी बेरहमी और नफ़रत का खुला प्रदर्शन शुरू कर दिया...उसने उन सभी इलाक़ों के ईसाइयों को ख़त्म करा डाला जिनकी तादाद चार हज़ार रही होगी। उनको (पश्चिमी) घाट पार करने के लिए मजबूर करके वह उन्हें श्रीरंगपट्टम ले गया जहाँ उसने बहुतों का ख़तना कराया और उन्हें मूर्स (मुसलमानों) का मज़हब मानने के लिए मजबूर कर दिया। उसने अपने इलाक़ों से निकाले गए तेरह विकर मेरे पास भेजे और मुझे लिखा कि मेरा ख़याल करके ही उसने उन्हें और अधिक सज़ाएँ देने या और अधिक जुर्माने लगाने से खुद को रोका था... ये पादरी बहुत बदहाली में गोवा पहुँचे, और उनके मक़सद और ईसाइयों के मक़सद को मुनासिब ठहराते हुए उसके ख़त का जवाब भेज दिया।'[21]

वायसराय का विरोध अकारण नहीं था। उसे पक्का विश्वास था कि हमलावर अंग्रेज़ फ़ौज की कामयाबी के कारण पूरे ईसाई समुदाय को साठ-गाँठ का ज़िम्मेदार नहीं ठहराया जा सकता। कारण कि उन दिनों ऐसे मुआमलों में ईसाई पुर्तगालियों का अनुकरण करते थे और, जैसा कि हम देख चुके हैं, पुर्तगाली तब पूरी तरह तटस्थ थे। इसलिए जिन ईसाइयों ने अपने बादशाह के ख़िलाफ़ अंग्रेज़ों से हाथ मिलाया था उनके कृत्य की खुली निन्दा करते हमें भी मानना होगा कि पूरे समुदाय से उसके कुछेक सदस्यों के अपराधों का हिसाब चुकाते हुए टीपू ख़ुद भी ऐसे जब्रो-ज़ुल्म का गुनाहगार था जिसको किसी भी तरह से उचित नहीं ठहराया जा सकता।

सन्दर्भ और टिप्पणियाँ

1. बुख़ानन, *ए जर्नी फ्रॉम मद्रास थ्रू द कंट्रीज़ ऑफ़ मैसूर, कनारा एंड मलाबार*, खंड तीन, पृ. 24

2. ब्रिगांजा परेरा, *आर्क्विरो पोतुग्वीज़ ओरियंताल,* खंड तीन, भाग दो, पृ. 98-99
3. पिसूरलेंसर, *आंतीगुअलहास।* 1766 के कुछ समय पहले कनारा के विकर जनरल फ़ादर जोक्विम मशादो का जारी किया हुआ एक ओदश पेरिस के पादरियों के फ़ैसलों के ख़िलाफ़ अपील करने के तौर-तरीक़े निर्धारित करता था : 'आज के बाद इस ईसाई इलाक़े में शान्ति और सुख-चैन बनाए रखने के लिए और इन पेरिस के पादरियों और विकर वरों द्वारा तय किए जा चुके मुआमलों में नफ़रतों और मुक़द्दमेबाज़ी से बचने के लिए, जब भी उनको फ़ैसले में नाइंसाफ़ी होने पर उन्हीं मुआमलों के बारे में अपील करनी हो, वे 30 दिनों के अन्दर मिशन के सुपीरियर के सामने और उसकी अनुपस्थिति में उपरोक्त विकर वरों के सामने ऐसा करेंगे, और उपरोक्त अवधि के समाप्त होने के बाद न्याय के लिए दूसरी बार कोई मुआमला क़ुबूल नहीं किया जाएगा, ताकि इस तरह इंसाफ़ हो और आए दिन की मुक़द्दमेबाज़ी बन्द हो, और पेरिस के जो पादरी अपने पहले के पादरियों और उनके नामज़द किए हुए व्यक्तियों के तय किए हुए मुक़द्दमों को फ़ैसला करने के लिए क़ुबूल करेंगे, मैं उन्हें निलम्बित क़रार देता हूँ और मुक़द्दमा चाहे पैसे के लिए हो या किसी और क़ीमती वस्तु के लिए, सम्बन्धित पक्षों को मुक़द्दमे की रक़म का एक-तिहाई अदा करने की सज़ा देता हूँ जिसे 'फ़ैब्रिका' (एक गिरजाघर की मरम्मत और रख-रखाव के लिए तय राजस्व) में इस्तेमाल किया जाएगा, और साथ ही वे अपील के किसी और अधिकार से वंचित रहेंगे।' *मितराज़ लूज़ीतनस,* पृ. 29 देखें।
4. पब्लिक डिपार्टमेंट डायरी, 1768, नम्बर 52, पृ. 32
5. पिसूरलेंसर, *आंतीगुअलहास,* फ़ाशीक्यूलो एक, संख्या 12, पृ. 167
6. उपरोक्त, संख्या 12-13, पृ. 167-70
7. उपरोक्त, पृ. 384-85
8.. उपरोक्त, संख्या 30, पृ. 196; गोवा के गवर्नर के नाम गोवा आर्कबिशप का 17 नवम्बर 1771 का ख़त जिसमें पादरियों की ओर से 'लिंगव दो एस्तादो' सदाशिव चमोतिम के प्रयासों की सराहना की गई थी।
9. उपरोक्त, संख्या 23, पृ. 185-86; संख्या 36, पृ. 200; इस सन्धि पर वास्तव में 25 जनवरी 1771 को हस्ताक्षर किए गए थे।
10. उपरोक्त, फ़ाशीक्यूलो दो, संख्या 50, पृ. 220-23
11. उपरोक्त, संख्या 63, पृ. 258-59
12. विल्क्स, *हिस्टारिकल स्केचेज़ ऑफ़ द साउथ ऑफ़ इंडिया,* दो, पृ. 413
13. पिसूरलेंसर, पूर्वोक्त, संख्या 74, पृ. 301; संख्या 79, पृ. 305; मारिस, *मंगलौर : ए हिस्टारिकल स्केच,* बम्बई, 1927, पृ. 48, टिप्पणी में दिए गए स्रोत भी देखें।
14. पिसूरलेंसर; पूर्वोक्त, संख्या 79, पृ. 305-6
15. उपरोक्त, संख्या 77, पृ. 303
16. सलदन्हा, *द कैप्टिविटी ऑफ़ द कनारा क्रिश्चियंस अंडर टीपू सुलतान,* प1. 18, टिप्पणी बी
17. स्करी, कैप्टिविटी, पृ. 103
18. पिसूरलेंसर, पूर्वोक्त, संख्या 79, पृ. 306
19. उपरोक्त, संख्या 74, पृ. 304
20. उपरोक्त, संख्या 75, पृ. 302; संख्या 81, पृ. 314
21. उपरोक्त, संख्या 81, पृ. 144 देखें। साथ ही संख्या 80 (मुहम्मद शफ़ी का ख़त) भी देखें जिसमें इस क़ैद का हवाला है। ईसाइयों की क़ैद और उनकी तकलीफ़ों के दूसरे वृत्तान्तों के लिए मारिस, पूर्वोक्त, पृ. 62-68; मूर, *द हिस्ट्री ऑफ़ द डायोसीज़ ऑफ़ मंगलौर,* पृ. 36-63 और सलदन्हा, पूर्वोक्त देखें।

एक मुस्लिम पीर के नाम टीपू सुलतान का एक अप्रकाशित पत्र

के. सजनलाल

मूल पत्र जो चाँदी के पानी के छिड़काव वाले काग़ज़ पर 13.1"×7.6" आकार का है और जिसके साथ कुछ और चीज़ें (एक रुक़्क़ा और तोहफ़ों की फ़ेहरिस्त) है, एक पन्नी में बन्द है। इस पर एक छोटी सी मुहर लगी है जिसमें नस्क़ लिपि में टीपू सुलतान का नाम दिया गया है और अंकों में 5121 लिखा हुआ है।[1] पन्नी पर दो तारीख़ें (यानी) 20 रमज़ान 1209 हिजरी (10 अप्रैल 1795) और 23 शव्वाल 1209 हिजरी (12 मई 1775) दर्ज हैं।[2] ख़त पानेवाले के नाम का अंदाज़ लगाना मुश्किल है क्योंकि इसका 'कमरबन्द' खो गया है। पर ख़त के मज़मून को पढ़कर कहा जा सकता है कि यह किसी क़ाबिले-एहतराम मज़हबी शख़्स को लिखा गया था।

ख़त के पीछे जो दो तारीख़ें दी गई हैं उनमें मेरा मानना है कि एक यानी 20 रमज़ान 1209 हिजरी की तारीख़ ख़त के भेजे जाने और दूसरी यानी 23 शव्वाल 1209 हिजरी उसके मंज़िल पर वसूल किए जाने की तारीख़ है।

पाठकों की दिलचस्पी के लिए मैं फ़ारसी में लिखे गए इस ख़त का तरजुमा दर्ज कर रहा हूँ।

> बिस्मिल्लाहिर्रहमानोरहीम, आपका गिराँक़द्र (मूल्यवान) ख़त मिला जिसमें आपकी क़ाबिले-इज़्ज़त शख़्सियत की तरफ़ से मेरी इज़्ज़तअफ़ज़ाई की गई है। ऐसे ख़यालात आपसी दोस्ती के बन्धनों को मज़बूत बनाते हैं। ख़ुदा ऐसे फ़राख़दिल बुज़ुर्गों की हिफ़ाज़त करे और उन्हें लम्बी उम्र और ख़ुशहाली बख़्शे। इस दारुल-इस्लाम में पूरी मुस्लिम आबादी रोज़ दिन में पाँच बार नमाज़ में और जुमा की नमाज़ों में भी आपकी गिराँक़द्र हस्ती के लिए हमेशा इसी तरह इबादत करती है।
>
> 'फिर भी शरिअत के पाबंद हर मुसलमान के लिए लाज़िम है कि वह अपने लिए जैसा सुलूक चाहता है वैसा ही सुलूक अपने हम-मज़हबों से करे। भारी ख़ुशी की बात है कि तमाम क़ाबिले-तारीफ़ ख़ूबियाँ आपकी ज़ात में नुमायाँ हैं जिनको तफ़सील से बताने की ज़रूरत नहीं है।

'नेकदिली से उम्मीद यह की जाती है कि आप मुझे हमेशा ख़ुलूस का तरफ़दार पाएँगे और अपनी बहबूद (ख़ुशहाली) की ख़बरें देकर मुझे महज़ूज़ (आनन्दित) होने के मौक़े देते रहेंगे।

'यहाँ कारख़ाना ख़ुदादादी[3] में कपड़े मुसलमान बुनते हैं जो अपना रोज़मर्रा का काम अल्लाह का नाम लेकर और दूसरे फ़र्ज़ पूरा करके शुरू करते हैं। इनमें से कुछ टुकड़े साथ में भेजे जा रहे हैं हालाँकि वे आपकी ज़ाते-शरीफ़ के क़ाबिल नहीं हैं। लेकिन मुक़द्दस फ़राइज़ (कर्तव्यों) को देखते हुए यक़ीन है कि आप उन्हें क़ुबूल करके मुझे ममनून (कृतज्ञ) फ़रमाएँगे।'

निज़ाम अली ख़ान के नाम एक ख़त में टीपू ने ऐसे ही अलफ़ाज़ का इस्तेमाल किया है :

> इस्लाम के पैरोकारों के बीच एकता और सामंजस्य के फ़ायदे और उम्दा नतीजे यक़ीनन पूरी तरह आपकी निगाह में हैं। मुझे यक़ीन है कि आपका पुख़्ता ज़ेहन हमेशा इस्लाम की क़ुव्वत और मुहम्मद के दीन की शान को बढ़ाने के उपाय करने में लगा हुआ है जिससे दुनिया आपकी क़यादत (नेतृत्व) और आपकी नेकनामी के फ़ायदे पाती है। मेहरबानी करके उन लोगों की इज़्ज़त, ज़िन्दगी और मिल्कियत की हिफ़ाज़त करने के तरीक़े सुझाएँ जो मुस्लिम सरदारों पर निर्भर हैं जो वास्तव में सबके हक़ीक़ी मालिक अल्लाह के साये हैं।[4]

ख़त के साथ वस्तुओं की एक सूची और एक छोटी सी इबारत भी है जिसमें दिलचस्पी की 25 चीज़ों के नाम दर्ज हैं, जैसे (1) पगड़ी के कपड़े, एक सफ़ेद और चार बुरहानपुरी नग; (2) ज़री से बार्डर की कढ़ाई वाले शाल, 5 नग; (3) चारख़ाने की चादरें, 10 नग; (4) सोने और चाँदी के फूलदार छापवाले गुजराती किमख़ाब का कपड़ा (ब्रोकेड), पाँच नग।

ध्यान देने की बात यह है कि ऊपर दर्ज सभी चीज़ें ख़ुदादाद (सरकारी) कारख़ानों में तैयार की गई थीं जिन्हें कपड़े बुनने की महारत हासिल थी।

सन्दर्भ और टिप्पणियाँ

1. मैंने नवाब कुरनूल के नाम लिखे गए ऐसे अनेक ख़त देखे हैं जिन पर यही मुहर लगी हुई है। हमारे कला महाविद्यालय के फ़ारसी पांडुलिपियों वाले पुस्तकालय में एक में, जिसकी पंजीकरण संख्या 576 है और जिसका शीर्षक 'कुल्लियाते-मुल्ला उर्फ़ी है, ऐसी अनेक मुहरें लगी हैं। इनमें से दो टीपू सुलतान की हैं और वे ठीक उसी प्रकार की हैं जैसी इस ख़त की पन्नी पर लगी हुई है।
2. एक और अहम पांडुलिपि में भी मैंने संख्या 5121 के साथ इसी मुहर की छाप देखी है। इस पांडुलिपि का शीर्षक 'फ़त्हुल-मुजाहिदीने-अस्करी' है और यह टीपू सुलतान के मीर मुंशी ज़ैनुल-आबिदीन की लिखी हुई है। यह हमारे फ़ारसी पांडुलिपियों के पुस्तकालय की पांडुलिपि पंजीकरण संख्या 818 में भी

देखने को मिलती है। इन तथ्यों से इस मुहर के सही होने का पता चलता है।

टिप्पणी : मुहर में दर्ज संख्या 5121 का ताल्लुक़ ग़ालिबन उसकी तख़्तनशीनी के साल से है।

3. शब्दिक अर्थ 'ख़ुदा का दिया हुआ;' इसे टीपू सुलतान ने अपनी हुकूमत के लिए अपनाया था।

   टिप्पणी : टीपू सुलतान ने बड़ी तादाद में कारख़ाने खड़े किए थे जिनको सरकारे-ख़ुदादाद के कारख़ाने कहा जाता था। मुहिब्बुल-हसन, *हिस्ट्री ऑफ़ टीपू सुलतान,* पृ. 344-48 देखें।

4. उपरोक्त, पृ. 254 देखें। लेकिन निज़ाम की इनसानियत और मज़हब के आगे की गई गुज़ारिशें, मुहिब्बुल-हसन के शब्दों में, 'बहरे के कानों में पड़ीं।'

आधुनिकीकरण के प्रयास

टीपू की आधुनिकीकरण की मुहिम : 1780 के फ्रांसीसी साक्ष्य

एम. पी. श्रीधरन

टीपू अपने जीवनकाल में अपने समकालीनों के लिए स्थायी दिलचस्पी का विषय था। संयुक्त राज्य अमरीका के रिपब्लिकनों की भी उसमें उतनी ही दिलचस्पी थी जितनी फ्रांस के राजतंत्रवादियों और क्रान्तिकारियों को थी।[1] दो सौ साल बाद भी टीपू सम्बन्धी रचनाओं का दरिया सूखा नहीं है। मैसूर के इस सुलतान के अभी तक अनजान कारनामों के आधार पर लिखा गया कम से कम एक ऐतिहासिक उपन्यास[2] इतिहासकारों को मजबूर कर रहा है कि वे 18वीं सदी के मैसूर के इतिहास के बारे में और भी श्रमसाध्य अनुसंधान करें। फिर भी इतिहासकारों को राजनीतिक घटनाओं के जिन वृत्तांतों और जिन समग्रियों पर भरोसा करना पड़ता है वे दुराग्रहों और पूर्वाग्रहों से इस क़दर लदी हुई हैं कि टीपू की हुकूमत राजनीतिक इतिहासकार के लिए दिलचस्पी का विषय बनी हुई है।[3] तो भी कुछ टीपू के दौर में मैसूर के साधनों और खर्चों का आकलन करने तथा उस दौर के आर्थिक संसाधनों और प्रौद्योगिकी के स्तरों के बारे में कोई कामचलाऊ समझ क़ायम करने के लिए कुछ अग्रगामी प्रयास अवश्य किए गए हैं।[4]

टीपू ने फ्रांसीसी मुलाज़िमों को जो ख़त भेजे थे वे ज़्यादातर रेशम के कपड़े पर लिखे गए थे; ये ऐक्स-एन प्राविंस के आर्काइव्ज़ नेशनेल्स में सुरक्षित मिलते हैं। इन कपड़ों पर सुनहरी ज़री में यहाँ-वहाँ फूल-पत्तियाँ बनी हैं जिनसे कपड़ा उद्योग के उन्नत स्तर का संकेत मिलता है। ज़्यादातर ख़तों में फ़ारसी भाषा का प्रयोग किया गया है, पर कुछेक तेलुगु में भी लिखे गए हैं।[5] लगभग ये सारे मूल ख़त 1931 में पेरिस में औपनिवेशिक प्रदर्शनी के इतिहास खंड में प्रदर्शित किए गए थे; साथ में उनके बारे में अलग से एक परिचय-पुस्तिका भी प्रकाशित की गई थी।[6] इस पत्राचार से पता चलता है कि उस दौर में मैसूर के कुछ शाहज़ादे और दरबारी फ्रांसीसी भाषा से भी परिचित थे।[7]

लुई सोलहवें के दरबार में अपने तीन दूतों के अलावा टीपू ने दो दुभाषियों, पियरे क़ैसर और हाले को भी भेजा था। ये दोनों पुर्तगाली नस्ल के थे पर ऐसा नहीं लगता कि फ्रांसीसी अधिकारियों ने उन पर कुछ ख़ास भरोसा किया हो।[8] दूतों के दल के साथ

उन्होंने रुसीन नामक अपना दुभाषिया लगा दिया, पर अरबी-फ़ारसी के बारे में उसके सीमित ज्ञान के कारण उसका काम निराशाजनक साबित हुआ। 1788 में फ्रांस का जलयान-सेवा मंत्री ला लुज़ेर्ने दूतों के इस दल के दो नौजवान सदस्यों से काफ़ी प्रभावित हुआ था जो आराम से फ्रांसीसी बोल सकते थे; ये अकबर अली ख़ान का बेटा और उस्मान ख़ान का भतीजा थे।[9] अपने एक पत्र में टीपू ने सुझाव दिया था कि उसके बेटों में से एक को माध्यमिक शिक्षा के लिए फ्रांस भेजा जाए, पर उसने इसे इस माँग के साथ जोड़ दिया कि आदान-प्रदान के रूप में एक फ्रांसीसी लड़का मैसूर भेजा जाए। अनेक दूसरी बातों की तरह इस मुआमले में भी यह ख़तो-किताबत बेकार साबित हुई। पर इससे साबित होता है कि अपने एक बेटे को फ्रांस में शिक्षा दिलाने के बारे में टीपू की इच्छा शिक्षा के क्षेत्र में फ्रांसीसियों की श्रेष्ठता की स्वीकारोक्ति से अधिक सांस्कृतिक आदान-प्रदान की आवश्यकता की स्वीकृति से प्रेरित थी।

फ्रांसीसी अभिलेखागारों में मौजूद सामग्रियों की संख्या (जिनमें फ्रांसीसी अफ़सरों के ख़तों का भाग बहुत छोटा है) 2,000 से ऊपर है; इनमें से कुछ ख़त तो 20 फुलस्केप काग़ज़ों पर फैले हुए हैं। लगभग एक चौथाई का सम्बन्ध उन दूतों से है जिन्हें टीपू ने 1788 में लुई सोलहवें के दरबार में भेजा था। टीपू की मूल योजना यह थी, और इस पर उसने मैसूर में पियरे मोनरों के साथ बातचीत भी की थी, कि अपने ख़ुद के एक जहाज़ में 400 लोगों का एक दल भेजे और खुले समुद्र में उस जहाज़ पर उसका अपना परचम लहरा रहा हो। वित्तीय कठिनाई के आधार पर फ्रांसीसियों ने इस प्रस्ताव को स्वीकार नहीं किया। एक दहाई पहले टीपू ने फ्रांसीसियों को 19 लाख रुपये क़र्ज़ दिए थे और फ्रांसीसी उसकी अदायगी से कतरा रहे थे। 1787 की बातचीत के दौरान सुलतान ने फ़राख़दिली से यह क़र्ज़ मुआफ़ कर दिया; उसे उम्मीद थी कि इस कार्रवाई के चलते फ्रांसीसी फ्रांस को दूत रवाना करने के बारे में उसकी शर्तों को क़ुबूल कर लेंगे। पर फ्रांसीसियों के सामने दूसरे मजबूरियाँ भी थीं। 18वीं सदी के फ्रांस में 400 हिन्दुस्तानी उनके लिए बहुत बड़ा बोझ साबित होते। मोनरों की तो राय थी कि 'उसके जहाज़ यूरोप पर गहरा असर छोड़ेंगे क्योंकि यह यूरोपीय समुद्र में पहुँचनेवाला पहला हिन्दुस्तानी जहाज़ होगा',[10] पर पेरिस के फ्रांसीसी अधिकारी फ्रांस के किसी बंदरगाह पर टीपू का कोई जहाज़ नहीं आने देना चाहते थे; उन्हें डर था कि इससे 1783 की पेरिस संधि का उल्लंघन होगा और अंग्रेज़ नाराज़ जो जाएँगे। 400 लोगों को फ्रांस भेजने के बारे में टीपू के प्रस्ताव को फ्रांसीसियों ने नहीं माना तो इसके पीछे एक और मजबूरी भी थी। उनके पास ऐसी नावें नहीं थीं जो 400 लोगों को बिठाकर इतनी लम्बी दूरी तय कर सकतीं। टीपू ने ऐसे एक जहाज़ का बन्दोबस्त किया था जो 400 लोगों को यूरोप ले जा सकता, पर उलझन भरी वात्ताओं के बाद वह एक ऐसा दल भेजने पर सहमत हो गया जिसमें 35 परिचारक होते। आख़िरकार फ्रांसीसियों ने दूतों के दल के लिए जो जहाज़ भेजा उसका नाम ल'अरोरे था जिसमें चालक-दल समेत कुल 70 लोग ही आ सकते थे। उपलब्ध साक्ष्यों से संकेत मिलता है कि मैसूर में 18वीं सदी में

जंहाज़-निर्माण में काफ़ी प्रगति हो चुकी थी। यह उद्योग अब इन छोटी-छोटी 'परोइयों' तक सीमित न था जिनका इस्तेमाल दो सदी पहले पुर्तगालियों के ख़िलाफ़ अपनी समुद्री लड़ाइयों में कालीकट के मरइक्कारों ने और कन्नानूर के मम्मलियों ने किया था।

टीपू ने अपने दूतों को हिदायत दी थी कि फ्रांस से कुछ दस्तकार और पेशेवर लोग भरती करें और कुछ पौधे और औज़ार वग़ैरह भी लाएँ। उसकी दिलचस्पी वायुदाबमापियों, तापमापियों, चश्मों, घड़ियों और छापाख़ानों में थी।[11] उसने जो कुछ माँगा, फ्रांसीसियों ने उसमें से ज़्यादातर चीज़ें दीं, ख़ासकर वे चीज़ें जिनकी उसने बार-बार माँग की थी। लालबाग़ में उसके वालिद की क़ब्र की बग़ल में जहाँ उसके जिस्म को तहे-ख़ाक किया गया वहाँ लगा सरो का पेड़ उसके दूतों की मार्फ़त फ्रांस से लाया गया था। अक्तूबर 1788 में फ्रांस छोड़ने से ठीक पहले इन दूतों ने मैसूर में अनेक पेशेवर फ्रांसीसियों की नियुक्ति के बारे में नियुक्ति-पत्र तैयार किए थे। इनमें से लगभग सभी मैसूर पहुँचे और अपना-अपना काम सँभाल लिया।

भरती होनेवालों में एक था फ्रांसीसी सर्जन बेनार्द जिसको मुलाज़िमत में आने के बाद जल्द ही बरख़ास्त कर दिया गया। टीपू सुलतान द्वारा अनुबन्ध के उल्लंघन और अपने ऊपर लादी गई 'नाबराबरी' के बारे में बेनार्द ने पांडिचेरी के गवर्नर कानवे से शिकायत की। कानवे टीपू के भयानकतरीन आलोचकों में एक था और उसने फ्रांसीसी सर्जन की शिकायत का इस्तेमाल फ्रांसीसी हलक़ों में टीपू को बदनाम करने के ज़ोरदार साधन के रूप में किया। पर फ्रांसीसी सर्जन के विषय पर जो ख़तो-किताबत हुई उससे पता चलता है कि टीपू दूसरों को समझाने-बुझाने में कितना माहिर था।[12] उसका तर्क था कि फ्रांसीसी सर्जन की मुलाज़िमत इसलिए ख़त्म की गई थी कि उसके साथ मैसूर को चिकित्सा सम्बन्धी कोई नई कुशलता या पद्धति प्राप्त नहीं हुई थी। टीपू के तर्कों को पुष्ट करनेवाले साक्ष्य बहुत दमदार हैं, ख़ासकर उन दिनों हिन्दुस्तान में फ्रांसीसी बस्तियों में बने अस्पतालों में रखी दस्तावेज़ों की रौशनी में। इन दस्तावेज़ों से पता चलता है कि ख़ुद फ्रांसीसी आयुर्वेदिक दवाओं, हड्डी बिठानेवालों और वैद्यों, हकीमों पर बुरी तरह निर्भर थे।[13]

टीपू फ्रांसीसी गवर्नरों और कमानदारों को बड़े फ़ख़्र के साथ सिक्के पेश करता था और अपने जारी किए हुए सिक्कों की गुणवत्ता और परिष्कार का प्रदर्शन करता था। 21 सितम्बर 1787 को इस वक़्त पांडिचेरी के गवर्नर कोसिनी को टीपू का तेलुगु में लिखा गया एक ख़त मिला। इसे शेषैया ने लिखा था और इसमें एक पुत्र के जन्म का शुभ समाचार दिया गया था।[14] उसे ख़त के साथ सोने के दो रुपए, पाँच पगोड़े[15] सोने के दो 'फ़ैनम', चाँदी के पाँच रुपए, पाँच आध-रुपए, पाँच चौथाई-रुपए और पाँच 1/8 रुपए भेजे। फ्रांसीसी अफ़सर इन सिक्कों से बेहद प्रभावित हुए जो साक्ष्यों के अनुसार मैसूर में ही स्थानीय खदानों से निकली धातुओं से ढाले गए थे। उन दिनों फ्रांसीसियों का सबसे बड़ा सिक्का लिवरी था जो 1788 में मैसूर के चाँदी के एक रुपए के बदले में ढाई के भाव से चलता था।

पांडिचेरी से कोसिनी के 5 जुलाई 1786 के ख़त[16] में एक तोड़ीदारी बन्दूक़ का ज़िक्र किया गया है जो उसे टीपू ने पेश किया था; इसे 'टीपू सुलतान के कारीगरों ने तैयार' किया था। बन्दूक़ के बारे में की गई टिप्पणी में वह इसे यूरोप में तैयार बन्दूक़ों के टक्कर का बतलाता है। कोसिनी ने नागर की पहचान उस शहर के रूप में की है जो टीपू के हथियार उद्योग का केन्द्र था। टीपू ने मैसूर में तैयार दो पिस्तौंल लुई सोलहवें को पेश किए थे[17] जिन्हें फ्रांसीसी विशेषज्ञों ने बहुत उम्दा ठहराया था। एक अवसर पर, यानी नवम्बर 1787 में, टीपू ने कानवे द्वारा मैसूर भेजी गई 500 तोड़ीदारा बन्दूक़ें इस आधार पर वापस कर दीं कि वे मैसूर में तैयार बन्दूक़ों से घटिया थीं।[18]

मार्च 1785 में पांडिचेरी के फ्रांसीसी अधिकारियों ने टीपू के मैसूर की एक सामान्य सैन्य और आर्थिक समीक्षा तैयार की थी।[19] इस लेखा-जोखा में मैसूर के प्राकृतिक संसाधनों की एक फ़ेहरिस्त पेश की गई थी : 'काली मिर्च, संदल की लकड़ी, इलायची, सूती कपड़े, चावल, दूसरे अनाज और लाख; उसके लम्बे-चौड़े जंगल नौसैनिक शक्तियों के काम की चीज़ें पेश करते हैं : चमड़ा, नारियल रेशा, लोहा, स्याही, मलमल और वायल जो वहाँ तैयार किए जाते हैं। श्रीरंगपट्टम में, जहाँ लोग दस बन्दूक़ें रोज़ तैयार करते हैं, गोला-बारूद के भंडारघर हैं; बंगलौर और नागर में भी जहाँ लोग अपने तोपख़ानों के लिए गोला-बारूद तैयार करते हैं। नवाब ने इन जगहों पर काँसे की तोपें बनानेवाली खरादें भी बना रखी हैं। उसके मुल्क में कुर्ग की पहाड़ियों में सोने की खदानें हैं; वहाँ नदियों में सोने के दाने बहते हैं जो कभी-कभी काली मिर्च के दाने जितने बड़े होते हैं।'[20] उसी साल बाद में तैयार की गई एक और रिपोर्ट इस मूल्यांकन की पुष्टि करती है।

सन्दर्भ और टिप्पणियाँ

1. एच. सी. राइस, *टामस जेफ़रसन इन* पेरिस, प्रिंसटन, 1976, अध्याय 8, पृ. 95-96, जे. पी. बोभेद, *द पेपर्स ऑफ़ टामस जेफ़रसन,* प्रिंसटन, 1976, खंड बारह, पृ. 502-4, टिप्पणी; खंड तेरह, पृ. तीस-इक्तीस; के. ए. अंतोनोवा, टीपू सुलतान एंड द फ्रेंच, *सेंट्रल एशियन रिव्यू,* वर्ष 11, अंक 1, 1966
2. भगवान एस. गिडवानी, *द स्वार्ड ऑफ़ टीपू सुलतान,* नई दिल्ली, 1976
3. एस. एन. अस्करी, सम लेटर्स ऑफ़ टीपू सुलतान, *इंडियन हिस्टारिकल रिकॉर्ड्स कमीशन,* नई दिल्ली; सेतुमाधव राव, *एटींथ सेंचुरी दकन,* बंबई, 1980
4. जी. पी. टेलर, द क्वांयस ऑफ़ टीपू सुलतान, *इंडियन एंटीक्वैरी,* वर्ष 18, जे. आर. हेंडरसन, *द क्वायंस ऑफ़ हैदर अली एंड टीपू सुलतान,* लन्दन, 1936
5. आर्काइव्ज़ नेशनेल्स देपो द' आउतर मेर (एंदोम), ऐक्स-एन-प्राविंस, इंदी-एफ़ वी 3237; आर्काइव्ज़ नेशनेल्स (ए एन), पेरिस, कोलोनीज, सी 2-166 भी देखें।
6. *ई गोदेयर, कैतेलाग दे क्वेलक्वेस दाक्यूमेंत्स देस अर्काइव्ज़ दे पांडिचेरी,* पांडिचेरी, 1931 देखें। यहाँ जिन मूल दस्तावेज़ों का हवाला दिया गया है उनमें से कुछ की माइक्रोफ़िल्में तैयार की गई थीं और उन्हें कालीकट विश्वविद्यालय के इतिहास विभाग में जमा कर दिया गया था।

7. मुहिब्बुल-हसन, *हिस्ट्री ऑफ़ टीपू सुलतान,* कलकत्ता, 1971, पृ. 115-24 देखें। एम. जी. श्रीधरन, सम साउथ इंडियंस इन एटींथ सेंचुरी फ्रांस, *प्रोसीडिंग्स ऑफ़ इंडियन हिस्ट्री कांग्रेस,* तिरुवनंतपुरम, 1980 भी देखें।
8. ए एन, पेरिस, कोलोनीज़, सी-189, पृ.23
9. उपरोक्त, पृ. 47; सी 4-73, सी 2-174 भी देखें।
10. एंदोम, कोलोनीज़, इंदी, एफ़ वी संख्या 878 से 1125 तक, 4535 से 5361 तक
11. ए एन, सी 2-179, पंक्ति 10-11
12. उपरोक्त, सी 2-181, पृ. 87
13. एंडोम, कोलोनीज़, एफ़ वी संख्या 2438
14. ए एन, सी 2-180-150
15. करइक्कल में तैयार की गई एक शब्दावली (ए एन, सी 2-178, पृ.53-59) के अनुसार पगोड़े सोने के सिक्के होते थे और उन्हें यह नाम उन पर बने भगवती के चित्र के कारण मिला थां। फ़ैनम पणम् का फ्रांसीसी रूप है; सोने के पाँच फ़ैनम सोने के एक रुपए के बराबर होते थे।
16. ए एन, सी 2-177 पृ. 166-67
17. उपरोक्त, सी 2-174, सी 2-179, सी 2-189
18. उपरोक्त, सी 2-185, पृ. 28
19. उपरोक्त, सी 2-174, पृ. 3
20. उपरोक्त

राजकीय व्यापार के लिए टीपू सुलतान के नियम-क़ायदे

इफ़्तिख़ार अली ख़ान

मैं यहाँ टीपू सुलतान की व्यापार सम्बन्धी कुछ हिदायतों और नियम-क़ायदों का अनुवाद प्रस्तुत कर रहा हूँ जो *हुक्मनाम-ए-टीपू सुलतान* में पाए जाते हैं। इस हुक्मनामे की एक प्रति इंडिया आफ़िस लाइब्रेरी, लंदन में सुरक्षित है। मैंने उस फोटोकापी का उपयोग किया है जो उन्नत इतिहास अध्ययन केन्द्र, अलीगढ़ मुस्लिम विश्वविद्यालय, अलीगढ़ के पुस्तकालय में रखी हुई है। ईस्ट इंडिया कम्पनी के एक अंग्रेज़ अफ़सर विलियम किर्कपैट्रिक ने अपनी रचना *सेलेक्टेड लेटर्स ऑफ़ टीपू सुलतान* में काफ़ी संक्षेप करके और बहुत सी ग़लतियों के साथ इन हिदायतों का अनुवाद किया पर उसकी कुछ व्यवस्थाएँ उपयोगी हैं।[1]

उपरोक्त रचना में विलियम किर्कपैट्रिक ने जो अनुवाद और संक्षेप प्रस्तुत किया है वह मैसूर के उन सरकारी काग़ज़ात का एक छोटा सा हिस्सा है जो उसने ईस्ट इंडिया कंपनी के मद्रास प्रतिष्ठान के कर्नल ओग से अपनी किताब के लिए हासिल किए थे। वह कर्नल ओग की सहायता को साभार स्वीकार करता है और सार्वजनिक उपयोग के लिए मैसूर की सरकारी दस्तावेज़ों के संग्रह और संरक्षण में उसकी गहरी दिलचस्पी की तारीफ़ करता है।

टीपू के व्यापारिक नियम-क़ायदों की फ़ारसी पांडुलिपि और काग़ज़ात व हिदायतों का एक संकलन ईस्ट इंडिया कंपनी ने कर्नल ओग से प्राप्त किए थे। विभिन्न व्यापारिक विषयों पर ये आदेश और अध्यादेश टीपू सुलतान द्वारा दो मौक़ों पर जारी किए गए थे : एक तो 25 मार्च 1793 (14 अहमदी, हिजरी 1221) को और दूसरे 2 अप्रैल 1794 (3 अहमदी, हिजरी 1222) को।[2]

अब जबकि हमें मूल फ़ारसी पाठ प्राप्त है, किर्कपैट्रिक के दोषपूर्ण सार संक्षेप और टीका पर निर्भर रहने की आवश्यकता नहीं है जैसा कि अभी तक होता आया है।[3]

इन नियम-क़ायदों से पता चलता है कि 1790 की दहाई में, तीसरे मैसूर युद्ध में अपनी आधी रियासत से वंचित हो जाने के बाद, टीपू किस तरह अपनी सलतनत में व्यापार का विकास करने की तथा भारत के दूसरे भागों और पश्चिम एशिया से

लाभकारी व्यापार सम्बन्ध स्थापित करने की कोशिश कर रहा था। ज़ाहिर है कि वह यूरोपी ईस्ट इंडिया कंपनियों के संगठन की नक़ल करने की कोशिश कर रहा था; अन्तर सिर्फ़ यह था कि उसकी 'कम्पनी' के लिए पूँजी सरकारी ख़ज़ाने से जुटाई गई हालाँकि, जैसा कि इन नियम-क़ायदों से पता चलता है, उम्मीद थी कि मुनाफ़ों के कारण यह पूँजी और बढ़ेगी। किर्कपैट्रिक की राय थी : 'इस बात में मुनासिब तौर पर शुबहा किया जा सकता है कि क्या उसकी रियासत के संसाधन या उसकी प्रतिभा ऐसी दिलेराना योजना को साकार करने के क़ाबिल थी, पर यह बात शायद सही है कि उसे अपने इस प्रयोग के लिए समय नहीं मिला।'[4]

इस काम की सामर्थ्य टीपू में थी या नहीं थी, यह एक सच्चाई है कि उसने एक 'सार्वजनिक क्षेत्र की कंपनी' क़ायम करने की कोशिश की जिसकी परिकल्पना इन नियम-क़ानूनों में दिखाई देती है और यह बात उसे दूसरे समकालीन भारतीय शासकों से बहुत ऊपर उठाती है जो ऐसी सम्भावनाओं की तरफ़ से पूरी तरह ग़ाफ़िल और आर्थिक जीवन के किसी तरह के आधुनिकीकरण के प्रति उदासीन थे।

टीपू के *हुक्मनामा* में दर्ज नियम-क़ानून दिखाते हैं कि उसने अपनी 'कंपनी' के मुआमलों पर और मैसूर के अन्दर-बाहर उसके व्यापारिक ठिकानों पर काफ़ी-कुछ निजी नियंत्रण रखने की कोशिश की थी। वह मालों के निर्यात को आगे बढ़ाना और किसी भी अच्छे सर्राफ़ की तरह क़ीमती धातुओं के आयात को प्रोत्साहन देना चाहता था। जहाज़ों के निर्माण और अपने व्यापारिक बेड़े के विस्तार पर उसका ज़ोर भी उसे उसके समकालीनों से बेहतर साबित करता है। इतना ही नहीं, इससे यह पता भी चलता है कि उसके व्यापारिक उद्यम को जहाज़-निर्माण उद्योग में पूँजी के निवेश से सहारा मिल रहा था। उसने कुछ प्रमुख विदेशी सौदागरों को निजी तौर पर ख़त लिखे और उन्हें मैसूर में आमंत्रित किया। उसके दिमाग़ में बहुत सी प्रवर्तनकारी योजनाएँ थीं[5] जो 1799 में अंग्रेज़ों के हाथों उसकी मौत के कारण परवान नहीं चढ़ सकीं। टीपू का आलोचक किर्कपैट्रिक कहता है : 'सुलतान के हालत ने उसे इस प्रयोग की मोहलत नहीं दी।'[6]

चुनिंदा नियम-क़ायदों के अनुवाद

बिस्मिल्लाहिर्रहमानो-रहीम

(मुहर)

सरकारे-ख़ुदादाद (टीपू की सरकार)[7] के कारख़ानों की देखभाल करने वाले प्रमुख सौदागरों (मलिकुत्तुजार) इस्माईल ख़ान, मीर नासिक़ अली, गुलाब ख़ान, बत्तानी (वग़ैरह) के नाम तहरीर किया गया हुक्म : आप नौ को मलिकुत्तुजार मुक़र्रर किया जाता है। उनसे उम्मीद की जाती है कि वे (अ) जहाज़ों और कारख़ानों[8] के मुआमलों की और दूसरी रियासतों के इलाक़ों में सरकारे-ख़ुदादाद की फ़तहयाब फ़ौजों की देखभाल करेंगे; (ब) सिक्कों और सोना-चाँदी वग़ैरह क़ीमती धातुओं [9] को विभिन्न प्रकार के कपड़ों,[10] संदल की लकड़ी, गोल

मिर्च, छोटी-बड़ी इलायची, सुपारी, नारियल, गरी, चावल,[11] लाल गंधक (**किब्रीते-अहमर**)[12] हाथियों और दूसरी व्यापारिक वस्तुओं को ख़रीदेंगे, बेचेंगे और हासिल करेंगे; (स) ग़ैर-मुल्कों के सौदागरों की दावत पाने और उन्हें दावत देने के लिए पक्के और सच्चे वादे (क़ौल) जारी करेंगे;[13] (द) भरोसेमंद लेखाकारों (मुतसद्दी-ए-किफ़ायत शिआर और होशियार, तजरबाकार, ग़ैर-स्वार्थी और ईमानदार एजेन्टों (गुमाश्तों) को चुनेंगे जो खाता-बही और कारोबार में कुशल हों, और उन्हें कारख़ानों में मुक़र्रर करेंगे; (य) बिना किसी नुक़सान को उठाए कारोबार और व्यापार का इंतज़ाम देखेंगे; (र) बीच समुद्र में और बन्दरगाह पर ठीक-ठीक दस्तावेज़ें और लेखा-जोखा रखेंगे; (ल) किसी चोरी[14] या ग़बन की छूट नहीं देंगे; और (व) सलतनत के अन्दर और बाहर कारख़ानों (कोठियों) और जहाज़ों के तमाम मुआमलात का इंतज़ाम सँभालते हुए किसी तरह की गफ़लत नहीं बरतेंगे। अल्लाह और उसके रसूल (सल्लै-अलाहु-अलैहे-वसल्लम)* को हाज़िर-नाज़िर जानकर यह उनका फ़र्ज़ होगा कि वे अपनी पूरी-पूरी क़ाबिलियत के साथ अपने इलाक़ों और दूसरे कारख़ानों में इस हुक्मनामा के मुताबिक़ अपनी ज़िम्मेदारी निभाएँ। ऊपर दर्ज सारे काम करना और कराना उनका फ़र्ज़ होगा, बल्कि ख़ुद को ज़िम्मेदार समझकर उन्हें इस मक़सद के लिए सरगर्मी से कोशिश करनी चाहिए। अल्लाह-तआला की मेहरबानी से, चार तबक़ों (चहार फ़िरका)[15] के लोगों को किसी विषय पर जब भी सलाह-मश्विरे के लिए दरबार में तलब किया जाए तो उन्हें अल्लाह और उसके रसूल को हाज़िर-नाज़िर जानकर और अपने अमल व क़ौल का गवाह समझकर[16] (सुलतान के आगे ग़ौर के लिए) वह सब बातें पेश करनी चाहिए जिन्हें वे सरकारे-ख़ुदादाद के और अवाम की भलाई के हक़ में समझते हों और जिनसे (हमारी) नेकनामी और इज़्ज़त में इज़ाफ़ा हो। इस महान काम को पूरा करने के लिए उन्हें हर तरह से अपनी ज़िंदगी लगानी चाहिए और इसे अपनी पूरी-पूरी ज़िम्मेदारी समझना चाहिए क्योंकि जैसा कि हदीसे-शरीफ़ में कहा गया है : 'कोशिश करना मेरा फ़र्ज़ है; नतीजा अल्लाह के हाथों में है।'

राजाज्ञा एक

दफ़्तर के अमलकारों (सेक्रेटरीज़) और दफ़्तर के ख़ातानवीसों (एकाउंटेंट्स) के साथ ऊपर दर्ज मलिकुत्तुजार को चाहिए कि अल्लाह और उसके रसूल को हाज़िर-नाज़िर जानकर अपने मज़हब के मुताबिक़ हलफ़ लें और अल्लाह पर भरोसा रखें और ख़ुद को चार तरह की वफ़ादारियों के अधीन जानें।[17] उन्हें एक दिल और एक दिमाग़ होकर सरकारे-ख़ुदादाद के कामकाज को चलाना और आगे बढ़ाना चाहिए। अगर, ख़ुदा न करे, इत्तफ़ाक़ से उनमें से कोई एक अपने हलफ़ के ख़िलाफ़ अमल करता है और चार तरह की वफ़ादारियों की ख़िलाफ़वर्ज़ी में शामिल होता है तो लाज़िम है कि सब मिलकर उस

* उन पर शान्ति हो—अनुवादक।

पर इलज़ाम रखें और उसे शरमिंदा करें, और मुआमले को इस दरबार के इल्म में लाएँ और मुजरिम को सख़्त सज़ा दें ताकि दूसरे इस क़दम से सबक़ हासिल करें। अपने अधीन आनेवाले कारख़ानों के इलाक़ों (इलाक़-ए-दान) की निगरानी करनेवाले हाकिमों से भी उन्हें उनके मज़हब के मुताबिक़ हलफ़ उठावाना और सरकारे-ख़ुदादाद के कामकाज़ में उन्हें शामिल करना चाहिए। अगर कभी भी कोई भी चार तरह की वफ़ादारियों के ख़िलाफ़ कुछ करता है तो यह देखना सभी का फ़र्ज़ है कि मुजरिम को इस हुक्मनामे के और अल्लाह व उसके रसूल के आदेशों के मुताबिक़ सज़ा मिले। ये चार तरह की वफ़ादारियाँ यूँ हैं : (1) आँखों से, (2) कानों से, (3) हाथों से, और (4) ज़बान से वफ़ादारी। अल्लाह इन्हीं चार बातों के ज़रिए अपने बंदों को तौफ़ीक़ (सामर्थ्य) बख़्शता और राह दिखाता है। कामकाज निपटाने के लिए तमाम हाकिमों को मिल-बैठकर सलाह-मश्विरा करना चाहिए और मुतसद्दी वग़ैरह को इत्तला दिए बग़ैर अपने रजिस्टर में हर शख़्स का बयान दर्ज करना चाहिए, उनके दस्तख़त हासिल करने चाहिए और एक मुहूरबन्द लिफ़ाफ़े में बन्द करके बक्से में रखना चाहिए। उन्हें सलाह-मश्विरे (में किए गए फ़ैसले) का पालन करना चाहिए। अगर छः या सात लोगों की एक राय हो और किसी एक कार्रवाई के पक्ष में हो तो बहुमत की राय मानी जानी चाहिए और उसी के मुताबिक़ अमल होना चाहिए। अल्लाह पर भरोसा करके बहुमत की राय मानी जाए। अगर आगे चलकर कोई जाँच हो तो बचाव में दस्तख़तशुदा दस्तावेज़ें पेश की जा सकती हैं और स्वार्थी पक्षों की (झूठी) रपटें बेकार होकर रह जाएँगी। उनके कार्यक्षेत्र में जवाबों की माँग करनेवाले चाहे जो सवाल हों, उन्हें तफ़सील में लिखकर दरबार में पेश किया जाना चाहिए ताकि उन्हें पेश किए जाने के बाद जवाब में जो भी हुक्म जारी किए जाएँ उन्हें हुक्म-उदूली के किसी संकेत के बग़ैर लागू किया जा सके। अगर मुआमले का ताल्लुक़ किसी बहुत बड़ी रक़म से हो तथा सवाल और जवाब गम्भीर और गुप्त प्रकृति के हों तो दरख़्वास्त और दूसरे काग़ज़ात उनके अपने हाथों लिखे हुए होने चाहिए और निजी तौर पर दरबार में लाए और पेश किए जाने चाहिए ताकि जहाँपनाह अपने मुबारक हाथ से जवाब लिख सकें ताकि वह उन तक ख़ुफ़िया तौर पर पहुँचे। जहाँपनाह के अपने हाथों से लिखा गया : 'हमारी मुहूर और तहरीर के साथ हमारे हुक्मनामों और दस्तावेज़ों को एक मुहूरबंद बक्से में रखकर मीर मीरन के ज़रिए राजधानी में ख़ज़ाने में रखा जाए और उसकी नक़लें (मुतल्लिक़ा) हाकिमों के पास रहने दी जाएँ।' यह हुक्मनामा मुहम्मद (सल्ले-अलाहु-अलैहे वसल्लम) के जन्म के रासिख़ (48वें) साल 1222 (या 1220) के तीसरे माह अहमदी में जारी किया गया।

जहाँपनाह के अपने हाथ से पाँच सतरें : 'दफ़्तर में मुलाज़िमों और मुहर्रिरों के पदों पर नियुक्ति (के लिए) उम्मीदवार क़ुरैशियों, सैयदों, सुन्नियों और नमाज़ी हनफ़ियों में से तजवीज़ किए जाएँ[18] ताकि कोई भी काम हमारे रुझान के ख़िलाफ़ न हो।'

राजाज्ञा दो

एक सौ जहाज़[19] ख़िज़री और इलियासी क़िस्म[20] के बनाए जाएँ जिनमें से सरकारे-ख़ुदादाद के अपने वसाइल (संसाधनों) से ख़िज़री और इलियासी क़िस्म के दस जहाज़ फ़ौरन बनाए जाने हैं और आदमियों (और) जंगी साज़-सामान के साथ (यह काम) आपको सौंपा गया है। आपसे ऐसे लोग जुटाने की उम्मीद की जाती है जो भरोसेमंद और जंग वग़ैरह के तजरबाकार हों, और कारोबारी लोग भी, ताकि वे पूरे दिल के साथ और समर्पण-भाव से तिजारत (व्यापार) में लग सकें। ख़िज़री और इलियासी जहाज़ों के निर्माण के लिए ज़रूरी सामान जैसे लकड़ी, लोहा, रस्से वग़ैरह ख़रीदे जाएँ और जहाज़ तैयार कराए जाएँ। अगर जंगी साज़-सामान की ख़रीद के लिए रक़म नाकाफ़ी लगे तो दरबार को रपट दी जाए और ज़रूरी रक़म हासिल की जाए। हर तरह के मज़दूरों को उनकी मज़दूरी दी जाए और जहाज़ तैयार कराए जाएँ।

राजाज्ञा तीन

मस्क़त और कच्छ के कारख़ानों को, उनके कार्यक्षेत्र सम्बन्धी आदेश और मुहर[21] समेत, आपके हवाले किया गया है। आपसे ऊपर दर्ज कारख़ानों के लिए भरोसेमन्द और होशियार लोग भेजने की उम्मीद की जाती है। सामान आपके गुमाश्ते अपनी निगरानी में ले लें और पुराने (यानी सेवामुक्त) हाकिमों को उनकी पावती की रसीद दे दी जाए। तिजारत के लिए जितनी भी काली मिर्च, संदल की लकड़ी, दालचीनी, सुपारी और चावल दरकार हो, आप उसकी इत्तला दरबार को दें और आसिफ़े-हुज़ूर का तहरीरी हुक्म हासिल करें।[22] आपके पास मुख़्तलिफ़ जगहों पर जो कारख़ाने हैं उनके ज़रिए उनके (हाकिमों के) हाथों सामान बिकवाएँ। उन्हें चाहिए कि आपके गुमाश्तों के अलावा किसी और के ज़रिए ये समान न बिकवाएँ।[23] हर साल मस्क़त के कारख़ाने से 600 रत्ती कच्ची गंधक यानी अव्वल दर्जे की गंधक हासिल की जाए।[24] दरबार को बराबर जानकारी मिलती रहे और आपके लिए जिस चीज़ का हुक्म हो आप उसे भेजें और उसकी पावती हासिल करें। उनका सर-नायब (मुख्य उप-अधिकारी), जो हर आसिफ़ से जुड़ा हुआ हो, उसे चाहिए कि 'कचहरी' के कार्यक्षेत्र में गुमाश्तों के ज़रिए सभी तरह की ढली और बेढली क़ीमती धातु यानी सोने और चाँदी की तथा संदल की लकड़ी की, यानी जंगलात की ऊपर दर्ज पैदावार को छोड़ तीन वस्तुओं की तिजारत करे। आसिफ़ को दख़लंदाज़ी नहीं करना चाहिए बल्कि अपने इन नायाबों की मदद करनी चाहिए। किसी और को ऊपर दर्ज वस्तुओं की तिजारत की इजाज़त न दी जाए।

राजाज्ञा चार

चार लाख राहती[25] की रकम ढले और बेढले सोने और चाँदी, कपड़ों, हाथियों[26] वग़ैरह

की ख़रीद-फरोख़्त के लिए आपकी तहवील में दी गई है। तिजारत की चीज़ें तैयार रखी जाएँ ताकि अल्लाह के करम से ढेरों मुनाफ़ा हासिल हो सके। संदल, दालचीनी, काली मिर्च, चावल, सुपारी और पका व कच्चा नारियल, दारचीनी[27] और हाथी, उन्होंने दरबार से तिजारत के लिए जो कुछ माँगा है वह एक शाही हुक्मनामा हासिल करके तयशुदा दामों पर आसिफ़ से पाया जा सकता है। उन्हें चाहिए कि कचहरी के आसिफ़ को उनका दाम दें और पावती की रसीद ले लें। ऊपर दर्ज मालों की बिक्री से जो भी मुनाफ़ा हो उसे अपनी निगरानीवाले कारख़ानों के खाते में डाला जाए। दरबार में या कचहरी के आसिफ़ की ओर से या कचहरी के हाकिमों की ओर से जो भी ढला-बेढला सोना-चाँदी और तिजारत का सामान ख़रीदा जाए, वे उसका दाम नक़्द लें। और ऊपर दर्ज सामानों में से जो भी सामान वे कचहरी के आसिफ़ और कचहरी के हाकिम से और ज़िलों (तालुक़ों) से ख़रीदें, उसका दाम वे नक़्द दें। अगर इन सौदों में तीन या चार माह भी लग जाएँ तो कोई हर्ज नहीं है। उन्हें क़ायदों के मुताबिक़ मुतल्लिक़ा हाकिमों (ताल्लुक़दारों) को रियासत के कर वग़ैरह वैसे ही देने चाहिए जैसे रिआया क़ायदों के मुताबिक़ देती है। सरकारे-खुदादाद में तैनात चारों तबक़ों में से हरेक को मालूम हो कि वे अपने-अपने कार्यक्षेत्र में नक़्द या सामान के रूप में जो कुछ पाते हैं उसकी पावती वे अपनी खाता-बहियों मे दर्ज करें, हाशियों पर हाकिम के दस्तख़त और मुहर हो और उसकी नीचे खता-बही की निशानी और जिल्द (शीराज़ा) की पहचान तथा उसके कार्यक्षेत्र की मुहर और दस्तख़त हो। अगर यह एक ही सफ़े पर आ जाए तो उसे दस्तख़त उसके आख़िर में करना चाहिए। इसे वह शाही दरबार में लाए, उस पर जहाँपनाह की मुहर, ख़ास मुहर और दस्तख़त ले और सामने की तरफ़ मुहर लगवाए और (उसके बाद) जमा करे। रसीदों की नक़्लें दफ़्तर में रखी जाएँ और रसीदों की पावती हर तालुक़ा से ऊपर दर्ज नियम-क़ायदे के मुताबिक़ हासिल की जाए। सलतनत का इंतज़ाम चलाने की ख़ातिर ज़रूरतों के मुताबिक़ और कार्यक्षेत्रों के अनुसार चार तबक़ों की निशानदेही की गई है। हर तबक़े के लोगों के लिए जो इंतज़ाम (सर-अंजाम)[28] ज़रूरी हो, वह इंतज़ाम (को लागू किए जाने) से छः माह पहले दरबार की जानकारी में लाया जाए और दरबार से इस बारे में एक हुक्मनामा हासिल करने के बाद उपरोक्त ताल्लुक़दारों से ज़रूरी सामान लिया जाए और जिन-जिन जगहों पर उन्हें दिया जाना है, दिया जाए। हुक्मनामे की जो मूल प्रति (सुलतान की) मुहर और तहरीर के साथ आपको और आपके हाकिमों को जारी की गई है उसे, आपके और (आपके) कारख़ानों के नाम जारी हुक्कनामे की प्रतियों को, पावती, रुक्क़ा और रसीदों के साथ मुहरबंद करके आपकी मौजूदगी में (रखा जाए।) सीटों और रुक्क़ों जैसी सनदों के साथ मूल हुक्मनामा राजधानी पट्टन (श्रीरंगपट्टम) के ख़ज़ाने में एक मुहरबंद संदूक़ में रखा जाए। जब भी दरबार के किरानी हुज़ूर में बुलाए जाएँ, अर्ज़बेगी उन्हें इसकी इत्तला दे, और आपमें से कोई एक शख़्स और दफ़्तर का 'मीसाई' और दफ़्तर का हिन्दू मुहर्रिर दरबार में हाज़िर हो और दरबार उठने तक वहाँ मौजूद रहे। जब भी सवाल-जवाब हों, आप उन्हें

ठीक से समझें और जो कोई बात आपके कामकाज से मुतल्लिक़ हो आप इसके बारे में अर्ज़ गुज़ारें। फिर उसके बाद (सुलतान द्वारा) उसके जवाब में जो कुछ कहा जाए, आप उस पर अमल करें। उन्हें (पूरे) एक साल की अर्ज़ियों (पर) उनके लिए अमल के वास्ते जारी हिदायतों को लिखवा लेना चाहिए, और इन्हें अपनी मुह्‌र लगी संदूक़ में बन्द करके हिफ़ाज़त से रखना चाहिए। इसका फ़ायदा यह है कि चारों तबक़ों को एक-दूसरे के मुआमलात की जानकारी मिलती रहेगी और इंतज़ाम चलाने में कोई रुकावट नहीं आएगी।

राजाज्ञा पाँच

सरकारे-ख़ुदादाद के पूरे इलाक़े में (नीचे) दर्ज 30 जगहों पर ख़िदमत के लिए गुमाश्ते मुक़र्रर किए जाएँ।[29] इन जगहों पर तिजारत के पैमाने के मुताबिक़ रक़में दी जाएँ ताकि ढली और बेढली धातुओं और (अनेक) तरह के कपड़ों वग़ैरह की तिजारत चलती रहे। जिस किसी (माल) पर मुनाफ़ा हो सके (उसी की) तिजारत की जाए। बाकी ताल्लुक़ों में सरकारे-ख़ुदादाद को ख़र्च छोड़कर 5 फ़ैनम फ़ी राहती के (प्रत्याशित) मुनाफ़े की दर से हर साल 1,000 से 2,000 राहती दी जाए। इस पर ध्यान दिया जाए कि ढले और बेढले सोना-चाँदी के अलावा और कोई सौदा न किया जाए। दूसरे मालों, मसलन कपड़े की तिजारत न की जाए। अगले साल (30 नामदर्ज कारख़ानों के इलाक़ों से बाहर) एक और शख़्स इस ओहदे पर मुक़र्रर किया जाए और 5 फ़ैनम (फ़ी राहती) के (प्रत्याशित) मुनाफ़े से ज़्यादा कुछ जुटाकर (रक़म) उसे दे दी जाए। नामदर्ज ताल्लुक़ों में किसी भी शख़्स को ढले और बेढले सोचे-चाँदी की तिजारत की इजाज़त न दी जाए। गुमाश्तों को यह बात अच्छी तरह से समझाई जाए कि सोने-चाँदी, जवाहरात, कपड़ों वग़ैरह के बदले में जो शख़्स 1,000 रुपए की ज़मानत जमा करता है उसे छोड़कर किसी और का पैसा क़र्ज़ देने या हवाला (हुंडी) देने के लिए न इस्तेमाल किया जाए। अगर वह शख़्स चाहे तो 1,200 रुपए का हवाला देकर (तिजारत में) शामिल हो सकता है। दूसरे जिन ताल्लुक़ों में तीस गुमाश्ते ख़िदमत के लिए रखे गए हैं उनमें आनेवाली रक़म (मूल से) अधिक पाई गई है। दूसरे ताल्लुक़ों में भी मुलाज़िम रखे और मुनाफ़े कमाए जाएँ। हाथी सरकार से क़ीमत देखकर ख़रीदे जाएँ, उन्हें जहाँ माँग हो उन जगहों पर भेजा और बेचा जाए। अगर सरकारे-ख़ुदादाद की ओर से (हाथियों की) ख़रीद के लिए हुक्म जारी किए जाते हैं तो महमूद बंदरगाह वग़ैरह पर हाथी ख़रीदे और हासिल किए जाएँ और उन्हें दरबार के लिए भेजा जाए।

राजाज्ञा छः

सरकारे-ख़ुदादाद के जिन इलाक़ों में बेहरत और बारीक क़िस्म के कपड़े तैयार किए जाते हैं, हुक्म दिया जाता है कि वहाँ गुमाश्ते तैनात किए जाएँ और सस्ते दामों पर बारीक

और बेहतर कपड़े तैयार कराए जाएँ और जहाँ उनकी माँग हो वहाँ बिक्री के लिए भेजा जाए। इसी तरह दूसरे मुल्कों में जहाँ ऐसे बारीक और बेहतर कपड़े तैयार होते हों वहाँ नायब भेजे जाएँ ताकि वे (ये कपड़े) ख़रीदकर लाएँ और मुनाफ़े पर बेचें। संदल, काली मिर्च, सुपारी, इलायचियाँ, नारियल, दालचीनी वग़ैरह सरकारे-ख़ुदादाद के इलाकों की ऐसी तमाम पैदावारें सरकारे-ख़ुदादाद के (दूसरे) इलाक़ों और दूसरे मुल्कों में नायबों की निगरानी में बिक्री के लिए भेजी जाएँ। माँग वाली पैदावारों को इस जगह से हासिल करके बेचा और मुनाफ़ा कमाया जाए।

राजाज्ञा सात

नायबों की तैनाती : ऊपर दर्ज हुक्म के मुताबिक़ ज़रूरी हिदायत लिखवा ली जाए और कचहरी के आसिफ़ से इलायचियाँ, संदल, काली मिर्च, सुपारी हासिल करके आपके इलाक़े के (बहुत से) कारख़ानों को भेजी और वहाँ बेची जाए। अगर दूसरे सौदागर सरकार से ये चीज़ें ख़रीदते और बेचते हैं तो कोई हर्ज नहीं है। सरकारे-ख़ुदादाद के इलाक़ों में नीचे दर्ज नामों के मुताबिक़ 30 कारख़ाने (कोठियाँ) क़ायम किए जाएँ और वहाँ काम करने के लिए नायब मुक़र्रर किए जाएँ। वहाँ हर इलाक़े से ऊपर दर्ज चीज़ें, ढला और अनढला सोना-चाँदी और कपड़ा ख़रीदा और बेचा जाए। बिकनेवाली (यानी मुनाफ़े पर बिकनेवाली) चीज़ें बेची जाएँ। जो भी ढला और अनढला सोना-चाँदी हासिल हो उसे मुख़्तलिफ़ कारख़ानों से लाया जाए और उसका एक चौथाई टकसाल को दिया जाए, और नियम-क़ायदों के मुताबिक़ टकसाल को उसका मेहनताना देकर ढले हुए सिक्के हासिल किए जाएँ।

कारख़ानों की फ़ेहरिस्त इस तरह है :

1. पट्टम (राजधानी)
2. सलामाबाद (सट्टीमंगलम)
3. वेफीमंगल (अरीवाकुच्ची)
4. बंगलौर
5. बांगलूर
6. कोलार
7. मुखगल
8. मदन पिल्लई
9. ज़फ़राबाद (गुरमकुंडा)
10. दुंगन्नूर
11. रायकोटी
12. फ़ैज़-हिसार (गूट्टी)
13. धर्मवर (धर्मावरम)
14. फ़रुख़ियत हिसार (चीतलदुर्ग)
15. बेनज़ीर
16. हुर्रियाल
17. नागपुर (बिडनूर)
18. शिकारपुर
19. सोंडा
20. कुरैल (मंगलौर)
21. खुशहालपुर
22. बरकुड़
23. कारवाड़
24. जमालाबाद
25. भलकल
26. फ़तहाबाद

27. करूड़ (गुरोड़)

28. कुड़प (गुड़प)

29. बनवासी

30. गरदुन शिकोही (नंदीदुर्ग)

राजाज्ञा आठ

आप अपनी तरफ़ से दूसरे मुल्कों के ताजदारों को अर्ज़ियाँ लिखें और शानदार मर्दों के साथ ख़िलअतें (सम्मानसूचक वस्त्र) भेंजे और (उम्दा सुलूक का) वादा (क़ौल) हासिल करें और ग़ैर-मुल्कों में कारख़ाने क़ायम करें। ज़रूरत के मुताबिक़ उन कारख़ानों के लिए नायब मुक़र्रर किए जाएँ और उन्हें रक़में दी जाएँ। उन मुल्कों की तरह-तरह की नायाब चीज़ें यहाँ लाकर बेची जाएँ, और इस मुल्क की नायाब चीज़ें और दूसरे माल और (दूसरी) पैदावारें उन कारख़ानों को भेजी जाएँ और वहाँ बेची जाएँ। दूसरे मुल्कों में क़ायम किए जानेवाले कारख़ानों की फ़ेहरिस्त नीचे दी गई है। कारख़ाने क़ायम करने के लिए जो भी ख़र्च आए, उठाया जाए।

1. कुरनूल
2. चीना-पट्टन (मद्रास)
3. पहलचेरी (पांडिचेरी)
4. पूना
5. कुरपा
6. नागौर (तंजौर में)
7. वेराज (पूना रियासत में)
8. मालेगाँव (हैदराबाद रियासत में)
9. पगड़ कोच (रस्ता रियासत में)
10. उटनी (रस्ता रियासत में)
11. नांदेड़ (हैदराबाद रियासत में)
12. हुम्ना़बाद (हैदराबाद रियासत में)
13. रायचोड़ (अडोनी रियासत में)
14. मस्क़त
15. कच्छ
16. नासिर ख़ान का मुल्क, यानी सिंध; कराची बंदरगाह
17. माही बंदरगाह (फ्रांसीसियों की हुकूमत में)

सन्दर्भ और टिप्पणियाँ

1. विलियम किर्कपैट्रिक, *सेलेक्टेड लेटर्स ऑफ़ टीपू सुलतान,* लन्दन, 1811
2. उपरोक्त; *हुक्मनाम-ए-टीपू सुलतान* के लिए परिशिष्ट ई देखें।

3. निखिलेश गुहा, *प्रि-ब्रिटिश स्टेट सिस्टम इन साउथ इंडिया : मैसूर 1761-1789,* कलकत्ता, 1085 ने भी किर्कपैट्रिक की रचना का उपयोग किया है।
4. किर्कपैट्रिक, पूर्वोक्त, पृ. 234
5. एम.एच. गोपाल, *हिस्ट्री ऑफ़ टीपू सुलतांस मैसूर,* पृ. 20 देखें।
6. किर्कपैट्रिक, पूर्वोक्त, पृ. 234
7. टीपू का विचार था कि वह ख़ुद एक न्यासी, शासकवर्ग का एक चुनिन्दा व्यक्ति है जिसे अल्लाह ने धन-दौलत, पद और शक्ति प्रदान किया है। वह लोगों की सेवा करने और जनता के कल्याण पर निगाह रखने के लिए पैदा हुआ है। उसने जो हुकूमत क़ायम की है वह अल्लाह की दी हुई (ख़ुदादाद) है। कबीर कौसर (अनुवाद) : *सेक्रेट करेस्पांडेंस ऑफ़ टीपू सुलतान,* देहली, पृ. 307 देखें।
8. आरम्भ में मक़सद मैसूर में 30 और भारत के दूसरे भागों में 17 कारख़ाने क़ायम करना था। पर वास्तव में कामयाबी के साथ कुछ कारख़ाने ही क़ायम किए जा सके। भारत से बाहर जिन कारख़ानों में सबसे अधिक क्षमता थी वे थे मस्क़त (ओमान, 1785) और जद्दा के कारख़ाने। किसी कारख़ाने की निगरानी करने वाले हाकिम को दारोग़ा कहा जाता था। उसकी सहायता के लिए मुतसद्दी और एक गुमाश्ता होते थे। मुहिब्बुल-हसन, *हिस्ट्री ऑफ़ टीपू सुलतान,* कलकत्ता, 1971, पृ. 345 देखें।
9. लाल सागर और फ़ारस की खाड़ी दोनों क्षेत्रों से भारतीय सौदागरों द्वारा भारत में बड़ी मात्रा में क़ीमती धातुओं के आयात के लिए 18वीं सदी की आख़िरी चौथाई महत्त्वपूर्ण है। देश की अर्थव्यवस्था के एक महत्वपूर्ण स्रोत के रूप में क़ीमती धातुओं के महत्त्व को उन दिनों के अर्थशास्त्री अच्छी तरह समझते थे और टीपू भी इस स्थिति से अनजान नहीं था। श्रीरंगपट्टम में 5 टकसालें थीं। धातुओं की आपूर्ति दारोग़ा नाम का एक हाकिम करता था और ढलाई के बाद सिक्के अपनी तहबील में लेकर वह ख़ज़ाने में जमा कराता था। उपरोक्त, पृ. 335 देखें।
10. कपड़े मैसूर के निर्माण की मुख्य मदों में शामिल थे। कपड़ा-बुनाई का उद्योग मुख्यतः बंगलौर, वलुरू वग़ैरह में केन्द्रित था। फ्रांसिस बुख़ानन, *जर्नी फ्रॉम मद्रास थ्रू मैसूर, कनारा एंड मलाबार,* 1807, पुनर्मुद्रण : देहली 1988, पृ. 40, 326 देखें।
11. यह मैसूर से नियमित रूप से मस्क़त जानेवाली 'रुक्ष वस्तुओं' में एक था। पुर्तगाली और अंग्रेज़ बंदरगाहों के सौदागरों को टीपू की रियासत में चावल ख़रीदने की इजाज़त नहीं थी। मस्क़त के सौदागरों के लिए मैसूर के निवासियों से चावल ख़रीदने पर कोई पाबंदी नहीं थी। किर्कपैट्रिक, पूर्वोक्त, पृ. 238-39 देखें।
12. यह आयात की बड़ी मदों में एक और बारूद का एक ख़ास घटक थी। यह ख़ासतौर पर मस्क़त से मँगाई जाती थी। किर्कपैट्रिक, पूर्वोक्त, पृ. 209 देखें।
13. सुलतान ने पहले भी विदेशों से सौदागरों को आमंत्रित किया था। कम से कम एक अवसर पर उसने दो आर्मेनियाई सौदागरों ख़्वाजा सेठ और ख़्वाजा हेरातूँ को ख़ुद ख़त लिखा था और अपनी रियासत में निवास के दौरान उन्हें पूरा सहयोग और सहायता देने का वचन दिया था। किर्कपैट्रिक, पूर्वोक्त, पृ. 11-12 देखें।
14. हो सकता है टीपू मुख़्तलिफ़ फ़िक़ों (विधि-सम्प्रदायों) के अनुसार चोरी और दंड की प्रकृति की बात कर रहा है। पर मुझे किसी को ऐसी सज़ा दिए जाने का कोई साक्ष्य नहीं मिल सका। *हुक्मनाम-ए-टीपू सुलतान,* राजाज्ञा नौ, फ़ोलियो 20बी-21ए देखें।
15. ये चार तबक़े थे क़ुरैशी, सैयद, सुन्नी और और नमाज़ी हनफ़ी जिनकी पहचान दरबार में उनकी हाज़िरी और बैठने की व्यवस्था से होती थी। *हुक्मनाम-ए-टीपू सुलतान,* फ़ोलियो 23बी देखें।

राजाज्ञा एक की बाद की पंक्तियाँ भी देखें।

16. ऐसे आह्वान टीपू के आदेशों में अक्सर मिलते हैं।
17. इसी राजाज्ञा की बाद की पंक्तियाँ देखें।
18. सम्भवतः ये चार तबक़े टीपू के प्रति अपनी वफ़ादारी में बहुत पक्के थे।
19. टीपू ने व्यापार से संबंधित अनेक आदेश जिस काल में जारी किए उसी काल में उसने एक नौसेना बनाने की पहल भी की। किर्कपैट्रिक का विचार था कि यह योजना काल्पनिक थी और इसका साकार होना असंभव था। उसकी सोच का आधार शायद यह था कि टीपू के लिए इसका ख़र्च उठा सकना सम्भव नहीं होगा। हमारे पास टीपू की आय के कुछ अनुमान मौजूद हैं। मौक्लियड हमें यह विश्वास दिलाना चाहते हैं कि टीपू की आय 83,67,549 पगोड़ा थी; 1795 में उसे दस लाख पगोड़ों की अतिरिक्त आय हुई। इसकी पुष्टि रीड ने की है। मुहिब्बुल-हसन इसे अत्यधिक अतिशयोक्ति मानते हैं क्योंकि 1792 में मैक्लियड के आँकड़ों के अनुसार टीपू की आय 25 लाख और 35 लाख पगोड़ों के बीच थी। मुहिब्बुल-हसन के अनुसार 'टीपू के प्रशासन के ढाँचे और उसकी दक्षता को देखते हुए माँगों और प्राप्तियों के बीच इतना अधिक अंतर नहीं रहा होगा। (मुहिब्बुल-हसन, *टीपू सुलतान*, पृ. 344 देखें।) टीपू की संपत्ति के दो और आँकड़े हमारे पास हैं। एक ताक़तवर नौसेना बनाने की योजना के मात्र एक या दो साल पहले, तीसरे आंग्ल-मैसूर युद्ध में अपनी हार के बाद, टीपू को ईस्ट इंडिया कंपनी और उसके सहयोगियों के साथ एक संधि (19 फ़रवरी 1792) करनी पड़ी। इस संधि की शर्तों में एक (*आथेंटिक मेमायर्स ऑफ़ टीपू सुलतान*, पृ. 17) के अनुसार टीपू को हर्जाने के रूप में तीन करोड़ तीस लाख की नक़द रक़म देनी पड़ी। टीपू की सम्पत्ति का एक और अनुमान यह है कि 4 मई 1799 को श्रीरंगपट्टम के पतन के बाद टीपू के महल में मौजूद ख़ज़ाने का मूल्य तीस लाख आँका गया। (इसमें मुद्रा का उल्लेख नहीं है। *आथेंटिक मेमायर्स ऑफ़ टीपू सुलतान*, पृ. 119 देखें।)
20. दो अलग-अलग ढाँचों वाले जहाज़, पर उनके बीच कोई अंतर नहीं किया गया है। जो अकेला अंतर हमें दिखाई देता है वह उन पर लगी तोपों को लेकर है। ये जहाज़ आधुनिक ढर्रे पर लैस किए जाते और पैग़म्बर ख़िज़्र और पैग़म्बर इलियास के नाम पर उनका नामकरण किया जाता; ये दोनों लड़ाकू पैग़म्बर थे। टीपू उम्दा क़िस्म के जहाज़ भी बनवाना चाहता था। ऐसी ही एक क़िस्म ज़ौ जहाज़ों की थी जिनके निर्माण के लिए मस्क़त के कारीगरों की सेवाएँ ली गईं। ज़ौ की एक क़िस्म थी गुरब जो तीन पालोंवाला और धुनषाकार जहाज़ था। टीपू के दौर में और भी तेज़ गतिवाले जहाज़ यूरोपी तर्ज़ के थे जिनको गश्ती जहाज़ (फ्रिगेट) कहा जाता था। पैट्रीशिया रिसो, *ओमान एंड मस्क़त : ऐन अर्ली माडर्न हिस्ट्री*, लन्दन, 1986, पृ. 216-17 देखें।
21. किर्कपैट्रिक, *सेलेक्टेड लेटर्स*, परिशिष्ट ई, पृ. अड़तीस-उनतालीस ने हर कारख़ाने के लिए बनाई गई मुहर का वर्णन किया है। इसकी पहचान उस पर दर्ज इबारत से की जाती थी, जैसे कच्छ के कारख़ाने के लिए जर्फ़े-ज़हब (सोने का गमला या जहाज़) या मस्क़त के कारख़ाने के लिए काने-ज़र अर्थात सोने की खान।
22. शब्द 'Asoph' (किर्कपैट्रिक द्वारा प्रयुक्त) फ़ारसी शब्द आसिफ़ का भ्रष्ट रूप है जिसका प्रयोग टीपू की रियासत के एक बड़े क़िले के आला हाकिम के लिए किया जाता था। (बुख़ानन, खंड तीन, परिशिष्ट देखें।) मुहिब्बुल-हसन (*टीपू सुलतान*, पृ. 337) ने आसिफ़ को एक सूबे का असैनिक सूबेदार बतलाया है। आसिफ़ नगर का मुंसिफ़ भी होता था। (उपरोक्त, पृ. 338 देखें।) लगता है मुहिब्बुल-हसन किर्कपैट्रिक (*सेलेक्टेड लेटर्स*, परिशिष्ट ई, पृ. 37) से लगभग सहमत हैं जिन्होंने asoph की पहचान एक ज़िले के हाकिम के रूप में की है। लेकिन किर्कपैट्रिक के अनुसार

ऐर आसिफ़ टीपू के काल का मालगुज़ारी का हाकिम था जबकि मुहिब्बुल-हसन (*टीपू सुलतान,* पृ. 331) ने मीर आसिफ़ की पहचान मालगुज़ारी विभाग के प्रमुख के रूप में की है। इसलिए यह निष्कर्ष निकाला जा सकता है कि आसिफ़-हुजूर सीधे सुलतान को जवाबदेह प्रशासनिक अधिकारी होता था।

23. ये एजेंट (गुमाश्ता-हा) थे मावजी सेठ और यहूदी अब्दुल्ला। मावजी के पास अपने गुमाश्ते भी होते थे। ये दोनों टीपू के मस्क़त स्थित कारख़ाने से जुड़े हुए थे। मुहिब्बुल-हसन, *टीपू सुलतान,* पृ. 131 देखें। मावजी सेठ के अपने एजेंटों प्रेम और सेवा के बारे में मुहिब्बुल-हसन (सं) : *वाक़ई-ए-मानाज़िले-रूम,* पृ. 41 देखें।

24. मालों की ख़रीद में विवेक का प्रयोग टीपू के लिए हमेशा विशेष महत्त्व का विषय रहा। मीर काज़िम के नाम एक ख़त (12 जनवरी) में उसने उससे तभी गंधक ख़रीदने को कहा जब उसका दाम गिरकर एक माक़ूल स्तर तक आ जाए। फिर भी मीर काज़िम को यह ध्यान रखना पड़ता था कि गंधक की नियमित आपूर्ति जारी रहे। *किर्कपैट्रिक, सेलेक्टेड लेटर्स,* पृ. 231, 282-83 देखें।

25. यह किर्कपैट्रिक के काल (परिशिष्ट चालीस) के 1,28,000 पौंड स्टर्लिंग के बराबर था।

26. मैसूर का इलाक़ा पश्चिमी घाट तक फैला हुआ था जो हाथियों के कारण बदनाम था। ये हाथी हमेशा फ़सलों को तबाह करते रहते थे और साथ में लगी बस्तियों में दहशत पैदा करते थे। हंपापुरा बेट्टा, चीकादेवा बेट्टा वग़ैरह के दक्षिणी क्षेत्र की हेजूरू नाम की ऊँची पहाड़ियाँ इन हाथियों का ख़ास गढ़ थीं। इस जानवर का शिकार मुनासिब धार्मिक आयोजन के बाद किया जाता था। लेकिन इस जानवर का इस्तेमाल बोझा ढोने के लिए किया जाता था, जैसे लकड़ी के लट्ठों को नदी तक तथा नदी से पास की गोदी और बंदरगाह तक। दूसरे देशों को इसका निर्यात भी किया जाता था। बुख़ानन, *जर्नी फ्रॉम मद्रास,* खंड दो, पृ. 13, 122-23 देखें। टीपू के काल में हाथी दूसरे देशों के शासकों को उपहारस्वरूप भी भेजे जाते थे। ऐसे उपहारों के अनेक उदाहरण मिलते हैं। *हुक्मनामा (मुतफ़रक़),* एशियाटिक सोसायटी आफ बंगाल (उन्नत इतिहास अध्ययन केन्द्र, अलीगढ़ में सुरक्षित जीराक्स प्रति) फ़ोलियो 14ए देखें; अब्दुल क़ादिर, वाक़ई-ए-मनाज़िले-रूम, सं : मुहिब्बुल-हसन, बंबई, 1968, पृ. 2, 3 और आगे देखें।

27. जॉर्ज वाट, *डिक्शनरी ऑफ़ द इकानमिक प्रोडक्ट्स ऑफ़ इंडिया,* खंड दो पृ. 319 में इसकी पहचान Cassia Cinnamon के रूप में की गई है; दूसरे ब्योरों के लिए इरफ़ान हबीब, *ऐन एटलस ऑफ़ द मुग़ल इंपायर,* देहली, 1982, पृ. 66 (शीट 16बी) देखें।

28. लगता है इस शब्द के सबसे उपयुक्त अर्थ क्रम में 'सामग्री', 'घटक', 'प्रावधान', 'आपूर्ति' हैं। टीपू के दौर की दूसरी दस्तावेज़ों में शब्द सर-अंजाम बहुत अधिक प्रयुक्त हुआ है। अब्दुल क़ादिर, *वाक़ई-ए-मनाज़िले-रूम,* पूर्वोक्त, फ़ोलियो 25 ए; *हुक्मनामा (मुतफ़रक़),* फ़ोलिया 25बी (सर-अंजाम ज़रूरी), फ़ोलियो 5ए (मज़दूरान वग़ैरह सर-अंजाम तैयारि-ए-आम, नवीसनीद) वग़ैरह देखें।

29. राजाज्ञा सात, फ़ोलियो 17ए-18ए देखें।

कृषि का विकास : टीपू सुलतान की भूमि व्यवस्था

बी. शैख़ अली

विजयनगर साम्राज्य के दिनों में कर्नाटक में प्रचलित भूमि व्यवस्था यूरोपी fiefs (फ़ीफ़्स) से मिलती-जुलती थी जिसमें नियमित पैमाइश के बाद मालगुज़ारी की एक ख़ास दर तय की जाती थी या उत्पादन का अनुमान लगाया जाता था। दक्षिण के इलाक़े जब 1644 में रनदौला ख़ान की कमान में बीजापुरियों के तहत आ गए और उसने सीरा में एक नई हुकूमत क़ायम की तो उन दिनों मौजूदा भूमि व्यवस्था में कोई बड़ी तब्दीली नहीं की गई। वास्तव में उसने ये इलाक़े मराठा सरदार शाहजी के हवाले कर दिए और इस तरह इन नए जीते गए इलाक़ों को बीजापुर में प्रचलित मालगुज़ारी में घुली-मिली तुर्क विशेषताओं से अछूता रखा; यह थी तिमारिया व्यवस्था जिसमें कमानदारों को बड़ी-बड़ी जागीरें दी जाती थीं। औरंगज़ेब के नेतृत्व में जब दक्षिण पर मुग़लों की अधिराजी क़ायम हुई तो उसने बेहतरीन ज़मीनों के अच्छे-ख़ासे टुकड़े मंसबदारों को देने की प्रथा शुरू की। हैदर के दौर में भी बड़े जागीरदारों के ग़लत कामों पर कोई रोक नहीं लगी। वह हर साल तख़्मीने की रक़म से ज़्यादा मालगुज़ारी या लगान वसूल करता रहा। इसलिए मालगुज़ारी के प्रबंध की व्यवस्था को पूरी तरह विकसित करने का काम टीपू के सर आन पड़ा जिसने पंद्रह बरसों तक धरमपुरी में अपनी जागीरों का इंतज़ाम करके भारी ज्ञान और अनुभव प्राप्त किया था; वहाँ उसने अनेक सुधार लागू किए थे।[1]

तख़्तनशीनी के बाद टीपू ने भूमि व्यवस्था में सुधार किए और वह व्यवस्था अपनाई जो निचले कर्नाटक में प्रचलित थी जहाँ मुग़लों का कोई गहरा प्रभाव नहीं पड़ा था। उसने मुख्यतः पुरानी और नई रैयतों के बीच काश्त की ज़मीन के बँटवारे के लिए कुछ नियम-क़ायदे बनाए। वहाँ चार तरह की ज़मीनें थीं—सिंचित, खुश्क, हिस्सा और इजरा। हिस्सा उन ज़मीनों को कहते थे जिनकी उपज सरकार और किसान के बीच बराबर-बराबर बँट जाती थी और किसान से, बंगाल की भगा ज़मीनों की तरह, कोई निश्चित कर देने की उम्मीद नहीं की जाती थी। इजरा वह ज़मीन थी, जो बंगाल की ठेका ज़मीनों की तरह, एक निश्चित लगान पर रैयत को दी जाती थी। ज़मीन की इन चारों क़िस्मों में हर किसान को बराबर का भाग मिलता था। इजरा ज़मीन में बोए

जानेवाले बीजों की मात्रा हिस्सा ज़मीनों से अधिक होती थी।[2]

टीपू ने ख़ास तौर पर दो तरह की भूमि व्यवस्थाओं को प्रोत्साहित किया—पुश्तैनी मिल्कियत की संस्था को और निश्चित लगान की व्यवस्था को। पहली को तकनीकी भाषा में मीरास कहा जा सकता है जो विरासत का सूचक है। इस व्यवस्था में किसान को काश्त का पुश्तैनी अधिकार या लगानदार (टेनेंट) का अधिकार प्राप्त होता था और इसके वारिसों को एक ख़ास रक़बा घेरने का अधिकार प्राप्त होता था—तब तक जब तक वे ज़िले में प्रचलित लगान देते रहें। लगान तभी देना पड़ता था जब ज़मीन पर काश्त की गई हो। पर सरकार ज़मीन की काश्त पर ज़ोर देती थी और इस पर कि उसे किसी भी हालत में बंजर न रखा जाए। जो इस हुक्म की तामील नहीं करते थे उनके लिए जोखिम होता था कि उनकी ज़मीन लेकर दूसरों को दे दी जाएगी। इस व्यवस्था में लगान की मात्रा फ़सल के अनुसार अलग-अलग होती थी। दूसरी व्यवस्था में ज़मीन की मिल्यिकत किसी ज़मींदार के हाथों में होती थी जो अपने लगानदारों से लगान वसूल करता था और सरकार को एक निश्चित लगान अदा करता था। उसकी मौत के बाद विरासत के अधिकार का पालन करते हुए ज़मीन उसके बेटे को दे दी जाती थी। ऐसी व्यवस्था बेदनूर, बल्लाम, मैसूर और तैयूर सूबों में प्रचलित थी। कनारा में इन सभी ज़मीनों पर नक़द या वस्तु रूप में एक निश्चित लगान लिया जाता था जिनका इंतज़ाम ख़ुद ज़मींदार नहीं करते थे। बड़ामहल में किसान सरकार से सीधे ज़मीन लेते थे; उस सूबे में कोई ज़मींदार नहीं होता था।[3]

टीपू ने नक़द लगान वसूल करने की व्यवस्था शुरू की। लगान जहाँ फ़सल के आधार पर तय की जाती थी वहाँ हर साल ज़मीनों की पैमाइश की जाती थी। जहाँ सोने, चाँदी, ताम्बे या काँसे के सिक्के दिए जाते थे वहाँ वे बाज़ार में प्रचलित दरों पर कुबूल किए जाते थे। ये गलाए नहीं बल्कि जमा रखे जाते थे। ज़मीन लगान पर देने की प्रथा ख़त्म कर दी गई और हुकूमत ने किसानों से सीधे लगान वसूलने की व्यवस्था शुरू की। सरकारी हाकिमों को सख़्त ताकीद थी कि रिआया को परेशान न करें। करों की वसूली के समय उन्हें शान्तिपूर्ण उपाय अपनाने पड़ते थे; बाक़ी समय में उन्हें किसानों की रोज़मर्रा की ज़िन्दगी में दख़ल देने की इजाज़त नहीं थी। हुकूमत का तय किया हुआ लगान मुनासिब और हलका होता था।[4]

ख़ुश्क ज़मीनों पर काश्त करनेवाले से फ़सल का लगभग तिहाई हिस्सा लिया जाता था। सिंचाई ज़मीनों या धान के खेतों से अधिक लगान, लगभग आधा हिस्सा लिया जाता था। कर अनाज रूप में लिया जाता था। ज़मीन की क़िस्म का अन्दाज़ लगाने के लिए वास्तव में पैमाइश नहीं की जाती थी; ज़मीन की काश्त के लिए आवश्यक बीजों की गुणवत्ता देखी जाती थी। इसके लिए प्रयुक्त शब्द 'कंडी' था, यह अलग-अलग ज़िलों में और अलग-अलग फ़सलों के लिए अलग-अलग होती थी। एक कंडी ज़मीन का मतलब था उतनी ज़मीन जिसमें एक कंडी बीज बोया जा सके। एक कंडी में बीस कुड्डू होते थे और एक कुड्डू दस सेर का होता था। कुड्डू की अलग-अलग क़िस्में होती

थीं। पर फ़सल का बराबर वितरण सुनिश्चित करने के लिए उसे सरकार और किसान के बीच आधा-आधा बाँट दिया जाता था। एक कंडी खुश्क ज़मीन एक कंडी सिंचित ज़मीन की लगभग चार गुना होती थी; सिंचित ज़मीनों को खुश्क ज़मीनों से काफ़ी बेहतर माना जाता था और उनसे अधिक दर से लगान वसूल किया जाता था।[5] खुश्क और सिंचित ज़मीनों के लगान में अन्तर वास्तव में 2-3 का नहीं, 1-6 का होता था क्योंकि एक कंडी ज़मीन में पैदा धान को 24 माप मानकर हुकूमत उसमें सिर्फ़ 12 माप ले लेती थी। खुश्क ज़मीन के उतने ही क्षेत्रफल से लगान 8 माप होना चाहिए था, पर हुकूमत सिर्फ़ 2 माप लेती थी क्योंकि उससे प्राप्त कुल उपज केवल 6 माप होती थी। ब्राह्मण काश्तकार प्रचलित लगान का सिर्फ़ आधा देते थे क्योंकि उनकी महिलाएँ खेतों में काम नहीं करती थीं। सरकार को प्राप्त लगान इसी दौर में इंग्लैंड में प्रचलित लगानों के मुक़ाबले बहुत अधिक नहीं थे जहाँ किसान एक तिहाई भाग ज़मींदार को देता था, एक-तिहाई मवेशी पालन के ख़र्चों के नाम पर ले लिया जाता था, और किसान के पास सिर्फ़ एक तिहाई बचता था। मैसूर में हुकूमत किसान से एक तिहाई लेकर दो तिहाई उसी के पास रहने देती थी।[6]

मिट्टी के उपजाऊपन के आधार पर ज़मीनों को तीन श्रेणियों में बाँटा गया था, और लगान का आकलन ज़मीन की उत्पादकता पर निर्भर होता था। एक किसान खुश्क और सिंचित, दोनों तरह की ज़मीनें जोतता-बोता था और औसतन अपनी आय का 40 फ़ीसदी हुकूमत को देता था। सबसे अधिक ख़ुश्की की फ़सलें बोई जाती थीं और उन्हीं की उपज सबसे निश्चित भी होती थी। लगभग 25 तरह की फ़सलें बोई और काटी जाती थीं, और उनमें राई, बाजरा, दालें, मोटा चना, बंगाली चना और हरा चना मुख्य थीं। तरी की मुख्य फ़सलें धान और गन्ना थीं जो जलाशयों के पास या कावेरी नदी के किनारे बोई जाती थीं। इस नदी से सिंचित ज़मीनों से दूसरी फ़सल लेने की गुंजाइश भी थी, पर टीपू ने एक से अधिक फ़सल लेने को हतोत्साहित किया कि इससे मिट्टी का उपजाऊपन कम होगा। इन खाद्यान्नों के अलावा कसैली, काली मिर्च, इलायची, तम्बाकू और संदल की लकड़ी जैसी नक़दी फ़सलों से हुकूमत को भारी राजस्व प्राप्त होता था जिसे नक़दी रूप में तय निश्चित लगान के आधार पर वसूल किया जाता था। तालाबों की मरम्मत ख़ास ध्यान देकर और फ़ौरी तौर पर कराई जाती थी। चूँकि भारी बारिश भारी मात्रा में मिट्टी बहा ले जाती थी और बरसात में बाँध टूट जाते थे, इन तालाबों की मरम्मत की ज़रूरत लगातार बनी रहती थी। बंजर की काश्त को प्रोत्साहन दिया जाता था; इसके लिए पहले साल कोई लगान नहीं लिया जाता था, दूसरे साल लगान का चौथाई लिया जाता था, और फिर पूरा लगान लिया जाता था।[7] अपने सुधारों के द्वारा टीपू ने लगान वसूलने वालों के लिए रैयत और सरकार को लूटना असंभव बना दिया था जैसे कि उसके वालिद के ज़माने में होता था। यही कारण था कि उसके कट्टर दुश्मनों तक को मन मारकर ऐलान करना पड़ा था कि 'उसके मुल्क में काश्तकारी हिन्दुस्तान में सबसे अच्छी है और वहाँ की आबादी सबसे ख़ुशहाल है।'[8]

सन्दर्भ और टिप्पणियाँ

1. स्क्रिप, *द मैसूरियन रेवेन्यू रेगुलेशंस*
2. विल्क्स, *रिपोर्ट ऑन द इंटीरियर एडमिनिस्ट्रेशन ऑफ़ मैसूर*
3. ज़ैनुल-आबेदीन शुस्तरी, *फ़तूहुल-मुजाहिदीन*
4. बुख़ानन, *ए जर्नी फ्रॉम थ्रू द कंट्रीज ऑफ़ मैसूर, कनारा एंड मलाबार*
5. मुनरो, *ए नैरेटिव ऑफ़ द मिलिट्री आपरेशंस ऑन द कोरोमंडल कोस्ट, 1780-84*
6. एडमंस्टन, *आफ़िशियल डाक्यूमेंट्स एंड पेपर्स ऑफ़ टीपूज़ गवर्नमेंट*
7. किर्कपैट्रिक, *आफिशियल करेस्पोडेंस एंड अदर पेपर्स*
8. किर्कपैट्रिक, सेलेक्टेड लेटर्स ऑफ़ टीपू सुलतान

आधुनिकता का वाहक टीपू सुलतान : एक समकालीन ब्रिटिश आलोचक की दृष्टि में

फ्रांसिस बुख़ानन

पूर्वोत्तर भारत के बारे में फ्रांसिस बुख़ानन के सर्वेक्षणों के बारे में हम सब जानते हैं। उसने अपनी प्रतिभा का परिचय 1800-01 में ही दिया था जब गवर्नर-जनरल मार्क्विस वेलेज़ली के आदेश पर उसने हैदर अली और टीपू सुलतान के इलाक़ों में दूर-दूर तक यात्राएँ कीं। इन यात्राओं का उद्देश्य इन इलाक़ों में 'कृषि, कलाएँ और व्यापार, धर्म, रीति-रिवाज, प्राकृतिक और नागरिक इतिहास, और पुरातात्त्विक वस्तुओं' पर यथासंभव जानकारी प्राप्त करना था। रोज़मर्रा की रिपोर्टों के रूप में इस प्रकार प्राप्त विस्तृत विवरण इस्ट इंडिया कंपनी के कोर्ट ऑफ़ डायरेक्टर्स द्वारा 1807 में, ए जर्नी फ्रॉम मद्रास थ्रू द कंट्रीज ऑफ़ मैसूर, कनारा एंड मलाबार शीर्षक से तीन जिल्दों में प्रकाशित किया गया था।

एक सरकारी दस्तावेज़ का यह रचयिता बुख़ानन मैसूर के पिछले दो शासकों और ख़ासकर टीपू सुलतान के ख़िलाफ़ पूर्वाग्रहों से भरा हुआ था। फिर भी उसके वृत्तांत के ये दो उद्धरण, जिनमें से एक कृषि प्रशासक के रूप में हैदर अली के बारे में और दूसरा एक आधुनिकता के वाहक रूप में टीपू सुलतान के बारे में है, दिलचस्पी से ख़ाली नहीं हैं।

—सम्पादक

हैदर अली का कृषि प्रशासन

(कोलार में फ़सल के बँटवारे सम्बन्धी बंदोबस्त का विवरण)

ढेर को तब (फ़सल के कट जाने और कुछ छोटे-मोटे हिस्से निकाल लिये जाने के बाद) मापा जाता है और सरकार यानी लगानदार और किसान के बीच बराबर-बराबर बाँट दिया जाता है। पर कुछ हिस्सा छोड़ दिया जाता है जो फिर इस तरह बँटता है :

इस हिस्से से ढेर के हर 'चंदक' के लिए 12 सेर तोले जाते हैं जिनमें से एक तिहाई लेखाकार ले लेता है और बाक़ी लगानदार को चला जता है। यह हिस्सा पहले

देशमुखों या ज़मींदारों को जाता था, पर जब हैदर ने उनका उन्मूलन कर दिया और उनकी जगह बाक़ायदा तनख़्वाह पानेवाले हाकिम मुक़र्रर कर दिए गए तो यह मुनासिब ही है कि यह हिस्सा सरकार को जाए। सच तो यह है कि हैदर के वित्त सम्बन्धी सारे कामकाज बहुत ही विवेकपूर्ण और उपयुक्त हैं, और उसके न्याय, बुद्धि और विवेक के कारण हर तरह के देसी लोग उसकी यादों का बहुत ही सम्मान करते हैं।

—*जर्नी फ्रॉम मद्रास,* खंड एक, पृ. 300

आधुनिकता का वाहक टीपू सुलतान

टीपू आम तौर पर जिस कमरे का इस्तेमाल करता था वह एक बड़ा सा शानदार हॉल था जो मुस्लिम तर्ज़ पर सामने की तरफ़ खुला हुआ था और दूसरी तीन दीवारें हवा के गुज़र के बग़ैर पूरी तरह बंद थीं। इसमें उसे बैठना और बहुत कुछ लिखते रहना पसंद था क्योंकि वह एक अद्भुत योजनाकार था और अपने इलाक़ों के बंदोबस्त के लिए बराबर नई योजनाएँ बनाता रहता था मगर जिनको वह धीरज के साथ लागू करने की कोशिश करता था। उसने खुद को यह विश्वास दिला रखा था कि वह अपनी रिआया की भलाई के लिए प्रयत्नशील है, इसमें मुझे कोई शक नहीं, और यह तय है कि वह ख़ुद को हुकूमत के मुआमलों के बंदोबस्त सम्बन्धी उम्दा गुणों से भरपूर समझता था क्योंकि वह आगे आनेवाले सभी सुलतानों के लिए इस विषय पर एक किताब लिखने की कोशिश कर रहा था, पर इस बारे में उसकी प्रतिभा निश्चित ही बहुत कम थी। वह अपनी रिआया के एक बड़े भाग के धार्मिक आग्रहों पर कोई ध्यान नहीं देता था, बल्कि हर जगह निर्ममता के साथ उनके मन्दिरों को नष्ट करता था और इसमें अपनी शान महसूस करता था कि उसने कई हज़ार लोगों को इस्लाम कुबूल करने के लिए मजबूर किया है। वह एक ही योजना पर कभी लम्बे समय तक काम नहीं करता था, और इसलिए उसकी हुकूमत में बराबर नई व्यवस्थाएँ आती रहती थीं। यूरोपीय लोगों से उसकी विमुखता ने उसे उनकी बहुत सी कलाओं की नक़ल करने से नहीं रोका, पर फिर भी ऐसा नहीं लगता कि इसका कारण उनके महत्त्व सम्बन्धी कोई चेतना थी, या वह अपने मुल्क में सुधार लाने का इच्छुक था। लगता है वह सिर्फ़ अपनी रिआया को यह दिखाना चाहता था कि वह अगर चाहे तो वह सब कर सकता है जो यूरोपीय लोग कर सकते हैं। कारण कि उसने हालाँकि अर्ज़दार कपड़े, यूरोपीय तर्ज़ पर तारों पर काग़ज़, घड़ियाँ, काँटे-छुरी आदि बनाए, पर फिर भी यह सब बनाने की प्रक्रियाएँ गुप्त रखी गईं। तोप की नली में सूराख़ करने के लिए फ्रांसीसी कलाकार ने एक इंजन बनाया जो पानी से चलता था। पर सुलतान उसके महत्त्व के बारे में इतना कम सचेत था कि उसने पानी से चलनेवाले पहिए को हटा देने का हुक्म दिया और मशीन को चलाने के लिए बैल लगवा दिया। रीतियों के बारे में उसका एक पसंदीदा रवैया यह था कि राजा की हुकूमत में जो कुछ किया गया हो उसे नष्ट कर दिया जाए। इस नीति

को लागू करने के क्रम में उसने अकसर भारी लोक-महत्त्व के निर्माण-कार्य ध्वस्त करा दिए; जैसे ज़मीन की सिंचाई के लिए बनाए गए जलाशयों पर नहरों को। वह एक बहुत सरगर्म सुलतान था, पर फिर भी उसने काफ़ी बड़ी हद तक ख़ुदा को अपनी रिआया से अलग-थलग रखा था (जो एक निरंकुश राजतंत्र की सबसे बड़ी बुराइयों में एक है), और उसका मुख्य सलाहकार मीर सादिक़ लालच और बेरहमी से भरा शैतान था। लोग हर जगह टीपू पर कट्टरता और झूठे गुरूर का इलज़ाम धरते हैं। पर अपनी ज़्यादातर बदहालियों का सबब उसके वज़ीर के प्रभाव को बतलाते हैं। मालगुज़ारी के पूरे महकमे का काम चलानेवाले ब्राह्मण इतने लालची और इतने भ्रष्ट थे, और उन्होंने हैदर के साथ ऐसी एहसान-फ़रामोशी दिखाई थी कि अगर टीपू उनकी ख़िदमतों के बग़ैर काम चला सकता तो उनको पूरी तरह बेदख़ल कर चुका होता। पर यह असम्भव था क्योंकि मुल्क में किसी और को कामकाज का कोई इल्म नहीं था। उनके आचरण पर लगातार निगरानी रखकर उनपर अंकुश लगाने, ग़लती का पता लगाने पर उनको मिसाली सज़ाएँ देने और उनको लालच से ऊपर उठाने के लिए उनको अच्छी तनख़्वाहें देने की बजाय उसने (टीपू ने) मुल्क के बड़े-बड़े भागों की देखभाल के लिए मुसलमान 'आसफ़' यानी लॉर्ड लेफ़्टिनेंट मुक़र्रर किए, और इससे बुराइयों में भयानक बढ़ोत्तरी हुई। कारण कि पूरी तरह निठल्लेपन, ऐयाशी और जहालत में डूबे हुए, अपने बादशाह की कट्टरता के सबब उसकी तरफ़दारी पाने के प्रति आश्वस्त, और उसूलों से पूरी तरह महरूम इन लोगों ने अपनी ज़रूरतें पूरी करने के लिए हर जगह रिश्वतें लीं। इसलिए अपने पहले के फ़ायदों को बचाए रखने के अलावा 'आसफ़ों' की नई माँगें पूरी करने के लिए ब्राह्मणों ने अपनी बदकारियाँ और बढ़ा दीं। इस व्यवस्था के कारण यह हुआ कि सुलतान ने हालाँकि अनेक नए कर लगा रखे थे, ख़ज़ाने की वास्तविक आय कभी उसके पिता के समय की आय के बराबर नहीं पहुँची। लाज़मी मजबूरियों के मुख़्तलिफ़ बहानों का सहारा लेकर आमिलदारों ने भारी-भरकम बक़ाए दिखाए जबकि इस तरह दी गई छूटों का एक हिस्सा वे काश्तकारों से रिश्वत के तौर पर ले लेते थे। हालाँकि लोगों द्वारा सरकार को वास्तव में दिए जानेवाले कर हैदर के शासन-काल के मुक़ाबले काफ़ी कम थे, फिर भी उद्यमी कश्तकार किसी भी तरह पहले जितनी अच्छी स्थिति में नहीं थे। बेहद चलताऊ बहानों को भी अमीर समझे जाने वाले किसी भी शख़्स के ख़िलाफ़ फ़ौजदारी का मुक़द्दमा शरू करने के लिए पर्याप्त माना जाता था, और किसी भी मुलज़िम को तबाही से रिश्वत के अलावा कोई भी चीज़ नहीं बचा सकती थी। निश्चित ही टीपू में युद्ध की काफ़ी कुछ प्रतिभा थी, पर उसके जंगी शौक़ ने और इस फ़न में अपने से बहुत बेहतर दुश्मन से भी उसकी उलझने की प्रवृत्ति ने उसे तबाह कर दिया। दूसरी तरफ़ मराठा लुटेरों से भिड़ने की उसकी पिछली आदतों ने उसमें इतनी निमर्मता और बर्बरता भर दी थी कि हर विचारशील प्राणी उसके पतन पर आँसू बहाने से बाज़ आएगा। उसकी जो नीति सबसे कामयाब रही वह निचले दर्जे के मुसलमानों को अपने से ज़ोड़ने की नीति थी। उसमें बाज़ारूपन, कट्टरता और जोश कूट-कूटकर

भरे हुए थे जो उसके मक़सद से बेहद मेल खाते थे और जिनको पाने में उसके जैसी क़ाबिलियत वाले बहुत थोड़े से लोग ही कामयाब हो सके हैं, पर मेरा ख़याल है कि उसके मुआमले में यह सब स्वाभाविक था। उसके मुसलमानों में कोई भी हमारी मुलाज़िमत में दाख़िल नहीं हुआ है हालाँकि उनमें से बहुतों की भारी माँग है, और वे उसकी यादों का बेहद एहतराम करते हैं। उसे ऐसा शहीद समझते हैं जो उनके मज़हब की हिफ़ाज़त करते हुए मारा गया।

हालाँकि टीपू ने इस तरह अपनी रिआया में बहुत से लोगों की मुहब्बत हासिल की थी और हालाँकि वह नेक इरादों के प्रति सजग था और दिल से समझता था कि उसकी हुकूमत दूसरी सभी हुकूमतों के लिए एक मिसाल बनने के काबिल है, पर फिर भी जिस शख़्स ने भी उसके निजी कमरे देखे हैं उसे पता होगा कि इस बेरहम सुलतान का ज़ेहन अन्देशों से भरा हुआ था। यही शायद इस तरह के लोगों का नसीबा है। हालाँकि परिस्थितियों का ज्ञान महत्त्वाकांक्षी व्यक्तियों को ऐसी ताक़त बटोरने के लिए पर्याप्त नहीं होगा, और न ही जो लोग पहले ही ऐसी ताक़त बटोर चुके हैं उनको निजी जीवन की शान्ति की ओर लौटने की प्रेरणा देने के लिए पर्याप्त होगा, फिर भी इसके हानिकारक प्रभाव से परिचित व्यक्तियों को यह जानकर शायद कुछ तसल्ली मिले कि उनके सुलतान को उनके मुक़ाबले कम सुरक्षा और मन की कम शान्ति प्राप्त है।

महल के अगले भाग से, जो मालगुज़ारी के दफ़्तर का काम करता था और जहाँ से सुलतान कभी-कभी अपनी प्रजा को दर्शन देता था, निजी कक्ष की ओर जाने के लिए एक मज़बूत और तंग गलियारा बना हुआ था जिसमें चार बाघ बँधे रहते थे। हालाँकि ये थोड़े-बहुत पालतू क़िस्म के थे पर किसी भी उथल-पुथल की हालत में उच्छृंखल हो उठते थे। यहीं पर वह हॉल था जिसमें टीपू बैठा कुछ लिखता रहता था और जिसमें मीर सादिक़ को छोड़ बहुत थोड़े से लोगों को दाख़िला दिया जाता था। इसके ठीक पीछे सोने का कमरा था। इसके और हॉल के बीच एक दरवाज़ा था और दो खिड़कियाँ थीं, और यह बाक़ी हर तरफ़ से बंद था। दरवाज़ा अन्दर से कसकर बन्द हो जाता था और खिड़कियाँ लोहे के मज़बूत जंगले से सुरक्षित थीं। उनसे सोते में कोई शख़्स उसे गोली न मारे, इस डर से सुलतान एक हिंडोले में सोता था जो ज़ंजीरों के ज़रिए छत से इस तरह लटकता रहता था कि खिड़कियों से नज़र न आए। हिंडोले में एक तलवार और भरी हुई पिस्तौलों की एक जोड़ी रखी रहती थीं।

—जर्नी फ्रॉम मद्रास, खंड 70-73

नौसेना का निर्माण

हैदर अली और टीपू सुलतान के दौर में मैसूर की नौसेना

राजकुमार

भारत में बर्तानवी राज पर हाल में भारत में हुए ऐतिहासिक अध्ययनों की एक कमज़ोरी नौसेना के परिप्रेक्ष्य की उपेक्षा है। उपलब्ध स्रोतों से हम देखते हैं कि हैदर और टीपू के पास एक नौसेना थी, पर छिटपुट हवालों को छोड़ दें तो अभी तक इस विषय पर कोई सुव्यवस्थित अनुसंधान-कार्य नहीं हुआ है।[1]

बर्तानवी उपनिवेशवाद से लड़ने के बारे में हैदर अली और टीपू सुलतान के फ़ैसले ने और उनकी इस मान्यता ने कि ईस्ट इंडिया कंपनी की कामयाबी का राज़ उसकी समुद्री शक्ति में निहित थी, उन्हें एक मज़बूत नौसेना के निर्माण के बारे में सोचने के लिए प्रेरित किया।[2] इसके लिए उन्होंने यूरोप में अंग्रेज़ों के प्रतिद्वंद्वियों अर्थात फ्रांसीसियों, डचों और पुर्तगालियों की सहायता लेने की रणनीति अपनाई। उन्होंने कुछ बर्तानवी नागरिकों तक को अपनी ओर खींचा जिन्होंने उनको कुछ जहाज़ बनाने में सहायता दी, बल्कि कुछ जहाज़ों की कमान तक सँभाली।[3]

हैदर ने एक नौसैनिक बेड़ा तैयार किया, कुछ अच्छे बंदरगाह बनवाए और जहाज़-निर्माण की गोदियाँ तैयार कराईं।[4] टीपू के पास अनेक जंगबाज़ थे और विभिन्न जहाज़ों का प्रबन्ध करने वाले 10,000 लोग थे। 1796 में उसने नौसेना सम्बन्धी नियम-क़ायदे जारी किए[5] और 40 जंगी जहाज़ फ़ौरन बनाने के आदेश दिए।

समकालीन बर्तानवी दस्तावेज़ों में साफ़ कहा गया है कि हैदर अली और आगे चलकर टीपू सुलतान अंग्रेज़ों के सबसे ज़बरदस्त दुश्मन थे।[6] उन्होंने फ्रांसीसियों के साथ साझे दुश्मन के ख़िलाफ़ वफ़ादारी से सहयोग किया।[7] इसके साक्ष्य भी मिलते हैं कि उन्होंने पुर्तगालियों से अच्छे सम्बन्ध बनाए रखने की कोशिश की।[8] मैसूर के हुक्मरानों ने अफ़ग़ानिस्तान, मस्क़त और तुर्की से गठबंधन की कोशिशें भी कीं[9] जिसके लिए उन्हें एक मज़बूत बेड़ा बनाने की ज़रूरत महसूस हुई। इसके अलावा उनके अंग्रेज़ दुश्मन एक समुद्री ताक़त थे, उनके पुर्तगाली पड़ोसी हिंदुस्तानी राजाओं के साथ अपनी लड़ाई में अपनी नौसेना पर ही भरोसा करते थे, और पेशवा के पास अपना एक बेड़ा था। मलाबार तट को जीतने के बाद हैदर अली और टीपू को भी उस इलाक़े के मशहूर

बंदरगाहों और जहाज़-निर्माण की गोदियों पर क़ब्ज़ा हासिल हो गया।

हमारे पास इस बात के साक्ष्य हैं कि 1763 में हैदर अली ने ईस्ट इंडिया कंपनी की होनावर स्थिति गोदी में जहाज़ बनवाए थे।[10] कहा जाता है कि उसके पास एक बड़ा बेड़ा था जिसे ईस्ट इंडिया कंपनी ने 1768 में नष्ट कर देने का दावा किया था।[11] इसी रिपोर्ट से हमें यह पता भी चलता है कि हैदर अली इस बेड़े को फिर से बनानेवाला था।[12] पुर्तगाली साक्ष्यों से साबित होता है कि 1765 में मैसूर की नौसेना में 30 जंगी जहाज़ और बड़ी तादाद में परिवहन के जहाज़ थे जिनकी कमान एक अंग्रेज़ के साथ कुछ यूरोपी अफ़सरों के हाथों में थी।[13] पुर्तगाली दस्तावेज़ों से आगे साबित होता है कि हैदर अली ने 1778 में बैटिकल की खाड़ी में जल के स्तर से ऊपर एक बाड़ा बनवाकर एशिया का सबसे ताक़तवर बेड़ा बनाने के मंसूबे बना रहा था।[14] बदनसीबी से एडमिरल एडवर्ड ह्यूज़ ने 1780 में इस नौसैनिक शक्ति को चूर-चूर कर दिया।[15]

पर हमें पता है कि 1787 में भी टीपू के पास एक बड़ा बेड़ा मौजूद था।[16] नौसेना में टीपू की दिलचस्पी गुलाम हुसैन के नाम उसके 27 सितम्बर 1786 के ख़त से ज़ाहिर होती है।[17] 1792 की शिकस्त के बाद मैसूर के इस बादशाह ने नौसेना बनाने पर संजीदगी से विचार करना शुरू कर दिया था। सितम्बर 1786 के बाद एक अलग बोर्ड ऑफ़ एडमिरैलिटी बनाया गया[18] तथा जमालाबाद, वाजिदाबाद और माजिदाबाद की गोदियों में और पश्चिमी तट पर स्थित दूसरी जगहों पर 40 जंगी जहाज़ और परिवहन के बहुत से जहाज़ बनाने के स्पष्ट आदेश जारी किए गए थे। हुक्मनामों में उपलब्ध ब्योरों से इस बारे में कोई शक नहीं रहता कि अगर 1799 में टीपू की अचानक मृत्यु न हुई होती तो मैसूर की नौसेना एशिया के सबसे ताक़तवर बेड़ों में एक होती और दुनिया में कहीं भी मौजूद बेहतरीन बेड़ों से आसानी से उसकी तुलना की जा सकती थी।[19]

सन्दर्भ और टिप्पणियाँ

1. मुहिब्बुल-हसन, *हिस्ट्री ऑफ़ टीपू सुलतान,* कलकत्ता, 1951, एम. एच. गोपाल, *टीपू सुलतांस मैसूर,* बंबई, 1971
2. राजकुमार, नेवल एडवेंचर्स ऑफ़ टीपू सुलतान, बंगलौर में जनवरी 1992 पर आयोजित राष्ट्रीय संगोष्ठी में प्रस्तुत लेख।
3. सुरेन्द्रनाथ सेन, *इंडियन हिस्टारिकल क्वार्टरली,* जून 1930
4. उपरोक्त
5. डब्ल्यू. किर्कपैट्रिक, *सेलेक्टेड लेटर्स ऑफ़ टीपू सुलतान,* लन्दन, 1811
6. मार्क विल्क्स, *हिस्ट्री ऑफ़ मैसूर,* खंड दो, 1810, पुनर्मुद्रण : नई दिल्ली, 1989
7. उपरोक्त
8. मुहिब्बुल-हसन, पूर्वोक्त
9. किर्कपैट्रिक, पूर्वोक्त, परिशिष्ट एल

10. पब्लिक डिपार्टमेंट डायरी नम्बर 40-41, सी बी एस नम्बर 90; 1766 की डायरी नम्बर 46 और 47 भी देखें।
11. ब्रिटिश म्यूज़ियम एडिशनल मैनस्क्रिप्ट्स, फ़ोलियो 88; गोपाल, पूर्वोक्त भी देखें।
12. उपरोक्त
13. आफ़िशियोज़ दोस गवर्नादोर्स, माको 3, नम्बर 44
14. उपरोक्त, माको 5, नम्बर 70
15. सी आर लो, *हिस्ट्री ऑफ़ द इंडियन नेवी,* खंड एक, पृ. 178
16. आफ़िशियोज़ दोस गवर्नादोर्स, माको 20, नम्बर 95
17. किर्कपैट्रिक, पूर्वोक्त, पृ. 414-15
18. उपरोक्त, परिशिष्ट के
19. उपरोक्त

टीपू सुलतान की नौसेना के नियम-क़ायदे

महमूद हुसैन

दक्षिण एशिया में बर्तानिया के वर्चस्व की स्थापना में नौसेना की निश्चित ही एक महत्त्वपूर्ण भूमिका रही। जिन्होंने अंग्रेज़ों के आक्रमण का विरोध किया उन्होंने या तो नौसैनिक शक्ति के महत्त्व को पूरी तरह नहीं समझा या उनके पास ऐसी नौसेना के निर्माण के लिए इरादे और संसाधनों की कमी थी जो बर्तानिया की नौसैनिक शक्ति का कारगर मुक़ाबला कर सके।

टीपू सुलतान उन थोड़े से देसी हुक्मरानों में एक था जिन्होंने नौसैनिक शक्ति के महत्त्व को स्वीकार किया। सच तो यह है कि उसके पिता ने ही एक नौसेना बनाने की कोशिश की थी पर उसकी कोशिशें नाकाम रहीं। 1768 में उसके नौसेना के कमानदार स्टैनेट ने पाला बदला तो उसे (हैदर को) अनेक जहाज़ों का नुक़सान हुआ। पर यह नुक़सान भी उसे एक बार और कोशिश करने से हतोत्साहित नहीं कर सका। पर उसकी बदनसीबी जारी रही और उसने दूसरी बार जो नौसेना बनाई वह 1780 में मंगलौर में अंग्रेज़ों की कार्रवाई के कारण लगभग पूरी तरह नष्ट हो गई।

वालिद का तख़्त पाने के बाद टीपू सुलतान ने सबसे पहले अपनी फ़ौज बनाने पर ध्यान दिया। तो भी उसके पास शुरू से ही बहुत से जंगी जहाज़ थे। इन जहाज़ों का मुख्य काम लूट से व्यापारिक जहाज़ों की रक्षा करना था। ज़ाहिर है कि ये जहाज़ बर्तानवी नौसेना के मुक़ाबले के नहीं थे। तीसरे मैसूर युद्ध ने टीपू सुलतान को एक मज़बूत नौसेना की ज़रूरत का क़ाइल कर दिया और अपनी ज़िन्दगी के आख़िरी कुछ बरसों में उसने इस बारे में भारी दिलचस्पी दिखाई। 1794 तक सुलतान 40 जंगी जहाज़ों के निर्माण का फ़ैसला कर चुका था।

1796 में टीपू सुलतान ने एक हुक्मनामा जारी किया जिसमें उसके शुरू किए हुए नौसेना निर्माण कार्यक्रम के लिए नियम-क़ायदे तय किए गए थे।[1] यह हुक्मनामा मीराने-यम अर्थात एडमिरैलिटी के सरदारों के नाम है जिनकी तादाद ग्यारह थी। ये मीर ही बोर्ड ऑफ़ एडमिरैलिटी थे और उनका मुख्यालय श्रीरंगपट्टम था। यह बोर्ड मौलूदी साल 1224 के जाफ़री माह में गठित किया गया था जिसका आरम्भ पैग़म्बर के जन्म से माना जाता था। उपरोक्त तिथि सितम्बर 1796 के संगत थी।[2]

श्रेणी में मीराने-यम के बाद मीराने-बह्र होते थे जो समुद्र में कार्यरत सबसे बड़े

हाकिम थे। इनमें से दो की निगरानी में चार-चार जहाज़ों का एक-एक स्क्वैड्रन किया गया था। आज की भाषा में इन्हें एडमिरल या कमोडोर कहा जा सकता है।[3]

हुक्मनामे में दिए गए कार्यक्रम में 40 जहाज़ों के एक बेड़े की परिकल्पना की गई है जिनके बारे में तय किया गया कि वे जैसे ही तैयार होंगे, मीराने-यम की निगरानी में दे दिए जाएँगे। इसके अलावा उन्हें हर मुमकिन साज़-सामान से लैस करने की बात कही गई थी। उन सबको दिए गए नामों में अन्त में 'बख़्श' आता था जैसे मुहम्मद बख़्श, अली बख़्श, सुलतान बख़्श आदि। इनका मतलब क्रमशः मुहम्मद, अली और सुलतान द्वारा 'प्रदत्त' या उनका 'उपहार' है।[4]

इन जहाज़ों को तीन कचहरियों (डिविज़नों) में बाँटा गया था। ये थे जमालाबाद या मंगलौर की कचहरी, वाजिदाबाद या बास्कोराजे की कचहरी, और माजिदाबाद या सदाशिवगढ़ की कचहरी। इनमें से पहली कचहरी में 12 जहाज़ होते और बाक़ी दो में 14-14 होते। परियोजना को जल्द से मुकम्मल करने के लिए मंगलौर में दो मीराने-यम और उनकी मदद के लिए मिर्ज़ा-ए-दफ़्तर (कार्यालय अधीक्षक) और एक मुतसद्दी (लेखाकार) नियुक्त किए गए। यहीं से उन्हें जमालाबाद कचहरी के लिए बनाए जानेवाले जहाज़ों की तैयारी पर नज़र रखना था। एक-एक मिर्ज़ा-ए-दफ़्तर और मुतसद्दी के साथ दो दूसरे मीराने-यम मीर जान क्रीक में या उसके पास नियुक्त किए गए। यहाँ उनका काम वाजिदाबाद और माजिदाबाद कचहरियों के लिए जहाज़ों की तैयारी पर निगरानी रखना था।[5]

एडमिरैलिटी बोर्ड के जहाज़ों का एक नमूना दिया गया जिसके सिरे पर एक बाघ की मूर्ति बनी थी; सारे जहाज़ इसी नमूने के मुताबिक़ तैयार किए जाने थे। तय किया गया कि जहाज़ों के लिए लकड़ी सरकारी जंगलों से हासिल की जाएगी और उन्हें विभिन्न नदियों में फेंककर सम्बन्धित गोदियों तक पहुँचाया जाएगा। बनाए जानेवाले जहाज़ों में 20 जंगी जहाज़ और 20 गश्ती जहाज़ होते जो तीनों कचहरियों में बाँटे जाते; जमालाबाद को 6 जंगी और 6 गश्ती जहाज़ दिए जाते। इन जंगी जहाज़ों में तीन पर 72 तोपें होतीं और बाक़ी पर 62-62 तोपें होतीं। इन 72 तोपों में 30 तोपें 24 पौंड की, 30 तोपें 18 पौंड की, 6 तोपें 12 पौंड की और 6 तोपें 9 पौंड की होतीं। 62 तोपों में 4 तोपें 25 पौंड की, 24 तोपें 18 पौंड की, 24 तोपें 12 पौंड की और 10 तोपें 6 पौंड की होतीं। वाजिदाबाद कचहरी को 7 जंगी और 7 गश्ती जहाज़ दिए जाते। 14 जहाज़ माजिदाबाद कचहरी को मिलते।[6]

हुक्मनामे में बेड़े के लिए हाकिमों की तादाद इस तरह तय की गई थी : मीराने-यम की तादाद 11 होती और वे सभी राजधानी में तैनात होते। फिर 30 मीराने-बह्र होते जिनमें से 20 को जहाज़ों पर तैनात किया जाता और दो हरेक स्क्वैड्रन में रखे जाते और हिदायत के लिए 10 राजधानी में रखे जाते। मीराने-यम की और दरबार में हाज़िर रहनेवाले मीराने-बह्र की तनख़्वाहें उनकी योग्यता के अनुसार तय की जातीं। जहाज़ों पर तैनात 20 मीराने-बह्र को हर माह 150 इमामी या रुपए की तनख़्वाह दी जाती।

हर कचहरी के ज़मीनी ढाँचे में तीन मिर्ज़ा-ए-दफ़्तर, तीन मुहर्रिर, तीन किरानी

(गुमाश्ते), एक न्यायाधीश (क़ाज़ी), दो उद्घोषक (नक़ीब), गयाहर अर्दली (हाज़िरबाशी), ग्याहर पढ़े-लिखे स्काउट (शर्बशरान), ख़ेमे के साज़-सामान और क़ालीनों की निगरानी करने वाला एक प्रतिहार (फ़र्राश), एक मशालची और एक ऊँटवान (सारबान) होते। उनकी तनख़्वाहें मिर्ज़ा-ए-दफ़्तर के लिए 20 राहती या पगोड़ा से लेकर मशालची के लिए दो राहती या पगोड़ा होते।

हर जंगी जहाज़ के लिए हाकिमों की तादाद इस प्रकार होती : चार सरदार जिनको पहला, दूसरा, तीसरा और चौथा सरदार कहा जाता, दो टीपदार और छः युज़दार, और साथ में अनेक निचले दर्जे के हाकिम। पूरी कमान पहले सरदार के हाथों में होती। दूसरे सरकार के अन्तर्गत एक टीपदार और दो युज़दार होते और वह तोपों और तोपचियों, बारूदख़ानों, तोपों से सम्बन्धित हर चीज़ और रसद के लिए ज़िम्मेदार होता। एक टीपदार और दो युज़दार तीसरे सरदार के अधीन होते है और उसे बेड़ों और छोटे हथियारों की ज़िम्मेदारी दी जाती। वह कल-पुर्ज़ों, औज़ारों और भंडारों की निगरानी भी करता। ख़लासी यानी चालक, और लुहार, बढ़ई वग़ैरह जहाज़ से सम्बन्धित कारीगर ख़ासतौर पर चौथे सरदार की निगरानी में होते। उससे भोजन की तैयारी और चालकों वग़ैरह के बीच उसके वितरण पर निगरानी करने की उम्मीद भी की जाती थी। जहाज़रानी की निगरानी भी उसी को सौंपी गई थी। पाल चढ़ाने और उतारने के आदेश भी उसी की ओर से दिए जाते। उसे फ़ौरी इस्तेमाल के कल-पुर्ज़ों और औज़ारों की निगरानी भी करनी थी जिनके लिए आदेश था कि उन्हें सही हालत में रखा जाएगा। जंग के दौरान किसी जहाज़ को नुक़सान पहुँचने पर उसी को फ़ौरन ध्यान देना पड़ता।

विचार था कि उपरोक्त सभी हाकिम होशियारी से चुने जाएँगे और सिर्फ़ उम्दा ख़ानदान के और थोड़े-बहुत पढ़े-लिखे लोग ही मुलाज़िमत में लिये जाएँगे।

हर जंगी जहाज़ के लिए 346 लोगों की तादाद तय की गई थी। इस तरह 20 जंगी जहाज़ों के बेड़े में कुल 6,920 लोग होते। इस प्रतिष्ठान को पाँच मुख्य श्रेणियों में बाँटा गया था : तोड़ीदार बंदूक़ चलानेवाले, तोपची, मल्लाह, कारीगर और हाकिम। इनमें से हर श्रेणी को अनेक उपश्रेणियों में बाँटा गया था। तोड़ीदार बंदूक़ चलानेवालों में टीपदार, शर्बशरान, नफ़ीरनवाज़े (नफ़ीरी बजानेवाले), शहनाई नवाज़े, युज़दार (लेफ़्टिनेंट), सरख़ील (सेकेंड लेफ़्टिनेंट), जमादार (सर्जेंट) और चपरासी होते। इसी तरह तोपचियों में टीपदार, युज़दार, सरख़ील, जमादार और निजी चपरासी होते। मल्लाहों में जक़दार, दफ़ादार और चपरासी होते। कारीगरों में लुहार, बढ़ई शामिल होते जिनमें एक मुख्य लुहार और मुख्य बढ़ई शामिल होते। हाकिमों में पहले, दूसरे, तीसरे और चौथे सरदार ही नहीं बल्कि चालक (पाइलट), दारोग़ा, हकीम और मिर्ज़ा-ए-दफ़्तर भी शामिल होते। विभिन्न श्रेणियों के लोगों को दी जानेवाली तनख़्वाहों के ब्योरे भी हुक्मनामे में दिए गए थे। तीसरे और चौथे सरदार की तनख्वाह 24 पगोड़े, लुहारों, नफीरनवाज़ों और शहनाईनवाज़ों की तनख़्वाह 3 पगोड़े और 6 फ़ैनम तथा चपरासियों की तनख़्वाह 3 पगोड़े तय की गई थी। इनके बीच में टीपदारों को 7 पगोड़े और 6 फ़ैनम तथा सरख़ीलों

को 4 पगोड़े और 8 फ़ैनम मिलते। बाक़ायदा तनख़्वाह के अलावा गुज़ारा भत्ते का प्रावधान भी किया गया था। दिलचस्पी की बात यह है कि सरख़ील (लेफ़्टिनेंट) और जमादार (सर्जेंट की तनख़्वाह के बीच सिर्फ़ 4 फ़ैनम का फ़र्क़ था और जमादारों को चपरासियों से सिर्फ 8 फ़ैनम ज़्यादा मिलते। हाकिमों और मुलाज़िमों के बीच उन दिनों इतना फ़र्क़ नहीं होता था जितना फ़र्क़ हम बर्तानवी हुकूमत के बाद देखने के आदी हो गए हैं। बंदरगाह पर खड़े हर जंगी जहाज़ पर हर माह 1,471 पगोड़े और 5 1/2 फ़ैनम का ख़र्च था। ऐसे कुल 20 जहाज़ों पर 29,431 पगोड़ों का ख़र्च होता।[7]

हुक्मनामे में 20 गश्ती जहाज़ों के प्रतिष्ठान के बारे में भी ऐसे ही ब्योरे दिए गए थे। इन गश्ती जहाज़ों पर कुल 16,171 पगोड़े का ख़र्च आता। इसी तरह घिसाई और टूट-फूट, गोला-बारूद और भंडारों का ख़र्च निकाल दें तो 40 जहाज़ों के बेड़े पर 45, 602 पगोड़ों यानी 1,82,400 पौंड स्टर्लिंग का ख़र्च आता।

हाकिमों और मुलाज़िमों को उनकी रक़में समुद्रतट पर रहते हुए मिलतीं। समुद्र के बीच रहने पर उन्हें राशन भी मिलता जिसके ब्योरे हुक्मनामे में दिए गए हैं। एक मीर-यम आम तौर पर राजधानी में तैनात होता पर अगर उसे कभी बेड़े में तैनात किया जाता तो उसे सरकार के ख़र्च पर उम्दा भोजन दिया जाता। मीराने-यम, मीराने-बह्र, सरदारों, मिर्ज़ा-ए-दफ़्तर, चालकों, दारोग़ों, हाकिमों और जर्राहों समेत सभी हाकिमों के लिए तय था कि वे एक साथ भोजन करेंगे। उनको रोज़ाना राशन इस तरह दिया जाता : चावल 3/4 सेर, दाल 1/2 सेर, घी 8 जौज़ (तोला), गोश्त 1/2 छोटा सेर, नमक 3 जौज़, इमली 2 जौज़, हल्दी 1/2 जौज़, सूखा लहसुन 1/2 जौज़, सूखी धनिया 3/4 जौज़ और काली मिर्च एक जौज़।

हाकिम और मुलाज़िम, दोनों श्रेणियों के बन्दूक़चियों और तोपचियों के लिए रोज़ाना का राशन इस तरह तय था : चावल एक सेर, दाल 6 जौज़, घी 4 जौज़, नमक 2 जौज़, सूखा लहसुन 1/2 जौज़, प्याज़ 1½ जौज़, सूखा धनिया 1¼ जौज़ और काली मिर्च एक जौज़, 15 दिन में एक बार कबाब या भुना गोश्त प्रति व्यक्ति 1/4 छोटा सेर।

मल्लाहों के लिए रोज़ाना 3/4 सेर चावल, 1/4 सेर दाल, 2 जौज़ घी और 2 जौज़ नमक का बन्दोबस्त था।

हुक्मनामे में दिए गए दूसरे नियम-क़ायदों में एक का सम्बन्ध रोज़ाना पाँच वक़्त की नमाज़ से था। नमाज़ पहला हाकिम या कमानदार पढ़वाता, वही जुमा (शुक्रवार) का ख़ुत्बा भी पढ़ता जबकि दारोग़ा नमाज़ के लिए रोज़ाना पाँच बार अज़ानें देते।

बरसात के लिए हुक्म था कि जहाज़ सँकरी खाड़ी में, सम्भवतः : मीर जान क्रीक में, ख़ासतौर पर बनाई गई दुछत्रियों के नीचें खड़े किए जाएँ। उनको रसद मुहैया करने की ज़िम्मेदारी ज़िले के नागरिक अधिकारियों पर डाल दी गई थी और मेहनत मल्लाहों को करना था।

हुक्मनामे में उन पिछले आदेशों का हवाला भी दिया गया है जिनका सम्बन्ध हाफ़िज-हिसार अर्थात बटकुल की क़िलेबंदी से था। इसमें मीराने-यम को आदेश दिया

गया है कि वे हाफ़िज-हिसार के आसपास की ज़मीन का सावधानी से निरीक्षण करें, उसका गहन सर्वेक्षण करें, स्थानों का चयन करें तथा मुकम्मल योजनाएँ और चित्र सुलतान को भेजें। उन्हें ख़ासतौर पर उन दो पहाड़ियों का इस्तेमाल करने को कहा गया था जो सम्भवतः बंदरगाह के प्रवेश-मार्ग पर स्थित थीं। सर्वेक्षण का उद्‌देश्य दोनों पहाड़ियों के बीच की दूरी और उनके बीच बहनेवाली धारा की चौड़ाई का निश्चय करना था। इस तरह इन दोनों पहाड़ियों के बीच पानी की गहराई और उनके बीच लंगर डाल सकनेवाले जहाज़ों की संख्या का निश्चय करके उनकी रिपोर्ट देना भी इस सर्वेक्षण का उद्‌देश्य था। आदेश था कि दो पुराने जहाज़ फ़ख़रुल-मुराकिब और फ़तहे-मुबारक, जो क्रमशः मीर जाम और ओनोर में पड़े थे, और जिनकी मरम्मत सम्भव नहीं थी, तोड़ दिए जाएँ, और उनसे प्राप्त इस्पात और दूसरी साम्रगी का उपयोग नए जहाज़ बनाने के लिए किया जाए।

इस अवसर पर मीराने-यम को बारह छोटे जहाज़ भी सौंपे गए। इनमें से दस मालवाहक जहाज़ थे जिनमें से पाँच मंगलौर और पाँच ओनोर में खड़े थे। बाक़ी दो को असदुल्लाही नाम दिया गया था। इन सभी छोटे जहाज़ों का इस्तेमाल बनाए जा रहे जहाज़ों के अमले को प्रशिक्षण देने के लिए किया जाना था। इसी उद्‌देश्य से यह निर्देश भी दिया गया था कि किसी उपयुक्त स्थान पर एक प्रकार का तैरता लंगर बनाया जाए और उस पर एक झंडा लहराया जाए जो तोपों के लिए निशाने का काम करे। तोपचियों को सबसे अधिक सावधानी के साथ प्रशिक्षण देने की बात कही गई थी।

हुक्मनामे में इस बात पर ज़ोर दिया गया था कि जहाज़ बनाने के लिए इस्तेमाल होनेवाली लकड़ी सिझाई हुई हो। इसके लिए ज़रूरी है कि लकड़ी को काटने और छीलने के बाद साल-दो साल तक खुले में छोड़ दिया जाए और जब वह ऊँचे से ऊँचे मानदंडों के अनुसार पूरी तरह सीझ जाए तभी उसका इस्तेमाल किया जाए।

नौसेना में सेवा के लिए भरती किए गए लोगों को श्रीरंगपट्टम में ख़ुद टीपू सुलतान की मौजूदगी में शपथ दिलाई जाती और तभी उन्हें उनके अपने-अपने ठिकानों पर भेजा जाता।

नौसेना की खाता-बही के लिए मीराने-यम और सम्बन्धित ज़िलों के आसिफ़ (कलेक्टर) संयुक्त रूप से ज़िम्मेदार ठहराए गए। इसी तरह जहाज़ों की गतिविधियों और फ़ौजी कार्रवाइयों की निगरानी मीराने-यम और आसिफ़ों को सौंपी गई। लेकिन अगर सुलतान किसी दुश्मन के ख़िलाफ़ जहाज़ों का इस्तेमाल करना चाहता तो वह पूरे मंत्रिमंडल की मौजूदगी में आदेश जारी करता।

यह हुक्मनामा जब जारी किया गया तब मस्क़त में दो और कच्छ में दो, यानी चार कोठियाँ अस्तित्व में थीं जिनको तब 'फ़ैक्ट्रियाँ' कहा जाता था। इनकी सुरक्षा भी मीराने-यम के हवाले की गई। इनमें से हरेक कोठी में नियमित सैनिकों के दो यज़क (12 के प्लाटून) तैनात किए जानेवाले थे। तय हुआ कि कोठियों के हाकिम इन पहरेदारों को तनख़्वाह देंगे और इसके लिए ज़रूरी रक़म मीराने-यम द्वारा दी जाएगी। इन पहरेदारों

को साल-भर के बाद मुक्त किया जाता।

आदेश था कि तीनों नौसैनिक ठिकानों से जुड़े मीराने-यम, मीराने-बह्र और सरिश्तादार (दस्तावेज़ों का रख-रखाव करनेवाले) हर साल ईदुज़्ज़ुहा से दस दिन पहले सुलतान के सामने उपस्थित होंगे। इस अवसर पर वे प्राप्तियों और निकासियों का लेखा-जोखा पेश करेंगे और जहाज़ों के निर्माण सम्बन्धी प्रगति की रिपोर्ट देंगे। इसी तरह कुछ दूसरी श्रेणियों के अधिकारों, जैसे टीपदार, मिर्ज़ा-ए-दफ़्तर और दारोग़ा हर साल ईदुल-फ़ित्र से दस दिन पहले हाज़िर होंगे और आम तौर पर अपने-अपने विभागों के लेखा-बही और उनके मुआमलों पर अपने रिपोर्ट पेश करेंगे।

सुलतान अदब, कोर्निश आदि सलाम और आदाब के लम्बे-चौड़े तौर-तरीक़ों से नफ़रत करता था जो हिन्दुस्तान के मुसलमानों में बहुत प्रचलित थे। वह इन्हें अवांछित और बेहद हीनता का परिचायक मानता था। इसीलिए उसने हुक्मनामे में किसी की अगवानी या सलाम के लिए उठने, हाथ मिलाने और चूमने वग़ैरह और गले मिलने पर प्रतिबन्ध लगा दिया। इन सबको उसने फ़ालतू की रस्में और इस्लाम-विरोधी क़रार दया था। उसकी हिदायत थी कि सभी मुसलमान आपस में भाई और बराबर हैं और इसलिए उन्हें ऐसी अवांछित रस्मों से गुरेज़ करना चाहिए; इसकी बजाय उन्हें आपस में अस्सलाम अलै-कुम (आप पर शान्ति हो) और इसके जवाब में कलै-कुम अस्सलाम (और आप पर भी शान्ति हो) तक सीमित रहना चाहिए।

इस स्मरणीय हुक्मनामे में जो परियोजना अमल के लिए पेश की गई थी उसके साथ साल की माह तक़ी की 24वीं तारीख़ अर्थात पैग़म्बर मुहम्मद साहब के जन्म के 1225वें साल में एक आदेश भी जारी किया गया। (यह तिथि ईसवी जून 1799 के संगत हुई।) इस आदेश में तीनों नौसैनिक अड्डों से जुड़े कारीगरों के प्रतिष्ठान के बारे में कुछ और ब्योरे दिए गए थे।

दुःख की बात यह है कि इस कार्यक्रम के पूरा होने से पहले ही टीपू सुलतान 1799 में शान के साथ शहीद हो गया। अगर अंग्रेज़ों के साथ उसकी आख़िरी जंग से पहले उसे अपनी नौसेना तैयार करने का अवसर मिला होता तो क्या होता; यह सवाल इतिहास के 'अगरों' में से एक है जिस पर अन्दाज़े लगाना फ़िज़ूल है। पर यहाँ इस विषय पर किर्कपैट्रिक की टिप्पणी का हवाला ज़रूर दिया जा सकता है : 'यह कहा जा सकता है कि एक नौसेना प्रतिष्ठा बनाने की ख़तरनाक योजना को पूरा करने में सुलतान जितना अधिक कामयाब होता, उसके अस्त्र-शस्त्र पर मुनासिब निगरानी रखने और उसे बराबर क़ाबू में रखने के मक़सद से हमें भी उसी अनुपात में, आवश्यक सावधानी के तौर पर, भारी ख़र्च उठाकर भारत में अपनी नौसैनिक शक्ति को बढ़ाना पड़ता। यह बला...1799 की जंग के नतीजे के कारण दफ़ा हो गई।'

ऐन मुमकिन है कि टीपू सुलतान का एक नौसेना बनाने का कार्यक्रम उन महत्त्वपूर्ण कारणों में से एक रहा हो जिनके चलते अंग्रेज़ों ने उससे जंग मोल ली ताकि उसकी योजना को बेमौत मारा जा सके।

सन्दर्भ और टिप्पणियाँ

1. *सेलेक्टेड लेटर्स ऑफ़ टीपू सुलतान,* परिशिष्ट एल, पृ. 38 और आगे में विलियम किर्कपैट्रिक ने इस हुक्मनामे का अंग्रेज़ी अनुवाद प्रस्तुत किया है।
2. उपरोक्त, पृ. 38 देखें। टीपू सुलतान द्वारा पंचांग के सुधार के बारे में तथा महीनों और बरसों को दिए गए नए नामों के बारे में किरमानी, *निशाने-हैदरी,* पृ. 399-402 देखें। साथ ही *इस्लामिक कल्चर,* वर्ष चौदह, अंक 2, पृ. 161-64 भी देखें।
3. किर्कपैट्रिक, पूर्वोक्त
4. उपरोक्त
5. उपरोक्त, पृ. 39
6. उपरोक्त, पृ. 39-40
7. टीपू सुलतान के दौर के मौद्रिक शब्दों को समझने के लिए हेंडरसन, *द क्वायंस ऑफ़ हैदर अली एंड टीपू सुलतान* तथा टेलर, *द क्वायंस ऑफ़ टीपू सुलतान* देखें। पगोड़ा आम तौर पर 52.5 ग्राम वज़न का सोने का सिक्का होता था। फ़ैनम सोने का सबसे छोटा सिक्का था जिसका वज़न 5.5 ग्राम होता था।

सैन्य शक्ति का निर्माण

टीपू सुलतान की फ़ौज के पड़ाव

महमूद हुसैन

इंडिया आफ़िस लाइब्रेरी में एक छोटा सा मगर दिलचस्प मुसव्विदा रखा हुआ है जिसमें टीपू सुलतान की फ़ौज के पड़ाव के नियम-क़ायदे दिए गए हैं।[1] इसमें एक छोटी सी भूमिका के बाद सात तालिकाएँ दी गई हैं। इसमें शक की कोई गुंजाइश नहीं दिखाई देती कि ये नियम-क़ायदे टीपू सुलतान की फ़ौज के लिए ही नहीं बल्कि उसके मार्गदर्शन में तैयार किए गए थे।[2]

भूमिका में 'लश्करे-ख़ुदादाद' (टीपू की फ़ौज) के पड़ाव के लिए सही स्थान के चयन पर ख़ास ज़ोर दिया गया है। इसमें हिदायत दी गई है कि जहाँ भी मुमकिन हो, नदी-नालों, झाड़ियों, धान के खेतों, पहाड़ों और पेड़ों की शृंखलाओं का फ़ायदा उठाया जाए; इनको एक तरफ़ रखा जाए और बीच में आँगन जैसा छोड़कर सिपाही दूसरी तरफ़ ख़ेमे डालें। सिपाहियों और बीच के दालान के बीच लश्कर के मुलाज़िम वग़ैरह, सामान और जानवर वग़ैरह रखे जाएँ। ख़ेमे इस तरह से गाड़े जाएँ कि हवा का रुख़ सामने की ओर से न हो ताकि फ़ौज के लोग हवा और धूल से परेशान न हों। भूमिका में यह भी कहा गया है कि लड़ाई के दौरान भी हवा के रुख़ का ध्यान रखा जाए; सबसे अच्छा तो यह होगा कि हवा की दिशा में बढ़ा जाए, न कि विपरीत दिशा में।

इन आम टिप्पणियों के बाद आनेवाली तालिकाओं में पड़ाव के सात ढर्रे दिए गए हैं। पहली तालिका (प्लेट 1) में पड़ाव का एक आयताकार ढर्रा दिया गया है जिसमें प्रवेश केवल सामने से है। चारों कोनों पर और प्रवेश-मार्ग पर तोपें तैनात हैं। सामने की ओर दो ख़ेमे और तीन तरफ़ एक-एक ख़ेमा लगता है अफ़सरान के लिए थे। केन्द्र में बारगाहे-मुअल्ला है जिसे एक जगह बारगाहे-ख़ास कहा गया है। (प्लेट 2 और 3 देखें।) यह टीपू सुलतान का अपना ख़ेमा था जो तीन तरफ़ से ख़ेमों की दो क़तारों से घिरा हुआ है। इनमें एक क़तार अंदरूनी और दूसरी बाहरी पहरेदारों की है। बारगाहे-मुअल्ला के सामने किरानी दफ़्तर है और उससे ज़रा सा आगे अगले दस्ते के पहरेदारों के लिए ख़ेमों की दो क़तारें हैं जिनके सिरे पर अस्तबल है। उससे भी आगे और बारगाहे-मुअल्ला के ठीक सामने नक़्क़ारख़ाना है, यानी वह जगह जहाँ निर्धारित अंतरालों पर नगाड़े बजाए जाते थे। यहीं दुकानों की दो क़तारें भी हैं। नक़्क़ारख़ाना की दाईं तरफ़ परचमे-ख़ास (मुख्य ध्वज) की जगह है। आख़िर में इन सबके चारों तरफ़

फ़ौजियों के ख़ेमे हैं।

दूसरी तालिका (प्लेट 4) में नदी के एक मोड़ को एक तरफ़ पनाह बनाकर एक ही क़तार में फ़ौजियों के ख़ेमे गाड़े गए हैं। अर्धवृत्ताकार मोड़ इस अर्धवृत्त के व्यास जैसा है।

तीसरी तालिका (प्लेट 5) में पहली तालिका की अनेक विशेषताएँ हैं। अंतर यह है कि इसमें एक की बजाय चार प्रवेश-मार्ग हैं तथा तोपें सिर्फ़ कोनों पर नहीं हैं; वे एक-दूसरे के पास-पास भी हैं। इसके अलावा बारगाहे-मुअल्ला के सामने ही नहीं, पीछे भी दुकानें हैं। ऊँटों और हाथियों के अस्तबल बारगाहे-मुअल्ला के पीछे स्थित हैं।

चौथी तालिका (प्लेट नम्बर 2) में बारगाहे-मुअल्ला की सुरक्षा के लिए पहरेदारों की सिर्फ़ एक क़तार है जो 40 गज़ की दूरी पर स्थित है। फ़ौजियों के ख़ेमों के चार समूह हैं—दो बारगाहे-मुअल्ला के आगे और दो पीछे। दाईं और बाईं तरफ़ के स्थानों का इसके लिए इस्तेमाल नहीं किया गया है।

पाँचवीं तालिका (प्लेट 6) में चौथी तालिका का ढर्रा ही अपनाया गया है। अन्तर सिर्फ़ यह है कि सामने और पीछे, दोनों तरफ़ के ख़ेमे क्षैतिज नहीं, लम्बवत क़तारों में व्यवस्थित हैं।

छठी तालिका (प्लेट 7) में एक नदी की बग़ल में पड़ाव की परिकल्पना की गई है; पड़ाव नदी के समानान्तर है। बारगाहे-मुअल्ला के सामने ख़ेमों की सिर्फ़ एक क़तार है और एक पीछे है।

सातवीं और आख़िरी तालिका (प्लेट 3) की मुख्य विशेषता यह है कि ख़ेमे बारगाहे-ख़ास की दाईं और बाईं तरफ़ मुख्यतः दो क़तारों में व्यवस्थित हैं।

ये सात तालिकाएँ और साथ में भूमिका टीपू सुलतान की फ़ौज के संगठन के एक अहम पहलू पर दिलचस्प जानकारी देती हैं।

सन्दर्भ और टिप्पणियाँ

1. एथी, *कैटेलाग ऑफ़ पर्शियन मैनस्क्रिप्ट्स,* खंड एक, पाडुंलिपि संख्या 2760 देखें। कराची विश्वविद्यालय के पुस्तकालय ने इसकी एक माइक्रोफ़िल्म प्रति और एक परिवर्धित प्रति प्राप्त की थी। साथ में दिए गए ब्लाक इन्हीं से तैयार किए गए हैं।
2. उपरोक्त

टीपू के मार्गदर्शन में तैयार की गई
टीपू सुलतान की फ़ौज के पड़ाव की योजनाएँ

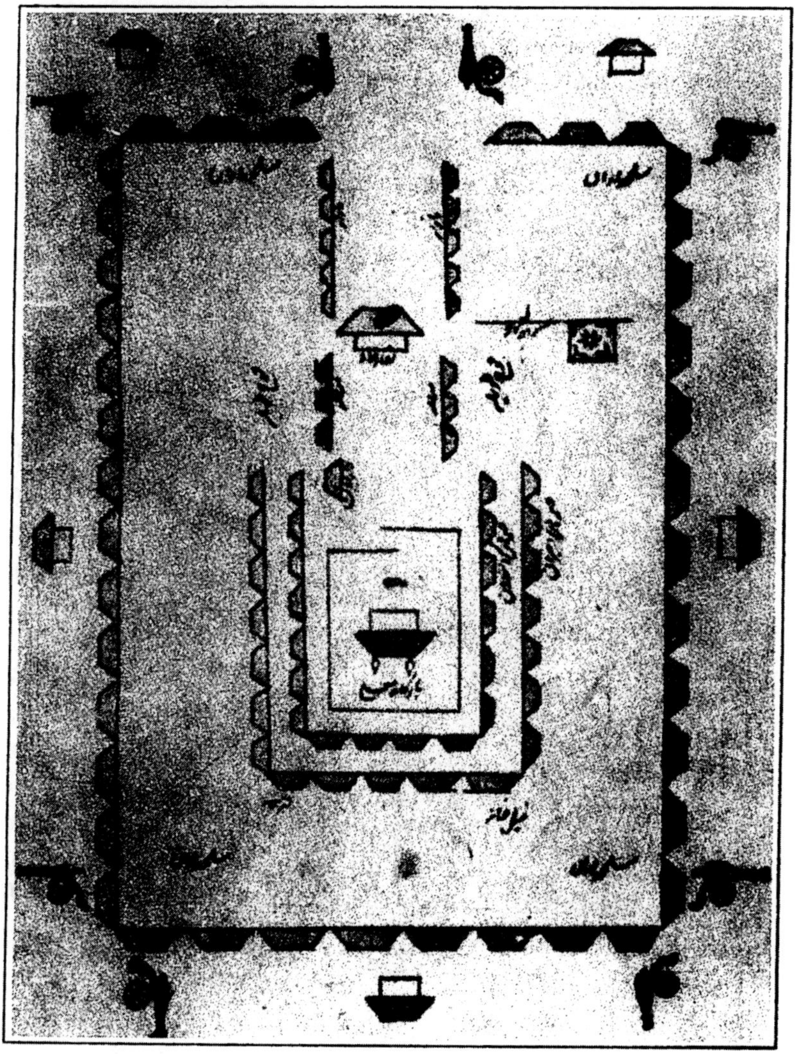

प्लेट-1

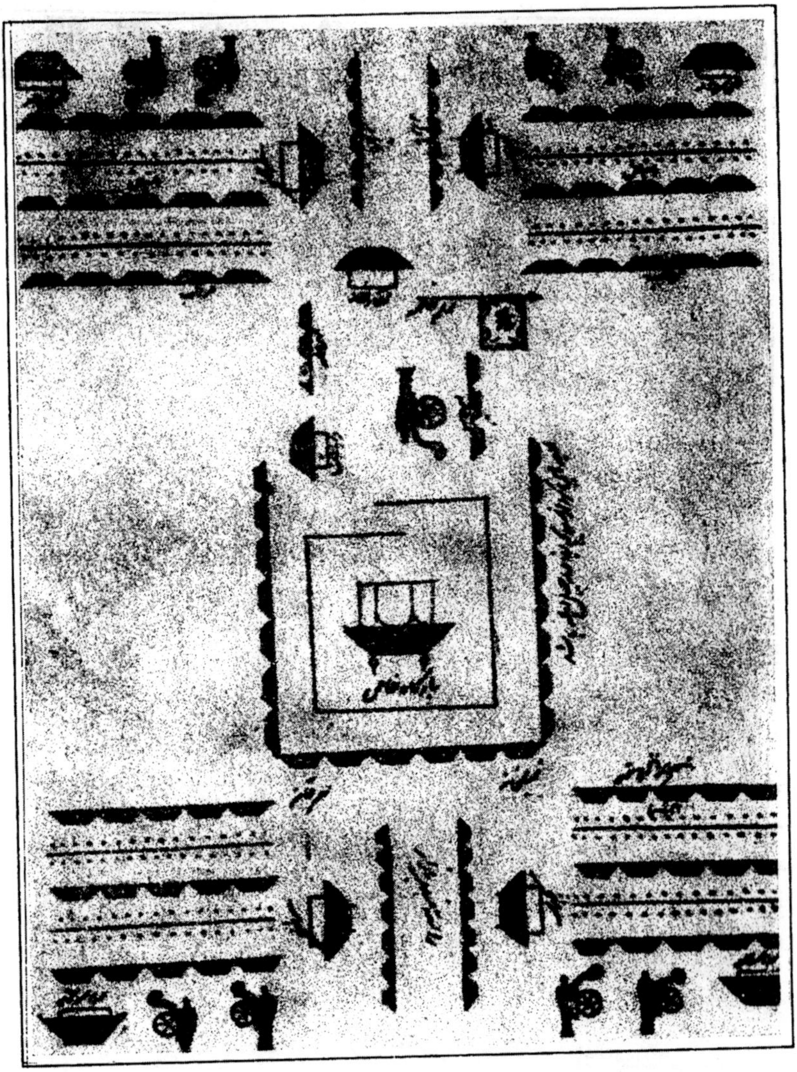

प्लेट-2

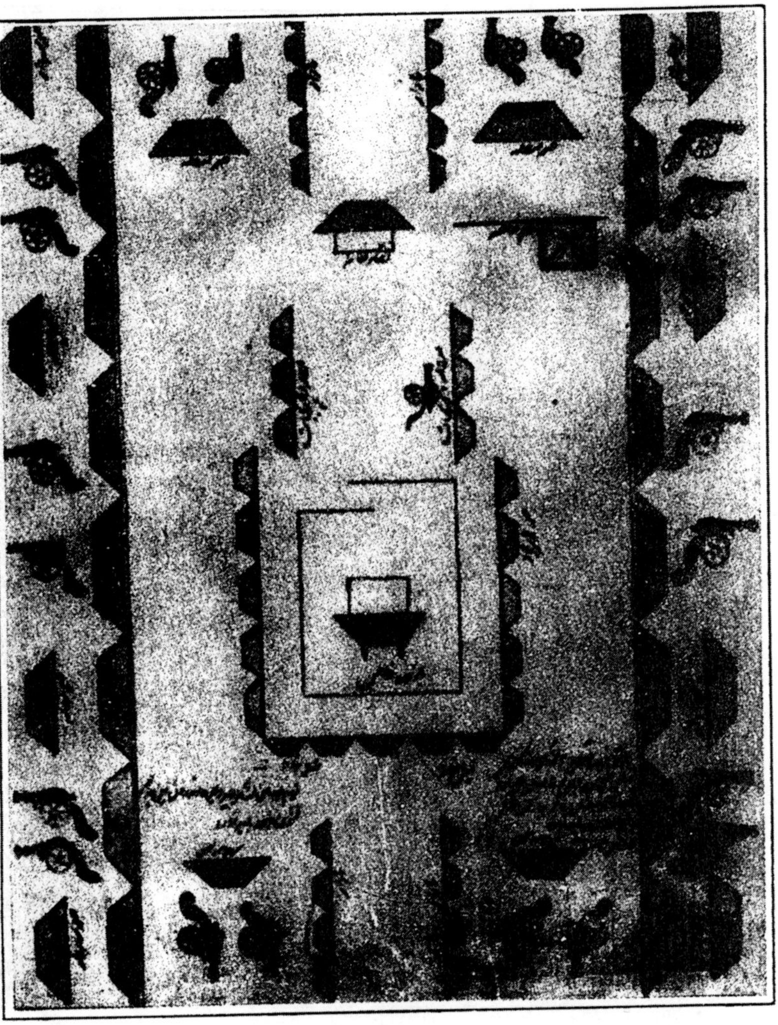

प्लेट-3

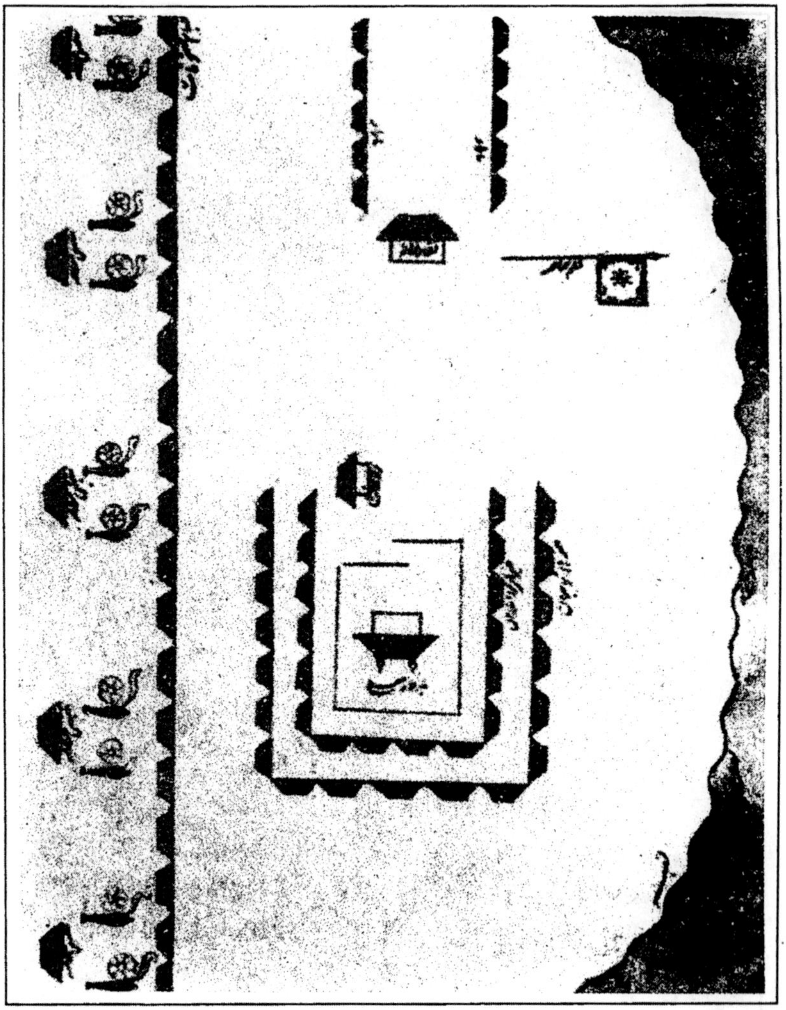

प्लेट-4

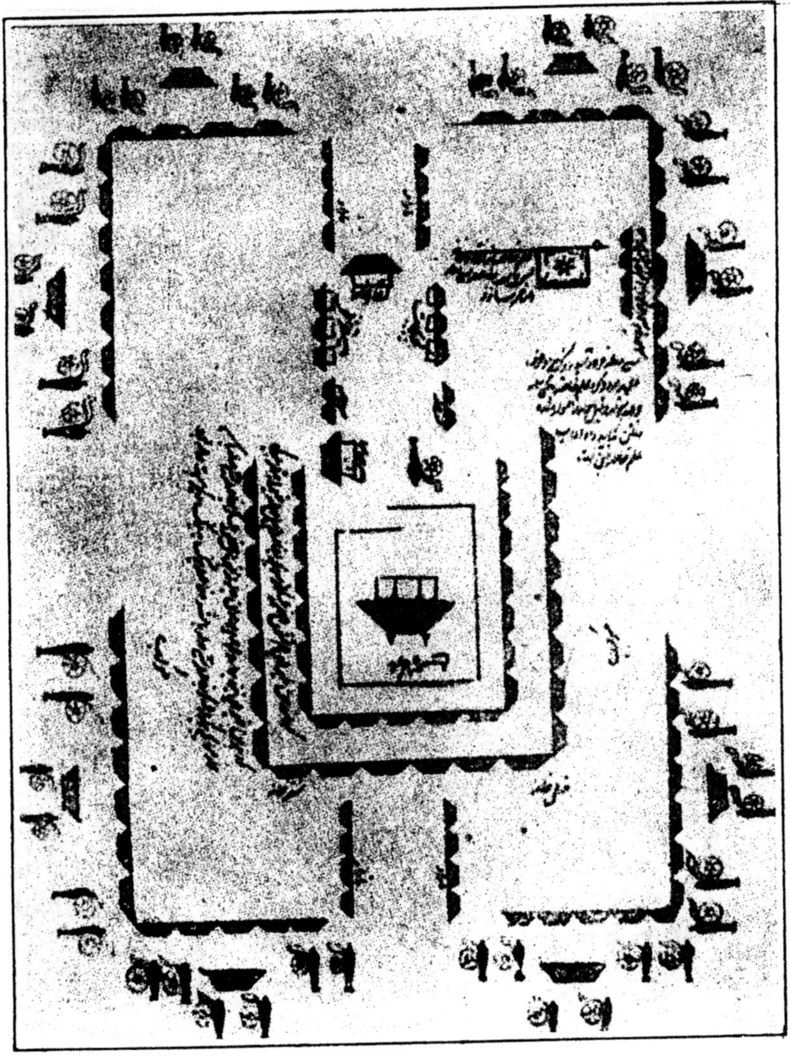

प्लेट-5

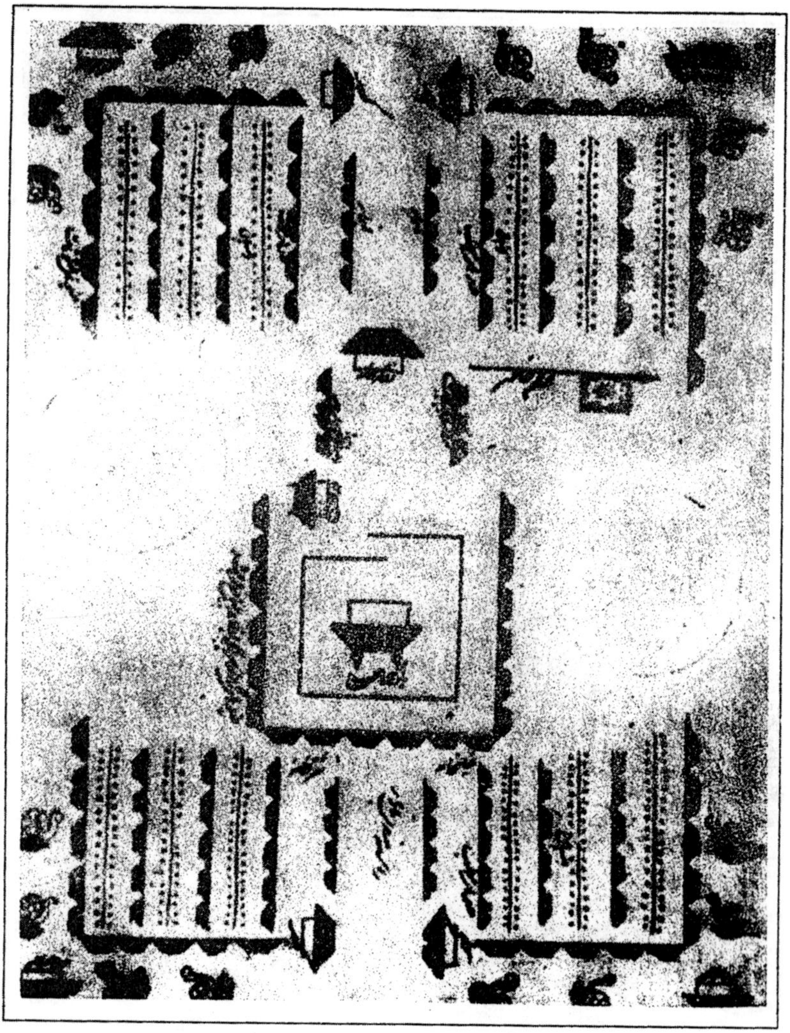

प्लेट-6

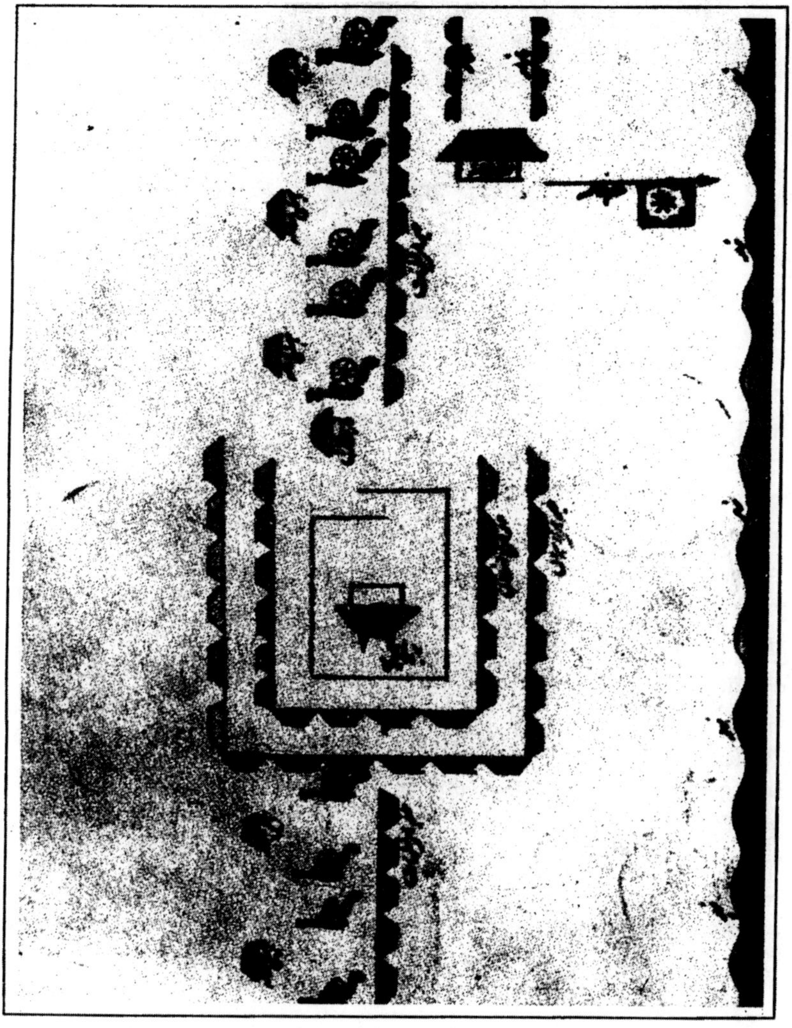

प्लेट-7

टीपू सुलतान के क़िले : डेनियल चित्रकारों की दृष्टि में

सोमप्रकाश वर्मा

टीपू सुलतान के क़िलों के कुछ दुर्लभ समकालीन चित्रों की प्रस्तुति इस असाधारण मानव को श्रद्धांजलि देने के लिए उपयुक्त ही होगी। 1786 के आरम्भिक दिनों में दो ब्रिटिश चित्रकार कलकत्ता पहुँचे थे। ये थे टामस डेनियल (1749-1840) और उसका भतीजा विलियम डेनियल (1769-1837), जिन्होंने भारत के अंदरूनी भागों में दूर-दराज़ तक यात्राएँ की थीं तथा ऐतिहासिक महत्त्व की इमारतों और दृश्यों के चित्र बनाए थे। इन दोनों ने 1792-93 में दक्षिण भारत की यात्रा की और बंगलौर से श्रीरंगपट्टम जाते हुए वे होसूर, रायकोट्टाई, जगदेवी पलियम, वीरभद्रदुर्ग और शंकरीदुर्ग से गुज़रे।[1] तब तक यानी 1792 तक ये फ़ौजी अड्डे, जो पहले टीपू सुलतान के हाथों में थे, अंग्रेज़ों के क़ब्ज़े में जा चुके थे। फिर सभी या केवल अहम इमारतों के चित्र बनाना कभी डेनियल चित्रकारों का मक़सद भी नहीं रहा। ऐन मुमकिन है कि वे उन्हीं जगहों की ओर आकर्षित हुए हों जो उनके रास्ते में पड़े हों। यहाँ हम टामस और विलियम डेनियल द्वारा मिलकर उत्कीर्ण किए हुए पाँच चित्र प्रस्तुत कर रहे हैं। (मूल वाटर कलर चित्रों में वाश ड्राइंग का प्रभाव दिखाई देता था।) ये उनके द्वारा उत्कीर्ण किए गए उन 44 मूल चित्रों में शामिल हैं जो इस समय इंडिया आफ़िस लाइब्रेरी, लन्दन में सुरक्षित रखे हुए हैं।[2] विषय के अनुसार देखें तो इन उत्कीर्णित चित्रों में प्राचीन काल से ही भारतीय कला और वास्तुकला की, और ख़ासकर चट्टानों की काट पर आधारित वास्तुकला की धरोहर सुरक्षित दिखाई देती है।

ये चित्र होसूर में टीपू सुलतान की मिट्टी की गढ़ी, रायकोट्टाई गढ़, जगदेवीपलियम के गढ़, वीरभद्रदुर्ग गढ़ और शंकरीदुर्ग गढ़ को प्रस्तुत करते हैं। बाद के तीन गढ़ शाही दुर्ग थे और ये तराशे हुए पत्थरों से बने हैं जिनमें नक़्क़ाशी के काम किए हुए हैं।

दोनों डेनियल बहुत सिद्धहस्त कलाकार थे और ख़ासकर ब्योरों की तथा ठोसपन और गहराई की प्रस्तुति की दृष्टि से वास्तुओं के बारे में उनके बनाए गए चित्र उल्लेखनीय हैं। इन चित्रों में इमारतों की प्रस्तुति में विस्तार भी है और वे जीवंत भी

हैं। प्रकाश और छाया के प्रभाव तथा उनके द्वारा इस्तेमाल किए गए सुस्पष्ट और विशेष प्रकार के धब्बे भूदृश्य चित्रण की नवशास्त्रीय परम्परा से मेल गाते हैं। यह एक ऐसा आन्दोलन था जो 18वीं सदी के मध्य में रोम में पैदा हुआ तथा 19वीं सदी में तेज़ी से पूरे यूरोप में फैल गया।

नवशास्त्रीय शैली में कलाकारों ने पहली बार प्राचीन कला (मूर्ति-कला और वास्तु-कला) का सचेत रूप से अनुकरण किया और उन्हें पता था कि वे शैली और विषयवस्तु, दोनों में इस कला का अनुकरण कर रहे हैं। डेनियल चित्रकारों द्वारा प्रस्तुत दृश्यों में प्राकृतिक परिवेश पूरे चित्र पर हावी है। इनमें दूरी पर या ऊँचाई पर दिखाई गई वस्तुएँ छोटी से और छोटी दिखाई देती हैं और बहुत छोटी नज़र आती हैं। यहाँ प्रस्तुत किए गए चित्रों में कलाकार किसी क़िले के प्राकृतिक परिवेश में उसको पूरा-पूरा दिखाने के लिए प्रयासरत दिखाई देते हैं, और चित्र में केन्द्रीय वस्तु के लिए बहुत थोड़ा सा स्थान ही छूटा हुआ दिखाई देता है। लेकिन दृश्य में जीवन्त दिखाने के लिए और उसे उसके सांस्कृतिक परिवेश में स्थापित करने के लिए अग्रभूमि में स्त्री और पुरुष दिखाए गए हैं। (ये भारतीय हैं, इसे आसानी से पहचाना जा सकता है।) इन्हें बैल हाँकने जैसे काम करते, फ़ुरसत में समूह बनाकर बैठे या खुली जगह में टहलते दिखलाया गया है। इनकी बहुत छोटी-छोटी आकृतियाँ दृश्य में दिखाई गई दूसरी वस्तुओं के ठीक विपरीत दिखाई देती हैं।

चूँकि डेनियल चित्रकार सटीकता के पीछे पड़े रहते थे और ब्योरों की प्रस्तुति में हमेशा लम्बाई-चौड़ाई के ठीक-ठीक अनुपात को क़ायम रखते थे, इसलिए उनके चित्रों को हम बहुत अच्छे ऐतिहासिक साक्ष्य मान सकते हैं। उन्होंने मुक़ाम पर खड़े होकर पेंसिल, सिपिया और वाटर कलर के बहुत सावधानी के साथ रेखाचित्र और चित्र बनाए हैं। इन्होंने उत्कीर्णित चित्रों और तैलचित्रों, दोनों के लिए आधार का काम किया; इनमें से तैलचित्र साफ़ तौर पर अधिक कलात्मक दक्षता का परिचय देते हैं। डेनियल चित्रकारों ने वास्तुकला सम्बन्धी ब्यौरे प्राप्त करने के लिए अक्सर 'कैमरा आब्सक्योरा' का प्रयोग किया। (इस लेंस लगे बाक्स से काग़ज़ पर भूदृश्य की छवि उतर आती थी।) यही उन्होंने विषयवस्तुओं के फलकों और कोणों को जानने के लिए किया। इन सब बातों के कारण उनकी कला में ऐतिहासिकता का गुण पैदा हो गया है। उनके प्राच्य चित्रों का ऐतिहासिक महत्त्व अथाह है क्योंकि समय बीतने के साथ इन भूदृश्यों में महत्त्वपूर्ण परिवर्तन आ चुके हैं। कुछ इमारतें पूरी तरह ग़ायब हो चुकी हैं या कुछ अंशतः नष्ट हुई हैं, उनमें फेरबदल किए गए हैं या उनकी मरम्मतें कराई गई हैं। उनकी इमारतों की प्रस्तुति नाटकीयता और भावात्मकता से भरपूर है।

डेनियल चित्रकार भारत के भूपटल से पूरी तरह परिचित दिखाई देते हैं और उनके भारत सम्बन्धी चित्र आम तौर पर यथार्थपरक हैं; उनकी कलाकारों वाली कल्पनाशक्ति पर सख़्ती से लगाम लगा हुआ है। विचाराधीन चित्र प्रकृति का एक अद्भुत दृश्य प्रस्तुत करते हैं और उनका भारती भूपटल सम्बन्धी महत्त्व है। हालाँकि सैमुएल स्काट, जॉर्ज

लैंबर्ट, जॉर्ज चिनरी, जेम्स वेल्स, फ्रांसिस सेवीं वार्ड, टामस क्यूसंस, जेम्ब्स ब्राफ बायर्स और जानसन जैसे दूसरे ब्रिटिश चित्रकारों ने बड़े पैमाने पर पूरब के दृश्यों और भारतीय इमारतों के चित्र बनाए हैं पर उन्होंने विचाराधीन चित्रों के विषय को नहीं छुआ है।

होसूर की मिट्टी की गढ़ी और रायकोट्टाई दुर्ग

होसूर और रायकोट्टाई के क़िलों (प्लेट एक, दो) का अच्छा-ख़ासा सामरिक महत्त्व था क्योंकि कर्नाटक जानेवाले इस विशेष मार्ग पर अनेक क़िले थे, और तीसरे मैसूर युद्ध के दौरान इन जगहों को जीतने को लॉर्ड कार्नवालिस ने बहुत महत्त्व दिया था।

बंगलौर से लगभग 28 मील दक्षिण-पश्चिम में स्थित होसूर में टीपू सुलतान की मिट्टी की गढ़ी को जीतने के लिए कार्नवालिस ने मेजर गाउडी को भेजा था जिसने इसे 15 जुलाई 1791 को टीपू की फ़ौजों से ख़ाली करा लिया। छावनी में मौजूद फ़ौजियों ने गढ़ी को उड़ा देने की कोशिश की पर गाउडी के एकाएक आगे बढ़ आने के कारण उनकी कोशिश नाकाम रही।

मेजर दिरम लिखता है :

> दुश्मन इस जगह को ख़ाली करने की तैयारी कर रहा था पर सभी मौक़ों पर लेट-लतीफ़ी दिखानेवालों को इस ब्रिगेड के अप्रत्याशित आगमन ने जल्दी से भागने पर मजबूर कर दिया। उन्होंने तोपों के मुँह बन्द कर दिए, गाड़ियाँ जला दीं और जाते हुए बारूदी सुरंग का विस्फोट किया जिससे एक बुर्ज़ी उड़ गई। पर हथियारख़ाने तक उन्होंने जो पलीता लगाया था वह क़िस्मत से नहीं जला, जिससे इस जगह को बहुत ज़्यादा नुक़सान नहीं हुआ। क़िले में बारूद की कुछ मात्रा और दूसरे गोले वग़ैरह और अनाज का एक अच्छा-ख़ासा भंडार पाया गया जिसे इन दस्तों को हटाने का समय नहीं मिला था।[3]

इस फ़ौजी अड्डे का चित्र बनानेवाले दोनों डेनियल 1792 में होसूर में थे, यानी इस जगह पर अंग्रेज़ों के क़ब्ज़े के मुश्किल से एक साल बाद। उनके चित्र में टीपू का यह क़िला दूरी पर, छोटा सा नज़र आता है। यह क़िला अब एकदम नहीं बचा है और इस क़िलाबन्द जगह की शान को हम सिर्फ़ डेनियल चित्रकारों की रचना के सहारे महसूस कर सकते हैं। पर यहाँ (अग्रभूमि में) दोनों तरफ़ जो मन्दिर दिखाए गए हैं वे आज भी मौजूद हैं। ये हैं (दाईं तरफ़) सुदेश्वर और (बाईं तरफ़) गणेश के मन्दिर। ये मन्दिर टीपू की इस मिट्टी की गढ़ी के स्थान के अकाट्य संकेत देते हैं। दिरम ने होसूर क़िले का ज़ो वर्णन किया है वह चित्र में दिखाए गए ब्यौरों की पुष्टि करता है :

> होसूर के महत्त्व को समझते हुए टीपू ने इधर हाल में उसकी प्रतिरक्षा को मज़बूत करने के लिए भारी कोशिशें की हैं। पुराने क़िले की इमारतों को एक नई चहारदीवारी से घेर दिया गया है जिसमें चारों ओर अच्छी बुर्ज़ें हैं। यह एक चौड़ी

> खाई थी और चौथी तरफ़ की ख़ाई भी जल्दी ही पूरी होनेवाली थी और वह इतनी गहरी होती कि उसमें एक बड़े तालाब का पानी पहुँच जाता जो क़िले के दक्षिण में स्थित भाग को घेरे हुए है। यह क़िला उत्तर में एक और तालाब के कारण सुरक्षित है और पूरब में निचाई पर धान के खेतों का बहुत बड़ा इलाक़ा है जिनकी सिंचाई इन्हीं तालाबों से होती है। इसलिए क़िले पर सिर्फ़ पश्चिम की ओर से कामयाब हमला किया जा सकता है, पर मौजूदा योजना के पूरे होने पर उसकी प्रतिरक्षा व्यवस्था ऐसी होगी कि वह एक बाक़ायदा घेराबंदी को भी झेल सके।[4]

बुर्ज़ियों वाली यह चहारदीवारी, निचाई पर खेतों का एक लम्बा-चौड़ा इलाक़ा और वे इलाक़े जहाँ पानी लगा हुआ था, ये सब इस चित्र में देखे जा सकते हैं।

रायकोट्टाई का क़िला एक और अहम ठिकाना था जिसका अपनी फ़ौजी मुहिमों के दौरान टीपू सुलतान की फ़ौजों ने इस्तेमाल किया। यह क़िला ग्रेनाइट की एक चट्टान पर बना था और इसमें एक परकोटे से जुड़े दो गढ़ थे : एक तो चट्टान की तलहटी में और दूसरा चट्टान के ऊपर। होसूर के बाद गाउडी की अगली मुहिम रायकोट्टाई पर क़ब्ज़ा करने की थी, और एक हमले के बाद वह 20 जुलाई 1791 को नीचेवाले गढ़ पर क़ब्ज़ा करने में कामयाब हो गया। हुसैन अली ख़ान किरमानी ने इस वाक़िये का बयान यूँ किया है :

> नंदीगढ़ पर क़ब्ज़े के बाद अपनी फ़ौजों के साथ बंगलौर और होसूर के रास्ते से कूच करते हुए कर्नल गाउडी ने बहुत मामूली परेशानी उठाकर पहले तो रामकोट के क़िलदारों के दिलों को दहलाया, और उन्हें कुछ पैसे का लालच देकर और तलहटी में कुछ गोलियाँ चलाकर उनसे समर्पण करा लिया, और वहाँ एक दस्ता छोड़कर वह वापस लौट गया।[5]

दिरम का विस्तृत विवरण इस क़िलेबन्द मुक़ाम के कुछ और ब्योरे प्रस्तुत करता है :

> क़िलेदार ने समर्पण करने से इनकार कर दिया तो अगली सुबह मेजर ने छोटे गढ़ पर हमला कर दिया जो पेटा (गाँव) को समेटे हुए है। जल्द ही उसने धावा करके उसे जीत लिया और भगोड़ों का पीछा करते हुए उन पहली दो दीवारों पर क़ब्ज़ा कर लिया जो निचले गढ़ के बाद एक तरह से बीच का गढ़ हैं और जो इस विशाल चट्टान की चोटी की हिफ़ाज़त करती हैं। अगर छावनी का दस्ता इसकी हिफ़ाज़त के लिए कमर कसे रहता तो यह पता है कि क़ुदरत ने ही इस जगह को इतना मज़बूत बनाया है कि उसे जीता नहीं जा सकता। मेजर गाउडी को हिदायत दी गई कि अगर पहले हमले में यह जगह हाथ में न आए तो वह फ़ौज में लौट आए; पर पहाड़ी पर ऐसी जगह ठिकाना बना लेने के बाद जहाँ फ़ौजें ऊपरी गढ़ की गोलाबारी से सुरक्षित थीं और यह सोचकर कि अन्दर की

छावनी डरी हुई थी, उसने हमला जारी रखने की इजाज़त माँगी। दो दूसरी बारह-पौंडी तोपों के साथ एक बटालियन 22 जुलाई को इस ब्रिगेड की मदद के लिए और उसे एक और दीवार को भेदने के लिए भेजी गई जो उसकी मार की सीमा में थी। मेजर के पुरजोश उपायों को साथ ही साथ रायकोटा की तरफ़ फ़ौज की एक और मुहिम से बल मिला। वहाँ (रायकोटा के) क़िलेदार ने एक मुलाक़ात का प्रस्ताव रखा जिसका जल्द ही यह अन्त हुआ कि उसने वह जगह इस शर्त पर छोड़ दी कि उसकी निजी मिल्कियत सुरक्षित रहेगी और उसे उसके परिवार के साथ कर्नाटक जाने दिया जाएगा।[6]

चित्र में एकदम बाईं तरफ़ की मज़बूत दीवार के दरवाज़े पर जो बर्तानवी झंडा दिखाई देता है वह रायकोट्टाई क़िले पर बर्तानिया के नियंत्रण का प्रमाण देता है।

इस क़िले के चारों तरफ़ जो विशाल भूभाग दिखाया गया है वह उसके भारी-भरकम ढाँचे की ओर इशारा करता है। ध्यान देने की अहम बात यह है कि डेनियल चित्रकारों की रचना में ग्रेनाइट की चट्टान के चारों तरफ़, मज़बूत बुर्ज़ियों वाले जिस परकोटे को साफ़ तौर पर दिखाया गया है, उसका आज शायद ही कोई चिह्न दिखाई पड़े।

जगदेवी पलियम

जगदेवी पलियम का क़िला (प्लेट तीन) एक पहाड़ी की चोटी पर बना है, और डेनियल चित्रकारों ने उसे पृष्ठभूमि में दूरी पर, छोटे पैमाने पर दिखाया है। इस चित्र में चित्रकारों का ज़ोर आसपास के परिवेश की सुन्दरता पर है, खुद क़िले का शायद ही कोई महत्त्व हो। फिर भी अहम बात यह है कि क़िले के चारों तरफ़ बुर्ज़ियों से युक्त जिस परकोटे को 1792 में देखने के बाद डेनियल चित्रकारों ने बहुत सटीकता के साथ प्रस्तुत किया है, वह आज़ पूरी तरह ग़ायब है। हमारी वास्तुकला की धरोहर का जो बड़ा भाग आज पूरी तरह नष्ट हो चुका है उसकी एक तस्वीरी दस्तावेज़ पेश करनेवाली, डेनियल चित्रकारों की रचना के ऐतिहासिक महत्त्व को हम यहाँ एक बार फिर महसूस करते हैं।

वीरभद्रदुर्ग का क़िला

वीरभद्रदुर्ग नामक क़िले (प्लेट चार) की प्रस्तुति की तर्ज़ भी इसी तरह की है। यहाँ हम क़िले की ओर जा रहा चढ़ाईदार ऊबड़-खाबड़ रास्ता देखते हैं जिसमें पत्थर के टुकड़े लगे हैं। चित्रकारों का फ़ौरी ज़ोर इसी रास्ते पर है, और ऊपर स्थित क़िला बहुत छोटा सा दिखाया गया है। इस तरह आसपास के दृश्य को प्रधानता दी गई है। यूँ महसूस होता है कि क़िले और ऊबड़-खाबड़ रास्ते के बीच की दूरी को शायद बहुत बढ़ा-चढ़ाकर दिखाया गया है। डेनियल चित्रकारों ने यहाँ भी गढ़ के चारों ओर जो बाहरी परकोटा दिखाया है वह अब नष्ट हो चुका है। तो भी मुख्य क़िला अभी ज्यों का त्यों है।

दिरम ने वीरभद्रदुर्ग (विरबड्डरद्रुग) को उन इलाक़ों में शामिल किया है जो श्रीरंगपट्टम में 18 मार्च को हुई संधि की धारा तीन की शर्तों के अनुसार अंग्रेज़ ईस्ट इंडिया कम्पनी के हवाले कर दिए गए थे।[7]

शंकरीदुर्ग का क़िला

शंकरीदुर्ग के क़िले (प्लेट पाँच) को चित्र में एक सपाट चोटी पर स्थित दिखाया गया है। आज यह टूटी-फूटी हालत में है, तथा पहाड़ी और उसकी चोटी के चारों तरफ़ का परकोटा पूरी तरह नष्ट हो चुका है।

सन्दर्भ और टिप्पणियाँ

1. एंतोनियो मार्तिनेली और जॉर्ज मिशेल, *ओरिएंटल सीनरी : एक्वेटिंट्स बाई टामस एंड विलियम डेनियल,* नई दिल्ली, 1998, पृ. 31-32
2. उपरोक्त, पृ. 9, रंगीन प्लेटें 91-95
3. मेजर दिरम, *ए नैरेटिव ऑफ़ द कैंपेन इन इंडिया व्हिच टर्मिनेटेड द वार विद टीपू सुलतान इन 1992,* लन्दन, पुनर्मुद्रण : 1974, पृ. 31-32
4. उपरोक्त, पृ. 32
5. माइल्स, *इ रीन ऑफ़ टीपू सुलतान,* पृ. 142
6. दिरम, पूर्वोक्त पृ. 34-35
7. उपरोक्त, पृ. 277-78

टीपू सुलतान के क़िले
टामस विलियम और विलियम डेनियल के बनाए चित्र

प्लेट-1 : होसूर का क़िला

प्लेट-2 : रायकोट्टाई का क़िला

प्लेट-3 : जगदेवीपलियम का क़िला

प्लेट-4 : वीरभद्रदुर्ग का क़िला

प्लेट-5 : शंकरीदुर्ग का क़िला

ए. : *बुसी एट ल'इंदी फ्रैंकाइज़,* पेरिस, 1935
. : *हिस्ट्री ऑफ़ ब्रिटिश इंडिया,* सम्पादन : एच. एच. विल्सन, खंड तीन-छः न्दन, 1848
जोसेफ : *हिस्ट्री ऑफ़ मैसूर अंडर हैदर अली एंड टीपू सुलतान,* फ्रांसीसी, पेरिस, 01; अंग्रेज़ी अनुवाद : 1926, पुनर्मुद्रण : नई देहली, 1985
मार्क :*हिस्टारिकल स्केचेज़ ऑफ़ द साउथ ऑफ़ इंडिया एटसेट्रा,* मूल करण : लन्दन, दो खंडों में, 1801 और 1817; सम्पादन : मुरे हैमिक, दो खंडों मैसूर, 1930
:नोट्स ऑन मैसूर, बंगलौर, 1864
डबल्यू. जे. : *हिस्ट्री ऑफ़ द मद्रास आर्मी,* दो खंडों में, मद्रास, 1882
न. के. : *हैदर अली,* तीसरा संस्करण, कलकत्ता, 1959
क : ए प्रि-ब्रिटिश इकानमिक फ़ार्मेशन इन इंडिया ऑफ़ द लेट एटींथ सेंचुरी
: टीपू सुलतांस मैसूर, वरुण डे (सं) : *पर्सपेक्टिव्स इन सोशल साइंसेज,* एक, कलकत्ता, 1977 में संकलित
नाथ :. *स्टडीज़ इन इंडियन हिस्ट्री,* कलकत्ता, 1930; इसमें लेख हैदर अलीज़ (पृ. 146-50) और द शृंगेरी लेटर्स ऑफ़ टीपू सुलतान (पृ. 155-69) त हैं।
ए. : *आक्सफ़र्ड हिस्ट्री, ऑफ़ इंडिया,* दूसरा संस्करण, लन्दन, 1922
बुल : *हिस्ट्री ऑफ़ टीपू सुलतान,* दूसरा संस्करण, कलकत्ता, 1971
त : द लाइब्रेरी ऑफ़ टीपू सुलतान, *इस्लामिक कल्चर,* हैदराबाद (दकन), (1940), पृ. 139-67
आर. : *द क्वायंस ऑफ़ हैदर अली एंड टीपू सुलतान,* मद्रास, 1921

क

व्र : कर्नाटक के यशस्वी इतिहासकार। मैसूर विश्वविद्यालय में इतिहास के और गोवा विश्वविद्यालय के कुलपति रह चुके हैं। *द होयसला डाइनास्टी, तान, टीपू सुलतान : ए स्टडी इन डिप्लोमेसी एंड कन्फ्रंटेशन* और *इंग्लिश विद हैदर अली* के लेखक।

: मैसूर विश्वविद्यालय विभाग में 1935 में प्राध्यापक रहे। प्रस्तुत ग्रंथ में लेख इसी वर्ष लिखा गया। *हिस्ट्री ऑफ़ ब्रिटिश आक्यूपेशन ऑफ़ इंडिया* ।

ाक़ हुसैन : 1945 में, जब यहाँ प्रकाशित लेख लिखा गया, दिल्ली लय में इतिहास के प्रोफ़ेसर रहे। तब तक उनकी पुस्तक *एडमिनिस्ट्रेशन सलतनत ऑफ़ देहली* प्रकाशित हो चुकी थी। बाद में पाकिस्तानी

चुनिन्दा सन्दर्भ-सूची

टीपू सुलतान की दस्तावेज़ें

टीपू सुलतान : *ड्रीम्स ऑफ़ टीपू सुलतान,* इंडिया आफ़िस लाइब्रेरी में मूल (आटोग्राफ), अनुवाद : महमूद हुसैन, कराची, तिथि अज्ञात

टीपू सुलतान : *हुक्मनामाज़,* क़ुस्तुंतुनिया और पेरिस जानेवाले दूतों के लिए जारी निर्देशों के पत्र, सभी 17 नवम्बर 1785 को लिखे गए, एशियाटिक सोसायटी, कलकत्ता, फ़ारसी पांडुलिपि संख्या 1677

टीपू सुलतान : *हुक्मनामा (-ए-टीपू सुलतान),* इंडिया आफ़िस लाइब्रेरी, लन्दन, फ़ारसी पांडुलिपि संख्या आई ओ 4685; इसमें शामिल सभी आदेश और नियम-क़ायदे 1792-96 के काल के हैं।

टीपू सुलतान : *सेलेक्टेड लेटर्स ऑफ़ टीपू सुलतान एटसेट्रा,* व्यवस्था और अनुवाद : डब्ल्यू. किर्कपैट्रिक, 1811; ये मुख्यतः ऊपर के दो ग्रंथों में शामिल फ़ारसी सामग्री के अनुवाद या सार-संक्षेप हैं।

टीपू सुलतान : 'टीपू सुलतान और उसके हाकिमों की मूल दस्तावेज़ें, 1783-99', (फ़ारसी), इंडिया आफ़िस लाइब्रेरी, लन्दन, (पांडुलिपि संख्या आई ओ 4683)

टीपू सुलतान : *द मैसूरियन रेगुलेशंस,* 'टीपू सुलतान की मुहर सहित' फ़ारसी पांडुलिपि, अनुवाद : बी क्रिस्प, कलकत्ता, 1792; निखिलेश गुहा द्वारा *प्रि-ब्रिटिश स्टेट सिस्टम इन साउथ इंडिया : मैसूर,* कलकत्ता, 1985; पृ. 175-219 में पुनर्मुद्रित। अभी तक इसकी छानबीन नहीं की गई है कि ये नियम-क़ायदों के मूल पाठ इंडिया आफ़िस लाइब्रेरी में मौजूद ऊपर दर्ज पांडुलिपि में दिए गए नियम-क़ायदों के पाठ से मेल खाते हैं।

वाक़ई-ए-मनाज़िले-रूम (क़ुस्तुंतुनिया के लिए टीपू के प्रतिनिधिमंडल की आधिकारिक डायरी) (अपूर्ण), 1786, सम्पादन : मुहिब्बुल-हसन, बंबई, 1968

ज़ैनुल-आबिदीन शुस्तरी : *फ़तहुल-मुजाहिदीन,* टीपू सुलतान की निगरानी में तैयार, 1783, मौलाना आज़ाद पुस्तकालय, अलीगढ़ मुस्लिम विश्वविद्यालय, 56/2; एशियाटिक सोसायटी, कलकत्ता और इंडिया आफ़िस, लन्दन के पुस्तकालयों में इसकी अनेक पांडुलिपियाँ रखी हुई हैं।

दूसरी समकालीन रचनाएँ और दस्तावेज़ें

आफ़ीशियल डाक्यूमेंट्स रिलेटिंग टु द निगोशिएशंस कैरीड ऑन बाई टीपू सुलतान विद द फ्रेंच नेशन एंड अदर फ़ारेन स्टेट्स फ़ार परपज़ेज़ होस्टाइल टु द ब्रिटिश नेशन, टु व्हिच इज़ ऐडेड प्रोसीडिंग्स ऑफ़ ए जैकोबिन क्लब, फार्म्ड ऐट श्रीरंगपट्टम, ऐटसेट्रा, गवर्नल-जनरल-इन-कौंसिल के आदेश से प्रकाशित, कलकत्ता, 1799; इस संकलन का एक बड़ा भाग कबीर कौसर (सं) : सेक्रेट करेस्पांडेंस ऑफ़ टीपू सुलतान, नई देहली, 1980, पृ. 47-263 में पुनर्मुद्रित है।

एचिंसन, सी यू : *ए कलेक्शन ऑफ़ ट्रीटीज़, इंगेजमेंट्स एंड सनद्स,* खंड छः व नौ, कलकत्ता, 1909 औक्स, कैप्टन हेनरी : *ऐन आथेंटिक नैरेटिव ऑफ़ द ट्रीटमेंट ऑफ़ द इंग्लिश हू वर टेकेन प्रिज़नर्स ...बाई टीपू साहिब,* लन्दन, 1785। इसमें एक परिशिष्ट भी है जिसमें लेफ़्टिनेंट जॉन चार्ल्स शीन का दिया हुआ वृत्तांत भी शामिल है।

कार्नवालिस, मार्क्विस : *करेस्पांडेंस ऑफ़ चार्ल्स, फ़र्स्ट मार्क्विस कार्नवालिस,* सम्पादन : सी रास, तीन खंडों में, लन्दन 1859

किरमानी, हुसैन अली ख़ान : *निशाने-हैदरी* (1802 में पूर्ण हुआ), लिथोग्राफ, बंबई, 1890, चित्रांकन : कर्नल डब्ल्यू. माइल्स, दो अगल-अलग जिल्दों में प्रकाशित : *हिस्ट्री ऑफ़ हैदर नायक,* लन्दन, 1842, और द *हिस्ट्री ऑफ़ द रीन ऑफ़ टीपू सुलतान, लन्दन, 1844*

दिरम, मेजर : *ए नैरेटिव ऑफ़ द कैंपेन इन इंडिया, व्हिच टर्मिनेटेड द वार विद टीपू सुलतान इन 1782,* दूसरा संस्करण, लन्दन, 1794

पिसूरलेंसर, पी एस (सं) : *एंतीग्वालहस, एस्तुदोस इ डाक्यूमेंतोस सोब्री एक हिस्तोरिया देस पोर्तुग्वीज़ ना इंडिया,* खंड एक

फ़ारेस्ट, डब्ल्यू जी (सं) : *सेलेक्शंस फ्रॉम द स्टेट पेपर्स प्रिज़र्व्ड इन द बांबे सेक्रेटारियट,* मराठा सिरीज़, खंड एक, बंबई, 1885

: *सेलेक्शंस फ्रॉम द स्टेट पेपर्स प्रिज़र्व्ड इन द बांबे सेक्रेटारियट,* होम सीरीज़, खंड दो, बंबई, 1887

: *सेलेक्शंस फ्रॉम द स्टेट पेपर्स प्रिज़र्व्ड द फ़ारेन डिपार्टमेंट ऑफ़ द गवर्नमेंट ऑफ़ इंडिया, 1782-85,* तीन खंडों में, कलकत्ता, 1890

बीट्सन, अलेक्ज़ेंडर : *ए व्यू ऑफ़ द ओरिजिन एंड कंडक्ट ऑफ़ द वार विद टीपू सुलतान,* लन्दन, 1800

बुख़ानन, फ्रांसीस : *ए जर्नी फ्रॉम मद्रास, थ्रू द कंट्रीज़ ऑफ़ मैसूर, कनारा एंड मलाबार, एटसेट्रा (1800-01),* तीन खंडों में, लन्दन, 1807

मुनरो, आई : *ए नैरेटिव ऑफ़ द मिलिट्री आपरेशंस ऑन द कोरोमंडल कोस्ट,* लन्दन, 1789

मोतर्त, एल एफ़ : *मेमायर्स 1752-1827,* पेरिस, 1895

लव, एच डी (सं) : *वेस्टिजेज़ ऑफ़ ओल्ड मद्रास,* तीन

विल्क्स, मार्क : *रिपोर्ट ऑन द इंटीरियर एडमिनिस्ट्रेशन, द मैसूर अंडर द सिस्टम प्रिस्क्राइब्ड बाई द आर्डर डेटेड फ़ोर्थ सेप्टंबर 1799,* बंगलौर, 1864

वेंकटेश, सुमन (अनुवाद) : *द करेस्पांडेंस ऑफ़ द फ्रेंच एंड टीपू सुलतान,* खंड दो और तीन, बंगलौर,

स्करी, आई : *द कैप्टिविटी, सफरिंग्स एंड एस्केप हिमसेल्फ़,* लन्दन, 1824

दूसरी पुस्तकें

अली, बी. शैख़ : *इंग्लिश रिलेशंस विद हैदर अली*

: *टीपू सुलतान,* नई देहली, 1971

अज्ञात : *आथेंटिक मेमायर्स ऑफ़ टीपू सुलतान,* वि *एंड कैरेक्टर ऑफ़ हैदर अली ख़ान, बाई कंपनी,* लन्दन, 1799

करीम, सी. के. : *केरला अंडर हैदर अली एंड*

किंकेड, सी. ए. और परसनीस, ओ. बी. : *ए हि* 1925

ख़ान, महमूद ('महमूद' बंगलौरी) : *तारीख़े-सलत*

क्यूनाट, सी. एच. : *हिस्तोरी टु बैली दे सुफ्रें,*

गुहा, निखिलेश : *प्रि-ब्रिटिश स्टेट सिस्टम इ* कलकत्ता, 1981

टेलर, रेवरेंड जॉर्ज पी. : *द क्वायंस ऑफ़ टी* नई देहली, 1989

थांपसन, एडवर्ड : *द मेकिंग ऑफ़ द इंडिया*

पणिक्कर, के. एम. : *मलाबार एंड द डच,*

पार्संस, कांस्टेंस ई. : *सेरिंगपटम* (श्रीरंगपट्

फ़ारेस्ट, डेनिस : *टाइगर ऑफ़ मैसूर : द* 1970

ब्रिग्स, एच. जी. : द निज़ाम : हिज हिस्ट्र खंडों में, लंदन, 1861

ब्रिटिल बैंक, केट : *टीपू सुतलांस सर्च फ़ ए हिन्दू डोमेन,* देहली, 1997

इतिहासकारों में अग्रणी रहे तथा अकबर और मुग़ल प्रशासन पर आपकी पुस्तकें प्रकाशित हुईं। भारत में मुस्लिम राजनीतिक आन्दोलन के इतिहास पर आप अनेक जिल्दों में एक ग्रंथ का सम्पादन कर चुके हैं।

कुंजू, ए. पी. इब्राहिम : 1960 में जब यहाँ प्रकाशित लेख प्रस्तुत किया गया था, आप फ़ारूक़ कालेज, कोज्झिकोड, केरल में इतिहास के प्रोफ़ेसर रहे।

ख़ान, इफ़्तिख़ार ए. : उन्न्त इतिहास अध्ययन केन्द्र, अलीगढ़ मुस्लिम विश्वविद्यालय में इतिहास के प्राध्यापक। आपने भारत के सामुद्रिक इतिहास पर अनेक लेख लिखे हैं।

चेट्टी, ए. सुब्बाराया : 1944 में भारतीय इतिहास कांग्रेस के सत्र में आपने जब यहाँ प्रकाशित लेख पढ़ा था, आप आर बी सी सी सी हाई स्कूल, पेरंबूर, मद्रास में अध्यापक थे। आगे की कोई सूचना उपलब्ध नहीं।

डे, वरुण : समाजविज्ञान अध्ययन केन्द्र, कलकत्ता में प्रोफ़ेसर और निदेशक तथा मौलाना अबुल कलाम आज़ाद संस्थान, कलकत्ता के निदेशक रहे। आपने 18वीं और 19वीं सदी के भारत पर विस्तार से लिखा है। ए. त्रिपाठी और बी. चंद्र के साथ *फ्रीडम स्ट्रगल* का लेखन और *पर्सपेक्टिव्स इन सोशल साइंसेज़ : हिस्टारिकल डाइमेंशंस* का सम्पादन।

बक़ाई, इरशाद हुसैन : श्री बक़ाई के बारे में हम कुछ अधिक जान पाने में असमर्थ रहे। यहाँ शामिल किया गया लेख 1943 में प्रकाशित हुआ था। 1940 की दहाई में *प्रोसीडिंग्स ऑफ़ द इंडियन हिस्टारिकल रिकाड्र्स कमीशन* में भी आपका योगदान रहा।

बुख़ानन, फ्रांसिस : एक सर्जन जिन्होंने बर्मा में 1794 में दूर-दराज़ की यात्राएँ कीं। टीपू के पतन के बाद आपसे वेलेज़ली ने मैसूर, मलाबार और कनारा की यात्रा का आग्रह किया था। बुख़ानन ने 1800-01 में जिन क्षेत्रों की यात्राएँ कीं उन पर बहुत सावधानी से एक रिपोर्ट तैयार की। अंग्रेज़ ईस्ट इंडिया कंपनी ने इसे तीन जिल्दों में आधिकारिक रूप से *जर्नी फ्रॉम मद्रास* शीर्षक से प्रकाशित किया था। आपसे 1807-12 में बंगाल और बिहार में कंपनी के इलाक़ों का और भी महत्त्वाकांक्षी सर्वेक्षण करने के लिए कहा गया था। ये ज़िलावार सर्वेक्षण 1838 में मांटगुमरी मार्टिन द्वारा संक्षिप्त करके प्रकाशित किए गए; बिहार के ज़िलों के सर्वेक्षण अलग से प्रकाशित हुए। 1829 में आपकी मृत्यु हुई।

मारिस, जॉर्ज एम. : बंबई विश्वविद्यालय में इतिहास के प्रोफ़ेसर। *कदंब कूल : ए हिस्ट्री ऑफ़ एंशिएंट एंड मेडिवल कर्नाटका; मंगलौर : ए हिस्टारिकल स्केच* और *ए हिस्ट्री ऑफ़ क्रिश्चियानिटी इन इंडिया (ए डी 52-1542)* के लेखक।

राव, डी. एस. अच्युत : यहाँ शामिल लेख के प्रकाशन के समय (1952 में) आप महाराजा कालेज, मैसूर में पढ़ा रहे थे। आपने हैदर अली पर दूसरे लेख भी प्रकाशित कराए हैं।

लाल, के. सजन : यहाँ शामिल लेख के प्रकाशन के समय (1957 में) आप इतिहास विभाग, उस्मानिया विश्वविद्यालय में प्रोफ़ेसर और अध्यक्ष थे।

वर्मा, सोमप्रकाश : अलीगढ़ मुस्लिम विश्वविद्यालय में इतिहास के प्रोफ़ेसर। कला के इतिहास पर दूसरी बहुत सी पुस्तकों और लेखों के अलावा विशाल जीवनचरित और चित्र-सूची *मुग़ल पेंटर्स एंड देयर वर्क* तथा एक अन्य पुस्तक *मैटेरियल लाइफ़ ऐज़ डेपिक्टेड इन मुग़ल पेंटिंग* का प्रकाशन।

श्रीधरन, एम. पी. : प्रोफ़ेसर (सेवानिवृत्त), कालीकट। मैसूर से सम्बन्धित फ्रांसीसी दस्तावेज़ों पर शोधकार्य।

श्रीनिवासाचारी, सी. एस. : भारतीय इतिहास कांग्रेस के संस्थापकों और प्रारंभिक अध्यक्षों में एक अन्नामलाई विश्वविद्यालय से इतिहास के प्रोफ़ेसर रूप में सेवानिवृत्त हुए। आनन्द रंगा पिल्लई (1736-62) की निजी डायरियों से प्राप्य ऐतिहासिक सामग्री का अध्ययन इस काल में कर्नाटक के इतिहास में आपका महत्त्वपूर्ण योगदान है। *हिस्ट्री ऑफ़ मद्रास; द इनवर्डनेस ऑफ़ ब्रिटिश एनेक्सेशन इन इंडिया और विन्येट्स ऑफ़ द वालाजाही डाइनास्टी के लेखक तथा सेलेक्शंस फ्रॉम द ओर्मे मैनस्क्रिप्ट्स* के सम्पादक। 1931 से लेकर 1951 में अपनी मृत्यु तक आप *जर्नल ऑन इंडियन हिस्ट्री के सम्पादक रहे।*

सरकार, जदुनाथ : 17वीं और 18वीं सदी के इतिहास के प्रकांड विद्वान। *ए हिस्ट्र ऑफ़ औरंगज़ेब* (5 जिल्दें), *शिवाजी एंड हिज़ टाइम्स* और *फ़ाल ऑफ़ द मुग़ल इंपायर* (4 जिल्दें) आपकी प्रमुख कृतियाँ हैं। आप अनथक उद्यमी थे। आपने अनेक पुस्तकें प्रकाशित कीं पर आपकी क़लम से निकली एक-एक बात पर आपकी सावधानी और अनेक भाषाओं में मौजूद सामग्रियों पर आपकी पकड़ की छाप है। 1958 में स्वर्गवासी।

सलेतरी, बी. ए. : अन्य रचनाओं के अलावा *मराठा डोमीनियम इन कर्नाटका* और *पोलिटिकल लाइफ़ इन द विजयनगर इंपायर* के लेखक तथा *फ़ोर्ट विलियम इंडिया हाउस करेस्पांडेंस*, खंड नौ (178-85) के सम्पादक।

हसन, मुहिब्बुल : टीपू सुलतान के प्रमाणिक जीवन चरित के लेखक; यह मूलतः 1951 में प्रकाशित हुआ तथा इसका संशोधित और परिवर्धित संस्करण 1971 में छपा। आप *ए हिस्ट्री ऑफ़ कश्मीर अंडर 5 सुलतांस* तथा बाबर के एक जीवनचरित के भी लेखक हैं। आप जामिया मिल्लिया, नई देहली और कश्मीर विश्वविद्यालय, श्रीनगर में इतिहास के प्रोफ़ेसर रहे। आपकी मृत्यु 1999 में हुई।

हुसैन, महमूद : ढाका विश्वविद्यालय में प्रोफ़ेसर और फिर कराची विश्वविद्यालय (पाकिस्तान) के कुलपति रहे। आपने *ड्रीम्स ऑफ़ टीपू सुलतान* का अनुवाद प्रकाशित कराया।

●●●